中國歷代名著全譯叢書

唐宋传奇集全译

(修订版)

鲁　迅　缉录　程小铭　袁政谦　邱瑞祥　译注

贵州出版集团

贵州人民出版社

中国历代名著全译丛书

编 委 会

(以姓氏笔画为序)

王运熙　　余冠英　　张　克(常务)
罗尔纲　　程千帆　　缪　钺

再版说明

出版的境界是：为饥作浆，为旱作润，为冥作光，为往圣继绝学。《中国历代名著全译丛书》担当这一历史的重托，挟着春风走到了学人和国学爱好者的面前。

书似青山常乱叠，眼光如炬淘金来。《中国历代名著全译丛书》自上个世纪九十年代推出，即以权威、精到、普及的面貌风靡整个书界。本套丛书曾获中宣部精神文明建设五个一工程奖及中华人民共和国出版规划重点项目。但多年断档，令人怀恋。上个世纪九十年代的名著全译，多以三五本的规模推出，而今天的《中国历代名著全译丛书》，出手尽显大家气度，一次集中推出五十种，满足眼睛与心灵的饕餮。

中华民族有数千年的文明历史，产生了辉煌灿烂的古代文化。浩如烟海的历代名著，就是中国古代文化遗产的重要组成部分。这些文字不仅记录了中国古代各个方面的历史与人文，物质与精神，成为后来人的精神家园，而且对中华民族的成长提供了丰富的营养，对中华民族的形成和发展产生了巨大的凝聚力和感召力。

但古人留下的典籍，由于时代的变异，语言的古奥，当下人已难识其庐山真面目。且以往坊间的不少古籍今译的读物，大都难尽人意：

——选译本。如《国语选译》《诗经选译》等。了解中国古代文学批评史的人知道，"选"是一种评论的方式。鲁迅先生曾指出，如果对陶渊明只选"采菊东篱下，悠然见南山"，而不选"刑天舞干戚，猛志固常在"这类"金刚怒目"式的作品，那就很难使读者对陶渊明的"全人"有完整的认识，若"再加抑扬"，就"更离真实"了。所以说选译本的缺陷是显而易见的。

——白话本。如《白话史记》《白话搜神记》之类。这类今译本有的置原文于不顾，随意增删敷衍，从严格意义上已不是原书；有的译文尚称严谨，但无原文对照核查，欲引用古人文句还要另觅原书，难称人意。

——单译本。这类书最多,译文之外附有原文、注释,其中也不乏质量较高者。遗憾的是见木不见林,缺乏学术系统性,读者买到一本算一本,对中华民族传统文化的了解很难达到全面。

本丛书在策划之初就考虑到避免以上各种译本之不足,本着推陈出新、汇聚英华、弘扬传统、振兴华夏之宗旨,化艰深为浅显,融译注为一炉,俾使社会各界广大读者了解我国古代各名著之完整原貌,有利于当下人文精神建设,又利于中外文化之交流译介,乃延聘海内学界通人,精选史有定评之夏商迄晚清经史子集四部,以全注全译形式重新装帧、重新校勘整理出版。所选各书前言对该名著之时代、作者、内容、成就、文献版本皆有详赡说明,各篇各卷前有简明扼要的题解,原文选用业经整理的善本,注释采用学术界公认的成果,译文强调忠实原文、通达流畅。

书行天下,道亦随之,既有品味,又有普及,为大家营造出一片文化底蕴深厚、知识境界广博、思想空间深邃的精神沃土,是《中国历代名著全译丛书》的孜孜追求。此次修订是在前辈学人呕心沥血的基础上,重新进行认真的审读和勘校,是在"国学热"基础上的一次新的提升,在强调通俗性的同时,亦重视学术性与资料性。今日重现书界,必将旋起一种新的阅读风暴。

我们相信,这套丛书的问世,对传播中华民族优秀的传统文化,提升我们国家的软实力,形成当代的人文精神有着重要意义,在现代化人文化的进程中对开启今人智慧、滋养今人心灵都有着不可估量的意义。

经典不腐更不朽,它是源远流长的活水,天光云影,亘古永在。

贵州人民出版社
2008 年 9 月

目 录

前　言 ……………………………………………（1）
序　例 ……………………………………………（1）

卷 一

古镜记 ………………………………… 王　度（1）
补江总白猿传 ………………………… 缺　名（16）
离魂记 ………………………………… 陈玄祐（22）
枕中记 ………………………………… 沈既济（25）
任氏传 ………………………………… 沈既济（32）

卷 二

编次郑钦悦辨大同古铭论 …………… 李吉甫（46）
柳氏传 ………………………………… 许尧佐（53）
柳毅传 ………………………………… 李朝威（60）
李章武传 ……………………………… 李景亮（78）
霍小玉传 ……………………………… 蒋　防（86）

卷 三

古岳渎经	李公佐(100)
南柯太守传	李公佐(104)
庐江冯媪传	李公佐(118)
谢小娥传	李公佐(121)
李娃传	白行简(127)
三梦记	白行简(143)
长恨传	陈 鸿(147)
东城老父传	陈 鸿(160)
开元升平源	吴 兢(170)

卷 四

莺莺传	元 稹(176)
周秦行记	牛僧孺(191)
湘中怨辞 并序	沈亚之(200)
异梦录	沈亚之(204)
秦梦记	沈亚之(208)
无双传	薛 调(214)
上清传	柳 珵(224)
杨娼传	房千里(229)
飞烟传	皇甫枚(232)
虬髯客传	杜光庭(242)

卷 五

冥音录	缺 名(252)
东阳夜怪录	缺 名(257)
灵应传	缺 名(276)

卷 六

隋遗录上	颜师古(292)
隋遗录下	颜师古(301)
隋炀帝海山记上	缺 名(307)

隋炀帝海山记下 ………………………… 缺　名(316)
　　迷楼记 …………………………………… 缺　名(326)
　　开河记 …………………………………… 缺　名(335)

卷　七
　　绿珠传 …………………………………… 乐　史(351)
　　杨太真外传卷上 ………………………… 乐　史(363)
　　杨太真外传卷下 ………………………… 乐　史(380)

卷　八
　　流红记 ………………………… 魏陵张实子京(396)
　　赵飞燕别传 …………………… 谯郡秦醇子复(404)
　　谭意歌传 ……………………… 谯郡秦醇子复(414)
　　王幼玉记 ……………………… 淇上柳师尹(426)
　　王榭传 …………………………………… 缺　名(436)
　　梅妃传 …………………………………… 缺　名(445)
　　李师师外传 ……………………………… 缺　名(455)

附　录　稗边小缀 ………………………… 鲁　迅(466)
后　记 ……………………………………………(489)

前　言

一

"唐传奇"乃是唐人小说的别称,当晚唐人裴铏将他的传奇专集以《传奇》命名之后,后世之人也便随顺将"传奇"一词来代称唐人的小说,其中自然也有着演述神奇怪异故事的内涵。

中国古典小说的发展源远流长,同任何一种文学体式一样,它也经历了从萌芽、发展到成熟、演变的过程。"小说"一词的出现,最早见于《庄子·外物篇》:"饰小说以干县令,其于大达亦远矣。"显而易见,庄子所言之"小说",绝非是具有文学意义的"小说",它所指的,乃是一种与高言宏论相反的琐屑小语,完全不具备那种经世济时、耸动时听的功用,所以也就远远达不到"大达"的目的。在汉人的认识里,"小说"一词的含意已有了新的发展,它初步具有了一种"文体"的意义。如桓谭所言:"小说家合丛残小语,近取譬论,以作短书,治身理家,有可观之辞。"(《文选》卷三十一引江淹《拟李都尉从军诗》李善注引)在这里,可见出桓谭眼中的"小说",从文体上看,是一种"丛残小语"似的"短书",它有着"治身理家"的功用。稍后的班固则在《汉书·艺文志·诸子略》中特列了小说一家,著录了从先秦到汉武帝时的小说十五家,1380篇作品,并对"小说家"的源流、作者、功能等作了概略的论述:"小说家者流,盖出于稗官,街谈巷语,道听途说者之所造也。孔子曰:'虽小道,必有可观者焉,致远恐泥,是以君子弗为也。'然亦弗灭也。闾里小知者之所及,亦使缀而不忘,如或一言可采,比亦刍荛狂夫之议也。"班固对"小说"的认识,在桓谭的基础上更进了一步,但从其内涵而言,亦远非今天所言之"小说",它包含的内容极为宽泛,举凡志怪传奇、琐言杂记均已包括在内,统而笼之,称为"小说"。尽管我们在语意上可以作出如此的辨析,但当我们追寻中国古典小说的源头时,不得不把目光投向先秦时期那些大量的神话传说、志怪故事等各种琐言杂记。我们不难发现,在《左传》《国语》《楚辞》《山海经》及后来出世的《逐冢琐语》等文籍中,记载了大量的神奇怪异故事。一方面,它可使人们窥见其时之人通过幻想,"用一种不自觉的艺术方式加工过的自然和社会形式本身",反映出当时之人对世界的直观的、稚拙的认识;另一方面,从小说的角度看,那些神奇怪诞的记载,蕴含着丰富的想象、大胆的夸张,虽然粗糙,却有一定的形象性,虽然简短,却有一定的情节,甚至还有情节的变化,如《吕氏春秋·慎行论·疑似篇》中所载的"黎丘奇鬼"的故事。如此等等,正是构成小说重要的内在因素。可以说,先秦时期大量的神奇怪异的记载,已经孕育了中国古典小说的诞生。

两汉以来,随着神仙方术、谶纬迷信、阴阳五行学说的盛行,在继承先秦时期志怪倾向的基础上,大量的志怪小说问世,如《列仙传》《神仙传》《神异经》《十洲记》《汉武故事》等等,并有大量的符命瑞应的传说集中在阴阳五行、卜筮纬候的文籍之中。尽管它们在内容上大都怪异荒诞、迷信不实,有着浓厚的神道设教的色彩,表现出为其时"天人感应"的宗教神学服务的目的性;然而,从另一方面看,正是这种有目的的创作,突破了先秦时期随意性创作的传统,对小说的发展,无疑起着一定的促进作用。六朝时期,小乘佛教盛行,宣扬因果报应、神异灾祥的各种故事大量流传,如鲁迅言:"中国本信巫,秦汉以来,神仙之说盛行,汉末又大畅巫风而鬼道愈炽,会小乘佛教亦入中土,渐见流传。凡此,皆张皇鬼神,称道灵异,故晋讫隋,特多鬼神志怪之书。"(《中国小说史略》)这些鬼神怪异之书,可以干宝的《搜神记》、陶潜的《续搜神后记》、刘义庆的《幽明录》、颜之推的《冤魂志》、王琰的《冥祥记》等为代表。同时,随着六朝品评人物风气的盛行,则出现了记载文人言行趣事的所谓志人小说,代表者便是刘义庆的《世说新语》。这时的小说,结构上,虽是"粗陈梗概",情节上也少有曲折生动的描写,但它较先秦、两汉的志怪传说毕竟大进一步,由纯粹的志怪到有意识的志怪,再到志人,这已经显示了中国古典小说将从萌芽、幼稚阶段向它的成熟期演进。

中国古典小说发展到唐代,迎来了它的成熟阶段。鲁迅先生在谈到唐人小说时,曾作了一段精辟的论述,他说:"小说亦如诗,至唐代而一变。虽尚不离于搜奇记逸,然叙述宛转,文辞华艳,与六朝之粗陈梗概者相较,演进之迹甚明,而尤显者乃在是时则始有意为小说。"(《中国小说史略》)从这里可看出,中国古典小说发展到唐代,有了一种质的变化,这种质的变化,概言之是为"始有意为小说"。析言之,是应有如下诸点:其一,小说文体意义的成熟。唐人突破了小说依附于杂史、杂传的束缚,自觉地进行小说创作,通过丰富的想象,大胆的虚构,生动的描写,来表现他们对人生意义的体悟,对纯真爱情的追求与赞颂,对历史经验的总结与反思,对惩恶扬善的价值观念的肯定,使小说一体,亦如诗、文一样,成为表情达意的一种文学体式而正式走向文坛,具有了现代小说的意义。其二,唐人小说突破了六朝小说"粗陈梗概"的格局,以完整、曲折的情节来塑造人物形象,表现作者情志。唐人小说,有着完整的故事情节,都具有一个开端、发展、高潮、结局这样一个完整的情节演变过程,以情节的曲折变化来展现故事,刻画人物形象。故而其篇幅较为宏大,与六朝"粗陈梗概"的片段,自有着明显的区别。其三,多样化的叙事角度与叙事方式。唐人小说在继承传统史传的第三人称全知角度及第三人称限知角度叙事模式的基础上,还使用了第一人称限知视角的叙事方式,让第一人称"我"进入故事,充当故事中的角色,一方面使作品增添了较强的情节力度及情感强度;而另一方面,则又增强了故事的真实性,引发作者在阅读心理上对作品的认同,能够促进作品与读者间的进一步沟通。在叙事方式上,在继承传统的以时间顺序叙事的同时,还多用插叙、倒叙等叙事方式,这些叙事方式的变化,避免了唐以前小说单调的叙事格局,使故事情节更为曲折生动,笔法更加跳跃活泼,当然也就大大地增加了作品的艺术效果。其四,小说语言的更加成熟与丰富。唐人小说充分借用了中国文学语言发展的成果,特别是吸取了唐代古文运动的成果,以一种散文化的语言来叙事、描写、抒情、议论,叙事讲求简洁,描写显得生动,情致委婉,议论舒畅;同时,他们又借用诗赋来作为抒情言志的一种手段,以赋的铺陈手法来描写环境,以诗来展示人物内心世界,使其语言运用上显得更加成熟与丰富。

唐传奇以它高度的艺术成就,在中国古典小说中占据了一席重要之地,成为中国古典文学宝库中一颗璀璨的明珠。诚如宋人洪迈所言:"唐人小说,小小情事,凄婉欲绝,洵有神遇而不自知者,与诗律可称一代之奇。"(《唐代说荟·凡例》所引。)

宋人传奇大都继承晚唐余绪，作品题材大部分以历史题材为主，往往在对历史人物、历史事件的演述中，来表现他们对以往历史的认识与反思，在对历史经验教训的总结中，来达到训世劝诫的目的。同唐人小说相较，情的成分减弱，理的意味加强，说教的意味很浓；在表现上，虚构的成分减少，写实的倾向增强，所以也就不再具有唐传奇那份委婉的情致与风韵。在这一点上，也就遭到了后世批评家的一些非议，如鲁迅先生所言："宋好劝惩，摭实而泥，飞动之致，眇不可期，传奇命脉，至斯以绝。"（《唐宋传奇集·序例》）但无论怎样，它总是一种历史的存在，在它所表现出来的这种变异中，必定存有着深层的历史文化原因，探寻此种深层的原因，理应是研究者们不可推卸的责任。以此而言，它也有其存在的价值。

二

《唐宋传奇集》是鲁迅先生在研究中国古典小说时所辑录的一个唐宋小说选本，它凝聚着鲁迅先生长期的心血和努力，反映出鲁迅先生的学术功力和学术眼光。从其问世至今，已是半个多世纪过去了，本书经过时间的洗礼，越发显现出它的价值，它仍是现今乃至今后研究中国古典小说，特别是唐宋小说的必读书籍。同其他唐宋小说选本相较，是书有着如下的优长之处：

一、全书选录范围宽窄相宜，数量适中。自晚唐以来，小说不断地以专集或总集的面目传世。专集者为某一人某一时之著作，阅之，仅得其人其时之一部分，终让人有难窥全豹之憾；而总集者，以"全"为其编辑目的，除了专业的研究者，一般读者面对那些浩大的卷帙，难免望而却步，如《太平广记》之类。鲁迅先生的《唐宋传奇集》则克服了以上两方面的缺憾，在选录范围上，以唐为主，兼及宋代，唐文从宽，宋文从严，全书八卷，唐人六卷三十六篇，宋人二卷九篇，突出唐人，符合小说发展的历史真实，可让读者对唐宋小说的发展全貌有一整体的认识与把握。在选录篇目上，本书共八卷四十五篇，数量适中，而且所选篇目，均为唐宋小说中具有代表性的精品，可使读者在一阅之下，便能领略到唐宋小说的精彩之处，省却了读者的许多时间，确可收到窥一斑以见全貌的作用。

二、表现出唐宋传奇的发展线索及各自特点，具有史的眼光及意识。唐传奇的发展，一般分为三个阶段：初唐时期是唐传奇的初始时期,这一时期作品数量较少,内容大都承袭六朝志怪倾向,艺术上还不太成熟,但它已经注意到了人物形象的刻画及结构的完整,并在神怪的情节中来展露人的情感与意愿,表现出从写志怪向写现实的转化,《古镜记》《游仙窟》《离魂记》等可为代表。中唐时期是唐传奇的鼎盛时期,这一时期作品大量涌现,出现了一大批有影响的传奇作家,作品的内容十分丰富,它突破了志怪的局限,以现实人生作为表现对象,去展示时人对生活目的的感悟,对坚贞不渝的爱情的歌颂,对上层社会奢侈荒淫的指斥与批判,表现下层人士的情感、愿望等等。如此面向现实人生,使作品获得了强大的生命力。在这些优秀的作品中,都能以曲折生动的情节及细节描写去展示人物形象,表现作者对生活的态度及情感,语言也运用得非常娴熟。这一切,充分显示出唐传奇的高度发展与成熟。其中《枕中记》《南柯太守传》《柳毅传》《任氏传》《霍小玉传》《李娃传》《莺莺传》等,是诸作中的精品。晚唐时期则是唐传奇的变异期。这一时期由写单篇转向了专集的创作,出现了一大批传奇专集,如牛僧孺的《玄怪录》、牛肃的《记闻》、薛用弱的《集异记》、裴铏的《传奇》等等,这表明了此时期传奇作品的进一步增多,文体形式进一步模式化。在内容上,大量剑侠题材的出现,从一个侧面反映了晚唐不稳定的社会状况,表现了当时人们希望有剑侠人物出来除暴安良的愿望。同时志怪之作明显增多,六朝遗风出现回流的趋势。为展示唐传奇如此的发展线索,本书选录了初唐时期的三篇作品:《古镜记》《补江总白猿传》《离魂记》,(考虑到《游仙窟》有人出版专册,故未选入,鲁迅在《序例》中曾予说明)表现此期继承志怪而又向写现实人生转化的特点。中唐时期的作品选录数量最多,有名姓者计有二十余篇,另还有一些无名氏之作,历代传诵的精品,都已选录在内。晚唐之作,仅选了杜光庭的《虬髯客传》及皇甫枚的《飞烟传》两篇,此缘于本书"专在单篇"的选录标准,但仅此两篇,亦可见出晚唐传奇的特点。宋人传奇,选录了两卷九篇,大都是历史题材,表现出宋传奇借历史以寓劝诫及手法上近实录的特点。《唐宋传奇集》便以如此的方式来展示唐传奇的发展线索及各期之特点,使读者能够获得一种史的观念及认识。

三、严肃的选录态度,精到的校勘。中国古小说自班固认定其"出自稗官",为"街谈巷议、道听途说者"、"小知者所为"以来,在旧时文人及统治者的心目中,长期受到轻视,统治者虽也看到了小说能有"可观民风"的效用,但实际上,它主要的功能,却是人们茶余饭后的谈资,以助一时之娱乐。至于谈到所谓的"经国之大业,不朽之盛事",简直连边也挨不上。缘于这样的态度,在小说的编纂、印制、出版中,多出现"妄制篇目,改题撰人"、"换头削足"等等严重的错讹情况,甚至到了鲁迅时代所出版的古小说选本中,这些错讹仍然未予彻底改正,这对小说的研究与阅读,势必带来极大的危害。鲁迅先生深刻地认识到了这一点,他指出:"弥叹虽短书俚说,一遭纂乱,固贻害于谈文,亦飞灾于考史也。"于是,以他严肃的学术态度,发意匡正,斥伪返本,让古代作品以其真面目现世,为学界及读者提供可信的第一手材料。如此严肃的著作态度,贯穿于全书的始末,保证了本书的可信性。而精到的校勘,既反映了鲁迅先生严肃的学术态度,又是鲁迅先生深厚学术功力的表现。据鲁迅先生在《序例》中交代,本书各篇从明刊本《文苑英华》、清人黄晟刊《太平广记》中录出,并以明人许自昌刻本、涵芬楼影印宋本《资治通鉴考异》、董康刻士礼居本《青琐高议》、明翻宋本《百川学海》、明钞本原本《说郛》、明顾元庆刊本《文房小说》、清胡珽排印本《琳琅秘室丛书》等相校,有妄作者,辄加审正,黜其欺伪;字句相异者,惟从其是。鲁迅先生又将自己涉猎群书、有关唐宋传奇可资参证者,作成札记,名为《稗边小缀》,附于书末。其中或述说各篇源流,或考辨异说,厘正讹误,具有很高的学术价值。如此精研博考,用力之勤,使本书成为一可靠的读本,远非一些泛泛者可比。对此,鲁迅先生亦欣然说道:"持此涓滴,注彼说渊,献我同流,比之芹子,或亦稍减其考索之劳,而得玩绎之乐耶。"(《唐宋传奇集·序例》)

三

《唐宋传奇集》一书花费了鲁迅先生多年的心血,最终完成于1927年寓居广州之时,1927年12月由上海北新书局出版上册,1928年2月出版下册。1934年5月合为一册,由上海联华书店再版,后收入1938年版《鲁迅全集》。1955年,文学古籍刊行社又印行单行本,并重新校对,附以校记。此次译注,以人民出版社1981年版的《鲁迅全集》为底本,并参校1955年文学古籍刊行社印行的《唐宋传奇集》,文字有差异、取舍处,均在注释中加以说明。

本书注释,以简明达意为主,不作繁复之考证。

本书译文，尽量以直译为主，以期保有原作面目。在直译难以达意之时，在不伤文意的前提下，则以意译，力求做到信、达、雅。篇中的诗赋，亦尽量译出，一些意思浅显、文句平实的，为免伤大雅，则不予翻译。对联具有独特的语意及形式，一经翻译，势必损伤其美，故亦不译。《稗边小缀》为鲁迅的著作，遵从此套丛书体例，以附录形式附在书末，亦不作翻译。

本书的选题、订立体例、汇聚资料，均是程小铭君总其事，程君并亲自对本书前六卷的《离魂记》《枕中记》《任氏传》《柳氏传》《柳毅传》《隋遗录》《隋炀帝海山记》《迷楼记》及《序例》诸篇作了题解、注释、翻译，惜全书未竟，程君竟因病撒手人寰，英年早逝，足让人伤悲不已！是以本书前六卷余下的二十八篇，由袁政谦完成；第七、第八卷则由邱瑞祥完成。缘于继作者的学薄才谫，书中错讹之处势必难免，祈望海内方家不吝赐教是盼。

邱瑞祥
1999 年 6 月 25 日于贵阳

序 例

【题解】

　　本篇最初发表于1927年10月16日上海《北新周刊》第51、第52期合刊，后印入1927年12月北新书局出版的《唐宋传奇集》上册。

　　全篇主要说明自己校录《唐宋传奇集》的缘起及体例。

　　鲁迅深刻地分析了唐宋传奇文遭受"骇心之厄"的原因：一是封建正统文人的歧视，作品亡佚的很多，"仅赖《太平广记》等之所包容，得存什一"。二是商人为利所驱，"往往妄制篇目，改题撰人"，造成"晋唐稗传，黝虣几尽"的灾难性后果。鲁迅既痛感于此，乃"发意匡正"，在辑录了《古小说钩沉》后，又辑录了这本《唐宋传奇集》。其目的在使读者"稍减其考索之劳，而得觇绎之乐"。

　　文章的后半部分说明了校录此书的体例及甘苦，我们由此可以了解此书的一些特色。比如，本书所辑录的传奇文限于以单篇形式传世者，其取录标准是"唐文从宽，宋制则颇加抉择"。鲁迅自言成就此书"颇亦匪易"，并具体说明了其选录校核的过程，反映出作者严谨的治学态度，也表明了作者对此书的珍视心情。

【原文】

　　东越胡应麟在明代①，博涉四部②，尝云："凡变异之谈，盛于六朝，然多是传录舛讹，未必尽幻设语。至唐人，乃作意好奇，假小说以寄笔端。如《毛颖》《南柯》之类尚可，若《东阳夜怪》称成自虚，《玄怪录》元无有，皆但可付之一笑，其文气亦卑下亡足论。宋人所记，乃多有近实者，而文彩无足观③。"其言盖几是也。曁于诗赋④，旁求新途，藻思横流，小说斯灿。而后贤秉正，视同土沙，仅赖《太平广记》等之所包容⑤，得存什一。顾复缘贾人贸利，撮拾彫镌，如《说海》，如《古今逸史》，如《五朝小说》⑥，如《龙威秘书》⑦，如《唐人说荟》，如《艺苑捃华》⑧，为欲总目烂然，见者眩惑，往往妄制篇目，改题撰人，晋唐稗传⑨，黝虣几尽⑩。夫蚁子惜鼻，固犹香象⑪，嫫母护面⑫，詎逊毛嫱⑬，则彼虽小说，夙称卑卑不足厕九流之列者乎⑭，而换头削足，仍亦骇心之厄也。昔尝病之,发意匡正。先辑自汉至隋小说,为《钩沉》五部讫[15];渐复录唐宋传奇之作,将欲汇为一编,较之通行本子,稍足凭信,而屡更颠沛,不遑理董,委诸行箧,分饱蟫蠹而已。今夏失业,幽居南中[16],偶见郑振铎君所编《中国短篇小说集》,埽荡烟埃,斥伪返本,积年堙郁,一旦霍然。惜《夜怪录》尚题王洙,《灵应传》未删于逖[17],曾于故旧,犹存眷恋。继复读大兴徐松《登科记考》[18],积微成昭,钩稽渊密,而于李徵及第,乃引李景亮《人虎传》作证[19]。此明人妄署,非景亮文。弥叹虽短书俚说[20],一遭篡乱,固贻害于谈文,亦飞灾于考史也。顿忆旧稿,发箧谛观,黯澹有加,渝敝则未。乃略依时代次第,循览一周。谅哉,王度《古镜》,犹有六朝志怪余风,而大增华艳。千里《杨倡》,柳珵《上清》,遂极庳弱,与诗运同。宋好劝惩,摭实而泥,飞动之致,眇不可期,传奇命脉,至斯以绝。惟自大历以至大中中[21],作者云蒸,郁术文苑,沈既济许尧佐擢秀于前,蒋防元稹振彩于后,而李公佐白行简陈鸿沈亚之辈,则其卓异也。特《夜怪》一录,显托空无,逮今允成陈言,在唐实犹新意,胡君顾贬之至此,窃未能同耳[22]。自审所录,虽无秘文,而曩曾用心,仍自珍惜。复念近数年中,能恳恳顾及唐宋传奇者,当不多有。持此涓滴,注彼说渊,献我同流,比之芹子[23],或亦将稍减其考索之劳,而得觃绎之乐耶[24]。于是杜门摊书,重加勘定,匝月始就[25],凡八卷,可校印,结愿知幸,方欣已欷。顾旧乡而不行,弄飞光于有尽,嗟夫,此亦岂所以善吾生,然而不得已也。犹有杂例,并缀左方[26]:

一、本集所取资者,为明刊本《文苑英华》[27];清黄晟刊本《太平广记》[28],校以明许自昌刻本;涵芬楼影印宋本《资治通鉴考异》;董康刻士礼居本《青琐高议》[30],校以明张梦锡刊本及旧钞本;明翻宋本《百川学海》[31];明钞本原本《说郛》[32];明顾元庆刊本《文房小说》[33];清胡珽排印本《琳琅秘室丛书》[34]等。

一、本集所取,专在单篇。若一书中之一篇,则虽事极煊赫,或本书已亡,亦不收采。如袁郊《甘泽谣》之《红线》[35],李复言《续玄怪录》之《杜子春》[36],裴铏《传奇》之《昆仑奴》《聂隐娘》等是也[37]。皇甫枚《飞烟传》,虽亦是《三水小牍》逸文,然《太平广记》引则不云出于何书,似曾单行,故仍入录。

一、本集所取,唐文从宽,宋制则颇加抉择。凡明清人所辑丛刊,有妄作者,辄加审正,黜其伪欺,非敢刊落,以求信也。日本有《游仙窟》,为唐张文成作㊳,本当置《白猿传》之次,以章矛尘君方图版行㊴,故不编入。

一、本集所取文章,有复见于不同之书,或不同之本,得以互校者,则互校之。字句有异,惟从其是。亦不历举某字某本作某,以省纷烦。倘读者更欲详知,则卷末具记某篇出于何书何卷,自可覆检原书,得其究竟。

一、向来涉猎杂书,遇有关于唐宋传奇,足资参证者,时亦写取,以备遗忘。比因奔驰,颇复散失。客中又不易得书,殊无可作。今但会集丛残,稍益以近来所见,并为一卷,缀之末简,聊存旧闻。

一、唐人传奇,大为金元以来曲家所取资,耳目所及,亦举一二。第于词曲之事,素未用心,转贩故书,谅多讹略,精研博考,以俟专家。

一、本集篇卷无多,而成就颇亦匪易。先经许广平君为之选录㊵,最多者《太平广记》中文。惟所据仅黄晟本,甚虑讹误。去年由魏建功君校以北京大学图书馆所藏明长洲许自昌刊本㊶,乃始释然。逮今缀辑杂札,拟置卷末,而旧稿潦草,复多沮疑,蒋径三君为致书籍十余种㊷,俾得检寻,遂以就绪。至陶元庆君所作书衣㊸,则已贻我于年余之前者矣。广赖众力,才成此编,谨藉空言,普铭高谊云尔。

中华民国十有六年九月十日,鲁迅校毕题记。时大夜弥天,璧月澄照,饕蚊遥叹,余在广州。

注释

①胡应麟:明代文学家,字元瑞,更字明瑞,号石羊生,又号少室山人。著有《少室山房类稿》《诗薮》《少室山房笔丛》等。东越:古代越人的一支。胡应麟为浙江兰溪人,其地为东越故地。

②四部:我国图书分类名称,即经、史、子、集四部。

③引文见胡应麟《少室山房笔丛·二酉缀遗(中)》。《毛颖》,即《毛颖传》,唐代韩愈撰。《南柯》,即《南柯太守传》,李公佐撰,见本书。《东阳夜怪》,即《东阳夜怪录》,撰者不详,见《太平广记》卷四百九十。《玄怪录》,志怪小说集,牛僧孺撰。成自虚、元无有分别为书中人物,其人名即寓有虚构之意。

④餍:满足。餍于诗赋,即对诗赋这种形式的运用已到极致之意。

⑤《太平广记》:小说总集名。北宋李昉等编辑。共五百卷,另目录十卷。其书采录自汉至宋初的小说、笔记、稗史等四百七十五种,保存了大量的古小说资

料。

⑥《五朝小说》:小说总集,明代桃源居士编。收小说四百八十种,分"魏晋小说"、"唐人小说"、"宋元小说"、"明人小说"四部分。

⑦《龙威秘书》:丛书,清代马俊良辑。共十辑,一百七十七种。每集标有类名,如"汉魏丛书采珍"、"古今诗话集隽"、"晋唐小说畅观"等,内容庞杂,分类混乱。

⑧《艺苑捃华》:丛书,清代顾氏刊印。收"秘书"四十八种,实为书贾从《龙威秘书》等丛书中随意抽取、杂凑而成,内有小说三十余种。

⑨稗传:指被正统文学观念贬斥的笔记、小说之类。

⑩黥(qíng擎):古代肉刑,用刀刺刻颊额等处,再涂上墨。劓(yì艺):割鼻的刑罚。

⑪香象:佛经中指诸象之一。其身青色,有香气。《杂宝藏经·迦尸国王白香象养盲父母并和二国缘》:"此提醯王有大香象日,以香象力,摧伏迦尸王军。"

⑫嫫母:传说为黄帝之妃,《路史后记·黄帝》:"次妃嫫母,貌恶德充。"

⑬毛嫱:传说中的美女,《庄子·齐物论》:"毛嫱丽姬,人之所美也。"

⑭九流:先秦学术流派,即儒、道、阴阳、法、名、墨、纵横、杂、农等九家。

⑮《钩沉》五部:鲁迅辑录《古小说钩沉》,包括五类材料:一、见于《汉书·艺文志·小说家》著录者;二、见于《隋书·经籍志·小说家》著录者;三、见于《新唐书·艺文志·小说家》著录者;四、见于上述三志"小说家"之外著录者;五、不见于史志著录者。

⑯"今夏"二句:鲁迅于1927年4月21日辞去中山大学文学系主任兼教务主任职务,居住广州东堤白云楼。南中:岭南地区。这里指广州。

⑰"夜怪"二句:郑振铎《中国短篇小说集》沿《唐人说荟》之误,题《东阳夜怪录》作者为王洙、《灵应传》作者为于逖。

⑱徐松:字星伯,清代大兴(今属北京)人,嘉庆间进士。著有《唐两京城坊考》《登科记考》等书。《登科记考》:其书汇集散见于史志、会要、类书、总集等的有关材料,编次唐至五代各科进士的姓名、简历及有关科举的文献,共三十卷。

⑲徐松《登科记考》卷九引李景亮《人虎传》:"陇西李徵,皇族子,家于虢略,弱冠从州府贡焉。天宝十五载春,于尚书右丞杨元榜下登进士第,后数年补江南尉,后化为虎。"关于李徵化虎事,见《太平广记》卷四百二十七引唐代张读《宣室志》,题为《李徵》。明代陆楫等编《古今说海》,改题为《人虎传》,撰人署李景亮。徐松沿误。李景亮:《李章武传》的作者。《唐会要》:"景亮,贞元十年详明政术可以理人科擢第。"他无可考。

⑳短书俚说:指小说、杂记之类的书籍。

㉑大历、大中,均为唐朝年号。大历元年至大中十三年相当于公元766—859

年。

㉒胡君:指胡应麟。其贬斥《东阳夜怪录》的话详见本文开头所引。

㉓芹子:蔬菜名。《列子·杨朱》:"昔人有美戎菽、甘枲茎芹萍子者,对乡豪称之。乡豪取而尝之,蜇于口,惨于腹。众哂而怨之,其人大惭。"后用为自谦所献菲薄的意思。

㉔翫(wán玩):观赏、欣赏。绎:抽丝,引申为寻究。翫绎,这里有反复阅读欣赏的意思。

㉕匝(zā 砸_{阴平}):绕一周。匝月:满一个月。

㉖缀(zhuì 坠):连接;这里是写字的意思。左方:原文直写,行序为从右至左。

㉗《文苑英华》:总集名。宋太宗时李昉等奉敕编。辑集南朝梁末至唐代诗文,共一千卷。

㉘黄晟:字香泾,清代江苏苏州人,乾隆间举人。乾隆十八年(1752)刊行《太平广记》。

㉙许自昌:字元祐,明代戏曲作家,嘉靖间校刻《太平广记》大字本。

㉚《青琐高议》:笔记小说,北宋刘斧编著。前后集各十卷,别集七卷,共收作品一百四十六篇,保存了部分较完整的宋代传奇小说。

㉛《百川学海》:丛书名,宋咸淳中左圭辑。凡十集,一百种,所收多唐宋人野史杂说。

㉜《说郛》:笔记丛书,元末陶宗仪编。原本一百卷,后佚三十卷,近人据明钞本配齐,有涵芬楼排印本。系选辑汉魏至宋元的各种笔记六百余种汇编而成。

㉝顾元庆:明代长洲(至今江苏苏州)人,字大有,室名"阳山顾氏文房"。其家藏书万卷,择其善本刻印,有《文房小说》四十二种行世。

㉞《琳琅秘室丛书》:丛书名,清道光中胡珽辑。凡四集,三十种,所收偏重于掌故、说部、释道方面的书。

㉟袁郊:字之仪(一作子乾),唐代蔡州朗山(今河南汝南)人,曾官虢州刺史。《甘泽谣》:传奇集。原书已佚,今本一卷,系明人从《太平广记》中辑出。

㊱李复言:唐代传奇作家,生平不详。《续玄怪录》:传奇集。四卷,二十三篇,中华书局据南宋刻本排印。

㊲裴铏:唐末人,僖宗乾符间官至成都节度副使。《传奇》:传奇集名,三卷。原书已佚,《太平广记》中引有二十八篇。

㊳《游仙窟》:传奇篇名,唐代张鹭著。自叙投宿某宅,受二女子款待,饮酒作诗,相与调笑欢爱的故事。此书唐代传入日本,国内失传已久,清末又从日本输入。张文成:名鹭,唐代深州陆泽(今河北深县)人。高宗调露初登进士第,历官鸿胪丞、司门员外郎等。另著有《朝野佥载》《龙筋凤髓判》等。

㊴章矛尘:名廷谦,笔名川岛,浙江绍兴人。北京大学哲学系毕业,当时在厦

门大学任教。他所标点的《游仙窟》于1929年2月由北新书局出版。

㊵许广平:鲁迅夫人。广东番禺人,北京女子师范大学国文系毕业。

㊶魏建功:江苏如皋人,语言文字学家,北京大学国文系毕业。

㊷蒋径三:浙江临海人。浙江优级师范学校毕业,当时任中山大学图书馆馆员兼语言历史研究所助理员。

㊸陶元庆:浙江绍兴人,美术家。曾为鲁迅著译《彷徨》《坟》《苦闷的象征》等绘制封面。书衣:书套,这里指封面。

【今译】

东越人胡应麟生活在明代,他广泛涉猎经、史、子、集四部图书,曾经说道:"大凡那些变幻诡异的言谈,从六朝开始兴盛,但大多是传抄荒诞不经的传闻,不一定都出自作者的虚构创作,到了唐人,就作意好奇,借小说来寄寓文笔。其作品如《毛颖传》《南柯太守传》之类还算不错,像《东阳夜怪录》里面的人物叫成自虚,《玄怪录》里面的人物称元无有,这类作品都只可付之一笑,它们的文气也卑下,不值得评说。宋人所记载的,就大多接近实事,但文采不值得观赏。"他的话大致是不错的。唐人对诗赋已发挥尽致,于是寻求新的表达途径,其文藻才思充盈流布,小说就这样发展得灿烂辉煌。而所谓持心公正的后贤们,却把小说视同土沙一般,只是靠着《太平广记》等书的包容,其作品才得保存十分之一。不过又因商人出于谋利的动机,把它们搜罗拢来雕版刻印,如《说海》,如《古今逸史》,如《五朝小说》,如《龙威秘书》,如《唐人说荟》,如《艺苑捃华》,编者为使这些书的总目显眼夺目,令读者眼花缭乱而被迷惑,往往假造篇目,改题作者,晋、唐的笔记小说,差不多都遭受了刺面割鼻的刑罚。那蚂蚁爱惜鼻子的意识,本来就和香象一样;嫫母保护面孔的心情,难道不如毛嫱?这样看来,它们虽然是小说,早被人称为卑下不得置身于九流之列的,但如此换头削足,仍然还是一种令人心惊的灾难啊。早先我曾经不满意这种状况,发愿要匡正它。我首先辑录自汉至隋的小说,编成《古小说钩沉》五部;逐渐又辑录唐宋传奇的作品,打算汇为一编,使它较之那些通行的本子,稍微能够信赖,但我屡次经历颠沛流离的生活,没有闲暇整理修正,只能把它们放在行李箱中,供蠹鱼饱餐而已。我今年夏天失业,隐居岭南,偶然见到郑振铎君所编的《中国短篇小说集》,其书能扫荡笼罩于古代小说上的烟雾尘埃,斥退伪讹,恢复原貌,使多年窒塞不明之处,一时间突然消散。可惜书中《夜怪录》的作者还题名为王洙,《灵应传》的作者也未能改正题作于邃的错误,大概郑君对于手中的旧书,还存有眷念之心吧。接着我又读到大兴徐松《登科记考》一书,其书能积微成昭,钩稽渊密,但关于李徵及第之事,却引李景亮《人虎传》作证。这是明代人胡乱署名,并不是李景亮的文章。我由此更加感叹传奇小说虽然被称作短书俚说,一旦遭到纂乱,固然要对文学带来危害,也会给考辨史实降临灾难。这时突然想起我整理的旧稿,就打开箱子仔细观看。那旧稿静静地躺在箱中愈加显得暗淡,却一点没有损坏。我于是大致依照时代次第,纵览了一遍。确实如此啊,王度的《古镜记》,还保存有六朝志怪的遗风,但大大增加了文章的华艳。房千里的《杨娼传》,柳珵的《上清传》,就太低下纤弱了,与当时的诗运相同。宋人喜欢劝善惩恶的文字,他们的传奇文摘取实事却拘泥于此,唐人那种飞扬飘动的风致,已遥远而不可期待,传奇的命脉,到这里也就断绝了。只是从唐代大历直到大中这段时间,作者众多,文苑繁荣,前期有沈既济、许尧佐的优秀篇章,后期有蒋防、元稹的精彩作品,而李公佐、白行简、陈鸿、沈亚之等人,则是作者队伍中的卓越优秀者。特别是《东阳夜怪录》一篇,显然是依托虚构的故事,到现在看来内容确实陈旧了,但在唐代还是有新意的,胡君却如此贬低它,我个人是不敢苟同的。自己详查所辑录的传奇小说,虽然没有珍贵秘文,而过去为此曾用过心力,所以仍然敝帚自珍。又思念近几年来,能恳恳顾及唐宋传奇的人,应当不多有。我拿出这旧稿,就像把涓滴的水流,注入那小说的渊海中。献给我的同好,就如同那蜇口的芹子,实在不成敬意,或许也将稍微减轻他们考索的辛劳,而获得阅读欣赏的快乐吧。于是我关上房门摊开书本,对旧稿重加勘定,用了一个月时间方才完成,共八卷,可以校印。了结这桩宿愿我感到庆幸,这才心中欣喜而停止叹息。为了它,我眷念故乡而不能前往,在有限的生涯中把飞逝的光阴耗去,唉,难道这也算是爱惜我的生命吗,实在是不得已啊。还有一些杂例,一并写在下面:

一、本集所取资者,为明刊本《文苑英华》;清代黄晟刊本《太平广记》,以明代许自昌刻本校勘;涵芬楼影印宋本《资治通鉴考异》;董康刊刻的士礼居本《青琐高议》,以明代张梦锡刊本及旧钞本校勘;明代翻刻的宋本《百川学海》；明钞本的原本《说郛》；明代顾元庆刊本《文房小说》；清代胡珽排印本《琳琅秘室丛书》等。

一、本集所取，专在单篇。如果是一书中的一篇，那么即使那故事非常煊赫，或者那书已经亡佚，也不收采。比如袁郊《甘泽谣》中的《红线》，李复言《续玄怪录》中的《杜子春》，裴铏《传奇》中的《昆仑奴》《聂隐娘》等都是。皇甫枚的《飞烟传》，虽然也是《三水小牍》中的逸文，但是《太平广记》所引却没有说出于何书，似乎曾经单行过，所以仍旧入录。

一、本集所取，唐人作品的录取标准从宽，宋人作品则很注意选择。凡是明清人所辑的丛刊，其中有伪作的，就加以审正，撤除那伪欺之作，并不是我敢随便删除前人的书本而是为了求得真实可信的东西。日本存有《游仙窟》一文，是唐代的张文成撰写的，本来应当放在《白猿传》的后面，因为章矛尘君正准备出版发行此书，所以就没有编入。

一、本集所采取的文章，有的又见于不同的书，或者不同的版本，能够用来互相参校的，就用它们互相参校。如果字句有异，只依从那比较正确的。也不一一举出某字在某本作某，以减省纷繁。如果读者再想详细了解，那么我在卷末全部记录了某一篇出于哪本书哪一卷，读者可以自己覆检原书，了解它的结果。

一、平时我涉猎杂书，遇到有关唐宋传奇的资料，能够提供参证的，就随时记载下来，以备遗忘。最近因为东奔西走，很有一些资料散失了。客居生涯中又不容易得到书本，没有什么可采录的。现在只是会集琐碎零散的资料，稍微增加一点近来所看见的，合成一卷，放在书末，姑且以此保存旧闻。

一、唐人传奇，许多被金元以来的戏曲作家所取资，我就耳目所及，也举一两个例子。只是我对于词曲方面的事，平时没有用心，现在是转手贩卖故书，想来会有许多错误疏略，精细的研究和普遍的考证，要留待专家进行。

一、本集篇卷不多，而完成它却很不容易。先经许广平君为此选录篇目，选得最多的是《太平广记》中的文章。只是所依据的仅有黄晟刊本，我很担心有讹误。去年由魏建功君用北京大学图书馆所收藏的明代长洲人许自昌的刊本进行校勘，于是才放心。到今天我写录编辑各种札记,打算放在卷末,但旧稿潦草,又存在不少疑难之处,蒋径三君为我找了十多种书籍,使我得以检寻资料,终于得以就绪。到陶元庆君制作封面赠送我,则已是一年多以前的事了。多靠众人之力,才能完成此书,谨借上述空言,记下各位的崇高情谊。

中华民国十六年九月十日,鲁迅校毕题记。此时沉沉夜色弥漫天空,碧玉般的月亮静静照耀,贪嘴的蚊子远远叹息,我正在广州闲居。

唐宋传奇集卷一

古镜记

王 度

【题解】

本篇作者王度,隋末唐初人。隋大业初为御史,后兼著作郎。曾奉诏撰国史。大业末写作《隋书》,未完成。生年不详,约于唐武德初年去世。

本篇选自《太平广记》卷第二百三十。作品主人公王度,自述从汾阴人侯生那得到一面古镜,能辟邪镇妖,携之外出,先后照出老狐和大蛇等所化的精怪,并消除了疫病。其弟王勣出游,借用古镜,又一路消灾除怪。作者以独立的小故事连缀以成章,比起六朝志怪的零篇散录,在结构上有了进步。篇中记述了降妖伏兽、显灵治病以及反映阴阳变化的诸种灵异,明显存有六朝志怪的遗风,但又加强了细节和人物对话,代表着小说从志怪演进到传奇的一个发展阶段。

【原文】

隋汾阴侯生①,天下奇士也。王度常以师礼事之。临终,赠度以古镜,曰:"持此,则百邪远人。"度受而宝之。镜横径寸,鼻作麒麟蹲伏之象。绕鼻列四方,龟龙凤虎,依方陈布。四方外又设八卦,卦外置十二辰位,而具畜焉。辰畜之外,又置二十四字,周绕轮廓,文体似隶,点画无缺,而非字书所有也。侯生云:"二十四气之象形。"承日照之,则背上文画,墨入影内,纤毫无失。举而扣之,清音徐引,竟日方绝。嗟乎,此则非凡镜之所同也。宜其见赏高贤,自称灵物。侯生常云:"昔者吾闻黄帝铸十五镜,其第一横径一尺五寸,法满月之数也。以其相差各校一寸,此第八镜也。"虽岁祀攸远,图书寂寞,而高人所述,不可诬矣。昔杨氏纳环②,累代延庆;张公丧剑③,其身亦终。今度遭世扰攘,居常郁怏,王室如毁,生涯何地,宝镜复去,哀哉!今具其异迹,列之于后,数千载之下,倘有得者,知其所由耳。大业七年五月④,度自御史罢归河东⑤,适遇侯生卒,而得此镜。至其年六月,度归长安,至长乐坡,宿于主人程雄家。雄新受寄一婢,颇甚端丽,名曰鹦鹉。度既税驾⑥,将整冠履,引镜自照。鹦鹉遥见,即便叩首流血,云:"不敢住。"度因召主人问其故。雄云:"两月前,有一客携此婢从东来。时婢病甚,客便寄留,云'还日当取'。比不复来,不知其婢之由也。"度疑精魅,引镜逼之。便云:"乞命,即变形。"度即掩镜曰:"汝先自叙,然后变形,当舍汝命。"婢再拜自陈云:"某是华山府君庙前长松下千岁老狸,大行变惑,罪合至死。遂为府君捕逐,逃于河渭之间,为下邽陈思恭义女⑦,蒙养甚厚。嫁鹦鹉与同乡人柴华。鹦鹉与华意不相惬,逃而东;出韩城县,为行人李无傲所执。无傲,粗暴丈夫也,遂将鹦鹉游行数岁,昨随至此,忽尔见留。不意遭逢天镜,隐形无路。"度又谓曰:"汝本老狐,变形为人,岂不害人也?"婢曰:"变形事人,非有害也。但逃匿幻惑,神道所恶,自当至死耳。"度又谓曰:"欲舍汝,可乎?"鹦鹉曰:"辱公厚赐,岂敢忘德。然天镜一照,不可逃形。但久为人形,羞复故体。愿缄于匣,许尽醉而终。"度又谓曰:"缄镜于匣,汝不逃乎?"鹦鹉笑曰:"公适有美言,尚许相舍。缄镜而走,岂不终恩?但天镜一临,窜迹无路,惟希数刻之命,以尽一生之欢耳。"度登时为匣镜;又为致酒,悉召雄家邻里,与宴谑。婢顷大醉,奋衣起舞而歌曰:"宝镜宝镜!哀哉予命!自我离形,于今几姓?生虽可乐,死必不伤。何为眷恋,守此一方!"歌讫,再拜,化为老狸而死。一座惊叹。大业八年四月一日,太阳亏⑧。度时在台直⑨,昼卧厅阁,觉日渐昏。诸吏告度以日蚀甚。整衣时,引镜出,自觉镜亦昏昧,无复光色,度以宝镜之作,合于阴阳光景之妙。不然,岂合以太阳失曜而宝镜亦无光乎⑩?叹怪未已,俄而光彩出,日亦渐明。比及日复，镜亦精朗如故。自此之后，每日月薄蚀，镜亦昏昧。其年八月十五日，友人薛侠者，获一铜剑，长四尺。剑连于靶；靶盘龙凤之状，左文如火焰⑪，右文如水波，光彩灼烁，非常物也。侠持过度，曰："此剑侠常试之，每月十五日，天地清朗，置之暗室，自然有光，傍照数丈。侠持之有日月矣。明公好奇爱古，如饥如渴，愿与君今夕一试。"度喜甚。其夜，果遇天地清霁。密闭一室，无复脱隙，与侠同宿。度亦出宝镜，置于座侧。俄而镜上吐光，明照一室，相视如昼。剑横其侧，无复光彩。侠大惊，曰："请内镜于匣。"度从其言，然后剑乃吐光，不过一二尺耳。侠抚剑叹曰："天下神物，亦有相伏之理也。"是后每至月望，则出镜于暗室，光尝照数丈。若月影入室，则无光也。岂太阳太阴之耀，不可敌也乎？其年冬，兼著作郎，奉诏撰国史，欲为苏绰立传⑫。度家有奴曰豹生，年七十矣。本苏氏部曲，颇涉史传，略解属文，见度传草，因悲不自胜。度问其故。谓度曰："豹生常受苏公厚遇，今见苏公言验，是以悲耳。郎君所有宝镜，是苏公友人河南苗季子所遗苏公者⑬。苏公爱之甚。苏公临亡之岁，戚戚不乐，常召苗生谓曰：'自度死日不久，不知此镜当入谁手？今欲以蓍筮一卦⑭，先生幸观之也。'便顾豹生取蓍，苏公自揲布卦⑮。卦讫，苏公曰：'我死十余年，我家当失此镜，不知所在。然天地神物，动静有征。今河汾之间，往往有宝气，与卦兆相合，镜其往彼乎？'季子曰：'亦为人所得乎？'苏公又详其卦，云：'先入侯家，复归王氏。过此以往，莫知所之也。'"豹生言讫涕泣。度问苏氏，果云旧有此镜，苏公薨后，亦失所在，如豹生之言。故度为苏公传，亦具言其事于末篇，论苏公蓍筮绝伦，默而独用，谓此也。大业九年正月朔旦，有一胡僧⑯，行乞而至度家。弟勣出见之。觉其神采不俗，更邀入室，而为具食，坐语良久。胡僧谓勣曰："檀越家似有绝世宝镜也⑰。可得见耶？"勣曰："法师何以得知之？"僧曰："贫道受明录秘术，颇识宝气，檀越宅上每日常有碧光连日，绛气属月，此宝镜气也。贫道见之两年矣。今择良日，故欲一观。"勣出之。僧跪捧欣跃，又谓勣曰："此镜有数种灵相，皆当未见。但以金膏涂之，珠粉拭之，举以照日，必影彻墙壁。"僧又叹息曰："更作法试，应照见腑脏。所恨卒无药耳。但以金烟薰之，玉水洗之，复以金膏珠粉如法拭之，藏之泥中，亦不晦矣。"遂留金烟玉水等法，行之无不获验。而胡僧遂不复见。其年秋，度出兼芮城令⑱。令厅前有一枣树，围可数丈，不知几百年矣。前后令至,皆祠谒此树,否则殃祸立及也。度以为妖由人兴,淫祀宜绝。县吏皆叩头请度。度不得已,为之以祀。然阴念此树当有精魅所托,人不能除,养成其势。乃密悬此镜于树之间。其夜二鼓许,闻其厅前磊落有声,若雷霆者。遂起视之,则风雨晦暝,缠绕此树,电光晃耀,忽上忽下。至明,有一大蛇,紫鳞赤尾,绿头白角,额上有王字,身被数创,死于树。度便下收镜。命吏出蛇,焚于县门外。仍掘树,树心有一穴,于地渐大,有巨型蛇蟠泊之迹。既而坟之,妖怪遂绝。其年冬,度以御史带芮城令,持节河北道⑲,开仓粮赈给陕东⑳。时天下大饥,百姓疾病,蒲陕之间㉑,疠疫尤甚。有河北人张龙驹,为度下小吏,其家良贱数十口,一时遇疾。度悯之,赍此入其家,使龙驹持镜夜照。诸病者见镜,皆惊起,云:"见龙驹持一月来相照。光阴所及,如冰著体,冷彻腑脏。"即时热定,至晚并愈。以为无害于镜,而所济于众,令密持此镜,遍巡百姓。其夜,镜于匣中冷然自鸣,声甚彻远,良久乃止。度心独怪。明早,龙驹来谓度曰:"龙驹昨忽梦一人,龙头蛇身,朱冠紫服,谓龙驹:'我即镜精也,名曰紫珍。常有德于君家,故来相托。为我谢王公,百姓有罪,天与之疾,奈何使我反天救物!且病至后月,当渐愈,无为我苦。'"度感其灵怪,因此志之。至后月,病果渐愈,如其言也。大业十年,度弟勔自六合丞弃官归㉒,又将遍游山水,以为长往之策。度止之曰:"今天下向乱,盗贼充斥,欲安之乎?且吾与汝同气㉓,未尝远别。此行也,似将高蹈。昔尚子平游五岳㉔,不知所之。汝若追踵前贤,吾所不堪也。"便涕泣对勔,勔曰:"意已决矣,必不可留。兄今之达人,当无所不体。孔子曰:'匹夫不夺其志矣。'人生百年,忽同过隙,得情则乐,失志则悲,安遂其欲,圣人之义也。"度不得已,与之诀别。勔曰:"此别也,亦有所求。兄所宝镜,非尘俗物也。勔将抗志云路,栖踪烟霞,欲兄以此为赠。"度曰:"吾何惜于汝也。"即以与之。勔得镜,遂行,不言所适。至大业十三年夏六月,始归长安,以镜归,谓度曰:"此镜真宝物也!辞兄之后,先游嵩山少室㉕,降石梁,坐玉坛。属日暮,遇一嵌岩,有一石堂,可容三五人,勔栖息止焉。月夜二更后,有两人:一貌胡㉖,髯眉皓而瘦,称山公;一面阔,白髯,眉长,黑而矮,称毛生。谓勔曰:'何人斯居也?'勔曰:'寻幽探穴访奇者。'二人坐与勔谈久,往往有异义出于言外。勔疑其精怪,引手潜后,开匣取镜。镜光出而二人失声俯伏。矮者化为龟,胡者化为猿。悬镜至晓,二身俱殒。

龟身带绿毛,猿身带白毛。即入箕山[27],渡颍水[28],历太和[29],视玉井。井傍有池,水湛然绿色。问樵夫,曰:'此灵湫耳[30]。'村间每八节祭之,以祈福祐。若一祭有阙,即池水出黑云,大雹浸堤坏阜。'勋引镜照之,池水沸涌,有雷如震。忽尔池水腾出池中,不遗涓滴。可行二百余步,水落于地。有一鱼,可长丈余,麄细大于臂[31],首红额白,身作青黄间色,无鳞有涎,龙形蛇角,嘴尖,状如鲟鱼,动而有光,在于泥水,困而不能远去。勋谓鲛也,失水而无能为耳。刃而为炙,甚膏,有味,以充数朝口腹。遂出于宋汴[32]。汴主人张珂家有女子患,入夜,哀痛之声,实不堪忍。勋问其故,病来已经年岁,白日即安,夜常如此。勋停一宿,及闻女子声,遂开镜照之。病者曰:'戴冠郎被杀!'其病者床下,有大雄鸡,死矣。乃是主人七八岁老鸡也。游江南,将三渡广陵扬子江[33],忽暗云覆水,黑风波涌,舟子失容,虑有覆没。勋携镜上舟,照江中数步,明朗彻底,风云四敛,波涛遂息,须臾之间,达济天堑。跻摄山魏芳岭[34],或攀绝顶,或入深洞,逢其群鸟环人而噪,数熊当路而蹲,以镜挥之,熊鸟奔骇。是时利涉浙江,遇潮出海,涛声振吼,数百里而闻。舟人曰:'涛既近,未可渡南。若不回舟,吾辈必葬鱼腹。'勋出镜照江,波不进,屹如云立。四面江水豁开五十余步,水渐清浅,鼋鼍散走[35]。举帆翩翩,直入南浦[36]。然后却视,涛波洪涌,高数十丈。而至所渡之所也。遂登天台[37],周览洞壑。夜行佩之山谷,去身百步,四面光彻,纤微皆见,林间宿鸟,惊而乱飞。还履会稽[38],逢异人张始鸾,授勋《周髀九章》及明堂六甲之事[39]。与陈永同归。更游豫章[40],见道士许藏秘,云是旌阳七代孙[41],有咒登刀履火之术。说妖怪之次,更言丰城县仓督李敬慎家有三女[42],遭魅病,人莫能识。藏秘疗之无效。勋故人曰赵丹,有才器,任丰城县尉[43]。勋因过之。丹命只承人指勋停处。勋谓曰:'欲得仓督李敬慎家居止。'丹遽命敬为主,礼勋。因问其故。敬曰:'三女同居堂内阁子[44],每至日晚,即靓妆炫服。黄昏后,即归所居阁子,灭灯烛。听之,窃与人言笑声。及至晓眠,非唤不觉。日日渐瘦,不能下食。制之不令妆梳,即欲自缢投井。无奈之何。'勋谓敬曰:'引示阁子之处。'其阁东有窗。恐其门闭固而难启,遂昼日先刻断窗棂四条,却以物支柱之,如旧。至日暮,敬报勋曰:'妆梳入阁矣。'至一更,听之,言笑自然。勋拔窗棂子,持镜入阁,照之。三女叫云:'杀我婿也!'初不见一物。悬镜至明,有一鼠狼,首尾长一尺三四寸,身无毛齿;有一老鼠,亦无毛齿,其肥大可重五斤;又有守宫⑮,大如人手,身披鳞甲,焕烂五色,头上有两角,长可半寸,尾长五寸已上,尾头一寸色白,并于壁孔前死矣。从此疾愈。其后寻真至庐山,婆娑数月,或栖息长林,或露宿草莽,虎豹接尾,豺狼连迹,举镜视之,莫不窜伏。庐山处士苏宾⑯,奇识之士也,洞明《易》道,藏往知来,谓勣曰:'天下神物,必不久居人间。今宇宙丧乱,他乡未必可止,吾子此镜尚在,足下卫,幸速归家乡也。'勣然其言,即时北归。便游河北,夜梦镜谓勣曰:'我蒙卿兄厚礼,今当舍人间远去,欲得一别,卿请早归长安也。'勣梦中许之。乃晓,独居思之,恍恍发悸,即时西首秦路。今既见兄,勣不负诺矣。终恐此灵物亦非兄所有。"数月,勣还河东。大业十三年七月十五日,匣中悲鸣,其声纤远,俄而渐大,若龙咆虎吼;良久乃定。开匣视之,即失镜矣。

注释

①汾阴:古县名,治所在今山西万荣县西南的宝鼎,因在汾水之南故名。

②杨氏:即杨宝。《续齐谐记》:"杨宝年九岁,至华阴山北,见一黄雀为鸱枭所博,坠树下。宝取归置巾箱中,食黄花百余日,毛羽成,乃飞去。其夜梦黄衣童子向宝再拜,以白环四枚与宝,曰:'令君子孙洁白,位登三事,当如此环矣。'"以后即以此事作为报恩的典故。

③张公:即张华。晋代人,博学多识,著有《博物志》,记载异景奇物和古代琐事杂事,共十卷。晋惠帝时为司空。据《晋书·张华传》,张华看见夜空中斗宿和牛宿之间有祥瑞之气,便邀雷焕同观天象,雷焕辨别出那是宝物的精气,在丰城那个地方。张华即补雷焕为丰城县令。雷焕上任,果然在丰城挖得两把宝剑,将其中的龙泉剑送给张华。后来张华为赵王司马伦所害,宝剑也破壁飞走。

④大业:隋炀帝年号(公元605—618年)。

⑤河东:古地区名。秦、汉时指今山西省西南部。唐以后泛指今山西全省,因本地区位于黄河以东而得名。

⑥税驾:停歇、休息的意思。

⑦下邽(guī 归):古县名,治所在今陕西渭南县东北,唐时为华州属县。

⑧亏:损、缺。"太阳亏",即日蚀。

⑨直:值班。

⑩曜(yào 要去):日光。

⑪文:花纹。

⑫苏绰:西魏京兆武功(今属陕西)人,仕西魏文帝元善矩,官至大行台度支

尚书兼司农卿,传在《后魏书》及《北史》。王度撰《隋书》,不应为苏绰立传。

⑬河南:唐代道名,约辖今山东河南黄河故道以南、江苏、安徽淮河以北地区。

⑭蓍(shī 诗):蓍草,多年生草本植物,叶细长,茎直立。我国古代用它的茎占卜。筮(shì 试):用蓍草卜卦问凶吉叫"筮"。

⑮揲(dié 迭,又读 shé 舌):用手抽点成批或成束的物品的数目。

⑯胡僧:外族僧人。

⑰檀越:佛教名词,梵文 Dūnapati 的音译,意为"施主",即僧人对施舍财物给寺庙的人和团体的尊称。

⑱芮城:县名。在山西省西南,黄河北岸,邻接陕西、河南两省。

⑲节:符节。古代使者持以作为凭证。魏晋以来,地方军政长官便有了持节的名称。河北道:隋代只有郡县,并无道的名称。唐太宗贞观元年分天下为十道,河北道统州二十三,大部分在今河北省。

⑳陕东:古地区名,指陕陌(今河南陕县西南)以东地区。陕,即陕陌。

㉑蒲:古地名,今山西隰(xí 西阳)县西北一带。

㉒六(lù 路)合:隋代县名,今江苏六合县。

㉓同气:兄弟。

㉔尚子平:即"向子平"。东汉人,名长,字子平,隐居不仕。据《后汉书·向长传》:建武年间,儿女娶嫁的事都办妥后,向子平便不再过问家事,跟好友北海人禽庆游五岳名山,竟不知所终。今成语称儿女婚嫁事毕为"向平愿了"。

㉕嵩山:山名,五岳中的中岳,在河南省登封县北。少宝:山名,嵩山西面即少室,山北麓五乳峰下有少林寺。

㉖胡:胡人,中国古代对西北部民族的统称,也泛指外国或外族人。

㉗箕山:山名,在河南登封县东南,是古时隐士许由、巢父隐居之地。

㉘颍水:水名,发源于河南登封县嵩山西南,后流至安徽寿县入淮河。

㉙太和:县名,在安徽西北部,颍水斜贯南部。

㉚湫(qiū 秋):水池。

㉛麄:同"粗"。

㉜宋:春秋时古国名,疆域在今河南东部及山东、安徽、江苏部分地区。这里"宋"是宋地的意思。汴:汴州,唐时治所在今河南开封县。属古时宋地,因此称"宋汴"。

㉝广陵:郡名,治所在今江苏扬州市。

㉞摄山:山名,即今江苏南京市东北的栖霞山。

㉟鼋(yuán 元):即鳖,也称鼋鱼。鼍(tuó 陀)即扬子鳄,古称鼍龙。

㊱南浦:南面的水边。

㊲天台:山名,在浙江省东部。

㊳会稽:古县名,治所在今浙江绍兴市。

㊴周髀(bì闭):算经十书之一。西汉或更早时期的天文历算著作。九章:算经十书中重要的一种,也是世界古代著名数学著作之一。该书系统总结了先秦到东汉初年的数学成就。全书分九章,故名。明堂六甲:传说黄帝作《九宫经》,立明堂之制。六甲即五行方术,据说能驱使鬼神。"明堂六甲"这里指以种种方术来预测人和国家的命运、气数。

㊵豫章:古郡名,即今江西省南昌市。

㊶旌阳:即许逊,晋代道士。学道于吴猛,后举孝廉,曾为旌阳县(今湖北枝江县北)令,因此又称许旌阳。后来弃官东归,周游江湖。传说东晋宁康二年(公元374年)在南昌西山举家四十二口拔宅飞升。"一人得道,鸡犬升天"这句谚语就来自于此。

㊷丰城:县名,在江西中部。

㊸县尉:官名,掌管一县的军事。

㊹阁子:小室,阁,同"阁"。

㊺守宫:即壁虎。

㊻处士:古代称有德才而隐居不愿做官的人。

【今译】

　　隋朝时,汾阴有位侯生,是天下的奇士。王度一直以对待老师的礼节对待他。侯生临终时,送王度一面古镜,说:"拿着它,各种妖邪都会远远避开的。"王度接受了这面古镜,对它非常珍爱。

　　那古镜直径有八寸,背面正中凸出的镜鼻制成麒麟蹲伏的样子。环绕它分为东、南、西、北四个方向,龟、龙、凤、虎按四方分布。四方之外又设置八卦,八卦之外排列着十二时辰的位置,各有代表每个时辰的牲畜形象。这之外,又有二十四个字,沿镜子的边围成一周,字体像是隶书,点画都不缺,但又不是字书上所有的。侯生说:"这是二十四个节气的象形。"对着太阳映照时,镜子背面的文字图案,笔迹就透入光影之中,丝毫没有差异。拿起镜子敲它,清越的声音徐徐漫出,整整一天才消失。唉,这实在跟普通的镜子不相同。难怪它被一些高人贤者所赏识,称它是通灵性的宝物。侯生曾经说:"从前我听说黄帝铸造了十五面镜子,第一面的直径为一尺五寸,是按满月之时的天数制造的,以下依次减少一寸,这是第八面镜子。"虽然年代久远,图书缺少记载,但高人所说的话,不可能是假的。从前杨宝救了一只黄雀因此得到了它作为报答的玉环,子孙都得到福泽,位居三公;而张华失去了龙泉剑,自身也性命不保。现在我遭受乱世的扰攘,常常抑郁不欢,朝廷一旦灭亡,我将到什么地方去安身呢?眼下宝镜又失去了,可悲呵!如今我把宝镜那些奇异的事,一一写在后面,要是几千年之后,有人重新得到它,便可以知道它的来历。

　　大业七年五月,我被罢免了御史之职回到河东,正遇上侯生去世,因而得到这面古镜。到了这年的六月,我回长安,到长乐坡,住在房主程雄家里。程雄最近接纳了一名寄宿的婢女,长得十分端庄美丽,名叫鹦鹉。我停歇下来后,打算收拾一下鞋帽,顺便拿出镜子来照照。鹦鹉远远看见,立即叩头直至流血,说:"我再也不敢住下去了。"我因此把主人叫来问他是什么原因。程雄说:"两个月前,有个客人带着这个婢女从东边来。当时这婢女病得很重,客人便把她寄留在这里,说:'以后回来时带走她。'到现在也没有来,不知道这个婢女为什么会这样。"我怀疑她是妖精鬼魅,拿着镜子逼问她。她就说:"饶命,我立刻就现出原形。"我便遮住镜子,说:"你先讲讲自己的来历,然后再现原形,就饶你性命。"那婢女一再拜谢,自述说:"我原是华山府君庙前大松树下的千年老狐狸,曾大肆变化形体迷惑他人,罪该处死。这样就遭到府君追捕,逃到黄河跟渭河之间,做了下邽陈思恭的干女儿,蒙受他的厚养。他们把我嫁给同乡人柴华。我跟柴华情意不投合,又向东逃走,出了韩县城,被过路的李无傲抓住。李无傲是个粗暴的男人,带着我四处游荡了好几年,前不久跟他来到这里,忽然把我留下来,想不到碰上天镜,要隐形逃走都无路可寻。"我对她说:"你本是只老狐狸,变形为人,能不害人吗?"婢女说:"我变做人侍奉别人,并非有害。但是逃跑躲藏变形骗人,为神道所厌恶,自然是该死的了。"我又说:"打算放你一条生路,可以吗?"鹦鹉说:"承蒙你这样厚爱,怎敢忘记你的恩德。然而被天镜一照,就不能再逃走了。只是变成人很久了,羞于再变回原先的样子,希望能把镜子关闭在匣子里,让我喝个烂醉而死去。"我又对她说:"把镜子关进匣子,你不逃走吗?"鹦鹉笑道:"刚才你还对我说过美好的话,答应放我。收起镜子让我逃走,不正好完成你的恩赐吗?但是被天镜照过,想逃窜也没有路,只能希望在最后的片刻生命中,尽量得到一生的欢乐罢了。"我立刻就把宝镜收进匣子,又为她准备好酒菜,把程雄家左右的邻居都请来,跟她一起喝酒说笑。

那婢女不久就喝得大醉，于是抖动衣衫起舞歌唱道：

> 宝镜呵宝镜，
> 可悲呵我的命运！
> 自从我变离原形，
> 至今换过几次姓名？
> 活着虽可以得到欢乐，
> 死了也不必去伤心，
> 为什么要眷恋不舍，
> 苦守在这个地方！

唱完，拜了又拜，就化作老狐而死。在座的人无不惊讶叹息。

大业八年四月一日，发生了日蚀。我那时正在台署当值，白天躺在厅阁里，觉得日光渐渐昏暗。那些官员告诉我日蚀得厉害。我起身整衣时，拿出镜子来，发觉镜子也已经昏暗，不再有光彩色泽，我就想到宝镜的制作，符合阴阳光影的奥妙。要不然，怎么太阳失去光华时，宝镜也就没有光彩呢？还在惊叹奇怪的时候，宝镜不久又重显光彩，太阳也逐渐明亮起来。等到太阳完全复原，镜子也就精亮明朗如初了。从此以后，每当日蚀和月蚀的时候，镜子都会昏暗不明。

这年的八月十五日，友人薛侠，得到一把铜剑，长四尺，剑身到剑柄相连。剑柄作龙凤盘绕状，左边花纹如火焰，右边花纹如水波，光彩闪烁，非平常之物。薛侠带剑到我这里来，说："这把剑我经常试验它，每月十五日，天地清朗，把它放在暗室里，自然就会发光，旁边好几丈远都能照亮。我得到它已经好久了。知道您爱好奇物古玩，如饥似渴，愿意跟您今晚来试它一下。"我听了十分高兴。这天夜里，果然遇到天清地明的天气。我把一间屋子严密关闭了，没有丝毫缝隙，同薛侠一起住在里面。我也拿出宝镜，放在座位旁边。不久镜面上就吐出光芒来，照亮整个房间，两人相视如同白天那样清楚。剑放在镜子一旁，不再有一点光彩。薛侠很惊讶，说："请把镜子放回匣中。"我听从了薛侠的话，以后剑才又吐出光来，不过一二尺罢了。薛侠抚摸着剑叹息说："天下神奇的东西，也有强弱互相制伏的道理呵！"此后每逢月满时，就把镜子放在暗室里，光亮总能照好几丈远。但若月光照进屋子里来,镜子就没有光了。难道太阳月亮的光耀是镜子不可匹敌的吗?

同年冬天,我兼任著作郎,奉皇上之命撰写国史,要给苏绰写传记。我家有个仆人名叫豹生,已经七十岁了。他从前是苏绰的部下,读过一些历史和传记,略为知道一些写文章的事,看到我写的传记草稿,就抑制不住心中的悲伤。我问他为什么要这样,他告诉我说:"豹生曾经受过苏公的厚待,现在看见苏公的话应验了,所以悲哀。郎君所持有的宝镜,是苏公的朋友河南季苗子赠送苏公的。苏公非常喜爱它。苏公临死的那一年,经常闷闷不乐,曾请季苗子去,对他说:'我估计自己的死期不会远了,不知道这面镜子落到谁的手中?今天想用蓍草来占一卦,希望先生来看看。'便要我取来蓍草,苏公亲自分数蓍草布卦。占卦完了,苏公说:'我死后十多年,我家必当失去这面镜子,不知落在何处。但是天地间的神灵之物,动与静都有先兆,现在黄河、汾水之间,常常有宝气出现,与卦象的征兆相合,这面镜子是要到那里去吧。'季子问:'是不是也要被人所得呢?'苏公又仔细看了卦象,说:'先到侯家,然后又归姓王的人所有。再以后,就不知它的下落了。'"豹生说完就哭起来。后来我去问了苏家的人,果然说从前有这样一面镜子,苏公死后,也就不知去向,正如豹生说的那样。因此,我为苏公作传,也将这事完完全全写在篇末,谈到苏公用蓍草占卦的本领无人可比,能够静心默会所见独到,指的正是这一点。

大业九年正月初一,有一个外族僧人,化缘行乞来到我家。我弟弟王勣出来见他,觉得他神采不俗,又邀请他进屋,为他预备饭食,两人谈了很久。外族僧人对王勣说:"施主家好像有世间罕见的宝镜,能让我看一看吗?"王勣说:"法师何以知道这事呢?"僧人说:"贫道曾读过神籍,学过秘术,能识得宝气。施主住宅上空,每天有绿色的光透出与日光相连,有红色之气与月亮相接,这就是宝镜的光气。贫道见到它已有两年了。如今挑了一个好日子,想要见见它。"王勣就把镜子拿了出来。僧人跪下来双手接过去,欣喜雀跃,又对王勣说:"这镜子有好几种灵异的现象,都是未曾见过的。只要是用黄金膏涂抹它,用珍珠粉擦拭它,举起来对着日光,它反射的光影一定能穿透墙壁。"僧人又叹息说:"进一步作法试验,应该照见人的五脏六腑,可惜终究没有需要的药。只有用炼金的烟来熏它,用打磨玉石的水来洗它,再用金膏珠粉照我说的那样去擦拭它,即便把它埋藏在泥土中,也不会失去光彩了。"于是就留下了金烟玉水等方法。以后照他的方法去做,没有一次失效的。而那个外族僧人从此就不见了。

这年秋天,我离京兼任芮城县令。县署的厅堂前有一棵枣树,树围可达数丈,不知有几百年了。前后到任的县令,都要拜祭这棵树,否则灾祸很快就会到来。我认为妖异是由人弄出来的,滥行祭祀必须禁绝。县吏们都磕头请求我照常拜祭。我不得已,只好祭祀这棵树。然而我心中暗想,这树里一定藏着什么精怪,人们不能除掉它,才养成它的势头,就悄悄地把宝镜悬挂在树枝间。当夜二更时分,听见厅堂前面有很响的声音,如同霹雳雷霆。就起来观望,只见风雨晦暗的景象缠绕着这棵树,电光闪耀,忽上忽下。到了天明,有一条大蛇,紫鳞赤尾,绿头白角,额上有王字,身上有数处创伤,死在树下。我就取下镜子收藏起来。命令县吏把蛇拿出去,在县门外面烧了。又叫人来掘树,发现树心有个洞,通向地下就逐渐大起来,有巨蛇蟠居过的痕迹。接着便把洞穴填埋起来,妖怪也就绝迹了。

同年冬季,我以御史身份兼芮城令,掌管河北道,开官家粮仓救济陕东。当时天下普遭饥荒,百姓中流行疾病,蒲陕之间,疫病尤为严重。有个河北人张龙驹,是我手下的小官,他家主仆几十口人,同时都患上疾病。我可怜他,派人送镜子去他家,叫龙驹夜里拿镜出来照。那些患病的人看见镜子,都惊奇地起来了,说:"看见龙驹拿一个月亮来照我们,光亮照到的地方,如同冰块放在身上,冷彻腑脏。"当时热度就消退了,又过一阵病就全好了。我想这样做对镜子并无害处,却能帮助众人,就叫人秘密地带着镜子,到处去巡视以解救百姓。那天夜里,镜子在匣中清脆地自动鸣响起来,声音传得很远,许久才停止。我心中感到奇怪。第二天早上,龙驹来对我说:"龙驹昨晚忽然梦见一个人,龙头蛇身,朱冠紫服,对我说:'我就是镜精,名叫紫珍,曾对你家有些恩惠,所以前来托你办一件事。你代我告诉王公,百姓有罪孽,老天爷才让他们患病的,怎么让我违反天意去救他们呢?何况这病到了下个月,就会渐渐痊愈的,不要叫我去吃苦了。'"我感叹镜子竟如此灵异,因此便记载下这件事。到了下个月,疫病果然渐渐就痊愈了。如同镜精托梦时说的那样。

大业十年,我弟王勣从六合辞掉了县丞的官职回家,又要去遍游各地山水，为今后作长期打算。我阻止他说："现在天下将要大乱，盗贼到处都是，你想到什么地方去呢？况且我跟你是同胞手足，从来不曾长远离别。这次你去了，好像是要远行。从前尚子平说他去游五岳，一走便不知到哪里去了。你如果想追随他，我怎么受得了呢？"说完便对着王勣流下眼泪。王勣说："我的主意已经决定了，绝不会留下来。兄长是当今的通达之人，应当没有什么事不能体察。孔子说：'一个人不可以强迫他改变志向。'人生百年，光阴快得如同白驹过隙，得意时就快乐，失意时就悲伤，如何满足自己的欲望？这就是圣人的道理了。"我不得已，只得跟王勣告别。王勣说："这次分别，我也有所求。兄长所有的那面宝镜，不是尘世间的俗物。我这一去将要高踏云路，栖身于烟霞之间，想求兄长把它送给我。"我说："我怎么会舍不得给你呢？"当即就把镜子给了王勣。王勣得到宝镜，就动身走了，也不说要到什么地方去。

到了大业十三年夏六月，王勣才回到长安，把镜子归还，对我说："这镜子真是宝物呵！辞别兄长后，我先游历了嵩山少室，下山过石桥，在玉坛坐了一阵。到了太阳西下，路遇一壁空陷的岩石，内有一个石堂，可容纳三五个人，我就停下来在那里栖息。月夜二更以后，来了两个人：一个貌如胡人，胡须眉毛花白而形容消瘦，自称山公；另一个脸很宽，白胡子，长眉毛，人黑而矮，自称毛生。他们问我：'什么人住这里？'我回答说：'是寻幽探穴访问奇异的人。'两个人就坐下来跟我谈了很久，不断有些异常的意思从他们的话中流露出来。我怀疑他们是妖怪，就把手悄悄地伸到背后，开匣取镜。镜光射出时二人惊叫一声就俯伏在地。矮的一个化为乌龟，像胡人的那个化为猿猴。将镜子悬挂到天亮，两个妖精都死了。乌龟身上长着绿毛，猿猴身上长着白毛。"

"接着我进入箕山，渡过颍水，经过太和，看了玉井。井旁边有个池塘，池水为深绿色。问了樵夫，樵夫说：'这是灵湫，村里人每逢节日都要来祭它，以祈求神灵保佑。如有一个节日不祭，池水中立即会冒出黑云，大冰雹打下来，浸损堤坝毁坏山丘田地。'我取出镜子照那池塘，池水沸腾翻滚，有雷声震天般响亮。忽然池水从池塘中升腾起来，点滴不留。飞出二百多步，水落在地上。有一条鱼，长约一丈多，比人的手臂还粗，红头白额，身上青黄色相间，没有鳞而有涎，样子像龙而又有蛇角,嘴尖,形状似鲟鱼,转动时身上有光,在泥水中,被困而不能远走。我说它是鲛,没有水而无能为力。就把它杀掉切下来烤着吃,很肥嫩,味道好,用它充了几天的口腹。"

"就这样我出山到了宋地汴州。住宿处的主人张珂,家中有女子患病,到了夜里,哀号痛苦的声音,实在令人不能忍受。我问是什么缘故。原来得病已有些年岁了,白天安好无事,夜里却常常如此。我在那留宿一夜,等到听见女子叫喊,便打开镜子照去。病人立即说:'戴冠郎被杀了!'这才发现病人的床底下,有一只大公鸡,已经死了,是主人家七八岁的老鸡。"

"后来又去游江南,将要从广陵渡扬子江,忽然乌云掩盖水面,黑风掀起波涛,船夫大惊失色,担心船会覆没。我带着镜子上船,朝江中照去几步远,江水就变得明净透底,四面风停云敛,波涛也平息了。很快,便渡过了长江天堑。以后又登摄山麹芳岭,有时攀援绝顶,有时进入深洞;遇到成群的鸟围着人鸣噪,几头熊在路上蹲着,用镜子一挥,熊和鸟都被惊吓得逃散了。后来又乘船渡浙江,遇钱江大潮出海,涛声震响,几百里外都能听见。船夫说:'海涛接近了,不可以南渡,如不赶紧回船,我们必将葬身鱼腹。'我拿镜子照着江面,波浪就不再前进,像云层那样直立起来。四面江水分开五十余步,水渐清浅,鼋鱼鼍龙之类纷纷散走。扬起风帆轻快地一直进入南面水边。然后回头再看,波涛汹涌,浪头高达几十丈,正是在刚才渡过来的地方。接下来就登天台山,到处游览山洞岩壑。夜里就佩带镜子在山谷中行走,百步之内,四周光亮透彻,最细小的东西都能看清楚。树林中的宿鸟,因为受惊而乱飞。"

"我返回会稽时,遇见懂异术的人张始鸾,他向我传授《周髀九章》以及明堂、六甲中的方术。与陈永一道回来,又游历豫章,遇见道士许藏秘,说是许旌阳的第七代孙,会念咒踩刀踏火的法术。在谈到妖怪的时候,他又说起丰城县仓督李敬慎家有三个女儿,遇到什么鬼魅就生病了,没有人能知道是什么原因。许藏秘去给她们治疗也没有效。我的老朋友赵丹,很有才能,任丰城县尉。我去拜访他。赵丹叫差人给我安排住宿。我对赵丹说:'我想到仓督李敬慎的家里去住。'赵丹就命李敬慎作东道主,招待我。这样我就问他女儿得病的原因。李敬慎说:'三个女儿同住在厅堂内的小房间里,每天傍晚,就浓妆艳服地打扮起来。黄昏以后,便回到居住的房间,灭了灯烛。到门前去听时,有偷偷跟人谈笑的声音。直到天亮才睡觉,不喊她们就不会醒来。这样就一天天消瘦了,也吃不下东西。如制止她们梳妆打扮,她们就要上吊投井。拿她们真没有办法。'我对李敬慎说:'请带我去看看她们住的小房间。'这房间东西有窗户。我怕房门紧闭难得打开,就在白天先把窗棂刻断四根,却用东西支撑着,跟原来一样。到了傍晚,李敬慎来报告说:'已经梳妆好进房间去了。'到了一更的时候,我去听动静,房里谈笑自然。我拔掉断了的窗格子,拿着镜子进房便照,三个女儿叫起来:'杀了我的夫婿了!'开始看不见一样东西,把镜子悬挂到天亮,就发现一只黄鼠狼,从头到尾一尺三四寸长,身上没有毛和牙齿;有一只老鼠,也没有毛和牙齿,肥大得约有五斤多重;又有一条壁虎,有手那么大,身披鳞甲,五色斑斓,头上有两支角,长约半寸,尾巴长达五寸以上,尾尖有一寸是白色的,它们都死在墙壁洞穴前。从此那三个女儿的病也就好了。"

"此后,我寻找仙人到了庐山,在那里盘桓了几个月,有时栖息在密林中,有时露宿在草丛里。虎豹接尾行走,豺狼不断出现,但只要举起镜子照它们,没有不逃窜惧伏的。庐山处士苏宾,是个有神奇见识的人,洞悉《周易》的道理,知晓过去和未来,他对我说:'天下神妙的东西,必定不会久留人间。如今天下很不安定,他乡未必可以居住,你趁这面镜子还在,足以保护你,赶快回家去吧。'我认为他的话有道理,立即北上回家了。途中顺便游河北,夜里梦见镜子对我说:'我承蒙你的兄长厚待,如今要离开人间远走了,想跟他道别,请你尽早回到长安去吧。'我在梦中答应了它。到天明,独自回想梦里的事,心中恍惚不安,立刻转向西边回长安的路。现在见到兄长,我就不会违背之前的许诺了。只怕这灵物最终也不会为兄长所有。"

几个月后,王勔就回河东去了。大业十三年七月十五日,匣中发出悲鸣之声,开始声音细而远,不久就渐渐变大了,好像龙在咆哮虎在吼叫,响了好久才停止。打开匣子看时,宝镜已经不见了。

补江总白猿传

缺 名

【题解】

　　本篇作者不详,一般认为是唐前期的作品。写梁将欧阳纥的妻子被白猿劫走,欧阳纥入山找到妻子,杀死白猿;而妻子已孕,生子如猿,聪敏过人。作品虽然搜奇猎异,却通过对欧阳纥失妻后的愤恨和不避艰险,终于夺回妻子的描写,表现了他对妻子的挚爱。猿猴劫人间妇女为妻的传说,古籍中已有记载和描述。本篇在构思上想必受其影响。虽然它的内容沿袭了六朝志怪小说的遗风,但比起之前的《古镜记》来,结构相对完整,情节较为曲折,描写也颇生动,在唐代传奇的成熟过程中具有一定地位。宋代话本有《陈巡检梅岭失妻记》,其故事即脱胎于本篇。

　　本篇录自《顾氏文房小说》,校以《广记》(卷第四百四十四)。陈振孙所著《直斋书录解题·小说类》说,欧阳纥是唐初著名书法家欧阳询的父亲,因欧阳询相貌似猿猴,当时同僚大臣长孙无忌曾作诗嘲笑他。"此传遂因其嘲广之,以实其事"。那么,可以认为这篇传奇是同时的人所作,因此也就开了唐人以小说诬蔑他人的风气。题名中的"补江总"三字,意思为江总是欧阳纥的好友,欧阳纥死后虽收养欧阳询,但未作传讲述这件事,所以补之。

【原文】

　　梁大同末①,遣平南将军蔺钦南征,至桂林②,破李师古陈彻。别将欧阳纥略地至长乐③,悉平诸洞,罙入深阻④。纥妻纤白,甚美。其部人曰:"将军何为挈丽人经此?地有神,善窃少女,而美者尤所难免。宜谨护之。"纥甚疑惧,夜勒兵环其庐,匿妇密室中,谨闭甚固,而以女奴十余伺守。尔夕,阴风晦黑,至五更,寂然无闻。守者怠而假寐,忽若有物惊悟者,即已失妻矣。关扃如故⑤,莫知所出。出门山险,咫尺迷闷，不可寻逐。迨明，绝无其迹。纥大愤痛，誓不徒还。因辞疾，驻其军，日往四遐，即深陵险以索之。既逾月，忽于百里之外丛筱上，得其妻绣履一只，虽侵雨濡，犹可辨识。纥尤凄悼，求之益坚。选壮士三十人，持兵负粮，岩栖野食。又旬余，远所舍约二百里，南望一山，葱秀迥出。至其下，有深溪环之，乃编木以度。绝岩翠竹之间，时见红采，闻笑语音，扪萝引絚，而陟其上，则嘉树列植，间以名花，其下绿芜，丰软如毯。清迥岑寂，杳然殊境。东向石门有妇人数十，帔服鲜泽，嬉游歌笑，出入其中。见人皆慢视迟立，至则问曰："何因来此？"纥具以对。相视叹曰："贤妻至此月余矣。今病在床，宜遣视之。"入其门，以木为扉。中宽辟若堂者三。四壁设床，悉施锦荐。其妻卧石榻上，重茵累席，珍食盈前。纥就视之。回眸一睇，即疾挥手令去，诸妇人曰："我等与公之妻，比来久者十年。此神物所居，力能杀人，虽百夫操兵，不能制也。幸其未返，宜速避之。但求美酒两斛⑥，食犬十头，麻数十斤，当相与谋杀之。其来必以正午。后慎勿太早。以十日为期。"因促之去。纥亦遽退。遂求醇醪与麻犬⑦，如期而往。妇人曰："彼好酒，往往致醉。醉必骋力，俾吾等以采练缚手足于床，一踊皆断。尝纫三幅，则力尽不解。今麻隐帛中束之，度不能矣。遍体皆如铁，唯脐下数寸，常护蔽之，此必不能御兵刃。"指其旁一岩曰："此其食禀⑧。当隐于是，静而伺之。酒置花下，犬散林中，待吾计成，招之即出。"如其言，屏气以俟。日晡⑨，有物如匹练，自他山下，透至若飞，径入洞中。少选⑩，有美髯丈夫长六尺余，白衣曳杖，拥诸妇人而出。见犬惊视，腾身执之，被裂吮咀，食之致饱。妇人竞以玉杯进酒，谐笑甚欢。既饮数斗，则扶之而去。又闻嬉笑之音。良久，妇人出招之，乃持兵而入。见大白猿，缚四足于床头，顾人蹙缩，求脱不得，目光如电。竞兵之，如中铁石，刺其脐下，即饮刃，血射如注。乃大叹咤曰："此天杀我，岂尔之能。然尔妇已孕，勿杀其子，将逢圣帝，必大其宗。"言绝乃死，搜其藏，宝器丰积，珍羞盈品，罗列几案。凡人世所珍，靡不充备，名香数斛，宝剑一双。妇人三十辈，皆绝其色。久者至十年。云，色衰必被提去，莫知所置。又捕采唯止其身，更无党类。旦盥洗，著帽，加白袷，被素罗衣，不知寒暑。遍身白毛，长数寸。所居常读木简，字若符篆⑪，了不可识；已，则置石磴下。晴昼或舞双剑，环身电飞，光圆若月。其饮食无常，喜啖果栗，尤嗜犬，咀而饮其血。日逾午，即欻然而逝。半昼往返数千里，及晚必归，此其常也。所须无不立得。夜就诸床嬲戏⑫，一夕皆周，未尝瘵。言语淹详，华旨会利。然其状，即猳玃类也⑬。今岁木落之初，忽怆然曰："吾为山神所诉，将得死罪。亦求护之于众灵，庶几可免。"前月哉生魄⑭，石磴生火，焚其简书。怅然自失曰："吾已千岁，而无子。今有子，死期至矣。"因顾诸女，汍澜者久⑮，且曰："此山复绝，未尝有人至。上高而望，绝不见樵者。下多虎狼怪兽。今能至者，非天假之何耶？"纥即取宝玉珍丽及诸妇人以归，犹有知其家者。纥妻周岁生一子，厥状肖焉。后纥为陈武帝所诛。素与江总善⑯。爱其子聪悟绝人，常留养之，故免于难。及长，果文学善书，知名于时。

> **注释**

①梁：朝代名，南朝之一。502年萧衍称帝，国号梁，建都建康（今江苏南京）。历史上也称萧梁。557年为陈所取代，共历四帝，五十六年。大同是梁武帝萧衍年号，大同末为546年。

②桂林：古代郡名，梁时辖境约今广西洛清江、融江、柳江、黔江等流域，治所在武熙（今广西象州西北）。

③长乐：即今广东省五华县。

④罙（shēn 深）："深"的古字。

⑤扃（jiōng 窘阴）：关闭门窗用的闩、钩等。

⑥斛（hú 胡）：量器名。古代十斗为一斛，后又改为五斗。

⑦醇醪（láo 劳）：味道浓厚的酒。

⑧食廪（lǐn 林上）：粮仓。

⑨日晡（bū 布阴）："晡"，申时，即现在的下午三点到五点。"日晡"即太阳偏西的意思。

⑩少选：一会儿；不多久。

⑪符：符箓。道士画来驱使鬼神的图形和符号。箓：篆书，汉字字体的一种。

⑫嬲（niǎo 鸟）：戏弄，纠缠。

⑬猳（jiā 加）玃（jué 决）：猿猴。

⑭哉生魄："哉"，开始。"魄"，月光。月亮开始发光的意思。古时候常用作阴历每月初二或初三的代称。

⑮汍（wán 丸）澜：伤心落泪的意思。

⑯江总：南朝陈文学家，字总持，济阳考城（今河南兰考）人，生于519年，卒于594年。陈时官至尚书令，世称"江令"。明人辑有《江令君集》。

【今译】

　　梁朝大同末年,朝廷派平南将军蔺钦南征,到达桂林,击败了李师古和陈彻。别将欧阳纥攻城略地直到长乐,完全平定了各洞南蛮,然后深入到荒僻险阻的地方。

　　欧阳纥的妻子长得纤巧白皙,十分美丽。部下有人对他说:"将军为什么带着美人来这里?这个地方有神怪,善于偷走少女,而相貌美丽的更加难免,应当注意保护才行。"欧阳纥听了心中很疑惧,夜里就布置士兵在住所周围守卫,把妻子藏在一间密室,小心地把门窗关好,又用十几个女仆守护着她。

　　那天夜里,阴风阵阵天昏地暗,到了五更时分,仍然寂静无声。守护者都因为倦怠而开始打瞌睡,忽然好像有什么东西惊醒了大家,等到去看时,发现欧阳纥的妻子已经不见了。门窗依然闩得紧紧的,也不知道是从哪里出去的。门外高山险峻,咫尺之间迷蒙难辨,无法追寻。到了天亮,任何踪迹都没有发现。

　　欧阳纥十分悲痛气愤,发誓说找不到妻子不回去。于是推说生病,把军队驻扎下来,每天到四面很远的地方,去深险之处找寻。过了一个多月,忽然在百里之外的竹丛中,找到了他妻子的一只绣花鞋,虽然被雨水浸湿过,但还可以辨认。欧阳纥更加伤心,找到妻子的心愿越发坚定。选出三十名精壮士兵跟他一起去搜寻,手持兵器,背着干粮,食宿都在山野里。

　　又过了十多天,在距离驻地约二百里远的地方,向南看见一座山,葱绿秀丽,高出周围的山峦。来到山下,有一条幽深的溪流环绕着,于是就编了木筏渡过去。在悬崖绝壁和青翠的竹丛之间,不时看见红色的彩绸,听到嬉笑和说话的声音,一行人便抓着藤蔓、拉住绳索,攀登上去。上面成排栽植着佳树,其间还种有名贵的鲜花,树下是一片碧绿的草地,茂密柔软如同毯子。清远静寂,真是别有天地。东面的石洞前有数十个妇女,衣服鲜艳亮泽,嬉闹游戏又唱又笑,在石洞那里进进出出。看见他们后都慢慢站下来注视着。一行人过去了她们就问:"有什么事到这里来?"欧阳纥把事情详细告诉了她们。那些妇女一边互相看着一边叹息说:"那位夫人到这里已经一个多月了,现在生病在床,该让他进去看看。"

　　欧阳纥进入洞中,那门是木头做的。中间有三间宽敞如像厅堂的屋子。四面的墙边放着床,全都铺着锦缎的褥子。他的妻子躺在石榻上,铺了好几层褥垫,面前摆满珍馐美食。欧阳纥走过去看她。她转眼一看,立刻挥手叫他赶紧走开。那些妇女说:"我们跟你的妻子来到这里,其中时间长的已经有十年了。这个地方住着一个神怪,力气大能杀人,尽管一百个人拿着兵器,也不能制服它。幸好它现在还没有回来,你们应该马上离开。如果你准备美酒两斛,肉狗十条,麻几十斤,我们跟你一起设法杀死它。它回来的时候必定是正午。以后要小心,不要来得太早。我们约定以十天为期。"接着就催他离开。欧阳纥也就连忙退走了。

欧阳纥回去就准备好醇酒及麻和狗,到约定的那天就去了。一位妇女说:"那神怪喜欢喝酒,往往喝醉。醉了必定要显示自己力气大,叫我们用彩绸把他的手脚捆在床上,纵身跃起,彩绸就全部断掉。我们曾缝了三幅布捆住它,它力气用尽都没有解脱。现在把麻藏在布里去捆它,料它是不能脱身的。它遍体坚硬如铁,只有肚脐下几寸的地方,常常遮掩保护,这个部位一定不能抵挡兵器。"她指着旁边一个岩洞说:"这是它的粮仓,你就躲在里面,静悄悄地等着。把酒放在花丛下,狗就让它们在林子里,等到我的计划成功了,我招呼你,你立即就出来。"欧阳纥就照她说的那样,躲进粮仓屏住气等候。

太阳偏西的时候,有个东西像一匹白绸那样,从别的山上下来,飞一般穿过山林,直入石洞。不久,一个六尺多高的长髯男子,穿白衣拿手杖,由一群妇女簇拥着走出来,见到狗后惊奇地看着,然后将狗抓住,撕裂后,吸血食肉,直到吃饱。妇女们都争着用玉杯进酒,谐戏谈笑,十分高兴。喝了几斗酒之后,由妇女们扶着进去了。接着就听见里面传来嬉闹调笑之声。过了好久,那位妇女出来招呼欧阳纥,他便持兵器进入洞中。他看见一头大白猿,四脚被捆在床头,看见人就蹙额缩身,想挣脱又不行,目光闪闪如电光。众人竞相用刀剑去刺它,如同刺在铁石上一样。于是就刺它的肚脐下面,刀剑立即就刺进去了,鲜血喷射出来。白猿大声叹息,惊诧地说:"这是老天爷要杀我,并不是你有本事。不过,你的妻子已经怀孕,不要杀这个儿子,他将来会遇到圣明的皇帝,必定能够光大你家的祖业。"说完这些话就死了。

搜查白猿的贮藏,发现宝器极多,珍美的食品也是如此,摆满有几大桌。凡是人世间的珍奇物品,无所不有。名贵的香料有好几斛,还有宝剑一双。妇女三十多人，都是绝色佳丽。来得久的已经有十年了。她们说，如有老年色衰的必定被白猿带走，也不知被怎样处置。还有，白猿捕捉和享用女子，都是独自一个，别无同党。每天早上它起来盥洗，戴上帽子，穿一件白袍，再披件白色罗衣，从来不知寒暑变化。它全身长着白毛，有好几寸长。在住处它常常读木简，上面的字如像符箓或是篆体，一点也不认识。读完后，就把木简放在石阶下。晴朗的白天有时它舞双剑，那宝剑环绕身体如闪电飞过，形成的光圈圆如满月。它饮食没有一定时间，喜欢吃水果栗子，尤其喜爱狗，嚼狗肉而饮狗血。过了中午，就飞一般逝去。半天内就能往返数千里，到了傍晚必定回来，这是它通常的习惯。它想要的东西没有一样不是马上得到。夜里它就到那些床上去跟妇女纠缠寻欢，一夜之间全都玩遍，从不睡觉。它说话博识详尽旨趣华美，流利得当。但它的形状，却是猵玃一类的猿猴。今年秋天树木开始落叶时，它忽然悲伤地说："我被山神控诉，将要遭受死罪，也曾求拜众神保护，望能幸免于难。"上个月初，石阶冒出火焰，烧了它的木简书。它怅然若失地说："我已经活了千岁而没有儿子，现在有了儿子，死期就要到了。"于是环顾众妇女，长时间地伤心落泪，而且还说："这座山重叠险峻到了极点，从来没有人来过，登上高处远眺，一个樵夫都看不见，而山下又有许多虎狼怪兽。现在竟有人来到这里，这不是老天借他的手来杀我吗？"事后，欧阳纥就携带珍奇宝玉和那些妇女回去了。其中有的妇女还记得自己的家在什么地方。

欧阳纥的妻子一年后生下一个儿子，容貌酷似那个大白猿。后来，欧阳纥被陈武帝诛杀。他一直跟江总要好。江总喜欢他儿子聪明过人，曾把孩子留养在家里，因此免于遭难。那孩子长大以后，果然因为有学问而又善于书法，闻名一时。

离魂记

陈玄祐

【题解】

　　作者陈玄祐,据文末所述,当为大历时人,此外就无从知道他的事迹。

　　倩娘为了争取婚姻自主,毅然弃家出走,与心上人结合。这种举动是令人同情和钦佩的。故事末尾写倩娘的灵魂与躯壳合而为一,构想奇特,有出人意料的艺术效果,大大深化了作品的主题。

　　"倩女离魂"的事,古今艳称。与此篇相类的故事,最早见于南朝·宋刘义庆的《幽明录·庞阿》。此外,《录怪录·郑生》《独异记·韦隐》亦有记载。这个故事影响后世,遂有元人郑德辉的杂剧《倩女离魂》。

　　本篇选自《太平广记》卷第三百五十八。

【原文】

　　天授三年①,清河张镒②,因官家于衡州③。性简静,寡知友。无子,有女二人。其长早亡,幼女倩娘,端妍绝伦。镒外甥太原王宙④,幼聪悟,美容范。镒常器重,每曰:"他时当以倩娘妻之。"后各长成,宙与倩娘常私感想于寤寐,家人莫知其状。后有宾寮之选者求之⑤,镒许焉。女闻而抑郁;宙亦深恚恨,托以当调,请赴京,止之不可,遂厚遣之。宙阴恨悲恸,诀别上船。日暮,至山郭数里。夜方半,宙不寐,忽闻岸上有一人行声甚速,须臾至船。问之,乃倩娘徒行跣足而至。宙惊嘉发狂,执手问其从来。泣曰:"君厚意如此,寝梦相感。今将夺我此志,又知君深情不易,思将杀身奉报,是以亡命来奔。"宙非意所望,欣跃特甚。遂匿倩娘于船,连夜遁去。倍道兼行,数月至蜀。凡五年,生两子,与镒绝信。其妻常思父母,涕泣言曰:"吾曩日不能相负,弃大义而来奔君⑥。向今五年,恩慈间阻⑦。覆载之下⑧,胡颜独存也。"宙哀之,曰:"将归,无苦。"遂俱归衡州。既至,宙独身先至镒家,首谢其事。镒曰:"倩娘病在闺中数年,何其诡说也!"宙曰:"见在舟中!"镒大惊,促使人验之。果见倩娘在船中,颜色怡畅,讯使者曰:"大人安否?"家人异之,疾走报镒。室中女闻喜而起,饰妆更衣,笑而不语,出与相迎,翕然而合为一体,其衣裳皆重。其家以事不正,秘之。惟亲戚间有潜知之者⑨。后四十年间,夫妻皆丧。二男并孝廉擢第⑩,至丞尉⑪。玄祐少常闻此说,而多异同,或谓其虚。大历末⑫,遇莱芜县令张仲规⑬,因备述其本末。镒则仲规堂叔⑭,而说极备悉,故记之。

注释

①天授:唐朝武则天年号(公元690—692年)。
②清河:唐郡名,即贝州,治所在今河北省清河县。
③衡州:也称衡阳郡,州治在今湖南省衡阳市。
④太原:唐府名,也称并州,州治在今山西省太原市。
⑤宾寮之选者:幕僚里将赴吏部选官的人。寮,同"僚"。选,选部,即吏部。
⑥大义:指男女结合所应遵循的礼教规范。奔:旧指男女之间不经过礼教规定的手续而私自结合,一般指女子私往就男子而言。
⑦恩慈:指父母。
⑧覆载:指天地。《汉书·外戚传下·孝成班倢伃》:"犹被覆载之厚德兮,不废捐于罪邮。"
⑨间(jiàn 见)有:偶有。
⑩孝廉擢第:以孝廉的资格考取明经或进士。
⑪丞尉:县丞和县尉,均为县令的佐吏。
⑫大历:唐代宗年号(公元766—779年)。
⑬莱芜:今山东省莱芜市。
⑭此句"叔"下沈本、陈校有"祖"字,译文从之。

【今译】

　　天授三年,清河人张镒因为做官的缘故,在衡州安了家。张镒性情平和安静,很少知心朋友。他没有儿子,有两个女儿。那大女儿早死,小女儿叫倩娘,长得端庄美丽,无人能及。张镒有个外甥叫王宙,是太原人,从小聪明颖悟,容貌举止也漂亮。张镒一直器重他,常说:"以后要把倩娘嫁给他。"后来两人都长大成人,睡梦中彼此私下想念,家里人都不知道这个情况。

　　后来,张镒的幕僚中有个将要去吏部选官的人上门求婚,张镒答应了他。倩娘听说后心情郁闷;王宙也恼恨此事,推说应该调动官职,请求赴京,张镒留不住他,就备下厚礼送他走了。

　　王宙心中怨恨悲痛,与家人告别上船。天擦黑时,船已到达离山城好几里路的江中了,就在岸边系缆停泊。快到半夜时,王宙还没睡,忽然听见岸上有一个人快速行走的脚步声,转眼间已到了船上。王宙发问,原来是倩娘赤脚徒步赶来。王宙惊喜发狂,握住倩娘的手问她从哪里来。倩娘流泪说:"郎君对我的情意如此深厚,我也是睡梦中都在想念郎君。现在父亲要强迫我改变心愿,又知道郎君对我的深厚情意不会改变,我打算舍命报答郎君,因此不顾危险前来投奔。"王宙出乎意料,高兴得手舞足蹈。就把倩娘藏在船上,连夜逃去。俩人加倍赶路,几个月后就到了蜀地。

　　过了五年,夫妇俩生了两个孩子,其间与张镒断绝了书信往来。倩娘时常思念父母,流着泪说:"以前我不能对不起你,所以抛弃大义前来投奔。至今五年了,与父母不能相见。天地之间,我哪里有脸独自活下去呢?"王宙可怜她,说:"这就回去,你不要伤心。"于是就一同回到衡州。

　　到达以后,王宙独自先到了张镒家,为不告而娶之事叩首谢罪。张镒说:"倩娘在闺房里病了好几年了,你为什么要胡说呢!"王宙说:"她现在就在船上!"张镒大惊,急忙派人去核实。果然看见倩娘在船上,脸色和悦欢畅,并且问来人说:"父母亲大人平安吗?"家人很奇怪,急忙跑回来报告张镒。闺室里的女儿听说后高兴地起了床,梳妆更衣,笑着不说话,出门相迎,两个倩娘一下子合为一体,穿的衣裳也都重叠在一起。张镒家里人认为这事不正常,瞒着不对外人说。只有亲戚中有几个私下知道此事的。

　　又过了四十年,王宙夫妇二人都去世了。两个男孩都以孝廉的资格考取了进士,官做到县丞、县尉。

　　玄祐小时候曾经听说此事,但说法不一,有人说这是编造的。大历末年,玄祐遇到莱芜县令张仲规,他对我详细地讲述了这件事的本末。张镒就是张仲规的堂叔祖,因而讲述十分详尽,玄祐因此把它记述下来。

枕中记

沈既济

【题解】

作者沈既济，苏州吴（今江苏省苏州市）人，博通经学。曾任左拾遗、史馆修撰，官至礼部员外郎。撰有《建中实录》十卷。《新唐书》有传。其传奇小说收入本书的，有《枕中记》《任氏传》两篇。

唐代佛道思想盛行，这在文学作品中也有所体现。如本篇主人公卢生，在短梦中忽历一生，其间荣辱悲欢，刹那而尽，使人慨叹功名富贵，不过一枕黄粱，而出世之想油然而生。

本篇的造意命辞，本于南朝宋刘义庆《幽明录》中所记杨林一事。唐代与此篇命意相仿的，尚有《太平广记》所记之"樱桃青衣"（卷二百八十一）及李公佐的《南柯太守记》。明人汤显祖据本文创作了《邯郸记》剧本，使黄粱一梦的故事更加广为流传。

【原文】

开元七年，道士有吕翁者，得神仙术，行邯郸道中①，息邸舍，摄帽弛带，隐囊而坐②。俄见旅中少年，乃卢生也。衣短褐，乘青驹，将适于田，亦止于邸中，与翁共席而坐，言笑殊畅。久之，卢生顾其衣装敝亵，乃长叹息曰："大丈夫生世不谐，困如是也！"翁曰："观子形体，无苦无恙，谈谐方适，而叹其困者，何也？"生曰："吾此苟生耳。何适之谓？"翁曰："此不谓适，而何谓适？"答曰："士之生世，当建功树名，出将入相，列鼎而食，选声而听，使族益昌而家益肥，然后可以言适乎。吾尝志于学，富于游艺③，自惟当年，青紫可拾④。今已适壮，犹勤畎亩，非困而何？"言讫，而目昏思寐。时主人方蒸黍⑤。翁乃探囊中枕以授之。曰："子枕吾枕，当令子荣适加志。"其枕青瓷，而窍其两端。生俯首就之，见其窍渐大，明朗。乃举身而入，遂至其家。数月，娶清河崔氏女⑥。女容甚丽，生资愈厚。生大悦，由是衣装服驭，日益鲜盛。明年,举进士⑦,登第;释褐秘校⑧;应制⑨,转渭南尉⑩,俄迁监察御史⑪,转起居舍人⑫,知制诰⑬。三载,出典同州⑭,迁陕牧⑮。生性好土功,自陕西凿河八十里,以济不通。邦人利之,刻石纪德。移节汴州⑯,领河南道采访使⑰,征为京兆尹⑱。是岁,神武皇帝方事戎狄⑲,恢宏土宇。会吐蕃悉抹逻及烛龙莽布支攻陷瓜沙⑳,而节度使王君㚟新被杀㉑,河湟震动㉒。帝思将帅之才,遂除生御史中丞㉓,河西道节度。大破戎虏,斩首七千级,开地九百里,筑三大城以遮要害。边人立石于居延山以颂之㉔。归朝册勋,恩礼极盛。转吏部侍郎㉕,迁户部尚书兼御史大夫㉖。时望清重,群情翕习。大为时宰所忌,以飞语中之,贬为端州刺史㉗。三年,征为常侍㉘。未几,同中书门下平章事㉙。与萧中令嵩、裴侍中光庭同执大政十余年㉚,嘉谟密命,一日三接,献替启沃㉛,号为贤相。同列害之,复诬与边将交结,所图不轨。下制狱㉜。府吏引从至其门而急收之。生惶骇不测,谓妻子曰:"吾家山东,有良田五顷,足以御寒馁,何苦求禄? 而今及此,思衣短褐,乘青驹,行邯郸道中,不可得也。"引刃自刎。其妻救之,获免。其罹者皆死,独生为中官保之,减罪死,投驩州㉝。数年,帝知冤,复追为中书令,封燕国公,恩旨殊异。生五子,曰俭,曰传,曰位,曰倜,曰倚,皆有才器。俭进士登第,为考功员外㉞;传为侍御史㉟;位为太常丞㊱;倜为万年尉㊲;倚最贤,年二十八,为左襄。其姻媾皆天下望族。有孙十余人。两窜荒徼,再登台铉㊳,出入中外,徊翔台阁㊴,五十余年,崇盛赫奕。性颇奢荡,甚好佚乐,后庭声色,皆第一绮丽。前后赐良田,甲第,佳人,名马,不可胜数。后年渐衰迈,屡乞骸骨㊵,不许。病,中人候问,相踵于道,名医上药,无不至焉。将殁,上疏曰:"臣本山东诸生,以田圃为娱。偶逢圣运,得列官叙。过蒙殊奖,特秩鸿私,出拥节旄,入升台辅。周旋中外,绵历岁时。有忝天恩,无裨圣化。负乘贻寇㊶,履薄增忧,日惧一日,不知老至。今年逾八十,位极三事㊷,钟漏并歇㊸,筋骸俱耄,弥留沉顿,待时益尽㊹,顾无成效,上答休明,空负深恩,永辞圣代。无任感恋之至。谨奉表陈谢。"诏曰:"卿以俊德,作朕元辅。出拥藩翰㊺,入赞雍熙㊻,升平二纪㊼,实卿所赖。比婴疾疹,日谓痊平。岂期沉痼,良用悯恻。今令骠骑大将军高力士就第候省㊽。其勉加针石,为予自爱。犹冀无妄,期于有瘳。"是夕,薨。卢生欠伸而悟㊾,见其身方偃于邸舍,吕翁坐其旁,主人蒸黍未熟,触类如故。生蹶然而兴,曰:"岂其梦寐也?"翁谓生曰:

"人生之适,亦如是矣。"生怃然良久,谢曰:"夫宠辱之道,穷达之运,得丧之理,死生之情,尽知之矣。此先生所以窒吾欲也。敢不受教。"稽首再拜而去。

> **注释**

①邯郸:战国时赵国都城,故城即今河北省邯郸市。
②隐囊:供人倚凭的软囊,犹今之靠枕。
③游艺:谓游憩于六艺之中,此处泛指学艺的修养。
④青紫:本为古时公卿绶带之色,因借指高官显爵。
⑤黍:粮食作物名。子食去皮后称黏黄米。
⑥清河:唐代郡名,故治即今河北省清河县。唐时为崔姓郡望。
⑦举进士:被选送参加进士考试。
⑧释褐:脱下布衣,换上官服,即做官之意。秘校:校勘书籍的官,属秘书省。
⑨应制:参加制科考试。制科,唐代朝廷特设的一些考试考目,如贤良方正极言直谏科、才识兼茂明于体用科等。对录取者优予官职。
⑩渭南尉:渭南,县名,在今陕西省。尉,掌典狱和捕盗的官。
⑪监察御史:职官名,掌内外纠察,并监察祭祀及诸君出使等事。
⑫起居舍人:皇帝的侍从官,掌记录皇帝言行等事。
⑬知制诰:职官名,负责代皇帝起草诏令。
⑭同州:州名,唐辖境相当于今陕西大荔、合阳、韩城、澄城、白水等县地。
⑮陕:陕州,州名。辖境相当于今河南省三门峡市、陕县、洛宁、渑池、灵宝及山西平陆、芮城、运城东北部地区。
⑯移节:转任。汴州:即今河南省开封市,为河南道采访使治所。
⑰河南道采访使:唐开元时分天下为十五道。河南道辖境约当今山东、河南两省黄河故道以南,江苏、安徽两省淮河以北地区。采访使为负责举劾道所属州县官吏的官员。
⑱京兆尹:管理京师的地方长官。
⑲神武皇帝:指唐玄宗。事戎狄,指与吐蕃等西域邻国开战。
⑳吐蕃:古代藏族建立的政权,唐时最强盛,屡犯唐边境。悉抹逻、莽布支:二人均为西域少数民族首领。悉抹逻:《新唐书·王君㚟传》作悉诺逻。瓜沙:瓜州和沙州,均为古代西域地名。
㉑王君㚟:当时任河西节度使,因结怨于回纥诸部首领,被杀。
㉒河湟:指黄河、湟水两流域的地方。
㉓御史中丞:御史台长官名,地位仅次于御史大夫,掌监察、执法。

㉔居延山:其地不详,今内蒙古额济纳旗北境有居延海。按:以上所述事件之时间、地点、人名与史实颇有差异,只可以小说家言视之。

㉕吏部侍郎:吏部为掌管全国官吏任免、考课、升降、调动等事务的政府机构。侍郎是吏部的副长官。

㉖户部尚书:户部的长官,掌管全国户口、财赋、度支、出纳等事。

㉗端州:即今广东省肇庆市端州区及高要市。

㉘常侍:即散骑常侍,地位尊贵,多为将相大臣的兼职。

㉙同中书门下平章事:唐代职官名,为宰相之职。

㉚萧中令蒿:即萧蒿,曾任中书令。他在开元时被提拔为中书舍人,历宋州刺史、迁尚书左丞。开元十四年,以兵部尚书领朔方节度使。正值吐蕃大将悉诺逻及烛龙莽布支陷瓜州,回纥又杀凉州守将王君㚟,唐玄宗即调迁他任河西节度使判凉州事。他到任后,击溃吐蕃,屡受朝廷封赏,升任中书令。后因与裴光庭不和,坚请辞职。一门荣华,寿进八十。本文所述卢生梦中经历,实与萧蒿相似。裴侍中光庭:即裴光庭,与萧蒿同为当时朝廷重臣。侍中,门下省长官,裴光庭曾任侍中兼吏部尚书。

㉛献替:"献可替否"的简称,意思是进献可行者,废去不可行者,谓对君主进谏,劝善规过。启沃:《书·说命上》:"启乃心,沃朕心。"孔颖达疏:"当开启心所有,以灌沃我心,欲令以彼所见,教己未知故也。"后因以"启沃"谓竭诚开导、辅佐君王。

㉜制狱:皇帝特命监禁罪人的狱所。

㉝驩州:州名,辖境相当于今越南义安省南部和河静省。

㉞考功员外:吏部的属官,掌官吏的考课黜陟,兼考察内外百官。

㉟侍御史:御史台属官。

㊱大常丞:官名,掌宗庙礼仪,为汉朝九卿之一。至唐代则称太常寺卿。

㊲万年:唐县名,与长安同为京兆郡治,故城在今陕西省临潼县东北。

㊳台铉:指宰相的职位。

㊴台阁:尚书省官署。

㊵乞骸骨:封建时代官员年老退休称"乞骸骨"。

㊶负乘贻寇:即"负乘致寇",意思是卑贱者背着人家的财物,又坐上大马车显耀,就会招致强盗来抢。后以"负乘致寇"谓居非其位,才不称职,就会招致祸患。典出《易·解》:"六三:负且乘,致寇至,贞吝。《象》曰:'负且乘,亦可丑也。自我致戎,又谁咎也。'"孔颖达疏:"乘者,君子之器也。负者,小人之事也。施之于人,即在车骑之上而负于物也,故寇盗知其非己所有,于是竟欲夺之。"

㊷三事:三公,指宰相之位。

㊸钟漏:钟和刻漏,喻残年。

㊹待时益尽:益,《广记》作"溢",是。
㊺藩翰:《诗·大雅·板》:"价人维藩,大师维垣,大邦维屏,大宗维翰。"毛传:"藩,屏也;翰,干也。"后以"藩翰"喻捍卫王室的重臣。
㊻雍熙:和乐升平。
㊼纪:十二年为一纪。
㊽高力士:唐玄宗最宠幸的太监。
㊾悟:通"寤",睡醒。

【今译】

开元七年,有位道士吕翁,得到了神仙法术。有一天,他在去邯郸道的路上,在一家旅店歇息,他脱下帽子,松开衣带,挨着靠枕坐着。一会儿,看见路上来了位年轻人,是一位姓卢的书生。他穿着粗布短衣,骑着一匹青色小马,正要到田里去,也在旅店停下歇脚,他和吕翁共席而坐,说说笑笑的,十分高兴。

过了好一会儿,卢生看见自己的衣服又破又脏,就长声叹息道:"大丈夫生在世上没碰到机遇,困顿到这个地步!"吕翁说:"看你的样子,没受苦没病痛,说说笑笑的正快活,却感叹自己的困顿不遇,这是为什么呢?"卢生回答说:"我这是苟且偷生罢了,怎么能说是快活?"吕翁说:"这不叫快活,那什么才叫快活?"卢生回答说:"男子汉生在人世间,应当建功树名,出将入相,吃着丰盛的菜肴,听着爱听的乐曲,使宗族更加昌盛,使家庭更加富裕,然后才可以说得上快活。我曾经有志于学业,希望自己学识广博,自以为风华正茂,高官显爵俯拾可取。现在我已进入壮年,还在田地里辛勤耕作,这不叫困顿又叫什么?"说完,两眼朦胧欲睡。

这时,旅店主人正在蒸黄米饭。吕翁就从袋中取出枕头递给卢生,说:"你枕着我这枕头睡一会儿,一定能让你像你希望的那样显荣快活。"那枕头是青瓷的,两端镂空。卢生低头靠在上面,就看见那枕头两端的孔洞逐渐变大,里面非常亮堂。就纵身进入那孔洞,最后从那洞中回到了家里。

几个月以后,卢生娶了清河崔家的姑娘。崔家姑娘长得很漂亮,嫁妆尤其丰富。卢生非常高兴,从此他穿戴的衣物和乘坐的车马,日益时髦排场。第二年,卢生被选送参加进士科考试,一举得中。从此脱下布衣,换上官服,被任命为秘书省校书郎;又参加制科考试,转调为渭南尉,不久升迁为监察御史,再升为起居舍人,知制诰。三年后外放任同州刺史,接着转任陕州刺史。卢生性好土木工程,从陕州西部开凿运河八十里,以此改善不通畅的水道。当地百姓普遍感到便利,就刻石立碑纪念他的功德。后来他被调任汴州,担任河南道采访使,又被召到京城担任京兆尹。

这一年,神武皇帝正与吐蕃等国开战,扩张疆土。正碰上吐蕃的悉抹逻及烛龙的莽布支攻陷了瓜州、沙州,河西节度使王君㚟刚被杀害,河湟地区人心惶惶。皇帝期盼得到将帅之才,于是任命卢生为御史中丞,河西道节度使。卢生率军大破戎虏,斩首七千人,拓展疆土九百里,在那里修筑了三座大城用来防守要害地区。边疆百姓在居延山刻立石碑以歌颂他的功德。回到京城,进行册封他勋位,恩宠礼遇十分深厚。他转任吏部侍郎,升迁为户部尚书兼御史大夫。

卢生地位清要,声望隆重,受到大家拥戴。他因此被当权的宰相忌恨,散布流言飞语中伤他,于是被贬为端州刺史。三年后,又被征召回朝廷担任散骑常侍。不久,拜同中书门下平章事。与中书令萧嵩、侍中裴光庭共同执掌朝政十多年,皇上的卓越谋划,朝廷的秘密使命,他一天要接到好几次,对皇上竭诚尽职,劝善规过,被称为贤相。同僚们嫉恨他,又诬陷他与边将交结,图谋不轨。皇帝下诏将他投放监狱,府吏带领随从到他家紧急逮捕他。卢生惊慌失措,对妻子说:"我家原在山东,有良田五顷,足以维持温饱,何苦要出来追求利禄?今天到了这个地步,想穿起粗布短衣,骑上青色小马,在邯郸路上行走,也不可能了。"于是举刀自刎。他的妻子急忙抢救,才保住性命。那些与卢生一案有牵连的人都被处死,只有卢生因为有官中太监的保护,才免去死罪,被流放驩州。

几年后,皇上知道了他的冤情,重新启用他为中书令,封燕国公,受到特别恩宠。

卢生有五个儿子,分别叫卢俭、卢传、卢位、卢倜、卢倚,都有才干。卢俭进士登第,担任考工员外;卢传官任侍御史;卢位官任太常寺卿;卢倜官任万年县尉;卢倚最为贤明,年龄才二十八岁,就担任左补阙。和卢家通婚的都是天下望族。卢生有孙子十余人。

卢生两次被流放边荒地区,两次登上宰相高位,历任中央和地方的重要职位,往来于尚书的机要中枢,长达五十多年,地位显赫。卢生生性十分奢侈放纵,特别喜欢游乐享受,后堂的歌妓美女,都是最漂亮的。前后得到朝廷赏赐的良田、房宅、美女、名马,多得数不清。

卢生后来渐渐年老体衰,多次请求准予退休,皇帝不批准。后来卢生生了病,宫中太监前来探望,在道路上来往不绝;著名的医生,上等的药品,没有什么不为他考虑到。卢生临死的时候,给皇帝上疏说:

我原是山东一介书生,以躬耕田圃为乐。偶然遭逢圣运,得以忝列官位。承蒙皇上破格赏识,给予特别的恩宠,在地方充任节度使之职,在朝廷荣升宰相之位。里里外外周旋应酬,经历了漫长的岁月。对皇上的圣明教化无所裨益,实在有负圣恩,才不称职,致招祸患,如履薄冰,心多忧虑,战战兢兢,日甚一日,不知老之将至。现在臣年纪已过八十,位极三公,生命将要停止,筋骨已经衰朽,在奄奄一息中迁延时刻,只待生命溘然长逝。回顾一生没有什么功绩可以报答皇上的圣德,空负深恩,永辞圣代,臣心中无限感伤依恋,谨奉表陈谢。

皇帝下诏书抚慰他说:

爱卿凭借杰出的品德,担任我的宰相。出镇地方,是捍卫王室的重臣,在朝为官能佐助和乐升平的盛世,天下升平二十四年,实在是仰仗了爱卿。这次爱卿不幸染疾,朕预计会一天天痊愈。岂料病情恶化,实在让朕伤心痛惜。现在命令骠骑大将军高力士到府上探视。希望爱卿勉力配合针灸药石的治疗,为朕保重自己的身体。朕仍然希望不出意外,病体康复。

当天晚上,卢生去世。

卢生打了个呵欠伸伸懒腰醒来,发现自己正躺在旅店里,吕翁坐在他的身旁,旅店主人的黄米饭还未蒸熟,眼前所见都和睡前一样。卢生吃惊地坐起身来,说:"我难道在做梦吗?"吕翁对卢生说:"人生的快活,也就这样了。"卢生怅然失意了很久,拜谢说:"对于宠辱之道,穷达之运,得丧之理,死生之情,我已经完全知道了。先生是以此来杜绝我的欲念啊。我怎敢不领受您的教诲呢。"于是叩头再拜而去。

任氏传

沈既济

【题解】

《任氏传》是一篇具有神怪色彩的爱情小说,同时它又充满了人间社会的清新气息。关于狐仙的记载晋代就已经有了,但完整地叙述狐仙的故事,这是较早的一篇。故事曲折生动,缠绵悱恻。作者塑造了一个纤丽多情、聪明勇敢而又无比忠贞的狐女形象,实际上是概括了当时教坊中妇女的性格特征。当然,作者让她用诱窃美色的办法来报答韦崟的恩义,未免有损了这一形象的完美。《任氏传》被认为是后世《聊斋志异》等小说中狐仙故事的先导。

本篇选自《太平广记》卷第四百五十二。

【原文】

任氏,女妖也。有韦使君者[1],名崟,第九[2],信安王祎之外孙[3]。少落拓,好饮酒。其从父妹婿曰郑六[4],不记其名。早习武艺,亦好酒色,贫无家,托身于妻族[5]。与崟相得,游处不间。天宝九年夏六月[6],崟与郑子偕行于长安陌中,将会饮于新昌里[7]。至宣平之南,郑子辞有故,请间去,继至饮所。崟乘白马而东。郑子乘驴而南,入升平之北门。偶值三妇人行于道中,中有白衣者,容色姝丽。郑子见之惊悦,策其驴,忽先之,忽后之,将挑而未敢。白衣时时盼睐,意有所受。郑子戏之曰:"美艳若此,而徒行,何也?"白衣笑曰:"有乘不解相假,不徒行何为?"郑子曰:"劣乘不足以代佳人之步,今辄以相奉。某得步从,足矣。"相视大笑。同行者更相眩诱,稍已狎昵。

郑子随之东,至乐游园[8],已昏黑矣。见一宅,土垣车门[9],室宇甚严。白衣将入,顾曰:"愿少踟蹰。"而入。女奴从者一人,留于门屏间[10],问其姓第,郑子既告,亦问之。对曰:"姓任氏,第二十。"少顷,延入。郑子萦驴于门,置帽于鞍。始见妇人年三十余,与之承迎,即任氏姊也。列烛置膳,举酒数觞⑪。任氏更妆而出,酣饮极欢。夜久而寝,其妍姿美质,歌笑态度,举措皆艳,殆非人世所有。将晓,任氏曰:"可去矣。某兄弟名系教坊⑫,职属南衙⑬,晨兴将出,不可淹留。"乃约后期而去。

既行,及里门。门扃未发⑭。门旁有胡人鬻饼之舍⑮,方张灯炽炉。郑氏憩其帘下,坐以候鼓⑯,因与主人言。郑子指宿所以问之曰:"自此东转,有门者,谁氏之宅?"主人曰:"此隤墉弃地⑰,无宅第也。"郑子曰:"适过之,曷以云无?"与之固争。主人适悟,乃曰:"吁!我知之矣。此中有一狐,多诱男子偶宿,尝三见矣⑱。今子亦遇乎?"郑子赧而隐曰⑲:"无。"质明,复视其所,见土垣车门如故。窥其中,皆蓁荒及废圃耳。既归,见崟。崟责以失期。郑子不泄,以他事对。然想其艳冶,愿复一见之,心尝存之不忘⑳。

经十许日,郑子游,入西市衣肆㉑,瞥然见之,曩女奴从。郑子遽呼之。任氏侧身周旋于稠人中以避焉。郑子连呼前迫,方背立,以扇障其后,曰:"公知之,何相近焉?"郑子曰:"虽知之,何患?"对曰:"事可愧耻,难施面目。"郑子曰:"勤想如是,忍相弃乎?"对曰:"安敢弃也,惧公之见恶耳。"郑子发誓,词旨益切。任氏乃回眸去扇,光彩艳丽如初。谓郑子:"人间如某之比者非一㉒,公自不识耳,无独怪也。"郑子请之与叙欢。对曰:"凡某之流,为人恶忌者,非他,为其伤人耳。某则不然。若公未见恶,愿终己以奉巾栉㉓。"郑子许与谋栖止㉔。任氏曰:"从此而东,大树出于栋间者㉕,门巷幽静,可税以居。前时自宣平之南,乘白马而东者,非君妻之昆弟乎?其家多什器㉖,可以假用。"是时崟伯叔从役于四方,三院什器,皆贮藏之。郑子如言访其舍,而诣崟假什器。问其所用。郑子曰:"新获一丽人,已税得其舍,假其以备用。"崟笑曰:"观子之貌,必获诡陋㉗。何丽之绝也。"崟乃悉假帷帐榻席之具,使家僮之惠黠者,随以觇之。俄而奔走返命,气吁汗洽。崟迎问之:"有乎?"又问:"容若何?"曰:"奇怪也!天下未尝见之矣。"崟姻族广茂,且夙从逸游,多识美丽。乃问曰:"孰若某美?"僮曰:"非其伦也㉘!"崟遍比其佳者四五人,皆曰:"非其伦。"是时吴王之女有第六者㉙,则崟之内妹,秾艳如神仙,中表素推第一㉚。崟问曰:"孰与吴王家第六女美?"又曰:"非其伦也。"崟抚手大骇曰:"天下岂有斯人乎?"遽命汲水澡颈,巾首膏唇而往。

既至，郑子适出。崟入门，见小僮拥彗方扫，有一女奴在其门，他无所见。征于小僮。小僮笑曰："无之。"崟周视室内，见红裳出于户下。迫而察焉，见任氏戢身匿于扇间。崟引出就明而观之，殆过于所传矣。崟爱之发狂，乃拥而凌之㉛，不服。崟以力制之，方急，则曰："服矣。请少回旋。"既缓，则捍御如初。如是者数四。崟乃悉力急持之。任氏力竭，汗若濡雨。自度不免，乃纵体不复拒抗，而神色惨变。崟问曰："何色之不悦？"任氏长叹息曰："郑六之可哀也！"崟曰："何谓？"对曰："郑生有六尺之躯，而不能庇一妇人，岂丈夫哉！且公少豪侈，多获佳丽，逾某之比者众矣。而郑生，穷贱耳。所称惬者，唯某而已。忍以有余之心，而夺人之不足乎？哀其穷馁，不能自立，衣公之衣，食公之食，故为公所系耳。若糠糗可给㉜，不当至是。"崟豪俊有义烈，闻其言，遽置之，敛衽而谢曰㉝："不敢。"俄而郑子至，与崟相视咍乐㉞。

自是，凡任氏之薪粒牲饩㉟，皆崟给焉。任氏时有经过，出入或车马舆步，不常所止。崟日与之游，甚欢。每相狎昵，无所不至，唯不及乱而已。是以崟爱之重之，无所怪惜㊱，一食一饮，未尝忘焉。任氏知其爱己，因言以谢曰："愧公之见爱甚矣。顾以陋质，不足以答厚意，且不能负郑生，故不得遂公欢。某，秦人也㊲，生长秦城；家本伶伦㊳，中表姻族，多为人宠媵㊴，以是长安狭斜㊵，悉与之通。或有姝丽，悦而不得者，为公致之可矣。愿持此以报德。"崟曰："幸甚！"

廛中有鬻衣之妇曰张十五娘者，肌体凝洁，崟常悦之。因问任氏识之乎。对曰："是某表娣妹，致之易耳。"旬余，果致之。数月厌罢。任氏曰："市人易致，不足以展效。或有幽绝之难谋者，试言之，愿得尽智力焉。"崟曰："昨日寒食㊶，与二三子游于千福寺㊷。见刁将军缅张乐于殿堂。有善吹笙者，年二八，双鬟垂耳，娇姿艳绝。当识之乎？"任氏曰："此宠奴也。其母即妾之内姊也，求之可也。"崟拜于席下。任氏许之。乃出入刁家。月余，崟促问其计。任氏愿得双缣以为赂㊸。崟依给焉。后二日，任氏与崟方食，而缅使苍头控青骊以迓任氏㊹。任氏闻召，笑谓崟曰："谐矣。"初，任氏加宠奴以病，针饵莫减。其母与缅忧之方甚，将征诸巫。任氏密赂巫者，指其所居，使言从就为吉。乃视疾，巫曰："不利在家，宜出居东南某所，以取生气。"缅与其母详其地，则任氏之第在焉。缅遂请居。任氏谬辞以逼狭，勤请而后许。乃辇服玩，并其母偕送于任氏。至则疾愈。未数日，任氏密引崟以通之，经月乃孕，其母惧，遽归以就缅，由是遂绝。

他日，任氏谓郑子曰："公能致钱五六千乎？将为谋利。"郑子曰："可。"遂假求于人，获钱六千。任氏曰："鬻马于市者[45]，马之股有疵，可买以居之。"郑子如市，果见一人牵马求售者，眚在左股[46]。郑子买以归。其妻昆弟皆嗤之，曰："是弃物也。买将何为？"无何，任氏曰："马可鬻矣。当获三万。"郑子乃卖之。有酬二万，郑子不与。一市尽曰："彼何苦而贵买，此何爱而不鬻？"郑子乘之以归；买者随至其门，累增其估，至二万五千也。不与，曰："非三万不鬻。"其妻昆弟聚而诟之。郑子不获已，遂卖，卒不登三万。既而密伺买者，征其由，乃昭应县之御马疵股者[47]，死三岁矣，斯吏不时除籍。官征其估，计钱六万。设其以半买之，所获尚多矣；若有马以备数，则三年刍粟之估，皆吏得之。且所偿盖寡，是以买耳。

任氏又以衣服故弊，乞衣于崟，崟将买全彩与之[48]。任氏不欲，曰："愿得成制者。"崟召市人张大为买之，使见任氏，问所欲。张大见之，惊谓崟曰："此必天人贵戚，为郎所窃。且非人间所宜有者。愿速归之，无及于祸。"其容色之动人也如此。竟买衣之成者而不自纫缝也，不晓其意。

后岁余，郑子武调，授槐里府果毅尉[49]，在金城县[50]。时郑子方有妻室，虽昼游于外，而夜寝于内，多恨不得专其夕。将之官，邀与任氏俱去。任氏不欲往，曰："旬月同行，不足以为欢。请计给粮饩，端居以迟归[51]。"郑子恳请，任氏愈不可。郑子乃求崟资助。崟与更劝勉，且诘其故。任氏良久，曰："有巫者言，某是岁不利西行，故不欲耳。"郑子甚惑也，不思其他，与崟大笑曰："明智若此，而为妖惑，何哉！"固请之。任氏曰："倘巫者言可征，徒为公死，何益？"二子曰："岂有斯理乎？"恳请如初。任氏不得已，遂行。

崟以马借之，出祖于临皋[52]，挥袂别去。信宿，至马嵬[53]。任氏乘马居其前，郑子乘驴居其后，女奴别乘，又在其后。是时西门圉人教猎狗于洛川[54]，已旬日矣。适值于道，苍犬腾出于草间。郑子见任氏欻然坠于地，复本形而南驰。苍犬逐之。郑子随走叫呼，不能止。里余，为犬所获[55]。郑子衔涕出囊中钱，赎以瘗之[56]，削木为记。回睹其马，啮草于路隅，衣服悉委于鞍上，履袜犹悬于镫间，若蝉蜕然。唯首饰坠地,余无所见。女奴亦逝矣。

旬余,郑子还城。崟见之喜,迎问曰:"任子无恙乎?"郑子泫然对曰:"殁矣。"崟闻之亦恸,相持于室,尽哀。徐问疾故。答曰:"为犬所害。"崟曰:"犬虽猛,安能害人?"答曰:"非人。"崟骇曰:"非人,何者?"郑子方述本末。崟惊讶叹息不能已。明日,命驾与郑子俱适马嵬,发瘗视之,长恸而归。追思前事,唯衣不自制,与人颇异焉。

其后郑子为总监使[57],家甚富,有枥马十余匹。年六十五,卒。

大历中[58],沈既济居钟陵[59],尝与崟游,屡言其事,故最详悉。后崟为殿中侍御史[60],兼陇州刺史[61],遂殁而不返。

嗟乎!异物之情也有人焉[62]!遇暴不失节,徇人以至死[63],虽今妇人,有不如者矣。惜郑生非精人,徒悦其色而不征其情;向使渊识之士,必能揉变化之理,察神人之际,著文章之美,传要妙之情,不止于赏玩风态而已。惜哉!

建中二年[64],既济自左拾遗于金吾将军裴冀[65]、京兆少尹孙成[66]、户部郎中崔需[67]、右拾遗陆淳,皆适居东南[68],自秦徂吴,水陆同道。时前拾遗朱放因旅游而随焉。浮颍涉淮[69],方舟沿流,昼讌夜话[70],各征其异说。众君子闻任氏之事,共深叹骇,因请既济传之,以志异云。沈既济撰。

注释

①使君:古时候称刺使为"使君"。韦使君:即韦崟(yín 银),后任陇州刺使。

②第九:兄弟里排行第九。下文"第二十"、"第六"也指排行。唐代习惯以祖辈所生子弟相排列,所以往往有排行到好几十的。

③信安王祎:即李祎,信安王是其封号。

④从父:伯父或叔父。从父妹婿:即堂妹夫。

⑤妻族:指岳父家。

⑥天宝:唐玄宗年号(公元 742—756 年)。

⑦新昌里:即新昌坊。"坊"即"里"。唐代长安城内的纵横大道把城区隔成若干区域,这区域就叫"坊"。下文"宣平"、"升平"都是坊名。

⑧乐游园:即"乐游原",也称"乐游庙",为长安风景名胜。

⑨车门:大门旁专供车马出入的门。

⑩屏:当门的小墙。门屏间:门与门墙之间。

⑪觞:酒器。这里作动词用,是劝酒的意思。

⑫教坊:唐代管理娼优和乐工的机构。

⑬职属南衙:唐代皇帝的禁卫军分南北两衙。教坊设在禁中,由南衙或北衙管辖。

⑭门扃(jiōng 炯阴平):门闩。

⑮胡人:指当时在长安定居的少数民族和外国人。鬻(yù 玉):卖。

⑯候鼓:当时长安实行宵禁,每晚暮鼓敲过后不许通行,须待第二天早上敲过晨鼓后方许通行。故此处称"候鼓"。

⑰隤墉(tuí yōng 颓雍):断墙。隤,同"颓",倒塌。

⑱三见:此处之"三"是虚指,言其多。

⑲隐:隐讳;掩饰。

⑳尝:时常。通"常"。

㉑西市:这里和后文《李娃传》篇的"东市"都是当时长安有名的大市场。东市有珠宝行、肉行、铁行等,西市有衣肆、绢行、鞍辔行、药行等。

㉒某:谦称,指代"我"。比:类;辈。

㉓奉巾栉:照料梳洗的意思,这是做妻子的客气说法。栉,梳、篦的总名。

㉔栖止:寄居;停留。谋栖止:指找房子同居。

㉕栋:房屋的正梁,这里代指屋。

㉖什器:指家具等生活器物。

㉗诡陋:奇丑之人。

㉘非其伦:不是同等。伦:同等。

㉙吴王:名李琨,是信安王李祎之父。前文说韦崟是李祎的外孙,这里又说李祎的妹妹是韦崟的内妹(妻妹),显然不合。只能以小说家言视之,不可求实。

㉚中表:古称母亲的兄弟姐妹的子女为内兄弟姊妹,父亲的兄弟姐妹的子女为外兄弟姊妹。中为内,外为表,故称中表。

㉛凌:侵犯。这里是强迫求欢的意思。

㉜糗糒(qiǔ 求)可给:意思是自己有饭可吃,能维持起码的生活。糗糒:粗粮。

㉝敛衽:整理衣襟。这是古人表示恭敬的一种礼节。

㉞咍(hāi 海阴平)乐:嬉笑高兴。

㉟薪粒牲饩(xì 细):柴米肉食。粒,米粒。饩,生肉。

㊱怪惜:"怪"沈本作"悋",似作"悋"是。悋惜,吝啬顾惜。

㊲秦:古指陕西、甘肃一带。

㊳伶伦:乐人或戏曲演员的代称。

㊴宠媵(yìng 硬):被宠爱的妾。

㊵狭斜:因妓院多设于小路、曲巷,故以"狭斜"指妓院。

㊶寒食:节令名,清明的前一天。这一天禁火寒食。

㊷千福寺:庙名。在唐代长安西北隅的安定坊,宣宗时改名兴元寺。

㊸缣:双丝的细绢,用作馈赠礼品。

㊹苍头:仆人。汉代规定仆人要用苍色的头巾包头,后来就称仆人为苍头。青骊:毛色青黑相杂的马。

㊺此句文义不顺。虞本作"有人鬻马于市者",义较胜,译文从之。

㊻眚(shěng 省):一种病名,发时口唇指甲发青。此处指黑斑。

㊼照应县:在长安县东,今陕西临潼县。

㊽全彩:整匹的绸子。

㊾槐里府:历史上有槐里县,在今陕西兴平县东南十里。隋废。唐代并无槐里府,当是作者杜撰。果毅尉:武官名,又称果毅都尉。

㊿金城县:今甘肃兰州市。

(51)迟(zhì 志):等待。

(52)出祖:饯行。传说道路之神叫祖神。出门的人临行时祭路神以求平安,后就称饯行为"祖饯",简称"祖"。

(53)马嵬(wéi 为):地名,在今陕西兴平县西。

(54)圉(yǔ 雨)人:养马的人。洛川:地名,今陕西洛川县。

(55)为犬所获:"获"沈本作"毙",译文从之。

(56)瘗(yì 忆):埋葬。下文"发瘗视之"之"瘗"指墓地。

(57)总监使:唐代主管盐池、宫苑、养牧的官员。

(58)大历:唐代宗年号(公元 766—779 年)。

(59)此句虞本作"既济居钟陵",无"沈"字。文中称己名,似不应加姓。钟陵:唐县名,在今江西进贤县西北。

(60)殿中侍御使:唐代主管宫殿礼仪及京城巡察的官员。

(61)陇州:旧州名。辖境相当于今陕西千水流域及甘肃华亭县地。刺史:官名,州的最高行政长官。

(62)异物之情也有人焉:此句"人"后应据沈本加"道"字。异物:异于人的动物,此指狐。

(63)徇:同"殉"。

(64)建中:唐德宗年号(公元 780—783 年)。

(65)左拾遗:唐代谏官,分左、右拾遗。其职责是对皇帝进行讽劝,使他察觉自己言行上的遗失,所以叫拾遗。于:这里是连词,"与"、"和"的意思。金吾将军:唐代掌管巡查宫内和京城,并侍从皇帝出行的武官。

(66)京兆少尹:京兆尹的副职。

(67)郎中:唐代中央政府六部下面设若干司,司的主管为郎中。

⑱适:同"谪(zhé折)",官员因罪被降职或流放边地称谪。
⑲浮颍涉淮:乘船经过颍水和淮水。
⑳醮:同"宴"。

【今译】

　　任氏,是一位女妖。有位刺史姓韦,名崟,排行第九,是信安王李祎的外孙。这人年轻时放浪不拘,喜欢饮酒。他堂妹夫叫郑六,记不得他的名字了。这人早年练习武艺,也喜好酒色,因为贫穷没有家,寄身在岳父家中。他与韦崟很要好,外出交游从不分开。

　　天宝九年夏六月,韦崟与郑六一同行走在长安街市上,打算一同到新昌里喝酒。到了宣平里的南边时,郑六借口有事,要暂时离开,等会儿再到喝酒的地方去。于是韦崟骑着白马往东面去了。郑六骑着驴往南面去,进入升平里的北门。恰好碰到三位女子在街道上行走,其中一位穿白色衣服的,容貌十分美丽。郑六见了她又惊又喜,鞭打他的驴,一会儿走在白衣女子前面,一会儿跟在白衣女子后面,想挑逗她,又不敢。白衣女子频频顾盼,好像领会了他的情意。郑六戏逗她说:"如此美艳的人儿,却徒步行走,这是为什么?"白衣女子笑着说:"你有坐骑不知道借我用,不步行又怎么办?"郑六说:"坐骑太差劲,不配给美人代步,现在就把它送给你。我步行跟随,也就知足了。"两人相互看着大笑。一路上郑六与同行的三位女子互相以目光引诱,不一会儿就很亲热了。

　　郑六跟着白衣女子往东走,到了乐游园,天色已经昏黑了。看见一处宅子,土墙车门,房屋高大整齐。白衣女子准备进去,回过头说:"请稍等一会儿。"就进去了。一位跟随的女仆停留在门屏间,问到郑六的姓名、排行,郑六告诉她后,也问了白衣女子的情况,女仆回答说:"姓任,排行第二十。"过了一会儿,请郑六进去。郑六把驴子拴在门上,脱下帽子放在鞍上。先看见一位妇人,年纪有三十多岁,出面接待郑六,她就是任氏的姐姐。她点上蜡烛,摆出饭菜,然后举杯再三劝酒。这时任氏换妆出来,大家一同畅饮,非常痛快。夜深后安寝,任氏那娇美的容貌体态,欢歌笑语的神态气度,一举一动都美艳动人,几乎不是人世间所有的。天快亮时,任氏说:"你可以离开了。我的兄弟名籍列于教坊,在南衙当差,天亮时就要起身出门,你不可逗留太久。"郑六于是约定了再见面的日期后就离开了。

郑六出来走到里门,门关锁着还没有开。门旁边有胡人卖饼的屋子,正点着灯生炉子。郑六就在那屋帘下休息,坐着等候晨鼓敲起,顺便与主人说话。郑六指着昨天宿息之处问主人说:"从这里向东拐,有一重门户,那是谁家的房宅?"主人说:"这是断墙荒地,并没有什么房宅呀。"郑六说:"我刚才经过那里,怎么说没有房宅呢?"就与主人力争。主人突然明白过来,于是说:"噢!我知道了。这块荒地里有一只狐狸,经常引诱男子一块过夜,我曾经见过好几次了。今天你也遇到了吗?"郑六红着脸掩饰说:"没有。"天亮时,郑六又到昨天过夜的地方去看,那土墙车门还是老样子。往里面窥视,都是杂草丛生的荒地及废弃的园子。

郑六回来后,与韦崟见面。韦崟责怪他失约。郑六没有泄露此事,用别的事搪塞过去。但想起白衣女子那妖艳的神态,真希望再见她一一面,心中常常揣着这个念头而不能忘怀。

过了十几天,郑六外出游逛,走进西市一家衣店时,一眼就看见了那女子,先前那女仆跟随在后。郑六急忙叫她们。任氏转身在密集的人群中躲避。郑六连声呼叫往前靠近,任氏这才背对着他站住,用扇子遮住后面,说:"公子已经知道我的真情,为什么还要靠近我呢?"郑六说:"虽然已知真情,又有什么关系?"任氏回答说:"这事着实让我羞愧耻辱,没脸相见。"郑六说:"我的思念如此恳切,你就忍心相弃吗?"任氏回答说:"哪敢相弃,是怕公子厌恶罢了。"郑六于是发誓,言语益发恳切。任氏才转过眼睛放下扇子,光彩艳丽和当初一样。她对郑六说:"人世间像我这类的人不止一个,公子自己不知道罢了,不要单单为我感到惊异。"郑六请求与她再叙欢爱之情。任氏回答说:"大凡像我们这类的,被人类憎恶的原因,不为别的,只为它们会伤害人罢了。我却不是这样。如果公子不讨厌我,我愿终身服侍你。"郑六答应为她找一处同居的住所。任氏说:"从这里往东,有棵大树从房子里伸出来,门巷幽静,可以租来住。前些时候从宣平里的南边,骑着白马往东走的,不是你妻子的兄弟吗?他家有很多家具器物,可以借用。"当时韦崟的伯伯叔叔正在各地做官,好些宅院的家具器物,都存放在韦崟那里。

郑六依照任氏的话探寻到了那处房舍,又去韦崟那里借东西。韦崟问他有什么用。郑六说："最近得到一位美人儿，已经租了房子，借这些东西备用。"韦崟笑着说："看你那样子，一定只能找到一个丑女人。哪里会有什么绝色美人。"韦崟就把帷帐榻席之类的东西全部借给郑六，让一位聪明伶俐的家僮跟着去看看。不一会儿家僮跑回来复命，跑得气喘吁吁，浑身汗湿。韦崟迎上去问道："有这事吗？"又问："容貌如何？"家僮回答说："奇怪啊！真是天下没有见过的美貌女子。"韦崟亲戚众多，而且一向喜欢到处游逛，见识过许多美貌女子。就问道："她同某女相比哪个美？"家僮说："某女比不上她。"韦崟共举了四五个美人与她比，家僮都回答说："比不上她。"当时吴王的第六个女儿，是韦崟的内妹，生得美艳如同神仙，在表姊妹中一向被看作最漂亮的。韦崟问："她与吴王家的第六女谁更美？"家僮又回答说："比不上她。"韦崟拍着手十分惊异地说："天下难道有这样的人吗？"急忙叫人打水来洗脖子，戴好头巾，抹上唇膏就往任氏那儿去。

到了那里，郑六恰好外出。韦崟进入门内，看见一位小僮拿着扫帚正在扫地，有一位女仆在门口，此外未看见什么。询问小僮。小僮笑着说："没有这个人。"韦崟环顾室内，看见有红裙子从门下面露出来。走近细看，见任氏缩着身子躲在门扇后面。韦崟把她拉出来凑近光亮的地方打量她，觉得比传说的还要美丽。韦崟爱她爱得发狂，就抱着她强迫求欢，任氏不顺从。韦崟就用强力制服她，任氏这才急起来，就说："我依从了。请让我稍微转动一下身子。"待韦崟松了手，任氏又像刚才一样抵抗起来。这样好几次。韦崟就用力按紧她。任氏力尽，汗如雨下，自己揣度无法避免，就放松身体不再抗拒，但神色变得很凄惨。韦崟问道："为什么脸色这样不高兴？"任氏长长地叹了一口气说："郑六真是可怜啊！"韦崟说："怎么说？"任氏回答说："郑六有六尺之躯，却不能保护一位妇人，难道算大丈夫吗？况且公子年轻富有，得到过许多美人，比我漂亮的多了。而郑生贫穷卑微。他所称意的，只我一人而已。你怎么忍心以己之有余夺人之不足呢？我可怜他穷困饥饿，不能自立，穿着公子给他的衣服，吃着公子给他的饭食，所以被公子摆布。如果他自己能挣碗饭吃，就不会到这个地步。"韦崟为人豪杰讲义气，听到这番话，急忙放了任氏，整理衣襟向她道歉说："我再也不敢了。"不一会郑六到家，与韦崟见面，仍像过去一样嬉笑欢乐。

从这以后，凡是任氏所需的柴米肉食，都由韦崟供给。任氏时常来拜访交往，进进出出或乘车，或骑马，或坐轿，或步行，不常留住。韦崟每天与她一起出游，十分开心。每每相互亲热，毫无顾忌，只是不到淫乱的地步而已。因此韦崟爱护她尊重她，对她从不吝惜，有好吃的好喝的，从不会忘记她。任氏知道他爱自己，于是用话感谢他说："我愧领公子的垂爱太多了。看看自己低劣的相貌，不足以报答公子的厚意。况且我也不能对不起郑生，所以不能满足你的愿望。我是秦人，生长在秦城；我家本是伶伦，中表姻族中，很多给别人当爱妾，因此，凡是长安的妓院，我都与他们有交往。如果有那漂亮女子，是你喜欢而得不到的，我可以为公子弄来。希望以此来报答你的恩德。"韦崟说："那好极了！"

市场上有位卖衣服的女子叫张十五娘的，皮肤洁白柔滑，韦崟一直喜欢她。于是就问任氏认识她不，任氏回答说："她是我的表妹，叫她来很容易。"过了十来天，果然就弄来了。几个月后因厌倦而停止了往来。任氏说："买卖人容易到手，不足以展现我的手段。如果有深居闺房难以求到的女子，你说说看，我希望为此竭尽我的才智心计。"韦崟说："昨天是寒食节，我同两三个朋友于千福寺游玩。看见刁缅将军在殿堂举行音乐演奏。有位擅长吹竹的女子，年约十六岁，两个发髻垂在耳畔，容貌娇柔，美艳绝伦。你该认识她吧？"任氏说："她是刁家的宠奴，她的母亲就是我的表姐，得到她是没问题的。"韦崟在席下叩拜请求，任氏答应了他。于是任氏就出入刁家拜访。过了一个多月，韦崟催问她有办法没有。任氏想要两匹细绢作为贿赂。韦崟就照她说的给了。过了两天，任氏与韦崟正在吃饭，刁缅让仆人驾着青马来迎接任氏。任氏听说请她，笑着对韦崟说："成了。"开始，任氏让宠奴生病，针灸药饵都不能使病情减轻。宠奴的母亲与刁缅对此非常担忧，准备去找巫师。任氏暗地贿赂巫师，告知他自己的居所，让他对病人说搬过去病情就会好转。等到巫师看病的时候，就说："在家里对病人的病不利，应该到东南方的某所房子里去，以获取生气。"刁缅与宠奴的母亲查看那地方，就是任氏房子所在之地。刁缅于是请求将病人搬过去住。任氏假意推说住房太窄小，经一再请求后才答应。于是把衣服用具用车装了，连同宠奴的母亲一道送到任氏那里。刚一到任氏家，宠奴的病就好了。没过几天，任氏悄悄引韦崟来与宠奴私通，过了一个月就怀孕了。宠奴的母亲害怕了，急忙带宠奴回到刁缅那里，从此就断绝了来往。

有一天,任氏对郑六说:"公子能筹到五六千钱吗?我打算为你赚钱。"郑六说:"行。"于是向别人求借,得到六千钱。任氏说:"有人在市场上卖马,马的大腿上有块黑斑,可以把它买来留着。"郑六到市场上,果然看见有个人牵着马求售,黑斑生在马的左腿上。郑六把它买回来。他妻子的兄弟都讥笑他,说:"这是废物啊。买来打算怎么办?"没多久,任氏说:"这马可以卖了。能卖三万钱。"郑六就去卖它。有人出两万钱,郑六不肯卖。整个市场上的人都说:"你当初何苦那么贵买来,现在又那么爱惜不肯卖掉?"郑六骑上马就往家走;买马的人尾随到他门口,一再加价,一直加到两万五千钱。郑六还是不肯卖,说:"非三万钱不卖。"他妻子的兄弟聚在一起骂他。郑六不得已,于是把马卖了,到底没能卖上三万钱。过后他悄悄找到买主,问他买这匹马的原因,原来是昭应县有一匹大腿上长黑斑的御马,死了三年了,这个养马的吏役不到任满就要被解职。官府向他征收赔偿马匹的折价,共计六万钱。如果他能以半价买到这马,所得的利还有很多;如果有这匹马来充数,那么三年来的马料钱,都是这位吏役得到。而且他所赔偿的很少,所以买了它。

任氏又因为衣服破旧,向韦崟要衣服。韦崟准备买整匹的绸子给她。任氏不想要,说:"我想要做好的衣服。"韦崟就叫做买卖的张大去替她买,让他去见任氏,问她想要什么样的。张大见到任氏,回来惊讶地对韦崟说:"这一定是天上神仙的亲戚,被你偷来了。而且这也不是人间应该有的。希望你赶紧把她送回去,不要惹祸。"她容貌之动人到了如此地步。至于买衣服一定要买做好的而不自己缝纫,就不明白其中原因了。

过了一年多,郑六调任武官,任命他担任槐里府的果毅尉,住在金城县。这时郑六刚有妻室,虽然白天在外面游乐,但晚上回家睡觉,常恨不能每夜与任氏欢会。郑六准备赴任时,邀请任氏与他一道去。任氏不想去,说:"同行只有十天半月,不能尽情欢会。你算算日子给我留点吃的,让我平平稳稳地住着等你回来。"郑六恳切请求,任氏愈加拒绝。郑六就请求韦崟帮忙。韦崟与郑六再三劝导,并问她拒绝的原因。任氏过了很久才说:"有位巫师说我这一年西行不利,所以不想去。"郑六十分疑惑,没有想到其他方面,与韦崟一道大笑着说:"像你这样明智的人,却被妖言所惑,是为什么呀!"坚持要请她同去。任氏说:"如果巫师的话是可信的,我白白地为公子送命,有什么好处?"两个人说:"哪有这样的道理呢?"还是和原来一样恳求。任氏不得已,只好一同去了。

韦崟把马借给她,在临皋为他俩饯行,互相挥手道别而去。连过了两夜,到了马嵬。任氏骑马走在前面,郑六骑驴赶在后面,女奴另外乘着坐骑,又在他俩的后面。这时西门圉人在洛川训练猎狗,已经有十天了。正好在路上碰到,猎狗从草丛中跳出来。郑六看见任氏忽然从马背坠落地上,显出原形向南奔逃。猎狗追赶她。郑六跟在后面一面跑一面呼叫,不能制止。跑了一里多路,就被猎狗咬死了。郑六含泪掏出口袋中的钱,把她赎来安葬了,削了一根木头插在坟前,作为标记。回头看任氏的马,正在路边吃草,衣服全都堆在马鞍上,鞋袜还悬挂在马镫之间,像蝉蜕下的壳一样。只有首饰掉在地上,别的什么也看不到,女奴也不见了。

过了十多天,郑六回城来。韦崟见到他很高兴,迎上前问道:"任氏好吗?"郑六流着泪回答道:"死了。"韦崟听说后也很悲恸,两人在房中拉着手,尽情宣泄内心的哀痛。韦崟慢慢问起任氏病况。郑六回答说:"是被狗害的。"韦崟说:"狗虽凶猛,怎么能害人?"郑六回答说:"她不是人。"韦崟惊骇地问道:"不是人,是什么?"郑六这才讲述了事情原委。韦崟惊讶叹息不已。第二天,叫人驾车与郑六一齐到马嵬,挖开墓地看她,放声痛哭,很久才回家。追思任氏过去的事,只有衣服不自己缝制这点与人很不相同。

这以后郑六担任总监使,家里很富有,槽头上的马也有十几匹。活到六十五岁时去世。

大历年间,既济住在钟陵,曾经与韦崟交往,屡次谈起此事,所以知道得最详尽。韦崟后来担任殿中侍御史,兼任陇州刺史,直到死也没回来。

唉!动物的情感也是与人相通的!遇上暴力不失贞节,为了心爱的人而牺牲自己的生命,即使是今天的妇女,也有不如她的。可惜郑六不是精细明理的人,只是喜欢她的美色而不考察了解她的情感性格;假使他是见识深刻的人,一定能够研究掌握变化的道理,考察神灵和人的关系,写出华美的文章,传达出精微奇妙的感情,而不仅仅限于赏玩她的风情仪态而已。真是可惜啊！

建中二年，既济担任左拾遗，与金吾将军裴冀、京兆少尹孙成、户部郎中崔需、右拾遗陆淳，都被贬官到东南去，从秦地到吴地，水陆同道。当时前拾遗朱放因为旅行出游也跟随一起。我们乘船经过颖水和淮水，客船顺流而下，早晚饮宴闲谈，各自征引奇异的见闻。众君子听说了任氏的事，都深深惊异叹息，于是便请既济为她作传，以记下这奇异的事情。

沈既济撰写。

唐宋传奇集卷二

编次郑钦悦辨大同古铭论

李吉甫

【题解】

本篇选自《太平广记》卷第三百九十一。作者李吉甫,唐代赵郡人,758年生,814年殁。德宗时任太常博士等职。宪宗元和二年及六年,两度为相,因功封赞皇县侯,徙赵国公,著有《元和郡县图志》,新、旧《唐书》有传。

本篇记述了郑钦悦考辨梁朝大同年间出土的一块刻有文字的石头的故事。铭文奇异难解,但郑钦悦以其聪明才智和广博的学识破译此文,读来引人入胜。作者先介绍了钦悦破解铭文的过程,然后又以较大篇幅道出自己如何得知此事,并以此来证实这件事情的"真实性",最后还作了一段并非画蛇添足的评论,写法跟别的传奇有所不同。当然,作者热衷于卜筮之术,以及他的宿命思想,在今天是不可取的。

【原文】

天宝中①,有商洛隐者任升之,尝贻右补阙郑钦悦书②,曰:"升之白。顷退居商洛,入阙披陈,山林独住,交亲两绝。意有所问,别日垂访。升之五代祖仕梁为太常③。初仕南阳王帐下,于钟山悬岸圮圹之中得古铭,不言姓氏。小篆文云:'龟言土,蓍言水,甸服黄钟启灵址。瘗在三上庚,堕遇七中巳,六千三百浃辰交,二九重三四百圮。'文虽剥落,仍且分明。大雨之后,才堕而获。即梁武大同四年。数日,遇盂兰大会④,从驾同泰寺。录示史官姚詧并诸学官,详议数月,无能知者。筐筥之内,遗文尚在。足下学乃天生而知,计舍运筹而会,前贤所不及,近古所未闻。愿采其旨要,会其归趣,著之遗简,以成先祖之志,深所望焉。乐安任升之白。"数日,钦悦即复书曰:"使至,忽辱简翰⑤,用浣襟怀。不遗旧情,俯见推访。又示以大同古铭。前贤未达,仆非远识,安敢轻言,良增怀愧也。属在途路,无所披求,据鞍运思,颇有所得。发圹者未知谁氏之子⑥,卜宅者实为绝代之贤,藏往知来,有若指掌,契终论始,不差锱铢,隗炤之预识龚使,无以过也。不说葬者之岁月,先识圮时之日辰,以圮之日,却求初兆,事可知矣。姚史官亦为当世达识,复与诸儒详之,沉吟有余,竟不知其指趣,岂止于是哉。原卜者之意,隐其事,微其言,当待仆为龚使耳。不久,何忽见顾访也?谨稽诸历术,测以微词,试一探言,庶会微旨。当梁武帝大同四年,岁次戊午。言'甸服'者,五百也;'黄钟'者,十一也。五百一十一年而圮。从大同四年,上求五百一十一年,得汉光武帝建武四年戊子岁也。'三上庚',三月上旬之庚也。其年三月辛巳朔,十日得庚寅,是三月初葬于钟山也。'七中巳',乃七月戊午朔,十二日得己巳,是初圮堕之日,是日己巳可知矣。'浃辰',十二也。从建武四年三月至大同四年七月,总六千三百一十二月,每月一交,故云'六千三百浃辰交'也。'二九'为十八,'重三'为六。末言'四百',则六为千,十八为万可知。从建武四年三月十日庚寅初葬,至大同四年七月十二日己巳初圮,计一十八万六千四百日,故云'二九重三四百圮'也。其所言者,但说年月日数耳。据年,则五百一十一,会于甸服黄钟;言月,则六千三百一十二,会于六千三百浃辰交;论日,则一十八万六千四百,会于二九重三四百圮。从三上庚至于七中巳,据历计之,无所差也。所言年则月日,但差一数,则不相照会矣。原卜者之意,当待仆言之。吾子之问,契使然也。从吏已久,艺业荒芜,古人之意,复难远测。足下更询能者,时报焉。使还,不代。郑钦悦白记。"贞元中,李吉甫任尚书屯田员外郎⑦,兼太常博士⑧。时宗人巽为户部郎中⑨,于南宫暇日⑩,语及近代儒术之士，谓吉甫曰："故右补阙集贤殿直学士郑钦悦，于术数研精，思通玄奥，盖僧一行所不逮。以其夭阏，当世名不甚闻。子知之乎？"吉甫对曰："兄何以覈诸⑪。"巽曰："天宝中，商洛隐者任升之自言五代祖仕梁为太常。大同四年，于钟山下获古铭。其文隐秘，博求时儒，莫晓其旨。因缄其铭，诫诸子曰：'我代代子孙，以此铭访于通人。倘有知者，吾无所恨。'至升之，颇耽道博雅。闻钦悦之名，即告以先祖之意。钦悦曰：'子当录以示我，我试思之。'升之书遗其铭。会钦悦适奉朝使，方授驾于长乐驿。得铭而绎之，行及滋水，凡二十里，则释然悟矣。故其书曰：'据鞍运思，颇有所得。'不亦异乎？"辛未岁，吉甫转驾部员外郎，钦悦子克钧自京兆府司录授司门员外郎，吉甫数以巽之说质焉。虽且符其言，然克钧自云亡其草。每想其微言至赜⑫，而不获见，吉甫甚惜之。壬申岁，吉甫贬明州长史⑬。海岛之中，有隐者姓张，名玄阳，以明《易经》为州将所重，召置阁下。因讲《周易》卜筮之事，即以钦悦之书示吉甫。吉甫喜得其书，抃逾获宝⑭，即编次之。仍为著论，曰：夫一邱之土，无情也。遇雨而圮，偶然也。穷象数者，已悬定于十八万六千四百日之前。矧于理乱之运，穷达之命，圣贤不逢，君臣偶合。则姜牙得璜而尚父，仲尼无凤而旅人，傅说梦达于岩野，子房神授于圯上，亦必定之符也。然而孔不暇暖其席，墨不俟黔其突⑮，何经营如彼？孟去齐而接淅⑯，贾造湘而投吊，又眷恋如此。岂大圣大贤，犹惑于性命之理欤？将浼身存数⑰，示人道之不可废欤？余不可得而知也。钦悦寻自右补阙历殿中侍御史，为时宰李林甫所恶，斥摈于外，不显其身。故余叙其所闻，系于二篇之后，以著蓍筮之神明，聪哲之悬解，奇偶之有数，贻诸好事，为后学之奇玩焉。时贞元九年十一月二十八日。赵郡李吉甫记。

注释

①天宝：唐玄宗年号（公元742—756年）。

②补阙：唐代官名，职务为对皇帝进行规谏并举荐人员。左补阙属门下省，右补阙属中书省。

③太常：古代官名，为司祭祀礼乐之官。

④盂兰大会：即盂兰盆会，佛教仪式。每逢夏历七月十五日，佛教徒为追荐祖先所举行。盂兰盆是梵文 Ullambana 的音译，意译"救倒悬"。《盂兰盆经》说，目

连以其母死后极苦,如处倒悬,求佛度救,佛令在僧众夏季安居终了之日(即夏历七月十五日),备百味饮食,供养十方僧众,即可解脱。中国梁代开始仿行。

⑤辱:这里作谦辞,表示承蒙。简翰:书信。

⑥圹(kuàng 矿):墓穴。

⑦员外郎:古代官名。唐时尚书省各司次官为员外郎。

⑧博士:古代学官名。太常往往兼掌选试博士,因此称为太常博士。

⑨户部:唐官署名,掌管全国土地、户籍、赋税、财政收支等事务,长官为户部尚书。郎中:古代官名。唐时分掌各司事务,为各部高级官员。

⑩南宫:即尚书省。

⑪覈:同"核"。查对考察的意思。

⑫赜(zé 责):深奥的意思。

⑬明州:唐代州名,治所在今宁波市,辖境相当于今浙江甬江流域和慈溪、舟山群岛等地。长史:官名,代行州府事或总管府内事务的官员。

⑭抃(biàn 变):鼓掌,极其高兴的意思。

⑮黔:黑色。突:烟囱。

⑯淅:淘米。

⑰浼(měi 美):污染之意。

【今译】

唐代天宝年间,有个商路的隐士叫任升之,曾写信给右补阙郑钦悦,信中说:"我要告诉您一些事情。近来退隐商路,一直没有奉告情况,独自住在山林中,跟亲朋的交往都断绝了。有意向您请教,以后再来拜访。我的五代祖先曾在梁朝任太常。当初在南阳王帐下为官时,在钟山悬岸坍塌的墓穴中得到一块刻着古铭的石头,没有署姓名。上面有用小篆镌刻的文字:'龟言土,蓍言水,甸服黄钟启灵址。瘗在三上庚,堕遇七中巳,六千三百浃辰交,二九重三四百祀。'这些文字虽然已有剥落,仍然还能看清楚。是在一场大雨后,墓石堕落时得到它的。这是梁武帝大同四年的事。几天后,遇上盂兰盆大会,先祖随驾到同泰寺。他将抄录的铭文给史官姚詧以及诸学官看,大家反复议论了几个月,无人能知道是什么意思。在盛东西的方形竹筐中,先祖所遗的铭文还在。先生的学问已经到了天生而知的境界,谋略不用运算筹划就能通晓,为前贤所不及,近古所未闻。愿先生能揭示铭文的要义,归纳它的意图,以成全先祖的遗志,这也是我所深切盼望的。乐安任升之陈述。"

过了几天,郑钦悦就复了一封信,信中说:"使者来了,忽然带上先生的书信,洗涤了我的胸怀。先生不忘记从前的情谊,还表示要来走访我,又把大同年间出土的古铭给我看。前贤未曾弄明白的,我并非有远见卓识,怎敢随意乱说,这实在是增加我内心的惭愧。我眼下正在路途中,没有什么书籍可以翻阅,只能坐在马鞍上思考,但也颇有所得。发掘墓穴的人不知是谁,占卜选择墓地的人却实在是绝代的贤者,他对过去和未来的事都了如指掌,事情的起始和终结说得分毫不差,从前隗炤预先知晓有姓龚的使者到来的事,也比不上他。他不说安葬的年月,先说墓塌的日期,以坍塌之日,去推算下葬的时间,事情就清楚了。姚史官也是当时极有见识的人了,又跟一些儒生讨论过这事,考虑了一个多月,竟不知道它主要是说什么,这样的事岂止是一桩?探究当时占卜者的意图,就是想隐藏这件事,把话说得十分深奥,想必就是等我来充当龚使解开这个谜了。要不然,先生为什么会忽然来找我呢?我查对历谱,推测那些深奥的话是什么意思,试着来说一下,或许能符合它隐含的要义。梁武帝大同四年,干支为戊午年。铭文说的'甸服',距皇城五百里处称'甸服',因此指五百。'黄钟'是十二律之一,律应十一月,因此指十一。意思就是墓经五百一十一年而坍塌。从梁大同四年,上数五百一十一年,是汉光武帝建武四年戊子年。'三上庚',指三月上旬的庚日。那年的三月初一是辛巳,到十日就是庚寅,便可知道是三月初旬葬于钟山。'七中巳',那年的七月初一是戊午,十二日是己巳,便知已巳日是墓刚塌毁的日子。'浃辰',是干支纪日自'子'至'亥'一周十二日之称,因此指十二。从建武四年三月到大同四年七月,总计六千三百一十二个月,每月有一次交替,因此说'六千三百浃辰交'。'二九'是十八,'重三'是六。最后说的是'四百',这样就知道六是千数,十八是万数。从建武四年三月十日庚寅初葬,到大同四年七月十二日己巳初毁,共计一十八万六千四百日,所以说'二九重三四百纪'。铭文上的那些话,只是说年月日之数罢了。算年,就是五百一十一,符合'甸服黄钟';说月,就是六千三百一十二,符合'六千三百浃辰交';论日,就是一十八万六千四百,符合'二九重三四百纪'。从'三上庚'到'七中巳',根据历书计算,没有任何差错。铭文所说的年月日,只要差一个数,就不能相互照应符合。

大约卜筮者的意思,就是等我来解说。您的问题,刚好使事情有这种结果。我为官已久,以前所习的技艺都荒废了,古人的用意,又难以远隔年代去揣测。您不妨再去询问能人,到时希望告诉我。使者回去时,不代我说什么了。郑钦悦陈述并记。"

贞元年间,我任尚书屯田员外郎,兼太常博士。当时同族人李巽任户部郎中,于公务余暇之日,谈及近代儒学有术之士,对我说:"已故右补阙集贤殿直学士郑钦悦,对用方术来推算命运气数研究精到,思路通达玄妙深奥之处,是那个叫一行的僧人所不及的。因为他死得早,所以当世不很有名。您知道他吗?"我回答说:"老兄用什么来证实这些呢?"李巽说:"天宝年间,商洛隐者任升之自己说他的五代祖在梁朝任太常之职。大同四年,在钟山下得到古铭,那些文字的意思很隐秘,广泛求教当时的学者,无人知道是什么意思。因此把铭石封藏起来,告诫他的几个儿子说:'我的后代子孙要记住,拿这铭文去访问学识广博的人。如果有人知道它的意思,我也就不会有憾恨了。'到了升之,他很喜欢那些渊博的学问,闻钦悦之名,就告诉他祖先的心愿。钦悦说:'您把铭文抄下来给我,我试着想想看。'升之就抄了铭文给他。恰逢钦悦奉朝廷派遣,正驾马走到长乐驿。得到铭文后就思考如何解释它,走到滋水,共二十里地,就释然大悟了。因此他在信中有'在马鞍上思索,颇有所得'的话。这样的事情不是很奇异吗?"

辛未年,我转为驾部员外郎,钦悦的儿子克钧从京北府司录转授司门员外郎,我几次把李巽所说的跟他对质。虽然情况都符合李巽说的,但克钧说当时写的东西都丢失了。每每想到铭文的微妙深奥,而却不能见到,我就很感怅惜。

壬申年,我被贬任明州长史。辖地的海岛上,有个隐士姓张,名叫玄阳,因为懂得《易经》而被州将看重,把他招来安置在官署里。因为听他讲解《周易》卜筮方面的事,他就把郑钦悦等人写的信给我看。我喜得这些信,比获得什么宝物更兴奋,立刻把它们编排起来,还写了评论,文字是这样的:一丘泥土,是没有生命感情的。遇上下雨而坍塌,是出于偶然。研究命象之学到了很高境界的人,竟测定它葬于十八万六千四百日之前,何况天下太平与动乱的变化,人们穷困与显达的不同,圣贤之士生不逢时,君臣偶然遇合之类的事情呢?那么,姜子牙的多读得璜玉助周室而被武王称为尚父,孔子被楚狂讥为无凤凰之德而四处奔波，傅说被殷王梦见于傅岩之野而被任命为大臣，张良在圯上被神人黄石公授以兵书而辅助汉业，也必定是命中注定的了。然而，孔子没有空闲去坐暖垫座的席子就离开了，墨子等不到烟囱烧黑就得迁居，为何他们要这样辛苦地经营呢？孟子离开齐国回乡时急得等不到淘米煮饭，贾谊被贬往长沙而作凭吊屈原的赋以寄其伤感之情，为什么他们对这些会如此眷念呢？难道说圣人贤者还迷惑于人性天命的道理吗？是想自污其身给后人留下教训，与显示为人之道不能废弃吗？我实在是弄不清楚。钦悦后来由右补阙任殿中侍御史，为当时的宰相李林甫忌恨，排斥出京城，失去显身扬名的机会。所以我记叙所见所闻，系于这两封信之后，以昭著蓍草卜筮的神奇，聪慧的先哲能预知未来，安定动乱、穷达祸福都有定数，留下这些文字给好事者，以供后学们的好奇玩味。

时为贞元九年十二月二十八日。赵郡李吉甫记。

柳氏传

许尧佐

【题解】

作者许尧佐,唐德宗时人,曾任太子校书郎、谏议大夫等官职。

本篇主要写了柳氏富于传奇色彩的遭遇:她本为李生的侍妾,因倾慕韩翃的才气,被李生作为礼物送给了韩翃。兵乱中,她又被武将沙吒利抢占。后由义士许俊将她夺回,还归韩翃。作者既赞赏柳氏和许俊的"义勇",又认为二人的行为"皆不入于正"。但就我们今天的眼光来看,最感慨的还是当时妇女任人摆布的命运。

本篇故事又见于唐人孟棨的《本事诗》,情节大致相同,文字略有出入。明人吴长儒、清人张国寿,曾根据这一故事,先后编写了《练囊记》和《章台柳》两剧。

【原文】

天宝中,昌黎韩翃有诗名①,性颇落托,羁滞贫甚。有李生者,与翃友善,家累千金。负气爱才。其幸姬曰柳氏,艳绝一时,喜谈谑,善讴咏。李生居之别第,与翃为宴歌之地。而馆翃于其侧。翃素知名,其所候问,皆当时之彦。柳氏自门窥之,谓其侍者曰:"韩夫子岂长贫贱者乎!"遂属意焉。李生素重翃,无所吝惜。后知其意,乃具膳请翃饮,酒酣,李生曰:"柳夫人容色非常,韩秀才文章特异。欲以柳荐枕于韩君②,可乎?"翃惊栗,避席曰:③"蒙君之恩,解衣辍食久之④。岂宜夺所爱乎?"李坚请之。柳氏知其意诚,乃再拜,引衣接席⑤。李坐翃于客位,引满极欢⑥。李生又以资三十万,佐翃之费。翃仰柳氏之色,柳氏慕翃之才,两情皆获,喜可知也。明年,礼部侍郎杨度擢翃上第⑦,屏居间岁。柳氏谓翃曰:"荣名及亲,昔人所尚。岂宜以濯浣之贱,稽采兰之美乎⑧?且用器资物,足以待君之来也。"翃于是省家于清池⑨。岁余,乏食,鬻妆具以自给。天宝末,盗覆二京⑩,士女奔骇。柳氏以艳独异,且惧不免,乃剪发毁形,寄迹法灵寺。是时侯希逸自平卢节度淄青[11],素藉翊名[12],请为书记[13]。宣皇帝以神武返正[14],翊乃遣使间行求柳氏,以练囊盛麸金,题之曰:"章台柳,章台柳!昔日青青今在否?纵使长条似旧垂,亦应攀折他人手[15]。"柳氏捧金呜咽,左右凄悯,答之曰:"杨柳枝,芳菲节,所恨年年赠离别。一叶随风忽报秋,纵使君来岂堪折!"无何,有蕃将沙吒利者[16],初立功,窃知柳氏之色,劫以归第,宠之专房[17]。及希逸除左仆射[18],入觐,翊得从行。至京师,已失柳氏所止,叹想不已。偶于龙首冈见苍头以驳牛驾辎軿[19],从两女奴。翊偶随之。自车中问曰:"得非韩员外乎[20]?某乃柳氏也。"使女奴窃言失身沙吒利,阻同车者,请诘旦幸相待于道政里门。及期而往,以轻素结玉合,实以香膏,自车中授之,曰:"当道永诀,愿置诚念。"乃回车,以手挥之,轻袖摇摇,香车辚辚,目断意迷,失于惊尘。翊大不胜情。会淄青诸将合乐酒楼,使人请翊。翊强应之,然意色皆丧,音韵凄咽。有虞候许俊者[21],以材力自负,抚剑言曰:"必有故。愿一效用。"翊不得已,具以告之。俊曰:"请足下数字,当立致之。"乃衣缦胡[22],佩双鞬,从一骑,径造沙吒利之第。候其出行里余,乃被衽执辔,犯关排闼,急趋而呼曰:"将军中恶,使召夫人!"仆侍辟易,无敢仰视。遂升堂,出翊札示柳氏,挟之跨鞍马,逸尘断鞅[23],倏忽乃至。引裾而前曰:"幸不辱命。"四座惊叹。柳氏与翊执手涕泣,相与罢酒。是时沙吒利恩宠殊等,翊俊惧祸,乃诣希逸。希逸大惊曰:"吾平生所为事,俊乃能尔乎?"遂献状曰[24]:"检校尚书金部员外郎兼御史韩翊[25],久列参佐,累彰勋效,顷从乡赋[26]。有妾柳氏,阻绝凶寇,依止名尼。今文明抚运[27],遐迩率化。将军沙吒利凶恣挠法,凭恃微功,驱有志之妾,干无为之政[28]。臣部将兼御史中丞许俊,族本幽蓟[29],雄心勇决,却夺柳氏,归于韩翊。义切中抱,虽昭感激之诚,事不先闻,固乏训齐之令。"寻有诏,柳氏宣还韩翊,沙吒利赐钱二百万。柳氏归翊,翊后累迁至中书舍人[30]。然即柳氏,志防闲而不克者[31];许俊,慕感激而不达者也[32]。向使柳氏以色选,则当熊辞辇之诚可继[33],许俊以才举,则曹柯渑池之功可建[34]。夫事由迹彰,功待事立。惜郁堙不偶[35],义勇徒激,皆不入于正[36]。斯岂变之正乎[37]?盖所遇然也。

注释

①昌黎:古郡名,郡治在今辽宁省义县。韩翃(yì 异):一作韩竑(hóng 红),唐代诗人,为"大历十才子"之一,南阳(今河南省南阳县)人。韩姓为昌黎郡望族,故此处称"昌黎韩翃"。

②荐枕:侍寝,这是当妻子的一种自卑说法。

③避席:古人席地而坐,避席即离开座位,表示恭敬、客气。

④解衣辍食:解衣,脱衣。辍食,停食。解衣辍食,意思是把衣服给人穿,把饭给人吃。形容对人有恩惠。

⑤引衣接席:引衣,提起衣裙,古人因衣裙长,用手提起便于走路。接席,挨近坐席,表示亲热。

⑥引满:指斟满酒杯喝干。

⑦礼部:中央主管礼仪和学校贡举的官署。礼部侍郎:礼部的副长官。上第:考试成绩中的第一等。《新唐书·选举志上》:"每问经十条,对策三道,皆通,为上第,吏部官之;经义通八,策通二,为中第,与出身;下第,罢归。"

⑧岂宜二句:意思是怎么可以因为我这干洗衣贱活的女人,耽误你被朝廷征用的美好前程呢?濯(zhuó 酌)浣(huàn 缓)之贱:干洗衣一类低贱粗活,这是柳氏的自谦说法。稽,迟留,引申作耽误解。采兰:比喻选择俊逸。《晋书·皇甫谧传》:"陛下披榛采兰,并及蒿艾,是以皋陶振褐,不仁者远。"

⑨清池:唐县名,在今河北省沧县东北。

⑩天宝二句:指安禄山军队于天宝十四年攻陷长安和洛阳。二京:唐代称长安为西京,洛阳为东京。

⑪侯希逸:唐营州(今辽宁省锦州市西北)人。平卢、淄青,均为唐代方镇名。侯希逸原为平卢节度使,后受叛军史朝义的压逼,就南保青州,故称"自平卢节度淄青"。

⑫藉:顾念,仰慕。

⑬书记:管理文书的幕僚。

⑭宣皇帝:指唐肃宗李亨,他死后的谥号里有"宣"字,故云。以神武返正:指唐肃宗即位后,平定安史之乱,收复长安、洛阳。

⑮章台:汉代长安街名。当时柳氏留在长安,故以"章台柳"喻柳氏,语意双关。

⑯蕃将:唐代任用少数民族为将,称"番将"。蕃,同"番"。吒(zhā):音"咋"。

⑰专房:独占宠爱。

⑱左仆射(yè 夜):唐代设左右仆射,原为尚书省副长官,长官为尚书令。因唐太宗李世民曾任尚书令,后即不再设置,故左仆射实为尚书省长官,和侍中、中书令共同主持中央政务,通常是宰相的位置。侯希逸所拜为右仆射,非左仆射,且

未及拜官就死了。盖小说家言,不能以史实等同。

⑲龙首冈:在陕西省长安县,汉、唐时营建城郭宫殿于其上。苍头:仆役。駮(bó勃)牛:杂色的牛。辎(zī资)軿(píng平):辎车和軿车的并称,后泛指有屏蔽的车子。

⑳员外:本为唐代编制以外的官名,后也用作对人的敬称。

㉑虞候:官名。唐代置都虞候,为军中执法的长官。

㉒缦胡:同"曼胡",本指武士的帽缨,这里代指军装。

㉓逸尘断鞅:马在飞扬的尘土中奔驰,连马鞅也断了,形容马跑得快。鞅,夹在马颈两旁的皮带。

㉔状:向上级写的报告。

㉕检校尚书:唐代制度,对任某一实职而有功绩的官员,可加给品级高于其实职的官衔,是一种有荣誉而无实权的政治待遇。当时对外官,尤其是武将,往往多给予京官加衔,以示荣宠。

㉖乡赋:即乡贡。唐代不经学馆考试而由州县推荐应科举。

㉗文明:文教昌明。抚运:顺应时运。

㉘驱:逼迫,引申作劫掠解释。无为之政:封建统治者强调以德服人,不用刑罚,达到"无为而治",认为这是最理想的政策。

㉙族本幽蓟(jì记):本是幽、蓟一带的人。幽,幽州,也称范阳郡,治所在今北京市。蓟,蓟州,也称渔阳郡,治所在今河北蓟县。幽、蓟一带的人,性情豪侠勇决。

㉚中书舍人:唐代中书省里为皇帝起草诏书、诰命等文件的官员。

㉛防闲:防,指堤,用于制水;闲,指圈栏,用于制兽。引申为防备和禁阻。

㉜感激:感动愤激。

㉝当熊:汉元帝刘奭(shì示)在看斗兽时,一头熊突然跑出来,冯婕妤(女官名)急忙上前,当熊站立,以保护汉元帝。辞辇(niǎn碾):汉成帝刘骜(ào敖)有一次请班婕妤同车游园,班婕妤以历史上皇帝因宠幸女色而亡国的事来劝谏汉成帝,并谢绝与汉成帝同辇。辇,指皇帝坐的车子。以上事均见《汉书·外戚列传》。

㉞曹柯渑池之功:指曹沫、蔺相如立功之事。曹,曹沫。柯、渑池,均为古地名。《史记·刺客曹沫传》:春秋时,齐鲁交战,鲁败,割地求和,与齐会盟于柯。当时鲁将曹沫拿着匕首与齐桓公讲理,将齐国侵夺鲁国的土地又要了回来。又《史记·廉颇蔺相如列传》:春秋时,秦王和赵王在渑池相会。秦王要赵王为他鼓瑟,以示羞辱。赵臣蔺相如挺身而出,为赵王挽回了面子。

㉟不偶:指运气不好。古人以偶数为吉利。

㊱正:指儒家正道。

㊲变之正:意思是:由于环境的关系,只能在权变中求正道。变,权变。

【今译】

　　天宝年间,昌黎人韩翃有诗名,他生性放荡不羁,飘泊在外而不得志,生活非常贫困。有位李生,与韩翃相友善,家中有千金的积蓄,凭恃意气而爱惜人才。他的宠妾叫柳氏,美艳绝伦,喜欢谈笑嬉戏,又长于歌唱吟咏。李生让她住在别处房宅,把那里作为与韩翃饮宴歌舞的场所,而把韩翃安排在那房宅的旁边居住。韩翃一向知名,前来拜访问候他的,都是当时的杰出人物。柳氏从门里窥视他们,对她的侍女说:"韩夫子哪里像是会长久贫贱的人呢?"于是对韩翃产生了爱慕之意。

　　李生一向看重韩翃,对他从不吝惜。后来知道了柳氏的心意,就准备了酒菜请韩翃同饮,喝得正痛快时,李生说:"柳夫人容貌非同寻常,韩秀才文章特别漂亮,我想让柳夫人来陪侍韩君,可以吗?"韩翃又惊又惧,离开座位说:"承蒙你的恩德,得到你的关照接济已经很久了,怎能再夺你所爱呢?"李生坚持请求韩翃答应他。柳氏知道李生是诚心的,就拜了两拜,提起衣裙走到韩翃坐席旁陪侍。李生请韩翃坐在客位,斟酒干杯,十分尽兴。李生又拿出三十万钱,作为资助韩翃的费用。韩翃倾心柳氏的容貌,柳氏仰慕韩翃的文才,两人都得到满足,心中的欣喜是不言自明的。

　　次年,礼部侍郎杨度选择韩翃为科举考试的第一等。韩翃在家隐居了一年。柳氏对韩翃说:"一个人能取得荣誉并让亲人分享,这是古人所看重的,怎能因为我这做缝洗粗活的女人,而耽误你的前程呢?况且现在的日常用品、生活费用,足以等到你归来的时候了。"韩翃于是回清池老家探亲。过了一年多,柳氏生活有了困难,就卖掉妆饰用品来养活自己。

　　天宝末年,安禄山叛军攻陷两京,士人妇女纷纷惊慌奔逃。柳氏因为自己的美色太招眼,又怕不免受辱,就剪去头发,把模样弄丑,然后到法灵寺住下来。这时侯希逸以平卢节度使的身份统领淄青地区的部队,他久仰韩翃之名,请他担任自己的书记。直到肃宗皇帝凭着他的神明英武返驾长安,韩翃才派人悄悄去寻找柳氏,用丝织提袋装上碎金子,还题了一首诗说:

> 章台柳啊章台柳
> 昔日枝叶青青,如今还在否?
> 纵然那柳条依旧低垂,
> 也怕已被他人攀折在手。

柳氏读到题诗后,捧着那袋碎金呜呜痛哭,左右的人也都为她伤心怜悯。柳氏写了一首答诗说:

> 杨柳枝啊飘拂在那花草芬芳的时节,
> 可恨年年都摘下它寄情离别。
> 一叶随风飘下,忽报秋天已至,
> 纵使郎君归来又哪堪攀折。

不久,有位蕃将沙吒利,刚立了战功,他私下了解到柳氏的美色,就把她劫持到家中,让她独占宠爱。等到侯希逸拜官左仆射,去京城谒见皇帝,韩翃得以随从前往。到了京城,已找不到柳氏所居之处了,韩翃叹息想念不止。一次,偶然在龙首冈看见一个仆役驾着一辆有帷帐的牛车,后面跟着两个女仆。韩翃碰巧跟在车后。从车中传来问话声说:"你不是韩员外吗?我是柳氏呀。"然后让女仆悄悄告诉韩翃自己已经失身于沙吒利,碍于车上有其他人,不便深谈,希望韩翃第二天早上在道政里门等她。韩翃到时前往,柳氏用薄绸子拴在玉盒上,里面装满香膏,从车上递给韩翃,说:"就要最后分手永别了,希望你把它留下作为至诚的纪念。"于是调转车头,向韩翃挥手,只见轻袖飘动,香车辚辚,韩翃目送它渐渐远去,心中茫然若有所失,眼见得那车子消失在飞扬的尘土中。韩翃心情沉痛,几乎控制不住。

正值淄青诸将聚在一起饮酒作乐,派人来邀请韩翃。韩翃勉强答应了,但情绪和脸色都很沮丧,说话声调也凄楚哽咽。有位虞候叫许俊的,一向以自己的才能勇力自负,他以手抚剑对韩翃说:"你这样一定有原因,我愿为你效劳出力。"韩翃不得已,就把事情全部告诉了他。许俊说:"你写几个字让我带去,我会立刻把尊夫人带来。"于是就穿上军装,佩上两个弓箭袋,让一个骑马卫士跟随着,一直来到沙吒利的府第。等到沙吒利出门走了一里多远时,许俊就披着军装,拉着马缰绳,冲进大门,然后又闯进里面的小门,一边疾走一边呼叫说:"将军得了急病,派我来召夫人!"那些仆人侍从都惊恐后退,不敢仰视。许俊于是进了厅堂,拿出韩翊的信给柳氏看,然后挟抱柳氏跨上鞍马,在飘扬的尘土中飞驰而去,转眼功夫就到了韩翊那里。许俊提起前襟上前施礼,说:"幸而没有辱没你的使命。"四座的人都为之惊叹。柳氏与韩翊互相拉着手哭泣,大家为此连酒也喝不下去了。

这时候沙吒利正得到朝廷的特殊恩宠,韩翊许俊怕闯祸,就去拜访侯希逸,说明情况。侯希逸大惊说:"行侠仗义,是我平生所做的事,你许俊竟然也能这样做吗?"于是写报告上奏皇帝说:

检校尚书金部员外郎兼御史韩翊,长期担任僚属之职,多次建立功绩,前不久参加乡赋登第。有妾柳氏,被凶寇阻绝,托身于名尼。当今国家文教昌明,顺应时运,远近相率归化。而将军沙吒利凶暴放肆,扰乱国法,自恃微功,劫掠有节操的女子,触犯无为而治的政策。臣部将兼御史中丞许俊,本属幽、蓟人氏,雄心勇决,把柳氏夺了回来,归还韩翊。他满怀仗义之心,虽然表现了激于义愤的忠诚,但行事没有事先报告,实在是我对部下缺乏训诫治理的号令所致。

不久,宣达了皇帝的诏令:柳氏应该归还韩翊,沙吒利赐钱二百万。柳氏于是回到韩翊身边。韩翊后来屡次升迁,官至中书舍人。

但就柳氏来说,志在防范阻止非礼行为而未能做到;就许俊来说,倾慕那激于义愤的行为却不能明达事理。假如让柳氏凭借美貌被选进宫中,那么凭着她的忠诚,她可以像冯婕妤那样,在熊出现时站出来保护汉元帝,或者像班婕妤那样,婉言谢绝汉成帝同车游园的邀请。倘若让许俊凭借他的勇气才干被选拔,那么像曹沫在柯地会盟时用匕首逼使齐桓公退还所侵占的土地,或者像蔺相如在渑池时不畏强秦,维护赵国的尊严那样的功勋,也是可以建树的。人的事业要靠行动来显示,功勋要待事业的成功来建立。可惜都被不好的时运埋没,徒然激起一番义勇之心,都不合乎正道。这或许也可算作权变之中的正道吧?那是由他们所处的环境和遭遇造成的。

柳毅传

李朝威

【题解】

本篇选自《太平广记》卷第四百一十九,原出《异闻集》,原题《柳毅》,"传"字为后人所增。作者李朝威,生平事迹不详,据篇中所述,是唐陇西郡人,大约生活于贞元、元和之间。

柳毅是一个富于同情心并勇于助人的穷书生。他见洞庭龙女被恶人所欺,激于义愤,为龙女传递书信,使龙女得脱厄难。当龙女一家感恩图报,而洞庭君乘酒使气,胁迫他与龙女成婚时,他断然拒绝。并非他不为龙女的"殊色"所动,而是如他后来所说,他救龙女的初衷是以"义行"为志,不能做"杀其婿而纳其妻"的事,此外,也不能在钱塘君的威逼下"屈于己而伏于心"。这种富贵不能淫,威武不能屈的品质,是作者所欣赏并着意表现的。书中其他几个人物也写得很有声色,如龙女的美丽善良、一往情深,钱塘君的勇猛刚烈、快人快语,洞庭君的知恩图报、宽厚仁慈,都给人留下较深印象。

此篇在唐代及后世都有较大影响。唐末有本此文而作的《灵应传》(《太平广记》卷四百九十二引,未著撰人),元代尚仲贤的《柳毅传书》,李好古的《张生煮海》,明代黄说中的《龙箫记》,清代李渔的《蜃中楼》以及现代的《龙女牧羊》《张羽煮海》等,都由此篇脱胎演变而来。

【原文】

仪凤中①,有儒生柳毅者,应举下第,将还湘滨。念乡人有客于泾阳者②,遂往告别。至六七里,鸟起马惊,疾逸道左。又六七里,乃止。见有妇人,牧羊于道畔。毅怪视之,乃殊色也。然而蛾脸不舒,巾袖无光,凝听翔立,若有所伺。毅诘之曰:"子何苦而自辱如是?"妇始楚而谢,终泣而对曰:"贱妾不幸③,今日见辱问于长者④。然而恨贯肌骨,亦何能愧避，幸一闻焉。妾，洞庭龙君小女也。父母配嫁泾川次子⑤，而夫婿乐逸，为婢仆所惑，日以厌薄，既而将诉于舅姑⑥，舅姑爱其子，不能御。迨诉频切⑦，又得罪舅姑。舅姑毁黜以至此。"言讫，歔欷流涕，悲不自胜。又曰："洞庭于兹，相远不知其几多也？长天茫茫，信耗莫通。心目断尽，无所知哀。闻君将还吴⑧，密通洞庭。或以尺书⑨，寄托侍者，未卜将以为可乎？"毅曰："吾义夫也。闻子之说，气血俱动，恨无毛羽，不能奋飞。是何可否之谓乎！然而洞庭，深水也。吾行尘间，宁可致意耶？唯恐道途显晦⑩，不相通达，致负诚托，又乖恳愿。子有何术，可导我邪？"女悲泣且谢，曰："负载珍重，不复言矣。脱获回耗，虽死必谢。君不许，何敢言。既许而问，则洞庭之与京邑，不足为异也。"毅请闻之。女曰："洞庭之阴，有大橘树焉，乡人谓之社橘⑪。君当解去兹带，束以他物。然后叩树三发，当有应者。因而随之，无有碍矣。幸君子书叙之外，悉以心诚之话倚托，千万无渝！"毅曰："敬闻命矣。"女遂于襦间解书，再拜以进，东望愁泣，若不自胜。毅深为之戚。乃置书囊中，因复问曰："吾不知子之牧羊，何所用哉？神祇岂宰杀乎⑫？"女曰："非羊也，雨工也。""何为雨工？"曰："雷霆之类也。"毅顾视之，则皆矫顾怒步，饮龁甚异。而大小毛角，则无别羊焉。毅又曰："吾为使者，他日归洞庭，幸勿相避。"女曰："宁止不避，当如亲戚耳。"语竟，引别东去。不数十步，回望女与羊，俱亡所见矣。其夕，至邑而别其友。月余到乡。还家，乃访于洞庭。洞庭之阴果有社橘。遂易带向树，三击而止。俄有武夫出于波间，再拜请曰："贵客将自何所至也？"毅不告其实，曰："走谒大王耳。"武夫揭水指路，引毅以进。谓毅曰："当闭目，数息可达矣。"毅如其言，遂至其宫。始见台阁相向，门户千万，奇草珍木，无所不有。夫乃止毅，停于大室之隅，曰："客当居此以伺焉。"毅曰："此何所也？"夫曰："此灵虚殿也。"谛视之，则人间珍宝，毕尽于此。柱以白璧，砌以青玉，床以珊瑚，帘以水精⑬，雕琉璃于翠楣，饰琥珀于虹栋。奇秀深杳，不可弹言。然而王久不至。毅谓夫曰："洞庭君安在哉？"曰："吾君方幸玄珠阁⑭，与太阳道士讲《火经》，少选当毕。"毅曰："何谓《火经》？"夫曰："吾君，龙也。龙以水为神，举一滴可包陵谷。道士，乃人也。人以火为神圣，发一灯可燎阿房⑮。然而灵用不同，玄化各异。太阳道士精于人理，吾君邀以听焉。"语毕而宫门辟。景从云合⑯，而见一人，披紫衣，执青玉。夫跃曰:"此吾君也!"乃至前以告之。君望毅而问曰:"岂非人间之人乎?"毅对曰:"然。"毅而设拜⑰,君亦拜,命坐于灵虚之下。谓毅曰:"水府幽深,寡人暗昧,夫子不远千里,将有为乎?"毅曰:"毅,大王之乡人也。长于楚,游学于秦。昨下第,闲驱泾水之涘,见大王爱女牧羊于野,风环雨鬓,所不忍视。毅因诘之。谓毅曰:'为夫婿所薄,舅姑不念,以至于此。'悲泗淋漓,诚怛人心。遂托书于毅。毅许之,今以至此。"因取书进之。洞庭君览毕,以袖掩面而泣曰:"老父之罪,不诊坚听⑱,坐贻聋瞽,使闺窗孺弱⑲,远罹搆害。公,乃陌上人也⑳,而能急之。幸被齿发㉑,何敢负德!"词毕,又哀咤良久。左右皆流涕。时有宦人密视君者㉒,君以书授之,令达宫中。须臾,宫中皆恸哭。君惊谓左右曰:"疾告宫中,无使有声。恐钱塘所知。"毅曰:"钱塘,何人也?"曰:"寡人之爱弟。昔为钱塘长,今则致政矣。"毅曰:"何故不使知?"曰:"以其勇过人耳。昔尧遭洪水九年者,乃此子一怒也。近与天将失意,塞其五山㉓。上帝以寡人有薄德于古今,遂宽其同气之罪㉔。然犹縻系于此,故钱塘之人,日日候焉。"语未毕,而大声忽发,天拆地裂,宫殿摆簸,云烟沸涌。俄有赤龙长千余尺,电目血舌,朱鳞火鬣,项掣金锁,锁牵玉柱,千雷万霆,激绕其身,霰雪雨雹,一时皆下。乃擘青天而飞去。毅恐蹶仆地。君亲起持之曰:"无惧。固无害。"毅良久稍安,乃获自定。因告辞曰:"愿得生归,以避复来。"君曰:"必不如此。其去则然,其来则不然。幸为少尽缱绻㉕。"因命酌互举,以款人事。俄而祥风庆云,融融怡怡,幢节玲珑㉖,箫韶以随㉗。红妆千万,笑语熙熙,后有一人㉘,自然蛾眉,明珰满身㉙,绡縠参差㉚。迫而视之,乃前寄辞者。然若喜若悲,零泪如丝。须臾,红烟蔽其左,紫气舒其右,香气环旋,入于宫中。君笑谓毅曰:"泾水之囚人至矣。"君乃辞归宫中。须臾,又闻怨苦,久而不已。有顷,君复出,与毅饮食。又有一人,披紫裳,执青玉,貌耸神溢㉛,立于君左。君谓毅曰:"此钱塘也。"毅起,趋拜之。钱塘亦尽礼相接,谓毅曰:"女侄不幸,为顽童所辱。赖明君子信义昭彰,致达远冤。不然者,是为泾陵之土矣。飨德怀恩㉜,词不悉心。"毅挥退辞谢,俯仰唯唯。然后回告兄曰:"向者辰发灵虚,巳至泾阳,午战于彼,未还于此㉝。中间驰至九天,以告上帝。帝知其冤,而宥其失。前所谴责,因而获免。然而刚肠激发,不遑辞候。惊扰宫中,复忤宾客。愧惕惭惧,不知所失。"因退而再拜。君曰:"所杀几何?"曰:"六十万。""伤稼乎?"曰:"八百里。""无情郎安在?"曰:"食之矣。"君怃然曰:"顽童之为是心也,诚不可忍。然汝亦太草草。赖上帝显圣,谅其至冤。不然者,吾何辞焉。从此已去,勿复如是。"钱塘复再拜。是夕,遂宿毅于凝光殿。明日,又宴毅于凝碧宫。会友戚,张广乐,具以醪醴,罗以甘洁。初,笳角鼙鼓㉞,旌旗剑戟,舞万夫于其右。中有一夫前曰:"此《钱塘破阵乐》。"旌铍杰气,顾骤悍栗㉟,坐客视之,毛发皆竖。复有金石丝竹㊱,罗绮珠翠,舞千女于其左。中有一女前进曰:"此《贵主还宫乐》。"清音宛转,如诉如慕,坐客听之,不觉泪下。二舞既毕,龙君大悦,锡以纨绮,颁于舞人。然后密席贯坐,纵酒极娱。酒酣,洞庭君乃击席而歌曰:"大天苍苍兮,大地茫茫。人各有志兮,何可思量。狐神鼠圣兮,薄社依墙㊲。雷霆一发兮,其孰敢当。荷贞人兮信义长㊳,令骨肉兮还故乡。齐言惭愧兮何时忘㊴!"洞庭君歌罢,钱塘君再拜而歌曰:"上天配合兮,生死有途。此不当妇兮,彼不当夫。腹心辛苦兮㊵,泾水之隅。风霜满鬓兮,雨雪罗襦。赖明公兮引素书,令骨肉兮家如初。永言珍重兮无时无。"钱塘君歌阕。洞庭君俱起,奉觞于毅。毅踧踖而受爵㊶,饮讫,复以二觞奉二君。乃歌曰:"碧云悠悠兮,泾水东流。伤美人兮,雨泣花愁。尺书远达兮,以解君忧。哀冤果雪兮,还处其休。荷和雅兮感甘羞。山家寂寞兮难久留,欲将辞去兮悲绸缪㊷。"歌罢,皆呼万岁。洞庭君因出碧玉箱,贮以开水犀㊸;钱塘君复出红珀盘,贮以照夜玑㊹,皆起进毅。毅辞谢而受。然后宫中之人,咸以绡采珠璧,投于毅侧。重叠焕赫,须臾埋没前后。毅笑语四顾,愧揖不暇。洎酒阑欢极,毅辞起,复宿于凝光殿。翌日,又宴毅于清光阁。钱塘因酒,作色,踞谓毅曰㊺:"不闻猛石可裂不可卷,义士可杀不可羞邪?愚有衷曲,欲一陈于公。如可,则俱在云霄;如不可,则皆夷粪壤。足下以为何如哉?"毅曰:"请闻之。"钱塘曰:"泾阳之妻,则洞庭君之爱女也。淑性茂质,为九姻所重㊻。不幸见辱于匪人。今则绝矣。将欲求托高义,世为亲戚。使受恩者知其所归,怀爱者知其所付,岂不为君子始终之道者?"毅肃然而作,歘然而笑曰:"诚不知钱塘君孱困如是!毅始闻跨九州㊼,怀五岳,泄其愤怒;复见断金锁㊽,掣玉柱,赴其急难。毅以为刚决明直,无如君者。盖犯之者不避其死,感之者不爱其生,此真丈夫之志。奈何箫管方洽,亲宾正和,不顾其道,以威加人?岂仆之素望哉!若遇公于洪波之中,玄山之间㊾,鼓以鳞须,被以云雨,将迫毅以死,毅则以禽兽视之,亦何恨哉。今体被衣冠,坐谈礼义,尽五常之志性㊾,负百行之微旨㊿,虽人世贤杰,有不如者。况江河灵类乎?而欲以蠢然之躯,悍然之性,乘酒假气,将迫于人,岂近直哉!且毅之质,不足以藏王一甲之间。然而敢以不伏之心,胜王不道之气。惟王筹之!"钱塘乃逡巡致谢曰:"寡人生长宫房,不闻正论。向者词述疏狂,妄突高明。退自循顾,戾不容责。幸君子不为此乖间可也。"其夕,复欢宴,其乐如旧。毅与钱塘,遂为知心友。明日,毅辞归。洞庭君夫人别宴毅于潜景殿。男女仆妾等,悉出预会。夫人泣谓毅曰:"骨肉受君子深恩,恨不得展愧戴,遂至睽别。"使前泾阳女当席拜毅以致谢。夫人又曰:"此别岂有复相遇之日乎?"毅其始虽不诺钱塘之请,然当此席,殊有叹恨之色。宴罢,辞别,满宫凄然。赠遗珍宝,怪不可述。毅于是复循途出江岸,见从者十余人,担囊以随,至其家而辞去。毅因适广陵宝肆㋅,鬻其所得。百未发一,财以盈兆。故淮右富族㋆,咸以为莫如。遂娶于张氏,亡,又娶韩氏。数月,韩氏又亡。徙家金陵㋇。常以鳏旷多感㋈,或谋新匹。有媒氏告之曰:"有卢氏女,范阳人也。父名曰浩,尝为清流宰㋉。晚岁好道,独游云泉,今则不知所在矣。母曰郑氏。前年适清河张氏㋊,不幸而张夫早亡。母怜其少,惜其慧美,欲择德以配焉。不识何如?"毅乃卜日就礼。既而男女二姓,俱为豪族,法用礼物㋋,尽其丰盛。金陵之士,莫不健仰。居月余,毅因晚入户,视其妻,深觉类于龙女,而逸艳丰厚,则又过之。因与话昔事。妻谓毅曰:"人世岂有如是之理乎?然君与余有一子㋌。"毅益重之。既产,逾月,乃秾饰换服,召亲戚。相会之间,笑谓毅曰:"君不忆余之于昔也?"毅曰:"夙为洞庭君女传书,至今为忆㋍。"妻曰:"余即洞庭君之女也。泾川之冤,君使得白。衔君之恩,誓心求报。洎钱塘季父论亲不从,遂至睽违,天各一方,不能相问。父母欲配嫁于濯锦小儿某㋎。惟以心誓难移,亲命难背,既为君子弃绝,分无见期。而当初之冤,虽得以告诸父母,而誓报不得其志,复欲驰白于君子。值君子累娶,当娶于张,已而又娶于韩,迨张韩继卒,君卜居于兹,故余之父母乃喜余得遂报君之意。今日获奉君子,咸善终世,死无恨矣。"因呜咽,泣涕交下。对毅曰:"始不言者,知君无重色之心。今乃言者,知君有感余之意㋏。妇人匪薄㋐,不足以确厚永心。故因君爱子,以托相生。未知君意如何?愁惧兼心,不能自解。君附书之日,笑谓妾曰:'他日归洞庭,慎无相避。'诚不知当此之际,君岂有意于今日之事乎?其后季父请于君,君固不许。君乃诚将不可邪,抑忿然邪?君其话之!"毅曰:"似有命者。仆始见君子,长泾之隅,枉抑憔悴,诚有不平之志。然自约其心者,达君之冤,余无及也。以言慎勿相避者,偶然耳,岂有意哉。洎钱塘逼迫之际,唯理有不可直,乃激人之怒耳。夫始以义行为之志,宁有杀其婿而纳其妻者邪?一不可也。善素以操真为志尚⁶⁴,宁有屈于己而伏于心者乎?二不可也。且以率肆胸臆,酬酢纷纶⁶⁵,唯直是图,不遑避害。然而将别之日,见君有依然之容,心甚恨之。终以人事扼束,无由报谢。吁,今日,君,卢氏也,又家于人间。则吾始心未为惑矣。从此以往,永奉欢好,心无纤虑也。"妻因深感娇泣,良久不已。有顷,谓毅曰:"勿以他类,遂为无心,固当知报耳。夫龙寿万岁,今与君同之。水陆无往不适。君不以为妄也。"毅嘉之曰:"吾不知国客乃复为神仙之饵⁶⁶。"乃相与觐洞庭。既至,而宾主盛礼,不可具记。后居南海⁶⁷,仅四十年,其邸第舆马珍鲜服玩,虽侯伯之室,无以加也。毅之族咸遂濡泽。以其春秋积序⁶⁸,容状不衰,南海之人,靡不惊异。洎开元中,上方属意于神仙之事⁶⁹,精索道术。毅不得安,遂相与归洞庭。凡十余岁,莫知其踪。至开元末,毅之表弟薛嘏为京畿令⁷⁰,谪官东南。经洞庭,晴昼长望,俄见碧山出于远波。舟人皆侧立,曰:"此本无山,恐水怪耳。"指顾之际,山与舟相逼,乃有彩船自山驰来,迎问于嘏。其中有一人呼之曰:"柳公来候耳。"嘏省然记之,乃促至山下,摄衣疾上。山有宫阙如人世,见毅立于宫室之中,前列丝竹,后罗珠翠,物玩之盛,殊倍人间。毅词理益玄,容毅益少。初迎嘏于砌,持嘏手曰:"别来瞬息,而发毛已黄。"嘏笑曰:"兄为神仙,弟为枯骨,命也。"毅因出药五十丸遗嘏,曰:"此药一丸可增一岁耳。岁满复来,无久居人世,以自苦也。"欢宴毕,嘏乃辞行。自是已后,遂绝影响。嘏常以是事告于人世。殆四纪⁷¹,嘏亦不知所在。陇西李朝威叙而叹曰:"五虫之长⁷²,必以灵者,别斯见矣。人,裸也,移信鳞虫。洞庭含纳大直,钱塘迅疾磊落,宜有承焉。嘏咏而不载,独可邻其境。愚义之,为斯文。"

注释

①仪凤:唐高宗李治年号(公元676—678年)。
②泾阳:唐代县名,在今陕西省泾阳县东南。

③贱妾:古代女子对自己的谦称。
④见:被。辱问:委屈自己的身份下问。长者:对人的尊称。
⑤泾川:泾水,源出宁夏,流经甘肃、陕西入渭河。下文"长泾"也指泾水。这里的"泾川"指泾川龙王。
⑥舅姑:公婆。
⑦迨(dài 带):等到。
⑧吴:这里指湖南一带,三国时吴国的疆界包括湖南在内。
⑨尺书:信。古时无纸,把信写在木简或绢帛上,所以叫"尺书"。下文"迟素书"也指信。
⑩显:指显明的人间。晦:指幽暗的仙界。
⑪社橘:即神橘。乡民在此树下举行"社祭"(祭地神),故称。
⑫神:天神。祇:地神。这里泛指神灵。
⑬水精:即水晶。
⑭幸:古代帝王到某地叫"幸"。
⑮阿房:宫名,秦始皇造,周围三百余里,秦末项羽入关时将它烧毁。遗址在今陕西省西安市西南阿房村。
⑯景:同"影"。影从:像影子一样跟随。云合:像云一样聚合,《易·乾卦》:"云从龙。"
⑰毅而设拜:而,许本作"遂"。
⑱不诊坚听:沈本作"不能鉴听"。鉴听,鉴察了解的意思。
⑲闺窗孺弱:深藏闺房的弱小女孩,指龙女。
⑳陌上人:路人,不相识的人。
㉑幸被齿发:有幸长着牙齿和头发。意思是模样与人相似,也会具有人的思想感情。
㉒时有宦人密视君者:视,沈本作"侍"。
㉓塞:阻塞。这里是淹没的意思。下文"怀五岳"之"怀"义同。五山:五岳,即泰山、华山、衡山、恒山、嵩山。
㉔同气:指同胞兄弟。
㉕缱绻(qiǎn quǎn 遣卷):缠绵,这里形容情意深厚。
㉖幢(chuáng 床)节:旗帜和旌节,指仪仗。
㉗箫韶:本是古帝虞舜时的乐曲名,这里指音乐、乐队。
㉘后有一人:后,沈本作"中"。
㉙明珰:明珠做的耳环。这里泛指装饰品。
㉚绡縠(xiāo hú 消胡):绡是生丝织成的绸子。縠,绉纱,这里泛指华贵漂亮的丝绸衣服。参差:长短不齐的样子。这里形容丝绸衣服错落有致,随步摆动。

㉛耸:高出的样子,这里形容相貌奇特。

㉜飨(xiǎng 想):原意是以酒食款待,这里有承受的意思。

㉝辰、巳(sì 四)、午、未:都是十二支中的名称。古以十二支计时。辰,上午七至九时;巳,上午九至十一时;午,上午十一至下午一时;未,下午一至三时。

㉞笳:胡笳。角:画角。笳角,犹如后来的军号、喇叭。鼙(pí 皮)鼓:战鼓。

㉟铓:字书未见此字,当为剑戟一类武器。栗:同"慄"。

㊱金石:指钟磬等。丝竹:指琴瑟箫笛等。

㊲狐神鼠圣,薄社依墙:薄,依附。社:古时祭土神的地方。狐狸依墙,老鼠依社做巢穴,掘狐怕损坏城墙,熏鼠怕烧了神社,比喻坏人有所依恃而不便制裁。

㊳贞人:有德行的人,指柳毅。

㊴言:语助词。惭愧:这里是感谢的意思。

㊵腹心:等于说"骨肉",指龙女。

㊶踧踖(cù jí 促及):恭敬而不安的样子。

㊷绸缪(móu 谋):缠绵。

㊸开水犀:可以把水分开的犀牛角,古代传说中的宝物。

㊹照夜玑:夜明珠。

㊺踞:蹲,宴席上用这种姿势显得没有礼貌。

㊻九姻:即九族,此泛指亲戚。

㊼九州:指中国。古代把中国分为扬、荆、豫、青、兖、雍、冀、并九州,所以后来称中国为九州。

㊽鏁(suǒ 索):同"锁"。

㊾玄山:黄黑色的山,指上文所说的"五岳"。

㊿五常:指仁、义、礼、智、信。

(51)百行:指各种德行。

(52)广陵:唐郡名,也称扬州,州治在今江苏省扬州市。唐代广陵商业繁盛,很多外国或外族人在此经营珠宝买卖。

(53)淮右:淮水以西,今安徽合肥市、凤阳县一带。

(54)金陵:府名,治所在上元(今江苏省南京市)。

(55)鳏(guān 关)旷:无妻为鳏,无夫为旷,这里泛指失去配偶的人。

(56)清流:唐县名,今安徽滁县。

(57)清河:郡名,治所在今河北省清河县东南。

(58)法用礼物:指结婚仪式中应该有的礼物。

(59)然君与余有一子:虞本作"径岁余,有一子",文意较顺。

(60)夙为洞庭君女传书,至今为忆:虞本作"夙非姻好,何以为忆?"文意较顺。

(61)濯锦小儿:濯锦江龙王的小儿子。濯锦江,即今四川省成都市的浣花溪。

(62)感余:虞本作“爱子”,与下文相应,似较妥。

(63)匪薄:当作“菲薄”,微贱的意思,乃女子自谦之词。

(64)善:虞本作“某”。真:虞本作“贞”。

(65)酹酢:筵席中主客互相敬酒。

(66)国客:沈本作“国容”,绝色美女的意思。饵:诱饵,这里引申为媒介的意思。

(67)南海:唐郡名,州治在今广东省广州市。

(68)春秋:这里指年龄。

(69)上:皇帝,指唐玄宗。

(70)蝦:音“古”(gǔ)。京畿(jī 鸡)令:京城附近的地方称“畿”,京畿地区的县令为京畿令,其品级较一般县令为高。

(71)殆四纪:大约过了五十年。古以十二年为一纪,四纪为四十八年,与上文五十丸相应,所以说“殆四纪”。

(72)五虫:古人把动物分为五类,叫“五虫”,即倮虫(人类)、羽虫(鸟类)、毛虫(兽类)、鳞虫(鱼类)、介虫(龟类)。五虫之长:《孔子家语》曰:“羽虫三百有六十而凤为之长;毛虫三百有六十而麟为之长;甲虫三百有六十而龟为之长;鳞虫三百有六十而龙为之长;倮虫三百有六十而人为之长。”

【今译】

仪凤年间,有位叫柳毅的儒生,参加科举考试落榜,准备回湘江边。他想起一位客居泾阳的同乡,就前往告别。走了六七里路,一只鸟从路边飞起,坐骑受到惊吓,向路的一边急驰而去,又跑了六七里,才停下来。

只见一位女子,在路旁牧羊。柳毅好奇地打量她,竟然是一位绝顶漂亮的女子。只是面带愁容,衣衫陈旧,站在那里出神地听着,好像在期待什么。柳毅问她道:“你有什么苦恼,以致这样委屈自己?”女子先是悲痛不语,最后哭着回答说:“贱妾不幸,承蒙先生下问。但我的怨恨深达肌骨,又怎么能害羞回避,希望你能听一听我说的话。我是洞庭龙君的小女儿。父母把我许配给泾川龙王的次子,可是丈夫贪图安逸享乐,被婢女仆从所蛊惑,一天比一天厌弃我,虐待我。后来我想告诉公公、婆婆,公公、婆婆溺爱自己的儿子,管束不了他。我说多了,又得罪公公、婆婆。公公、婆婆对我诋毁贬斥,以至到了这个地步。”说完,哽咽流泪,抑制不住地悲痛。又说:“洞庭湖到这里,相隔不知有多远？长天茫茫，音信不通。我望眼欲穿，肝肠寸断，却没人知道我的悲哀。听说你要回吴地，离洞庭湖很近。也许能拜托您的侍从带封信去，不知您认为可以吗？"柳毅说："我是讲义气的人。听了你的话，气血涌动，只恨没长翅膀，不能奋飞。这事还说什么可不可以呢！只是洞庭湖水很深。我来往于尘世，怎么为您送信呢？只怕尘世和仙界阻隔，不相通达，以致辜负您诚挚的嘱托，又违背您恳切的愿望。您有什么办法，可以指引我呢？"龙女悲伤哭泣并且道谢，说："承蒙您接受我的委托，望一路珍重，我不再说什么了。倘若得到回信，就是死了也一定感谢您。至于您提出的问题，您不答应，我怎么敢说。您既然答应了来问我，那么我就告诉你，洞庭湖和京城，并没有什么不同，都是可以去的。"柳毅请她详细说明一下。龙女说："洞庭湖的南面，有一棵大橘树，乡人把它叫做社橘。你到那里要解去您的这条腰带，用别的东西束腰。然后在树上敲三下，就会有人来接应。你跟着他走，不会有什么阻碍的。希望您在交付书信之外，把我发自内心的话也全部告诉家人，千万不要失信！"柳毅说："一定遵照你的吩咐去办。"龙女就从短袄内取出信件，拜了两拜后送上，望着东边悲伤哭泣，像是抑制不住感情。柳毅也为她难过，就把信件放进口袋里，于是又问道："我不知道你放牧羊群，有什么用呢？难道神灵也要宰羊吃肉吗？"龙女说："它们不是羊，是雨工。"柳毅问："什么叫雨工？"龙女说："就像雷霆之神一样。"柳毅回头看它们，一个个昂首阔步，喝水吃草的样子也很特别。而身体大小以及毛、角与平常的羊并无不同。柳毅又说："我担任你的使者，今后回到洞庭湖，希望不要躲避我。"龙女说："岂止是不躲避，一定把你当成亲戚看待。"说完，柳毅与龙女告别，往东而去。走了不过几十步，回头看龙女和羊，都消失不见了。

　　当晚，柳毅到城里与他的朋友告别，一个多月后回到故乡。到了家，就到洞庭湖去寻访。洞庭湖的南边，果然有一棵社橘。柳毅换下衣带对着树敲了三下后停止。不一会儿，有位武士从水波里出来，向柳毅拜了两拜，问道："贵客从什么地方来？"柳毅没有告诉他实情，只是说："前来拜谒大王。"武士分水指路，引着柳毅往前走。对柳毅说："您要闭上眼睛，一会儿就到了。"柳毅照他说的做，随即就到了龙宫。先看见台阁相对，门户千万，奇草珍木，无所不有。武士要柳毅止步，在一所大房子的角落等候，说："客人要留在这里等一下。"柳毅说：

"这是什么地方?"武士说:"这是灵虚殿。"仔细观看,那些人间珍宝,都汇聚在这里了。用白璧当柱子,用青玉砌台阶,用珊瑚做床,用水晶制帘,碧绿的门楣上嵌着琉璃,五彩的栋梁上饰着琥珀,奇秀幽深,不可尽言。但大王很久都没来。柳毅问武士说:"洞庭君在哪里呢?"武士说:"我们的君王驾临玄珠阁,正和太阳道士讲论《火经》,稍过一会儿就完了。"柳毅说:"什么叫《火经》?"武士说:"我们的君主是龙。龙以水来显示神通,用一滴水就可淹没山谷。道士是人,人靠火来显示神通,用一盏灯的火苗就可烧毁阿房宫。但是两者的神灵作用不同,玄妙变化各异。太阳道士精于人理,所以我们的君王邀请他来,听他讲论。"

刚一说完宫门就打开了。只见祥云缭绕,龙王在侍从们的簇拥下走进来,他身披紫衣,手执青玉。武士跳起身来说:"这就是我们的君王!"就到龙王跟前报告柳毅来访之事。洞庭君望着柳毅问道:"莫不是人间来的人吧?"柳毅说:"是的。"于是便向洞庭君拜礼,洞庭君也向柳毅回拜,让柳毅坐在灵虚殿下。洞庭君对柳毅说:"水府幽深,寡人愚昧,先生不远千里而来,有什么见教的吗?"柳毅说:"我柳毅是大王的乡人。生长于楚地,游学于秦地。前日应试落榜,在泾水江畔漫步,看见大王的爱女在野外牧羊,遭受风吹雨打,使人不忍心看。我就问她。她对我说:'被丈夫虐待,公婆也不体恤,所以到了这个地步。'她悲哀痛哭,泪流满面,确实让人痛心。后来就请我带信。我答应了她,就到了这里。"于是取出信件送上,洞庭君看完信,用袖子遮着脸哭道:"老父之罪,不了解情况,像聋子瞎子一样,使得闺中弱女在远方受到伤害。先生与我非亲非故,却能救人急难。我有幸也长着人的模样,怎敢有负您的恩德!"说完,又哀叹了很久。左右的人都陪着流泪。当时在场的有位随侍左右的宦官,洞庭君把信交给他,叫他送进宫中。不一会儿,宫中一片哭声。洞庭君惊慌地对左右的侍从说:"快去告知宫中,不要发出哭声。恐怕让钱塘君知道。"柳毅说:"钱塘君是什么人?"洞庭君说:"是我的爱弟。过去是钱塘的君长,现在已经交出了权力。"柳毅说:"为什么不要他知道?"洞庭君说:"因为他勇猛过人。过去尧的时代天下遭洪水九年,就是他冲天一怒造成的。最近他与天将失和,发水淹没五岳,上帝因为我从古到今微有薄德,就看在他是我兄弟份上宽宥了他。但还是把他软禁在这里,所以钱塘江的臣民们天天在等他。"话未说完,突发巨响,天崩地裂,宫殿摇摆,云烟翻滚。就看见一条赤龙身长千余尺,眼如电光,血红的舌头,朱红色的鳞片,火焰般的鬣毛,脖上套着金锁,锁链牵动玉柱,千万个雷霆在它周身轰响,雨雪冰雹一齐落下,就看见它冲破青天飞腾而去。柳毅吓得跌倒在地。洞庭君亲自起身扶住他说:"不用怕,一点事也没有。"柳毅过了很久才逐渐平静,就定下心来,起身告辞说:"希望能活着回去,免得又碰到它回来。"洞庭君说:"一定不会这样了。他去时是这样,回来就不会这样。希望您能留下来,让我们稍微尽一点心意。"于是叫人摆酒对饮,以尽地主之谊。

不一会儿,祥风习习,彩云霭霭,呈现一派和乐的气氛,前面是精巧的仪仗,伴随着动听的音乐。许许多多的年轻女子在欢快地谈笑,内中有位女子,天生丽质,身上满缀珠玉饰物,丝绸衣裳错落有致。柳毅上前细看,就是上次托他带信的人。只是脸上表情似喜似悲,挂满泪珠。转眼功夫,只见红烟紫气在她四周卷腾,余香袅袅,伴随着她进入宫中。洞庭君笑着对柳毅说:"泾水的囚人到了。"于是也告辞回到宫中。一会儿,又听见宫中传来含悲诉苦的声音,久久不止。

过了一阵,洞庭君又出来,陪柳毅喝酒。又有一人,身披紫裳,手执青玉,容貌出众,神采奕奕,站在洞庭君左侧。洞庭君对柳毅说:"这就是钱塘君。"柳毅站起身来,向前拜见。钱塘君也还礼相迎,对柳毅说:"我的侄女不幸,被那浑小子欺侮,全靠您信义昭著,带来她在远方受屈的消息。不然的话,她已经葬身泾陵化为泥土了。我们感怀您的恩德,实在难以用语言表达。"柳毅急忙行礼答谢。钱塘君随后回头告诉他的哥哥说:"刚才辰时从灵虚宫出发,巳时到达泾阳,午时在那里战斗,未时回到这里。这中间我又飞驰到九天,把这事报告上帝。上帝知道她的冤屈,已经宽宥了我的过失。先前遭到的处责,也因此而获免。只是我这刚烈的性格因激于义愤而爆发,就来不及告辞。惊扰了宫中,又冒犯了客人。内心惭愧惶惧,不知如何是好!"于是退身再拜。洞庭君问道:"杀了多少生灵?"钱塘君回答道:"六十万。"又问:"伤害了庄稼吗?"回答说:"八百里。"又问:"那无情郎在哪里?"回答说:"已经被我吃掉了。"洞庭君不高兴地说:"那小子的用心,确实不能容忍。但你的行动也太鲁莽粗率了。幸亏上帝向我们昭示圣明,体谅我女儿的奇冤,不然的话,我怎么能推卸责任呢!从今以后,不能再这样了。"钱塘君又行礼认错。

　　这天晚上,就让柳毅住在凝光殿。第二天,又在凝碧宫设宴招待柳毅。亲戚朋友前来相会,陈设了盛大的乐队,备办了各种美酒,摆出许多鲜美干净的食品。宴会开始,吹起军号,敲响战鼓,旌旗招展,剑戟森森,许许多多的士兵在右边起舞,中间有一名士兵上前报告说:"这是《钱塘破阵乐》。"只见旌旗翻飞,刀剑闪烁,气势激昂豪迈。士兵们顾盼驰突,强悍威猛,座上的客人看了,毛发都竖立起来。接着又传来金石丝竹的演奏声,许许多多身穿罗绮,佩带珠翠的女子在左边起舞。中间有一位女子上前报告说:"这是《贵主还宫乐》。"那乐声清雅婉转,像在诉说,又像在思慕。座上的客人听了,不觉掉下泪来。两段舞表演完后,洞庭君非常高兴,赏赐绫罗绸缎给跳舞的人们。然后大家互相紧靠,依次而坐,纵情饮酒欢乐。酒正喝得痛快,洞庭君就敲着案席唱歌道:

　　　　高天苍苍啊,大地茫茫。
　　　　人各有志啊,何可思量。
　　　　狐神鼠怪啊,靠着神社依着土墙。
　　　　雷霆一发啊,有谁敢当。
　　　　承蒙有德行的君子啊,信义深长。
　　　　让我那亲生骨肉啊,还归故乡。
　　　　齐声道谢啊,何时能忘!

　　洞庭君唱完后,钱塘君也再拜而歌道:

　　　　上天配合啊,生死各有路途。
　　　　这个不该做媳妇啊,那个不该做丈夫。
　　　　泾水岸边的亲人啊,心中凄苦。
　　　　风霜飘满鬓发啊,雨雪打湿罗襦。
　　　　全靠明公啊,带来家书,
　　　　让我骨肉亲人啊,团聚如初。
　　　　永远保重啊,朝朝暮暮。

钱塘君唱完,和洞庭君一道起身,举杯向柳毅敬酒,柳毅恭敬而局促地接过酒杯,喝完后,又奉上两杯回敬二位龙君。于是唱道:

碧云悠悠啊,泾水东流。
感伤美人啊,雨泣花愁。
尺书从远方送达啊,以解君忧。
冤情果然雪洗啊,又回到那美好欢乐的时候。
承蒙盛情款待啊,那佳肴美酒。
我那山野之家太寂寞啊,我也难以久留。
将要辞别啊,悲情绸缪。

唱完,众人齐呼万岁。洞庭君于是取出碧玉箱,把开水犀放在里面。钱塘君又拿出红珀盘,把照夜玑放在里面,都站起身来奉献给柳毅。柳毅辞谢之后接受了。接着,宫中的其他人都把丝绸、彩缎、珍珠、玉璧堆放在柳毅身边。重重叠叠,光彩夺目,转眼之间身前身后都堆满了。柳毅含笑四望,不好意思地不住作揖道谢。到酒快喝完,大家都非常高兴的时候,柳毅起身告辞,又回到凝光殿歇息。

第二天,又在清光阁宴请柳毅。钱塘君借着酒意,板起面孔,蹲在案桌旁对柳毅说:"你没听说过坚硬的石头可以碎裂而不可以卷曲,义士可以杀掉而不可以羞辱吗?我有句心里话,想告知先生。如果答应我,那么,我们都身在云霄,都会幸福,如不答应,那么,我们都会掉进粪堆,都会倒霉。您以为如何呢?"柳毅说:"请说吧。"钱塘君说:"泾阳君次子的妻子,是洞庭君的爱女。她性情温顺,人品出众,亲戚们都敬重她。不幸被坏人凌辱。现在两人的关系已经了结。现在我们想把她托付给您,大家世世为亲戚。让受恩的人知道她应该依归给谁,使富于爱心的人知道他的付出得到了什么报答,这难道不是君子的善始善终之道吗?"柳毅表情严肃地站起来,忽然冷笑一声,说:"我确实不知道钱塘君会如此懦弱困惑!我开始听说您跨越九州,淹没五岳,以此发泄愤怒之情;又看见您挣断金锁,拽倒玉柱,去解救别人的急难。我认为您的刚决明直,没有人能超得过。对触犯自己的人,不避死亡的危险去报复;对使自己愤激的事,不惜牺牲生命去完成,这正是大丈夫的志向。为什么在箫管之音正和谐,亲友宾朋正高兴的时候,不顾公认的礼节,以威势强加于人？这难道是我平素所期望于您的吗？如果在洪波之中,五岳之间遇到您,你鼓动鳞须,兴云作雨,打算置我于死地,我只能以禽兽看待您,有什么可怨恨的呢？现在您身上穿戴着衣冠,坐在这里高谈礼义,您具备了人伦五常的本性,实践着各种德行的精妙道理。即使是人世间的贤士豪杰,也比不上您,何况那江河中的灵怪呢？而现在您却想以庞大的身躯,骄悍的秉性,乘着酒意,以势屈人,这哪能算得上是正直呢？况且我柳毅的身体,还不够掩藏有大王您的一片鳞甲之间。但我敢以我不屈服的意志,去战胜您不合道义的霸气。希望大王考虑一下！"钱塘君于是局促不安地道歉说:"我从小生长在宫中,没能听到合乎正道的言论。刚才的话疏野狂妄,冒犯了先生。回过头来细想,真是罪不容赦。希望您不要为这事疏远我。"当晚,又在一起欢宴,大家都还像原先一样快乐。柳毅与钱塘君于是成了知心朋友。

　　第二天,柳毅告辞回家。洞庭君夫人专门在潜景殿宴请柳毅。男女仆妾们都出来参加宴会。洞庭君夫人哭着对柳毅说:"我女儿受您深恩,遗憾的是不能向您表达感谢之情,却要离别了。"就叫先前在泾阳见到的龙女当席向柳毅拜礼致谢。夫人又说:"这一别难道有再见面的日子吗？"柳毅开始虽然没有答应钱塘君的请求,但在这个宴席上,却很有些遗憾的神色。宴席结束后,柳毅向大家告别,整个宫中的人都很伤心。他们赠送给柳毅的珍宝,都怪异不可尽述。柳毅于是又顺着来路离江登岸,跟从的十几个人,挑着口袋跟随,到了柳毅家后才告辞离去。

　　柳毅于是到广陵的珠宝店去出售所得珍宝。还没售出百分之一,财产就超过百万了。从前淮西的富豪,都认为比不上他。于是娶了张氏女子为妻,不久死去,又娶了韩氏女子。几个月后,韩氏女子又死了,就迁家到金陵。时常因为自己的独身而感伤,有时也产生想找一个新配偶的打算。有位媒人告诉他说:"有位姓卢的女子,是范阳人。父亲叫卢浩,曾经担任过清流县令。他晚年好道,独自一人去云游名山大川,现已不知去向。母亲叫郑氏。这位卢姓女子前后嫁到清河张家,不幸丈夫早逝。母亲心痛她年轻守寡,又惋惜她的聪明美丽,想为她挑选一位有德行的人做丈夫。不知您以为怎样？"柳毅于是挑选一个好日子与卢姓女子举行了婚礼。既然男女双方的家庭都是豪族,结婚仪式中所用的礼物,都尽量丰盛。金陵城中的人,没有谁不羡慕的。

过了一个多月,有一天晚上柳毅走进家里,细看他的妻子,觉得很像龙女,而漂亮丰满,又胜过龙女。于是就与妻子谈起过去的事,妻子对柳毅说:"人世间难道会有这样的事吗?"过了一年多,妻子怀上了小孩,柳毅更加敬重她。生了小孩后,过了一个月,妻子换了衣服,浓妆艳饰,召集亲戚前来。相会之时,妻子笑着对柳毅说:"你不记得我过去的事了吗?"柳毅说:"我俩非亲非故,怎么能说记得记不得呢?"妻子说:"我就是洞庭君的女儿。在泾川受到的冤屈,是你替我昭雪的。我受君之恩,发誓相报。自从叔父钱塘君提亲你没有答应,就与你分别了,大家天各一方,不能相问。父母亲想把我嫁给濯锦龙君的小儿子。只是我内心的誓言难以改变,父母亲的话也不好违背,我既然已被你弃绝,想来再不会有会面的时候了。而当初的冤屈,虽然得以告知父母,而发誓报答你的心愿却不能实现,于是又想跑来向你表白心迹。正赶上你娶了几次亲,先娶了张氏,后来又娶了韩氏。等到张、韩都相继去世,你迁居到了这里,这样我的父母才为我终于能实现报答你的心愿而高兴。今天我得到侍奉你的机会,彼此相亲相爱地过一辈子,我死也心甘了。"说着就哽咽起来,眼泪不断往下掉。又对柳毅说:"开始我不说破的原因,是知道你不是看重女色的人。现在说出来,是知道你喜欢孩子。我一个女子,地位微贱,不足以让你永久都深爱我。所以借重你喜欢孩子的心情,来寄托与你共同生活的愿望,不知你有什么想法,我又愁又怕,不能自我解脱。你给我带信的时候,笑着对我说:'今后回到洞庭,千万不要躲避我。'我真不知道在那个时候,你是不是希望有今天这样的结果?后来叔父向你提亲,你坚决不答应。你是真的认为我俩不能结合呢,还是一时的气话呢?请你告诉我!"柳毅说:"好像是命运安排的吧。我最初见到你的时候是在泾河边,我看见你含冤受屈面容憔悴的样子,心里确实有想打抱不平的意思。之所以约束自己的感情,是因为当时只能为你传达冤情,其他的不能再考虑。我说过希望不要躲避我的话,只是一时偶然,怎么会有其他意思呢?到钱塘君逼迫我应允婚事的时候,只是因为情理上说不过去,才激起了我的怒火。我当初本是以行侠仗义为目的,怎么能杀了人家丈夫而娶了他的妻子呢?这是第一点。我平时以坚持正道为志向,怎么能违背自己的心愿而屈从他人呢?这是第二点。况且直率大胆地讲出自己的心里话,在筵席上大家纷纷举杯劝酒的时候,我一心只想着辨明事理,顾不得考虑避免灾祸。但到将要离别的时候,看见你有依依不舍的表情,心中很是遗憾。最终因为人事的限制束缚,不能答谢你的情意。唉,今天,你是卢家的人,又家住人间。那么,我当初拒婚的初衷并没有错。从今以后,我俩永结恩爱,再不要有丝毫疑虑。"妻子为柳毅的话深深感动,娇声哭泣,很久都没能止住。过了一会儿,她对柳毅说:"不要认为我是异类,就没有人心,我一定会知道报恩的。龙的寿命可达万年,现在我愿与你共享这个高寿。水中陆上没有不可前往的,你不要以为我在乱说。"柳毅称赞她说:"想不到娶了你这样的绝色美人,还能使我得到当神仙的机会。"于是两人一道去看望洞庭君。到了那里之后,宾主之间的盛大礼仪,不能详细表述。

两人后来定居南海,才过了四十年,他们的房屋、车马、珍宝、服饰,即使是王公贵族之家也比不上。柳毅的亲戚们都得到他的关照。由于他们的年龄一年年地增长,容貌状态却不见衰老,南海的人,没有不感到惊异的。

等到开元年间,皇帝留心神仙之事,一心寻求懂道术的人。柳毅不得安宁,就与妻子一同回到洞庭湖。前后十几年,没有人知道他们的踪迹。

到了开元末年,柳毅的表弟薛嘏担任京畿令,被谪官到东南。经过洞庭湖的时候,正碰上晴天,他远远眺望,突然看见远处的波涛中涌出一座绿色的山峰。船上的人都吓得斜着身子,说:"这里本来没有山,恐怕是有水怪吧。"正在指点观望的时候,山和船已经靠近了,就看见一条彩船从山那边飞驰而来,迎候探问薛嘏,内中有一个人叫他说:"柳公在恭候您。"薛嘏猛地想起,就要船驶到山下,提起衣襟快步上山。山上有和人间一样的宫阙,他一眼看见柳毅站在宫室之中,前面排着乐队,后面站着美女,器物珍宝的盛多,几倍于人间。柳毅的谈吐更富玄理,容貌更加年轻,拉着薛嘏的手说:"分别才是一眨眼工夫,你的头发已经花白了。"薛嘏笑着说:"哥哥是神仙,小弟是一把枯骨,这是命啊。"柳毅于是拿出五十粒药丸送给薛嘏,说:"这药丸服一粒可增寿一岁。寿限满了你再来,不要久居人世,自寻苦恼。"欢宴结束,薛嘏就告别了。从那以后,就再也没有柳毅的消息了。薛嘏常把这事告诉别人。大约又过了五十年,薛嘏也不知去向。

陇西李朝威记下这事后感叹道：五虫的首领，一定在同类中以其灵异著称于世，它和一般虫类的区别从这里就可以看出来。人是倮虫之长，所以可以对鳞虫之长的龙讲信义。洞庭君广有涵养，行为正直。钱塘君行动敏捷，光明坦荡，他们的这种品质是应该继承的。薛嘏讲述了这件事却没有记载下来，只有他一人可以接近神仙的境界。我赞赏柳毅的义气，所以写下了这篇文章。

李章武传

李景亮

【题解】

本篇选自《太平广记》卷第三百四十。作者李景亮,唐德宗时曾应"详明政术可以理人科"及第,其他无可考。

描写人鬼恋情的故事亦不少见,但这无疑是比较成功的一篇。王氏对意中人的真挚与忠贞无不跃然纸上。章武跟王氏一见钟情,别后王氏思慕不已,最后忧伤成疾而死。即使到了阴间,对章武仍然感念不忘,痴心不改,十分让人感动,同时,也表现出那个时代的妇女对自由与爱情的热切向往。

【原文】

李章武,字飞,其先中山人①。生而敏博,遇事便了。工文学,皆得极至。虽弘道自高,恶为洁饰,而容貌闲美,即之温然。与清河崔信友善。信亦雅士,多聚古物。以章武精敏,每访辨论,皆洞达玄微,研究原本,时人比晋之张华②。贞元三年③,崔信任华州别驾④,章武自长安诣之。数日,出行,于市北待见一妇人,甚美。因绐信云⑤:"须州外与亲故知闻。"遂赁舍于美人之家。主人姓王,此则其子妇也⑥。乃悦而私焉。居月余,日所计用直三万余,子妇所供费倍之。既而两心克谐,情好弥切。无何,章武系事,告归长安,殷勤叙别。章武留交颈鸳鸯绮一端⑦,仍赠诗曰:"鸳鸯绮⑧,知结几千丝。别后寻交颈,应伤未别时。"子妇答白玉指环一,又赠诗曰:"捻指环相思,见环重相忆。愿君永持玩,循环无终极。"章武有仆杨果者,子妇赉钱一千以奖其敬事之勤。既别,积八九年。章武家长安,亦无从与之相闻。至贞元十一年,因友人张元宗寓居下邽县,章武又自京师与元会。忽思曩好,乃回车涉渭而访之⑨。日暝,达华州,将舍于王氏之室。至其门,则阒无行踪,但外有宾榻而已。章武以为下里或废业即农,暂居郊野,或亲宾邀聚,未始归复。但休止其门,将别适他舍。见东邻之妇,就而访之。乃云:"王氏之长老,皆舍业而出游,其子妇殁已再周矣⑩。"又详与之谈,即云:"某姓杨,第六,为东邻妻。"复访郎何姓。章武具语之。又云:"曩曾有僚姓杨名果乎⑪?"曰:"有之。"因泣告曰:"某为里中妇五年,与王氏相善。尝云:'我夫室犯如传舍⑫,阅人多矣。其于往来见调者,皆殚财穷产,甘辞厚誓,未尝动心。顷岁有李十八郎,曾舍于我家。我初见之,不觉自失。后遂私侍枕席,实蒙欢爱。今与之别累年矣。思慕之心,或竟日不食,终夜无寝。我家人故不可托。复被彼夫东西,不时会遇。脱有至者,愿以物色名氏求之⑬。如不参差,相托祗奉⑭,并语深意。但有仆夫杨果,即是。'不二三年,子女寝疾。临疾,复见托曰:'我本寒微,曾辱君子厚顾,心常感念。久以成疾,自料不治。曩所奉托,万一至此,愿申九泉御恨,千古睽离之叹。仍乞留止此,冀神会于仿佛之中。'"章武乃求邻妇为开门,命从者市薪刍食物。方将具絪席⑮,忽有一妇人,持帚,出房扫地。邻妇亦不之识。章武因访所从者,云是舍中人。又逼而诘之,即徐曰:"王家亡妇感郎恩情深,将见会。恐生怪怖,故使闻耳。"章武许诺,云:"章武所由来者,正为此也。虽显晦殊途,人皆忌惮,而思念情至,实所不疑。"言毕,执帚人欣然而去,逡巡映门,即不复见。乃具饮馔,呼祭。自食饮毕,安寝。至二更许,灯在床之东南,忽尔稍暗,如此再三。章武心知有变,因命移烛背墙,置室东西隅。旋闻室北角悉窣有声;如有人形,冉冉而至。五六步,即可辨其状。视衣服,乃主人子妇也。与昔见不异,但举止浮急,音调轻清耳。章武下床,迎拥携手,款若平生之欢。自云:"在冥录以来⑯,都忘亲戚。但思君子之心,如平昔耳。"章武倍与狎匿,亦无他异。但数请令人视明星,若出,当须还,不可久住。每交欢之暇,即恳托在邻妇杨氏,云:"非此人,谁达幽恨?"至五更,有人告可还。子妇泣下床,与章武连臂出门,仰望天汉⑰,遂呜咽悲怨,却入室,自于裙带上解锦囊,囊中取一物以赠之。其色绀碧⑱,质又坚密,似玉而冷,状如小叶。章武不之识也。子妇曰:"此所谓'靺鞨宝'⑲,出昆仑玄圃中⑳。彼亦不可得。妾近于西岳与玉京夫人戏,见此物在众宝珰上㉑,爱而访之。夫人遂假以相授,云:'洞天群仙㉒,每得此一宝,皆为光荣。'以郎奉玄道,有精识故以投献,常愿宝之,此非人间之有。"遂赠诗曰:"河汉已倾斜,神魂欲超越。愿郎更回抱,终天从此诀。"章武取白玉宝簪一以酬之,并答诗曰:"分从幽显隔,岂谓有佳期。宁辞重重别,所叹去何之。"因相持泣,良久。子妇又赠诗曰:"后期杳无约,前恨已相寻。别路无行信,何因得寄心。"款曲叙别讫,遂却上赴西北隅。行数步,犹回顾拭泪云:"李郎无舍,念此泉下人。"复哽咽伫立,视天欲明,急趋至角,即不复见。但空室窅然㉒,寒灯半灭而已。章武乃促装,却自下邽归长安武定堡。下邽郡官与张元宗携酒宴饮㉓,即酣,章武怀念,因即事赋诗曰:"水不西归月暂圆,令人惆怅古城边。萧条明早分歧路,知更相逢何岁年。"吟毕,与郡官别。独行数里,又自讽诵。忽闻空中有叹赏,音调凄恻。更审听之,乃王氏子妇也。自云:"冥中各有地分。今于此别,无日交会。知郎思眷,故冒阴司之责,远来奉送。千万自爱!"章武愈感之。及至长安,与道友陇西李助话,亦感其诚而赋曰:"石沉辽海阔,剑别楚天长,会合知无日,离心满夕阳。"章武既事东平丞相府,因间,召玉工视所得鞿鞻宝,工亦不知,不敢雕刻。后奉使大梁㉕,又召玉工,粗能辨,乃因其形,雕作槲叶象。奉使上京,每以此物贮怀中。至市东街,偶见一胡僧,忽近马叩头云:"君有宝玉在怀,乞一见尔。"乃引于静处开视。僧捧玩移时,云:"此天上至物,非人间有也。"章武后往来华州,访遗杨六娘,至今不绝。

注释

①先:祖先。中山:汉代郡名,在今河北定县。

②张华:见《古镜记》注。

③贞元:唐德宗年号(公元785—804年)。

④华州:也称华阴郡,大约辖今河南郑州及陕西渭南等地。别驾:汉唐官名,为刺史(地方行政长官)的副手。

⑤绐(dài 代):欺骗。

⑥子妇:儿媳。

⑦绮(qǐ 起):有花纹或图案的丝织品。端:古时度量,有一丈六尺、二丈、六丈三种说法。一端,犹如一段。

⑧《唐宋传奇选》(张友鹤选注)注:"此诗首句只三字,明野竹斋沈氏抄本'鸳'字前空二字,本篇各诗都是五言,因此可能是遗漏了二字。"

⑨渭:渭河,发源于甘肃渭源县,流经陕西,自潼关入黄河。

⑩再周:两周年。

⑪傔(qiàn 欠):侍从,仆人。

⑫传(zhuàn 转去)舍:古时驿站里过客住的房间。
⑬物色:容貌。
⑭祗奉:恭敬地侍候。
⑮绷席:行李被褥。也作"茵席","茵"同"绷"。
⑯冥录:阴间记录死人名字的簿册。
⑰天汉:银河、天河,与"河汉"意同。
⑱绀碧:天青色。
⑲靺鞨(mò hé 磨去河):古族名,分布在我国东北各地,其中黑水一部为后来女真人祖先。"靺鞨宝"即靺鞨人的宝物。
⑳玄圃:传说为昆仑山的顶峰,神仙居住的地方。
㉑西岳:华山。玉京夫人:神话中的女仙。宝珰:宝玉做的装饰物。
㉒洞天:道教指神仙居住的洞府,含洞中别有天地之意。
㉓窅(yǎo 咬)然:形容深而黑的样子。
㉔郡官:本指太守、刺史,这里指县令。
㉕大梁:古邑名,在今河南开封市西北,因此后来也称开封为大梁。

【今译】

　　李章武,字飞,祖先是中山郡人。他从小就聪敏博识,遇事一看就明白。擅长文学,有很高的造诣。他虽然重视品德的修养,不愿在外表上修饰打扮,但容貌文雅沉静,跟他接近的人都觉得他性情温和。他跟清河郡的崔信要好。崔信也是一位高雅的人,收集了很多古董。因为章武精细聪敏,每次走访时对古物鉴别论证,都能深透地把握那些精妙的道理,研究出本源,所以当时的人把他比作晋代的张华。

　　贞元三年,崔信任华州刺史的副手,章武从长安去拜访他。到那里几天后,他们外出,在市场北面的街上看见一个女子,十分美丽。于是章武就骗崔信说:"我要到城外去探访亲友。"就在那个美丽女子的家中租了房间住下来。主人姓王,那女子是他的儿媳王氏。章武很喜欢王氏并跟她私通了。住了大约一个多月,共用了三万多钱,王氏花去的费用更多了一倍。就这样两人心投意合,感情热切。没过多久,章武被事务牵挂,跟她告别要回长安,两人依依不舍地话别。章武留给她有交颈鸳鸯图案的丝绸一段,又赠给她一首诗:

> 罗绮上织出对对鸳鸯，
> 编成不知要多少丝线，
> 分别后再看鸳鸯交颈，
> 该要感伤别前的时光。

王氏回赠章武一个白玉指环，并送他一首诗：

> 手拿着指环相思不尽，
> 眼看着指环重新相忆，
> 但愿你永远保存赏玩，
> 让思念之情循环不已。

章武有个仆人叫杨果，女子送给他一千钱，奖励他做事认真谨慎。

分别之后，过了八九年。章武在长安安了家，也无法与王氏通消息。到了贞元十一年，因友人张元宗旅居住在下邽县，章武又从京城出发去跟张元宗会面。忽然想起从前的相好，就让车回过头重渡渭水去看望她。天黑时，到达华州，准备住在王氏家里。来到她家门口，却寂静无声，只是外面放了张客床。章武以为她家去了乡村，或抛掉旧业务农暂时居住在城外，或被亲友邀请去聚会，没有来得及回来。于是就在她家门口停下休息，准备另找别的住处。这时他看东面邻居家的一个妇人，就上前去打听。妇人告诉他说："王氏的长辈都舍弃家业出游去了，为儿媳的已经死去两年。"章武又跟她详谈，她说："我姓杨，排行第六，是东面邻居家的妻子。"又问章武姓什么，章武一一回答。妇人又问："你从前有个仆人姓杨名果吗？"章武回答说："有的。"于是妇人哭着告诉他说："我嫁到这里五年了，跟王氏要好。她曾对我说：'我家如同驿站的房子，住过的人很多。来往的人中有想调戏我的，都竭尽财产，甜言重誓，我都未曾动过心。前些年有位李十八郎，曾经住在我家。我第一次看见他，不知不觉就失去自制。后来就陪伴枕席，蒙受他的欢爱。如今跟他分别好几年了。心中思念爱慕，有时让我整日吃不下东西，彻夜难眠。我的家人自然是不能托付的，又被丈夫带着东西奔走，以致没有机会跟李十八郎会面。假如有人来这里的话，希望你能根据容貌和名字找到他。如果没有错，拜托你好好侍候他，并告诉他我的深情。只要有个仆

人叫杨果的,那就是他。'不到两三年,她卧病不起。临终前,又托付说:
'我本来出身寒微,曾经蒙受李十八郎厚爱,心中常常感激思念。时间久
了忧虑成病,自己知道不能医治了。以前托付你的事还请帮助,万一他
到了这里,望能传达我含恨九泉、千古永别的遗憾。仍然恳求他留在这
里,期望灵魂能在似有若无的境界中相会。'"

　　章武于是请邻家妇人为他开门,叫仆从去买柴草和食物。刚要铺
设被褥,忽然有个女子拿着扫帚,走出房间来扫地。邻家的妇人也不
认识她。章武于是问仆从,回答说就是这房里的人。又逼问那个女
子,她才慢慢地说:"王家亡妇感激你对她恩情深厚,将要来跟你相会,
担心你害怕,所以让我来告诉一声。"章武点头说:"章武到这里来,正
是为了这样。虽然阳世与阴间路道不同,人人都顾忌害怕,然而我们
的思念之情到了这一步,也实在没有什么疑虑了。"说完,拿扫帚的女
子就高兴地离去,在门前晃了晃,就不见了。

　　于是,章武备好食物,呼唤亡灵奠祭她。然后自己吃了东西,就睡
觉了。到了二更天左右,放在床东南面的灯,忽然渐渐暗下来,这样重
复了三次。章武心里清楚有变化,就让人把蜡烛移到背墙处,置于房
间的东南角。马上又听见房间的北角窸窣有声,好像有人影缓缓而
来。走了五六步,就可以分辨她的样子了。看她的衣服,就是主人的
儿媳,跟从前看见的没有两样,只是举止有些飘浮急促,声调轻而清
晰。章武下床,迎上去跟她抱拥拉手,如同活着的时候那样欢爱。王
氏自己说:"自从到阴间以来,亲戚们都忘了,但思念你的那份心,仍如
过去一样。"章武听了,跟她更加亲热,也不觉得有异常的地方。只是
她数次叫人去看天上的启明星,如果出来了,就必须回去,不可以久
住。每当欢爱有空暇时,就恳切地把邻家妇人杨氏托付章武,说:"不
是这个人,谁能传达我在阴间的相思之恨呢?"

　　到了五更,有人来告诉可以回去了。王家儿媳哭着下了床,跟章
武手挽手出了门,仰望银河,就悲伤怨恨地呜咽起来,又回到房里,从
裙带上解下锦绣荷包,从荷包里取出一样东西送给章武。那东西是天
青色的,质地坚硬细密,像是玉而又很凉,形状如同一片小叶子。章武
不认识这东西。王氏说:"这就是所谓的'靺鞨宝',出于昆仑山的玄
圃仙境。它也是不容易得来的。我最近去华山与玉京夫人游玩,看见
它在那些宝玉装饰物之上,十分喜欢,问是什么,玉京夫人就取下来送

给我,说:'洞天中的那些神仙,每得这一宝物,都以此为荣。'因为郎君信奉道教,有精妙的学识,所以把它送给你,望能永久珍爱它,这不是人间能有的东西。"于是赠诗一首:

> 银河已经向西天倾斜,
> 神魂将要朝远方飞越,
> 请郎回身再次拥抱我,
> 遗恨终天而从此永别。

章武取出一根白玉宝簪来谢她,并回赠她一首诗:

> 曾经以为被阴阳隔绝,
> 怎会想到还有此佳期,
> 难道能推辞次次离别,
> 所叹不知你将往何方!

两人手拉手相对流泪很久。王氏又赠诗一首:

> 昔日辞别盼再逢机会,
> 如今一别永不能团圆,
> 新的悲伤与旧的怨恨,
> 千年万载封闭在黄泉。

章武再以诗回赠:

> 后会渺茫而无从约定,
> 种种憾恨已漫涌心间,
> 别去后难有行踪消息,
> 怎能够寄上我的思念?

两人依依不舍说了告别的话,王氏就退向西北角。走了几步,还回过头擦着眼泪说:"李郎不要忘记我,常想想我这九泉之下的人。"又哽咽着站在那里,看看天要亮了,赶快走到角落去,就再也不见了。空荡荡的房间显得既深又黑,寒灯半明半灭。章武便整理行装,从下邽县回到长安的武定堡。下邽县令和张元宗带着酒来设宴聚饮,酒喝得酣畅时,章武又怀念起王氏来了,就即兴赋诗:

水不向西流淌月亮暂圆,
令人在古城边惆怅不尽,
明早别后路上何等萧条,
谁知再度相逢又是何年?

吟诵完毕,便跟县令告别了。独自走了几里地,又自己朗诵诗句。忽然听见空中有赞叹声,音调凄恻。再注意听,是王氏,她说:"阴阳有别,不能逾越划分的地区。今天在这里分别,再也不能相会了。知道你眷念我,所以冒着被阴司处罚的危险,远道来相送,千万自己保重!"章武更加感激她。

回到长安后,与同奉道教的友人陇西的李助说起这事,他也被王氏的真诚感动,赋诗道:

石沉于大海一片汪洋,
飞剑别去后楚天悠长,
重新会合永无这一天,
离愁别绪竟布满夕阳。

等到章武在东平丞相府做事,因为空闲,就请玉工来看得到的那块"鞲鞴宝",玉工也不认识,不敢雕刻。后来奉命出使大梁,又请来玉工,大概能够分辨,于是根据它的形状,雕成檞树叶的样子。章武奉命上京都办事时,每次都把这东西藏在怀里。一次到市上东街去,偶然遇见一个外族的僧人,那人忽然靠近马叩头说:"先生怀中有宝玉,请求看一眼。"章武于是领他到僻静的地方,拿出来给他看。僧人把玩了一阵之后,说:"这是天上最好的宝物,不是人间能有的。"

后来章武来往于华州,常去看望杨六娘,至今都没有停止。

霍小玉传

蒋　防

【题解】

本篇作者蒋防,生卒年不详,字子微(一作子徵),义兴(今江苏宜兴)人。唐长庆元年(公元821年)自右补阙充翰林学士。后因受李绅(唐代诗人,元和进士)牵连被贬为汀州刺史,不久又改任连州刺史。著有诗集一卷。

本篇见《太平广记》卷第四百八十七。写陇西李益与妓女霍小玉的爱情悲剧。李益初与霍小玉相恋,得官后聘表妹卢氏,跟小玉断绝。小玉白夜思念成疾,得知李益负约后悲愤欲绝。当"豪士"挟持李益到小玉家后,小玉誓言死后将变为厉鬼报复,然后气绝。作者同情小玉的悲惨命运,谴责李益的负心,爱憎分明,与元稹《莺莺传》为张生抛弃崔莺莺辩护截然不同。本篇写得曲折委婉,又辛酸悽恻,扣人心弦,前人评价甚高,在唐代传奇中是一篇出色的作品。明代胡应麟认为"此篇尤为唐人最精彩之传奇,故传诵弗衰"(《少宝山房笔丛》)。明人汤显祖据此篇作成戏曲《紫钗记》。

【原文】

　　大历中,陇西李生名益①,年二十,以进士擢第。其明年,拔萃②,俟试于天官。夏六月,至长安,舍于新昌里。生门族清华,少有才思,丽词嘉句,时谓无双。先达丈人③,翕然推伏。每自矜风调,思得佳偶,博求名妓,久而未谐。长安有媒鲍十一娘者,故薛驸马家青衣也④,折券从良,十余年矣。性便辟⑤,巧言语,豪家戚里,无不经过,追风挟策⑥,推为渠帅⑦。常受生诚托厚赂,意颇德之。经数月,李方闲居舍之南亭。申未间⑧,忽闻扣门甚急,云是鲍十一娘至。摄衣从之,迎问曰:"鲍卿,今日何故忽然而来?"鲍笑曰:"苏姑子作好梦也未⑨?有一仙人,谪在下界,不邀财货,但慕风流。如此色目,共十郎相当矣。"生闻之惊跃,神飞体轻,引鲍手且拜且谢曰:"一生作奴,死亦不惮。"因问其名居。鲍具说曰:"故霍王小女⑩,字小玉,王甚爱之。母曰净持。净持即王之宠婢也。王之初薨,诸弟兄以其出自贱庶,不甚收录。因分与资财,遣居于外,易姓为郑氏,人亦不知其王女。姿质浓艳,一生未见,高情逸态,事事过人,音乐诗书,无不通解。昨遣某求一好儿郎,格调相称者。某具说十郎。他亦知有李十郎名字,非常欢惬。住在胜业坊古寺曲⑪,甫上车门宅是也。已与他作期约。明日午时,但至曲头觅桂子,即得矣。"鲍既去,生便备行计。遂令家僮秋鸿,于从兄京兆参军尚公处假青骊驹⑫,黄金勒。其夕,生浣衣沐浴,修饰容仪,喜跃交并,通夕不寐。迟明⑬,巾帻,引镜自照,惟惧不谐也。徘徊之间,至于亭午⑭。遂命驾疾驱,直抵胜业。至约之所,果见青衣立候,迎问曰:"莫是李十郎否?"即下马,令牵入屋底,急急锁门。见鲍果从内出来,遥笑曰:"何等儿郎,造次入此?"生调诮未毕,引入中门。庭间有四樱桃树;西北悬一鹦鹉笼,见生入来,即语曰:"有人入来,急下帘者!"生本性雅淡,心犹疑惧,忽见鸟语,愕然不敢进。逡巡,鲍引净持下阶相迎,延入对坐。年可四十余,绰约多姿,谈笑甚媚。因谓生曰:"素闻十郎才调风流,今又见容仪雅秀,名下固无虚士。某有一女子,虽拙教训,颜色不至丑陋,得配君子,颇为相宜。频见鲍十一娘说意旨,今亦便令承奉箕帚。"生谢曰:"鄙拙庸愚,不意顾盼,倘垂采录,生死为荣。"遂命酒馔,即令小玉自堂东阁子中而出。生即拜迎。但觉一室之中,若琼林玉树,互相照曜,转盼精彩射人。既而遂坐母侧。母谓曰:"汝尝爱念'开帘风动竹,疑是故人来',即此十郎诗也。尔终日吟想,何如一见。"玉乃低鬟微笑⑮,细语曰:"见面不如闻名。才子岂能无貌?"生遂连起拜曰:"小娘子爱才,鄙夫重色。两好相映,才貌相兼。"母女相顾而笑,遂举酒数巡。生起,请玉唱歌,初不肯,母固强之。发声清亮,曲度精奇。酒阑,及暝,鲍引生就西院憩息。闲庭邃宇,帘幕甚华。鲍令侍儿桂子浣沙与生脱靴解带。须臾,玉至,言叙温和,辞气宛媚。解罗衣之际,态有余妍,低帏匿枕,极其欢爱。生自以为巫山洛浦不过也⑯。中宵之夜⑰,玉忽流涕观生曰:"妾本倡家,自知非匹。今以色爱,托其仁贤。但虑一旦色衰,恩移情替,使女萝无托⑱,秋扇见捐⑲。极欢之际,不觉悲至。"生闻之,不胜感叹,乃引臂替枕,徐谓玉曰:"平生志愿,今日获从,粉骨碎身,誓不相舍。夫人何发此言!请以素缣⑳,著之盟约。"玉因收泪,命侍儿樱桃褰幄执烛㉑,授生笔研㉒。玉管弦之暇,雅好诗书,筐箱笔研,皆王家之旧物。遂取绣囊,出越姬乌丝栏素缣三尺以授生。生素多才思,援笔成章,引谕山河,指诚日月,句句恳切,闻之动人。染毕,命藏于宝箧之内。自尔婉娈相得㉓,若翡翠之在云路也。如此二岁,日夜相从。其后年春,生以书判拔萃登科,授郑县主簿㉔。至四月,将之官,便拜庆于东洛㉕。长安亲戚,多就筵饯。时春物尚余,夏景初丽,酒阑宾散,离思萦怀。玉谓生曰:"以君才地名声,人多景慕,愿结婚媾,固亦众矣。况堂有严亲,室无冢妇㉖,君之此去,必就佳姻。盟约之言,徒虚语耳。然妾有短愿,欲辄指陈,永委君心,复能听否?"生惊怪曰:"有何罪过,忽发此辞?试说所言,必当敬奉。"玉曰:"妾年始十八,君才二十有二,迨君壮室之秋,犹有八岁。一生欢爱,愿毕此期。然后妙选高门㉗,以谐秦晋,亦未为晚。妾便舍弃人事,剪发披缁㉘,夙昔之愿,于此足矣。"生且愧且感,不觉涕流。因谓玉曰:"皎日之誓㉙,死生以之,与卿偕老,犹恐未惬素志,岂敢辄有二三㉚。固请不疑,但端居相待。至八月,必当却到华州,寻使奉迎,相见非远。"更数日,生遂诀别东去。到任旬日,求假往东都觐亲。未至家日,太夫人已与商量表妹卢氏,言约已定。太夫人素严毅,生逡巡不敢辞让,遂就礼谢,便有近期。卢亦甲族也,嫁女于他门,聘财必以百万为约,不满此数,必在不行。生家素贫,事须求贷,便托假故,远投亲知,涉历江淮,自秋及夏。生自以孤负盟约㉛,大愆回期㉜,寂不知闻,欲断其望。遥托亲故,不遣漏言。玉自生逾期,数访音信。虚词诡说,日日不同。博求师巫,遍询卜筮㉝,怀忧抱恨,周岁有余。羸卧空闺,遂成沉疾。虽生之书题竟绝㉞,而玉之想望不移,赂遗亲知,使通消息。寻求既切,资用屡空,往往私令侍婢潜卖箧中服玩之物,多托于西市寄附铺侯景先家货卖㉟。曾令侍婢浣沙将紫玉钗一只,诣景先家货之。路逢内作老玉工㊱,见浣沙所执,前来认之曰:"此钗,吾所作也。昔岁霍王小女将欲上鬟㊲,令我作此,酬我万钱,我尝不忘。汝是何人,从何而得?"浣沙曰:"我小娘子,即霍王女也。家事破散,失身于人。夫婿昨向东都,更无消息。悒怏成疾,今欲二年。令我卖此,赂遗于人,使求音信。"玉工凄然下泣曰:"贵人男女,失机落节,一至于此。我残年向尽,见此盛衰,不胜伤感。"遂引至延光公主宅㊳,具言前事。公主亦为之悲叹良久,给钱十二万焉。时生所定卢氏女在长安,生既毕于聘财,还归郑县。其年腊月,又请假入城就亲。潜卜静居,不令人知。有明经崔久明者㊴,生之中表弟也。性甚长厚,昔岁常与生同欢于郑氏之室,杯盘笑语,曾不相间。每得生信,必诚告于玉。玉常以薪刍衣服,资给于崔。崔颇感之。生既至,崔具以诚告玉。玉恨叹曰:"天下岂有是事乎!"遍请亲朋,多方召致。生自以愆期负约,又知玉疾候沉绵,惭耻忍割,终不肯往。晨出暮归,欲以回避。玉日夜涕泣,都忘寝食,期一相见,竟无门由。冤愤益兴,委顿床枕。自是长安中稍有知者。风流之士,共感玉之多情,豪侠之伦,皆怒生之薄行。时已三月,人多春游。生与同辈五六人诣崇敬寺玩牡丹花㊵,步于西廊,递吟诗句。有京兆韦夏卿者,生之密友,时亦同行。谓生曰:"风光甚丽,草木荣华。伤哉郑卿,衔冤空室!足下终能弃置,实是忍人。丈夫之心,不宜如此。足下宜为思之!"叹让之际,忽有一豪士,衣轻黄纻衫,挟弓弹,丰神隽美,衣服轻华,唯有一剪头胡雏从后㊶,潜行而听之。俄而前揖生曰:"公非李十郎者乎?某族本山东,姻连外戚。虽乏文藻,心尝乐贤。仰公声华,常思观止。今日幸会,得睹清扬。某之敝居,去此不远,亦有声乐,足以娱情。妖姬八九人,骏马十数匹,唯公所欲。但愿一过。"生之侪辈,共斯语,更相叹美。因与豪士策马同行,疾转数坊,遂至胜业。生以近郑之所止,意不欲过,便托事故,欲回马首。豪士曰:"敝居咫尺,忍相弃乎?"乃挽挟其马,牵引而行。迁延之间,已及郑曲。生神情恍惚,鞭马欲回。豪士遽命奴仆数人,抱持而进。疾走推入车门㊷,便令锁却,报云:"李十郎至也!"一家惊喜,声闻于外。先此一夕,玉梦黄衫丈夫抱生来,至席,使玉脱鞋。惊寤而告母。因自解曰:"鞋者,谐也。夫妇再合。脱者,解也。既合而解,亦当永诀。由此征之,必遂相见,相见之后,当死矣。"凌晨,请母妆梳。母以其久病,心意惑乱,不甚信之。俛勉之间㊸,强为妆梳。妆梳才华,而生果至。玉沉绵日久,转侧须人,忽闻生来,歘然自起㊹,更衣而出,恍若有神。遂与生相见,含怒凝视,不复有言。羸质娇姿,如不胜致,时复掩袂,返顾李生。感物伤人,坐皆欷歔。顷之,有酒肴数十盘,自外而来。一座惊视,遽问其故,悉是豪士之所致也。因遂陈设,相就而坐。玉乃侧身转面,斜视生良久,遂举杯酒,酹地曰:"我为女子,薄命如斯。君是丈夫,负心若此。韶颜稚齿,饮恨而终。慈母在堂,不能供养。绮罗弦管,从此永休。征痛黄泉,皆君所致。李君李君,今当永诀!我死之后,必为厉鬼,使君妻妾,终日不安!"乃引左手握其臂,掷杯于地,长恸号哭数声而绝。母乃举尸,置于生怀,令唤之,遂不复苏矣。生为之缟素⑮,旦夕哭泣甚哀。将葬之夕,生忽见玉𫄧帷之中⑯,容貌妍丽,宛若平生。著石榴裙,紫裆裆,红绿帔子⑰。斜身倚帷,手引绣带,顾谓生曰:"愧君相送,尚有余情。幽冥之中,能不感叹。"言毕,遂不复见。明日,葬于长安御宿原⑱。生至墓所,尽哀而返。后月余,就礼于卢氏。伤情感物,郁郁不乐。夏五月,与卢氏偕行,归于郑县。至县旬日,生方与卢氏寝,忽帐外叱叱作声。生惊视之,则见一男子,年可二十余,姿状温美,藏身映幔,连招卢氏。生惶遽走起,绕幔数匝,倏然不见。生自此心怀疑恶,猜忌万端,夫妻之间,无聊生矣。或有亲情,曲相劝喻,生意稍解。后旬日,生复自外,卢氏方鼓琴于床,忽见自门抛一斑犀钿花合子⑲,方圆一寸余,中有轻绢,作同心结⑳,坠于卢氏怀中。生开而视之,见相思子二,叩头虫一,发杀觜一,驴驹媚少许㉑。生当时愤怒叫吼,声如豺虎,引琴撞击其妻,诘令实告。卢氏亦终不自明。尔后往往暴加捶楚,备诸毒虐,竟讼于公庭而遣之。卢氏既出,生或侍婢媵妾之属,暂同枕席,便加妒忌。或有因而杀之者。生尝游广陵㉒,得名姬,曰营十一娘,容态润媚,生甚悦之,每相对坐,尝谓营曰:"我尝于某处得某姬,犯某事,我以某法杀之。"日日陈说,欲令惧己,以肃闺门。出则以浴斛覆营于床,周回封署,归必详视,然后乃开。又畜一短剑,甚利,顾谓侍婢曰:"此信州葛溪铁㉓,唯断作罪过头!"大凡生所见妇人,辄加猜忌,至于三娶,率皆如初焉。

注释

①李益:唐代诗人,生于公元748年,约卒于公元827年。字君虞,陇西姑臧(今甘肃武威)人。大历进士,后官至礼部尚书。长于七绝,以写边塞诗知名,有《李益集》。本篇据说是根据他的故事渲染而生。

②拔萃:唐代科举及第后,要经过一定期限才可以选任为官。如想马上做官,须另行考试,试文三篇,试判(撰写判词)三条,叫做"拔萃"。合格即可分发任用。这种考试由吏部主持,因此下文说"俟试于天官"。天官,吏部的别称。

③先达:前辈。丈人:长者。

④驸马:官名,即驸马都尉,皇帝的女婿照例授此官职。青衣:古时多以青衣为婢女的服装,因而称婢女为"青衣"。

⑤便(pián 片去)辟:善于迎合人意。

⑥追风:追求妇女。挟策:有主意有办法。
⑦渠帅:盗贼的首领。
⑧申未:午后一时至四时。
⑨苏姑子:出处不详,疑是当时俚语。
⑩霍王:即李元轨,唐高祖之子。
⑪曲:唐代称小街巷为"曲"。
⑫从兄:堂兄。参军:唐代军事机构、王府知府、州的属官。青骊:纯黑色的马。
⑬迟(zhì治)明:黎明。
⑭亭午:正午。
⑮低鬟:低头。鬟,妇女的发髻。
⑯巫山:指古代神话中楚怀王梦见在巫山跟神女欢会的事。洛浦:洛水边。洛水发源于陕西,流入河南。三国时,曹操击败袁绍,把其儿媳甄氏给曹丕为妻。甄氏很美丽,曹植十分恋慕她。有一次曹植经过洛水,梦见甄氏前来叙情,于是作《洛神赋》,借洛神来感念甄氏。
⑰中宵:半夜。
⑱女萝:即松萝。丝状植物,多攀附在别的树上生长。旧时妇女依靠男人生活,因此以"女萝"比喻这种状况。
⑲捐:舍弃。秋扇见捐,意为秋凉时把扇子弃置不用了。比喻女子年老色衰被男子抛弃。
⑳缣(jiān肩):细而薄的丝织品。
㉑褰(qiān牵):撩起,揭起。幄:帐幕。
㉒研:同"砚"。
㉓婉娈(luán峦):亲热相爱。
㉔郑县:今河南郑州市。主簿:管理文书簿册的官员。
㉕拜庆:即"拜家庆",意为离家日久回去看望父母。
㉖冢妇:正妻。
㉗妙选:很好地去选择。高门:显贵人家。
㉘缁(zī资)衣:僧尼穿的黑色袈裟。缁,黑色。
㉙皎日:白日。语出《诗经·王风·大车》:"谓予不信,有如皎日。"皎日之誓,意为指着太阳发誓。
㉚二三:三心二意。
㉛孤负:违背、背弃。
㉜愆(qiān牵):延误。
㉝卜筮:古人卜卦以问凶吉。用龟壳卜卦叫"卜",用蓍草卜卦叫"筮"。

㉞书题:意为书信。

㉟寄附铺:也称“柜房”,唐时一种代人保管或出售贵重物品的商行。

㊱内作:皇家的作坊。

㊲上鬟:古时女子把头发梳到头顶插一簪子,表示已经成年待嫁了,称为“上鬟”。

㊳延光公主:也称郜国公主,唐肃宗的女儿。

㊴明经:唐代科举制度科目之一,主要考试经义,与进士科并列。

㊵崇敬寺:唐代长安的一座寺庙,跟胜业坊相隔不远。

㊶胡雏:外族小孩。

㊷车门:大门旁供车马进出的门。

㊸僶(mǐn 敏)勉:勉力,勉强。

㊹欻(xū 须)然:忽然,猛然。

㊺缟素:白衣服,意指孝服。

㊻繐(suī 虽)帷:灵帐。

㊼石榴裙:红裙子。榼(kè 课)裆:唐时妇女穿的一种外袍。帔(pèi 配)子:唐时妇女披于肩背的纱布。

㊽御宿原:在长安城南,古时埋葬死人的地方。

㊾斑犀:有斑纹的犀牛角。钿:把金属或宝石等镶嵌在器物上作装饰。

㊿同心结:古时用绸带结成连环的花样,用以表示爱情。

(51)相思子:即红豆,一种蔓生植物,种子大如豌豆,其色鲜红而带有黑色斑点,或全红。古时用它来托寄相思的情意,故称“相思子”。叩头虫:亦称“叩甲”,如用手指按住它时,它会以头部和前胸叩打地面,状似叩头。此处表示祈求。发杀觜(zī 资):春药。驴驹媚:《物类相感志》:“凡驴驹初生,未坠地,口中有一物,如肉,名‘媚’。妇人带之能媚。”

(52)广陵:唐代郡名,今扬州市。

(53)信州:唐代州名,辖境相当于今江西贵溪以东,怀玉山以南地名,治所在今江西上饶市。

【今译】

大历年间,陇西有位书生叫李益,年仅二十岁就考上了进士。第二年,吏部举行任用官员的考试,李益等待参加。夏季六月,他来到长安,住在新昌里。

李益出身在高贵的名门世族,从小就显露出才华,诗文清丽出色,当时的人们都认为举世无双。前辈长者,都一致推崇他。他每每为自己的才情骄傲，想得到一位称心的伴侣，于是到处寻访名妓，但很久都未能如愿。

长安有位叫鲍十一娘的媒婆，从前是薛驸马家的婢女，后来赎身从良，已经十多年了。鲍十一娘生性善于迎合巴结，又能说会道，豪门大户皇亲国戚住的地方，她没有没去过的；为别人追女子出谋划策，干她那行的都推她为首领。她曾经接受李益的嘱托和厚礼馈赠，心里十分感激他。

过了几个月，李益有一天正在住处的南亭闲坐，大约申未时分，忽然听见急促的敲门声，下人来报是鲍十一娘到了。李益提着衣摆跟着去大门口，迎着鲍氏问道："鲍卿，今天为什么忽然来了？"鲍氏笑着说："公子昨夜做好梦没有？有一位仙女，被罚到人间来了，不贪图钱财，只爱慕风流少年，这样的人品身份，跟十郎正相配。"李生听说后一下跳起来，心神飞荡，身体也变得轻飘，拉起鲍氏又拜又谢说："我愿一辈子做她的奴仆，死也不怕。"于是打听那女子的姓名住址。鲍氏一一告诉他说："她是从前霍王的小女儿，字小玉，霍王十分喜欢她。她母亲名叫净持，是霍王宠爱的婢女。霍王刚死的时候，他的弟兄们因为小玉是妾所生，不太想收养她，就分给她一些钱财，让她搬出王府去住，改姓为郑氏，别人也不知道她是霍王的女儿。我一生没有见过像她这样美艳的女子，情趣高雅，姿态超逸，各方面都出类拔萃，音乐诗书，没有不精通的。昨天她家托我寻找一个才貌相当的后生，我就跟她细说了你的情况。她也听说过李十郎的名字，非常欢喜满意。她家住在胜业坊古寺旁的小巷中，刚进巷子的大门就是。已经跟她约好，明天中午，只要到巷口找丫头桂子，就行了。"

鲍氏走后，李生就开始准备第二天的行动，并叫家童秋鸿到堂兄京兆参军尚公处借纯黑色的骏马和黄金装饰的马笼头。当晚，李生洗衣沐浴，修饰仪容，喜悦和激动的心情交织在一起，一夜都没有睡着。天快亮时，就穿戴好衣服头巾，把镜子拉过来照了又照，唯恐有什么地方不合适。焦急不安地等到中午，就骑马疾驶而去，一直来到胜业坊。

到了约定的地方，李生果然看见有名丫头在那里等候，她迎面问道："来的是李十郎吗？"李生下马，丫头让人把马牵到屋后，急忙锁上大门。接着看见鲍氏从里面走出来，远远地就笑着说："哪里来的后生，竟冒冒失失闯到这里？"李生跟她调笑未完，就已经进了中门。院子里有四棵樱桃树,西北角悬挂着一只鹦鹉笼,见生人进来,那鹦鹉就说:"有人来了,快放帘子!"李生的性情文雅恬淡,心中一直有些迟疑畏惧,忽然听见鸟儿说话,惊讶中不敢再往里走。正游移不前,鲍氏领着净持走下台阶来迎接他,请到屋里,相对坐下。净持四十多岁年纪,风姿绰约,谈笑间神态十分妩媚。她对李生说:"早就听说十郎才气出众风流潇洒,今天又看见十郎容貌清秀仪态文雅,果然名不虚传。我有一个女儿,虽缺乏教育,但长相还不算丑陋,要是跟您匹配,倒很合适。常听鲍十一娘说起这个意思,今天起便让小女服侍您吧。"李生道谢说:"我鄙陋笨拙,平庸愚钝,想不到能得到小姐青睐,倘若被小姐选上接纳,我会一辈子引以为荣。"于是净持命人摆设酒饭,让小玉从堂屋东面的小房间里出来跟李生见面。李生连忙行礼迎接。他只觉得满屋之中,如同琼林玉树相互辉映,转盼中,小玉眼里的光彩一直照射到自己的心底。随后小玉就坐在母亲旁边。母亲对她说:"你常常爱念的'开帘风动竹,疑是故人来',就是这位李十郎的诗句。你整天吟诵思慕,怎比得上亲眼一见呢?"小玉于是低头微笑,小声说:"闻名自然不如见面,才子怎能无貌呢?"李生就连忙起来行礼说:"小娘子爱慕才华,鄙人看重姿色,两个人的长处合拢在一起,就才貌双全了。"母女二人相互看了一眼都笑起来,于是大家喝了几轮酒。李生站起来,请小玉唱歌。小玉起初不肯,母亲坚持要她唱。小玉的声音清亮,曲律精妙。

酒尽席散,天已经黑了,鲍氏带着李生到西院休息。庭院安静,屋宇幽深,门窗的帘幕十分华贵。鲍氏叫丫头桂子、浣沙给李生脱去靴子解下衣带,服侍他睡下。过了一会儿,小玉来了,言谈温和,语调宛转柔媚。脱衣服的时候,神态娇美。两人帏中枕上,极其欢爱。李生觉得楚怀王梦会巫山神女、曹子建洛水遇见洛神,欢爱也不过如此。半夜,小玉忽然流着泪看着李生说:"我出身于娼妓之家,自知配不上你。如今因为你爱恋我的姿色,所以把终生托付给你。只担心有朝一日人老色衰,你会把恋情转移到别人身上,让我像离开树枝的松萝一样无依无靠,像秋凉后的扇子那样被人抛弃。因此欢爱已极时,不知不觉悲哀就涌上心头。"李生听了这些话,感叹不已。于是让小玉枕着自己的手臂,慢慢对她说:"我平生的心愿,今天已经得到满足,即使粉身碎骨,也发誓不会抛弃你。你为什么会说出这样的话呢?请给一块白色绢绸，我要在上面写下誓约。"小玉于是擦干眼泪，命侍女樱桃揭开帐子举着蜡烛，把笔砚递给李生。小玉在弹奏音乐的空闲里，也很喜好诗文，书箱笔砚，都是霍王家过去的东西。于是拿出绣囊，取出一段三尺长的有黑色细纹的白绸交给李生。李生向来才思敏捷，提笔成章，所写的誓约以山河来比喻情意深厚，指日月为证来表明自己的忠诚，每句话都非常恳切，让人听了觉得感动。写完，让小玉收藏在珠宝箱里。从此两人相亲相爱，好比翡翠鸟在云间比翼飞翔一样美好。就这样过了两年，两人不分白天黑夜从不分离。

　　下一年的春天，李生以书判拔萃进入仕途，授任郑县主簿。到了四月，李生即将赴任，到东都洛阳去看望父母。长安城里的亲戚，都来参加给他饯行的宴会。这时正值残春初夏，酒宴结束后宾客散去，离别的忧愁不禁萦绕在两人心头。小玉对李生说："凭你的才华和名声，很多人都仰慕你，想跟你结成婚姻的人一定不少。何况家中有父母要侍奉，却没有正式的妻室。你这一去，必定会缔结一桩好的姻缘。当初的誓约，不过是些空话罢了。然而我有一个小小的愿望，想现在告诉你，让你永远记在心里，你肯听一听吗？"李生惊讶地说："我有什么事得罪了你，让你忽然说出这样的话来？你不妨把想讲的话说出来，我一定照办就是了。"小玉说："我今年才十八岁，你仅有二十二岁，到你三十岁的时候，还有八年。我一生的幸福时光，希望能在这段时期里与你共度。然后你再去选择显贵人家联姻，也不算晚。我那时就抛弃人间的一切，剪发为尼，过去的种种愿望，到此也就满足了。"李生听了既惭愧又感动，不觉流下眼泪。于是他对小玉说："指着太阳发出的誓言，不论生死都要遵守。跟你白头偕老，还觉得不够满足，怎么会三心二意呢？请你绝对不要怀疑，只要好好住在这里等我。到了八月，我一定还到华州来，派人接你，相见的日子不会远的。"又过了几天，李生就告别小玉往东去了。

　　李生到任十来天后，请假去洛阳探望双亲。没有到家之前，他母亲太夫人就替他物色了表妹卢氏，婚约已经定下来。太夫人向来严厉果断，李生犹豫不决不敢抗拒。这样就去卢家谢婚，并商定在近期完婚。卢家也是名门望族，嫁女儿到李家，聘礼一定要有百万钱，如果不满这个数目，宁肯不嫁女儿。李生家向来贫穷，筹集这些钱必须四处借贷，他就请假到远方投奔亲友以求帮助，跋涉于江淮之间，从秋天一直奔忙到夏天。李生自知背弃了跟小玉的盟约,归期大大地延误了。他不让小玉知道一点消息,想断绝她的希望。他嘱托长安的亲友,不要泄露他的行踪。

小玉自从李生超过了日期没有回来,就多次设法打听他的音讯。传来的都是不可靠的消息,并且每天都不一样。她到处求人卜卦问讯,又担忧又怨恨,这样过了一年多。后来病倒在空房里,落下了积久难治的病。虽然李生的书信始终不见,但小玉的思念之情却丝毫不改,她赠送钱物给李生的亲友,求他们告诉她李生的消息。寻求十分急切,钱财往往不够,就常叫丫头偷偷卖掉箱中收藏的衣服玩物等东西,多数是交托西市侯景先家的寄售铺变卖。曾经有一回叫丫头浣纱将一只紫金钗,拿到侯景先那里去变卖,路上遇到一个皇家作坊里的老玉工,看见浣沙手里的玉钗,就上前来辨认,说:"这只玉钗是我做的,当年霍王的小女儿将要'上鬟'的时候,命我做了这只玉钗,给了我一万钱的报酬。我还不曾忘记。你是什么人,从哪里得到它的?"浣纱说:"我家小娘子就是霍王的女儿。家业败落之后,又失身于人。丈夫前些日子去了洛阳,没有一点消息。娘子积郁成病,至今快两年了。叫我卖掉这只玉钗,送钱给人,求访丈夫的音讯。"玉工伤心地哭着说:"皇族贵人家的子女,倒霉落魄,竟到了这种境地。我活在世上的时间不多了,看见这样的盛衰变化,真是伤感。"于是便带浣纱来到延光公主家,详细地讲述了事情的经过。延光公主也为小玉的事悲伤感叹了很久,并给了她十二万钱。

那时,李生聘定的卢家女子住在长安,李生凑足了聘礼后,回到郑县。这年腊月,再次请假到长安成亲。他悄悄找了一个僻静的住处,不让别人知道。有个叫崔允明的明经,是李生的表弟,性情忠厚,早些年常跟李生在小玉家欢会,吃喝谈笑,也没有隔阂。每次得到李生的消息,他必定如实告诉小玉。小玉经常把柴米衣物之类的东西资助崔生。崔生很感激她。李生来到长安后,崔生把情况详尽地告诉了小玉。小玉愤恨地叹息说:"天下难道竟有这样的事情吗?"于是遍请亲朋好友,想方设法要把李生找来。李生认为自己延误日期违背了誓约,又听说小玉病得十分厉害,为自己忍心抛弃她感到惭愧羞耻,就始终不肯去见小玉。每日早出晚归,想躲避小玉。小玉日夜哭泣流泪,废寝忘食,只想跟李生见上一面,竟然没有机会。心头的冤屈愤恨越来越深,倒卧在床不能起来。从此长安城里渐渐有人知道了这件事。风流才子,都为小玉的痴情所感动;豪侠之辈,都对李生的薄情表示愤怒。

这时已经到了三月,人们大都去郊外春游。李生和五六位同辈朋友到崇敬寺观赏牡丹花,漫步在西边的长廊中,一个接一个地吟诵着诗句。有位京兆人叫韦夏卿,是李生的好朋友,当时也在一起。他对李生说:"风光秀丽,花草繁茂,不过可怜郑家女儿,还满怀冤屈独守空房!你最终还是遗弃了她,真是残忍的人。男人的心胸,是不该这样的。你要好好想想!"正在感叹责备的时候,忽然有一个豪侠之士,穿着淡黄色麻布衣衫,手持弹弓,神貌俊秀,衣着轻盈华丽,只带一个剪短发的外族小孩做仆从,悄悄走在一旁听他们说话。过了一阵,那人上前对李生行礼说:"公子该不是李十郎吧?我家本来祖籍山东,跟皇帝的外家还算是亲戚。我虽然缺少文才,心里却佩服贤德的人。久仰公子的名声,常想能见上一面。今日有幸相会,得以看见公子的风采。我家离这里不远,也有弦管音乐,足以愉悦心情。还有八九个美女,十几匹骏马,任由公子喜欢。只希望公子能过去看看。"与李生一道的那些人,听见了这番话,都赞叹不已。于是就跟豪士一起骑马同行。一路快跑,转过一些街市,就到了胜业坊。李生因此地离小玉家很近,不愿过去,就找了个借口,想掉转马头回去。豪士说:"我家近在咫尺,你怎么忍心扔下我们不去呢?"就挽住李生的马,拉着朝前走。转眼工夫,已经到了小玉家的巷口。李生神情恍惚,抽打坐马想要返回。豪士立即命令几个仆从,强行把他抱着往里送,自己赶过去把他推进车马出入的门,命令把门锁上,向里面传报说:"李十郎来了!"一家人都非常惊喜,喧嚷之声一直传到院子外面。

前一天晚上,小玉梦见一个穿黄衫的男子抱着李生前来,到了席位上,让小玉脱去鞋子。小玉惊醒过来后告诉了母亲。又自己解梦说:"'鞋',就是'谐'的意思,指夫妻重新团圆。'脱',就是'解'的意思,团聚之后又解脱,就是永别了。由此看来,必定会跟李生相见,相见之后,我就应该死了。"这天清晨,小玉请母亲给她梳妆打扮。母亲以为她病得太久,心迷神乱,对她说的不很相信。她一再要求,只得勉强为她梳妆。刚刚梳妆完毕,李生果然就到了。小玉病卧在床已经很久,连翻身都要人帮助。忽然听说李生来了,猛地自己坐起来,换了衣服出去，如同有神灵在扶助她。于是就跟李生相见，眼含怒恨直盯着李生，一句话也不说。病重的体质，娇弱的身姿，好像不能控制，不时地用衣袖遮掩着，转过头去看李生。感物伤人，在场的人都忍不住落泪。不久，外面送进来几十盘酒菜。大家看到都很吃惊，急忙问其原因，原来这是那位豪士送的。于是摆好酒菜，并排坐下。小玉侧身转过脸去，斜视了李生好一阵，就举起杯子洒酒在地，说："我身为女子，竟是如此薄命，你是男人，竟然这样负心！使我年纪轻轻就将含恨而死，再也不能奉养母亲，从此告别了我喜欢的绮罗和音乐。在九泉之下痛彻心肺，这些都是你一手造成的！李生啊李生，今天我们该是永别了！我死之后，一定会变成厉鬼，让你的妻妾终日不得安宁！"于是伸出左手握住李生的手臂，把酒杯摔在地上，放声痛哭了几声，然后就断气了。她母亲抱起她的身体，放在李生的怀中，让他呼唤她，但终于没有苏醒过来。

李生为小玉带孝服丧，日夜哭泣，十分悲痛。将要下葬的前一天晚上，李生忽然看见小玉站在停放棺木的灵帐当中，容貌艳丽，就像活着的时候一样。她穿着红裙子，紫色外袍，肩披红绿相间的纱巾。她斜着身子靠在灵帐上，手中拿着绣带，回头对李生说："感谢你来送行，看来还留着几分情意，我在阴间，能不感叹吗！"说完，就不见了。第二天，葬于长安的御宿原。李生送葬到了墓地，尽情表达了自己的哀痛之后才回去。

后来过了一个多月，李生跟卢氏完婚。李生一看见小玉留下的东西就伤感不已，郁郁不乐。夏季五月，跟卢氏同行，返回郑县。到达郑县十多天后，有一次李生和卢氏正在睡觉，忽然帐子外面啧啧有声。李生吃惊地起来察看，只见一个男子，年纪大约二十来岁，长得温文尔雅，躲在帐幔后的阴影里，不停地向卢氏招手。李生惊惶之下连忙跃起，绕帐幔好几圈，那人突然就不见了。李生从此心里就对卢氏感到疑心和厌恶，猜忌多多，夫妻之间就变得毫无情趣了。有些亲戚婉转地劝说，李生心中才稍稍平静了。又过了十来天，李生由外面回来，卢氏正坐在床边弹琴，忽然看见从门外抛进来一个用有斑纹的犀牛角雕成的镶花盒子，长宽一寸多，里面有轻柔的丝带，系成同心结，落在卢氏杯中，李生打开来看，见里面装着托寄相思的红豆，一只表示祈求的叩头虫，还有春药发杀觜和驴驹媚。李生当时愤怒地吼叫起来，声音就像狼嚎虎哮,提起琴来击打卢氏,逼迫她说出实情。卢氏始终解释不清这件事情。此后李生经常粗暴地殴打她,百般虐待,最后告到官府把她休了。

　　卢氏被休后,李生偶尔跟婢女侍妾之类的人同床共枕,随后就会大加妒忌。甚至有因此而被他杀死的。李生曾经游历广陵郡,得到一个出名的美女营十一娘,容貌鲜润姿态妩媚,李生十分喜欢她,每当两人闲坐时,常对营氏说:"我曾经在某处遇到某某女人,因为犯了什么什么过错,我用某种方法杀了她。"天天都说这些话,想让她害怕自己,以此来整肃闺门风气。李生出门的时候,就用澡盆把营氏盖在床上,周围贴上封条,回来一定要仔细察看,然后才放营氏出来。李生又藏了一把短剑,非常锋利,他常对侍妾婢女们说:"我这把剑是用信州葛溪出产的好铁打制的,专用来砍有罪之人的脑袋!"凡是李生见过的女人,他总是马上就会生出猜忌之心,以至于娶了三个妻子,都跟当初对待卢氏一样。

唐宋传奇集卷三

古岳渎经

李公佐

【题解】

　　本篇作者李公佐,字端蒙,陇西(今甘肃东南部)人。生卒年不详。唐宪宗年间曾任江南西道观察使判官。所作传奇现存四篇,即《古岳渎经》《南柯太守传》《庐江冯媪传》《谢小娥传》。

　　本篇选自《太平广记》卷第四百六十七。《古岳渎经》据说是古代记载山川地形的一部书,今已失传。也有人说并无此书,是传奇作者李公佐虚拟的书名。这篇传奇写的是大禹召集众神制服淮涡水神无支祁的故事。无支祁故事又见于李肇的《国史补》,广泛传播民间,鲁迅认为《西游记》中所写孙悟空神变奋迅之状,也曾受其影响(《中国小说史略》)。大禹治水的事迹家喻户晓,在千百年的流传中,就衍生出这一类神话故事。

【原文】

　　贞元丁丑岁①,陇西李公佐泛潇湘苍梧②。偶遇征南从事弘农杨衡③,泊舟古岸,淹留佛寺,江空月浮,征异话奇。杨告公佐云:"永泰中④,李汤任楚州刺史时⑤,有渔人,夜钓于龟山之下⑥。其钓因物所制,不复出。渔者健水,疾沉于下五十丈。见大铁锁,盘绕山足,寻不知极。遂告汤。汤命渔人及能水者数十,获其锁,力莫能制。加以牛五十余头,锁乃振动,稍稍就岸。时无风涛,惊浪翻涌。观者大骇。锁之末见一兽,状有如猿,白首长鬐,雪牙金爪,闯然上岸,高五丈许。蹲踞之状若猿猴。但两目不能开,兀若昏昧。目鼻水流如泉,涎沫腥秽,人不可近。久,乃引颈伸欠,双目忽开,光彩若电。顾视人焉,欲发狂怒。观者奔走。兽亦徐徐引锁拽牛,入水去,竟不复出。时楚多知名士,与汤相顾惮栗,不知其由尔。乃渔者时知锁所,其兽竟不复见。"公佐至元和八年冬,自常州饯送给事中孟简至朱方⑦,廉使薛公苹馆待礼备⑧。时扶风马植⑨,范阳卢简能⑩,河东裴蘧⑪,皆同馆之,环炉会语终夕焉。公佐复说前事,如杨所言。至九年春,公佐访古东吴⑫,从太守元公锡泛洞庭,登包山⑬,宿道者周焦君庐。入灵洞,探仙书。石穴间得古《岳渎经》第八卷,文字古奇,编次蠹毁,不能解。公佐与焦君共详读之:"禹理水,三至桐柏山⑭,惊风走雷,石号木鸣,五伯拥川⑮,天老肃兵,不能兴。禹怒,召集百灵,搜命夔龙。桐柏千君长稽首请命。禹因囚鸿蒙氏,章商氏,兜卢氏,梨娄氏,乃获淮、涡水神⑯,名无支祁,善应对言语,辨江淮之浅深,原隰之远近⑰。形若猿猴,缩鼻高额,青躯白首,金目雪牙。颈伸百尺,力逾九象,搏击腾踔疾奔,轻利倏忽,闻视不可久。禹授之章律,不能制;授之乌木由,不能制;授之庚辰,能制。鸱脾桓木魅水灵山妖石怪,奔号聚绕,以数千载。庚辰以战逐去。颈锁大索,鼻穿金铃,徙淮阴之龟山之足下。俾淮水永安流注海也。庚辰之后,皆图此形者,免淮涛风雨之难。"即李汤之见,与杨衡之说,与《岳渎经》符矣。

注释

①贞元丁丑岁:我国古代以干支纪年,贞元丁丑岁即唐贞元十三年(公元797年)。

②潇湘:湘即湘江,源出广西兴安县,流至湖南,在湘阴县入洞庭湖。潇即潇水,源出湖南宁远县九嶷山,流经零陵与湘江会合。苍梧:唐代郡名,约辖今广西梧州市周围地区。

③从事:官名,唐时军事长官和州、郡行政官的幕僚。征南从事,即征南将军的从事官。弘农:唐代郡名,大约辖今黄河以南、宜阳以北及陕西洛水上游的一些

地区。

④永泰:唐代宗(李豫)的年号(公元765年)。

⑤楚州:也称淮阴郡,州治在今江苏淮安县。

⑥龟山:在今江苏盱眙县。唐时盱眙归楚州管辖。

⑦常州:也称晋陵郡,约辖今江苏常州、镇江、丹阳、江阴等地区。给事中:唐代谏官名。朱方:地名,约在今江苏镇江市东南。

⑧廉使:唐时地方行政官廉访使的简称。廉访使即观察使。

⑨扶风:唐代郡名,约辖今陕西宝鸡等地区,治所在今凤翔县。

⑩范阳:唐代郡名,约辖今北京市大部、天津市海河以北及保定市部分地区。

⑪河东:唐代郡名,即蒲州,约辖今山西西南部龙门山以南一些地区。

⑫东吴:古地名,泛指太湖流域全境或专指苏州一府。

⑬太守:郡的长官。包山:太湖中最大的岛屿,即西洞庭山,俗称西山,为太湖名胜。前句"洞庭"亦指此山。

⑭桐柏山:在今河南桐柏县西南。

⑮五伯:神话传说中的神怪。下文的"天老"、"夔(kuí 葵)龙"、"鸿蒙氏"、"章商氏"、"兜卢氏"、"梨娄氏"、"章律"、"鸟木由"、"庚辰"等也都是神怪。

⑯涡(guō 锅):涡河,发源于河南通许县,流至安徽怀元县入淮河。

⑰原:宽阔平坦的高地。隰(xí 西):低湿的地方。

【今译】

　　唐朝的贞元十三年,陇西人李公佐乘船游潇湘和苍梧,偶然遇到任征南从事的弘农人杨衡,这样便把船停在古岸边,在佛寺里逗留。那时江面空阔,月亮映在水中,两人就谈起一些奇闻趣事来。

　　杨衡告诉李公佐说:"永泰年间,李汤任楚州刺史时,有个打鱼的人,夜里在龟山下钓鱼。他的鱼钩被东西卡住了,不能拉出来。打鱼的人水性很好,快速潜到水下五十丈的地方。他看见一根硕大的铁链条,盘绕在山脚,找不到它的头在哪里。于是就报告李汤。李汤命令打鱼的人和几十个懂水性的人,打捞这根铁链,但他们的力量不够。又加上五十多头牛去拉,铁链方振动了,渐渐被拉到岸边。当时并无风浪,却狂涛翻涌,围观的人都非常害怕。链条的末端拴着一只怪兽,样子有些像猿猴,白色的脑袋上披着长长的毛,雪白的牙齿,金色的爪子,猛地登上岸来,有五丈多高。蹲着的样子好像猿猴,但两只眼不能睁开,昏昏沉沉地好像什么都不知道。它的眼睛鼻孔淌着水好似泉涌,嘴里流出的涎沫腥臭难闻,让人不敢靠近。过了好久,它才伸长脖颈打个哈欠,两眼忽然张开,目光闪亮如电,环视周围的人,像是要发怒一般。观看的人都逃走了。这时怪兽也慢慢拉着铁链和拴着的牛沉入水中,再也没有出来。当时楚州很多有名的人,跟李汤互相看着十分惊恐,不知这怪兽的由来。附近的渔人那时都知道铁链所在的地方,但怪兽终究再也没有出现。"

李公佐在元和八年的冬天,在常州为将要去朱方的给事中孟简饯行,廉访使薛苹招待他们,礼节周全。当时扶风郡的马植、范阳郡的卢简能、河东郡的裴蘧,都一同住在那里,大家围着火炉聊天,一直到深夜。李公佐重新说起以前的那件事,像杨衡说的那样。

到了元和九年春天,李公佐出访古东吴,跟随太守元公锡游太湖洞庭西山,上山后,住在修道者周焦君的屋子里。他们进入灵异的山洞,去找寻仙书,在岩石的孔穴中得到古时候的《岳渎经》第八卷,上面的文字古老奇特,编排的次序被蛀虫毁坏,不能明白意思。李公佐跟周焦君一起仔细研读它,知道了下面的一段文字:"大禹治水,三次到桐柏山,狂风四起雷电大作,石岩怒号树木悲鸣,五伯推波举浪,天老起兵作乱,因此不能疏通河道。大禹发怒,召来众神,命令夔龙出战。桐柏的许多首领都叩头请战。大禹于是把鸿蒙氏、章商氏、兜卢氏、犁娄氏等神怪都关押起来。这才抓获淮水涡河的水神,名叫无支祁,它善于对答言辞,能察看长江淮河的深浅,以及平原和低地的远近。它的样子如像猿猴,缩着鼻子,高抬额头,青色的身体,白色的脑袋,金色的眼睛,雪白的牙齿。脖颈能伸百尺,力量超过九头大象,搏击腾跃奔跑,轻灵迅速,很快就跑得看不见听不见了。大禹把它交给章律,不能制服;交给乌木由,也不能制服它;交给庚辰,才把它制服了。鸱鹰精、木魅、水灵、山妖、石怪,边跪边叫聚集围绕,数以千计。庚辰经过战斗将它们赶走了。于是在无支祁的脖颈上锁上大链条,鼻孔中穿上金铃,把它迁到淮阴的龟山脚下,让淮水永远安然流入大海。庚辰制服无支祁以后,人们都画他的像,用以镇骇妖怪,免除淮水风雨浪涛的灾害。"这样,李汤看见的,杨衡所说的,都跟《岳渎经》相符了。

南柯太守传

李公佐

【题解】

　　本篇约作于德宗贞元末年,是作者四篇传奇中最有名的一篇。成语"南柯一梦"即由此而来。传中叙述侠士淳于棼一日大醉,由两位友人扶归家中昏然入睡,被紫衣使者相邀,入树洞来到槐安国,国王招其为驸马,又拜为南柯太守,二十余年后方才回家,猛然醒来,不过是一个白日梦,二友人还在,太阳也未西沉,就跟两位友人寻找槐树下那个洞,见群蚁集聚其中,积土为城郭台殿之状,竟跟梦中经历的相符,于是感叹人生的虚幻。本篇意在讥讽窃据高位者,贵宠荣华,不过是过眼烟云而已。同时,也宣扬了浮生如梦的思想。本篇文辞华丽,描写细致入微,亦真亦幻的艺术效果十分强烈。因此,鲁迅先生评价它"假实证幻,余韵悠然"(鲁迅《中国小说史略》)。

　　本篇选自《太平广记》卷第四百七十五。据此传演作戏曲的,有明人汤显祖的《南柯记》、车任远的《南柯梦》等。

【原文】

　　东平淳于棼①,吴楚游侠之士。嗜酒使气,不过细行。累巨产,养豪客。曾以武艺补淮南军裨将②,因使酒忤帅,斥逐落魄,纵诞饮酒为事。家住广陵郡东十里。所居宅南有大古槐一株,枝干修密,清阴数亩。淳于生日与群豪,大饮其下。贞元七年九月,因沉醉致疾。时二友人于坐扶生归家,卧于堂东庑之下③。二友谓生曰:"子其寝矣!余将秣马濯足,俟子小愈而去。"生解巾就枕,昏然忽忽,仿佛若梦。见二紫衣使者,跪拜生曰:"槐安国王遣小臣致命奉邀。"生不觉下榻整衣,随二使至门。见青油小车,驾以四牡④,左右从者七八,扶生上车,出大户,指古槐穴而去。使者即驱入穴中。生意颇甚异之,不敢致问。忽见山川风候草木道路,与人世甚殊。前行数十里,有郛郭城堞⑤。车舆人物，不绝于路。生左右传车者传呼甚严⑥，行者亦争辟于左右。又入大城，朱门重楼，楼上有金书，题曰"大槐安国"。执门者趋拜奔走。旋有一骑传呼曰："王以驸马远降，令且息东华馆。"因前导而去。俄见一门洞开，生降车而入。彩槛雕楹；华木珍果，列植于庭下；几案茵褥，帘帏肴膳，陈设于庭上。生心甚自悦。复有呼曰："右相且至。"生降阶祗奉。有一人紫衣象简前趋⑦，宾主之仪敬尽焉。右相曰："寡君不以弊国远僻，奉迎君子，托以姻亲。"生曰："某以贱劣之躯，岂敢是望。"右相因请生同诣其所。行可百步，入朱门。矛戟斧钺，布列左右，军吏数百，辟易道侧⑧。生有平生酒徒周弁者，亦趋其中，生私心悦之，不敢前问。右相引生升广殿，御卫严肃，若至尊之所。见一人长大端严，居王位，衣素练服，簪朱华冠。生战栗，不敢仰视。左右侍者令生拜。王曰："前奉贤尊命，不弃小国，许令次女瑶芳奉事君子。"生但领会伏而已，不敢致词。王曰："且就宾宇，续造仪式。"有旨，右相亦与生偕还馆舍。生思念之，意以为父在边将，因殁虏中，不知存亡。将谓父北蕃交逊⑨，而致兹事。心甚迷惑，不知其由。是夕，羔雁币帛，威容仪度，妓乐丝竹，肴膳灯烛，车骑礼物之用，无不咸备。有群女，或称华阳姑，或称青溪姑，或称上仙子，或称下仙子，若是者数辈。皆侍从数十，冠翠凤冠，衣金霞帔，采碧金钿，目不可视。遨游戏乐，往来其门，争以淳于郎为戏弄。风态妖丽，言词巧艳，生莫能对。复有一女谓生曰："昨上巳日⑩，吾从灵芝夫人过禅智寺，于天竺院观石延舞《婆罗门》。吾与诸女坐北牖石榻上⑪，时君少年，亦解骑来看。君独强来亲洽，言调笑谑。吾与穷英妹结绛巾，挂于竹枝上，君独不忆念之乎？又七月十六日，吾于孝感寺侍上真子，听契玄法师讲《观音经》。吾于讲下舍金凤钗两只，上真子舍水犀合子一枚。时君亦讲筵中于师处请钗合视之⑫。赏叹再三，嗟异良久。顾余辈曰：'人之与物，皆非世间所有。'或问吾氏，或访吾里。吾亦不答。情意恋恋，瞩盼不舍。君岂不思念之乎？"生曰："中心藏之，何日忘之。"群女曰："不意今日与君为眷属。"复有三人，冠带甚伟，前拜生曰："奉命为驸马相者⑬。"中一人与生且故。生指曰："子非冯翊田子华乎⑭？"田曰："然。"生前，执手叙旧久之。生谓曰："子何以居此？"子华曰："吾放游，获受知于右相武成侯段公，因以栖托。"生复问曰："周弁在此，知之乎？"子华曰："周生，贵人也。职为司隶⑮，权势甚盛。吾数蒙庇护。"言笑甚欢。俄传声曰："驸马可进矣。"三子取剑佩冕服,更衣之。子华曰:"不意今日获睹盛礼,无以相忘也。"有仙姬数十,奏诸异乐,婉转清亮,曲调凄悲,非人间之所闻听。有执烛引导者,亦数十。左右见金翠步障[16],彩碧玲珑,不断数里。生端坐车中,心意恍惚,甚不自安。田子华数言笑以解之。向者群女姑姊,各乘凤翼辇[17],亦往来其间。至一门号"修义宫"。群仙姑姊亦纷然在侧,令生降车辇拜,揖让升降,一如人间,彻障去扇,见一女子,云号金枝公主。年可十四五,俨若神仙。交欢之礼,颇亦明显。生自尔情义日洽,荣曜日盛。出入车服,游宴宾御,次于王者。王命生与群寮备武卫,大猎于国西灵龟山[18]。山阜峻秀,川泽广远,林树丰藏,飞禽走兽,无不蓄之。师徒大获,竟夕而还。生因他日,启王曰:"臣顷结好之日,大王云奉臣父之命。臣父顷佐边将,用兵失利,陷没胡中。尔来绝书信十八岁矣。王既知所在,臣请一往拜觐。"王遽谓曰:"亲家翁职守北土,信问不绝。卿但具书状知闻,未用便去。"遂命妻致馈贺之礼,一以遣之。数夕还答。生验书本意,皆父平生之迹。书中忆念教诲,情意委曲,皆如昔年。复问生亲戚存亡,闾里兴废。复言路道乖远[19],风烟阻绝。词意悲苦,言语哀伤。又不令生来觐,云"岁在丁丑,当与女相见"。[20]生捧书悲咽,情不自堪。他日,妻谓生曰:"子岂不思为政乎?"生曰:"我放荡不习政事。"妻曰:"卿但为之,余当奉赞。"妻遂白于王。累日,谓生曰:"吾南柯政事不理,太守黜废,欲藉卿才,可曲屈之,便与小女同行。"生敦授教命。王遂勅有司备太守行李[21]。因出金玉、锦绣、箱奁、仆妾、车马,列于广衢,以饯公主之行。生少游侠,曾不敢有望,至是甚悦。因上表曰:"臣将门余子,素无艺术,猥当大任,必败朝章。自悲负乘,坐致覆餗[22]。今欲广济南市贤哲,以赞不逮。伏见司隶颍川周弁[23],忠亮刚直,守法不回,有毗佐之器。处士冯翊田子华,清慎通变,达政化之源。二人与臣有十年之旧,备知才用,可托政事。周请署南柯司宪,田请署司农[24],庶使臣政绩有闻,宪章不紊也。"王并依表以遣之。其夕,王与夫人饯于国南。王谓生曰:"南柯国之大郡,土地丰壤[25],人物豪盛,非惠政不能以治之。况有周田二赞。卿其勉之,以副国念。"夫人戒公主曰:"淳于郎性刚好酒,加之少年,为妇之道,贵乎柔顺。尔善事之,吾无忧矣。南柯虽封境不遥[26],晨昏有间[27],今日睽别,宁不沾巾。"生与妻拜首南去,登车拥骑,言笑甚欢。累夕达郡。郡有官吏、僧道、耆老、音乐、车舆、武卫、銮铃,争来迎奉。人物闾咽㉘,钟鼓喧哗,不绝十数里。见雉堞台观,佳气郁郁。入大城门,门亦有大榜,题以金字,曰:"南柯郡城。"见朱轩棨户㉙,森然深邃。生下车省风俗,疗病苦,政事委以周田,郡中大理。自守郡二十载,风化广被,百姓歌谣,建功德碑,立生祠宇。王甚重之,赐食邑㉚,锡爵位㉛,居台辅㉜。周田皆以政治著闻,递迁大位。生有五男二女。男以门荫授官,女亦娉于王族。荣耀显赫,一时之盛,代莫比之。是岁,有檀萝国者,来伐是郡。王命生练将训师以征之。乃表周弁将兵三万,以拒贼之众于瑶台城。弁刚勇轻敌,师徒败绩。弁单骑裸身潜逃,夜归城。贼亦收辎重铠甲而还。生因囚弁以请罪,王并舍之。是月,司宪周弁疽发背,卒。生妻公主遘疾㉝,旬日又薨。生因请罢郡,护丧赴国,王许之,便以司农田子华行南柯太守事㉞。生哀恸发引㉟,威仪在途,男女叫号,人吏奠馔,攀辕遮道者不可胜数。遂达于国。王与夫人素衣哭于郊,候灵舆之至。谥公主曰"顺仪公主"㊱。备仪仗羽葆鼓吹㊲,葬于国东十里盘龙冈。是月,故司宪子荣信,亦护丧赴国。生久镇外藩,结好中国,贵门豪族,靡不是洽。自罢郡还国,出入无恒,交流宾从,威福日盛。王意疑惮之。时有国人上表云:"玄象谪见㊳,国有大恐。都邑迁徙,宗庙崩坏。衅起他族,事在萧墙㊴。"时议以生侈僭之应也㊵。遂夺生侍卫,禁生游从,处之私第。生自恃守郡多年,曾无败政,流言怨悖,郁郁不乐。王亦知之。因命生曰:"姻亲二十余年,不幸小女夭枉,不得与君子偕老,良用痛伤。"夫人因留孙自鞠育之㊶。又谓生曰:"卿离家多时,可暂归本里,一见亲族。诸孙留此,无以为念。后三年,当令迎卿。"生曰:"此乃家矣,何更归焉?"王笑曰:"卿本人间,家非在此。"生忽若昏睡,瞢然久之,方乃发悟前事,遂流涕请还。王顾左右以送生。生再拜而去,复见前二紫衣使者从焉。至大户外㊷,见所乘车甚劣,左右亲使御仆,遂无一人,心甚叹异。生上车,行可数里,复出大城。宛是昔年东来之途,山川原野,依然如旧。所送二使者,甚无威势。生逾怏怏。生问使者曰:"广陵郡何时可到?"二使讴歌自若,久乃答曰:"少顷即至。"俄出一穴,见本里闾巷,不改往日,潸然自悲,不觉流涕。二使者引生下车,入其门,升其阶,已身卧于堂东庑之下。生甚惊畏,不敢前进。二使因大呼生之姓名数声,生遂发寤如初㊸。见家之僮仆拥篲于庭㊹,二客濯足于榻,斜日未隐于西垣,余樽尚湛于东牖。梦中倏忽,若度一世矣。生感念嗟叹,遂呼二客而语之。惊骇,因与生出外，寻槐下穴。生指曰："此即梦中所惊入处。"二客将谓狐狸木媚之所为祟⁴⁵，遂命仆夫荷斤斧，断拥肿，折查柅⁴⁶，寻穴究源。旁可袤丈⁴⁷，有大穴，根洞然明朗，可容一榻。根上有积土壤，以为城郭台殿之状。有蚁数斛，隐聚其中。中有小台，其色若丹。二大蚁处之，素翼朱首，长可三寸。左右大蚁数十辅之，诸蚁不敢近。此其王矣，即槐安国都也。又穷一穴，直上南枝可四丈，宛转方中，亦有土城小楼，群蚁亦处其中，即生所领南柯郡也。又一穴：东去丈余，磅礴空圬⁴⁸，嵌窞异状⁴⁹。中有一腐龟壳，大如斗。积雨浸润，小草丛生，繁茂翳荟，掩映振壳，即生所猎灵龟山也。又穷一穴：东去丈余，古根盘屈，若龙虺之状⁵⁰。中有小土壤，高尺余，即生所葬妻盘龙冈之墓也。追想前事，感叹于怀，披阅穷迹，皆符所梦。不欲二客坏之，遽令掩塞如旧。是夕，风雨暴发。旦视其穴，遂失群蚁，莫知所去。故先言"国有大恐，都邑迁徙"。此其验矣。复念檀萝征伐之事，又请二客访迹于外。宅东一里有古涸涧，侧有大檀树一株，藤萝拥织，上不见日。旁有小穴，亦有群蚁隐聚其间。檀萝之国，岂非此耶。嗟乎！蚁之灵异，犹不可穷，况山藏木伏之大者所变化乎？时生酒徒周弁田子华并居六合县⁵¹，不与生过从旬日矣。生遽遣家僮疾往候之。周生暴疾已逝，田子华亦寝疾于床。生感南柯之浮虚，悟人世之倏忽，遂栖心道门，绝弃酒色。后三年，岁在丁丑，亦终于家。时年四十七，将符宿契之限矣⁵²。公佐贞元十八年秋八月，自吴之洛，暂泊淮浦，偶觌淳于生⁵³，询访遗迹，翻覆再三，事皆摭实，辄编录成传，以资好事。虽稽神语怪，事涉非经，而窃位著生⁵⁴，冀将为戒。后之君子，幸以南柯为偶然，无以名位骄于天壤间云。

前华州参军李肇赞曰：

贵极禄位，权倾国都，达人视此，蚁聚何殊。

注释

①东平：唐代郡名，即郓（yùn 运）州，辖境相当于今山东菏泽地区东北部。

②淮南：唐代道名，约辖今湖北长江以北，汉水以东，江苏、安徽长江以北，淮河以南地区。裨（pí 皮）将：副将。

③庑（wǔ 午）：古代殿堂下周围的屋子。

④牡：雄性的动物或植物的雄株。这里意为公马，或泛指马匹。

⑤郛(fú 扶)郭:城之外城,古时作防卫用。堞:雉堞(zhì 治 dié 蝶),城墙上有射孔的矮墙。

⑥传(zhuàn 专去)车:古代驿站的专用车辆。"传车者"指照管马车和跟随侍候的人。

⑦简:朝笏(hù 户),大臣上朝时用作记事的手板。象简,象牙做的朝笏。

⑧辟易:退避的意思。

⑨北蕃:唐代指契丹、靺鞨等北方少数民族。

⑩上巳:古时以三月三日为上巳,这天到郊外洗濯,以消灾免病。

⑪牖:窗户。

⑫讲筵:讲席、讲座。

⑬相者:向导。婚丧、祭祀行礼时的主持人。

⑭冯翊:唐代郡名,即同州,辖境相当于今陕西大荔、合阳、韩城、澄城、白水等县地。

⑮司隶:古代官名,司隶校尉的简称,负责京城及所辖各郡治安的官员。

⑯步障:古代用以遮蔽风尘或视线的一种屏幕。

⑰辇:用人拉的车。后多指帝王及其后、妃坐的车。这里泛指皇宫里的坐车。

⑱国:意指京城。

⑲乖远:距离遥远。

⑳女:同"汝"。

㉑勅:帝王的命令。有司:主管某项事务的官员。

㉒餗(sù 素):装在鼎里的食物。覆餗,把鼎里的食物打翻了,意指力不胜任弄糟了事情。

㉓颍川:唐代郡名,即许州,约辖今河南许昌、长葛、鄢陵等地区。

㉔署:旧时任官有临时或试用性质的称"署"。司宪:主管司法的官员。司农:主管钱粮的官员。

㉕据《唐宋传奇选》(张友鹤选注)"校勘记",疑"壤"字是"穰"字,形似误刻。丰穰:谷物收成好。

㉖封境:疆界。

㉗晨昏:即"昏定晨省",旧时侍奉父母的礼节,晚上服侍就寝,早上省视问安。"晨昏有间",意为跟父母分离。

㉘阗咽(tián 田 yān 淹):声音大而乱。

㉙轩:门。棨(qǐ 起):形略似戟,木制,古代用以表明身份。唐时规定三品以上的官员门前才可立戟。"棨户"指这一类的官员的住宅。

㉚食邑:封建时代王公贵族在封地征收租税,叫做食邑,也称"采地"。

㉛锡:赐与。

㉜台辅:即"三公",共同负责军政事务的最高长官。汉时以太尉、司徒、司空合称三公,唐、宋沿用此称,但已无实际职务。
㉝遘(gòu 够)疾:害病。"遘"是遭遇的意思。
㉞行:意为代办、代理。
㉟发引:出殡。棺材前牵引的绳索或白布叫做"引"。
㊱谥:古代皇帝王公及大臣等死后给其追加的称号。
㊲羽葆:羽毛做的华盖。
㊳玄象:天象,日月星辰的变化。谪见:指出现灾变的征候。古代迷信认为异常的天象是上天对人的谴责。
㊴萧墙:古代大门内用作屏障的小墙。比喻内部。"事在萧墙"即内部发生祸患的意思。
㊵侈僭(jiàn 箭):意指超过本来应该有的享受和行为。
㊶鞠育:抚养。
㊷户:门。
㊸发寤:睡醒。
㊹篲(huì 惠):同"彗",扫帚。
㊺木媚:树妖。
㊻查栉(niè 聂):露出来的树根。
㊼袤丈:一丈多。
㊽圬(wū 乌):抹泥土。
㊾嵌窞(qiàn 欠 dàn 旦):凹陷不平的意思。"嵌",山石开展之状。"窞",深坑。
㊿虺(huǐ 悔):毒蛇。
㉛六合县:即今江苏六合县。
㉜此句指应验了上文槐安国王说的"后三年当令迎卿"那句话。
㉝据《唐宋传奇集》鲁迅校记:"'梦'沈本作'貌'。按:上文云梦卒于贞元十三年丁丑,自不能于十八年再与公佐见,疑作'貌'是。'貌'作'遗貌'解,即'遗容'。"觌(dí 低阳):看见,相见。
㉞位:官位。

【今译】

东平人淳于棼,是吴、楚地区的一位游侠。他喜好喝酒,意气用事,不拘小节。他积攒了巨额家产,还养了一批豪放强横的门客。他曾经因为武艺高强补充缺额做过淮南军的副将,但因喝酒使气对主帅不敬,而被逐出军队,由于不得意就更加放浪不拘终日饮酒。他家住在广陵城东面十里处。住宅的南面有株大古槐树,枝干又长又密,绿荫覆盖了好几亩地,淳于棼每天跟他那些朋友在树下狂饮。

贞元七年九月的一天,淳于棼纵酒大醉后得病。当时两个朋友从席上将他扶回家,让他躺在厅堂下东面的屋里。两个朋友对他说:"你睡吧,我们去喂马洗脚,等你好一些再走。"

淳于棼解下头巾就睡了,昏昏沉沉,好似在做梦。他看见两个穿紫衣服的差官,朝他跪拜说:"槐安国王派小臣来邀请您去。"淳于棼不知不觉下了床,整理好衣服,跟随两个差官到了门口,看见一辆油漆成青色的用四匹马拉的小车,两边有七八个仆人。他们扶他上车,出了大门,向古槐树的树洞驶去。差官把马车赶进洞中,淳于棼心里很奇怪,但不敢询问。忽然发现眼前的山川景色、风物气候、草木道路,都跟人世间有很大不同。

往前走了几十里地,他看见了外城的城墙,车辆行人在路上来来往往。马车两边的随从大声吆喝,行人也赶快避让到路边。马车又进入内城,红色的城门,高大的城楼,城楼上写着金字,题作"大槐安国"。看管城门的人急忙跑过来行礼。接着有一个骑马的人跑过来传令道:"国王说驸马远道而来,叫先到东华馆休息。"便在前面引路。不久就看见一幢房屋的门大开着。淳于棼下车走进去,只见那里有彩绘的栏杆和雕花的柱子;珍奇的花木果树整齐地种植在庭院里;厅堂里陈设着桌椅、垫褥和帏帐,还有丰盛的酒席。淳于棼心里很高兴。这时又听见有人喊:"右丞相到。"淳于棼走下台阶恭敬迎候。便有一个人穿着紫色官服,手中拿着象牙朝笏过来了,于是宾主双方恭敬地行礼。右丞相说:"国王不顾忌我国偏远荒僻,而把您请来,是想把公主嫁给您,以缔结一门亲事。"淳于棼说:"我是个地位卑下的人,哪里敢有这种奢望?"

右丞相于是请淳于棼一同前往宫中。走了大约百来步,进入一道红色大门。矛、戟、斧、钺等兵器,布列在大门两边,数百名官兵退避路旁。淳于棼有个平时喝酒的朋友周弁,也在其中。淳于棼心中暗喜,但不敢上前打招呼。右丞相带着淳于棼走上大殿,那里警卫森严,像是到了国王所在的地方。他看见一个人身材高大仪态庄严,坐在大殿正中,穿白色绢袍,戴红色花冠。淳于棼身体战栗,不敢抬头往上看。

唐宋传奇集卷三 ◆ 111

两旁的侍卫叫他跪拜。国王说:"前些时候奉令尊之命,承蒙他不嫌弃我这个小国,允许我的二女儿瑶芳嫁给公子为妻。"淳于棼只是俯伏在地,不敢答话。国王说:"你暂且住在宾馆,接下来便举行婚礼。"国王下旨后,右丞相也与淳于棼一起回宾馆。淳于棼想着父亲许婚的事情,原以为父亲边关带兵,被敌俘房,不知生死,难道说父亲跟北蕃和解,因而促成了这桩亲事?心中十分迷惑,不知究竟是什么原因。

这天晚上,羔羊、鸿雁、钱币、绸缎等礼品,隆重的婚礼排场,以及艺妓、歌舞、音乐、酒菜、灯烛、车马等,无不一应具备。还有一群女子,有叫华阳姑的,有叫青溪姑的,有叫上仙子的,有叫下仙子的,像这样的好几位。她们每人都有数十个随从,都戴着翠凤冠,披着金霞帔,嵌金镶玉的首饰光彩夺目。她们游玩嬉闹,你来我往,争着戏弄新郎淳于棼。她们风姿妖娆,言语俏皮,淳于棼连话也答不上来。

这时有一个女子对淳于棼说:"从前三月初三上巳日那天,我跟随灵芝夫人经过禅智寺,在天竺院看西域人石延跳《婆罗门》舞。我和女伴坐在北窗下的石榴上,那时你还年轻,也下马来看,你独自过来硬要跟我们亲近,讲笑话逗乐。我跟穷英妹妹用红丝布打了个结,挂在竹枝上,你难道想不起了吗?还有七月十六日,我在孝感寺侍候上真子,听契玄法师讲解《观音经》。我在讲坛下施舍了两只金凤钗,上真子施舍了一个水犀盒子。当时你也在讲堂中,到法师那里要求看看金钗跟盒子。看后你赞叹不已,诧异好半天,回头看着我们说:'人和施舍的东西,都不是世间所有的。'接着又是打听我的姓氏,又是询问我的住处。我也不回答。你含情脉脉,注视着我舍不得走开。你难道也想不起来了吗?"淳于棼引用《诗经》里的两句话说:"中心藏之,何日忘之。"表示牢记在心。众女子说:"没有想到今天会跟你成为眷属。"

接着过来三个男子,穿戴很华贵,上前对淳于棼施礼说:"我们奉命来陪同驸马。"其中的一个人跟淳于棼还是老友。淳于棼指着他说:"你不就是冯翊郡的田子华吗?"田子华说:"正是。"淳于棼上前去,拉着他的手跟他谈了好一阵从前的事情。淳于棼问他:"你怎么会住在这里?"田子华说:"我到处游荡,右丞相武成侯段公对我知遇赏识,因此就在这里住了下来。"淳于棼又问:"周弁在这里,你知道吗?"田子华说:"周弁是贵人了。官职是司隶,权势很大,我好几次得到他的庇护。"两人谈得十分高兴。

过了一会儿,里面传话说:"驸马可以进去了。"陪伴淳于棼的三个人拿来宝剑、佩玉、礼帽、礼服,请他更换。田子华说:"没有料到今天竟能看见你的盛大婚礼,以后可别忘记我呀。"这时有仙女数十人,开始演奏那些奇妙的音乐,婉转清亮,调子又凄凉悲哀,不是人间所能听到的。手持蜡烛在前面作引导的仙女,也有几十个。路的左右两边安放着金钱和羽毛装饰的屏幕,色彩青碧,做工精巧,绵延几里路。淳于棼端端正正坐在车里,心中恍恍惚惚,非常不安。田子华不断跟他说笑来宽慰他。先前的那群女子姑姊,各乘凤翼宫车,也穿插在队伍中间。到了一座大门前,上面写着"修仪宫"。那群仙女姑姊纷纷等候在旁边,叫淳于棼下车行礼,作揖鞠躬,都跟人间一样。挑去新娘盖头巾,淳于棼看见一个女子,大家称他叫"金枝公主",年纪大约十四五岁,简直如同神仙。结婚的种种礼仪,也极其光彩亮丽。

从这以后,淳于棼和公主的感情一日比一日融洽,他获得的荣耀也一天比一天大。出入的车马服饰,宴会的规模排场,仅次于国王。国王让淳于棼和群臣带领军队,去京城西面的灵龟山打猎。灵龟山高峻秀丽,河流宽阔,林木茂盛,飞禽走兽,无所不有。上下都大有猎获,直到夜深才返回。

后来有一天,淳于棼启奏国王说:"不久前我结婚的那天,大王说这样做是遵循我父亲的嘱托。我父亲原是守边的将领,因用兵失利,陷身于番邦,到现在断绝书信已经十八年了。大王既然知道他在哪里,我请求前去探望一次。"国王马上说:"亲家翁守卫北方的疆土,消息一直没有断过。你只需写封信去告诉他你的情况,用不着马上就去。"淳于棼于是便叫妻子准备了一份馈赠贺礼,派专人送去。过了几天,回信来了。淳于棼验证信上所说,都是父亲一生的经历。信中写了想念和教诲的话语,情意委婉曲折,都好同当年。还问他亲戚中谁健在谁去世了,街巷里情况如何等等。又说道路遥远,以致音讯隔绝。词意悲苦,言谈感伤。但又不让淳于棼去拜见他,说:"到了丁丑那一年,我一定会跟你见面的。"淳于棼捧着书信悲伤呜咽,情不自禁。

有一天,妻子对淳于棼说:"你难道不想做官吗?"淳于棼说:"我性情放荡不拘,不习惯从事政务。"妻子说:"你只要愿去做,我会给你帮忙的。"她就去对国王说了。过了一些日子,国王对淳于棼说:"我南柯郡治理得不好,太守被罢免了。我想借助你的才能,委曲你去就任太守之职,让小女跟你一道去。"淳于棼接受了国王的命令。国王就命令主管官员准备太守的行装。还拿出金玉、锦绣、箱奁,安排了男女仆人和马车,都排列在大路上,为公主饯行。

淳于棼年纪轻轻就出游行侠,从来不敢有做官的念头,因此非常高兴。于是上书说:"我是将门之子,向来没有学问和处理政事的办法,担当这样的重任,一定会搞坏国家的政事。自己害怕接受了力不胜任的重托,最后弄糟了事情。现在想多找一些有本事有德行的人,来帮我照料我顾不过来的地方。我看任司隶的颍川人周弁,忠诚刚直,严守法度,具有辅助政事的才能。未任官职但德才兼备的冯翊人田子华,清正谨慎,遇事能变通,了解政治教化之源。这两个人跟我有十年的交往,我完全知道他们的才干和长处,可以把政事托付给他们。请委派周弁任南柯郡的司法官,委派田子华任司农官。这样或许能使我在政务上做出些成绩来,让法度规章有条不紊。"国王都按上书的意见派遣了他们。

这天傍晚,国王与夫人在京城南门外给他们送行。国王对淳于棼说:"南柯是我国的大郡,土地丰饶,人才众多,不用爱民的政治就不能治理好它。何况还有周弁、田子华二位帮助。你一定要尽力去做,不辜负国家对你的期望。"夫人告诫公主说:"淳于棼性情刚烈,喜欢喝酒,加上年轻,你作为妻子,贵在温顺体贴。你要好好侍候他,我就没有担心的了。南柯郡虽然并不遥远,但早晚不能跟父母见面。今日跟你分别,怎么能不叫我伤心落泪呢?"

淳于棼和公主磕头拜别了国王和夫人后,向南去了。他们乘着车,被骑马的随从簇拥着,一路言谈说笑十分开心。几天后他们到达南柯郡。郡中的官吏、僧道、老人、乐队、车辆、侍卫,以及供太守乘坐的挂銮铃的马车,都争相出来迎接。人声鼎沸,钟鼓喧哗,声音十几里外都能听见。望那城郭楼台,一派兴盛气象。进入高大的城门,门上也有一块大匾,用金字写着"南柯郡城"。来到太守的宅第,只见红色的大门前立着剑戟,宅第显得森严而幽深。

淳于棼上任之后,就去察看民俗民情,解除老百姓的疾苦。行政事务交托周弁和田子华办理,整个南柯被治理得很好。在淳于棼做太守的二十年里,好的社会风气被普遍推广,百姓编了歌谣来颂扬他,为他树起歌功颂德的石碑,在他生前就为他建造祠堂立起塑像。国王非常看重他,赏赐他封地和爵位,让他高居三公的位置。周弁和田子华也都因为治理政务有方而闻名,屡屡升官。淳于棼生了五个儿子两个女儿。儿子因为他的功劳都被授以官位,女儿也和王族子弟订了婚。那荣耀显赫,一时间没有人能够比得上他。

这一年,有个檀萝国来侵犯南柯郡。国王命令淳于棼训练军队去讨伐他们。淳于棼就举荐周弁,让他率兵三万,在瑶台城抵御敌军的大部队。周弁勇猛轻敌,结果大败。周弁骑着马光着身子逃跑,夜里才回到城中。敌军掳获了败军的粮草和各种作战物资,还有铠甲,收兵回去了。淳于棼于是把周弁关押起来以此请罪。但国王赦免了他们。就是这个月,司法官周弁背上长毒疮,死掉了。淳于棼的妻子金枝公主也生了疾病,十多天后也去世了。淳于棼因此请求解除自己太守的职务,护送灵柩回京城。国王答应了,让司农官田子华代理南柯太守的职务。淳于棼在哀痛中手牵灵车的引索出发,威严的仪仗队走在路上,男男女女长哭相送,官吏们摆设馔食祭奠亡人,攀住车辕挡住道路想挽留他们的人多得数不清,就这样回到京城。国王和夫人穿着素衣在郊外哭泣,等候灵车到来。赐给公主的谥号为"顺仪公主"。还准备了仪仗、华盖和乐队送葬,把公主埋在京城东面十里的盘龙岗上。同月,已故司法官周弁的儿子荣信,也护送父亲的灵柩回到京城。

淳于棼长期镇守边郡,跟京城的官员都有交情,贵族豪门没有不跟他要好的。自从辞去太守职务回到京城后,出入无常,交游很广,威望和享受一天比一天高。国王心里有些疑虑和害怕。这时有人上书说:"天象有责罚我们的预兆,国家会有大难,到那时都城要迁移,宗庙要毁坏。事端是由外姓宗族引起的,但灾祸却发生于内部。"当时有人就议论这是淳于棼权势太大并有非分行为的应验。于是就撤掉了淳于棼的卫队,禁止他交游,把他软禁在家里。淳于棼自恃做了多年太守,没有不好的政绩,反而受到流言飞语中伤,因此郁郁不乐。国王也知道这种情况,于是对他说:"我们做亲戚二十多年,不幸我女儿夭折,不能跟你白头偕老,实在让人悲痛。"夫人于是留下孙儿孙女亲自抚养。国王又对淳于棼说:"你离家很久了,可以暂回故乡,去探望一下亲戚,孙儿孙女留在这里,不必挂念。三年以后,一定会派人去接你的。"淳于棼说:"这里就是我的家,叫我回到哪里去呢?"国王笑着说:"你本来住在人间,家并非在这里。"淳于棼忽然感到好像在昏昏沉沉的睡梦中,迷糊了好久,才想起从前的事情,于是流着眼泪请求回去。国王示意左右的人送他。淳于棼拜了两拜出去了,看见以前那两个穿紫衣的差官跟着他。

　　来到大门外,淳于棼发现给他准备的车子很简陋,身边那些亲信随从,一个也没有了,心中感叹,又觉得奇怪。他上车走了几里路,便出了大城。还是当年东来时的那条路,山川原野,依然如旧。送他的那两个差官,毫无威严和声势。淳于棼心里更加不高兴。他问差官说:"广陵郡什么时候到?"两个差官只管唱歌取乐,过了好久才回答说:"很快就到了。"过了一阵走出一个洞穴,淳于棼看见了本乡的里弄,竟跟以前没有什么不同,不禁伤感地流下眼泪。两个差官领他下车,进了门,走上台阶,他看到自己的身体躺在厅堂下东面的屋里。淳于棼非常惊异害怕,不敢靠近。两个差官大叫他的姓名好几声,他才醒了过来。他看见家里的小仆拿着扫帚在打扫庭院,两个客人在床边洗脚。夕阳还没有从西墙那边落下,杯中喝剩的酒在东窗下闪着清光。梦是那样短暂,却好像已经过了一生似的。

　　淳于棼感慨叹息,就叫两个客人过来,把梦中经历的事告诉他们。两位十分惊讶,于是跟淳于棼一起走出来,寻找槐树下的那个洞。淳于棼指点说:"这就是我梦中进去的地方。"两个客人说可能是狐狸精和树妖在作怪。淳于棼就叫仆人拿来斧头,砍掉弯曲的树干,掘断参差的树根,寻找洞穴的源头。旁边一丈多远,有一个大洞相通,树根下明朗透亮,可以放得下一张床。树根上部堆着土,垒成城郭台殿的样子。有不少的蚂蚁,隐藏在其中。中间有个小台子,颜色近似丹砂。两只大蚂蚁住在上面,白色的翅膀,红色的头,大约三寸长,旁边有几十只大蚂蚁卫护着它们,其他蚂蚁不敢靠近。这就是它们的大王了,也就是槐安国的京城。接着又挖到一个洞,直通到南面的枝丫上,大约四丈远,蚁穴曲曲折折到了正中间,也有土城小楼,也有很多蚂蚁住在里面,这就是淳于棼治理过的南柯郡了。

　　还有一个洞,在西面两丈远的地方,广阔高大,四面抹了泥土,凹陷不平形状特别。当中有一个腐烂的乌龟壳,大如斗,因为积在里面的雨水浸润,以致小草丛生,十分茂密,遮掩并擦拭着龟壳,那就是淳于棼打猎的灵龟山了。另外有一个洞,东面一丈多远,古老的树根盘曲着,像龙蛇一样。其中有小土堆,高一尺多,那就是淳于棼埋葬妻子的盘龙岗墓地。淳于棼追寻梦中发生的事,感叹于心,察看蚁穴的痕迹,都跟梦中的情景一样。不愿意让两个朋友毁坏它,淳于棼就急忙叫仆人按原先的样子把它掩盖堵塞起来。

这天晚上,突然刮起大风,下起暴雨。天亮后淳于棼去看那些洞,所有的蚂蚁都不见了,也不知它们是去哪里。这样,先前说的"国家有大灾难,京城要迁移"的话,现在也应验了。淳于棼又想起了征讨檀萝国的事,又请两个朋友在外面找寻痕迹。住宅往东一里处有条古老的山涧,旁边有一株大檀树,藤萝交积缠绕着,抬头不见天日。边上有个小洞,也有一群蚂蚁聚集在里面。檀萝国不就是在这里吗?唉,蚂蚁的灵异之处,已经不可能完全知道了,更何况山林间那些大动物所能有的变化呢?

当时淳于棼的酒友周弁和田子华都住在六合县,已经有十多天没有跟淳于棼来往了。淳于棼连忙派仆人赶去问候他们。后来才知道周弁得了急病已经过世,田子华也生病躺在床上。淳于棼感叹南柯一梦的虚妄,领悟到人生的短暂,于是一心信奉道教,并断绝了酒色。过了三年,在丁丑那年,也死于家中。享年四十七岁,正符合梦里约定的期限。

贞元十八年秋八月,公佐从吴地到洛阳,船暂时停泊在淮水岸边。偶然看到了淳于棼的遗像,就寻访了一些遗迹,再三问询调查,事情都得到了证实,就把它写成一篇传记,以便让喜欢奇闻趣事的人去谈论。虽然涉及谈神论怪,不符合现实常理,然而对那些靠钻营和依附权贵、获得的官位像偷来的一样,并以此为生的人,我倒希望他们能够引以为戒。后世的人,最好把利禄荣华看作南柯一梦那样偶然,不要再以名利地位在人世上骄傲了。

前任华州参军李肇有赞词说:

    利禄官位尊贵已极,
    权力在都城要数第一。
    在通达的人士眼里,
    跟蚂蚁聚集有何区分?

庐江冯媪传

李公佐

【题解】

本篇选自《太平广记》卷第三百四十三。这是一篇讲述冯媪夜行投宿时所遇怪异之事的传奇,文字简约,情节并不复杂,却十分离奇。这又是一个"道听途说"的故事(在驿站夜宿谈论奇闻趣事时得自渤海人高钺),作者似乎仅仅是一个转述者,而没有对事件和人物进行评价。但当我们读完这篇故事,还是感受到谁是作者同情或谴责的对象,以及作者的思想倾向。或许正是这样,故事更多了一些让人品味的东西。

【原文】

冯媪者①,庐江里中啬夫之妇②,穷寡无子,为乡民贱弃。元和四年,淮楚大歉,媪遂食于舒③,途经牧犊墅。值风雨,止于桑下。忽见路隅一室,灯烛荧荧,媪因诣求宿。见一女子,年二十余,容服美丽,携三岁儿,倚门悲泣。前,又见老叟与媪,据床而坐,神气惨戚,言语咕嗫④,有若征索财物,追逐之状。见冯媪至,叟媪默然舍去。女久乃止泣,入户备饩食,理床榻,邀媪食息焉。媪问其故,女复泣曰:"此儿父,我之夫也。明日别娶。"媪曰:"向者二老人,何人也?于汝何求,而发怒?"女曰:"我舅姑也。今嗣子别娶,征我筐筥刀尺祭祀旧物⑤,以授新人。我不忍与,是有斯责。"媪曰:"汝前夫何在?"女曰:"我淮阴令梁倩女⑥,适董氏七年,有二男一女。男皆随父,女即此也。今前邑中董江,即其人也。江官为鄫丞⑦,家累巨产。"发言不胜呜咽。媪不之异,又久困寒饿,得美食甘寝,不复言。女泣至晓。媪辞去,行二十里,至桐城县⑧。县东有甲第,张帘帷,具羔雁,人物纷然,云今有官家礼事。媪问其郎,即董江也。媪曰:"董有妻,何更娶焉?"邑人曰:"董妻及女亡矣。"媪曰:"昨宵我遇雨,寄宿董妻梁氏舍,何得言亡?"邑人询其处,即董妻墓也。询其二老容貌,即董江之先父母也。董江本舒州人,里中之人皆得详之。有告董江者,董以妖妄罪之,令部者迫逐媪去。媪言于邑人,邑人皆为感叹。是夕,董竟就婚焉。元和六年夏五月,江淮从事李公佐使至京,回次汉南,与渤海高钺⑨、天水赵赞⑩、河南宇文鼎会于传舍。宵话征异,各尽见闻。钺具道其事,公佐为之传。

注释

① 媪(ǎo 袄):年老的妇女。
② 庐江:唐代郡名,约辖今安徽合肥、六安、庐江、霍山等地。啬夫:乡中的小官,秦汉时掌管乡中诉讼和赋税之事。
③ 舒:舒县,古县名,约在今安徽庐江县西南。
④ 呫嗫(chè 扯 niè 聂):低声细语。
⑤ 筥(jǔ 举):圆形竹筐。
⑥ 淮阴:古县名,今江苏淮阴市。令:县令。
⑦ 鄼(cuó 嵯):鄼县,古县名,在今河南永城县。丞:古代辅助的官吏,如:丞相,县丞。
⑧ 桐城:唐代县名,今安徽桐城县。
⑨ 渤海:我国唐代东北地区少数民族所建政权名,按唐制建立政治经济制度,使用汉文。辖黑龙江和乌苏里江流域广大地区。
⑩ 天水:唐代郡名,即秦州,今甘肃天水市。

【今译】

冯媪是庐江郡一个乡里小官的妻子,穷困守寡没有儿子,被乡里人瞧不起。元和四年,淮、楚一带大灾歉收,冯媪就去舒县乞食。途中经过一个叫牧犊墅的地方,碰上风雨,就在桑树下躲避。那时天色已晚,她忽然看见路旁有间房子,火烛闪闪发光,冯媪于是前去借宿。她看见一个女子,年纪二十多岁,面容秀美衣装华丽,领着一个三岁的小孩,靠在门边伤心地哭泣。再上前,又看见一个老头和老妇人,坐在床边,神情凄惨悲戚,低声细语地说话,好像在讨还财物,追逼很紧的样子。看见冯媪来了,老头和老妇人就默默走开了。那女人过了好久,才停止哭泣,进家给客人备饭,整理床铺,请冯媪吃饭休息。冯媪问她为什么伤心,女子又哭泣说:"这个孩子的父亲,就是我的丈夫,明天要另外娶亲了。"冯媪问:"刚才的那两个老人是谁?对你有什么要求,为什么生气?"女子说:"他们是我的公婆。现在他们的儿子另外娶亲,问我要箩筐、刀尺和祭祀用的旧物,去给新人。我不忍心给他们,因此受到责备。"冯媪说:"你的前夫在哪里?"女子回答说:"我是淮阴县令梁倩的女儿,嫁给姓董的已经七年,生有二男一女,男孩都跟随父亲,女孩就是这个了。前面县城里的董江,就是我说的人。董江的官职是鄮县的县丞,家里积聚了巨额财产。"女子说话时不住哽咽。冯媪不再奇怪了,加上受冻挨饿好久,得到可口的饭食和舒适的住处,就不再说什么。女子则一直哭泣到天亮。

冯媪告辞后离去,走了二十里路,来到桐城县。县城东面有一座很大的宅院,正在张挂帘帷,准备婚娶的礼品,那里人来人往,都说今天有官家要举行婚礼。冯媪问新郎是谁,结果正是董江。冯媪说:"董江有妻子,为什么要另娶?"县城里的人说:"董江的妻子和女儿都死了。"冯媪说:"昨天晚上我遇到下雨,就寄宿在董妻梁氏的家中,怎么说她死了呢?"县城的人问她在什么地方,原来那里正是董江妻子的墓地。询问那两个老人的容貌,却是董江去世的父母。

董江本是舒州人,乡里中的人都认识他。有人把这事告诉董江,董江就以妖言惑众加罪于冯媪,命令手下的人强行驱赶她离开。冯媪把这事告诉县里的人,大家都为之感叹。这天晚上,董江还是举行了婚礼。

元和六年夏五月,江淮从事李公佐出差去京都,回来在汉南歇息,跟渤海的高钺,天水的赵赞,河南的宇文鼎在驿站的客房中聚会。通宵谈论那奇闻趣事,各自叙说自己的见闻,高钺详细地谈了这件事,公佐将它记录下来。

谢小娥传

李公佐

【题解】

　　本篇约作于宪宗元和末,选自《太平广记》卷第四百九十一。谢小娥是豫章少妇,她的父亲和丈夫外出经商,被盗贼所杀害。她梦见父亲和丈夫用隐语告诉她凶杀的姓名,醒后广求智者解答,多年不得。后来流浪到上元县,遇李公佐,解其隐语,知道了凶手的姓名。于是,谢小娥就女扮男装,开始了寻访凶手的艰苦历程。最后,终于找到凶手,为父亲和丈夫报了血海深仇。

　　这是一篇描写奇女子的传奇。传中写谢小娥报仇,历经千辛万苦,数年如一。她坚忍不拔,机警而又勇敢,性格特征十分鲜明。此传广为流传,下至今天。唐人李復言的《续玄怪录》中《尼妙寂》一则即据此写成。明代凌濛初《初拍案惊奇》中《李公佐巧解梦中语,谢小娥智擒船上盗》,也取材于此。清代王夫之又改编为《龙舟会》杂剧。

【原文】

　　小娥,姓谢氏,豫章人①,估客女也②。生八岁,丧母;嫁历阳侠士段居贞③。居贞负气重义,交游豪俊。小娥父畜巨产④,隐名商贾间,常与段婿同舟货,往来江湖。时小娥年十四,始及笄⑤。父与夫俱为盗所杀,尽掠金帛。段之弟兄,谢之生侄,与童仆辈数十,悉沉于江。小娥亦伤胸折足,漂流水中,为他船所获,经夕而活。因流转乞食至上元县,依妙果寺尼净悟之室。初,父之死也,小娥梦父谓曰:"杀我者,车中猴,门东草。"又数日,复梦其夫谓曰:"杀我者,禾中走,一日夫。"小娥不自解悟,常书此语,广求智者辨之,历年不能得。元和八年春,余罢江西从事⑥,扁舟东下,淹泊建业⑦,登瓦官寺阁。有僧齐物者,重贤好学,与余善。因告余曰:"有孀妇名小娥者,每来寺中,示我十二字谜语,某不能辨。"余遂请齐公书于纸,乃凭槛书空,凝思默虑。坐客未倦，予悟其文。令寺童疾召小娥前至，询访其由。小娥呜咽良久，乃曰："我父及夫，皆为贼所杀。迩后尝梦父告曰：'杀我者，车中猴，门东草。'又梦夫告曰：'杀我者，禾中走，一日夫。'岁久无人悟之。"余曰："若然者，吾审详矣。杀汝父是申兰，杀汝夫是申春。且车中猴，车字去上下各一画，是申字；又申属猴，故曰车中猴。草下有门，门中有东，乃兰字也。又，禾中走是穿田过，亦是申字也。一日夫者，夫上更一画，下有日，是春字也。杀汝父是申兰，杀汝夫是申春，足可明矣。"小娥恸哭再拜，书申兰申春四字于衣中，誓将访杀二贼，以复其冤。娥因问余姓氏官族，垂涕而去。尔后小娥便为男子服，佣保于江湖间⑧。岁余，至浔阳郡⑨，见竹户上有纸榜子⑩，云"召佣者"。小娥乃应召诣门，问其主，乃申兰也。兰引归，娥心愤貌顺，在兰左右，甚见亲爱。金帛出入之数，无不委娥。已二岁余，竟不知娥之女人也。先是谢氏之金宝锦绣衣服器具，悉掠在兰家，小娥每执旧物，未尝不暗泣移时。兰与春，宗昆弟也⑪。时春一家住在大江北独树浦，与兰往来密洽。兰与春同去经月，多获财帛而归。每留娥与兰妻兰氏同守家室，酒肉衣服，给娥甚丰。若一日，春携文鲤兼酒诣兰⑫，娥私叹曰："李君精悟玄鉴，皆符梦言。此乃天启其心，志将就矣。"是夕，兰与春会群贼，毕至酣饮。暨诸凶既去，春沉醉，卧于内室，兰亦露寝于庭。小娥潜锁春于内，抽佩刀先断兰首，呼号邻人并至。春擒于内，兰死于外，获赃收货，数至千万。初，兰、春有党数十，暗记其名，悉擒就戮。时浔阳太守张公，善其志行，为具其事上旌表⑬，乃得免死。时元和十二年夏岁也。复父夫之仇毕，归本里，见亲属。里中豪族争求聘，娥誓心不嫁。遂剪发披褐，访道于牛头山，师事大士尼将律师⑭。娥志坚行苦，霜舂雨薪，不倦筋力。十三年四月，始受具戒于泗州开元寺⑮，竟以小娥为法号，不忘本也。其年夏月，余始归长安，途经泗滨⑯，过善义寺谒大德尼令。操戒新见者数十，净发鲜帔，威仪雍容，列侍师之左右。中有一尼问师曰："此官岂非洪州李判官二十三郎者乎⑰？"师曰："然。"曰："使我获报家仇，得雪冤耻，是判官恩德也。"顾余悲泣。余不之识，询访其由。娥对曰："某名小娥，顷乞食孀妇也，判官时为辨申兰申春二贼名字，岂不忆念乎？"余曰："初不相记，今即悟也。"娥因泣，具写记申兰申春，复父夫之仇，志愿相毕，经营始终艰苦之状。小娥又谓余曰："报判官恩，当有日矣。"岂徒然哉！嗟乎，余能辩二盗之姓名，小娥又能竟复父夫之仇冤，神道不昧，昭然可知。小娥厚貌深辞，聪敏端特，炼指跛足⑱，誓求真如⑲。爰自入道，衣无絮帛，斋无盐酪，非律仪禅理⑳，口无所言。后数日，告我归牛头山，扁舟泛淮，云游南国，不复再遇。君子曰："誓志不舍，复父夫之仇，节也。佣保杂处，不知女人，贞也。女子之行，唯贞与节能始终全之而已。如小娥，足以儆天下逆道乱常之心㉑，足以观天下贞夫孝妇之节。"余备详前事，发明隐文，暗与冥会，符于人心。知善不录，非《春秋》之义也。故作传以旌美之。

注释

①豫章：唐代郡名，也称洪州，辖境约今江西修水、锦水流域和南昌、丰城等地。

②估客：商贩。

③历阳：唐代郡名，辖境约今安徽和县、含山等地。

④畜：积蓄。

⑤笄（jī基）：古代盘头用的簪子。"及笄"，女子十四岁把头发盘起来，表示成年，称为"及笄"。

⑥江西：唐代"江南西道"的简称，约今江西省境。

⑦建业：古地名，今江苏南京市。

⑧佣保：雇工。此为做雇工的意思。

⑨浔阳：唐代郡名，也称江州，辖境约今江西都昌和德安两县以北地区。

⑩榜子：招贴。

⑪昆：兄。"宗昆弟"，同族兄弟。

⑫文鲤：鲤鱼。

⑬旌表：古时官方用立牌坊或挂匾额的方式对某人进行表扬。

⑭大士尼：对年高德劭的尼姑的称呼。下文的"大德尼"也是此意。律师：古时称精通戒律的僧尼为"律师"。将：陈校作"蒋"。鲁迅按：《类说二八引》作"浆律师"，疑本是"蒋"字。

⑮具戒：即"具足戒"，佛教名词，意指受了完备充足的戒律。泗州：唐代州名，辖境约今江苏泗洪、泗阳、宿迁、涟水、邳县及安徽泗县等地。

⑯泗：泗水。水名，源出山东泗水县蒙山南麓，四源并发，故名。后入淮河。

⑰判官：唐代地方长官的属官，即"从事"一类，因此上文说作者做过"江西从事"。

⑱炼指：用火烧手指来供佛。跛足：把脚弄残废。"炼指跛足"为古时僧尼的苦行之一。这里意指虔诚信佛。

⑲真如：佛教名词。《成唯识论》卷九："真，谓真实，显非虚妄；如，谓如常，表无变易。"真实不虚，如常不变，可理解为真理。

⑳律仪：指佛教戒律。禅理：佛教的修行之道。

㉑常：五常。古人认为必须遵守的行为准则，即为父义，为母慈，为兄友，为弟恭，为子孝，跟前面《柳毅传》中的"五常"解释不同。

【今译】

　　小娥，姓谢，豫章人，是商贩的女儿。八岁的时候，她母亲死了；后来嫁给历阳侠士段居贞。段居贞很讲义气，交结了一些有本事的人。小娥的父亲积攒了巨额财产，在商人中隐姓埋名，常常跟女婿段居贞一起乘船做买卖，往来于江湖。这时小娥年方十四，刚到及笄之年。父亲和丈夫都被强盗杀死了，金银财物全被抢走。段居贞的弟兄，谢小娥的侄儿，以及随从仆人几十人，都被淹死在江中。小娥也胸受伤，脚折断，顺水漂流，被别的船救起，经过一夜才醒过来。因而流浪乞食到上元县，皈依到妙果寺尼姑净悟的门下。起初，父亲死时，小娥梦见父亲对她说："杀我的人，车中猴，门东草。"过了几天，又梦见丈夫说："杀我的人，禾中走，一日夫。"小娥不明白这是什么意思，常常写这几句话，到处寻求聪明人来解释它，好几年都没有得到结果。

　　元和八年的春天，我辞去了江西从事的职务，乘小船东下，在建业停留，去登瓦官寺的阁楼。有个名叫齐物的和尚，重贤好学，跟我很要好。他告诉我说："有个名叫小娥的寡妇，每次到寺庙里来，总要给我看十二个字的谜语，我看不明白。"我于是请齐物把谜语写在纸上，然后靠着栏杆对空书写，沉思默想。寺里的坐客尚未疲倦，我已经知道这些文字的意思了。叫寺里的小童赶紧把小娥找来，问她事情的缘由。小娥哭泣了很久，这才说："我的父亲和丈夫，都被强盗杀害。不久后曾经梦见父亲说：'杀我的人，车中猴，门东草。'又梦见丈夫说：'杀我的人，禾中走，一日夫。'这么多年没有人明白它。"我说："如果是这样，我仔细想过了，杀你父亲的人是申兰，杀你丈夫的人是申春。因为车中猴，'車'字去掉上下各一画，是'申'字；又因为申是指猴，所以叫车中猴；草下有门，门中有东，这是'蘭'字。又因为禾中走是穿田而过，也是'申'字。一日夫，夫上面加一画，下面有个日，这是'春'字。杀你父亲的是申兰，杀你丈夫的是申春，这完全清楚了。"小娥痛哭着连连拜谢。将申兰、申春四个字写在衣服里面,发誓要找到并杀掉这两个强盗,以此来报仇。小娥问过我的姓名和官职后,流着泪走了。

这以后,小娥便穿上男子的衣服,到处给人做佣工。过了一年多,她来到浔阳郡,见一座竹房墙上有用纸写的招贴,说"招聘佣工"。小娥就上门应召,问主人是谁,原来竟是申兰。申兰带小娥回去,她心头愤恨但外表很顺从,在申兰旁边还显出亲热的样子。于是金钱和丝织品等财物的出入账目,申兰全都委托小娥照管。这样过了两年多,申兰竟然不知道小娥是女人。以前谢家的金银珠宝锦绣衣物器具,抢来后都还放在申兰家,每当小娥拿起这些东西,不免要伤心落泪很久。申兰跟申春,是同宗兄弟。当时申春家住在长江北面的独树浦,跟申兰来往密切。申兰和申春一同出去个把月回来,回来时总要带不少钱财布帛。每次留下小娥跟申兰的妻子兰氏一道看家,酒肉衣服,供给小娥都很丰厚。有一天,申春捉着鲤鱼和酒来申兰家,小娥暗自感叹道:"李先生悟性高超判断神妙,一切都跟梦中所说的相符。这是上天开启他的心智,我的愿望就要实现了。"这天晚上,申兰和申春跟那班强盗聚会,人都来了以后就开怀痛饮。等到这些强盗离去后,申春烂醉,躺在里屋,申兰也露宿在庭院中。小娥悄悄地把申春锁在里面,抽出佩刀先砍断申兰的头,然后大声呼喊让邻居都来。申春在屋里被抓住,申兰死在外面,查获赃款赃物,数以千万计。当初,申兰申春的同伙数十人,小娥都暗中记下了他们的名字,因此后来把他们全部抓获正法。当时浔阳的太守张公,赞赏小娥的志气和行为,详细写下了她的事情,上报朝廷,请求予以表彰,于是得以免去死刑。时为元和十二年春天。

报了父亲和丈夫的仇以后,小娥回到故乡,见了亲戚。本地的大户人家争着上门求亲,小娥发誓不再嫁。于是剪了头发,穿上粗布衣裳,去牛头山寻访有道行的人,拜"大士尼"蒋律师为师。小娥意志坚定,修行刻苦,在霜下舂米雨中砍柴,尽心竭力毫不厌倦。元和十三年四月,开始在泗州开元寺受"具足戒",居然用小娥作为法号,为的是不忘本。

这年夏天,我回长安,路经泗水之滨时,到善义寺拜望一位法号叫令的"大德尼"。看到操持戒律的几十人,剃净头发,身穿新的尼衣,庄严安详,排列侍奉在师傅的左右。其中有一个尼姑问师傅说:"这位官爷不是洪州李判官二十三郎吗?"师傅说:"对的。"尼姑说:"使我报了家仇,洗刷冤屈耻辱,是这位判官给予的大恩大德。"她看着我,悲伤地哭泣。我不认识她,便问她原因。小娥回答说:"我的名字叫小娥,就是以前那个要饭的寡妇。判官那时为我弄清了申兰申春两个强盗的名字,难道记不得了吗?"我说:"刚才没有记起,现在想起来了。"小娥哭着,详细对我讲述了申兰申春这两个强盗,以及为父亲和丈夫报仇,愿望得以实现,谋划和进行这事所经历的艰苦状况。小娥又对我说:"总有一天我会报答判官的恩德。"

  难道这一切是没有意义的吗?唉,我能认出两个强盗的姓名,小娥又最终报了父亲和丈夫的冤仇,神灵不可违背,从这件事显然就可以看出来。小娥相貌忠厚,言辞深切,聪明正直,修行如同"炼指跛足"那样刻苦虔诚,发誓要求得真理。自从投入佛门,穿的衣服没有铺棉絮,吃的饭菜没有加油盐,不符合佛家戒律和修行之道的话,从来不说。过了几天后,她告诉我要回牛头山去,乘一叶小舟,泛游淮河,云游南方,这样我就再没有遇见她了。

  君子说:"立下的誓言和志向不放弃,为父亲与丈夫报仇,这是气节。在各地当佣工,不被人知道是女人,这是贞操。女子的品行,只要能够始终保全贞操和气节就可以了。如像小娥这样的,足以告戒天下违背道德伦常的人,足以看到天下贞夫孝妇的节操。"我尽量详尽地叙述了以上的事,阐发它隐含的意义,这暗中跟神灵的意图相同,也合符人心。知道善行不记录,不是孔子作《春秋》贬恶扬善的本义。因此我就作这篇传来赞美她。

李娃传

白行简

【题解】

本篇作者白行简,生于776年,卒于826年,字退之,下邽(今陕西渭南东北)人,白居易之弟。元和二年(807)登进士第,随白居易在江州多年。历任左拾遗、司门员外郎等职。

白行简以撰传奇著称。代表作《李娃传》,一名《汧国夫人》,故事情节波澜起伏,引人入胜,人物形象富于个性,场景的描绘也较细致逼真,表现了唐代传奇创作中写实手法的高度成就。近代研究者认为,该传奇是根据民间流传的"一枝花"故事写成,篇末作者的自述,不过是一种写作手法而已。作者敢于让荥阳公子娶李娃为妻,而出身卑贱的李娃被封为汧国夫人,是对当时社会门阀婚姻制度的一种挑战;荥阳公子经过发奋读书,终于获取高位,则体现了当时封建文人的普遍理想。本篇选自《太平广记》卷第四百八十四。元石君宝《李亚仙花酒曲江池》杂剧,明薛近兖《绣襦记》传奇戏曲等,均取材于此。

【原文】

汧国夫人李娃①,长安之倡女奇②。节行瑰奇,有足称者,故监察御史白行简为传述③。天宝中,有常州刺史荥阳公者④,略其名氏,不书。时望甚崇,家徒甚殷。知命之年,有一子,始弱冠矣⑤。隽朗有词藻,迥然不群,深为时辈推伏。其父爱而器之,曰:"此吾家千里驹也。"应乡赋秀才举,将行,乃盛其服玩车马之饰,计其京师薪储之费,谓之曰:"吾观尔之才,当一战而霸⑥。今备二载之用,且丰尔之给,将为其志也。"生亦自负,视上第如指掌。自毗陵发⑦,月余抵长安,居于布政里。尝游东市还,自平康东门入,将访友于西南。至鸣珂曲,见一宅,门庭不甚广,而室宇严邃。阖一扉,有娃方凭一双鬟青衣立,妖姿要妙,绝代未有。生忽见之,不觉停骖久之⑧,徘徊不能去。乃诈坠鞭于地,候其从者,勒取之。累眄于娃⑨,娃回眸凝睇,情甚相慕。竟不敢措辞而去。生自尔意若有失,乃密征其友游长安之熟者,以讯之。友曰:"此狭邪女李氏宅也⑩。"曰:"娃可求乎?"对曰:"李氏颇赡⑪。前与通之者贵戚豪族,所得甚广。非累百万,不能动其志也。"生曰:"苟患其不谐,虽百万,何惜。"他日,乃洁其衣服,盛宾从,而往扣其门。俄有侍儿启扃。生曰:"此谁之第耶?"侍儿不答,驰走大呼曰:"前时遗策郎也!"娃大悦曰:"尔姑止之。吾当整妆易服而出。"生闻之私喜。乃引至萧墙间,见一姥垂白上偻,即娃母也。生跪拜前致词曰:"闻兹地有隙院,愿税以居,信乎?"姥曰:"惧其浅陋湫隘⑫,不足以辱长者所处,安敢言直耶⑬。"延生于迟宾之馆,馆宇甚丽。与生偶坐,因曰:"某有女娇小,技艺薄劣,欣见宾客,愿将见之。"乃命娃出。明眸皓腕,举步艳冶。生遽惊起,莫敢仰视。与之拜毕,叙寒燠⑭,触类妍媚⑮,目所未睹。复坐,烹茶斟酒,器用甚洁。久之,日暮,鼓声四动。姥访其居远近。生绐之曰:"在延平门外数里。"冀其远而见留也。姥曰:"鼓已发矣,当速归,无犯禁。"生曰:"幸接欢笑,不知日之云夕。道里辽阔,城内又无亲戚,将若之何?"娃曰:"不见责僻陋,方将居之,宿何害焉。"生数目姥。姥曰:"唯唯。"生乃召其家僮,持双缣,请以备一宵之馔。娃笑而止曰:"宾主之仪,且不然也。今夕之费,以贫窭之家随其粗粝以进之⑯。其余以俟他辰。"固辞,终不许。俄徙坐西堂,帷幕帘榻,焕然夺目;妆奁衾枕,亦皆侈丽。乃张烛进馔,品味甚盛。彻馔⑰,姥起。生娃谈话方切,谈谐调笑,无所不至。生曰:"前偶过卿门,遇卿适在屏间。厥后心常勤念,虽寝与食,未尝或舍。"娃答曰:"我心亦如之。"生曰:"今之来,非直求居而已,愿偿平生之志。但未知命也若何?"言未终,姥至,询其故,具以告。姥笑曰:"男女之际,大欲存焉。情苟相得,虽父母之命,不能制也。女子固陋,曷足以荐君子之枕席?"生遂下阶,拜而谢之曰:"愿以己为厮养⑱。"姥遂目之为郎,饮酣而散。及旦,尽徙其囊橐⑲,因家于李之第。自是生屏迹戢身⑳,不复与亲知相闻。日会倡优侪类,狎戏游宴。囊中尽空,乃鬻骏乘,及其家僮。岁余,资才仆马荡然。迩来姥意渐怠,娃情弥笃。他日,娃谓生曰:"与郎相知一年,尚无孕嗣。常闻竹林神者,报应如响,将致荐酹求之㉑,可乎?"生不知其计,大喜。乃质衣于肆,以备牢醴㉒,与娃同谒祠宇而祷祝焉,信宿而返㉓。策驴而后,至里北门,娃谓生曰:"此东转小曲中,某之姨宅也。将憩而觐之,可乎?"生如其言,前行不逾百步,果见一车门。窥其际,甚弘敞。其青衣自车后止之曰:"至矣。"生下,适有一人出访曰:"谁?"曰:"李娃也。"乃入告,俄有一姬至,年可四十余,与生相迎,曰:"吾甥来否?"娃下车,姬迎访之曰:"何久疏绝?"相视而笑,娃引生拜之。既见,遂偕入西戟门偏院中。有山亭,竹树葱倩,池榭幽绝。生谓娃曰:"此姨之私第耶?"笑而不答,以他语对。俄献茶果,甚珍奇。食顷,有一人控大宛㉔,汗流驰至,曰:"姥遇暴疾颇甚,殆不识人。宜速归。"娃谓姨曰:"方寸乱矣。某骑而前去,当令返乘,便与郎偕来。"生拟随之。其姨与侍儿偶语,以手挥之,令生止于户外,共计其凶仪斋祭之用㉕。日晚,乘不至。姨言曰:"无复命,何也?郎骤往觇之㉖,某当继至。"生遂往,至旧宅,门扃钥甚密,以泥缄之。生大骇,诘其邻人。邻人曰:"李本税而居,约已周矣。第主自收。姥徙居,而且再宿矣。"征"徙何处?"曰:"不详其所。"生将驰赴宣阳,以诘其姨,日已晚矣,计程不能达。乃弛其装服㉗,质馔而食,赁榻而寝。生恚怒方甚㉘,自昏达旦,目不交睫。质明,乃策蹇而去㉙。既至,连扣其扉,食顷无人应。生大呼数四,有宦者徐出。生遽访之:"姨氏在乎?"曰:"无之。"生曰:"昨暮在此,何故匿之?"访其谁氏之第。曰:"此崔尚书宅。昨者有一人税此院,云迟中表之远至者。未暮去矣。"生惶惑发狂,罔知所措,因返访布政旧邸。邸主哀而进膳。生怨懑,绝食三日,遘疾甚笃,旬余愈甚。邸主惧其不起,徙之于凶肆之中。绵缀移时,合肆之人共伤叹而饲之。后稍愈,杖而能起,由是凶肆日假之,令执繐帷,获其直以自给,累月渐复壮,每听其哀歌,自叹不及逝者,辄呜咽流涕,不能自止。归则效之㉚。生,聪敏者也。无何,曲尽其妙,虽长安无有伦比。初,二肆之佣凶器者,互争胜负。其东肆车舆皆奇丽,殆不敌,唯哀挽劣焉。其东肆长知生妙绝,乃醵钱二万索顾焉㉛。其党者旧,共较其所能者,阴教生新声,而相赞和。累旬,人莫知之。其二肆长相谓曰:"我欲各阅所佣之器于天门街,以较优劣。有不胜者罚直五万,以备酒馔之用,可乎?"二肆许诺。乃邀立符契,署以保证,然后阅之。士女大和会,聚会数万。于是里胥告于贼曹㉜,贼曹闻于京尹㉝。四方之士,尽赴趋焉,巷无居人。自旦阅之,及亭午,历举輂舆威仪之具,西肆皆不胜,师有惭色。乃置层榻于南隅,有长髯者拥铎而进㉞,翊卫数人㉟。于是奋髯扬眉,扼腕顿颡而登㊱,乃歌《白马》之词。恃其夙胜,顾盼左右,旁若无人。齐声赞扬之,自以为独步一时,不可得而屈也。有顷,东肆长于北隅上设连榻,有乌巾少年,左右五六人,秉翣而至㉜,即生也。整衣服,俯仰甚徐,申喉发调,容若不胜。乃歌《薤露》之章,举声清越,响振林木,曲度未终,闻者欷歔掩泣。西肆长为众所诮,益惭耻。密置所输之直于前,乃潜遁焉。四座愕眙㉝,莫之测也。先是,天子方下诏,俾外方之牧,岁一至阙下,谓之入计。时也适遇生之父在京师,与同列者易服章窃往观焉。有老竖㉞,即生乳母婿也,见生之举措辞气,将认之而未敢,乃泫然流涕㊵。生父惊而诘之。因告曰:"歌者之貌,酷似郎之亡子。"父曰:"君子以多财为盗所害。奚至是耶?"言讫,亦泣。及归,竖间驰往,访于同党曰:"向歌者谁? 若斯之妙欤?"皆曰:"某氏之子。"征其名,且易之矣。竖凛然大惊;徐往,迫而察之。生见竖色动,回翔将匿于众中㊶。竖遂持其袂曰:"岂非某乎?"相持而泣,遂载以归。至其室,父责曰:"志行若此,污辱吾门。何施面目,复相见也?"乃徒行出,至曲江西杏园东,去其衣服,以马鞭鞭之数百。生有胜其苦而毙,父弃之而去。其师命相狎匿者阴随之,归告同党,共加伤叹。令二人萆席瘗焉。至,则心下微温。举之,良久,气稍通。因共荷而归,以苇筒灌勺饮,经宿乃活。月余,手足不能自举。其楚挞之处皆溃烂㊷,秽甚,同辈患之。一夕,弃于道周。行路咸伤之,往往投其余食,得以充肠。十旬,方杖策而起。被布裘,裘有百结,缦缕如悬鹑。持一破瓯㊸,巡于闾里㊹,以乞食为事。自秋徂冬,夜入于粪壤窟室,昼则周游廛肆㊺。一旦大雪,生为冻馁所驱,冒雪而出,乞食之声甚苦。闻见者莫不凄恻。时雪方甚,人家外户多不发。至安邑东门,循里垣北转第七八,有一门独启左扉,即娃之第也。生不知之,遂连声疾呼"饥冻之甚",音响凄切,所不忍听。娃自阁中闻之,谓侍儿曰:"此必生也。我辨其音矣。"连步而出,见生枯瘠疥疠,殆非人状。娃意感焉,乃谓曰:"岂非某郎也?"生愤懑绝倒,口不能言,颔颐而已㊻。娃前抱其颈,以绣襦拥而归于西厢㊼,失声长恸曰:"令子一朝及此,我之罪也!"绝而复苏。姥大骇,奔至,曰:"何也?"娃曰:"某郎。"姥遽曰:"当逐之。奈何令至此?"娃敛容却睇曰:"不然。此良家子也。当昔驱高车,持金装,至某之室,不逾期而荡尽。且互设诡计,舍而逐之,殆非人。令其失志,不得齿于人伦。父子之道,天性也。使其情绝,杀而弃之。又困踬若此㊽。天下之人尽知为某也。生亲戚满朝,一旦当权者熟察其本末,祸将及矣。况欺天负人,鬼神不佑,无自贻其殃也。某为姥子,迨今有二十岁矣。计其赀,不啻直千金。今姥年六十余,愿计二十年衣食之用以赎身,当与此子别卜所诣。所诣非遥,晨昏得以温清⁴⁹。某愿足矣。"姥度其志不可夺,因许之。给姥之余,有百金。北隅四五家税一隙院。乃与生沐浴,易其衣服;为汤粥,通其肠,次以酥乳润其脏。旬余,方荐水陆之馔。头巾履袜,皆取珍异者衣之。未数月,肌肤稍腴;卒岁,平愈如初。异时,娃谓生曰:"体已康矣,志已壮矣。渊思寂虑,默想曩昔之艺业,可温习乎?"生思之,曰:"十得二三耳。"娃命车出游,生骑而从。至旗亭南偏门鬻坟典之肆⁵⁰,令生拣而市之,计费百金,尽载以归。因令生斥弃百虑以志学,俾夜作昼,孜孜矻矻⁵¹。娃常偶坐,宵分乃寐。伺其疲倦,即谕之缀诗赋。二岁而业大就,海内文籍,莫不该览⁵²。生谓娃曰:"可策名试艺矣。"娃曰:"未也。且令精熟,以俟百战。"更一年,曰:"可行矣。"于是遂一上登甲科⁵³,声振礼闱⁵⁴。虽前辈见其文,罔不敛衽敬羡⁵⁵,愿友之而不可得。娃曰:"未也。今秀士苟获擢一科第,则自谓可以取中朝之显职,擅天下之美名。子行秽迹鄙,不侔于他士。当砻淬利器⁵⁶,以求再捷,方可以连衡多士,争霸群英。"生由是益自勤苦,声价弥甚。其年,遇大比⁵⁷,诏征四方之隽,生应直言极谏科⁵⁸,策名第一⁵⁹,授成都府参军。三事以降⁶⁰,皆其友也。将之官,娃谓生曰:"今之复子本躯,某不相负也。愿以残年,归养老姥。君当结媛鼎族,以奉蒸尝⁶¹。中外婚媾,无自黩也,勉思自爱。某从此去矣。"生泣曰:"子若弃我,当自刭以就死⁶²。"娃固辞不从,生勤请弥恳。泣曰:"送子涉江,至于剑门,当令我回。"生许诺。月余,至剑门。未及发而除书至⁶³,生父由常州诏入,拜成都尹,兼剑南采访使⁶⁴。浃辰⁶⁵,父到。生因投刺⁶⁶,谒于邮亭⁶⁷。父不敢认,见其祖父官讳⁶⁸,方大惊,命登阶,抚背恸哭移时,曰:"吾与尔父子如初。"因诘其由,具陈其本末。大奇之,诘娃安在。曰:"送某至此,当令复还。"父曰:"不可。"翌日,命驾与生先之成都,留娃于剑门,筑别馆以处之。明日,命媒氏通二姓之好,备六礼以迎之⁶⁹,遂如秦晋之偶。娃既备礼,岁时伏腊,妇道甚修,治家严整,极为亲所眷。向后数岁,生父母偕殁,持孝甚至。有灵芝产于倚庐⁷⁰,一穗三秀⁷¹,本道上闻。又有白燕数十,巢其层甍⁷²。天子异之,宠锡加等。终制,累迁清显之任。十年间,至数郡。娃封汧国夫人。有四子,皆为大官,其卑者犹为太原尹。弟兄姻媾皆甲门,内外隆盛,莫之与京。嗟乎,倡荡之姬,节行如是,虽古先烈女,不能逾也。焉得不为之叹息哉!予伯祖尝牧晋州⑬,转户部⑭,为水陆运使⑮。三任皆与生为代⑯,故暗详其事。贞元中,予与陇西公佐话妇人操烈之品格,因遂述汧国之事。公佐拊掌竦听,命予为传。乃握管濡翰,疏而存之。时乙亥岁秋八月,太原白行简云。

注释

①汧(qiān 千)国:指唐时的汧阳郡,即今陕西千阳县。娃:年轻女子。
②倡:古通"娼",妓女。
③御史:古代官名。因职务不同,唐代有侍御史、殿前侍御史和监察御史三种。
④荥阳:唐代县名,即今河南荥阳县。文中常州刺史为荥阳人,因此称为"荥阳公"。
⑤弱冠:古代指男子二十岁左右的年龄。古时男子二十岁行"冠礼",戴上成人的帽子,身体又还未长成,故称"弱冠"。
⑥一战而霸:用打仗来比喻考试,意为一考就高中。
⑦毗陵:唐代郡名,即今江苏常州市。
⑧骖(cān 参):古代指一辆车驾三匹马为"骖"。
⑨眄(miàn 面):斜着眼睛看。
⑩狭邪女:指妓女。
⑪赡:充足,富有。
⑫湫隘(qiū 秋 ài 爱):低湿狭小。
⑬直:古通"值",价格、价钱。
⑭燠(yù 预):暖、热。"叙寒燠",说应酬话的意思。
⑮触类:一举一动、浑身上下的意思。
⑯窭(jù 巨):贫穷。
⑰彻:古通"撤",撤除。
⑱厮养:奴仆。
⑲囊橐(tuó 驼):口袋。
⑳屏:遮挡。戢(jī):收敛,收藏。"屏迹戢身",隐藏踪迹的意思。
㉑荐:进献。酹(lèi 类):把酒浇在地上,以示祭祀。
㉒牢:古时祭祀用的牲畜。醴(lǐ 里):甜酒。
㉓信宿:连宿两夜的意思。
㉔大宛:古时西域国名,出产良马。这里作为马的代词。

㉕凶仪:丧事的礼仪。下文的"凶肆"、"凶器"等,"凶"都是指丧事。斋祭:以素食祭奠。

㉖觇(chān 搀):看,视。

㉗弛:本是松缓的意思,这里引申作脱、解讲。

㉘恚(huì 惠):怨恨,发怒。

㉙蹇:行走不快的驴或马。

㉚効:通"效"。效仿。

㉛醵(jù 巨):凑钱。

㉜胥:低级官吏。"里胥"就是管理街坊的小官。曹:古代州郡所置的属官。"贼曹"即管理治安的属官。

㉝京尹:即"京兆尹",京兆的地方行政长官。京兆辖都城长安及附近十二县。

㉞铎(duó 多阳):大铃。

㉟翊(yì 意)卫:助手。

㊱颡(sǎng 丧上):额头。"顿颡"即点头致意的样子。

㊲翣(shà 纱去):古代仪仗中用的大掌扇。

㊳眙(chì 翅):直着眼睛看。

㊴竖:仆人。

㊵泫(xuàn 绚):水珠垂落。

㊶回翔:本指飞鸟打转,这里用以形容躲躲藏藏的样子。

㊷楚:古代的刑杖。"楚挞"指鞭打。

㊸瓯(ōu 欧):小瓦盆。

㊹闾(lú 驴):里巷的门,也指里巷。

㊺廛(chán 缠)肆:市场。

㊻颔(hàn 汉):下巴。颐:面颊。"颔颐"即点头的意思。

㊼襦(rú 如):短衣,短袄。

㊽踬(zhì 至):被绊倒。引申为事情不顺利。

㊾清(jìng 精去):冷,凉。

㊿旗亭:古代设于市场上的小楼,每天在上面击鼓以指挥店铺开门关门,也泛指酒楼。坟典:即"三坟五典"。伏羲、神农、黄帝的书叫做"三坟",少昊、颛顼、高辛、唐、虞的书叫做"五典"。"坟典"也即古书的代词。

㉛孜孜(zī 资)矻矻(kū 枯):勤奋不懈的样子。

㉜该览:通读,博览。

㉝甲科:唐代考试制度,进士分甲乙两科,明经分甲乙丙丁四科,依难易而区分科别。"登甲科"即为考取最难的一种。

(54)礼闱:礼部的别称。

(55)衽(rèn 认):衣襟。“敛衽”,整理衣襟,表示恭敬。

(56)砻(lóng 龙):用石头器具磨东西。淬:淬火。“砻淬”即为磨炼的意思,此句引申为刻苦钻研学问。

(57)大比:古代三年一次的科举考试。

(58)直言及谏科:唐代为选拔人才而特开的考试科目之一。

(59)策:对策,考试设题要考生逐条回答。

(60)三事:太师、太傅、太保,或大司马、大司徒、大司空。

(61)蒸:冬季的祭祀叫“蒸”。尝:秋季的祭祀叫“尝”。“奉蒸尝”即为操办祭祀,引申为主持家务的意思。

(62)自刭(jǐng 景):自己用刀割脖子。

(63)除书:任命官员的诏书。

(64)剑南:唐代道名,辖境包括今四川中部,以及云南、贵州、甘肃部分地区。采访史:唐代官名,负责举劾所属州县官吏。

(65)浃辰:从“子”到“亥”十二辰一周,即十二天。

(66)刺:名片,访谒时通报姓名用。

(67)邮亭:古时设在沿途,供官员、送文书的人及旅客歇宿的馆舍。

(68)官讳:官职和姓名。古时属员初谒长官,须在名片上写明自己的履历和祖宗三代姓名。

(69)六礼:古时婚姻成立的手续,即纳采(送礼求婚)、问名(询问女方名字和出生日期)、纳吉(送礼求婚)、纳征(送聘礼)、请期(议定婚期)、亲迎(新郎亲自迎娶)。

(70)倚庐:守孝的草房。

(71)秀:开花。“一穗三秀”,即一穗开三花,古时认为是祥瑞。

(72)层甍(méng 盟):房屋脊梁。

(73)晋州:唐代州名,辖境在今山西临汾、霍县、汾西、洪洞、浮山、安泽等县地。

(74)户部:唐代官署名,掌管全国土地、户籍、赋税、财政收支等事务,长官为户部尚书。历代相沿不改。

(75)水陆运使:官名,户部所属,管理水陆运输事务。

(76)为代:做前后任的意思。

【今译】

汧国夫人李娃,原先是长安的妓女。她的节操品行奇异,有很多让人称道的地方。因此监察御史白行简为她写了传。

天宝年间,有个常州刺史荥阳公,略去他的姓名,不写出来。当时他的威望很高，家中仆人很多。他五十岁时，有一个儿子才二十岁，才智出众，文章写得很好，跟一般的青年不同，深为当时的人所推许。他的父亲喜爱他、器重他，说："这是我家的千里驹啊！"他被州郡推荐进京参加考试，将要成行时，他父亲为他预备了很多服装、玩物及车马用具，又计算了在京城需要的开销花费，对他说："我看你的才学，应当一考就能高中夺魁。现在准备了两年所需的东西，而且给得很多，希望这样来帮你实现自己的志愿。"荥阳公子很自负，认为考试高中易如反掌。他从毗陵出发，一个多月后抵达长安，住在布政里。

有一次他去东市游玩回来，从平康里的东门进来，将去拜访住在西南面的朋友。到了鸣珂曲，看见一座房子，门庭不算大，但屋宇严整深幽。关着一扇门，有位年轻女子依着一个梳双鬟的婢女站在那里，妩媚的姿态十分美妙，真是世间少有。荥阳公子突然看到她，不觉停下马来呆了许久，徘徊着不想离开。于是假装不小心把马鞭掉在地上，等着随从的人过来，叫他捡起来。他不断地瞟着那位年轻女子，那位年轻女子也转过眼睛来凝视他，很有爱慕的意思。但公子也不敢跟她说话便离去了。自此公子就感到心中若有所失，于是悄悄向那些对长安很熟悉的朋友打听，询问那女子的情况。朋友告诉他说："那是妓女李氏的住宅。"公子问："可以去找她吗？"朋友回答："李家非常富有，以前跟她来往的都是豪门贵族，所得到的东西很多。没有上百万的钱，是不能打动她的心的。"公子说："只怕事情办不成功，要是能成，就是花上百万的钱，又有什么可惜的呢？"

这天，公子换上整洁的衣服，带了不少随从，前去敲李家的门。不久便有个婢女来开门。公子问："这是谁的府第？"婢女不回答，一边往里跑一边喊道："敲门的是前几天掉鞭的年轻男子！"李娃非常高兴，说："你先留住他，我化了妆换好衣服就出来。"公子听见这话暗暗高兴。这样他被领到里面当门的小墙边，看见一个头发花白，驼着背的老妇人。她就是李娃的母亲。公子跪拜行礼后上前说："听说这里有空房子，我想租来居住，这是真的吗？"老妇人说："我担心它太简陋，低湿狭小，不配你这样有身份的人居住，怎么还敢提租金呢？"于是就请公子到客厅，那客厅十分华丽。老妇人跟公子一同坐下，说："我有个女儿，长得娇小，技艺粗浅，很高兴会见宾客，希望公子能见见她。"于是就让李娃出来。李娃眼睛明亮手腕雪白，走起路来娇艳动人。公子一下惊喜地站起来,不敢抬头看她。公子向她施礼过后,又寒暄一番,觉得她一举一动都是那么妍丽可爱,是以前从未见过的。又坐下来后,烹茶斟酒,所用的器具非常洁净。过了好久,天色暗下来,更鼓也四面敲响。老妇人问他住处的远近。公子骗她说:"住在延平门外几里远的地方。"希望因为住得远而被留下。老妇人说:"鼓声已经敲响,应当赶紧回去,不要违反宵禁。"公子说:"有幸得到接待言笑甚欢,不知道天这么晚了,回去的路很远,城内又无亲戚,这怎么办呢?"李娃说:"如果不嫌这里冷僻简陋,又正想在这里居住,先住一宿有什么关系呢?"公子不住地去看老妇人。老妇人说:"好吧好吧。"公子于是就叫自己的家僮过来,拿出两匹细绢,请她们叫人预备晚饭的酒菜。李娃笑着阻止说:"宾主之间的礼节,不该是这样的。今晚的花费不用你操心,就请用一点贫贱之家的粗菜淡饭,别的等今后再说。"公子一再推辞,最后还是不许他破费。不久就请公子到西堂去坐,只见那里的帐幕、门帘、床榻等,光彩夺目;梳妆用品与枕被等物,也都很奢华。接着就点上蜡烛送上饭菜。菜肴的品种很多,味道也很好。吃完饭撤了席,老妇人起身走了,公子和李娃谈话才切近起来,用诙谐的话开玩笑,无所顾忌。公子说:"前些天偶然路过你家门口,遇见你刚好在门屏间。从此心中常常思念,即使是睡觉和吃饭,也不曾忘记过。"李娃回答说:"我的心思也跟你一样。"公子说:"今天我来,并非是为了租房子,而是为了实现平生的愿望。但不知命运如何?"话没有说完,老妇人来了,问他为什么这样说,公子就把实情都告诉了她。老妇人笑着说:"男女之间,情欲自然是存在的,如两人感情相得,虽然是父母的命令,也是不能阻止的。但我女儿见识浅少,怎么能够服侍公子寝息呢?"公子知道事情成了,就下阶施礼道谢,说:"我愿意在这里当奴仆。"老妇人于是就把他看作女婿了。当晚大家畅饮尽兴后才散去。到了早晨,公子把自己的行李都搬过来,从此在李娃的住处安了家。

　　自此以后,公子隐迹藏身,不再跟亲戚朋友往来。每天和妓女、戏子之类的人在一起,嬉戏游宴。不久就弄得囊中钱财尽空,于是又卖掉车马及童仆。一年多后,钱财、仆人、车马等都荡然无存。这一来老妇人就对他渐渐冷淡了,而李娃对他的感情却更加深厚。

　　有一天,李娃对公子说:"我与郎君相处了一年,还没有怀孕生子。常常听说竹林神十分灵验,向它祝祷后反应迅速,我们准备酒食去祈求它,行吗?"公子不知是李家的计谋,非常高兴。于是把衣服抵押在店铺里,准备祭祀用的牲口和甜酒,跟李娃一起去祠庙里向神祈祷,在那里住了两夜才回来。公子骑驴跟在李娃乘坐的车后。

到了宣阳里的北门,李娃对公子说:"从这里往东转弯的小胡同中,是我姨母的住宅,我们去休息一下顺便看看她,行吗?"公子听从了她的话。向前走了不到百步,果然看见一道侧门,看它的里面,十分宏大宽敞。李娃的婢女从后面喊住公子说:"到了!"公子下来后,正好有个人出来问:"是哪一位?"回答说:"是李娃。"于是就进去通报。不久有个妇人出来,年纪大约四十来岁,迎着公子问:"我的甥女来了吗?"李娃下车后,妇人又迎上去问道:"为什么好久不来我家啦?"两人相互看着就笑起来,李娃领公子拜见了她。见过面之后,就一起进入西门来到偏院中。院中有山有亭,竹丛树木苍翠茂盛,池塘水榭极其幽静。公子问李娃:"这是你姨母自己的住宅吗?"李娃笑而不答,用别的话岔过去。不一会儿就送上茶水和果品,都是很珍奇的东西。不过一顿饭的工夫,有人骑着快马,汗流满面地跑来了,说:"姥姥得了急病,很严重,几乎不认识人了,最好赶快回去。"李娃对姨母说:"我心中很乱,想先乘车回去,再让车回来,你同公子一起来吧。"公子想随她一道去,李娃的姨母跟婢女小声说话,又向他挥手,要他停在门口,说:"姥姥快死了,你应当跟我一起商量怎么办丧事,帮她渡过急难,为什么忙着跟随她去呢?"公子于是留下来,一同商议办丧事的礼仪、斋戒祭祀等所需的费用。天色渐晚,车却不见回来。李娃的姨母说:"没有回音,是什么缘故呢?公子赶快去看看,我随后就来。"公子就去了。

到李家住宅前,只见大门紧锁,还糊上泥封起来。公子十分吃惊,便去问邻居。邻居说:"李家本来是租用这房子住的,租约已经到期,房主自然收回。李家姥姥搬到别处去住,而且已有两天了。"问搬到什么地方,回答说:"不清楚住哪里。"公子想赶赴宣阳里去问李娃的姨母,但天色已晚,估计路程当天不能赶到。他于是脱下身上的衣服,用来作抵押换了顿饭吃,租了张床睡了一晚。他心中非常恼怒,从黄昏到天亮,都没有合眼。

天刚亮,他就骑着驴子往宣阳里去了。到了之后,连连敲门,好一阵都无人应答。他又叫喊了几声,才有个太监慢慢出来。他马上问他:"姨母在吗?"回答说:"没有这个人。"他说:"昨天晚上还在这里,为什么要把她藏起来?"又问是谁的住宅,回答说:"这是崔尚书的住宅。昨天有个人租这院子,说是要等一个从远方来的中表亲戚,没有到天黑就走了。"他听了惶惑得要发狂,不知如何是好,只好回到布政里从前住的地方。

房子的主人同情他,给他饭吃。公子心中怨恨,绝食三日,就得了重病,十来天后更加厉害。房主怕他起不来了,把他抬到殡仪馆去。病势绵延了好长时间,馆中的人都感伤叹息,大家喂他些吃的。后来他的病慢慢好了,拄着拐杖能站起来。从此殡仪馆每天要他干点事,让他持握灵帐,得到的工钱用以自给。过了几个月,他的身体渐渐恢复健壮。每当他听人唱哀歌,自叹不如死去的人,就呜咽流泪,不能自制。回来就效仿着唱。公子是个聪敏的人,没有多久,就完全掌握了这种歌唱的妙处,即使整个长安也无人能跟他相比。

起初,两个租赁丧事用品的殡仪馆,互相竞争较量胜负。东面这家殡仪馆的丧车奇巧华丽,几乎没有比得过它的,只是哀歌唱得不好。东馆的主人知道公子的哀歌唱得绝妙,就凑了两万钱聘请他。帮东馆唱哀歌的那些前辈,相互比较他们的长处,私下教公子新的曲调,并为他帮腔唱和。数十天后,外面没有一个人知道。东西两家殡仪馆的主人商量说:"我们各自把出租的器物拿到天门街去展出,来比较高低好坏。输的罚钱五万,作为备办酒席的花费,行吗?"两家殡仪馆都答应了。就邀人来订立契约,签名作为保证,然后进行展示。到了这天,男男女女大批会合,聚了数万人。于是管理街坊的小官告诉了治安官员,治安官员又上报京城首长。四面八方的人都赶来参加,里巷中竟空空无人。从早晨开始展出,一直到了中午,分别比了车辆和丧事用的仪仗等器具。西面的殡仪馆都输了,馆里的人显出惭愧的神色。于是在南面叠置了高榻,有一个长胡须的人手拿大铃进场,旁边围着几名助手。他捋捋胡子扬扬眉毛,握着手腕向观众点头,登上高榻,然后唱起《白马歌》。他仗着向来总是获胜,顾盼左右,旁若无人。观众齐声赞扬他,他也自以为可以稳操胜券,没有人比得过他。过了一阵,东馆的主人在北面设了相连接的高榻,有个戴黑头巾的少年,身边拥着五六个人,拿着大扇到了,这人就是荥阳公子。他整理一下衣服,一举一动从容不迫,然后放开喉咙唱起来,神态似乎不胜哀伤。他唱的是《薤露歌》,声音清越,响震林木,一曲还没有唱完,听的人无不抽泣垂泪。西馆的主人被众人讥笑,更加羞愧,悄悄把所输的钱放在前面,就偷偷跑掉了。大家都吃惊地呆看着公子,不知道他是什么人。

在这之前,皇帝刚刚下过诏书,叫外地各州郡的地方长官每年都到京城一次,叫做入计。这时恰好遇到公子的父亲也在京城,他与同僚们一起换上便服偷偷前往观看。有一个老仆人,是公子奶妈的丈夫,看见公子的举止言谈,想认而又不敢认,就不禁泪珠垂落。公子的父亲看见很惊奇,就问他。老仆人于是告诉他说:"唱歌的人的容貌,非常像老爷死去的儿子。"公子的父亲说:"我的儿子因为带了钱财而被盗贼害死了,怎么会在这里呢?"说完,也哭了起来。等到回去之后,老仆人找了个机会又跑到那里,问那些跟公子一起的人说:"刚才唱哀歌的是谁?怎么唱得这样好?"那些人都说:"是某某人的儿子。"问他的姓名,已经改了。老仆人大吃一惊,慢慢走过去,靠拢他仔细看。公子看到老仆人后脸色一下变了,躲躲闪闪想藏到人群中去。老仆人于是扯住他的袖子说:"你难道不是某人吗?"两人拉着手哭起来。老仆人用车把公子带回家。进屋后,父亲斥责公子说:"你志向和行为竟然是这样,玷污了家门,还有什么脸面再来相见呢?"就拉着公子出来,走到曲江西杏园东面,剥去他的衣服,用马鞭打了他几百下。公子受不了这种鞭打倒毙在那里。他父亲扔下他便走了。公子的师父之前叫跟他亲近的人悄悄跟着,那人回来把情况告诉同伴,大家都为他伤感叹息。师父叫两个人带了苇席去埋葬他,到了那里,发现他的心口还有一点温热。那两个人把他扶起来,过了好一阵,呼吸才渐渐通畅;于是一起把他抬回来,用芦管和小勺喂他饮食,经过一夜终于活过来。但一个多月后,公子的手脚仍不能动,身上被鞭打过的地方都溃烂了,十分肮脏。同伴们怕惹来更多的麻烦,一个晚上,将他抛弃在路旁。过路的人都可怜他,常常丢给他一些吃剩的东西,他才得以充饥。一百多天后,他才拄着拐棍站了起来。他披着一件布袍,已经破烂不堪,打了很多结,好像悬挂的鹌鹑。他拿着一个破瓦盆,在里巷中转来转去,以讨饭过活。从秋天到冬天,晚上钻到堆粪土的洞窟中去睡觉,白天则在市场里巷游荡。

一天早上下着大雪,公子被饥寒驱使,冒着雪出去,讨要食物的声音十分悲苦。听见的人无不感到凄恻哀伤。当时雪下得正大,很多人家外面的大门都不开。来到安邑里的东门,顺着里巷的墙向北转到第七八户人家,有一道门单独开了左边的一扇,这就是李娃的家。公子并不知道,便连声呼喊:"饿坏了!冻坏了!"声音凄切,让人不忍心听。李娃在房中听到这声音,对侍女说:"这一定是公子,我能分辨出他的声音。"她连忙出去,看见公子形容枯瘦,身上长满疥疮,都没有人样了。李娃心中很感慨,就对他说:"这不是某公子吗?"公子愤懑已极,心中说不出话来,只是点头而已。李娃上前抱住他的脖子,用绣袄裹着他回到西厢房。失声痛哭说:"让你到了今天这个地步,是我的罪过啊!"哭得昏过去又醒来。老妇人知道了大吃一惊,跑过来问:"出了什么事?"李娃回答说:"是某公子。"老妇人马上说:"该把他赶出去。为什么让他到这里来?"李娃沉下脸转过目光看着她说:"不行,他是好人家的子弟,从前驾着高大的马车,带着装满金钱的行李,来到我家,没有好久就把这些花光了,而我们互相设下诡计,把他舍弃赶走,简直不是人做的事。还让人失掉志向,被他的家人看不起。父子之间的情义,是上天赋予的本性。使这种情义断绝了,为父的竟然要杀掉儿子,抛弃了他。又让他困苦到这种地步,天下的人都知道这是为了我的缘故。公子的亲戚满朝都是,一旦当权的清楚了事情的经过,大祸就要临头了。何况欺骗上天辜负别人,鬼神也不保佑,不能再自取其祸了。我作为您的女儿,到现在已经二十年。计算所赚的钱,已经不止千金了。如今您的年纪六十多岁,我愿意计算二十年的衣食费用给你来为自己赎身,让我跟这位公子另外找个住处。住的地方不会太远,早晚都可以来照看您,这样我的心愿就满足了。"老妇人看她的主意不会改变,就答应了她。李娃给了她钱后,还剩下黄金百两。于是就在北面相隔四五家的地方租了个空闲的院子住下来。她给公子洗了澡,换了衣服;先喂他汤粥,让他肠胃通畅,才给他吃那些山珍海味。她给他穿戴的头巾鞋袜,都挑选最名贵的。没有几个月,公子的身体渐渐丰满起来。过了一年,就完全恢复如初了。

这以后有一天,李娃对公子说:"你的身体已经康复,精神也好了。你沉思静想,回忆从前的学业,还可以重新温习吗?"公子想了一阵,说:"只记得十分之二三了。"李娃叫驾车出游,公子骑马跟在后面。到了市场上旗亭南偏门卖古书的店铺,叫公子选择购买,花钱百金,满载而归。让公子丢掉一切杂念专心致志地读书,把夜晚当作白天,勤奋不懈地学习。李娃常常陪坐一旁,半夜才睡。等他读书疲倦时,就要他吟诗作赋当作休息。这样过了两年,公子的学业大有成就,天下的文章书籍,没有他不曾读过的。公子对李娃说:"可以报名考试了。"李娃说:"还不行。还要精通熟练,才能稳操胜券。"又过了一年,李娃说:"可以去了。"于是一下就考中了最难的甲科,名声轰动了主持考试的礼部。即便是一些前辈读了他的文章,也无不表示钦佩,想跟他交往而没有机会。李娃却说:"这还不行。现在的秀才只要能登上一回科第,就以为可以取得朝廷中的显要官职,扬名于天下。然而你的行迹有污秽之处,不同于别的士人。你必须更加艰苦磨炼,以求再次取胜。那时才可以结交众多人士,在群英中争得第一。"公子于是更加勤奋刻苦,名声也更大了。那一年,遇上全国性的考试,皇帝下诏征召四方优秀人才,公子报名参加直言极谏科考试,取得第一名,被委任成都府参军。三公以下的官员,都是他的朋友。将要上任时,李娃对公子说:"现在你恢复了原来的身份,我也没有对不住你的了。我打算以所余的岁月,回去侍奉老母。你应当去找豪门贵族家的小姐结婚,让她来主持家务。不论是缔结京城或外地婚姻,不要玷污了自己。望你勉力自爱,我从此就离开你走了。"公子哭着说:"你如果抛下我,我就刎颈自杀。"李娃坚决推辞不肯答应,公子请求再三愈加恳切。李娃哭着说:"我送你过江,到了剑门,必须让我回来。"公子答应了。

过了一个多月,到了剑门。还没有来得及往前走,任命官员的诏书就到了,公子的父亲由常州被诏令进京,委任他为成都府尹,兼任剑南采访使。过了十二天,公子的父亲就到了。公子送上自己的名片,去馆舍拜望他。父亲不敢相认,看见了名片上写着的祖父及父亲的官衔和名字,才大吃一惊,让他登上台阶,抚着他的背痛哭了好一阵,说:"我与你重为父子,跟当初一样。"接着就问他事情的经过,公子从头到尾详细说了一遍。父亲非常惊异,问李娃在哪里。公子说:"送我到这里,就要让她回去了。"父亲说:"不能这样。"第二天,吩咐准备车辆跟公子一道先去成都,留李娃在剑门,另备一处馆舍安置她。过了一天,让媒人来提亲,准备好结婚的各种礼仪来迎娶李娃,就这样成了正式的配偶。

李娃跟公子成婚后,每到逢年过节,各种规矩和礼节都做得非常尽心周到,治家也很严整,极受家人和亲戚喜爱。过了几年,公子的父母相继去世,她也极尽孝道。于是有灵芝长在守孝的草房上,一棵穗上生了三朵花。剑南道的官员将此事上报。又有几十只白燕,筑巢在她家的梁上。皇帝对此很惊奇,加倍给予赏赐嘉奖。守孝期满后,公子屡次升迁要职,十年里,到好几个郡做过长官。李娃被封为汧国夫人。他们有四个儿子,都做了大官,职位最低的也做到太原府尹。弟兄几个都跟名门望族联婚,内外声威势盛,没有谁能比得上他们。唉,一个做娼妓的女子,节操行为能做到这样,即使是古代的贞烈女子,也没有越过她,怎么不为之感叹呢?

我的伯祖父曾任晋州刺史,后转到户部任职,担任管理水陆运输的官员。三任都跟荥阳公子为前后任,所以知道他的事情。贞元年间,我跟陇西的李公佐谈起妇女节操贞烈的品格,就讲述了李娃的事情。公佐拍手敬听,要我为她写传记。于是我握笔染墨,详细地记述而让它留存下来。时为乙亥年秋八月,太原白行简撰。

三梦记

白行简

【题解】

本篇选自《说郛》卷第四。这是一篇关于"梦"的传奇。跟写实的《李娃传》不同,叙述的三件事情都非常离奇。与《李娃传》相比,本篇显然不注重人生和社会层面上的意义,而似乎仅仅是为了搜寻和展示奇异的事情,因此给读者带来的是一种轻松而有趣的阅读感受。本篇篇幅短小,词语简质,文章显得精巧。《聊斋志异》中《凤阳士人》一篇,即受其影响。

【原文】

人之梦,异于常者有之:或彼梦有所往而此遇之者,或此有所为而彼梦之者,或两相通梦者。天后时[1],刘幽求为朝邑丞[2]。常奉使,夜归。未及家十余,适有佛堂院,路出其侧,闻寺中歌笑欢洽。垣短缺,尽得睹其中。刘俯身窥之,见十数人儿女杂坐,罗列盘馔,环绕之而共食。见其妻在坐中语笑。刘初愕然,不测其故久之。且思其不当至此,复不能舍之。又熟视容止言笑,无异。将就察之,寺门闭不得入。刘掷瓦击之,中其罍洗[3],破迸走散,因忽不见。刘逾垣直入,与从者同视,殿庑皆无人,寺扃如故。刘讶益甚,遂驰归。比至其家,妻方寝。闻刘至,乃叙寒暄讫,妻笑曰:"向梦中与数十人游一寺,皆不相识,会食于殿庭。有人自外以瓦砾投之,杯盘狼藉,因而遂觉。"刘亦具陈其见。盖所谓彼梦有所往而此遇之也。

元和四年,河南元微之为监察御史[4],奉使剑外[5]。去逾旬,予与仲兄乐天[6],陇西李杓直同游曲江[7]。诣慈恩佛舍,遍历僧院,淹留移时。日已晚,同诣杓直修行里第,命酒对酬,甚欢畅。兄停杯久之,曰:"微之当达梁矣[8]。"命题一篇于屋壁。其词曰:"春来无计破春愁,醉折花枝作酒筹。忽忆故人天际去,计程今日到梁州。"实二十一日也。十许日,会梁州使适至,获微之书一函,后记《纪梦》诗一篇,其词曰:

"梦君兄弟曲江头,也入慈恩院里游。属吏唤人排马去,觉来身在古梁州。"日月与游寺题诗日月率同。盖所谓此有所为而彼梦之者矣。

　　贞元中,扶风窦质与京兆韦旬同自亳入秦⑨,宿潼关逆旅⑩。窦梦至华岳祠,见一女巫,黑而长,青裙素襦,迎路拜揖,请为之祝神。窦不获已,遂听之。问其姓,自称赵氏。及觉,具告于韦。明日,至祠下,有巫迎客,容资妆服,皆所梦也。顾谓韦曰:"梦有征也。"乃命从者视囊中,得钱二镮,与之。巫抚掌大笑,谓同辈曰:"如所梦矣!"韦惊问之。对曰:"昨梦二人从东来,一髯而短者祝酹,获钱二镮焉。及旦,乃遍述于同辈。今则验矣。"窦因问巫之姓。同辈曰:"赵氏。"自始及末,若合符契。盖所谓两相通梦者矣。

　　行简曰:《春秋》及子史,言梦者多,然未有载此三梦者也。世人之梦亦众矣,亦未有此三梦。岂偶然也,抑亦必前定也?予不能知。今备记其事,以存录焉。

注释

①天后:即武则天。
②朝邑:古县名,在今陕西大荔县境内。
③罍(léi 雷)洗:古器名,形态像壶,青铜制或陶制,用以盛酒和水。
④元微之:即元稹,唐代诗人。
⑤剑外:唐代称剑阁以南蜀中地区为剑外。
⑥仲兄:二哥。兄弟间排行第二称为"仲"。乐天:白居易自号乐天。
⑦曲江:即曲江池,在今陕西西安市东南,有河水曲折流过,故称曲江。秦为宜春苑,汉为乐游原。
⑧梁:即梁州。唐代州名,约辖今陕西城固以西的汉水流域。
⑨扶风:郡名,辖境相当于今陕西麟游、乾县以西,秦岭以北地区。亳州:州名,唐辖境约在今安徽亳县、涡阳、蒙城及河南鹿邑、永城等县地。秦:这里指陕西,因战国时为秦地而得名。
⑩潼关:县名,在陕西东部,渭河下游。县北有关隘,名潼关,为陕西、山西、河南三省要冲。

【今译】

　　人的梦,不同于平常是有的:有的是那个人梦中所去的地方正是这个人到过的;有的是这个人所做的事正是那个人梦见的;有的是两个人的梦彼此相通。

武则天时代,刘幽求任朝邑的县丞。曾经奉命出差,晚上才回来。在离家十余里路的地方,正好有座佛堂院,路就在它旁边,他听见寺庙中一片欢歌笑语。寺庙的墙不高,有一段缺口,里面的一切都看得见。刘幽求就俯着身子偷偷观看,只见十来个男男女女坐在一起,桌上摆着饭菜,众人围成一圈进餐。看见他的妻子也坐在中间谈笑。刘幽求开始十分惊讶,好久弄不清楚这是怎么回事,心想妻子不应当到这里来,然而却不能丢下她不管。又仔细看她的容貌及言行举止,觉得没有什么异常。想靠近再察看一番,寺庙的门关着不能进入。刘幽求将瓦片扔过去,击中盛酒的陶罍,陶罍迸裂,人群惊散,很快就不见了。刘幽求翻墙进去,跟他的随从一同察看,殿堂和旁边的屋子一个人也不见,寺庙的门还像原来那样紧闭着。刘幽求更加惊讶,就急忙赶回家。等到了家里,妻子刚刚睡着。听到刘幽求回来了,就打招呼问冷暖,完了,妻子说:"刚才在梦中跟几十个人游一寺庙,都是不认识的,还一起在庭院里吃饭。有人从外面投瓦砾进来,弄得杯盘狼藉,因此就醒了。"刘幽求也详细说了他看见的事。这就是所谓那个人梦中所去的地方正是这个人到过的。

元和四年,河南元微之任监察御史,奉命出使剑外。离开十几天后,我跟二哥白乐天、陇西人李杓直同游曲江。来到慈恩寺,走遍了整个僧院,停留的时间较长。天色已晚,就一起去李杓直在修行里的住宅,饮酒作诗唱和,很欢畅。哥哥放下酒杯好一阵,说:"微之应该到达梁州了。"就写了一首诗题在屋壁上,它的词句是这样的:

春天来了不能排遣春愁,
醉中折取花枝当作酒筹。
忽然想起老友去往远方,
算路程今日该到了梁州。

那是二十一日。十几天后,刚好遇到梁州使者来,带来一封元微之写的信,后面写着一首《纪梦》诗,它的词句是这样:

> 梦到你们兄弟在曲江头，
> 也见你们在慈恩院中游。
> 下属官吏叫人前去备马，
> 醒来时身体却在古梁州。

日子和月份跟游寺时题诗的日子及月份完全相同。这就是所谓这个人做的事正是那个人梦见的。

贞元年间，扶风人窦质与京北人韦笥一起从亳州去秦地，住在潼关的旅店里。窦质梦见到了华岳祠，看见一个女巫，长得黑而高大，穿着青色的裙子与素色的短袄，路上迎着他行礼作揖，要为他祈祷神灵。窦质不得已，只好听她的。问她姓什么，自称赵氏。等到醒来后，窦质便把这事详细告诉了韦笥。第二天，到了华岳祠，有位女巫来迎客，长相与打扮都跟梦中一样。他回头对韦笥说："梦应验了！"于是叫随从看看袋子里的钱，找出二贯钱来，给了她。女巫拍掌大笑，对跟她一起的人说："如同所梦见的！"韦笥惊讶地问她。她回答说："昨天梦见两个人从东面来，一个留胡须的矮个子让我向神灵祝告，因此得了他两贯钱。到了天亮，就告诉了所有同道的人。今天果然应验了。"窦质问女巫的姓。跟她一起的人说："她姓赵。"事情从头到尾，完全吻合。这就是所谓的两个人的梦彼此相通。

行简说：《春秋》以及诸子史书中，谈到梦的很多，但从没有记载这三种梦的。世上人的梦也很多，也没有过这三种梦。这难道是偶然的，还是前世注定的？我弄不清楚。今天详细地记载这件事，以便让它保存下来。

长恨传

陈 鸿

【题解】

本篇选自《文苑英华》卷第七百九十四,诗录自《白氏长庆集》。作者陈鸿,字大亮,唐贞元二十一年进士,曾任太常博士,虞部员外郎等职。曾以七年之力撰编年史《大统记》三十卷,今不传。

《长恨传》作于宪宗元和初年,取材于史事而加以铺张渲染,寓有劝戒讽喻之意。此传叙述开元时杨妃入宫,而天宝末年被缢死于马嵬坡后,唐玄宗自蜀还京,思念不已,方士为之寻觅贵妃魂魄的事。篇中对玄宗晚年纵情声色、政治腐败持批评态度,但把国家动乱的原因归咎于女人,则是片面的。此传与白居易的《长恨歌》相辅而行,流传很广。北宋时乐史撰长篇传奇《杨太真外传》,曾取材于本篇。后世演为戏曲的也不少,其中以元代白朴的《唐明皇秋夜梧桐雨》和清代洪昇的《长生殿》两剧最为著名。

【原文】

开元中①,泰阶平②,四海无事。玄宗在位岁久,勌于旰食宵衣③,政无大小,始委于右丞相④,稍深居游宴,以声色自娱。先是,元献皇后武淑妃皆有宠⑤,相次即世。宫中虽良家子千数,无可悦目者。上心忽忽不乐。时每岁十月,驾幸华清宫⑥,内外命妇⑦,熠耀景从,浴日余波,赐以汤沐,春风灵液,澹荡其间。上心油然,若有所遇,顾左右前后,粉色如土。诏高力士潜搜外宫,得弘农杨玄琰女于寿邸⑧,既笄矣。鬒发腻理,纤秾中度,举止闲冶,如汉武帝李夫人⑨。别疏汤泉,诏赐藻莹。既出水,体弱力微,若不任罗绮。光彩焕发,转动照人。上甚悦。进见之日,奏《霓裳羽衣曲》以导之;定情之夕,授金钗钿合以固之。又命戴步摇⑩,垂金珰⑪。明年,册为贵妃,半后服用。由是冶其容,敏其词,婉娈万态,以中上意。上益嬖焉⑫。时省风九州⑬,泥金五岳⑭,骊山雪夜,上阳春朝⑮,与上行同辇,居同室,宴专席,寝专房。虽有三夫人,九嫔,二十七世妇,八十一御妻⑯,暨后宫才人⑰,乐府妓女,使天子无顾盼意。自是六宫无复进幸者。非徒殊艳尤态致是,盖才智明慧,善巧便佞,先意希旨,有不可形容者。叔父昆弟皆列位清贵,爵为通侯。姊妹封国夫人,富埒王宫,车服邸第,与大长公主侔矣⑱。而恩泽势力,则又过之,出入禁门不问,京师长吏为之侧目。故当时谣咏有云:"生女勿悲酸,生男勿喜欢。"又曰:"男不封侯女作妃,看女却为门上楣。"其人心羡慕如此。天宝末⑲,兄国忠盗丞相位,愚弄国柄。及安禄山引兵向阙⑳,以讨杨氏为词。潼关不守,翠华南幸㉑。出咸阳㉒,道次马嵬亭㉓。六军徘徊,持戟不进,从官郎吏伏上马前,请诛晁错以谢天下㉔。国忠奉氂缨盘水死于道周㉕,左右之意未快,上问之。当时敢言者,请以贵妃塞天下怨。上知不免,而不忍见其死,反袂掩面,使牵之而去。仓皇展转竟就死于尺组之下。既而玄宗狩成都,肃宗受禅灵武。明年,大赦改元,大驾还都。尊玄宗为太上皇,就养南宫。自南宫迁于西内㉖。时移事去,乐尽悲来。每至春之日,冬之夜,池莲夏开,宫槐秋落,梨园弟子㉗,玉琯发音㉘,闻《霓裳羽衣》一声,则天颜不怡,左右歔欷。三载一意,其念不衰。求之梦魂,杳不能得。适有道士自蜀来,知上皇心念杨妃如是,自言有李少君之术㉙。玄宗大喜,命致其神。方士竭其术以索之,不至。又能游神驭气,出天界,没地府以求之不见。又旁求四虚上下㉚,东极天海,跨蓬壶㉛。见最高仙山,上多楼阙,西厢下有洞户,东响,阖其门,署曰:"玉妃太真院。"方士抽簪叩扉,有双鬟童女,出应其门。方士造次未及言,而双鬟复入。俄有碧衣侍女又至,诘其所从。方士因称唐天子使者,且致其命。碧衣云:"玉妃方寝,请少待之。"于时云海沉沉,洞天日晓,琼户重闱,悄然无声。方士屏息敛足,拱手门下。久之,而碧衣延入,且曰:"玉妃出。"见一人冠金莲,披紫绡,佩红玉,曳凤舄㉜,左右侍者七八人,揖方士问皇帝安否,次问天宝十四载已还事。言讫悯然,指碧衣取金钗钿合,各折其半,授使者曰:"为我谢太上皇,谨献是物,寻旧好也。"方士受辞与信,将行,色有不足,玉妃固征其意,复前跪致词:"请当时一事,不为他人闻者,验于太上皇。不然,恐钿合金钗,负新垣平之诈也㉝。"玉妃茫然退立,若有所思,徐而言曰:"昔天宝十载,侍辇避暑于骊山宫。秋七月,牵牛织女相见之夕,秦人风俗,是夜张锦绣,陈饮食,树瓜华㉞,焚香于庭,号为乞巧。宫掖间尤尚之㉟。时夜殆半,休侍卫于东西厢,独侍上。上凭肩而立,因仰天感牛女事,密相誓心,愿世世为夫妇。言毕,执手各呜咽。此独君王知之耳。"因自悲曰:"由此一念,又不得居此,复堕下界,且结后缘。若为天,或为人,决再相见,好合如旧。"因言:"太上皇亦不久人间,幸惟自安,无自苦耳。"使者还奏太上皇,皇尽震掉,日日不豫。其年夏四月,南宫宴驾。元和元年冬十二月,太原白乐天自校书郎尉于盩厔㊱。鸿与琅邪王质夫家于是邑㊲,暇日相携游仙游寺,话及此事,相与感叹。质夫举酒于乐天前曰:"夫希代之事,非遇出世之才润色之,则与时消没,不闻于世。乐天,深于诗,多于情者也。试为歌之。如何?"乐天因为《长恨歌》。意者不但感其事,亦欲惩尤物,窒乱阶,垂于将来者也。歌既成,使鸿传焉。世所不闻者,予非开元遗民,不得知。世所知者,有《玄宗本纪》在。今但传《长恨歌》云尔。

汉皇重色思倾国㊳,御宇多年求不得�439。杨家有女初长成,养在深闺人未识。天生丽质难自弃,一朝选在君王侧。回头一笑百媚生,六宫粉黛无颜色㊵。春寒赐浴华清池,温泉水滑洗凝脂,侍儿扶起娇无力,始是新承恩泽时。云鬓花冠金步摇,芙蓉帐里暖春宵。春宵苦短日高起,从此君王不早朝。承欢侍寝无容暇,春从春游夜专夜。后宫佳丽三千人,三千宠爱在一身,金屋妆成娇侍夜,玉楼宴罢醉和春。姊妹弟兄皆列土㊶,可怜光彩生门户,遂令天下父母心,不重生男重生女。骊宫高处入青云,仙乐风飘处处闻。缓歌慢舞凝丝竹,尽日君王听不足。渔阳鞞鼓动地来㊷,惊破《霓裳羽衣》曲。九重城阙烟尘生,千乘万骑西南行。翠华摇摇行复止,西出都门百余里,六军不发知奈何,宛转娥眉马前死。花钿委地无人收㊸,翠翘金雀玉搔头㊹,君王掩面救不得,回看血泪相和流。黄埃散漫风萧索,云栈萦回登剑阁㊺。峨眉山下少行人㊻,旌旗无光日色薄。蜀江水碧蜀山青,圣主朝朝暮暮情,行宫见月伤心色,夜雨闻铃肠断声。天旋地转回龙驭,到此踌躇不能去,马嵬坡下尘土中,不见玉颜空死处。君臣相顾尽沾衣,东望都门信马归。归来池苑皆依旧,太液芙蓉未央柳㊼。芙蓉如面柳如眉,对此如何不泪垂?春风桃李花开日,秋雨梧桐叶落时。西宫南内多秋草,落叶满阶红不扫。梨园弟子白发新,椒房阿监青蛾老㊽。夕殿萤飞思悄然,孤灯挑尽未成眠,迟迟钟漏初长夜,耿耿星河欲曙天。鸳鸯瓦冷霜华重㊾,旧枕故衾谁与共?悠悠生死别经年,魂魄不曾来入梦。临邛方士鸿都客⑩,能以精神致魂魄。为感君王展转思,遂教方士殷勤觅。排空驭气奔如电,升天入地求之遍,上穷碧落下黄泉,两处茫茫皆不见。忽闻海上有仙山,山在虚无缥渺间。楼殿玲珑五云起,其间绰约多仙子。中有一人名玉妃,雪肤花貌参差是。金阙西厢叩玉扃,转教小玉报双成㉛。闻道汉家天子使,九华帐下梦中惊㉜。揽衣推枕起徘徊,珠箔银钩迤逦开。云髻半偏新睡觉,花冠不整下堂来。风吹仙袂飘飘举,犹似《霓裳羽衣》舞,玉容寂寞泪阑干,梨花一枝春带雨。含情凝睇谢君王,一别音容两渺茫,昭阳殿里恩爱绝㉝,蓬莱宫中日月长㉞。回头下问人寰处,不见长安见尘雾。空持旧物表深情,钿合金钗寄将去。钗留一股合一扇,钗擘黄金合分钿。但教心似金钿坚,天上人间会相见。临别殷勤重寄词,词中有誓两心知。七月七日长生殿,夜半无人私语时。在天愿为比翼鸟,在地愿为连理枝。天长地久有时尽,此恨绵绵无尽期!

注释

①开元:唐玄宗年号(公元713—741年)。

②泰阶:就是三台,古代星名。《晋书·天文志》:"三台六星,两两而居……西近文昌二星曰上台……次二星为中台……东二星为下台。"古时认为三台六星像台阶一样。上阶代表天子,中阶代表官吏,下阶代表百姓。"泰阶平"意为三阶谐和,天下太平。

③勚:同"倦",厌烦,懈怠。旰(gàn干):天晚。"旰食宵衣",天黑才吃饭天不亮就穿衣,这里形容勤劳处理政务。

④右丞相:即中书令李林甫。

⑤元献皇后:唐玄宗贵嫔,唐肃宗生母,死后由肃宗追尊为元献皇后。武惠妃:恒安王武攸止的女儿,死后追尊为贞顺皇后。

⑥华清宫:唐代在骊山(今陕西临潼县南)山麓建华清宫,内有温泉,是皇帝游玩沐浴的地方。温泉名为华清池。华清宫内有长生殿。

⑦内外命妇:旧时有封号的妇女称为"命妇"。"内命妇"指受宫内封号的,如妃嫔等;"外命妇"指公主、王妃及因丈夫的官爵而封赠的。

⑧弘农:古县名,治所在今河南灵宝县北。杨玄琰:弘农人,杨贵妃之父。寿邸:寿王府。杨贵妃小名玉环,原是玄宗之子寿王李瑁的妃子,玄宗看上了她,先让她去出家为道士,再纳入宫中,所以说"得于寿邸"。

⑨李夫人:汉武帝的爱妾,美丽而善歌舞。

⑩步摇:金凤形首饰,上缀成串的珠宝,行走时摇动不止。
⑪珰(dāng 当):旧时妇女挂在耳垂上的装饰品。
⑫嬖(bì 闭):宠爱。
⑬省风:察看民情。
⑭泥金:也称金泥,即以水银和金为泥。皇帝祭天地时,把祭文写在简版上,以玉为盖子,然后再用泥金把它封起来。"泥金五岳"即是祭祀天地的意思。
⑮上阳:唐代东都洛阳的宫名。
⑯三夫人、九嫔、二十七世妇、八十一御妻:古时王宫里妃嫔和女官的名称。这里泛指皇宫里的妃嫔等人。
⑰才人:唐代管理宫中宴寝一类事务的女官。
⑱大长公主:皇帝的姑母称"大长公主",姐妹称"长公主"。
⑲天宝:唐玄宗年号(公元742—756年)。
⑳向阙:进犯京都。
㉑翠华:皇帝仪仗中一种用翠鸟羽做装饰的旗,这里代指皇帝。
㉒咸阳:唐县名,在今陕西咸阳市东。
㉓马嵬(wéi 桅)亭:地名,即马嵬。马嵬城、马嵬坡、马嵬驿同。
㉔晁错:汉景帝时御史大夫,建议削减诸王封地,以巩固中央集权制度。吴楚等七国以诛晁错为名起兵叛乱,晁错被景帝杀死。这里以晁错指杨国忠。
㉕氂(lí 离)缨:牦牛尾巴做的帽缨。"氂",牦牛尾。古时官员有过,戴白冠氂缨(表示待罪之身),手捧盘水(水性平,意为请皇帝公平处理),加上宝剑(证实有罪时用以自刎),向皇帝请罪。
㉖西内:皇宫称作内,即西内。这里指太极宫。上文"南宫"指兴庆宫。
㉗梨园:唐玄宗时教练歌舞艺人的地方。玄宗曾选宫女数百人于梨园学歌舞,称为梨园弟子。后人称戏班为梨园,戏曲演员为梨园子弟,源出于此。
㉘琯(guǎn 管):古代管乐器,像笛。
㉙李少君:汉武帝时方士,自称曾在海上遇仙,有长生不老之方,并能招回亡人灵魂。古时把自称会求仙炼丹、禁咒祈祷之类法术的叫做方士。
㉚四虚:即四方。
㉛蓬壶:即蓬莱,古代传说中的三神山之一。相传三神山形态如壶,故名。神山在东海中,上有不死药,以黄金白银为宫殿。
㉜凤舄(xì 戏):凤头鞋子。
㉝新垣平:汉时赵人,自称会"望气",曾告诉汉文帝说长安东北有神气,当建祠以应这一兆头;又说宫中有宝气,果然就有人来献玉杯。因此大得宠信。后经人告发做假,被杀。
㉞瓜华:即瓜果。

㉟宫掖:皇宫。"掖",掖庭,宫中旁舍,后妃宫嫔居住的地方。
㊱盩厔(zhōu 周 zhì 至):古县名,今陕西周至县。
㊲琅邪:唐郡名,也称沂州,治所在今山东临沂市。
㊳汉皇:本指汉武帝,这里借指唐玄宗。倾国:指美女。语出《汉书·外戚传》李延年歌:"北方有佳人,绝世而独立。一顾倾人城,再顾倾人国。"
㊴御宇:统治全国。
㊵粉黛:本是妇女的化妆品,这里用作妇女的代称。
㊶列土:皇帝把土地分封给臣僚。杨玉环受册封后,她的大姐封韩国夫人,三姐封虢国夫人,八姐封秦国夫人。伯叔兄弟杨铦官鸿胪卿,杨锜官侍御史,杨钊赐名国忠,天宝十一年为右丞相。
㊷渔阳:唐代郡名,约辖今北京市东面一些地区,属安禄山管辖。鞞(pí 皮)鼓:古代军中用的小鼓。
㊸花钿:嵌有金花的首饰。
㊹翠翘:翠鸟尾上的长毛叫"翘"。这里指形似"翠翘"的头饰。金雀:雀形的金钗。玉搔头:玉簪。
㊺剑阁:即剑门关,在今四川剑阁县北。
㊻峨眉山:名山,在四川峨嵋县境。唐玄宗到蜀中,不经过峨嵋山,这里只是泛指四川的高山。
㊼太液:池名,在长安东北大明宫内。未央:宫名,在长安西北。两者都是汉代就有的旧名称。这里借指唐朝的池苑和宫廷。
㊽椒房:宫殿名称,皇后所居。以花椒和泥涂壁,取其温暖而芳香。阿监:宫廷中的近侍,唐代女官名。青娥:指年轻貌美的宫女。
㊾鸳鸯:屋瓦一俯一仰扣在一起叫"鸳鸯瓦"。霜华:即霜花。
㊿临邛(qióng 穷):唐代郡名,辖境约为今四川邛崃县地。鸿都:洛阳北宫门名。
㉛小玉:吴王夫差之女。双成:姓董。《汉武帝内传》:"西王母命玉女董双成吹云和之笙。"这里借小玉、双成作为杨贵妃在仙山上的侍婢之名。
㉜九华:图案名称。"九华帐",即用九华图案绣成的彩帐。
㉝昭阳殿:汉宫名,赵飞燕居住过的地方。这里借指唐宫。
㉞蓬莱宫:传说里海中神山上的宫殿,这里指杨妃所住的仙境。

【今译】

　　唐朝开元年间,天下太平,四海之内安宁无事。玄宗皇帝在位好些年了,对勤于处理国事已经厌倦,因此无论大小政务,都叫右丞相去办理,自己住进深宫,游玩宴饮,以音乐歌舞取乐。在这之前,元献皇后和武淑妃都曾得到他的宠爱,可是她们相继去世了。皇宫中虽有数千良家女子,但没有一个皇上看得中的,因此他心头总是郁郁不快。

那时每年十月,皇上都要去华清宫,宫内外受封赠的贵妇,打扮得十分美丽跟随着他。沐浴之日皇上洗过澡后,也让贵妇们入浴,她们浮荡于水波之间,轻盈而又欢畅。皇上看到这些油然心动,好像遇见了什么称心如意的佳人。但看看左右前后,又觉得那些女子姿色平平。于是他叫高力士暗中去宫外找寻,终于在寿王府找到了弘农人杨玄琰的女儿玉环,她已经盘发插笄成年了。杨玉环头发细腻光洁,身材胖瘦适中,举止娴静妩媚,好像当年汉武帝的爱妾李夫人。于是皇上叫另外给她开辟一处温泉,下诏让她去洗澡。她洗完出水时,身子娇弱无力,好像连一件轻软的绸衣也穿不上似的。她神采焕发,顾盼之间光彩照人。皇上非常高兴。进见的那天,乐手奏着《霓裳羽衣曲》在前面引导;他们结合为夫妇的那个晚上,皇上赐给她金钗钿盒,作为巩固情爱的象征。又叫她头戴行走时摇动不止的凤形首饰,耳垂上挂着金子做的装饰物。第二年,册封她为贵妃,服饰享用的规格为皇后的一半。从此杨玉环把容貌修饰得更加娇艳,说话也更加机敏,做出千娇百媚的姿态,以博皇上的欢心。唐玄宗因此越发宠爱她。那时无论是去视察全国、祭祀山川天地,还是在雪夜的骊山上、春天早晨的上阳宫里,杨贵妃都跟皇上同乘一辆车,同住一间屋,吃饭由她一个人陪席,睡觉由她一个人作伴。宫中虽有三个夫人,九个嫔妃,二十七个世妇,八十一个御妻,以及众多的后宫女官,乐府艺妓,都不能使皇上多看一眼。从此六宫里再也没有一个女子能得到皇上的宠幸了。这不仅是因为贵妃与众不同的容貌和娇媚的姿态所致,还由于她聪明伶俐,善以花言巧语迎合奉承,在皇上还未开口时就能揣摸到他的心意。这样的事真是不能用语言来形容。

于是贵妃的那些叔伯兄弟都在朝廷中出任高官,封以最高的爵位。姐妹都封为王国夫人,家中的财富可以跟皇宫相比,车马、服饰、府第等,跟皇上的姑母大长公主相同,而受到的恩宠和得到的权势,则又胜过她。她们出入皇宫大门没有人敢盘问,京城里的官吏都敢怒不敢言。因此当时民间有歌谣这样说:"生女儿别心酸,生男孩别喜欢。"又说:"男的没有封侯女的做了皇妃,女儿却也能为门第增光添彩。"人们心中羡慕贵妃竟至如此。

天宝末年,杨贵妃的哥哥杨国忠窃取了丞相职位,玩弄国家权柄。等到安禄山引兵进犯京城,就是以讨伐杨国忠为名。潼关失守,玄宗仓皇而逃,出了咸阳城,路经马嵬坡,军队徘徊观望,拿着兵器不肯前进。跟随的官员们跪在玄宗马前,请求像汉景帝杀晁错那样杀掉杨国忠来向天下谢罪。杨国忠戴着插上牦牛尾巴的帽子,手捧一盘水,希望能得到公平处理,但还是被杀死在路边。左右的官兵依然不满,皇上就问为什么这样。当时有敢于讲话人的说,请求处死贵妃来平息天下的怨恨。玄宗知道这已经无法避免,又不忍心看着她死,只好举袖掩面,让人把她带出去。就在这仓皇奔逃中贵妃竟死于三尺白绫之下。

后来玄宗逃到成都,肃宗在灵武受禅即位。第二年,安禄山被他儿子所杀,朝廷宣布大赦,改年号为乾元元年,大驾回京。尊玄宗为太上皇,奉养在兴庆宫。以后又从兴庆宫迁到太极宫。时间消逝世事变迁,欢乐尽去悲哀涌来。每当明朗的春日,漫长的冬夜,池莲盛开的夏季,宫槐叶落的秋天,梨园弟子吹起玉笛,听见《霓裳羽衣》的曲调,玄宗就闷闷不乐,旁边的人也随之叹息。三年来他只想着贵妃,思念始终不减。希望能与她在梦中见上一面,却杳无迹象不能如愿。

这时恰好有个方士从四川来,知道太上皇如此想念杨贵妃,就说自己有汉武帝时李少君那种能招回亡人灵魂的法术。玄宗非常高兴,要他招回贵妃的灵魂。方士于是施展他所有的法术来招魂,但贵妃却没有来。方士又能让自己的灵魂驾起云气,出天界入地府去寻找,也没有看见。他又到四方八面去找,一直到东边极远的海上,登上蓬莱岛,看到一座最高的仙山,上面有许多楼宇,西厢下有个洞门,朝着东面,门关着,上面写着"玉妃太真院"。方士取下发簪敲门,一个梳着鬟的女童出来开门。方士还没有来得及说话,那女童又进去了。不久有个穿绿衣服的侍女出来,问他是哪里来的。方士便说自己是唐朝皇帝的使者,而且告诉她求访贵妃的使命。绿衣侍者说:"玉妃刚睡下,请稍等一阵。"这时云海沉沉弥漫,洞府那边刚刚天亮,玉石做的门紧关着,悄然无声。方士屏住呼吸并着双脚,拱手立在门口。过了许久,绿衣侍女才出来请他进去,并说:"玉妃出来了。"只见一位女子戴金莲冠,披紫色丝衣,佩着红玉,穿凤头鞋子,旁边有七八个侍女跟着,向方士施礼,问皇帝是否安好,接着又问天宝十四年以后的事情。说完神色凄然,叫绿衣侍女取来金钗钿盒,都分成两半,把一半交给使者说:"代我告诉太上皇,献上这些东西,以表明我记得从前的恩爱。"方士听完她的话,接过信物,将要离去,脸色却有些不满足。玉妃一定要知道原因,方士又上前跪下说:"请告诉我一件当时的事,不被别人所知,让太上皇验证一下。不然,光凭金钗钿盒,怕被看成蒙哄汉文帝的新垣平设的骗局。"玉妃茫然后退,若有所思,慢慢地说道:"从前天宝十年,我陪皇上在骊山华清宫避暑,秋日七月,牛郎织女相会的那个晚上,按长安地方秦人的风俗,这天夜里要铺开锦绣,摆上饮食,陈设瓜果,在庭院烧香,叫做'乞巧'。宫中特别崇尚这个风俗。当时过了半夜,侍卫已经在东西厢休息了,只有我独自侍奉皇上。皇上靠着我的肩站着,仰望星空感慨牛郎织女的故事,指着心跟我秘密立下誓言,希望世世代代都能成为夫妇。说完,拉着手各自呜咽起来。这件事只有君王一人知道。"接着又悲伤地说:"因为这个念头,又不能住在这里了。如果坠下凡尘,并且跟皇上重结后缘,或是在天上,或是在人间,一定会再与他相见,恩爱如初。"又说:"太上皇在世上的时间也不多了,望他自己保重,不要自寻烦恼。"方士回去后报告了太上皇,太上皇又惊又悲,成天抑郁不乐。这年夏天四月,在兴庆宫去世。

  元和元年冬十二月,太原白乐天由校书郎尉调任盩屋县尉。我跟琅玡人王质夫都住在这个县里,空闲的日子结伴去游仙游寺,谈到这件事,彼此感叹。王质夫在白乐天面前举着酒杯说:"世代少有的事,非得遇上超群的人才来修饰描写它,否则就会随着时间的消逝而湮没,不再被世人知道了。乐天精于作诗,又富于感情,试着将此事写成诗歌,如何?"白乐天因此作了《长恨歌》。用意不但是要把事情写得动人,也想借此惩劝以美色惑主之人,清除祸乱的阶梯,使之作为将来的借鉴。诗歌写成后,让我写一篇传。世人不知道的,我不是开元时代的遗民,同样不可能知道。世人知道的,在《玄宗本纪》中已有记载。今天我只是为《长恨歌》写作罢了。

    汉皇重色思念绝世佳人,
    在位多年也没能找到。
    杨家有个女儿刚长大,

娇养在深闺里无人知晓。
天赋的美貌怎能埋没，
有一天终于选在君王身边。
回头一笑生出百种娇媚，
六宫美女全部没了光彩。
春寒料峭时赐浴华清池，
泉水滑爽肌肤如同凝脂。
侍女扶她起来时娇弱无力，
那时她刚得到君王恩宠。
头戴云鬓花冠和金步摇，
温暖的芙蓉帐里共度春宵。
可惜春宵太短日头已高挂，
从此君王不再早晨临朝。
博取欢心陪寝卧没有空闲，
春日一同出游夜夜专房。
后宫的美女足有三千人，
对她们的宠爱都集于一身。
侍候君王好比金屋藏娇，
玉楼酒宴散时醉脸生春。
姐妹受封兄弟加官分疆土，
杨家门第生辉家族光彩。
就让天下做父母的心中，
不愿生男孩而盼生女儿。
高山上的骊宫直入青云，
美妙的乐曲随风飘散四下可闻。
轻歌曼舞与箫笛琴瑟水乳交融，
从早到晚君王都听不够。
渔阳的战鼓震天动地而来，
惊断了那《霓裳羽衣》曲。
长安的九重城阙烟尘滚滚，
无数车骑朝着西南方奔逃。
皇家的仪仗摇动着走走停停，

出西门后才行进了百余里。
军队不肯前进谁也无可奈何,
美人只得在马前献出生命。
花钿撒落一地无人收捡,
还有翠翘、金雀与玉搔头。
君王以手掩面不能救她,
回头看时血与泪一同流淌。
黄尘遮天蔽日西风凄冷,
入云的栈道萦绕登上剑阁。
峨眉山下少有行人过往,
旌旗失去光彩日光淡薄。
蜀江的水澄碧蜀山青翠,
圣上朝朝暮暮满怀深情。
行宫里见月亮总是伤心景色,
夜雨中听铃响却是断肠声音。
叛乱平定后皇上车驾返回,
到了这里徘徊着不愿离去。
马嵬坡下的那片尘土之中,
看不见贵妃而死处空空。
君臣相看泪水都湿了衣裳,
向东遥望都门由着马归去。
回来只见池塘园林都依旧,
太液池的芙蓉未央宫的杨柳。
芙蓉好像人面柳叶好似眉毛,
对着这些景物如何不落泪?
春风徐徐桃李开花的日子,
梧桐叶落秋雨绵绵的时候。
太极宫兴庆宫长满秋草,
红叶落满台阶无人打扫。
梨园弟子白发已经上头,
椒房女官宫女容颜衰老。
夜殿萤飞思绪悄然而至,

孤灯燃尽却不能入眠。
钟鼓迟迟长夜才开始,
星河闪亮天色又将破晓。
鸳鸯瓦上凝结了厚重的霜光,
从前的绣枕绵衾谁与共眠?
生死隔绝分别已一年,
魂魄竟也不曾来到梦中。
临邛的道士来京都做客,
能凭他的精诚招回亡魂。
感动于君王的苦苦思念,
就让道士用心寻觅。
排空驾云飞奔如闪电,
升天宫入地府到处找寻。
上寻遍天宇下找尽黄泉,
两处都不见贵妃的倩影。
忽然听说海上有座仙山,
那山隐在虚无缥缈之间。
楼阁珍珑五彩云霞四起,
那里有许多仙子姿容美丽。
其中有一人名字叫玉妃,
肌肤似雪容貌如花就像是她。
来到金阙的西厢前去敲门,
开门的小玉又叫双成去报信。
听说是汉家天子派来的使者,
九华帐里的玉妃人梦中惊醒。
拿衣裳推枕头她起身徘徊,
珠帘慢慢卷起银屏渐渐开启。
如云的鬓发散乱睡意曚眬,
衣冠还没有理好就走下堂来。
风吹她的长袖轻轻扬起,
如同从前舞那《霓裳羽衣》。
脸上神情寂寞泪水涟涟,

犹似一枝梨花沾着春雨。
含情凝视使者感谢皇恩,
分别以后彼此音容渺茫。
昭阳殿里的恩爱已经断绝,
蓬莱宫中的岁月长无尽头。
回头下望那人间世界,
不见长安只见尘雾迷茫。
只好以旧时之物表达深情,
钿盒与金钗请捎给皇上。
金钗留一股钿盒留一扇,
钗分为两截盒分为两半。
只要彼此心坚似金钿,
无论天上人间总会相见。
临别还有话特别请转告,
曾有誓言只有两人知道。
那是七月七日在长生殿,
夜半无人时悄悄地私语。
在天空我俩愿变作比翼飞鸟,
在地上我俩愿化成连理花枝。
天地长久啊也有穷尽的时候,
这遗恨啊将永永远远没完了!

东城老父传

陈 鸿

【题解】

本篇选自《太平广记》卷第四百八十五，作者陈鸿。但文中有"颍川陈鸿祖……"一句，作者自称陈鸿祖。因而一说是陈鸿祖所作。而陈鸿祖生平不详。

此传作于元和年间。传中写开元、天宝时贾昌以善斗鸡而被玄宗宠爱。安禄山之乱，玄宗南逃，贾昌追赶不及，以后就出家当了和尚，看破红尘，一心向佛。元和年间贾昌还在人世，追忆当年盛事，不胜今昔沧桑之感。作者通过对贾昌经历的叙述，表露了对玄宗的逸乐奢侈所持的批评态度。而后半部分记贾昌之言，将开元时政治社会状况与当前事对比，则寄托了作者对于时政的忧虑。

【原文】

老父，姓贾名昌，长安宣阳里人，开元元年癸丑生①。元和庚寅岁②，九十八年矣。视听不衰，言甚安徐，心力不耗，语太平事历历可听。父忠，长九尺，力能倒曳牛，以材官为中宫幕士③。景龙四年④，持幕竿随玄宗入大明宫⑤，诛韦氏⑥，奉睿宗朝群后⑦，遂为景云功臣⑧，以长刀备亲卫。诏徙家东云龙门⑨。昌生七岁，矫捷过人，能抟柱乘梁，善应对，解鸟语音。玄宗在藩邸时⑩，乐民间清明节斗鸡戏。及即位，治鸡坊于两宫间⑪。索长安雄鸡，金毫铁距高冠昂尾千数⑫，养于鸡坊。选六军小儿五百人，使驯扰教饲。上之好之，民风尤甚。诸王子家，外戚家，贵主家，侯家，倾帑破产市鸡⑬，以偿鸡直。都中男女，以弄鸡为事，贫者弄假鸡。帝出游，见昌弄木鸡于云龙门道旁，召入，为鸡坊小儿，衣食右龙武军⑭。三尺童子，入鸡群，如狎群小，壮者，弱者，勇者，怯者，水谷之时，疾病之候，悉能知之。举二鸡，鸡畏而驯，使令如人。护鸡坊中谒者王承恩言于玄宗⑮，召试殿庭，皆中玄宗意，即日为五百小儿长。加之以忠厚谨密，天子甚爱幸之。金帛之赐，日至其家。开元十三年，笼鸡三百，从封东岳⑯。父忠死太山下，得子礼奉尸归葬雍州。县官为葬器丧车，乘传洛阳道。十四年三月，衣斗鸡服，会玄宗于温泉。当时天下号为"神鸡童"。时人为之语曰："生儿不用识文字，斗鸡走马胜读书。贾家小儿年十三，富贵荣华代不如。能令金距期胜负，白罗绣衫随软舆⑰。父死长安千里外，差夫持道挽丧车。"昭成皇后之在相王府⑱，诞圣于八月五日⑲。中兴之后，制为千秋节。赐天下民牛酒乐三日，命之曰酺，以为常也。大合乐于宫中，岁或酺于洛。元会与清明节⑳，率皆在骊山。每至是日，万乐具举，六宫毕从。昌冠雕翠金华冠，锦袖绣襦袴，执铎拂道。群鸡叙立于广场，顾眄如神，指挥风生。树毛振翼，砺吻磨距，抑怒待胜，进退有期。随鞭指低昂不失。昌度胜负既决，强者前，弱者后，随昌雁行㉑，归于鸡坊。角觝万夫㉒，跳剑寻橦㉓，蹴毬踏绳，舞于竿颠者，索气沮色，逡巡不敢入。岂教猱扰龙之徒欤㉔？二十三年，玄宗为娶梨园弟子潘大同女，男服珮玉，女服绣襦，皆出御府。昌男至信至德。天宝中，妻潘氏以歌舞重幸于杨贵妃。夫妇席宠四十年，恩泽不渝，岂不敏于伎，谨于心乎？上生于乙酉鸡辰，使人朝服斗鸡，兆乱于太平矣。上心不悟。十四载，胡羯陷洛㉕，潼关不守。大驾幸成都，奔卫乘舆。夜出便门㉖，马踣道窄伤足㉗，不能进，杖入南山㉘。每进鸡之日，则向西南大哭。禄山往年朝于京师，识昌于横门外。及乱二京，以千金购昌长安洛阳市。昌变姓名，依于佛舍，除地击钟，施力于佛。洎太上皇归兴庆宫，肃宗受命于别殿，昌还旧里。居室为兵掠，家无遗物。布衣颙颡㉙，不复得入禁门矣。明日，复出长安南门，道见妻儿于招国里，菜色黯焉。儿荷薪，妻负故絮。昌聚哭，诀于道。遂长逝息长安佛寺，学大师佛旨。大历元年，依资圣寺大德僧运平住东市海池，立陁罗尼石幢㉚。书能纪姓名；读释氏经㉛，亦能了其深义至道，以善心化市井人。建僧房佛舍，植美甘木。昼把土拥根，汲水灌竹，夜正观于禅室㉜。建中三年㉝，僧运平人寿尽。服礼毕，奉舍利塔于长安东门外镇国寺东偏㉞，手植松柏百株。构小舍，居于塔下，朝夕焚香洒扫，事师如生。顺宗在东宫㉟，舍钱三十万，为昌立大师影堂及斋舍㊱。又立外屋，居游民，取佣给。昌因日食粥一杯，浆水一升，卧草席，絮衣。过是，悉归于佛。妻潘氏后亦不知所往。贞元中㊲，长子至信衣并州甲㊳，随大司徒燧入觐㊴，省昌于长寿里。昌如己不生,绝之使去。次子至德归,贩缯洛阳市⑩,来往长安间,岁以金帛奉昌,皆绝之。遂俱去,不复来。元和中,颍川陈鸿祖携友人出春明门㊶,见竹柏森然,香烟闻于道,下马觐昌于塔下。听其言,忘日之暮。宿鸿祖于斋舍,话身之出处,皆有条贯,遂及王制。鸿祖问开元之理乱。昌曰:"老人少时,以斗鸡求媚于上。上倡优畜之,家于外宫,安足以知朝廷之事。然有以为吾子言者。老人见黄门侍郎杜暹为碛西节度㊷,摄御史大夫㊸,始假风宪以威远。见哥舒翰之镇凉州也㊹,下石堡戍青海城㊺,出白龙㊻,逾葱岭㊼,界铁关㊽,总管河左道㊾,七命始摄御史大夫。见张说之领幽州也㊿,每岁入关,辄长辕挽辐车㊿,辇河间蓟州佣调缯布,驾轊连軏㊿,垒入关门㊿。输于王府,江淮绮縠㊿,巴蜀锦绣,后宫玩好而已。河州燉煌道岁屯田㊿,实边食,余粟转输灵州㊿,漕下黄河,入太原仓㊿,备关中凶年㊿。关中粟米,藏于百姓。天子幸五岳,从官千乘万骑,不食于民。老人岁时伏腊得归林,行都市间,见有卖白衫白叠布。行邻比鄽间,有人禳病㊿,法用皂布一匹,持重价不克致,竟以幞头罗代之㊿。近者,老人扶杖出门,阅街衢中,东西南北视之,见白衫者不满百。岂天下之人皆执兵乎?开元十二年,诏三省侍郎有缺㊿,行求曾任刺史者;郎官缺㊿,先求曾任县令者。及老人见四十三省郎吏,有理刑才名,大者出刺郡,小者镇县。自老人居大道旁,往往有郡太守休马于此,皆惨然不乐朝廷沙汰使治郡。开元取士,孝弟理人而已。不闻进士宏词拔萃之为其得人也。大略如此。"因泣下。复言曰:"上皇北臣穹庐㊿,东臣鸡林㊿,南臣滇池㊿,西臣昆夷㊿,三岁一来会。朝觐之礼容,临照之恩泽,衣之锦絮,饲之酒食,使展事而去,都中无留外国宾。今北胡与京师杂处,娶妻生子。长安中少年,有胡心矣。君子视首饰靴服之制,不与向同,得非物妖乎?"鸿祖默不敢应而去。

注释

①开元元年:即公元713年。癸丑:指月份,何月已无可考。

②元和:唐宪宗年号(公元806—820年)。元和庚寅岁:元和五年(公元810年)。

③材官:供差遣的低级武职。中宫:皇后居住的地方;有时也作为皇后的代称。

④景龙:唐中宗年号(公元707—710年)。

⑤幕竿:支撑幕帐的竿子。大明宫:唐代长安的宫殿,规模宏大,是皇帝听政的地方。

⑥韦氏:唐中宗(李显)的皇后。她毒死中宗,自立为皇太后,临朝摄政。李隆基(唐玄宗)与人密谋,起兵攻入宫内,杀死韦后,拥父亲李旦(中宗之弟)为帝。

⑦睿宗:即李旦。群后:指众大臣。古时也称诸侯为"后"。

⑧景云:唐睿宗年号(公元710—712年)。

⑨云龙门:大明宫宫门,又分东西二门。此句意为让贾忠住在宫城内。

⑩藩邸:即王府。唐玄宗即位前被封为平王。

⑪鸡坊:唐时皇家养鸡的场所。两宫:大明宫和兴庆宫。玄宗即位,睿宗做了太上皇,二人各住大明宫和兴庆宫,并称"两宫"。

⑫毛:长毛。距:雄鸡爪后突出像脚趾的部分。这里指鸡爪。

⑬帑(tǎng 躺):古代指府库或府库里的钱财。

⑭龙武军:唐玄宗的侍卫军。有"左""右"之别。

⑮中谒者:唐宫官名,管理宫内宣奏敕令以及朝会等事,多由宦官充任。

⑯封东岳:在泰山举行祭天的封禅礼。

⑰软舆:指皇帝乘坐的车。

⑱昭成皇后:玄宗之母。相王:睿宗未做皇帝前曾封为相王。

⑲诞圣:皇帝出生。

⑳元会:古时皇帝于元旦朝见群臣称为元会,亦称正会。

㉑雁行:大雁飞行时队列整齐,形容依秩序行走的样子。

㉒角觝(dǐ 抵):摔跤。

㉓橦(chuáng 床):竿。"寻橦",即爬高竿。跳剑、寻橦及下文的蹴球、踏绳,都是唐代杂技。

㉔猱(náo 挠):古书上说的一种猴子。

㉕胡羯(jié):古代我国西北的一个少数民族,这里指安禄山。

㉖便门:门名,在大明宫西南。下文"横门",在大明宫西北角。

㉗踣(bó 勃):跌倒。穽:同"阱"。

㉘南山:即终南山,在长安南面。

㉙顇领:同"憔悴"。

㉚陁罗尼:梵语"总持"的意思,指对佛法坚持而不忘失。陁,同"陀"。石幢:刻上佛名或经咒的石柱。

㉛释氏:释迦牟尼,佛教创始者。"释氏经"即佛经。

㉜正观:即正见、观心,是佛教学道的话语。这里指参禅打坐。

㉝建中:唐德宗年号(公元780—783年)。

㉞舍利:梵语"身骨"的意思,专指死者火化后的残余骨烬。据佛教传说,释迦牟尼死后火化,身上的骨头结成珠子样的东西,光彩而坚固,称为"舍利子"。后来认为修行得道的和尚死后火化,身骨也会结成舍利子,要建塔供奉。

㉟东宫:太子住的地方。此句意为唐顺宗(李诵)做太子的时候。

㊱影堂:供奉佛祖高僧画像的地方。

㊲贞元:唐德宗年号(公元785—805年)。

㊳并州:即太原府。"衣并州甲",即穿并州军衣,意为在并州军队中做事。

㊴燧:马燧,唐代大臣,代宗、德宗时立有战功。

㊵缯(zēng 增):丝织品的总称。

㊶颍川:古代郡名,以颍河得名,辖境约相当于今河南许昌市。春明门:唐代长安的一个城门。

㊷黄门侍郎:门下省副长官。"黄门"即门下省,官署名,唐时与中书省同掌机要,共议国政。杜暹(xiān 先):唐时濮阳人,曾领兵守边四年。碛(qì 气)西:即安西,在今新疆吐鲁番西面。节度:即节度使,官名,唐时总揽数州军政要事。

㊸御史大夫:官名,唐时掌管监察、执法,为御史台的长官。

㊹哥舒翰:唐时突厥族后裔,屡立战功,曾封西平郡王。后降安禄山,被杀。凉州:即武威郡,约辖今甘肃武威以东、天祝以西地区,治所在今武威县。

㊺石堡:城堡名,在今青海西宁市西南。青海郡:城名,在今青海西宁市。

㊻白龙:哥舒翰在青海的龙驹岛上筑城戍守,据说曾发现白龙,因此就名为应龙城,吐蕃不敢来犯。

㊼葱岭:山名,在今新疆西南。

㊽铁关:即铁门关,关名,在葱岭西面。

㊾河左道:即河东道,道名,约辖今山西及河北西北部内外长城之间的地区。

㊿张说:唐时洛阳人,历任中书令等职,封燕国公。曾任朔方节度使,领幽州。幽州:州名,约辖今河北北部和辽宁南部。下文的河间郡及蓟州均归其管辖。

㉛长辕挽辐车:意指高大的车子。

㉜輗(wèi 卫):古代车上的零件名。軏(yuè 月):古时车杠前端与横木相连接的关键。"驾輗连軏"。就是行车的意思。

㉝坌(bèn 笨):聚集。

㉞縠(hú 胡):有皱纹的纱。

㉟河州:州名,在今甘肃临夏市北。燉煌道:即敦煌郡,地处河西走廊西端,西界置有玉门关和阳关,治所在今甘肃敦煌县西。

㊱灵州:即灵武郡,约辖今宁夏西北部。治所在今灵武县西南。

㊲太原:府名,唐时辖境为今山西中部地区,治所在太原市晋源镇。

㊳关中:古地区名,所指范围大小不一。一般指秦国故地,包括秦岭以南一些

地区,即今陕西大部。凶年:荒年。

(59)禳(ráng 瓤)病:用符咒、祈祷等方法来治病。

(60)幞(fú)头罗:唐时男子戴的一种黑色头巾。当时规定兵士穿黑衣服,平民穿白衣。黑布缺乏,说明军队多,天下不太平。

(61)三省:即尚书、中书、门下三省。

(62)郎官:即三省下各部的郎中、员外郎等一类的官员。

(63)穹庐:古代北方游牧民族居住的毡帐。这里指匈奴等游牧民族。

(64)鸡林:即新罗,朝鲜古国名。

(65)滇池:指唐时的南诏国,在今云南大理一带地区。

(66)昆夷:这里指唐代西域诸国。

【今译】

有个老人,姓贾名昌,是长安宣阳里人,开元元年出生,到了元和五年,已经九十岁了。他的视力和听觉都没有减退,说话安详徐缓,记性和精神也还好,讲起从前太平年间的事情来清清楚楚,值得一听。

贾昌的父亲贾忠,身长九尺,力气大得能拉着牛倒走,以武职当差在皇后住的地方任卫士。景龙四年,他拿着一根幕竿跟随玄宗冲入大明宫,杀了韦后,护卫睿宗登上皇位朝见众臣,就成了景云年间的功臣,佩带长刀当上皇帝的侍卫。皇帝下诏让他把家搬进皇城,到大明宫东云龙门居住。贾昌七岁时,身手敏捷超过常人,能抱着柱子爬上房梁。他能说会道,善于对答,还懂得鸟语。

当初玄宗还住在王府里的时候,就喜欢民间清明节的斗鸡游戏。等到即位做了皇帝,便在大明宫和兴庆宫之间建造了鸡坊。搜罗长安城的雄鸡,挑选毛色金黄、爪子坚利、鸡冠高举、尾巴上翘的雄鸡上千只,养于鸡坊。从军队里选派五百个少年,让他们训练和喂养那些鸡。因为皇帝喜欢斗鸡,民间这种风气更加盛行。于是皇亲国戚、公主王侯,都倾家荡产用于偿付鸡价。京城中不少男女,把玩鸡作为谋生之道;家境贫寒的人就玩假鸡。有一次,玄宗出游,看见贾昌在云龙门的路边玩一只木鸡,就召他进宫,在鸡坊当弟子,衣服粮饷由右龙武军供给。贾昌不过是三尺高的小孩,走进鸡群,就像跟一些小孩玩一样。哪只鸡强壮,哪只鸡羸弱,哪只鸡勇猛,哪只鸡怯懦,什么时候给鸡饮水喂食,鸡生病时有哪些症状,他全都知道。他随手举起两只鸡,就能让鸡害怕而驯服,像人一样听他的指挥。管鸡坊的中谒者王承恩将此事报告了玄宗。玄宗召贾昌到殿外庭院中试验,看过后很满意。当天就任命他当五百个养鸡少年的头领。加上贾昌性情忠厚谨慎,玄宗十分宠爱他,每天都有金银绸缎等赏赐之物送到他家。

　　开元十三年,贾昌用笼子装了三百只鸡,随玄宗去东岳泰山举行封禅礼。他的父亲贾忠在泰山下去世,因儿子受宠,尸体得以运回长安埋葬。当地官府为他备办了棺木和丧车,经洛阳回去时沿途派差役护送灵柩。开元十四年三月,贾昌穿着斗鸡服,在骊山温泉朝见了玄宗。当时天下人称他为"神鸡童"。有人还编了一首歌谣这样唱道:

　　　　　　生儿不用识文字,
　　　　　　斗鸡走马胜读书。
　　　　　　贾家小儿年十三,
　　　　　　富贵荣华人不如。
　　　　　　能叫金鸡分胜负,
　　　　　　白绸绣衫随君王。
　　　　　　父死长安千里外,
　　　　　　差役沿道送丧车。

　　昭成皇后当初在相王府的时候,于八月五日那天生下玄宗。玄宗即位之后,便把这天定为千秋节。赏赐天下老百姓牛肉和酒,让他们玩乐三天,称之为"酺",成了每年的常规。每逢这天宫里举行合欢大会,有的年份还到洛阳去过节。元旦朝会与清明节,大都在骊山过。每到这些日子,各种歌舞杂技一起演出,六宫嫔妃全部随皇帝出来游玩。贾昌头戴雕翠金花冠,身着锦缎袖子的绣花衣裤,手执大铃和拂尘作引导,让群鸡依次排列在广场上。贾昌目光炯炯,顾盼有神,指挥时风生四面。那些鸡竖起羽毛,拍打翅膀,磨喙擦爪,按捺着怒气以争取胜利,它们一进一退寻找时机,随指挥的鞭子低伏高昂而没有差错。等到决出胜负之后,强的在前,弱的在后,跟着贾昌依次而行,回到鸡坊。这时那些摔跤的人,耍剑的人,爬竿的人,踢球的人,走绳的人,在竿顶跳舞的人,神色沮丧,在场外徘徊而不敢入场表演。贾昌难道真是古人说的养猴驯龙那一类的人吗?

　　开元二十三年,玄宗给贾昌娶了梨园弟子潘大同的女儿。新郎穿有玉饰的衣服,新娘穿绣花的绸袄,都来自宫中。贾昌后来生了两个儿子,一个名至信,一个名至德。天宝年间,他的妻子因为能歌善舞深得杨贵妃的宠爱。夫妇二人得宠四十年,恩泽始终不变,这难道不是因为他们技艺超群,小心谨慎的缘故吗?

玄宗生于乙酉年,属鸡,却叫人穿着朝服斗鸡,在太平的时候就已经显露出祸乱的苗头了。可是玄宗并未觉悟。天宝十四年,安禄山攻陷洛阳,潼关失守,玄宗逃往成都。贾昌想赶去护驾,连夜出便门,因马踩在路上的坑洼里而跌倒摔伤了脚,不能继续前进,只好拄着拐杖躲进终南山。每逢到了从前进献斗鸡的日子,就向着西南方大哭。安禄山往年进京朝见玄宗时,曾在横门外见过贾昌。等到占领长安和洛阳后,就悬赏千金在两地寻找贾昌。贾昌改名换姓,皈依佛门,在那里扫地敲钟,为佛效力。

等到太上皇返回兴庆宫,肃宗在别殿即位,贾昌才回到原来的住处。家中被乱兵洗劫一空,没有留下什么东西。他身穿布衣,面容憔悴,不能再进宫了。第二天,他又出了长安南门,路过招国里时在路边遇见了妻子和儿子,他们都面带饥色。儿子背着柴,妻子披着破棉衣。贾昌跟家人大哭一场后,在路上诀别。然后就长期住在长安的佛寺里,学习大师的佛经禅理。

大历元年,贾昌跟随资圣寺的大德僧运平,前往东市海池,建造一座有陀罗尼经的石幢。那时贾昌已经能书写自己的姓名,读佛经,也能了解其中深奥的道理了,并用自己的善心来感化市井百姓。他修建僧房佛舍,栽种花草树木。白天培土养护树根,挑水浇灌竹子,夜里就在禅房打坐参禅。

建中三年,运平和尚去世。贾昌服丧行礼完毕,侍奉运平和尚的骨灰到长安东门外镇国寺筑塔安葬,亲手种植松柏百余株。又搭了一间小屋,住在塔下,早晚烧香扫地,对待师父就像他活着时一样。顺宗还在东宫当太子的时候,曾捐钱三十万,替贾昌建造师父的影堂和斋舍。另外又在外面建了一些屋子,让游民居住,贾昌收取一些租金维持生活。贾昌每天只吃一碗粥,喝一升汤水,睡草席,穿棉衣。除此之外,所有收入都用来供佛。他的妻子潘氏后来也不知去向。贞元年间,大儿子至信在并州的军队做事,跟随大司徒马燧入京朝见皇帝,在长寿里看望贾昌。贾昌好像没有生过这个儿子一样,绝情地要他离开。二儿子至德回来后,在洛阳的集市上贩卖丝织品,来往于洛阳与长安之间,每年都把钱和绸缎等送给贾昌,但他都拒绝了。于是两个儿子离去后,再也没有来过。

元和年间,颍川的陈鸿祖带着朋友出春明门,见一片竹林和柏树林很茂盛,香烟的气味路上就能闻到。一行人下马到塔下拜访了贾昌。听他谈话,不觉之间天色已经暗淡。贾昌留鸿祖等人在斋舍住宿,谈起自己的出身和经历,都很有条理。后来谈到了国家大事,鸿祖问起开元年间治世和动乱的理由。贾昌说:"老汉年轻时,以斗鸡献媚于皇上。皇上把我们当歌妓戏子一般看待,又住在宫廷外面,怎么能知道朝廷里的事呢?但也有些话要说给你们听听。老汉曾看见黄门侍郎杜暹去碛西任节度使,兼御史大夫,以他显要的官衔使远邦的人畏服。我还看到哥舒翰镇守凉州,攻克石堡,驻守青海城,又领兵出白龙,越过葱岭,把边界延伸到铁关,总管河左道,经过七次任命才兼理御史大夫。看见张说管理幽州的军政事务,每年进关,都要用高大的车子装满从河间、蓟州征收来的绸布。车辆行至京城,聚集在一起进入关门。但送到皇家府库中的,只有江淮出产的绸布和绉纱,四川来的锦绣,以及供后宫用的一些玩物而已。河州敦煌道每年驻军垦荒种田,收的粮食供给边疆军民,余下的粮食转运到灵州,从黄河水路运下,放入太原的粮仓,以备关中地区荒年之用。而关中生产的谷米,则由老百姓收藏。玄宗去游五岳,随行的官员成千上万,从来不吃老百姓的粮食。老汉每到逢年过节、伏天腊月,回家休息时,到街市中走走,总可以看见卖白衣和白棉布的。行至邻近的市场里,有人用符咒和祈祷治病,需要用黑布一匹,但出高价也买不到,竟用包头的黑布来代替。最近,老汉拄着拐杖出门上街去,四面到处看,只见穿白衫的人不到一百。难道天下的人都去当兵了吗?开元十二年,皇帝下诏,三省侍郎有缺额,由曾任刺史的官员补用;郎官有缺额,先挑选任过县令的人补用。但近来老汉看到四十位三省的郎官,在处理政务和司法方面有些才能的,却都被派出去了,大的出任刺史,小的任县令。自从老汉住在大路旁,常有州郡官员在这里歇马,都面色惨淡,不愿被朝廷淘汰出来,派去治理州郡。开元时代选用人才,注重人的品德行为,没有听说只以文才作为取士标准的。我要说的大致就是这些。"说着流下了眼泪。接着他又说:"从前太上皇北边制伏匈奴,东边制伏新罗,南边制伏南诏,西边制伏昆夷。他们三年一次来长安朝会。皇上召见他们的礼仪很隆重,让他们感受朝廷的恩泽,给他们锦绣衣服,宴请酒食,完成任务就让他们回去,京城里没有外国人留居。而现在北方的胡人和京城百姓杂居在一起,通婚生子。这样长安城的青年人,都有胡人的思想了。你看看他们的首饰、靴子和服装,已经跟从前大不相同,这难道不是反常怪异的事吗?"鸿祖默不作声,不敢回答就离去了。

开元升平源

吴　兢

【题解】

本篇作者吴兢,生于670年,卒于749年,唐代史学家,汴州浚仪(今河南开封)人。吴兢武周时入史馆,编修国史;中宗时任右补阙等职;玄宗时任卫尉少卿,兼修文馆学士。当初与刘知几等撰《武后实录》,所述张说陷害魏元忠事,直书不讳,后来张说为相,屡次请他更改,他都予以拒绝。

本篇选自《资治通鉴考异》卷第十二。叙述了姚元崇开元初年恢复宰相职务,奏请禁止宦官、贵戚干预朝政,禁绝佛寺道观宫殿的营造,鼓励群臣劝谏等十件事的过程。这十件事的实行无疑有利于国家和百姓,当姚元崇说完自己的请求后,一个为国着想、为民请命的忠臣形象便鲜活地凸现出来。本篇文辞简练流畅,生动而传神,成功地刻画出姚元崇这一人物形象。

【原文】

姚元崇初拒太平得罪①,上颇德之。既诛太平,方任元崇以相,进拜同州刺史②。张说素不叶③,命赵彦昭骤弹之,不许。居无何,上将猎于渭滨,密召元崇会于行所。初,元崇闻上讲武于骊山,谓所亲曰:"准式,车驾幸,三百里内刺史合朝觐。元崇必为权臣所挤,若何?"参军李景初进曰:"某有儿母者,其父即教坊长入同。相公傥致厚赂,使其冒法进状,可达。"公然之。辄效。燕公说使姜皎入曰:"陛下久卜十河东总管,重难其人。臣有所得,何以见赏?"上曰:"谁邪?如惬,有万金之赐。"乃曰:"冯翊太守姚元崇④,文武全材,即其人也。"上曰:"此张说意也。卿罔上,当诛。"皎首服万死。即诏中官追赴行在⑤。上方猎于渭滨。公至,拜首。上言:"卿颇知猎乎?"元崇曰:"臣少孤,居广成泽,目不知书,唯以射猎为事。四十年,方遇张憬藏,谓臣当以文学备位将相，无为自弃。尔来折节读书。今虽官位过忝⑥，至于驰射，老而犹能。"于是呼鹰放犬，迟速称旨。上大悦。上曰："朕久不见卿，思有顾问，卿可于宰相行中行！"公行犹后。上纵辔久之⑦，顾曰："卿行何后？"公曰："臣官疏贱，不合参宰相行。"上曰："可兵部尚书同平章事⑧！"公不谢，上顾讶焉。至顿，上命宰臣坐。公跪奏："臣适奉作弼之诏不谢者⑨，欲以十事上献。有不可行，臣不敢奉诏。"上曰："悉数之！朕当量力而行，然后定可否。"公曰："自垂拱已来⑩，朝廷以刑法理天下。臣请圣政先仁义，可乎？"上曰："朕深心有望于公也。"又曰："圣朝自丧师青海，未有牵复之悔。臣请三数十年不求边功，可乎？"上曰："可。"又曰："自太后临朝以来，喉舌之任，或出于阉人之口。臣请中官不预公事，可乎？"上曰："怀之久矣。"又曰："自武氏诸亲，猥侵清切权要之地，继以韦庶人安乐太平用事⑪，班序荒杂⑫。臣请国亲不任台省官。凡有斜封待阙员外等官⑬，悉请停罢，可乎？"上曰："朕素志也。"又曰："比来近密佞幸之徒，冒犯宪纲者，皆以宠免。臣请行法，可乎？"上曰："朕切齿久矣。"又曰："比因豪家戚里，贡献求媚，延及公卿方镇，亦为之。臣请除租庸⑭，赋税之外，悉杜塞之，可乎？"上曰："愿行之。"又曰："太后造福先寺，中宗造圣善寺，上皇造金仙玉真观，皆费钜百万⑮，耗蠹生灵⑯。凡寺观宫殿，臣请止绝建造，可乎？"上曰："朕每睹之，心即不安，而况敢为者哉！"又曰："先朝亵狎大臣，或亏君臣之敬。臣请陛下接之以礼，可乎？"上曰："事诚当然。有何不可？"又曰："自燕饮融韦月将献直得罪，由是谏臣沮色。臣请凡在臣子，皆得触龙鳞，犯忌讳，可乎？"上曰："朕非唯能容之，亦能行之。"又曰："吕氏产禄几危西京⑰，马邓阎梁，亦乱东汉，万古寒心，国朝为甚。臣请陛下书之史册，永为殷鉴，作万代法，可乎？"上乃潸然良久曰："此事真可为刻肌刻骨者也！"公再拜曰："此诚陛下致仁政之初，是臣千年一遇之日，臣敢当弼谐之地⑱。天下幸甚，天下幸甚！"又再拜，蹈舞称万岁者三。从官千万，皆出涕。上曰："坐！"公坐于燕公之下。燕公让不敢坐。上问，对曰："元崇是先朝旧臣，合首坐。"公曰："张说是紫微宫使⑲，今臣是宰相，不合首坐。"上曰："可，紫微宫使居首坐！"

注释

①姚元崇：唐代大臣，陕州硖石（今河南三门峡南）人，生于650年，卒于721年。历任武则天、睿宗、玄宗时代宰相。为避开元年号，后改名崇。睿宗时奏请太平公主出居东都，以削弱其权力，被贬职。太平：即太平公主，即唐高宗女，武则天所生。生年不详，卒于713年。曾参与李隆基（玄宗）发动的宫廷政变，杀韦后和安乐公主，拥立睿宗。后把持朝政，宰相多出其门下。玄宗即位后她阴谋政变，谋泄被杀。

②同州：州名，唐时辖境相当于今陕西大荔、合阳、韩城、澄城、白水等县地。

③叶：古通"协"，和谐、协调的意思。

④冯（píng 平）诩：即"同州"。

⑤中官：即宦官。

⑥忝（tiǎn 天上）：用作谦辞，表示自己有愧。

⑦辔（pèi 配）：驾驭牲口的缰绳和嚼子。"纵辔"，纵马的意思。

⑧平章事：官名。唐中叶后，凡任宰相者，必在本官外加同平章事的衔称，意即共同议政。

⑨弼：矫正弓弩的器具。引申为纠正、辅佐，也指辅佐之人。这里指宰相。

⑩垂拱：唐武则天年号（公元685—688年）。

⑪韦庶人：即韦后。安乐：即安乐公主，唐中宗女，韦后所生。中宗时，开府设官，干预朝政，后在李隆基（玄宗）发动的宫廷政变中被杀。

⑫班序：排列等级的次序。

⑬斜封、待阙、员外：唐中宗时，韦后和太平、安东等公主，仗势把持朝政，受贿卖官。"斜封"、"待阙"、"员外"都是定额外设置的官职，可以用钱捐买。

⑭庸：唐代以劳役代替赋税称为"庸"。

⑮钜：通"巨"。

⑯蠹（dù）：蛀蚀。

⑰吕氏产禄：即吕产、吕禄，西汉外戚，吕后死后发动叛乱，被太尉周勃平定。下文"马、邓、阎、梁"四姓都为东汉外戚。

⑱地：古通"第"，大的住宅。

⑲紫微宫使：即中书令，唐开元元年，改中书省为紫微省，开元五年恢复旧称。

【今译】

　　姚元崇当初因为抗拒太平公主而获罪，玄宗皇帝很感激他。等到杀了太平公主后，玄宗拟将任命姚元崇为宰相，先让他担任同州刺史。张说素来跟姚元崇不和，叫赵彦昭猛烈弹劾他，但玄宗没有同意。过了不久,玄宗将去渭水边狩猎,密召姚元崇到他出猎时驻扎的地方相见。

早些时候,姚元崇听说皇上要到骊山演练军队,就跟他的亲信们说:"按照规矩,皇上的车驾出巡,三百里内的刺史都要去朝见。我一定会被当权的大臣排挤,怎么办?"参军李景初献计说:"我的一个侍妾,她父亲是教坊中的人,经常出入皇宫。相公倘若能给丰厚的贿赂,请他冒着触犯法规的危险去为您说情,想必可以达到目的。"姚元崇听从了他的话。很快就收到了效果。这时燕国公张说让姜皎进宫对皇上说:"陛下早就在考虑担任河东总管的人选,能胜任的人太难找了。臣想好了一个人,陛下赏赐我什么呢?"玄宗说:"你说的是谁?如真的合适,我赏你一万金。"姜皎就说:"冯翊太守姚元崇,文武全才,他就是最合适的人。"玄宗说:"这无疑是张说的意思。你欺骗皇上,应当处死。"姜皎磕头服罪,称罪该万死。玄宗立即诏令宦官要姚元崇赶到他驻扎的地方来。

皇上正在渭水边打猎,姚元崇到了那里,叩头拜见。玄宗问:"你懂得打猎吗?"姚元崇说:"臣很小便死了父亲,居住在广成泽,那时一字不识,成天只干些骑射围猎的事。四十岁时,才结识了一个叫张憬藏的人,他说我命中当以文章学识而达到将相的高位,叫我不要自暴自弃。从那以后我就改变志向,发奋读书。现在虽然得到的官位超过了我的才能,但说到骑马射猎,我就是到老也是个能手。"于是姚元崇就呼鹰放犬指挥围猎,迟速缓急都符合玄宗的心意。玄宗非常高兴。玄宗说:"我很久没有见到你了,有些事想听听你的意见,你可以到宰相的行列中去,跟他们一道走。"但姚元崇仍然走在后面。玄宗纵马跑了好一阵,回头看见了,就问:"爱卿为什么落在后面?"姚元崇说:"臣官卑位低,不能掺杂到宰相的行列中去。"玄宗说:"那任命你为兵部尚书同平章事!"姚元崇却没有谢恩接受任命,玄宗感到很奇怪。

来到休息的地方后,玄宗命令宰相和大臣们坐下谈话。姚元崇跪下说:"刚才陛下任命我为宰相,臣没有立即谢恩,是想就十件大事进献我的主张。如果不能实现,臣就不敢接受陛下的任命。"玄宗说:"你一件件地说出来!我当估量实际情况,然后再决定是否可行。"

姚元崇说:"自武后垂拱年间以来,朝廷都是用刑法治理天下。臣请求陛下治理国家要把仁义放在首位,可以吗?"玄宗说:"这正是我对你深切的期望。"

姚元崇又说："我朝自从高宗时兵败青海以来，一直没有接受教训而悔悟。臣请求三十年内不要追求边功，可以吗？"玄宗说："可以。"

姚元崇又说："自从则天太后临朝听政以来，传达朝廷命令的任务常常由宦官担当。臣请求不要让宦官参与国家事务，可以吗？"玄宗说："我早就打算这样做了。"

姚元崇又说："自武氏亲属纷纷窃取朝廷显贵权要的职位以来，相继有韦后、安乐公主、太平公主把持朝政，官职排列等级荒杂混乱。臣请求皇亲国戚不要出任御史台及尚书、中书、门下三省的官员，凡是斜封、待阙、员外等定额外的官职，一律停职罢免，可以吗？"玄宗说："这是我一向的心愿。"

姚元崇又说："近年来与皇帝接近亲密的人，如果触犯法律，都因为受宠而免于查办。臣请求今后依法处治，可以吗？"玄宗说："我对此早就切齿痛恨了。"

姚元崇又说："近来一些豪门贵族和皇亲国戚，常以贡奉珍宝财物讨得皇上的欢心，这种风气已经漫延到公卿大臣和地方长官中间，不少人仿效。臣请求除了正常的租、庸、赋税以外，其他贡奉全部禁止，可以吗？"玄宗说："我愿这样去做。"

姚元崇又说："太后建造福先寺，中宗建造圣善寺，上皇建造金仙观、玉真观，都耗资数百万，糟蹋人力物力。凡是寺观官殿，臣请求一律停止建造，可以吗？"玄宗说："我每次看到那些寺观，心中就感到不安，更何况再去建造新的呢？"

姚元崇又说："前朝圣上跟大臣一起嬉乐狎戏，往往有损君臣相互敬重之道。臣请求陛下以礼相待做臣子的，可以吗？"玄宗说："事情就该如此，有什么不可以呢？"

姚元崇又说："自从燕钦融、韦月将二人因为进谏直言而获罪，谏官们都不敢说话了。臣请求所有为臣子的，都可以指责圣上的短处，甚至触犯忌讳，可以吗？"玄宗说："我不仅能容忍进谏者的直言，也能按他的建议去实行。"

姚元崇又说："吕产、吕禄等吕后族人，几乎使西汉灭亡；马、邓、阎、梁等外戚，也就乱了东汉朝政。臣请求陛下将武氏、韦氏等外戚作乱的事记录在史书上，永远作为教训，让子孙万代引以为戒，可以吗？"

玄宗流下了眼泪,过了好久才说:"这些事真应该铭心刻骨,永不忘记啊!"

于是姚元崇再次叩拜,说:"今天如果是陛下实行仁政的开始,那真是臣千年一遇的日子,臣恭谨地接受宰相的任命。天下百姓真幸运,天下百姓真幸运啊!"说完又一次磕头,高兴得手舞足蹈三呼万岁。跟从的官员成千上万,全都感动得流下眼泪。

玄宗说:"请坐!"姚元崇于是坐在燕国公张说的下首。张说起身让座,不敢坐在姚元崇之上。玄宗问他原因。张说说:"元崇是先朝老臣,应该坐在首位。"姚元崇说:"张说是紫微宫使,是正宰相。臣是参与宰相事,不该坐在首位。"玄宗说:"可以,让紫微宫使在首位就坐!"

唐宋传奇集卷四

莺莺传

元 稹

【题解】

本篇原题《传奇》，载《异闻集》，《太平广记》（卷第四百八十八）收录时改作《莺莺传》，沿用至今。作者元稹，生于778年，卒于831年。河南河内（今河南洛阳市附近）人。十五岁明经及第，授校书郎，后任监察御史，因得罪宦官和守旧官员而遭贬谪。以后继起任工部侍郎，拜相。出授同州刺史、浙东观察使、鄂州刺史、武昌军节度使等。诗与白居易齐名，有《元氏长庆集》。

《莺莺传》为唐代传奇中最有名的篇什之一。文笔优美，描述生动，于叙事中注意刻画人物性格和心理，成功地塑造了一个向往爱情、追求幸福的少女形象。莺莺在对待张生态度上的矛盾和反复，反映了她克服犹豫与动摇，终于冲破了旧礼教桎梏的曲折过程。但这种反叛并不彻底，因此当她被张生遗弃后，只能自怨自艾，听从命运的摆布。然而，这种对莺莺思想性格中的软弱等局限的描写，使得人物更加真实可信。相比之下，张生的形象则略显逊色。尤其是篇末，作者竟为张生遗弃莺莺的行径辩解开脱，就使得人物形象前后不统一。鲁迅在《中国小说史略》说："篇末文过饰非，遂堕恶趣。"尽管如此，读者从作品中却仍然感到莺莺令人同情，而憎恶负心的张生。

《莺莺传》的故事流传极广,后世据以改写的戏曲不可胜数,以金代董解元的《西厢记诸宫调》及元代王实甫的《西厢记》最为著名,流传至今,《西厢记》已成为中国许多戏曲剧种的传统剧目,家喻户晓。

【原文】

贞元中,有张生者,性温茂,美风容,内秉坚孤,非礼不可入。或朋从游宴,扰杂其间,他人皆汹汹拳拳,若将不及,张生容顺而已,终不能乱。以是年二十三未尝尽近女色。知者诘之。谢而言曰:"登徒子非好色者①,是有凶行。余真好色者,而适不我值。何以言之?大凡物之尤者,未尝不留连于心,是知者非忘情者也。"诘者识之。无几何,张生游于蒲②。蒲之东十余里,有僧舍曰普救寺,张生寓焉。适有崔氏孀妇,将归长安,路出于蒲,亦止兹寺。崔氏妇,郑女也。张出于郑,绪其亲,乃异派之从母③。是岁,浑瑊薨于蒲④。有中人丁文雅,不善于军,军人因丧而扰,大掠蒲人。崔氏之家,财产甚厚,多奴仆。旅寓惶骇,不知所托。先是,张与蒲将之党有善,请吏护之,遂不及于难。十余日,廉使杜确将天子命以总戎节⑤,令于军,军由是戢⑥。郑厚张之德甚,因饰馔以命张,中堂宴之。复谓张曰:"姨之孤嫠未亡⑦,提携幼稚。不幸属师徒大溃,实不保其身。弱子幼女,犹君之生。岂可比常恩哉!今俾以仁兄礼奉见,冀所以报恩也。"命其子,曰欢郎,可十余岁,容甚温美。次命女:"出拜尔兄,尔兄活尔。"久之,辞疾。郑怒曰:"张兄保尔之命。不然,尔且掳矣。能复远嫌乎⑧?"久之,乃至。常服睟容⑨,不加新饰,垂鬟接黛,双脸销红而已。颜色艳异,光辉动人。张惊,为之礼。因坐郑旁,以郑之抑而见也,凝睇怨绝,若不胜其体者。问其所纪。郑曰:"今天子甲子岁之七月⑩,终今贞元庚辰⑪,生年十七矣。"张生稍以词导之,不对。终席而罢。张自是惑之,愿致其情,无由得也。崔之婢曰红娘。生私为之礼者数四,乘间遂道其衷。婢果惊沮,腆然而奔。张生悔之。翼日⑫,婢复至。张生乃羞而谢之,不复云所求矣。婢因谓张曰:"郎之言,所不敢言,亦不敢泄。然而崔之姻族,君所详也。何不因其德而求娶焉?"张曰:"余始自孩提,性不苟合。若时纨绮间居⑬,曾莫流盼。不为当年,终有所蔽。昨日一席间,几不自持。数日来行忘止,食忘饱,恐不能逾旦暮,若因媒氏而娶,纳采问名,则三数月间,索我于枯鱼之肆矣。尔其谓我何?"婢曰:"崔之贞慎自保,虽所尊不可以非语犯之。下人之谋,固难入矣。然而善属文,往往沉吟章句,怨慕者久之。君试为喻情诗以乱之。不然,则无由也。"张大喜,立缀《春词》二首以授之。是夕,红娘复至,持彩笺以授张,曰:"崔所命也。"题其篇曰《明月三五夜》。其词曰:"待月西厢下,迎风户半开。拂墙花影动,疑是玉人来。"张亦微喻其旨。是夕,岁二月旬有四日矣。崔之东有杏花一株,攀援可逾。既望之夕,张因梯其树而逾焉。达于西厢,则户半开矣。红娘寝于床,生因惊之,红娘骇曰:"郎何以至?"张因绐之曰:"崔氏之笺召我也,尔为我告之。"无几,红娘复来,连曰:"至矣,至矣!"张生且喜且骇,必谓获济。及崔到,则端服严容,大数张曰:"兄之恩,活我之家,厚矣。是以慈母以弱子幼女见托。奈何因不令之婢,致淫逸之词。始以护人之乱为义,而终掠乱以求之。是以乱易乱,其去几何?诚欲寝其词,则保人之奸,不义。明之于母,则背人之惠,不祥。将寄于婢仆,又惧不得发其真诚。是用托短章,愿自陈启。犹惧兄之见难,是用鄙靡之词,以求其必至。非礼之动,能不愧心。特愿以礼自持,无及于乱!"言毕,翻然而逝。张自失者久之。复逾而出,于是绝望。数夕,张生临轩独寝,忽有人觉之。惊骇而起,则红娘敛衾携枕而到,抚张曰:"至矣,至矣!睡何为哉!"并枕重衾而去。张生拭目危坐久之,犹疑梦寐。然而修谨以俟。俄而红娘捧崔氏而至。至,则娇羞融冶,力不能运支体[14],曩时端庄,不复同矣。是夕,旬有八日也。斜月晶莹,幽辉半床。张生飘飘然,且疑神仙之徒,不谓从人间至矣。有顷,寺钟鸣,天将晓,红娘促去。崔氏娇啼宛转,红娘又捧之而去,终夕无一言。张生辨色而兴,自疑曰:"岂其梦邪?"及明,睹妆在臂,香其衣,泪光荧荧然,犹莹于茵席而已,是后又十余日,杳不复知。张生赋《会真诗》三十韵[15],未毕;而红娘适至,因授之,以贻崔氏。自是复容之。朝隐而出,暮隐而入,同安于曩所谓西厢者,几一月矣。张生常诘郑氏之情。则曰:"我不可奈何矣。"因欲就成之。无何,张生将之长安,先以情谕之。崔氏宛无难词,然而愁怨之容动人矣。将行之再夕,不可复见,而张生遂西下。数月,复游于蒲,会于崔氏者又累月。崔氏甚工刀札[16],善属文。求索再三,终不可见。往往张生自以文挑,亦不甚睹览。大略崔之出人者,艺必穷极,而貌若不知;言则敏辩,而寡于酬对。待张之意甚厚,然未尝以词继之。时愁艳幽邃,恒若不识,喜愠之容,亦罕形见。异时独夜操琴,愁弄凄恻。张窃听之。

求之,则终不复鼓矣。以是愈惑之。张生俄以文调及期,又当西去。当去之夕,不复自言其情,愁叹于崔氏之侧。崔已阴知将诀矣,恭貌怡声,徐谓张曰:"始乱之,终弃之,固其宜矣。愚不敢恨。必也君乱之,君终之,君之惠也。则殁身之誓,其有终矣。又何必深感于此行?然而君既不怿⑰,无以奉宁。君常谓我善鼓琴,向时羞颜,所不能及。今且往矣,既君此诚。"因命拂琴,鼓《霓裳羽衣序》⑱,不数声,哀音怨乱,不复知其是曲也。左右皆歔欷。崔亦遽止之,投琴,泣下流连,趋归郑所,遂不复至。明旦而张行。明年,文战不胜,张遂止于京,因贻书于崔,以广其意。崔氏缄报之词⑲,粗载于此,曰:"捧览来问,抚爱过深。儿女之情,悲喜交集,兼惠花胜一合⑳,口脂五寸,致耀首膏唇之饰。虽荷殊恩,谁复为容?睹物增怀,但积悲叹耳。伏承便于京中就业,进修之道,固在便安。但恨僻陋之人,永以遐弃。命也如此,知复何言!自去秋已来,常忽忽如有所失。于喧哗之下,或勉为语笑,闲宵自处,无不泪零。乃至梦寐之间,亦多感咽,离忧之思,绸缪缱绻,暂若寻常。幽会未终,惊魂已断,虽半衾如暖,而思之甚遥。一昨拜辞,倏逾旧岁。长安行乐之地,触绪牵情。何幸不忘幽微,眷念无斁㉑,薄之志,无以奉酬。至于终始之盟,则固不忒㉒。鄙昔中表相因,或同宴处。婢仆见诱,遂致私诚。儿女之心,不能自固。君子有援琴之挑㉓,鄙人无投梭之拒㉔。及荐寝席,义盛意深。愚陋之情,永谓终托。岂期既见君子,不能定情。致有自献之羞,不复明侍巾帻。没身永恨,含叹何言!倘仁人用心,俯遂幽眇,虽死之日,犹生之年。如或达士略情,舍小从大,以先配为丑行,以要盟为可欺。则当骨化形销,丹诚不泯,因风委露,犹托清尘。存没之诚,言尽于此。临纸呜咽,情不能申。千万珍重,珍重千万!玉环一枚,是儿婴年所弄,寄充君子下体所佩。玉取其坚润不渝,环取其终始不绝。兼乱丝一絇,文竹茶碾子一枚㉕。此数物不足见珍。意者欲君子如玉之真,弊志如环不解。泪痕在竹,愁绪萦丝。因物达情,永以为好耳。心迩身遐,拜会无期。幽愤所钟,千里神合。千万珍重!春风多厉,强饭为嘉。慎言自保,无以鄙为深念。"张生发其书于所知,由是时人多闻之。所善杨巨源好属词,因为赋《崔娘诗》一绝云㉖:"清润潘郎玉不如㉗,中庭蕙草雪销初。风流才子多春思,肠断萧娘一纸书㉘。"河南元稹亦续生《会真诗》三十韵,诗曰:"微月透帘栊㉙,萤光度碧空。遥天初缥缈,低树渐葱茏。龙吹过庭竹,鸾歌拂井桐。罗绡垂薄雾,环珮响轻风。绛节随金母㉚,云心捧玉童。更深人悄悄,晨会雨濛濛。珠莹光文履,花明隐绣龙。瑶钗行采凤,罗帔掩丹虹。言自瑶华浦㉛,将朝碧玉宫。因游洛城北,偶向宋家东㉜。戏调初微拒,柔情已暗通。低鬟蝉影动,回步玉尘蒙。转面流花雪,登床抱绮丛。鸳鸯交颈舞,翡翠合欢笼。眉黛羞偏聚,唇朱暖更融。气清兰蕊馥,肤润玉肌丰。无力慵移腕,多娇爱敛躬。汗流珠点点,发乱绿葱葱。方喜千年会,俄闻五夜穷。留连时有恨,缱绻意难终。慢脸含愁态,芳词誓素衷。赠环明运合,留结表心同。啼粉流宵镜,残灯远暗虫。华光犹苒苒,旭日渐瞳瞳。乘鹜还归洛㉝,吹箫亦上嵩㉞。衣香犹染麝,枕腻尚残红。幂幂临塘草㉟,飘飘思渚蓬㊱。素琴鸣怨鹤㊲,清汉望归鸿㊳。海阔诚难渡,天高不易冲。行云无处所㊴,箫史在楼中㊵。"张之友闻之者莫不耸异之,然而张志亦绝矣。稹特与张厚,因征其词。张曰:"大凡天之所命尤物也,不妖其身,必妖于人。使崔氏子遇合富贵,乘宠娇,不为云,不为雨,为蛟为螭㊶,吾不知其所变化矣,昔殷之辛㊷,周之幽,据百万之国,其势甚厚。然而一女子败之。溃其众,屠其身,至今为天下僇笑㊸。予之德不足以胜妖孽,是用忍情。"于时坐者皆为深叹。后岁余,崔已委身于人㊹,张亦有所娶。适经所居,乃因其夫言于崔,求以外兄见㊺。夫语之,而崔终不为出。张怨念之诚,动于颜色。崔知之,潜赋一章,词曰:"自从消瘦减容光,万转千回懒下床。不为旁人羞不起,为郎憔悴却羞郎。"竟不之见。后数日,张生将行,又赋一章以谢绝云:"弃置今何道,当时且自亲。还将旧时意,怜取眼前人。"自是,绝不复知矣。时人多许张为善补过者。予常于朋会之中,往往及此意者,夫使知者不为,为之者不惑。贞元岁九月,执事李公垂宿于予靖安里第㊻,语及于是。公垂卓然称异,遂为《莺莺歌》以传之。崔氏小名莺莺,公垂以命篇。

注释

①登徒子:战国时楚人宋玉作《登徒子好色赋》。登徒子是姓,子是男子的通称。说登徒子妻子貌丑,他却跟她生了五个孩子。后来就用"登徒子"来称好色的人。

②蒲:即蒲州,治所在今山西永济县西。

③从母:母亲的姐妹,即姨母。

④浑瑊(jiān尖):唐代将领,先世属铁勒族浑部,世为唐将,因屡建战功,平定叛乱,授兵马副元帅,封咸宁郡王。还曾任检校司徒兼中书令。

⑤廉使:即廉访使,也就是观察使,为一道的行政长官。

⑥戢(jí鸡阳):收敛。"军由是戢",军队从此定安下来。

⑦嫠(lí离):守寡。未亡:即未亡人,古时寡妇的自称。"孤嫠未亡",统指寡妇。

⑧远嫌:远离以避嫌疑。

⑨睟(suì碎):光润。

⑩今天子甲子岁:指唐德宗兴元元年(公元784年)。

⑪贞元庚辰:指贞元十六年(公元800年)。

⑫翼日:第二天。

⑬纨绮:细绢和有花纹图案的丝织品。这里指妇女。

⑭支:同"肢"。

⑮会真:意为遇见神仙。三十韵:作旧体诗两句一押韵,意为六十句。

⑯刀札:古时把字写在竹简上,写错了就用刀削除,叫做刀札。"札",书简。"工刀札",就是字写得好的意思。

⑰怿(yì义):喜悦。

⑱序:即序曲。

⑲缄报:书信。

⑳花胜:古时妇女的一种首饰。

㉑致(yì译):厌;厌弃。

㉒不忒:不变。

㉓援琴之挑:据《史记·司马相如列传》,卓文君爱好音乐,司马相如用琴弹《凤求凰》曲挑动她,以致文君与其夜奔。

㉔投梭之拒:据《晋书·谢鲲传》:"邻家高氏女有美色,鲲尝挑之,女投梭,折其两齿。"以后用"投梭"比喻妇女拒绝男人的挑诱。

㉕文竹:刻有花纹的竹子。茶碾子:即茶磨,古时一种碾茶叶的器具。

㉖绝:即绝句,旧体诗的一种,以四句为一首。

㉗潘郎:即潘安,晋代有名的美男人。这里指张生。

㉘萧娘:唐时女子的泛称。这里指崔莺莺。

㉙栊:窗户。

㉚绛节:赤色的使节。这里意指仪仗。金母:即西王母。这里以金母指莺莺,下句的玉童指张生,把他们比作神仙。

㉛瑶华浦:传说中仙人的住处。下句的"碧玉宫"同。

㉜宋家东:宋玉在《登徒子好色赋》中说,他家东邻有个美女,常常登上墙头

看他,已经有三年了,但他始终不肯理睬。这里却指莺莺和张生的两情相许。

㉝鹜(wù 务):鸭子。洛:洛水。这里指洛妃归去,借指莺莺离开张生。

㉞吹箫亦上嵩:借王子乔的故事比喻张生去京。王子乔,神话人物,相传为周灵王太子,好吹笙,曾入嵩山修炼。

㉟幂(mì 秘):形容草覆盖的样子。

㊱渚蓬:小洲上的蓬草。蓬草是菊科草本植物,遇风就会被拔起飘飞。

㊲怨鹤:指《别鹤操》,琴曲名。古时商陵牧子娶妻五年无子,父兄将为他另娶,他的妻子听说后夜起悲泣,牧子伤感而作此曲。

㊳归鸿:古时以鸿雁为传送书信者的代称。

㊴行云:古代神话故事,说楚怀王遊高唐,曾梦见神女娅与他欢会,临去时,神女说自己住在巫山南面,朝为行云,暮为行雨。

㊵萧史:神话人物,善吹箫。秦穆公把女儿弄玉嫁给他,他教弄玉吹箫学凤鸣,果然有凤凰飞来。秦穆公建了一座凤台,后来弄玉乘凤仙去。

㊶螭(chī 痴):古代传说中一种无角的龙。

㊷殷之辛:指殷纣王,纣王名受辛。下文的"周之幽"指周幽王。纣王宠爱妲己,幽王宠爱褒姒,后来都亡了国。

㊸僇(lù 路)笑:耻笑。

㊹委身:这里指出嫁。

㊺外兄:表兄。

㊻执事:原指古时侍从左右供使唤的人。从前书信中用以称呼对方,意为不敢向对方直陈,故而向执事者陈述,表示尊敬。李公垂:即李绅,唐代诗人,公垂是他的字。曾任尚书左仆射等职,唐武宗时拜相,与元稹、白居易交游甚密。

【今译】

贞元年间,有个张生,性情温和,仪容俊美,而内心深处坚毅孤傲,凡是不合乎礼数的事情从来不做。有时跟朋友们一起出去游玩宴饮,纷乱混杂中,别的人吵吵嚷嚷,争先恐后地表现自己,张生却表现得随和顺从,始终循规蹈矩。因此,张生年纪都二十三岁了,还未曾接近过女色。知情的人问他这是怎么回事,他告诉他们说:"登徒子其实不是好色的人,而是品行不端。我才是真正好色的人,可惜遇到的都不是我心目中的人。为什么这样说呢?因为大凡见到非常出色的女子,也未尝不会留连在我心中,由此就可以知道我并不是一个忘情的人了。"问他的人认为这话有些道理。

没过多久,张生去蒲州游玩。在蒲州东面十多里的地方,有个寺院叫普救寺，张生就寄宿在那里。正遇上有个崔姓人家的遗孀，要回长安去，路过蒲州，也停留在这个寺院里。这位崔氏孀妇娘家姓郑，张生的母亲也姓郑，论起亲戚关系来，还是远房的姨母。

这一年，浑瑊死于蒲州任上。监军的宦官丁文雅不会带兵，士兵趁着丧事而闹事，大肆抢掠蒲州百姓。崔家财产很多，奴仆也不少，旅居在这里十分恐慌，不知道该去依靠谁。在这以前，张生跟蒲州军队里的一些将官相友善，请他们派人保护崔家，这才免遭抢掠之难。十多天后，观察使杜确奉皇帝的命令来主持军务，号令全军，军队从此才安定下来。崔氏对张生感恩戴德，于是备了酒菜款待张生，在中堂宴请他。她还对张生说："你姨妈是个守寡的人，带着幼小的孩子。不幸遇上军队混乱，实在是自身难保。我那弱子幼女，多亏了你才保全性命。这可不是平常的恩惠啊！今天我让他们以对兄长的礼节来见你，希望以后能报答你的恩情。"于是叫儿子欢郎出来见他。欢郎大约十来岁，长相文静秀美。然后又叫女儿说："快出来拜见你哥哥，是你哥哥救了你的命。"过了好久，女儿推说生病不出来。崔氏发火说："是张家哥哥保全了你的性命。不然，你已经被乱军掳走了，还能避男女之间的嫌疑吗？"又过了好一阵，她的女儿才出来。她穿着平常的衣服，面色光润，没有重新梳妆修饰，只是双鬟下垂接近黛眉，两颊飞红而已。她的容貌十分艳丽，光彩动人。张生见了大吃一惊，连忙向她施礼。她就坐在她母亲的旁边，因为母亲强迫她出来相见，眼里含着怨气凝视一旁，身体娇弱得好像坐不住似的。张生询问她的年龄。崔氏说："当今皇上甲子年七月生的，到今年贞元庚辰，已经十七岁了。"张生说了几句话来引她开口，但她都不回答。到了酒宴结束，只得作罢。从此张生就迷恋上了她，想向她表白自己的情感，然而无法办到。

崔小姐的丫头名叫红娘。张生私下好几次送东西给她，乘机向她说了自己的心事。红娘听见吓了一跳，害羞地跑掉了。张生感到很后悔。第二天，那丫头又来了。张生就羞愧地向她谢罪，不再说所求之事。那丫头于是对张生说："公子说的那些话，我不敢对小姐说，也不敢泄露出去。但崔家的亲戚，公子是了解的。为什么不乘他们感激你的时候去求婚呢？"张生说："我从小时候起，就不喜欢随便跟女性亲近，有时跟她们在一处，也不会去偷看一眼。想不到过去是那样，现在终于也会被迷惑住。日前在酒席上，几乎不能把持自己了。这几天来走路忘记了停步,吃饭不知饥饱,恐怕就要为相思而死了,如果请人做媒然后再娶亲,就要经过纳彩、问名等手续,要花好几个月,那我就像离开水的鱼,你只有到干鱼铺里去找我了。你说我该怎么办才好?"那丫头说:"小姐是个坚贞自重的人,即使是她的长辈也不能用不正经的话去冒犯她。下人跟她出主意,就更难得被采纳。然而她很会作诗文,往往沉思默想吟咏诗句,如怨如慕许久。公子不妨试写寄托情思的诗句来打动她。不然,也就没有别的办法了。"张生听了很高兴,立即写了两首《春词》交给那丫头。

这天晚上,红娘又来了,拿来彩笺交给张生,说:"这是小姐让我送来的。"笺上写有一首诗,题目是《明月三五夜》。诗是这样的:

西厢下等待月亮,
迎着风房门半开。
花影在墙上摇动,
疑是有美人到来。

张生心中明白诗中的意思。这天,是二月十四日。

崔家住处的东面有一株杏花树,攀着树枝可以越过墙去。到了十五月圆的那天晚上,张生爬上那棵树翻过墙去。到了西厢房,见房门正好半开着。红娘睡在床上,被张生惊醒了。她骇然问道:"公子怎么到这里来了?"张生就骗她说:"是崔小姐写信叫我来的,你去为我通报一声。"没过多久,红娘又出来了,连声说:"来了,来了!"张生又惊又喜,心想事情一定是成了。等到小姐出来,则是衣着齐整,面容严肃,狠狠地数落张生说:"兄长救了我们一家,恩德很大。所以母亲才把弱子幼女托付给你,但是你怎么让那个不规矩的丫头送来不正经的诗词?开初你救人危难是出于道义,而最终借此以求私欲。这是以一种祸乱来替换另一种祸乱,两者有多少差别呢?本来想对你写的诗置之不理,但掩盖人的恶行,是不应该的。想去告诉母亲,又有负于你对我家的恩惠,也不妥当。想叫丫头转告,又担心不能表达我真正的意思。于是借用一首短诗,希望自己对你说明白。又怕你看了以后难堪,这才用了那些鄙俗的词句,以求使你一定能来,向你表明我的意思。为此我做出这种非礼的举动,能不感到羞愧吗?所以我希望你能用礼来管束自己,不要做出邪乱的事情来。"说完,转身就进去了。张生怅然若失,呆愣了好久,这才又翻墙出去,于是完全绝望了。

几天后的一个晚上,张生在靠窗的床上独自睡觉,忽然有人弄醒他。张生吃惊地坐起来,看见红娘抱着被子枕头来了,拍拍张生说:"来了,来了,还睡什么觉呀。"然后放好枕头被子就走了。张生擦擦眼睛端坐了好一会,仍以为是在梦中。但还是恭恭敬敬地等候。不久红娘扶着小姐来了。小姐到了面前,满面娇羞柔弱无力,好像支撑不住身体,跟从前那种端庄的模样,完全不同了。这天晚上是十八日。晶莹的月光斜照着,清辉洒落在半边床上。张生感到飘飘然,疑心她是天上的仙子,而不是从人间来的。过了一阵,寺院的钟声敲响了,很快就要天亮。红娘催小姐赶快回去,小姐娇柔地哭泣起来。红娘又扶着她回去了,而整夜她却没有说一句话。张生看天色已经蒙蒙亮,就起来了,自己还疑惑着说:"难道这是做梦吗?"等到天亮,看见脂粉的痕迹还留在自己的手臂上,余香也留在衣服上,泪珠在褥席间荧荧发亮。

这以后又过了十来天,杳无音讯。张生作了一首三十韵的《会真诗》,还没有写完,红娘恰巧来了,便把诗交给她,让她送给小姐。从这以后他们又重续旧欢。小姐让张生早晨悄悄出去,夜里悄悄进来,两人同宿在以前所说的西厢房中,差不多有一个月了。张生常向小姐问起她母亲的态度。小姐回答说:"事已如此,无论怎样我都无可奈何了。"表示想就这样来完成这桩婚事。

不久,张生将去长安,向小姐表白了不想分离的情绪。小姐虽然没有说不乐意的话,但离愁别怨却流露在脸上。要动身的前一天晚上,就不肯出来相见了。接着张生就西下长安。

几个月后,张生又来到蒲州,见到了小姐,这样又是几个月。小姐的字写得很好,还善于诗文。张生恳求再三,想见一见面,但最终还是未能得见。张生常常用自己的文章去挑动她,她也不太肯看。大概小姐超过常人的地方,在于内心追求技艺的极致,而外表从不炫耀,能言善辩,而很少跟人应酬交往。她对张生的情意十分深厚,然而从未用语言表达出来。心中时常深埋着愁绪,但平常却看不出来,喜怒哀乐,也很少表露在脸上。有时独自在夜里弹琴,把愁思寄托在凄恻的琴声中。张生偷听到了,请她再弹一遍,她就再也不弹了。因此张生更加迷恋于她。

张生没过多久将参加科举考试,又要西去长安。临走的头天晚上,不再像上次那样诉说离愁别绪,只是在小姐身边唉声叹气。小姐心里清楚将要诀别了,就面色恭顺声音和缓地对张生说:"你开始玩弄了我,最后又将抛弃我,这是我该得到的报应。我不敢恨你。如果你能做到有始有终,就是你对我恩惠了。那么我们说过的同生共死的誓言,就有了结果。又何必为这次的分别感伤呢?但既然你心中不高兴,我也没有什么办法使你安心。你常说我的琴弹得好,从前怕难为情,没有弹给你听。现在你要走了,我就满足你的愿望吧。"于是叫丫头把琴拂拭一下,弹起了《霓裳羽衣》的序曲。没有弹上几声,琴声就变得凄怨哀伤,已经听不出是这首曲子。旁边的人听了都哽咽抽泣。小姐也突然停了下来,扔下琴,泪流不止,快步走向她母亲的房间,就不再出来。第二天早晨,张生就起程了。

第二年,考试失利,张生就留在京城了,于是他写信给小姐,以宽慰她的心情。小姐的回信大致记载于此,信上说:

捧读来信,你对我的关爱是那样深厚。我被儿女之情所感动,悲喜交集。又送给我首饰一盒,口红五寸,让我妆饰头面,滋润嘴唇。虽然蒙受了这种特别的恩爱,但你不在身边我又为谁打扮呢?看见这些东西让我徒然增加了对你的思念,只是多了几声悲伤的叹息罢了。见信后知道你在京城温习学业。进修的方法,本来就在于安定平静。只恨我这僻远浅陋的人,将被永远抛弃。命该如此,还有什么话可说?自从去年秋天以来,我常常恍恍惚惚好像丢失了什么东西。在人多热闹的场合,有时也勉强说笑几句,但晚上独自一人的时候,就会禁不住落泪。甚至在睡梦中间,也经常感伤哭泣,离别的忧思,以及绵绵情爱,都跟平常一样。然而幽会还没有结束,便突然惊醒了。尽管空着的被褥似乎还留着一些暖意,但静静想来我们相隔又是多么遥远。那次与你分别后,很快已过去一年。长安是个行乐地方,自然容易牵绊你的情感。多亏你没有忘记我这个身在僻远之地的人,一直挂念着我。让见识浅薄的我,不知怎么来报答你。至于同生共死的誓言,我是不会改变的。想到从前因为我们中表亲戚,有时在一起吃饭相处。被婢女所怂恿引诱,就表露了内心。儿女之间的情怀,不能抑制固守。你就像司马相如弹琴挑逗卓文君那样向我表示爱慕,我却没有像高家女子向谢鲲投梭那样来拒绝你。等到同床共枕时,你我之间的情意就更为深厚。依照我的想法,以为可以永远托付终身。哪里知道跟你在一起多日,你却没有跟我确定婚约。以致让我蒙受委身于你的羞耻,而不能像明媒正娶的妻子那样服侍你。我会终身抱恨,除了哀叹再没有别的话可说!倘若你有仁爱的心肠,能俯就成全我的心愿,那么我就是死了,也跟活着一样。或许你像那些达观的人一样不把情感之类的事放在心上,抛开区区小事去寻求更大的利益,把没有婚嫁的结合看成丑行,以为过去的盟誓无足轻重,那么我即便尸骨化灰形体消殒,那片丹心至诚也不会泯灭,随着风露飘荡,紧跟在你的身边。不论生或死,诚意只能说到这里了。面对信笺我流泪呜咽,情感无法全都表达出来。望你千万珍重,珍重万千!我有一枚玉环,是我幼年玩耍的东西,寄给你随身佩带。玉,表示坚贞不渝;环,表示始终不绝。还送上头发一束,文竹茶碾子一个。这几样东西算不上珍贵。我的意思是希望你像玉一般纯真,而我的心如同环一样解不下来。我的泪痕留在竹碾上,而愁绪如萦绕的发丝。用这些东西表达我的情意,愿我们永远相爱。我与你心近身远,相见遥遥无期。幽恨聚积在心中,远隔千里精神也能相合。千万珍重!春风凛冽,不要受寒;应多吃一点饭为好。言谈要谨慎,多多保重身体,不要太挂念我了。

张生把这封信给一些朋友看,因此当时有不少人听说过这件事。张生的好友杨巨源喜欢作诗,为此写过一首《崔娘诗》的绝句:

> 潘安清润的姿容胜过玉石,
> 庭院中兰蕙开放残雪消融。
> 风流才子有多少思春梦想,
> 萧娘的书信让人痛断柔肠。

河南的元稹也为张生的《会真诗》续写了三十韵,诗中写道:

> 薄薄的月色透过窗帘,
> 淡淡的银光染白夜空。
> 天幕遥遥如似见非见,
> 低矮的树丛渐现葱茏。

风吹庭中竹好似龙吟,
梧桐叶拂动声如鸾凤。
罗衣轻垂像薄雾飘动,
环佩的响声传于轻风。
仙人的仪仗簇拥王母,
彩云中出现玉女金童。
夜半更深四下静悄悄,
凌晨幽会时细雨濛濛。
绣鞋的珠玉荧光闪烁,
花纹中透出龙的形状。
玉钗轻轻摇动似彩凤,
罗帔五彩缤纷如彩虹。
听说她来自瑶华仙浦,
将要前往那碧玉神宫。
只因为邀游洛城之北,
这才偶遇宋家的东邻。
最初相识还微微相拒,
柔情似水已暗暗相通。
发髻低垂如蝉翼影动,
莲步回转时玉鞋尘蒙。
美丽的容颜如花似雪,
登上床榻将锦被抱拥。
如鸳鸯交颈翩翩共舞,
似翡翠鸟合欢相会聚。
黛眉微蹙偏偏现羞涩,
朱唇热暖更显得和融。
气息清新如兰香徐徐,
肌肤丰润细腻似白玉。
动手移腕也慵倦无力,
柔美娇艳却蜷缩身体。
香汗流面若珠光点点,
鬓发散乱像草木松蓬。

正为这千年欢会欣喜,
五更鼓响而良宵已尽。
留连忘归恨时间太短,
难分难舍情长意更长。
无精打采脸上布愁容,
美好的言词誓明衷心。
赠送玉环愿命中相合,
留下同心结以表同心。
夜晚的镜中泪湿脂粉,
残灯微明听远处虫声。
重梳妆依然光彩奕奕,
东方的天空旭日初升。
神女乘水鸟回到洛水,
王子乔吹箫上了嵩山。
衣衫上还有麝之余香,
枕边尚留着几处殊红。
池塘边青草密密覆盖,
只怕他日变渚上飘蓬。
哀怨的琴声如鸣别鹤,
仰望着银河盼见归鸿。
大海辽阔呵实在难渡,
天空高远呵不易飞升。
巫山的行云总无定处,
寂寞的萧史独在楼中。

　　张生朋友听说这件事情后无不感到惊异,然而张生却打算跟她断绝关系了。元稹与张生特别要好,就询问他这样做的原因。张生说:"通常上天造就的绝色美女,不是让她受祸害,就是让她去祸害别人。便如崔小姐嫁到富贵人家,凭仗得到的宠爱,那她不变做云,不变做雨,就会变成蛟变成螭,我都不知道她会变化成什么东西了。从前殷朝的纣王,周朝的幽王,拥有百万人口的国家,势力非常雄厚,然而一个女人就把他们毁了。弄得国破身亡,至今被天下人耻笑。我的德才不足以胜过妖孽,所以只能用割舍情感来对待了。"当时在座的人都深深叹息。

一年多以后,崔小姐已经嫁人了,张生也娶了亲。有一回他刚好经过她的住处,就托她的丈夫带话去,请求以表兄的身份见她一次。她的丈夫告诉了她,但她始终不肯出来。张生怨艾思念的样子流露在脸上。崔小姐知道后,就偷偷写了一首诗给他,诗中道:

> 容光因为消瘦而减损,
> 辗转反侧又不愿下床。
> 并非为别人而难为情,
> 为郎憔悴却羞于见郎。

竟不跟他见面。几天以后,张生准备走了,她又写了一首诗谢绝他说:

> 既已丢弃还有何可说,
> 当时却是那样的亲密。
> 还是把过去那些情意,
> 用来爱怜眼前的佳人。

从此,两人就再也不知道对方的情况了。

当时不少人都称赞张生是善于弥补过失的人。我曾经在朋友的聚会中,多次谈到这件事的含意,是要让知道这件事的人不会再去做,已经做了这种事的人不要迷惑不清。贞元年间九月,友人李公垂寄宿在我靖安里的寓所里,我们谈到了这件事。公垂认为事情十分奇特,就写了《莺莺歌》来叙述它。莺莺是崔家小姐的小名,公垂就以此作为诗歌的题目。

周秦行记

牛僧孺

【题解】

本篇见于《太平广记》卷第四百八十九及《顾氏文房小说》《李卫公外集》。作者历来说法不一,不少人(包括近世研究者)认为,其写作意图与中晚唐统治集团内部朋党斗争有关,指出《周秦行记》并非牛僧孺所作,而是他的政敌李德裕的门人韦瓘所撰,以此陷害牛僧孺。而李德裕因此作《周秦行纪论》,攻击牛僧孺"以身与帝王后妃冥遇……及至戏德宗'沈婆儿',以代宗皇后为'沈婆',令人骨战,可谓无礼于其君甚矣!"意欲使牛僧孺获罪。

而多年来各版本又都题牛僧孺撰。牛僧孺,生于779年,卒于847年,唐大臣,贞元进士。元和三年(公元808年)因政见不同,遭宰相李吉甫贬斥,但穆宗、敬宗、文宗时都得到任用。武宗时李吉甫之子李德裕为相,他又因此被贬。故事以牛僧孺自述他在德宗贞元间举进士落第后,返家时迷途的奇遇。用虚构的故事写艳遇,唐人小说并不少见,但本篇涉及当朝妃子,故与别的小说不同。

【原文】

余贞元中举进士落第,归宛叶间①。至伊阙南道鸣皋山下②,将宿大安民舍。会暮,失道,不至。更十余里,行一道,甚易。夜月始出,忽闻有异香气,因趋进行,不知近远。见火明,意谓庄家。更前驱,至一前宅,门庭若富豪家。有黄衣阍人曰③:"郎君何至?"余答曰:"僧孺,姓牛,应进士落第往家。本往大安民舍,误道来此。直乞宿,无他。"中有小髻青衣出,责黄衣曰:"门外谁何?"黄衣曰:"有客。"黄衣入告,少时,出曰:"请郎君入。"余问谁氏宅。黄衣曰:"第进,无须问。"入十余门,至大殿。殿蔽以珠帘,有朱衣紫衣人百数,立阶陛间④。左右曰:"拜殿下。"帘中语曰:"妾汉文帝母薄太后⑤。此是庙,郎不当来。何辱至?"余曰:"臣家宛下,将归,失道。恐死豺虎,敢托命乞宿。太后幸听受。"太后遣轴帘,避席曰:"妾故汉文君母,君唐朝名士,不相君臣,幸希简敬,便上殿来见。"太后着练衣⑥,状貌瑰玮,不甚妆饰。劳余曰:"行役无苦乎?"召坐。食顷间,殿内庖厨声。太后曰:"今夜风月甚佳,偶有二女伴相寻⑦。况又嘉宾,不可不成一会。"呼左右:"屈两个娘子出见秀才。"良久,有女二人从中至,从者数百。前立者一人,狭腰长面,多发不妆,衣青衣,仅可二十余。太后曰:"此高祖戚夫人⑧。"余下拜,夫人亦拜。更有一人,圆题柔脸稳身⑨,貌舒态逸,光彩射远近,时时好睒⑩,多服花绣,年低薄后。后顾指曰:"此元帝王嫱⑪。"余拜如戚夫人,王嫱复拜。各就坐。坐定,太后使紫衣中贵人曰⑫:"迎杨家、潘家来。"久之,空中见五色云下,闻笑语声浸近。太后曰:"杨、潘至矣。"忽车音马迹相杂,罗绮焕耀,旁视不给。有二女子从云中下,余起立于侧。见前一人纤腰身修;睟容⑬,甚闲暇,衣黄衣,冠玉冠,年三十以来。太后顾指曰:"此是唐朝太真妃子⑭。"予即伏谒,肃拜如臣礼。太真曰:"妾得罪先帝(先帝谓肃宗也),皇朝不置妾在后妃数中。设此礼,岂不虚乎?不敢受。"却答拜。更一人厚肌敏视,身小,材质洁白,齿极卑⑮,被宽博衣。太后顾而指曰:"此齐潘淑妃⑯。"余拜如王昭君,妃复拜。既而太后命进馔。少时,馔至,芳洁万端,皆不得名字。粗欲之腹,不能足食。已,更具酒,其器尽宝玉。太后语太真曰:"何久不来相看?"太真谨容对曰:"三郎(天宝中,宫人呼玄宗多曰三郎)数幸华清宫,扈从不暇至。"太后又谓潘妃曰:"子亦不来,何也?"潘妃匿笑不禁不成对。太真乃视潘妃对曰:"潘妃向玉奴(太真名也)说,懊恼东昏侯疏狂⑰,终日出猎,故不得时谒耳。"太后问余:"今天子为谁?"余对曰:"今皇帝名适,代宗皇帝长子。"太真笑曰:"沈婆儿作天子也⑱,大奇!"太后曰:"何如主?"余对曰:"小臣不足以知君德。"太后曰:"然无谦,但言之。"余曰:"民间传英明圣武。"太后首肯三四。太后命进酒加乐,乐妓皆年少女子。酒环行数周,乐亦随辍。太后请戚夫人鼓琴,夫人约指以玉环,光照于手,(《西京杂记》云⑲:高祖与夫人百炼金环,照见指骨也。)引琴而鼓,声甚怨。太后曰:"牛秀才邂逅逆旅到此,诸娘子又偶相访,今无以尽平生欢。牛秀才固才士。盍各赋诗言志,不亦善乎?"遂各授与笺笔,逡巡诗成。太后诗曰:"月寝花宫得奉君,至今犹愧管夫人⑳。汉家旧日笙歌地,烟草向经秋又春。"王嫱诗曰:"雪里穹庐不见春,汉衣虽旧泪长新。如今犹恨毛延寿㉑,爱把丹青错画人。"戚夫人诗曰:"自别汉宫休楚舞,不能妆粉恨君王。无金岂得迎商叟㉒,吕氏何曾畏木强㉓。"太真诗曰:"金钗堕地别君王,红泪流珠满御床。云雨马嵬分散后,骊宫无复听《霓裳》。"潘妃诗曰:"秋月春风几度归,江山犹是邺宫非㉔。东昏旧作莲花池,空想曾拖金缕衣。"再三趣余作诗。余不得辞,遂应教作诗曰:"香风引到大罗天㉕,月地云阶拜洞仙。共道人间惆怅事,不知今夕是何年。"别有善笛女子,短鬟,衫吴带,貌甚美,多媚,潘妃偕来。太后以接坐居之。时令吹笛,往往亦及酒。太后顾而谓曰:"识此否?石家绿珠也㉖。潘妃养作妹,故潘妃与俱来。"太后因曰:"绿珠岂能无诗乎?"绿珠拜谢,作诗曰:"此地原非昔日人,笛声空怨赵王伦。红残绿碎花枝下,金谷千年更不春㉗。"诗毕,酒既至。太后曰:"牛秀才远来,今夕谁人与伴?"戚夫人先起辞曰:"如意儿长成,固不可,且不宜如此。况实为非乎?"潘妃辞曰:"东昏以玉儿(妃名),身死国除,玉儿不拟负他。"绿珠辞曰:"石卫尉性严忌㉘,今有死,不可及乱。"太后曰:"太真今朝先帝贵妃,不可言其他。"乃顾谓王嫱曰:"昭君始嫁呼韩单于,复为株累若鞮单于妇㉙,固自用。且苦寒地胡鬼何能为?昭君幸无辞。"昭君不对,低眉羞恨。俄各归休。余为左右送入昭君院。会将旦,侍人告起程也。昭君泣以持别,忽闻外有太后命,余遂出见太后。太后曰:"此非郎君久留地,宜亟还,便别矣。幸无忘向来欢。"更索酒。酒再行,戚夫人潘妃绿珠皆泣下,竟辞去。太后使朱衣人送往大安,抵西道,旋失使人所在,时始明矣。余就大安里,问其里人。里人云:"去此十余里有薄后庙。"余却回,望庙宇,荒毁不可入,非向者所见矣。余衣上香经十余日不歇,竟不知其如何。

注释

①宛:即宛县,古县名,治所在今河南南阳市。叶:即叶县,县名,今河南中部偏南。

②伊阙:古县名,以伊阙山为名,治所在今河南伊川西南。鸣皋山:在河南嵩县东北。

③阍人:看门的人。

④陛:石阶。

⑤薄太后:汉高祖妃,生代王刘恒。后刘恒为帝(汉文帝),尊为太后。

⑥练:白绢。

⑦寻:探访。

⑧戚夫人:汉高祖妃,生子如意,曾与吕后争立太子。高祖死后,吕后将她斩去四肢,剜眼熏耳,饮以哑药,置于厕所,呼为"人彘"。

⑨题:额头。

⑩瞑:同皱眉头,同"颦",皱眉头。

⑪王嫱:即王昭君,名嫱,字昭君,元帝时被选入宫。竟宁元年(公元前33年)匈奴呼韩邪单于入朝求和亲,她自请嫁匈奴,对汉朝和匈奴的和好起了一定作用。

⑫中贵人:也称"中贵",宫中受宠的宦官。

⑬晬(suì 碎):光润。

⑭太真妃子:即杨贵妃。

⑮齿极卑:意为年纪最小。幼马每年长一齿,故以齿计算其岁数。古代也专指人的年龄。

⑯潘淑妃:南齐东昏侯宠妃,名玉儿。后来东昏侯被杀,她自缢而死。东昏侯曾凿金为莲花布于地上,让她行其上,说是步步生莲花。

⑰东昏侯:即萧宝卷,南朝齐皇帝,公元499—501年在位,凶残嗜杀,奢侈无度。后来萧衍(梁武帝)起兵,围建康,他被属将张齐所杀。

⑱沈婆:唐代宗皇后,德宗李适之母。天宝末年安史之乱,被叛军囚禁东都洛阳。后来河南被史思明所陷,便不知其下落。德宗即位后,诏天下寻访,始终未找到。

⑲《西京杂记》:古小说集。旧题为西汉刘歆所撰,经考证作者实为晋代葛洪。全书六卷,所记多为西汉遗闻佚事。

⑳管夫人:汉高祖妃。早先与薄姬及赵子儿相友好,三人约定先得皇帝宠爱者不要忘了别人。后来她跟赵子儿先为高祖宠爱。高祖知道她们之间的约定后,也就宠爱薄妃。

㉑毛延寿:西汉杜陵人,擅画人物。元帝后宫人多,便令其画像,按图召见。宫女们都贿赂他,以求美化而得见元帝,唯独王嫱不肯。后来匈奴求和亲,元帝才发现王嫱为后宫第一,便把他杀死,并将尸体暴露街头。

㉒商叟:即商山四皓。秦末东园公、甪里先生、绮里季、夏黄公隐于商山(今陕西商县东南),年皆八十余,时称"商山四皓"。传说西汉初高祖屡聘不至,吕后用张良计策,让太子卑词安车,请此四人同游,因而使高祖认为太子羽翼已成,消除了改立赵王如意为太子的念头。

㉓木强(jiàng 酱):不柔和。这里指周勃。周勃秦末随汉高祖刘邦起义,以军

功封绛侯。后来平诸吕之乱,迎立文帝,为右丞相。高祖常说他为人木强,但可以托付大事。

㉔邺:古都邑名。春秋时齐桓公筑城,以后各代多有帝王定都于此。大象二年(公元580年)杨坚(隋文帝)兵败,焚毁邺城,千年名都化为废墟。

㉕大罗天:道教所称三十六天中的最高一重天,称为"道境极地"。

㉖绿珠:西晋石崇的爱妾。赵王司马伦(即下文的"赵王伦",司马懿第九子)专权时宠信孙秀。孙秀欲夺绿珠,祸及石崇,绿珠也坠楼而死。

㉗金谷:古地名,在今河南洛阳市东北。石崇筑园于此,世称金谷园。

㉘卫尉:古代官名,掌管宫门警卫。石崇曾任卫尉,因此称"石卫尉"。

㉙株累若鞮单于:呼韩邪单于之子。匈奴习俗,父死子得娶母为妻,因此呼韩邪单于死后,王昭君又嫁其子。

【今译】

我贞元年间入京参加进士科考试落榜,归返宛县叶县一带。来到伊阙县南面的鸣皋山下,准备投宿大安里的百姓家。不巧天色已晚,迷了路,不能赶到。又走了十多里,来到一条路上,这路平坦易行。这时月亮刚刚升起,我忽然闻到一股奇异的香气,于是就跟着这香气向前赶,也不知走了多远,看见前方有灯火闪耀,心想可能是农家。再向前走,来到一座大宅院前,看上去像是富豪大户。

有个穿黄衣服的看门人问我说:"郎君从哪里来?"我回答说:"我名叫僧孺,姓牛,参加进士考试落榜后回家。本来打算去大安里农家借宿,走错了路来到这里。只想求宿一晚,没有别的事。"里面这时又出来一个穿青衣的婢女,责问黄衣门人说:"门外是什么人?"黄衣门人说:"是客人。"黄衣门人进去通报,过了不久,出来说:"请郎君进去。"我问这是谁家的住宅。黄衣门人说:"只管进去,不必多问。"

进了十几道门,来到大殿。殿上遮挡着珠帘,有穿朱衣和紫衣的侍者百来人站立在台阶之间。左右的侍者说:"在殿下叩拜。"这时帘内有人说道:"我是汉文帝的母亲薄太后。这里是庙堂,郎君不该来的。为什么要到这里来呢?"我回答说:"我家住在宛县,想要回家,迷了路。担心被豺虎等野兽伤害,斗胆请求借宿一晚,还望太后同意。"太后令人卷起珠帘,离开座位说:"我是从前汉文帝的母亲,郎君是唐朝的名士,相互不是君臣关系,希望不要多礼,就请上殿相见。"太后身穿白绢做的衣服,身材高大,没有怎么梳妆打扮。她慰劳我说:"路途中很辛苦吧?"请我坐下。大约过了一顿饭工夫,殿内传来厨师备酒做菜的声音。太后说:"今夜风清月朗,正好有两位女伴来访。况且又遇上嘉宾到来,不可不成为一次聚会。"于是对左右的侍者说:"请两位娘子出来见见秀才。"

过了许久,有两位女子从里面出来,随从有数百人。前面站着的一位,细腰长脸,头发浓密而没有化妆,穿着青色的衣服,年仅二十多岁。太后说:"这是汉高祖的戚夫人。"我下拜,戚夫人也回拜。另外的那一位,圆圆的额头,柔美的脸庞,匀称的身材,容貌和顺神态安详,光彩四射,不时地皱皱眉头,衣服上绣了不少花,年纪比薄太后小。太后指着她说:"这是汉元帝的王嫱。"我也像对戚夫人那样向她下拜,王嫱也回拜了。然后大家各自就座。

坐定以后,太后对穿紫衣的宦官说:"迎请杨家和潘家的夫人来。"过了许久,有五色彩云从空中降下,又听见谈笑声由远而近。太后说:"杨、潘两位到了。"忽然间车声马蹄声相杂而至,绫罗绸缎光彩耀目,让人目不暇接。有两位女子从云彩中下来。我起身站立在一旁。只见前面的一位腰细而身体修长,容颜光润,仪态很悠闲,穿黄衣,戴玉冠,年纪三十来岁。太后指着她说:"这就是唐朝的太真妃了。"我当即伏拜,规规矩矩按照臣子的礼仪。太真说:"妾得罪了先帝(先帝指唐肃宗),皇朝不把我算在后妃之列。你行此大礼,不是白搭吗?妾不敢接受。"于是后退几步回拜我。还有一位,肌肤丰满,目光灵动,身材矮小,肤色洁白,年纪最轻,穿的衣服很宽大。太后指着她说:"这是南齐的潘淑妃。"我像拜王昭君一样拜见她,潘妃也回拜了。接着太后命令摆设饭食。不久,东西就送上来了,芳香清洁,品类多样,全都叫不上名字。我只想吃饱肚子,却不能样样都吃到。吃完饭,又端酒上来。酒具全是宝石做的。太后对杨太真说:"为何这么久不来看我?"太真恭敬地回答:"三郎(天宝年间,宫中大都称玄宗为三郎)屡次去华清宫,我随驾同去,没有空闲来这里。"太后对潘妃说:"你也不来,是为什么?"潘妃忍不住笑起来,不能回答。太真就看看潘妃回答太后说:"潘妃对玉奴(太真小名玉环)说,恼恨东昏侯懒散狂放,整天出外打猎,所以不能前来拜见。"太后问我:"当今的天子是谁?"我回答说:"当今的皇帝名适,是代宗皇帝的长子。"太真笑着说:"沈婆的儿子竟当了天子,太稀奇了!"太后问:"皇帝怎么样?"我回答说:"小臣不可能了解君主的品德。"太后说:"不用谦虚,尽管说出来。"我说:"民间都传称当今皇上英明圣武。"太后听了不住点头。

太后又命献美酒奏音乐,乐妓都是年轻女子。酒过数巡,音乐也随之停下来。太后请戚夫人弹琴,戚夫人在手指上套上玉环,光泽映照着手指(《京西杂记》说:高祖给戚夫人一枚百炼金环,能照见指骨),放好琴弹起来,琴声十分凄怨。太后说:"牛秀才碰巧因借宿来到这里,各位娘子又正好来访,现在没有什么来为这平生难得的欢会助兴。牛秀才本是才学之士,我们何不各人赋诗表达自己的志趣,这不是很好吗?"于是分别发给大家纸笔,不多一会儿诗就写好了。太后的诗这样写道:

> 月夜曾寝卧花宫侍奉君王,
> 至今还感到愧对于管夫人。
> 汉家从前笙歌不绝的地方,
> 荒烟野草几度秋来几度春。

王嫱的诗这样写道:

> 雪原中的毡帐里不见春天,
> 汉衣虽旧思乡泪日日添新。
> 直到如今依然恨那毛延寿,
> 总是爱用丹青错画了美人。

戚夫人的诗这样写道:

> 辞别汉宫后未曾跳过楚舞,
> 不能妆粉恼恨早逝的君主。
> 没有黄金怎能迎请商山叟,
> 吕后何曾惧怕倔强的周勃。

杨太真的诗这样写道:

> 金钗堕洒一地赴死别君王,
> 血泪如同珠子般落满御床。
> 自从云分雨散魂断马嵬坡,
> 骊宫中再听不到舞曲《霓裳》。

潘淑妃的诗这样写道:

> 秋月与春风几度去而复归,
> 江山依旧邺宫已面目全非。
> 东昏侯从前建造那莲花池,
> 让我空忆曾拖曳金缕舞衣。

太后再三催促我作诗,我无法推辞,就应命作了一首,这样写道:

> 习习香风将我带到大罗天,
> 踏月光登云阶拜洞府神仙。
> 一同谈论人间那些惆怅事,
> 也不知今晚世上是何年代。

另外有一位善吹笛的女子,挽着短鬟,穿着吴地的裙带,容貌很美,十分妩媚,是跟潘妃一道来的。太后要她坐在自己旁边,不时叫她吹笛,往往也让她喝几杯酒。太后看着她对我说:"认识她吗?她就是石崇家绿珠,潘妃把她收养作妹妹,所以带她一起来了。"太后于是又说:"绿珠怎么没有诗呢?"绿珠拜谢了太后,也作了一首诗:

> 在座的各位已非从前的人,
> 笛声空自怨恨赵王司马伦。
> 红花绿叶零落在花枝下面。
> 金谷园千年再也不见春天。

诗做完了,酒也喝得尽兴。太后说:"牛秀才远道而来,今夜谁跟他作伴呢?"戚夫人先直身推辞说:"我的儿子如意已经长大,我当然不行,而且也不该这样。况且是做这种非礼的事。"潘妃也推辞说:"东昏侯为了我国破人亡,我不想做有负于他的事。"绿珠也推辞说:"石卫尉性情严厉多疑,今天我宁愿去死,也不能乱了礼数。"太后说:"太真是当朝先帝的贵妃,自然不好说别的话。"于是回头对王嫱说:"昭君当初嫁给呼韩邪单于,后来又是株累若鞮单于的妻子,本来就能自己做主。而且苦寒之地胡人的亡魂能对你怎么样呢?望昭君不要推辞了。"昭君不做声,垂着头好像又羞又恨。不久各自回去休息。我被左右侍从送入昭君院内。

等到天快亮的时候,侍者来告诉我应该启程了,昭君哭着拉住我的手道别。忽然听见外面说太后有令叫我去,我便出来见太后。太后说:"此处不是郎君久留之地,最好赶紧回去。就此告别了,希望不要忘记昨夜的欢聚。"又叫上酒为我饯行。喝了酒动身的时候,戚夫人、潘妃、绿珠都流下眼泪,终于告辞离去。

太后派了朱衣使者送我去大安,到了西面的路道上,派来的使者立即就不见了,这时天开始亮了。我到了大安里,询问那里的人。当地人说:"距此十多里的地方有座薄太后庙。"我顺着路回去,看见那座庙宇时,竟然已经荒废了不能进入,并非是我先前看到的样子了。后来,我衣服上的香气十多天不散,始终不知是什么缘故。

湘中怨辞 并序

沈亚之

【题解】

本篇作者沈亚之,字下贤,吴兴(今浙江湖州)人,生卒年不详。元和十年(公元815年)登进士第,历任秘书省正字、栎阳令、南康尉等职。沈亚之擅长诗、文、传奇,其文才为时人所重,曾投韩愈门下。有《沈下贤集》。

沈亚之最著名的作品是他所撰的传奇。本集所选的《湘中怨辞》《异梦录》和《秦梦记》,都是写人神相遇与恋爱婚姻的事,题材相近,故事简洁,文字华美,人物描写栩栩如生,篇中多穿插诗歌,颇有抒情气氛。本篇见《沈下贤文集》卷二,《太平广记》卷二百九十八、《文苑英华》卷三百五十八。

【原文】

《湘中怨》者,事本怪媚,为学者未尝有述。然而淫溺之人,往往不寤。今欲概其论,以著诚而已。从生韦敖①,善撰乐府,故牵而广之,以应其咏。

垂拱年中,驾幸上阳宫②。大学进士郑生,晨发铜驼里,乘晓月度洛桥。闻桥下有哭声,甚哀。生下马,循声索之。见有艳女,繁然蒙袖曰③:"我孤,养于兄。嫂恶,常苦我。今欲赴水,故留哀须臾。"生曰:"能遂我归之乎?"女应曰:"婢御无悔!"遂与居,号曰氾人④。能诵楚人《九歌》《招魂》《九辨》之书⑤,亦尝拟其调,赋为怨句,其词丽绝,世莫有属者。因撰《光风词》,曰:"隆佳秀兮昭盛时,播薰绿兮淑华归⑥。愿室黄与处萼兮⑦,潜重房以饰姿。见雅态之韶羞兮,蒙长霭以为帏。醉融光兮渺弥⑧,迷千里兮涵洇湄⑨,晨陶陶兮暮熙熙⑩。舞婑娜之秾条兮⑪,娉盈盈以披迟。酡游颜兮倡蔓卉⑫,縠流电兮石发髓施⑬。"生居贫,氾人尝解箧,出轻缯一端,与卖,胡人酬之千金。居数岁,生游长安。是夕,谓生曰:"我湘中蛟宫之娣也⑭,谪而从君。今岁满,无以久留君所,欲为诀耳。"即相持啼泣。生留之,不能,竟去。后十余年,生之兄为岳州刺史⑮。会上巳日,与家徒登岳阳楼,望鄂渚⑯,张宴。乐酣,生愁吟曰:"情无垠兮荡洋洋,怀佳期兮属三湘⑰。"声未终,有画舻浮漾而来⑱。中为彩楼,高百尺余,其上施帏帐,栏笼画饰。帷搴⑲,有弹弦鼓吹者,皆神仙蛾眉,被服烟霓,裾袖皆广长。其中一人起舞,含频凄怨,形类汜人。舞而歌曰:"沂青山兮江之隅⑳,拖湘波兮袅绿裾。荷卷卷兮未舒,匪同归兮将焉如!"舞毕,敛袖,翔然凝望。楼中纵观方怡。须臾,风涛崩怒,遂迷所往。元和十三年,余闻之于朋中,因悉补其词,题之曰《湘中怨》,盖欲使南昭嗣《烟中之志》,为偶倡也。

注释

①从(zòng 纵)生:指某人或什么人。
②上阳宫:唐代宫名,在洛阳皇城西南禁苑内。高宗时建,武则天常居于此。
③繄(yī 医)然:叹息。
④汜:"泛"的异体字。漂浮的意思。
⑤《九歌》:屈原赋之一。《招魂》:屈原赋之一。《九辨》:宋玉赋之一。
⑥薰(xūn 勋):一种香草,也指花草香。
⑦荑(tí 提):稗草一类的野草。萼(è 饿):花朵外圈的绿色小片,这里指花。
⑧渺弥:水势辽远充溢的样子。
⑨湄:岸旁,水边。
⑩陶陶:喜悦。熙熙:和乐的样子。
⑪婑娜(wǒ nuó 我挪):柔美的样子。条:柳条。
⑫倡:同"唱"。
⑬縠(hù 胡):绉纱一类的丝织品。石发:即干苔,细长管状藻类,产于浅海。
⑭湘:即湘江。娣(dì 弟):侍妾。
⑮岳州:唐代州名,辖境相当于今洞庭湖东、南、北各县地,治所在巴陵(今岳阳市)。
⑯鄂渚:即鄂州,今武汉市武昌。因长江中有渚而称鄂渚。
⑰三湘:湘水发源后与漓水合流后称漓湘,中游与潇水合流后称潇湘,下游与蒸水合流后称蒸湘,总名"三湘"。
⑱画舻:彩船。
⑲搴(qiān 牵):撩起,揭起。
⑳沂:同"溯"。

【今译】

《湘中怨》的故事怪诞而美好,是文人们未曾讲述过的,然而沉溺在男女之情中的人,往往不会醒悟。现在我只是想略述它,以表明真诚的情感罢了。友人韦敖擅长作乐府诗,所以我把它写成一篇文字,以应合他的诗作。

垂拱年间,皇上驾临上阳宫。有位姓郑的太学生,清晨从铜驼里出发,趁着拂晓的月光经过洛河桥。忽然听见桥下有哭泣的声音,十分哀伤。郑生下马,顺着声音找寻,看见是位很美丽的女子。那女子用衣袖遮着脸叹息说:"我自小失去父母,由哥哥抚养。嫂子凶恶,常常虐待我。今天我想投水自尽,在此之前再哀怨片刻。"郑生说:"你愿意跟我回去吗?"女子答应说:"即使当你的婢女侍妾也不后悔!"这样她就跟郑生同居了,因而叫做氾人。

氾人能吟诵楚人的《九歌》《招魂》《九辨》等作品,还曾经模仿楚辞的语调,写出悲怨的诗句,文辞极其华丽,当时无人能比。还作了《光风词》,这样写道:

美丽的花朵盛开呵展现春光,
播香草种绿树呵收获芳华。
愿居住草屋留连在花丛中呵,
藏在深闺中以修饰姿容。
瞧见美好的体态是多么害羞,
蒙上长长的云雾作为帏帐。
陶醉于水光呵烟波浩淼,
沉迷一色天水呵浸漫岸旁。
早晨乐陶陶呵傍晚也欢畅。
那柔美的柳条随风飘舞,
身姿娉婷呵和顺安逸。
红颜照人呵歌唱青蔓繁花,
轻丝般流闪呵水藻荡漾。

郑生生活贫困,氾人曾打开自己的箱子,拿出一段轻软的丝绸,让他去卖掉,有位胡人以千金的价钱买了下来。过了几年,郑生出游将去长安。这天晚上,氾人对郑生说:"我是湘水中蛟宫里的侍妾,因有过失被贬来人间,得以随从郎君,现在限期已到,不能再留在郎君这里,就此永别了。"两个人于是相对哭泣。郑生总想留下她,但却无法留住,只能让她离去。

十多年后,郑生的兄长出任岳州刺史。时逢上巳节,便与家人一起登上岳阳楼,遥望鄂渚,摆下家宴。正高兴时,郑生却愁苦地吟唱道:

情意无限呵水波洋洋,
追忆好时光呵挂念三湘。

声音未落,有一艘彩船漂荡而来,船的中央是彩楼,高达一百多尺,上面挂着帏帐,栏杆窗框都有图案装饰。帷幕拉起,里面有吹奏弹拨的人在演奏乐曲,都是些美貌如仙的女子,穿着云烟彩虹般美丽的衣服。其中一人起身舞蹈,神态凄怨,模样好似氾人,她一边舞一边唱道:

青山下逆行呵沿着江边,
湘水的波纹呵如绿裙摇曳。
我像曲卷的荷叶呵心怀不展,
不能跟他同归呵将去往何方?

舞蹈完毕,那女子收住衣袖,凝望远处。楼中的人正看得入神,忽然狂风掀起巨浪汹涌而至,那彩船也就不见踪影了。

元和十三年,我在朋友那里听说了这件事,就将其中缺失的辞赋全都补上,命题为《湘中怨》,想让它跟南昭嗣的《烟中之志》一起,同时流传于世。

异梦录

沈亚之

【题解】

本篇见于《沈下贤文集》卷四,《太平广记》卷二百八十二。叙述邢凤梦见一位美人,手拿诗集吟诵;邢凤抄得其首篇《春阳曲》;诗中有舞叫弯弓,美人于是为邢凤表演。篇后又讲了王炎梦游吴宫,侍奉吴王,又遇到西施下葬,便应诏作挽歌,得到吴王赞许。记的都是梦中之事,前后并无关连。沈亚之的作品以本篇对后世影响最大。唐代谷神子(郑还古)的传奇集《博异志》采录了此篇,题为《沈亚之》。段成式的《酉阳杂俎》里也讲述了这个故事。宋代以来,又编成了话本小说。

【原文】

元和十年,亚之以记室从陇西公军泾州①。而长安中贤士,皆来客之。五月十八日,陇西公与客期,宴于东池便馆。既坐,陇西公曰:"余少从邢凤游,便记其异,请语之。"客曰:"愿备听。"陇西公曰:"凤帅家子,无他能。后寓居长安平康里南,以钱百万质得故豪家洞门曲房之第,即其寝而昼偃②。梦一美人,自西榻来③,环步从容,执卷且吟。为古妆,而高鬟长眉,衣方领,绣带修绅④,被广袖之襦。凤大说曰⑤:'丽者何自而临我哉?'美人笑曰:'此妾家也。而君容妾宇下,焉有自邪?'凤曰:'愿示其书之目。'美人曰:'妾好诗,而常缀此。'凤曰:'丽人幸少留,得观览。'于是美人授诗,坐西床。凤发卷,示其首篇,题之曰《春阳曲》,才四句。其后他篇,皆累数十句。美人曰:'君必欲传之,无令过一篇。'凤即起,从东庑下几上取彩笺,传《春阳曲》。其词曰:'长安少女踏春阳,何处春阳不断肠。舞袖弓弯浑忘却,罗衣空换九秋霜。'凤卒诗⑥,谓曰:'何谓弓弯?'曰:'昔年父母使妾斅此舞⑦。'美人乃起,整衣张袖,舞数拍,为弓弯以示凤。既罢,美人泫然良久,即辞去。凤曰:'愿复少留。'须臾间,竟去。凤亦觉,昏然忘有所记。及更衣,于襟袖得其词,惊视复省所梦。事在贞元中。后风为余言如是。"是日,监军使与宾府郡佐⑧,及宴客陇西独孤铉,范阳卢简辞⑨,常山张又新⑩,武功苏涤⑪,皆叹息曰:"可记。"故亚之退而著录。明日,客有后至者,渤海高允中,京兆韦谅,晋昌唐炎⑫,广汉李瑀⑬,吴兴姚合⑭,洎亚之,复集于明玉泉,因出所著以示之。于是姚合曰:"吾友王炎者,元和初,夕梦游吴,侍吴王久。闻宫中出辇,鸣笳箫击鼓⑮,言葬西施。王悼悲不止,立诏词客作挽歌。炎遂应教,诗曰:'西望吴王国,云书凤字牌⑯。连江起珠帐,择水葬金钗。满地红心草,三层碧玉阶。春风无处所,凄恨不胜怀。'词进,王甚嘉之。及寤,能记其事。炎,本太原人也。"

注释

①记室:古代官名,相当于现在的秘书,有等级差别。泾州:唐代州名,辖境在今甘肃东部泾河中游,治所在今甘肃泾川县北。

②偃:仰面卧倒。"昼偃"即白天睡觉。

③西楹:西面的房间。

④绅:古代束衣的大带子。

⑤说:古同"悦"。

⑥卒:完毕,结束。

⑦敩(xiào 笑):教导。

⑧监军使:古代官名,派往军中以监督将帅。

⑨范阳:唐代郡名,治所在蓟县(今北京城西南)。

⑩常山:唐代郡名,即恒州,辖境相当于今河北石家庄、正定等地。

⑪武功:县名,在陕西宝鸡市东渭河北岸。

⑫晋昌:唐代郡名,即瓜州,辖境相当于今甘肃安西附近一带。

⑬广汉:古县名,治所在今四川射洪县南。

⑭吴兴:唐代郡名,即湖州,辖境相当于今浙江吴兴、德清、安吉、长兴等县。

⑮笳:即胡笳,我国古代北方民族的一种吹奏乐器。

⑯凤字牌:即凤诏,天子的诏书。

【今译】

元和十年,我以记室的职位跟从陇西公驻军泾州。长安城中的贤达之士,都前来做客。五月十八日,陇西公与客人相约,在东池使馆举行宴会。大家入座以后,陇西公说:"我年轻时曾跟着邢凤游学,得知他一段奇异的经历,请诸位让我说说这件事。"客人都说:"我们很愿意听。"

陇西公说:"邢凤是将门子弟,没有别的什么才能。后来在长安平康里的南面,用一百万钱买下从前富贵人家的一座深宅大院。某天他在卧室午睡,梦见一个美丽的女子,从西面的房间走过来,绕着圈子从容踱步,手里拿着书边走边念。女子身着古装,梳着高鬟画着长眉,衣领是方的,束衣的绣花带子很长,穿着宽袖的短袄。邢凤非常高兴地问她说:'这么好看的人是从哪里来的?'美人笑道:'这里就是我家呀。你住在我的屋子里,怎么还问我从哪里来的呢?'邢凤说:'请让我看看你手中的书。'美人说:'我喜欢读诗,因此常带着它。'邢凤说:'我希望你多呆一会,让我看看它。'于是美人给他诗集,在西面的椅子上坐下来。邢凤打开书,看到第一篇的题目叫《春阳曲》,才有四句。后面各篇,都长达几十句。美人说:'你真要记下它们的话,最好不要超过一篇。'邢凤就站起来,从东屋的桌上拿来彩色笺纸,记下了《阳春曲》。曲词是这样写的:

> 长安的少女踏着春日的阳光,
> 哪里的春光不让人心中忧伤。
> 舞袖和弯弓都已经全部忘记,
> 轻软的丝衣空换得九秋寒霜。

邢凤抄完诗后,问道:'什么叫做弯弓?'美人回答说:'从前父母叫我学过这种舞。'美人于是起身来,整理衣服张开袖子,跳了几段舞,做出弯弓的舞姿给邢凤看。舞完了,美人流泪许久,要告辞离去。邢凤说:'希望再呆一会。'可是转眼之间,她竟不见了。邢凤这时也从梦里醒来,昏昏糊糊忘了抄录《春阳曲》的事,等到他起来换衣服的时候,在襟袖里发现抄有诗句的彩笺,惊讶地看着它才想起梦中的事情。这事发生在贞元年间。后来邢凤对我亲口说过。"

那天,在座的有监军使和府内的幕僚,以及客游陇西的独孤铉,范阳的卢简辞,常山的张又新,武功的苏涤,大家都叹息着说:"这事值得记下来。"所以我回来后就把它写成文字。第二天,那些后来到的客人,渤海的高允中,京北的韦谅,晋昌的唐炎,广汉的李瑀,吴兴的姚合,以及本人,又在明玉泉聚会,我就拿出所写的那篇东西给大家看。于是姚合说:"我的朋友王炎,元和初年,曾在一天晚上梦游吴国,侍奉吴王很久。有次听见宫中车马出动,还有鸣笳、吹箫和击鼓声,听人说是安葬西施。吴王悲痛不已,当即命词客作挽歌悼念西施。王炎于是奉命作诗,诗这样写:

> 向西望见吴王都城,
> 云间现出天子诏书。
> 边江架起珠帐玉簾,
> 择选水流葬下佳人。
> 满地长着那红心草,
> 碧玉石阶铺砌三层。
> 春风阵阵处处吹送,
> 凄苦悲恨不尽情怀。

诗献给吴王后,吴王十分赞赏。王炎醒过来后,还能记得梦里那些事情。王炎,原本是太原人。"

秦梦记

沈亚之

【题解】

本篇见于《沈下贤文集》卷二,《太平广记》卷二百八十二。作者自述在梦中到了秦国,为秦穆公率兵伐晋有功;穆公因幼女弄玉的丈夫萧史先亡,便将弄玉嫁给他为妻,授官左庶长,礼遇隆厚;然而弄玉却又无疾而死,他便向秦穆公告辞离去。本篇跟沈亚之的上两篇作品一样,篇幅不长,但构思巧妙,文字流畅。又写了双双成仙的萧史、弄玉先后死去,曲折地反映了作者对神仙长生不死的传说的怀疑。

【原文】

太和初,沈亚之将之邠①,出长安城,客橐泉邸舍。春时,昼梦入秦,主内史廖家②。内史廖举亚之。秦公召之殿③,膝前席曰:"寡人欲强国,愿知其方。先生何以教寡人?"亚之以昆彭齐桓对④,公悦,遂试补中涓(秦官名)⑤,使佐西乞伐河西(晋秦郊也)⑥。亚之帅将卒前,攻下五城,还报,公大悦,起劳曰:"大夫良苦,休矣。"居久之,公幼女弄玉婿萧史先死。公谓亚之曰:"微大夫,晋五城非寡人有。盛德大夫。寡人有爱女,而欲与大夫备洒扫,可乎?"亚之少自立,雅不欲幸臣蓄之。固辞,不得请,拜左庶长⑦,尚公主,赐金二百斤。民间犹谓萧家公主。其日,有黄衣中贵骑疾马来,迎亚之入,宫阙甚严。呼公主出,鬓发⑧,著偏袖衣,装不多饰。其芳姝明媚,笔不可模样。侍女祗承,分立左右者数百人。召见亚之便馆⑨,居亚之于宫。题其门曰:"翠微宫",宫人呼"沈郎院"。虽备位下大夫,由公主故,出入禁卫。公主喜凤箫,每吹箫,必翠微宫高楼上,声调远逸,能悲人,闻者莫不自废。公主七月七日生,亚之尝无贶寿⑩。内史廖曾为秦以女乐遗西戎,戎主与廖水犀小合。亚之从廖得以献公主。主悦,尝爱重,结裙带之上。穆公遇亚之礼兼同列,恩赐相望于道。复一年春,秦公之始平⑪,公主忽无疾卒。

公追伤不已。将葬咸阳原⑫,公命亚之作挽歌,应教而作曰:"泣葬一枝红,生同死不同。金钿坠芳草,香绣满春风。旧日闻箫处,高楼当月中。梨花寒食夜,深闭翠微宫。"进公,公读词,善之。时宫中有出声若不忍者,公随泣下。又使亚之作墓志铭,独忆其铭,曰:"白杨风哭兮石鬣髯莎⑬,杂英满地兮春色烟和。珠愁粉瘦兮不生绮罗,深深埋玉兮其恨如何!"亚之亦送葬咸阳原,宫中十四人殉之。亚之以悼惘过戚,被病,卧在翠微宫。然处殿外室,不入宫中矣。居月余,病良已。公谓亚之曰:"本以小女相托久要,不谓不得周奉君子,而先物故。敝秦区区小国,不足辱大夫。然寡人每见子,即不能不悲悼。大夫盍适大国乎?"亚之对曰:"臣无状,肺腑公室⑭,待罪右庶长,不能从死公主。幸免罪戾,使得归骨父母国,臣不忘君恩,如今日。"将去,公追酒高会,声秦声,舞秦舞,舞者击髆拊髀鸣鸣⑮,而音有不快,声甚怨。公执酒亚之前曰:"予顾此声少善,愿沈郎赓扬歌以塞别。"公命遂进笔砚。亚之受命,立为歌,辞曰:"击髆舞,恨满烟光无处所。泪如雨,欲拟著辞不成语。金凤衔红旧绣衣,几度宫中同看舞。人闲春日正欢乐,日暮东风何处去?"歌卒,授舞者,杂其声而道之,四座皆泣。既,再拜辞去。公复命至翠微宫,与公主侍人别。重入殿内时,见珠翠遗碎青阶下,窗纱檀点依然⑯。宫人泣对亚之。亚之感咽良久,因题宫门,诗曰:"君王多感放东归,从此秦宫不复期。春景自伤秦丧主,落花如雨泪胭脂。"竟别去。公命车驾送出函谷关。出关已,送吏曰:"公命尽此,且去。"亚之与别,未卒,忽惊觉,卧邸舍。明日,亚之与友人崔九万具道。九万,博陵人⑰,谙古。谓余曰:"《皇览》云:'秦穆公葬雍橐泉祈年宫下。'非其神灵凭乎?"亚之更求得秦时地志,说如九万云。呜呼!弄玉既仙矣,恶又死乎?

注释

①邠:即邠州,州名。唐开元十三年(公元725年)改豳州为邠州,辖境相当于今陕西杉县、长武、旬邑、永寿四县地。

②内史:秦官名,掌治京城地方,相当于后世的京兆尹。

③秦公:即秦穆公,春秋时秦国君,公元前659—公元前621年在位。

④昆彭:即昆吾和大彭,传说中夏、商两代的重臣。齐桓:即齐桓公,春秋时齐国君,公元前685—公元前643年在位。

⑤中涓:秦官名,王公高官的亲近属官。
⑥西乞:复姓。
⑦庶长:秦官爵官,掌握军政大权,相当于其他各国的卿。商鞅变法,制定二十等爵,第十级为左庶长。
⑧鬒(zhěn 诊)发:黑发。
⑨便馆:即便殿,古时帝王休憩闲宴的地方,别于正殿而言。
⑩贶(kuàng 况):赠送。
⑪始平:古代郡名,辖境约为今陕西咸阳、户县以西,宝鸡、兴平以南,秦岭以北地区。
⑫咸阳:古都邑名,在今陕西咸阳东北二十里,位于渭河平原中部,渭水之北。
⑬莎:即莎草,多年生草本植物,地下块茎叫香附子。
⑭肺腑:同"肺附",比喻帝王的亲属或亲戚。
⑮髆(bó 波)阳:肩胛,肩膀。髀(bì 闭):大腿。
⑯檀点:浅红色的印迹。檀,浅红色。跟前句的"珠翠"一样都暗喻公主。
⑰博陵:古代郡名,辖境相当于今河北安平、深县、饶阳、安国等县地。

【今译】

太和初年,沈亚之要去邠州,出了长安城,宿于橐泉的客舍里。时逢春日,白天在睡梦中到了秦国,住在廖内史家。廖内史向秦穆公推荐了亚之。秦穆公召见亚之于大殿,移步向前对亚之说:"寡人想使国家富强,希望能知道强国的方法。先生有什么可以指教寡人的吗?"亚之使用昆吾、大彭以及齐桓公的事迹来回答他。秦穆公听后很满意,就让亚之试着替补中涓(秦时官名),派他帮助西乞领军讨伐河西(即晋、秦交界地区)。亚之率领将士为前锋,攻下敌方五座城池后,回来报告战绩。秦穆公非常高兴,起身慰劳说:"大夫实在辛苦,好好休息休息。"

这样过了好长一段时间。秦穆公的小女儿弄玉的丈夫萧史先去世了。秦穆公对亚之说:"要是没有大夫,晋国的五座城池就不会归寡人所有了。非常感谢大夫。寡人有个心爱的女儿,想让她侍候大夫,可以吗?"亚之刚凭自己的能力站住脚跟,很不愿因裙带关系而被国君宠幸。他坚决推辞,而秦穆公不同意,任命他为左庶长,让他娶公主为妻,赏赐他黄铜二百斤。然而民间还是称公主为萧家公主。结亲的那天,有身穿黄衣的宦官骑快马前来,迎接亚之入宫。宫阙十分庄严。

呼唤声中公主出来了，她秀发漆黑，穿一件短袖上衣，衣服没有过多的饰物。她那美好的身姿和明媚的容貌，不是笔墨能形容的。听候差遣的侍女分立两旁，多达数百人。穆公在便殿召见亚之，要他在宫中居住。把他住的宫殿命名为"翠微宫"，宫中的人称它为"沈郎院"。亚之虽然职位在下大夫之列，但由于跟公主的关系，出入都有卫士护卫。公主喜欢吹凤箫，每次吹箫，一定要在翠微宫的高楼上，声调悠远，能让人感动悲伤，听见的人莫不沉醉其中。公主于七月七日出生，亚之在她生日时没有合适的礼物奉献。廖内史曾经为秦国去西戎送女乐，西戎王送廖内史一个水犀小盒。亚之从廖内史那里得到水犀小盒，把它献给公主。公主十分喜欢，很爱惜珍重它，把它系在裙带上随身带着。穆公对亚之的礼遇比对跟他同等的官员更隆厚，颁发恩赐奖赏的使者接连不断。下一年的春天，秦穆公离开京城前往始平，公主忽然无疾而逝。穆公追念伤心不已。公主将葬于咸阳城外的高地上，穆公命亚之作一首挽歌，亚之应命写下这样的诗句：

> 哭泣着葬下一枝红艳，
> 生同时死却不能同时。
> 金钿坠落在那芳草上，
> 香绣飘扬着鼓满春风。
> 往日吹响凤箫的地方，
> 只见高楼空对着月光。
> 梨花开放的寒食之夜，
> 翠微宫门却紧紧闭合。

亚之把挽诗呈送给穆公，穆公读过了，认为写得很好。当时宫中有人忍不住失声痛哭，穆公也随之流泪。穆公又命亚之为公主作墓志铭，只记得其中的铭文是这样写的：

> 白杨风如泣呵莎草蓬松，
> 杂花满地呵春色烟如雾。
> 珠翠愁红粉瘦绮罗成土，
> 深深埋葬玉翠其恨无穷。

亚之也送葬到咸阳城外高地上，宫中十四位侍女为公主殉葬。亚之因哀悼悲伤过度，生病躺卧在翠微宫。然而只是住在殿外的房间，不再到内宫去了。过了一个多月，病终于好了。穆公对亚之说："本来想把小女托付于你相伴终生，不料她不能始终侍奉君子，而先去世了。我们秦国只是区区小国，不值得埋没大夫这样的人才。而寡人每每见到先生，都不能不引起对小女的哀伤悼念之情。大夫何不到别的大国去呢？"亚之回答说："为臣的举止无礼，作为公室的亲属，授右庶长之职，却不能随公主一同去死。承蒙您免除了我的罪过，使我得以归返故国，臣永不忘记您的恩德，如同头顶的太阳一样。"亚之即将离去时，穆公设酒宴隆重聚会，宴会上唱秦地的歌，跳秦地的舞，舞蹈者拍击肩膀和大腿，口中发生呜呜的声音，低沉迟缓，十分凄怨。穆公拿着酒杯来到亚之面前说："我听这歌声并不好，愿沈郎再写一曲作为离别的纪念。"穆公命人立刻送上笔砚。亚之奉命，当即作了一首歌，歌词是这样的：

　　击肩舞，恨同烟光处处有，
　　泪如雨，欲作歌词不成语。
　　金凤衔红巾却是旧绣衣，
　　几回回宫中你我同观舞。
　　人闲暇春日正是欢乐时，
　　日头西下时东风何处去？

亚之写完，交给舞蹈者。众人都吟唱应和歌者的曲调，满座的宾客都流了眼泪。酒宴结束后，亚之向穆公再拜告辞。穆公又命他去翠微宫，跟公主的侍从告别。亚之进入翠微宫内时，看见珠翠的碎片散落在青石阶下，窗纱上点点浅红色的迹印依然如旧。宫人看见亚之都泣不成声。亚之感伤哽咽了许久，于是在宫门上写了一首诗：

　　君王颇多感触放我东归，
　　从此不再有到秦宫之时。
　　面对春景我为公主悲伤，
　　落花如雨好似那胭脂泪。

亚之终于辞别而去。穆公命车辆侍从送他到函谷关外。出关后，送行的官员说："秦公命令我们送到这里为止，我们这就回去了。"亚之跟他们道别。道别还没有完，忽然惊醒了，发现自己还躺在客舍里。第二天，亚之对友人崔九万详谈了梦中的经历。崔九万是博陵人，熟悉古代史事。他对我说："《皇览》中记载：'秦穆公葬在雍橐泉祈年宫下。'莫非是他的神灵显现了吗？"亚之又找到了秦代的地理志，上面的说法跟崔九万一样。唉，弄玉既然已经成了仙人，怎么又会死去呢？

无双传

薛　调

【题解】

　　本篇作者薛调,河中宝鼎(今山西万荣西南)人,约生于829年,卒于872年。唐宣宗大中进士。宪宗时曾任户部员外郎、翰林学士承旨等职。

　　本篇写的是王仙客与表妹无双的爱情故事。王仙客因父亡随母寄居舅舅刘震家,与无双青梅竹马;两人后来尽管几经离别,依然一往情深,最后历尽艰辛成眷属,直至百头偕老。该传奇一个较突出的成就是人物形象生动鲜活,加上故事曲折,因此极富艺术魅力。可惜结局部分的处理过于离奇,为了一对男女的结合,竟使十余人死于非命。这是让读者难以接受的。这些不近情理的描写,想必是由于作者耽于猎奇,夸饰太过。然而却给这个感人至深的故事带来一定的损伤。

　　本篇选自《太平广记》卷四百八十六。明代陆采曾根据该故事作传奇剧本《明珠记》。

【原文】

　　王仙客者,建中中朝臣刘震之甥也。初,仙客父亡,与母同归外氏①。震有女曰无双,小仙客数岁,皆幼稚,戏弄相狎。震之妻常戏呼仙客为王郎子②。如是者凡数岁,而震奉孀姊及抚仙客尤至。一旦,王氏姊疾,且重,召震约曰:"我一子,念之可知也。恨不见其婚宦。无双端丽聪慧,我深念之,异日无令归他族。我以仙客为托,尔诚许我,瞑目无所恨也。"震曰:"姊宜安静自颐养,无以他事自挠。"其姊竟不痊。仙客护丧,归葬襄邓③。服阕,思念:"身世孤子如此,宜求婚娶,以广后嗣。我舅氏岂以位尊官显,而废旧约耶?"于是饰装抵京师。时震为尚书租庸使④,门馆赫奕,冠盖填塞⑤。仙客既觐,置于学舍,弟子为伍。舅甥之分,依然如故,但寂然不闻选取之议。于是窗隙间窥见无双,姿质明艳,若神仙中人。仙客发狂,唯恐姻亲之事不谐也。遂鬻囊橐⑥,得钱数百万。舅氏舅母左右给使,达于厮养,皆厚遗之。又因复设酒馔,中门之内,皆得入之矣。诸表同处,悉敬事之。遇舅母生日,市新奇以献,雕镂犀玉,以为首饰。舅母大喜。又旬日,仙客遣老妪,以求亲之事闻于舅母。舅母曰:"是我所愿也,即当议其事。"又数夕,有青衣告仙客曰:"娘子适以亲情事言于阿郎⑦,阿郎云:'向前亦未许之。'模样云云,恐是参差也。"仙客闻之,心气俱丧,达旦不寐,恐舅氏之见弃也。然奉事不敢懈怠。一日,震趋朝,至日初出,忽然走马入宅,汗流气促,唯言:"锁却大门,锁却大门!"一家惶骇,不测其由,良久,乃言:"泾原兵士反⑧,姚令言领兵入含元殿⑨,天子出苑北门,百官奔赴行在⑩。我以妻女为念,略归部署。疾召仙客与我勾当家事,我嫁与尔无双。"仙客闻命,惊喜拜谢。乃装金银罗锦二十驮,谓仙客曰:"汝易衣服,押领此物出开远门⑪,觅一深隙店安下。我与汝舅母及无双出启夏门,绕城续至。"仙客依所教。至日落,城外店中待久不至。城门自午后扃锁,南望目断。遂乘骢⑫,秉烛绕城至启夏门,门亦锁。守门者不一,持白棓⑬,或立,或坐。仙客下马,徐问曰:"城中有何事如此?"又问:"今日有何人出此?"门者曰:"朱太尉已作天子⑭。午后有一人重戴⑮,领妇人四五辈,欲出此门。街中人皆识,云是租庸使刘尚书,门司不敢放出。近夜,追骑至,一时驱向北去矣。"仙客失声恸哭,却归店。三更向尽,城门忽开,见火如昼。兵士皆持兵挺刃,传呼斩斫使出城⑯,搜城外朝官。仙客舍辎骑惊走,归襄阳,村居三年。后知克复,京师重整,海内无事。乃入京,访舅氏消息,至新昌南街,立马彷徨之际,忽有一人马前拜,熟视之,乃旧使苍头塞鸿也⑰。鸿本王家生,其舅常使得力,遂留之。握手垂涕。仙客谓鸿曰:"阿舅舅母安否?"鸿云:"并在兴化宅。"仙客喜极云:"我便过街去。"鸿曰:"某已得从良,客户有一小宅子,贩缯为业。今日已夜,郎君且就客户一宿,来早同去未晚。"遂引至所居,饮馔甚备。至昏黑,乃闻报曰:"尚书受伪命官⑱,与夫人皆处极刑。无双已入掖庭矣⑲。"仙客哀冤号绝,感动邻里。谓鸿曰:"四海至广,举目无亲戚,未知托身之所。"又问:"旧家人谁在?"鸿曰:"唯无双所使婢采苹者,今在金吾将军王遂中宅。"仙客曰:"无双固无见期,得见采苹,死亦足矣。"由是乃刺谒⑳,以从侄礼见遂中㉑,具道本末,愿纳厚价以赎采苹。遂中深见相知,感其事而许之。仙客税屋,与鸿苹居。塞鸿每言:"郎君年渐长,合求官职。悒悒不乐,何以遣时?"仙客感其言,以情恳告遂中。遂中荐见仙客于京兆尹李齐运。齐运以仙客前衔㉒,为富平县尹㉓,知长乐驿。累月,忽报有中使押领内家三十人往园陵㉔,以备洒扫,宿长乐驿,毡车子十乘下讫。仙客谓塞鸿曰:"我闻宫嫔选在掖庭,多是衣冠子女㉕。我恐无双在焉,汝为我一窥,可乎?"鸿曰:"宫嫔数千,岂便及无双。"仙客曰:"汝但去,人事亦未可定。"因令塞鸿假为驿吏,烹茗于帘外,仍给钱三千,约曰:"坚守茗具,无暂舍去。忽有所睹,即疾报来。"塞鸿唯唯而去。宫人悉在帘下,不可得见之,但夜语喧哗而已。至夜深,群动皆息。塞鸿涤器拘火,不敢辄寐。忽闻帘下语曰:"塞鸿,塞鸿,汝争得知我在此耶?郎健否?"言讫,呜咽。塞鸿曰:"郎君见知此驿。今日疑娘子在此,令塞鸿问候。"又曰:"我不久语。明日我去后,汝于东北舍阁子中紫褥下,取书送郎君。"言讫,便去。忽闻帘下极闹,云:"内家中恶。"中使索汤药甚急,乃无双也。塞鸿疾告仙客,仙客惊曰:"我何得一见?"塞鸿曰:"今方修渭桥㉖。郎君可假作理桥官,车子过桥时,近车子立。无双若认得,必开帘子,当得瞥见耳。"仙客如其言。至第三车子,果开帘子,窥见,真无双也。仙客悲感怨慕,不胜其情。塞鸿于阁子中褥下得书送仙客。花笺五幅,皆无双真迹,词理哀切,叙述周尽,仙客览之,茹恨涕下。自此永诀矣。其书后云:"常见敕使说富平县古押衙人间有心人㉗,今能求之否?"仙客遂申府,请解驿务,归本官。遂寻访古押衙,则居于村墅。仙客造谒,见古生。生所愿,必力致之,缯彩宝玉之赠,不可胜纪。一年未开口。秩满㉘,闲居于县。古生忽来,谓仙客曰:"洪一武夫,年且老,何所用?郎君于某竭分。察郎君之意,将有求于老夫。老夫乃一片有心人也,感郎君之深恩,愿粉身以答效。"仙客泣拜,以实告古生。古生仰天,以手拍脑数四,曰:"此事大不易。然与郎试求,不可朝夕便望。"仙客拜曰:"但生前得见,岂敢以迟晚为限耶。"半岁无消息。一日,扣门,乃古生送书。书云:"茅山使者回㉙,且来此。"仙客奔马去。见古生,生乃无一言。又启使者。复云:"杀却也,且吃茶。"夜深,谓仙客曰:"宅中有女家人识无双否?"仙客以采苹对。仙客立取而至。古生端相,且笑且喜云:"借留三五日,郎君且归。"后累日,忽传说曰:"有高品过㉚,处置园陵宫人。"仙客心甚异之。令塞鸿探所杀者,乃无双也。仙客号哭,乃叹曰:"本望古生,今死矣！为之奈何！"流涕歔欷,不能自己。是夕更深,闻叩门甚急。及开门,乃古生也。领一篼子入㉛,谓仙客曰:"此无双也。今死矣。心头微暖,后日当活,微灌汤药,切须静密。"言讫,仙客抱入阁子中,独守之。至明,遍体有暖气。见仙客,哭一声遂绝。救疗至夜,方愈。古生又曰:"暂借塞鸿于舍后掘一坑。"坑稍深,抽刀断塞鸿头于坑中,仙客惊怕,古生曰:"郎君莫怕,今日报郎君恩足矣。此闻茅山道士有药术。其药服之者立死,三日却活。某使人专求,得一丸。昨令采苹假作中使,以无双逆党,赐此药令自尽。至陵下,托以亲故,百缣赎其尸。凡道路邮传㉜,皆厚赂矣,必免漏泄。茅山使者及舁篼人㉝,在野外处置讫。老夫为郎君,亦自刎。君不得更居此。门外有檐子一十人㉞,马五匹,绢两百匹。五更挈无双便发,变姓名浪迹以避祸。"言讫,举刀。仙客救之,头已落矣。遂并尸盖覆讫。未明发,历四蜀下峡,寓居于渚宫㉟。悄不闻京兆之耗,乃挈家归襄邓别业㊱,与无双偕老矣。男女成群。噫,人生之契阔会合多矣,罕有若斯之比。常谓古今所无。无双遭乱世籍没㊲,而仙客之志,死而不夺。卒遇古生之奇法取之,冤死者十余人。艰难走窜后,得归故乡,为夫妇五十年,何其异哉!

注释

①外氏:女方的父母家或兄弟家,俗称"外家"。

②郎子:即郎君,姑爷。

③襄:即襄州,唐时辖境相当公湖北襄阳、谷城、光化等县地。邓:即邓州,治所在今河南邓县,唐时辖境为伏牛山以南丹江、湍河、白河流域。

④租庸使:唐时官名,为管理赋税的要职,由尚书兼任时称"尚书租庸使"。

⑤冠盖:官员的帽子和车上蔽日挡雨的车盖。这里作为官员的代称。

⑥橐(tuó 驼):口袋。

⑦阿郎:婢女对男主人的称呼。

⑧泾原:唐代方镇名,治所在泾州(今甘肃泾川县北),辖泾州和原州,相当于今六盘山以东、蒲河以西地区。

⑨姚令言:当时的泾原节度使。

⑩行在:皇帝外出时的住所。

⑪开远门:唐代长安的城门,在城西北。下文的"启夏门"在城东南。

⑫骢(cōng 聪):青白色的马。这里泛指马。

⑬棓:同"棒"字。

⑭朱太尉：即朱泚(cǐ 此)。当时任太尉,姚令言起兵后拥他为帝,后来兵败被杀。

⑮重戴：唐时的一种帽子。因为是戴在头巾外面,所以称叫"重戴"。

⑯斩斫使：叛军特派搜杀朝官的人员。

⑰苍头：奴仆。

⑱伪命官：伪帝任命的官员。

⑲掖庭：唐代宫名,为宫女学艺的地方。"入掖庭"意为没收入宫充当宫女。

⑳刺谒：送上名帖请求接见。

㉑从侄：本家侄子、堂侄。

㉒前衔：以前获得的官衔,指虚衔,是实际任官的一种资格。王仙客曾获何官衔前文未提及。

㉓富平：县名,在陕西中部渭河平原上。

㉔中使：皇帝的使者。内家：宫女。

㉕衣冠：古代士以上戴冠,"衣冠"即士以上的服装,后引申指世族、士绅。"衣冠子女"指这些人家的子女。

㉖渭桥：桥名,在长安西北渭河上,相传为秦始皇所造。

㉗敕使：传达皇帝诏命的官员。押衙：负责皇帝仪仗和护卫的官员。

㉘秩满：官员任职到期。

㉙茅山：在江苏西南部,跨句容、金坛、溧水、溧阳等县镜。传说西汉茅盈兄弟三人修道于此,因又名三茅山。

㉚高品：大官、高官。

㉛笯(dōu 兜)子：竹轿。

㉜邮传(zhuàn 专去)：古代传递文书的驿站。

㉝舁(yú 于)：抬。

㉞檐子：轿子。

㉟渚宫：春秋时楚国别宫,故址在今湖北江陵城内。这里指江陵一带地方。

㊱别业：别宅、别墅。

㊲籍没：把犯罪人的财产登记后予以没收。籍,簿册。

【今译】

王仙客,是建中年间朝廷大臣刘震的外甥。当初,仙客的父亲去世了,他随母亲回到外公家。刘震有个女儿名叫无双,小仙客几岁,都是稚气未脱的幼童,两个便在一起嬉戏玩耍。刘震的妻子经常开玩笑把仙客叫做"王姑爷"。就这样过了好几年,而刘震对待守寡的姐姐以及抚养仙客始终非常尽心。

一天,姐姐王氏生病,病情日渐加重,便召刘震来跟他相约说:"我只有一个儿子,对他放心不下可想而知。只恨看不到他成婚、出仕的那一天了。无双端庄秀丽聪明灵慧,我非常喜欢她,将来不要把她嫁给外人。我把仙客托付给你,你要是真能答应我,我闭了眼睛也不会有什么遗憾了。"刘震说:"姐姐眼下应专心养病,不要为别的事情自找烦恼。"然而刘震的姐姐还是不愈去世。仙客护送母亲的灵柩,回襄州邓州那边的家乡安葬。

服丧期结束后,仙客思量:"自己的身世是这样孤独无助,应该尽早婚娶,多有些子女为王家传宗接代。现在无双已经长大成人了,我舅舅难道会因为地位尊贵官职显要,从而废弃以前的婚约吗?"于是他整理行装,又来到京城。当时刘震任尚书租庸使,门庭若市热闹非凡,来往的都是达官贵人。仙客见过舅舅后,被安置在学馆,跟刘震的门生在一起。舅舅跟外甥之间的情分依然如故,但是丝毫没有听到有关择吉娶亲的事。他又从窗缝间偷看无双,见她姿容美艳气质雅丽,如同仙女一般。仙客爱慕得要发疯了,唯恐这门亲事不能实现。于是他卖掉了行李背囊,得数百万钱。舅舅舅母身边的侍从使女,直到那些小厮奴仆,他都赠送丰厚的礼品。还为此摆设酒席请他们,这样中门以内他都可以随便进出了。各家表亲在一起时,他都恭敬地对待他们。

后来又遇上舅母的生日,仙客买了新奇的礼物献给舅母,是用雕刻过的犀角和玉石做成的首饰。舅母非常高兴。又过了十来天,仙客派一位老年妇女,向舅母提起求亲的事情。舅母说:"这也是我的愿望,会马上商议这件事的。"又过了几天,有个丫鬟告诉仙客说:"夫人刚才跟老爷提起结亲的事情,老爷说:'以前也并未答应呀。'他那样说话,恐怕事情有些不妥。"仙客听后,灰心丧气,一夜都没有睡着,怕舅舅不同意这桩亲事。但他仍然对舅舅恭恭敬敬,丝毫不敢懈怠。

一天,刘震前去上朝,到太阳刚升起时,忽然骑马跑回家来,大汗直流气喘不止,只是说:"锁上大门,锁上大门!"一家人惊惶失措,不知发生了什么事情。过了好一阵,刘震才说:"泾原的士兵反叛了,姚令言领兵杀入含元殿,皇上逃出禁苑北门,文武百官追赶皇上去了。我挂念妻子女儿,暂时回来处置家事。快把仙客叫来替我料理家事,我把无双嫁给他。"仙客听舅舅这样说，又惊又喜，连连拜谢。刘震命人将家中的金银锦缎装了二十匹马，对仙客说："你换上下人衣服，押送这些东西从开远门出城，找一家偏僻的客店安顿下来。我跟你舅母以及无双，从启夏门出城，再沿城绕行到开远门跟你会合。"仙客照舅舅的安排去做了。直至日落时分，仙客在城外店中等了很久也不见他们到来。开远门从午后起就关闭上锁了，无法看到里面。于是他骑上马，举着大烛绕城来到启夏门。那边城门也上了锁。守门的人不少，都手持白木棒，有站着的，有坐着的。仙客下马，缓缓问道："城中发生了什么事要紧闭城门呢？"又问："今天有什么人从这里出城？"守门的人说："朱太尉已经做了皇帝。午后有一人戴重戴，带着四五个妇女，要出此门。街上的人都认得他，说是租庸使刘尚书。守门的官员因此不敢放他出城。天快黑的时候，追捕的骑兵赶来，一时间被赶到北边去了。"仙客听后失声大哭，返回客店。三更天快过的时候，城门忽然打开了，只见无数火把照得夜空如白昼一样。士兵都手持兵器，连声高呼斩斫使出城，搜捕城外逃亡的朝廷官员。仙客在惊慌中抛弃财物马匹逃走了，回到襄阳，在乡下住了三年。

　　后来仙客听说官军平息了叛乱，京城重新恢复了秩序，国家又太平无事了，于是又一次进京，探访舅舅的消息。走到新昌南街，停住马正不知去哪里时，忽然有一人拜倒在他的马前，仔细一看，原来是以前使唤的仆人塞鸿。塞鸿是在王家出生的奴仆，仙客的舅舅使唤他倒很得力，就留他在自己身边。于是两人手拉手流下眼泪。仙客问塞鸿："舅舅舅母都平安吗？"塞鸿回答："都住在兴化里的宅邸中。"仙客高兴地说："我这就过街去看望他们。"塞鸿说："我已经不再为奴了，眼下客居的人家有个小宅院，我靠贩卖丝织品为生。今日天色已晚，公子暂且到我客居的人家住一夜。明早我跟你一同前去也不迟。"这样便带仙客来到他住的地方，预备饮食周到照料。直到天黑以后，塞鸿才告诉仙客说："刘尚书接受伪帝任命做了伪官，和夫人都被处以死刑。无双也已经被收入宫中了。"仙客哀呼冤枉，号哭不绝，街坊邻里都为之动容。仙客对塞鸿说："天下如此广大，我却举目无亲，不知哪里是我安身的地方。"又问道："刘家从前的家人还有谁在？"塞鸿说："只有无双的使女采苹，现在金吾将军王遂中家。"仙客说："无双固然再不能相见，要是得见采苹，死也满足了。"于是送上自己的名帖，以本家侄子的礼节求见遂中,向他仔细说了事情的经过,愿意出高价为采苹赎身。遂中看重仙客的为人,为他的遭遇感动而答应了他的请求。仙客租了房屋,跟塞鸿、采苹一同居住。塞鸿常说:"公子年岁渐渐大了,应该求取一官半职。成天悒郁不乐,怎么去打发时光呢?"仙客被他的话打动了,凭着交情恳求遂中帮他。遂中把仙客推荐给京兆尹李齐运。齐运根据仙客以前的资格,任命他为富平县尹,主管长乐驿的事务。

过了几个月,忽然报告有宫中的使者押领宫女三十人前往皇陵,供陵园使唤,要在长乐驿过夜。十辆毡车安顿下来后,仙客对塞鸿说:"我听说选在掖庭的宫女,不少是官宦人家的女儿,恐怕无双就在其中。你悄悄去为我看一下,可以吗?"塞鸿说:"宫中的女子有数千人,怎么就会派上无双?"仙客说:"你只管去看看,人事是难以预料的。"于是叫塞鸿假扮驿史,在那些宫女住处的帘子处煮茶。又给了塞鸿三千钱,跟他约定说:"你要守着茶具,片刻不要离开。如果看到些什么,立刻来向我报告。"塞鸿答应着去了。宫女们都在帘子里面,塞鸿不能看到她们,但能听见夜里她们的说话声。到了深夜,各种响动都停息了。塞鸿洗茶具管火炉,一刻也不敢睡。忽然听见帘后有人唤他说:"塞鸿,塞鸿,你怎么知道我在这里?王郎身体好吗?"说完,就呜咽着哭起来。塞鸿说:"公子现在主管这个驿站。今天他疑心娘子在官中的来人中,让塞鸿前来问候。"无双又说:"我不能多说。明天我离去后,你去东北西房间阁子中的紫色褥子下,取出我的书信送给公子。"说完,便离开了。接着塞鸿忽然听见帘子里面喧闹起来,说:"宫女中邪晕倒了。"使者很着急地索找汤药,晕倒的宫女正是无双。塞鸿连忙报告仙客,仙客吃惊地说:"我怎么才能见她一面?"塞鸿说:"眼下正在修理渭桥。公子可以冒充修桥的官员,车子过桥时,靠近车子站着。无双如果认出你来,必定会掀开车帘,你就能够瞥见她了。"仙客便照他的话去做。到第三辆车子经过时,果然车帘掀开了,仙客偷偷看见,里面真是无双。仙客悲感怨慕交集,难以抑制自己的情绪。

塞鸿后来在阁子中褥子下找到无双的书信,送交仙客。信是用五张花笺纸写的,都是无双的笔迹,词句哀伤真切,叙述详尽,仙客看着信,含恨流下了眼泪,感到从此再也见不到无双了。信中最后说:"时常听见敕使说,富平县的古押衙是世上一位热心人。如今你能否去求他帮助呢?"仙客于是呈文京兆府,请求解除他的驿站的职务,回去担任富平县尹。

到任以后,仙客就开始寻找古押衙,原来他住在乡间。仙客上门拜访,见到了古生。凡是古生想要得到的东西,仙客都尽力为他找到,赠送古生的彩缎和宝玉等,不计其数。然而一年过去了,仙客却没有向古生开口。

任职满期以后,仙客在县中闲居。古生忽然前来,对仙客说:"我古洪是一介武夫,年纪也老了,能有什么用处?公子待我是竭尽了情分。我猜想公子的心意,是有求于老夫。老夫是个知恩图报的人,感激公子对我的深厚恩情,愿粉身碎骨来报效公子。"仙客哭着下拜,将实情告诉了古生。古生仰面朝天,用手拍着自己的头,说:"这件事很难办。但可以为公子试一试,不过不要指望一朝一夕就会有结果。"仙客拜谢说:"只求生前能够看望无双,怎么敢用时间来限制您呢?"这以后过了半年都没有消息。

一天,有人敲门,原来是古生派人送信来。信上说:"去茅山的使者回来了,请来我这里一趟。"仙客骑马赶去,见到古生,古生对那件事却一字不提。仙客问到那位使者,古生说:"杀掉了,请喝茶。"夜深的时候,古生对仙客说:"府上有没有认识无双的女家人?"仙客说有个叫采𬞟的婢女认识。仙客接着就把采𬞟带来。古生仔细打量她,一边笑一边高兴地说:"暂且留采𬞟住几天,公子先回去吧。"

后来过了好几天,忽然听见有人传说:"有大官路过本地,是去处置皇陵里的宫女。"仙客心中感到很奇怪。他让塞鸿去打探处死的宫女是谁,原来正是无双。仙客号啕大哭,叹道:"本来寄希望于古生。现在无双死了!我该怎么办啊!"他痛哭流涕,不能控制自己。

这天深夜,仙客听到急促的敲门声。等到把门打开,来人正是古生。他领着一乘竹轿进来,对仙客说:"里面就是无双,现在已经死了。但心口微微有点热气,后天会活过来,用少量汤药喂她,一定要安静隐秘。"说完后,仙客把无双抱入内室,独自守护她。到天亮时,无双全身都温暖过来,她睁眼看见仙客,哭了一声又昏迷过去。一直救治到那天半夜,才又恢复过来。古生又说:"暂借塞鸿在屋后挖一个坑。"土坑渐渐挖深,古生猛地抽刀将塞鸿的头砍落在坑中。仙客又惊又怕,古生说:"公子不要害怕,现在足以报答公子对我的恩惠了。近来我听说茅山道士用药有方。他的药服用后人立刻死去，三天后却能复活。我派人专门去求要，得到一丸。昨天我让采苹假扮成宫中使者，以无双是叛臣子女的罪名，赐她服下这药丸自尽。到了陵园，我又自称是死者的亲戚，用一百匹细绢赎得她的尸体。凡是路上经过的驿站，都给了厚重的贿赂，必定不会泄露消息。派去茅山的使者以及抬轿子的人，都被我在野外杀死了。老夫为了公子，必将自杀。公子不能再住这里。门外有一乘轿子，十个随从，马五匹，丝绸两百匹。你五更时分带无双出发，改名换姓浪迹各地以避免灾祸。"说完，举起佩刀。仙客急忙阻拦，但古生的头已经落地了。于是仙客将古生的脑袋和尸身一起掩埋了。

仙客带着无双天不亮就出发，经过蜀地后出三峡，寓居在江陵一带。一直没有听到京城传来有关此事的消息，就带着全家回到襄州邓州自家的别宅中，跟无双百头到老，子孙成群。

唉，人生的离别聚会太多了，但难有比得上这件事的。可以说这是古今从未有过的。无双遭遇乱世，家里被没收财产后又入官为奴，而仙客的决心死也不会动摇。终于遇上了古生，用离奇的办法得到了无双，为此冤死的有十多人。经过艰难的流浪后，得以回到故乡，做了五十年夫妻，这是多么奇异啊！

上清传

柳 珵

【题解】

本篇讲的是婢女上清因得宠于主人,后来主人落难,她为报恩而替主人申冤的故事,平铺直叙,情节并不曲折,篇幅也短,但叙述得十分生动。传奇中的人物窦参,还有提及的陆贽、刘士宁、裴延龄等,都是唐德宗时期的政治人物。窦参任过多种要职,直至宰相,后因私交外臣,被贬为郴州别驾;在郴州时又与宣武节度使刘士宁交往,因此被没收家产奴婢,流放驩州;在去驩州的路上,赐死于邕州。陆贽在德宗时为翰林学士,颇得德宗信任,参与朝政,权力大到可以裁决可否,人称"内相";后来裴延龄向德宗进谗言,于是被贬为忠州别驾。裴延龄也是德宗时的重臣,善于讨好德宗,德宗明知道他好说别人坏话,但为知道外面的情况,便把他作为耳目,对他特别厚待。这些大致就是本篇的人物背景。自然,当现实生活中的人物进入小说后,或许就多少失去了本来的面目,因为作者有意无意地改写了他们。

本篇见于《资治通鉴考异》卷十九,以及《太平广记》卷二百七十五。

【原文】

贞元壬申岁春三月,相国窦公居光福里第,月夜闲步于中庭。有常所宠青衣上清者,乃曰:"今欲启事,郎须到堂前,方敢言之。"窦公亟上堂。上清曰:"庭树有人,恐惊郎,请谨避之。"窦公曰:"陆贽久欲倾夺吾权位。今有人在庭树上,吾祸将至。且此事将奏与不奏皆受祸,必窜死于道路。汝在辈流中,不可多得。吾身死家破,汝定为宫婢。圣君若顾问,善为我辞焉。"上清泣曰:"诚如是,死生以之!"窦公下阶,大呼曰:"树上君子,应是陆贽使来。能全老夫性命,敢不厚报!"树上应声而下,乃衣縿粗者也①。曰:"家有大丧,贫甚,不办葬礼。伏知相公推心济物,所以卜夜而来②,幸相公无怪。"公曰:"某罄所有,堂封绢千匹而已③,方拟修私庙,今次且辍赠,可乎?"缞者拜谢。窦公答之,如礼,又曰:"便辞相公。请左右赍所赐绢,掷于墙外,某先于街中俟之。"窦公依其请。命仆,使侦其绝踪且久,方敢归寝。翌日,执金吾先奏其事④。窦公得次,又奏之。德宗厉声曰:"卿交通节将,蓄养侠刺。位崇台鼎⑤,更欲何求?"窦公顿首曰:"臣起自刀笔小才⑥,官以至贵。皆陛下奖拔,实不由人。今不幸至此,抑乃仇家所为耳。陛下忽震雷霆之怒,臣便合万死。"中使下殿宣曰:"卿且归私第,待候进止⑦。"越月,贬郴州别驾⑧。会宣武节度刘士宁通好于郴⑨,廉使条疏止闻。德宗曰:"交通节将,信而有征。"流窦于骥州⑩,没入家资。一簪不著身,竟未达流所,诏自尽。上清果隶名掖庭。后数年,以善应对,能煎茶,数得在帝左右。德宗谓曰:"宫掖间人数不少,汝了事,从何得至此?"上清对曰:"妾本故宰相窦参家女奴。窦某妻早亡,故妾得陪扫洒。及窦某家破,幸得填宫。既待龙颜,如在天上。"德宗曰:"窦某罪不止养侠刺,亦甚有脏污。前时纳官银器至多。"上清流涕而言曰:"窦某自御史中丞⑪,历度支、户部、盐铁三使⑫,至宰相。首尾六年,月入数十万。前后非时赏赐,当亦不知纪极。乃者郴州所送纳官银物,皆是恩赐。当部录日,妾在郴州,亲见州县希陆贽意旨刮去。所进银器,上刻作藩镇官衔姓名,诬为赃物。伏乞陛下验之。"于是宣索窦某没官银器覆视,其刮字处,皆如上清言。时贞元十二年。德宗又问蓄养侠刺事。上清曰:"本实无。悉是陆贽陷害,使人为之。"德宗怒陆贽曰:"这獠奴!我脱却伊绿衫,便与紫衫着⑬。又常唤伊作陆九。我任使窦参,方称意次,须教我枉杀却他。及至权入伊手,其为软弱,甚于泥团。"乃下诏雪窦参。时裴延龄探知陆贽恩衰,得恣行媒孽。贽竟受谴不回。后上清特敕丹书度为女道士⑭,终嫁为金忠义妻。世以陆贽门生名位多显达者,世不可传说,故此事绝无人知。

注释

①缞(崔 cuī):丧服。

②卜(bǔ 补):选择。

③堂封:宰相的封邑。

④执金吾:官名,为督巡治安的官员。

⑤台鼎:古代称三公或宰相为台鼎,意思是其职位显要,如同称为三台的星星,鼎足而立。

⑥刀笔:古代在竹简上写字,有错时用刀刮去,因此把有关文牍的事叫刀笔。

⑦进止:进退,去留。

⑧郴州:州名,治所在郴县(今湖南郴州市)。唐辖境相当于今湖南永兴以南的耒水流域和蓝山、嘉禾、临武、宜章等县地。别驾:州刺史的佐史,因出行时,另驾乘一部车,故名。

⑨宣武:即汴宋,唐方镇名。

⑩驩(huān)州:唐代州名,辖境相当于今越南义安省南部和河静省。

⑪御史中丞:古代官名,为御史大夫的副手,负责监督、监察、掌管图籍文书、受理奏事、举劾案章等。

⑫度支:即度支使,官名,掌管国家的财政收支。盐铁:即盐铁使,官名,唐代中期以后特置,以管理食盐专卖为主,兼掌银铜铁锡的采炼。

⑬绿衫:唐代的六品官服为绿色。下句的"紫衫"指三品官服。

⑭丹书:皇帝的诏书。度:佛教以离俗出生死为度。道士:佛教僧侣也称道士。

【今译】

贞元壬申年春三月,相国窦公住在光福里的府第中,一个有月光的晚上在庭院里散步。窦公平时宠爱的婢女上清,这时对他说:"我想禀告一件事,老爷须到厅堂上去,我才敢说。"窦公听了赶紧来到厅堂。上清说:"庭院里的树上藏着人,担心惊吓了老爷,所以请老爷避开。"窦公说:"陆贽早就打算夺去我的权位。现在有人潜伏在院中树上,我的灾祸将要来临了。而且这件事不论是否上奏皇帝都会遭受灾祸,我必定会死在流放的道路上。你在府上的婢女中,是不可多得的。我身亡家破以后,你一定会被没收入官去做婢女。皇上如果问到你,你要好好地替我解释。"上清哭着说:"如果真是那样,无论如何我都会做到的。"接着窦公走下台阶,大声说:"树上的先生,你应该是陆贽派来的。如果保全老夫的性命,我定会重重报答你!"树上的人应声而下,原来是一个穿麻布孝衣的人。那人说:"我家遇到丧事,太穷,没有钱操办。我听说相爷向来诚心救助穷人,所以选在夜里前来,希望相爷不要怪罪。"窦公说:"我拿出全部的资产,不过是封邑交纳一千匹绢布而已。正预备用它做修建家庙的费用,现在姑且不再修庙把它送给你,好吗?"穿孝衣的人连忙拜谢,窦公也回了礼。那人又说:"就此跟相爷告辞。请相爷让手下的人把赏给我的绢布,扔到墙外去,我先到街上去等着。"窦公依照他的请求做了。又命令手下仆从暗中察看,直到那人离开后不见踪影很久,才敢回屋睡觉。

第二天上朝时,执金吾先向皇帝奏报了这件事。窦公在朝见中间,又向皇帝奏报。德宗皇帝厉声说:"你跟节度使结交来往,蓄养侠士刺客。你已经身居宰相的高位,还想得到什么?"窦公磕头说:"臣从一个文牍小吏,直至最显贵的宰相,都是得益于陛下奖掖提拔,不是因为别人。今天不幸成了这样,大约是仇人诬陷。陛下忽然大发雷霆,臣罪该万死。"宦官下殿来宣布皇帝的旨意说:"你暂且回家去,等候发落。"

一个多月后,窦公被贬为郴州别驾。适值宣武节度使刘士宁跟在郴州的窦公来往密切,廉访使罗列事实上疏皇帝。德宗说:"私下结交节度使,确有证据。"将窦公流放到驩州,没收了他的家产,一只发簪也不准带。还没有到达流放的地方,皇帝又下诏命令他自尽。

上清果然被没入宫廷。几年以后,上清因为善于应对,又会煎茶,多次得到在皇帝身边侍候。德宗对她说:"宫中的人数不少,你很懂事,为什么你会进宫为奴婢?"上清回答说:"妾本是前宰相窦参家的女奴。窦某的妻子早年去世,所以妾得以陪侍左右。等到窦家破败,有幸被选入宫中。能够侍奉皇上,好像在天堂一般。"德宗说:"窦某的罪名不仅是豢养刺客,也有严重的贪污。抄家时没收充公的银器很多。"上清流着眼泪说:"窦某先任御史中丞,以后历任度支、户部、盐铁三部长官,直至最后任宰相。前后有六年,每月收入数十万钱。那些没有一定的赏赐,更不知有多少。往日在郴州缴纳入官的银器,都是皇上所赐。登记没收的财物时,妾也在郴州,亲眼看见州县官员按陆贽的意思刮去皇上赏赐的标记。所缴纳的银器,上面都刻了藩镇长官的官衔姓名,诬告为赃物,乞求陛下查验清楚。"于是皇帝命令找来从窦家查抄的银器仔细复验,那些刮除字迹的地方,都如同上清所说。当时正是贞元十二年。德宗又问窦参蓄养侠士刺客的事。上清说:"本来确实没有这回事,全是陆贽陷害,指使人做的。"德宗对陆贽很恼怒,说:"这个恶奴!我让他脱去绿衣衫,给他穿上紫衣衫。还常常叫他'陆九'。我任用窦参,正有些满意时,却叫我冤杀了他。等到大权落到他手里，办理政事却比泥团还软弱。"于是颁布诏书为窦参平反。

当时裴延龄听到陆贽不再为皇上所宠信，就肆意加害于他。陆贽竟然被贬斥外地不准回京。后来上清由皇帝特敕诏书度为僧尼，最终嫁给金忠义为妻。当时陆贽的学生中不少人出任高官，世人不敢传说这件事，因而此事没有人知道。

杨娼传

房千里

【题解】

本篇选自《太平广记》卷四百九十一。作者房千里,字鹄举,河南(今河南洛阳)人。太平进士,官国子博士。卒于高州刺史任上。著有《南方异物志》《投荒杂录》等。

唐传奇中有不少关于妓女的故事,其中之一的《杨娼传》篇幅短小,颇似现今的微型小说。此篇情节较简单,多叙述而少描写,却能抓住一些生动并具有典型意义的细节,来展示人物性格,人物也写得十分鲜活,因此,读来印象颇深。然而,从内容上看此篇却又没有太多的新意。杨娼以死报恩,尽管作者最后肯定了她的"义"和"廉",但这不过又是一出那个时代妇女命运的悲剧。

【原文】

杨娼者,长安里中之殊色也,态度甚都①,复以冶容自喜。王公钜人享客②,竞邀致席上。虽不饮者,必为之引满尽欢。长安诸儿,一造其室,殆至亡生破产而不悔。由是娼之名冠诸籍中,大售于时矣。岭南帅甲,贵游子也。妻本戚里女,遇帅甚悍。先约:没有异志者,当取死白刃下。帅幼贵,喜媱③,内苦其妻,莫之措意。乃阴出重赂,削去娼之籍,而挈之南海。馆之他舍,公余而同,夕隐而归。娼有慧性,事帅尤谨。平居以女职自守,非其理不妄发。复厚帅之左右,咸能得其欢心。故帅益嬖之。会间岁,帅得病,且不起。思一见娼,而惮其妻。帅素与监军使厚④,密遣导意,使为方略。监军乃绐其妻曰:"将军病甚,思得善奉侍煎调者视之,瘳当速矣⑤。某有善婢,久给事贵室,动得人意。请夫人听以婢安将军四体,如何?"妻曰:"中贵人,信人也。果然,于吾无苦耳。可促召婢来。"监军即命娼冒为婢以见帅。计未行而事泄。帅之妻乃拥健婢数十,列白梃⑥,炽膏镬于廷而伺之矣⑦。须其至,当投之沸鬲⑧。帅闻而大恐,促命止娟之至。且曰:"此自我意,几累于渠⑨。今幸吾之未死也,必使脱其虎啄。不然,且无及矣。"乃大遗其奇宝,命家僮牓轻舠⑩,卫娟北归。自是,帅之愤益深,不逾旬而物故。娟之行,适及洪矣⑪。问至⑫,娟乃尽返帅之赂,设位而哭,曰:"将军由妾而死。将军且死,妾安用生为?妾岂孤将军者耶?"即撤奠而死之。夫娟,以色事人者也,非其利则不合矣。而杨能报帅以死,义也;却帅之赂,廉也。虽为娟,差足多乎。

注释

①都:美。

②钜人:大人物。钜同"巨"。

③嗂(yáo 摇):游玩,戏乐。

④监军使:官名。唐代后期为控制军队,以宦官为监军,与统帅分庭抗礼。

⑤瘳(chōu 抽):病好了。

⑥梃(tǐng 挺):棍棒。

⑦镬(huò 获):无足的鼎。膏镬,油锅。

⑧鬲(lì 利):古代的烹煮器,似鼎。

⑨渠:他(她)。

⑩牓:同"榜(bàng 棒)",划船的工具,也指划船。舠(dāo 刀):形如刀的小船。

⑪洪:即洪州,治所在今江西南昌,唐辖境相当于今江西修水、锦江流域和南昌、丰城、进贤等地。

⑫问:音信,消息。

【今译】

　　杨娟是长安里中的绝色女子,神态很美,又以艳丽的打扮自喜。王公大人宴请客人,都争着邀请她出席作陪。就是不喝酒的人,必定会为了讨她的欢心满饮一杯。长安城里的年轻人,一到她那里,即便是家破人亡也不后悔。于是杨娟的名气在她那一行中数第一,她的身价在当时极高。

　　岭南某位元帅,原是权贵人家的冶游子弟。他的妻子本是出生于皇亲国戚家,对待元帅十分凶悍。当初他们约定,假如谁有外遇变心了,就该死在刀剑之下。元帅年少富贵,喜欢游乐玩耍,只是苦于妻子厉害，没有办法可想。于是就悄悄地出重金，为杨娟削除了妓籍，带她到了南海的住所。另置馆舍让她居住，公务之余就跟她在一起，太阳落山后才回家去。杨娟生性聪慧，侍候元帅非常恭顺谨慎。平时她恪守妇道，从不随意去做那些不该做的事情。又能厚待元帅身边的人，都能得到他们的欢心。因此元帅更加宠爱她。

隔了一年，元帅得了重病，很快就起不来了。他想看看杨娟，但又害怕妻子。元帅平素跟监军使交情很好，就暗中让人把自己的意愿传达给他，请他想想办法。监军于是骗元帅的妻子说："将军病重，我想如有一个会服侍病人、会煎药调理的人照看他，病该会好得快些。我有一个不错的婢女，以前长期在富贵人家做事，很合主人心意，请夫人答应让她来侍候将军，行吗？"元帅的妻子说："中贵人是让人信赖的。要是真那样，我就不会那么辛苦了。请赶快把那婢女叫来。"监军就让杨娟冒充婢女去见元帅。

然而计谋还没有实行事情就败露了。元帅的妻子于是带了几十个健壮的婢女，拿着白木棒排成队列，在庭院里烧起油锅守候着。打算等杨娟到了，就将她扔进沸油里去。元帅听说这事后十分恐慌，赶紧让人去阻止杨娟前来。他还说："这本是我的心愿，却几乎连累了她。现在幸亏我还没有死，必须让她逃离虎口。不然，就来不及了。"于是送她很多珍奇宝物，命家奴划小船，护送杨娟返回北方。从此，元帅心中的愤恨更深，不出十天就死了。杨娟向北去了，刚到洪州，元帅去世的消息就传来了。杨娟于是把元帅送她的财产全部归还，设灵位哭祭死者，说："将军是因我而死的。将军既然死了，我活着又有什么意思？我难道能让将军独自去吗？"当即撤去祭奠以死相殉。

娼妓，是靠色相来侍候人的，如果没有得到利益就不会与人结合。而杨娟能以死来报答元帅，是侠义之举；又退还了元帅的财物，堪称廉洁。虽然是娼妓，还是应该得到赞誉啊。

飞烟传

皇甫枚

【题解】

本篇见于《说郛》卷三十三所录的《三水小牍》内,以及《太平广记》卷四百九十一。作者皇甫枚,字遵美,安定三水(今甘肃泾川北)人,生卒年不详。咸通末任汝州鲁山县令。后梁开平四年(公元910年)旅食汾晋,作传奇小说集《三水小牍》,记载晚唐的异闻轶事。

本篇讲述的是被媒人所欺嫁与武公业的飞烟,素不喜欢武的粗悍,因此跟赵象一见钟情;事情败露后,被武鞭打,但直到死也不屈服。飞烟是一个在封建淫威下叛逆女性的形象。故事反映了当时妇女得不到爱情自由的悲剧,有一定的社会意义。作者虽说飞烟"罪不可逭",但同时也流露出对她的同情。文中常穿插一些诗歌骈文,文辞华丽,在晚唐小说中有一定特色。

【原文】

临淮武公业①,咸通中任河南府功曹参军②。爱妾曰飞烟,姓步氏,容止纤丽,若不胜绮罗。善秦声,好文笔,尤工击瓯③,其韵与丝竹合。公业甚嬖之。其比邻,天水赵氏第也,亦衣缨之族④,不能斥言。其子曰象,秀端有文,才弱冠矣。时方居丧礼。忽一日,于南垣隙中窥见飞烟,神气俱丧,废食忘寐。乃厚赂公业之阍,以情告之。阍有难色,复为厚利所动。乃令其妻伺飞烟间处,具以象意言焉。飞烟闻之,但含笑凝睇而不答。门媪尽以语象。象发狂心荡,不知所持,乃取薛涛笺⑤,题绝句曰:"一睹倾城貌,尘心只自猜。不随箫史去,拟学阿兰来⑥。"以所题密缄之,祈门媪达飞烟。烟读毕,吁嗟良久,谓媪曰:"我亦曾窥见赵郎,大好才貌。此生福薄,不得当之。"盖鄙武生粗悍,非良配耳。乃复酬篇,写于金凤笺⑦,曰:"绿惨双娥不自持,只缘幽恨在新诗。郎心应似琴心怨,脉脉春情更拟谁。"封付门媪,令遗象。象启缄,吟讽数四,抚掌喜曰:"吾事谐矣。"又以剡溪玉叶纸⑧,赋诗以谢,曰:"珍重佳人赠好音,采笺芳翰两情深。薄于蝉翼难供恨,密似绳头未写心。疑是落花迷碧洞,只思轻雨洒幽襟。百回消息千回梦,裁作长谣寄绿琴。"诗去旬日,门媪不复来。象忧恐事泄,或飞烟追悔。春夕,于前庭独坐,赋诗曰:"绿暗红藏起暝烟,独将幽恨小庭前。沉沉良夜与谁语,星隔银河月半天。"明日,晨起吟际,而门媪来。传飞烟语曰:"勿讶旬日无信,盖以微有不安。"因授象以连蝉锦香囊并碧苔笺⑨,诗曰:"强力严妆倚绣栊,暗题蝉锦思难穷。近来赢得伤春病,柳弱花欹怯晓风⑩。"象结锦香囊于怀,细读小简,又恐飞烟幽思增疾,乃剪乌丝简为回缄⑪,曰:"春景迟迟,人心悄悄。自因窥觇⑫,长役梦魂。虽羽驾尘襟⑬,难于会合,而丹诚皎日,誓以周旋。昨日瑶台青鸟忽来⑭,殷勤寄语。蝉锦香囊之赠,芬馥盈情,佩服徒增,翘恋弥切。况又闻乘春多感,芳履乖和,耗冰雪之妍姿,郁蕙兰之佳气。忧抑之极,恨不翻飞。企望宽情,无至憔悴。莫孤短韵,宁爽后期。惝恍寸心,书岂能尽?兼持菲什⑮,仰继华篇。伏惟试赐凝睇。"诗曰:"应见伤情为九春,想封蝉锦绿蛾颦。叩头为报烟卿道,第一风流最损人。"阍媪既得回报,径赍诣飞烟阁中。武生为府掾属⑯,公务繁夥,或数夜一直,或竟日不归。此时恰值生入府曹。飞烟拆书,得以款曲寻绎。既而长太息曰:"丈夫之志,女子之情,心契魂交,视远如近也。"于是阖户垂幌⑰,为书曰:"下妾不幸,垂髫而孤。中间为媒妁所欺,遂匹合于琐类。每至清风明月,移玉柱以增怀⑱,秋帐冬钉⑲,泛金徽而寄恨⑳。岂谓公子,忽贻好音。发华缄而思飞,讽丽句而目断。所恨洛川波隔㉑,贾午墙高㉒。连云不及于秦台㉓,荐梦尚遥于楚岫㉔。犹望天从素恳,神假微机,一拜清光㉕,九殒无恨。兼题短什,用寄幽怀。伏惟特赐吟讽也。"诗曰:"画簷春燕须同宿,兰浦双鸳肯独飞㉖。长恨桃源诸女伴,等闲花里送郎归㉗。"封讫,召阍媪,令达于象。象览书及诗,以飞烟意稍切,喜不自持。但静室焚香虔祷以俟息。一日将夕,阍媪促步而至,笑且拜曰:"赵郎愿见神仙否?"象惊,连问之。传飞烟语曰:"值今夜功曹府值,可谓良时。妾家后庭,即君之前垣也。若不渝惠好,专望来仪㉘。方寸万重,悉候晤语。"既曛黑㉙,象乃乘梯而登,飞烟已令重榻于下。既下,见飞烟靓装盛服,立于庭前。交拜讫,俱以喜极不能言。乃相携自后门入堂中,遂背钉解幌,尽缱绻之意焉。及晓钟初动,复送象于垣下。飞烟执象手曰:"今日相遇,乃前生姻缘耳。勿谓妾无玉洁松贞之志,放荡如斯。直以郎之风调,不能自顾。愿深鉴之。"象曰:"挹希世之貌,见出人之心。已誓幽庸,永奉欢洽。"言讫,象逾垣而归。明日,托阎媪赠飞烟诗曰:"十洞三清虽路阻㉛,有心还得傍瑶台。瑞香风引思深夜,知是蕊宫仙驭来。"飞烟览诗微笑,复赠象诗曰:"相思只怕不相识,相见还愁却别君。愿得化为松上鹤,一双飞去入行云。"封付阎媪,仍令语象曰:"赖值儿家有小小篇咏。不然,君作几许大才面目?"兹不盈旬,常得一期于后庭矣。展幽微之思,罄宿昔之心。以为鬼鸟不知,人神相助。或景物寓目,歌咏寄情,来往便繁,不能悉载。如是者周岁。无何,飞烟数以细过挞其女奴,奴阴衔之,乘间尽以告公业。公业曰:"当慎勿扬声!我当伺察之。"后至当赴直日,乃密陈状请假。迨夜,如常入直,遂潜于里门。街鼓既作,匍伏而归。循墙至后庭,见飞烟方倚户微吟,象则据垣斜睇。公业不胜其愤,挺前欲擒。象觉,跳去。业搏之,得其半襦。乃入室,呼飞烟诘之。飞烟色动声战,而不可实告。公业愈怒,缚之大柱,鞭楚血流。但云:"生得相亲,死亦何恨。"深夜,公业怠而假寐。飞烟呼其所爱女仆曰:"与我一杯水。"水至,饮尽而绝。公业起,将复笞之,已死矣。乃解缚,举置阁中,连呼之,声言飞烟暴疾致殒。数日,窆之北邙㉜。而里巷间皆知其强死矣。象因变服,易名远,窜江浙间。洛中才士有著《飞烟传》者,传中崔李二生,常与武掾游处。崔诗末句云:"恰似传花人饮散,空床抛下最繁枝。"其夕,梦飞烟谢曰:"妾貌虽不迨桃李,而零落过之。捧君佳什,愧仰无已。"李生诗末句云:"艳魄香魂如有在,还应羞见坠楼人㉝。"其夕,梦飞烟戟手而詈曰:"士有百行,君得全乎?何至务矜片言,苦相诋斥。当屈君于地下,面证之。"数日,李生卒。时人异焉。远后调授汝州鲁山县主簿㉞,陇西李垣代之。咸通末,予复代垣,而与远少相狎,故洛中秘事,亦知之。而垣复为手记,故得以传焉。三水人曰㉟:"噫,艳冶之貌,则代有之矣;洁朗之操,则人鲜闻乎。故士矜才则德薄,女衒色则情私。若能如执盈,如临深,则皆为端士淑女矣。飞烟之罪虽不可逭㊱,察其心,亦可悲矣。"

注释

①临淮:唐代县名,在今安徽泗县东南,属泗州,曾为泗州治所。

②咸通:唐懿宗年号(公元860—874年)。功曹参军:官名。唐时为地方行政长官的幕僚,多为空名。

③瓯(ōu 欧):盆盂一类的瓦器排列十余只,各盛水不等,用筷子敲击,随着轻重缓急,发出不同的音响。

④衣缨:意同"衣冠"。

⑤薛涛:唐代女诗人,生年不详,约卒于公元834年,字洪度,长安人。幼时随父入蜀,后为乐妓。曾居浣花溪,创出深红色小笺写诗,人称"薛涛笺"。

⑥阿兰:即杜兰香,古代神话传说中的仙女。晋代干宝著的《搜神记》中有《杜兰香别传》。她曾因罪被贬谪人间。

⑦金凤笺:绘有金凤的笺纸。

⑧剡(shàn 扇)溪:在浙江嵊县,即曹娥江上游。溪水制纸甚佳,古代以产藤纸和竹纸著名。其中一种洁白如玉,名为"玉叶纸"。

⑨连蝉锦:花纹连绵薄如蝉翼的锦绣。碧苔笺:用水苔制成的笺纸。

⑩攲(qī 期):倾斜。

⑪乌丝简:即乌丝栏,有黑格线的绢素或纸笺。

⑫觏(gòu 构):同"逅",遇见。

⑬羽驾:仙人飞升如有羽翼,指神仙。尘襟:尘世的襟怀,指世俗人间。

⑭瑶台:古代传说中神仙的住处。青鸟:古代传说中西王母的三只鸟,黑如乌鸦,是王母的使者。后称传送信函的使者为"青鸟"。

⑮什:《诗经》里的《雅》《颂》,以十篇编为一卷,叫做什。后来就以"什"为诗的代称。"菲什",如同说拙诗。下文的"短什"、"佳什",就是短诗、好诗。

⑯掾属:属官、佐吏。

⑰幌:帷幔。

⑱柱:琴、琵琶等乐器,指板上凸起的一排小横木条,用来确定音位,亦可左右移动,以调节音的高低。"玉柱"即玉饰的柱。

⑲釭(gāng 刚):油灯。

⑳徽:古琴面板上镶嵌的一排圆星点,名为"徽位",简称为"徽",共十三个。在任何一个徽位处用左手轻按,右手轻拨琴弦,即可奏出泛音。徽位用金属制成的称"金徽"。"泛金徽"和上文的"移玉柱"都指弹琴。

㉑洛川:指洛神的故事。

㉒贾午:晋代贾允的女儿,她爱上了贾允的属官韩寿,韩寿就在夜里跳墙进去跟她相会。

㉓秦台:即凤台,指萧史和弄玉的故事。

㉔楚岫:指巫山神女的故事。

㉕清光:敬词,如同说"尊容"。

㉖兰浦:生长香草的水边。
㉗等闲花里送郎归:此句跟上句说的是神话中的故事。东汉时刘晨、阮肇入天台山采药,迷路后被仙女留住半年,后来他们想回家,仙女就指路让他们离去。
㉘来仪:《尚书·益稷》:"凤凰来仪。"古代传说逢到太平盛世,就有凤凰飞来。后来就以"来仪"作为称人到来的敬词。
㉙曛(xūn 熏):落日的余光。"曛黑"就是黄昏的意思。
㉚十洞:道教说大地名山间有十大洞天,为仙人居处。三清:道教以元始天尊、灵宝道君、太上老君所住的天外仙境为玉清、上清、太清三清境。
㉛蕊宫:即"蕊珠宫",道家传说中上清境里的宫名。
㉜窆(biǎn 贬):埋葬。北邙(máng 忙):山名,在河南洛阳东北面。
㉝坠楼人:即绿珠。此句指飞烟不能如绿珠那样宁死守贞。
㉞汝州:州名,治所在梁县(今河南临汝),辖境相当于今河南北汝河、沙河流域各县。鲁山县:即今河南鲁山县,唐时属汝州管辖。
㉟三水人:即皇甫枚。
㊱遁(huàn 换):逃,避。

【今译】

　　临淮人武公业,咸通年间任河南府功曹参军。他有个爱妾名叫飞烟,姓步,生得窈窕美丽,身体轻盈得好像穿罗衣都太重了似的。她善于唱秦地的歌曲,喜欢写诗作文,尤其擅长击瓯,敲出的音调能与管弦乐曲合拍。武公业十分宠爱她。

　　武家的隔壁,是天水人赵氏的住宅。赵家也是官宦门第,因此不能说出主人是谁。他的儿子叫赵象,这时正在家中守孝。某一天,赵象从南面墙壁的缝隙中偶然看见了飞烟,从此就失魂落魄,连吃饭睡觉都忘记了。于是他重重地贿赂武家的看门人,把自己心事告诉了他,求他帮忙。看门的人面有难色,但又被丰厚的好处所打动,便叫他的妻子趁飞烟身边无人的时候,把赵象的心思告诉她。飞烟听了,只是含笑看着她而不回答。

　　看门人的妻子把这些详尽地对赵象说了。赵象听后欣喜若狂,无法控制自己,于是拿来薛涛笺,写下一首绝句:

　　　　一见你倾城倾国之貌,
　　　　心中就生出种种猜念。
　　　　别像弄玉随萧史仙去,
　　　　应学杜兰香来到人间。

然后把所写的诗密密封好,求看门人的妻子转交飞烟。

飞烟读过诗后,感叹了许久,对看门人的妻子说:"我也曾经在暗中见到过赵郎,才华品貌都很好。只恨此生没有福分,不能接受他的爱慕。"原来她早已嫌武公业粗鲁凶悍,并非是合适的配偶。于是她也酬答了一首诗,写在一张金凤笺上:

> 暗淡的双眉不能舒展,
> 只因新诗我含恨在心。
> 你心应像琴心般幽怨,
> 脉脉春情我向谁诉谈。

飞烟封好交给看门人的妻子,叫她送给赵象。赵象开封后,把诗吟诵了好几遍,拍手笑着说:"我的事情成功了。"又用剡溪玉叶纸赋诗答谢飞烟,诗是这样写的:

> 佳人赠的好诗无比珍重,
> 彩笺芳笔书写俩人深情。
> 笺纸薄于蝉翼难表怨恨,
> 小字虽密却写不尽心曲。
> 疑是落花仙境让人迷失,
> 只盼轻雨洒入我的胸襟。
> 百回的消息呵千回的梦,
> 写成长歌寄托在琴声中。

诗送去了十来天,看门人的妻子一直没有再来。赵象很担忧,害怕事情泄露,或是飞烟后悔。时值春夜,他在前面的庭院里独坐,又作了一首诗:

> 绿叶红花隐入暮烟之中,
> 独自怀着幽恨坐于庭前。
> 沉沉良夜我跟何人诉说,
> 银河隔断双星月照半天。

第二天清晨赵象起来后,正在吟诵新作的诗,看门人的妻子忽然来了。她转达了飞烟的话,说:"不要奇怪我十多天没有给你回音,因为我的身体有些不舒服。"于是把连蝉锦香囊以及碧苔笺交给赵象。笺上写着一首诗:

> 强撑起梳妆斜倚着房门,
> 暗自题诗蝉锦心意难尽。
> 近来得了那伤春的疾病,
> 绿柳弱红花斜害怕晓风。

赵象把蝉锦香囊系在怀里,细读送来的短诗,又担心飞烟因相思加重疾病,就剪了乌丝简给她写回信:"春日迟迟,人心愁苦。自从见到你后,常常魂牵梦萦,虽然天上的神仙和世间的俗人难以会合,但我对你的赤诚可鉴天日,誓要与你长相往来。昨天瑶台的青鸟忽然到来,殷勤转达你的话语。以蝉锦香囊相赠,芬芳满怀,佩戴在身更增加了我对你的思念。何况又听说你因春天的到来而多感慨,玉体欠安,耗损了你冰雪般的姿容,郁结了你蕙兰一样芳香的气息。我忧虑挂念到了极点,恨不得插翅飞到你身边。希望你放宽心境,不要因病而容颜憔悴。别辜负了我在短诗里表达的情意,以后一定会有见面的日子。郁郁不乐心情,哪能在信中说得完。随信送上拙诗一首,敬和你那华美诗篇,望你能看一看。"诗是这样写的:

> 听说感伤是因春天到来,
> 想到封蝉锦时你皱眉头。
> 我叩着头对飞烟你说道,
> 要明白相思最让人伤身。

看门人的妻子得到回信后,直接送到飞烟房中。武公业是官府里的属官,公务繁忙,有时几天要值一次夜班,有时整天都不能回家。这时正好他到官府去了。飞烟拆开信,就可以仔细体味寻思。看完信后,不禁长叹道:"男儿的心愿,女子的情怀,是这样情投意合,看似很远,其实很近。"于是关上房门,垂下窗帷,写回信说:"小女子不幸,从小就失去了父母。后来又被媒人欺骗,嫁与猥琐平庸的人为妻。每逢清风明月的夜晚,弹着琴就要增加苦闷伤感。秋天独守帷帐冬夜孤对油灯,只能用琴声来寄托怨恨之情。想不到公子忽然送来美好的诗章。打开你的信不禁思绪万千,读着你清丽的诗句望眼欲穿。只恨洛水阻隔曹子建跟洛神相会,贾府的高墙让贾午难见情人。既不能像凤台上的弄玉萧史日夜相守,也不能像楚襄王和巫山神女在梦里欢会。只望上天能满足我许久以来的心愿,神灵赐我小小的机会,跟你见上一面,那么即便让我死上九回也无怨恨。这里写了一首短诗,用以寄托我的情怀,希望你能酬和一首。"诗是这样写的:

> 画檐下的春燕总是双宿,
> 兰浦上的鸳鸯岂肯独飞。
> 常恨桃源中的那些女伴,
> 随意在花丛里送归情郎。

写完后封好,叫来看门人的妻子,命她送交赵象。赵象看了信和诗,感到飞烟的情意比以前迫切,喜不自胜,只有打扫房间焚香祈祷,等待消息。

一天黄昏,看门人的妻子急步而来,边笑边拜地说:"赵郎想见神仙吗?"赵象很惊讶,连声追问详情。看门人的妻子转达飞烟的话说:"今晚正好武功曹在官府值班,可以说是个好日子。我家的后院,跟你家前院就隔一道墙。如若你对我的情意没有改变,我就在那里专候你的到来。心中的千言万语,都等见面时再说吧。"到了黄昏时分,赵象就登梯上墙,飞烟已经让人叠好床榻等在下面。赵象爬下来后,见飞烟装扮得十分美丽,站立在庭院里。两人相互拜见后,都高兴得说不出话来。接着便携手从后门进入房中,背着灯光放下帷帐,极尽缠绵情意。到了晨钟刚刚敲响,飞烟又送赵象来到墙下。飞烟握着赵象的手说:"今日相会,是前世的姻缘。不要以为我没有玉洁松贞的品行,放荡到这种地步。只是因为被郎君的风度仪容打动,不能克制自己。希望你能体察这些。"赵象说:"你不仅有世上少见的容貌,还有别人比不上的品格,我已经对神灵发誓,一定永陪欢爱。"说完,赵象就翻墙回去了。

第二天,赵象托看门人的妻子赠飞烟一首诗,这样写道:

神仙的住处虽路途阻隔,
只要有心总能依傍瑶台。
风飘瑞香的那苦思之夜,
知道是蕊宫的仙车到来。

飞烟看诗后微微一笑,也写了一首诗赠给赵象,这样写道:

相思只怕两人不能相识,
相见又愁要与郎君离别。
多么希望变成松间白鹤,
成双结对飞去直上云天。

然后封好交给看门人的妻子,又叫她对赵象说:"幸好我也能写些小诗,不然,不知你要摆出怎样有才学的样子呢?"

从这以后相隔不到十天,他们总要相约在后院见上一回,倾吐那些点点滴滴的思念,表白长久相爱的心情。两人自以为神不知鬼不觉,有天人相助。有时触景生情,就用诗歌来表达,这种来往越来越频繁,不能全都记载。就这样过了一年多。

以后没过多久,飞烟好几次因为一些细小的过失打了她的女奴,女奴怀恨在心,便找机会把她跟赵象的事情全部告诉了武公业。武公业说:"你注意不要声张,我会暗中察看。"后来到了应该值班的日子,他找个理由悄悄请了假。到了晚上,他跟往常一样去值班,却躲在街巷门口。更鼓敲响以后,就低伏着身子偷偷回家。顺墙来到后院,看见飞烟正倚着门小声吟咏,赵象则骑在墙头斜看着她。武公业忍不住心中的愤怒,挺身上前去捉赵象。赵象发觉了,连忙跳墙逃去。武公业去抓他,但只撕下他的半幅衣襟。武公业来到房中,叫来飞烟盘问。飞烟大惊失色声音颤抖,但却不肯说实话。武公业更加愤怒,把她捆在房柱上,用鞭子打得她浑身是血。飞烟只是说:"活着时能够相亲相爱,死了也没有什么怨恨。"到了深夜,武公业累了,打了一阵瞌睡。飞烟对她平日喜欢的一个女仆说:"给我一杯水。"女仆把水拿来,飞烟喝完就咽气了。武公业醒来，想接着鞭打她，才发现她已经死了。于是把她解下来，抬放到房中，连声呼喊，说她因急病发作而死。几天后，将她埋藏在北邙山下。然而里巷间的人都知道她是被活活打死的。

赵象知道这些后就乔装打扮，改名赵远，逃到江浙一带。洛中有位才子写了《飞烟传》，传中说有崔、李二位书生，曾经与武功曹来往，常写诗唱和。

崔生的诗末尾两句说：

> 如击鼓传花饮酒人散去，
> 空榻上丢下最美的花枝。

这天夜里，崔生梦见飞烟向他致谢说："我的容貌虽然不如桃李的花艳丽，但结果比它们更加不幸。看到你美好的诗句，惭愧不已。"

李生的诗末尾两句说：

> 飞烟的艳魄香魂如还在，
> 只怕羞见那跳楼的绿珠。

这天夜里，李生也梦见了飞烟，她用手指着他骂道："读书人该有的那些品行，你都具备吗？何至于要用那些傲慢的话，苦苦诋毁、指责我呢？我要委屈你到阴间来，跟我当面对质。"几天后，李生就死了。当时的人都觉得这件事很奇怪。

赵远后来调任汝州鲁山县主簿，陇西人李垣接替了这个职务。咸通末年，我又接替了李垣，而跟赵远有些往来，因此他在洛中的隐秘经历，也有所了解。而李垣又亲手记录下来，这样飞烟的事才得以流传。

皇甫枚说："唉，容貌美艳的女子，每个时代都有，可是高洁明朗的情操，恐怕人们就很少听说了。所以读书人自傲有才学而德行浅薄，女子卖弄自己的美色而生出不正当的情怀。如果能像拿着很多东西、或者是来到深渊边上的人那样小心谨慎，就都可以成为品行端正的人了。飞烟的罪过虽然不可推脱，但体察她的心情，也是值得人们同情的啊！"

虬髯客传

杜光庭

【题解】

　　本篇见于《文房小说》及《太平广记》卷一百九十三。《太平广记》《崇文总目》等均不署作者姓名。《说郛》《虞初志》等则题张说作。但《容斋随笔》《宋史·艺文志》等却认为是杜光庭作。今人所编唐传奇集均署杜光庭。杜光庭，生于公元850年，卒于933年。处州缙云(今属浙江)人，曾入天台山修道。唐僖宗时任内庭供奉。后来又任过前蜀的谏议大夫等职。晚年隐居青城山。

　　本篇的文笔细腻生动，虽然故事是虚构的，但人物却写得十分精彩，特别是虬髯客和红拂，刻画尤为鲜明突出。红拂的机敏，虬髯客的豪爽，李靖的沉着，都写得很成功，因此后人称为"风尘三侠"。尽管这篇传奇的主旨在于表现李世民为真命天子，唐王朝历年长久，并非偶然而是天意，由此宣扬其统治的正统性，但本篇艺术上的成就在唐传奇中无疑属于上乘。明代张凤翼著《红拂记》传奇，凌初成著《虬髯翁》杂剧，都是根据此篇改写的。

【原文】

　　隋炀帝之幸江都也[①]，命司空杨素守西京[②]。素骄贵，又以时乱，天下之权重望崇者，莫我若也，奢贵自奉，礼异人臣。每公卿入言，宾客上谒，未尝不踞床面见，令美人捧出[③]。侍婢罗列，颇僭于上。末年愈甚，无复知所负荷，有扶危持颠之心。一日，卫公李靖以布衣上谒[④]，献奇策，素亦踞见。公前揖曰："天下方乱，英雄竞起，公为帝室重臣，须以收罗豪杰为心，不宜踞见宾客。"素敛容而起，谢公，与语，大悦，收其策而退。当公之骋辩也，一妓有殊色[⑤]，执红拂[⑥]，立于前，独目公，公既去，而执拂者临轩指吏曰[⑦]："问去者处士第几？住何处？"公具以对，妓诵而去。公归逆旅。其夜五更初，忽闻叩门而声低者，公起问焉。乃紫衣戴帽人,杖揭一囊⑧。公问谁,曰:"妾,杨家之红拂妓也。"公遽延入。脱衣去帽,乃十八九佳丽人也。素面画衣而拜,公惊答拜。曰:"妾侍杨司空久,阅天下之人多矣,无如公者。丝萝非独生⑨,愿托乔木,故来奔耳。"公曰:"杨司空权重京师,如何?"曰:"彼尸居余气,不足畏也。诸妓知其无成,去者众矣,彼亦不甚逐也。计之详矣,幸无疑焉。"问其姓,曰:"张。"问其伯仲之次,曰:"最长。"观其肌肤,仪状,言词,气性,真天人也。公不自意获之,愈喜愈惧,瞬息万虑不安。而窥户者无停屦⑩。数日,亦闻追讨之声,意亦非峻。乃雄服乘马,排闼而去⑪,将归太原。行次灵石旅舍⑫,既设床,炉中烹肉且熟。张氏以发长委地,立梳床前,公方刷马。忽有一人,中形⑬,赤髯而虬⑭,乘蹇驴而来。投革囊于炉前,取枕欹卧,看张梳头。公怒甚,未决,犹刷马。张熟视其面,一手握发,一手映身摇示公,令勿怒。急急梳头毕,敛衽前问其姓。卧客答曰:"姓张。"对曰:"妾亦姓张,合是妹。"遽拜之。问第几,曰:"第三。"因问妹第几,曰:"最长。"遂喜曰:"今多幸逢一妹。"张氏遥呼:"李郎且来见三兄!"公骤拜之。遂环坐,曰:"煮者何肉?"曰:"羊肉,计已熟矣。"客曰:"饥。"公出市胡饼⑮,客抽腰间匕首,切肉共食。食竟,余肉乱切送驴前食之,甚速。客曰:"观李郎之行,贫士也。何以致斯异人?"曰:"靖虽贫,亦有心者焉。他人见问,故不言,兄之问,则不隐耳。"具言其由。曰:"然则将何之?"曰:"将避地太原。"曰:"然吾故非君所致也。"曰:"有酒乎?"曰:"主人西⑯,则酒肆也。"公取酒一斗⑰。既巡,客曰:"吾有少下酒物,李郎能同之乎?"曰:"不敢。"于是开革囊,取一人头并心肝。却头囊中,以匕首切肝,共食之。曰:"此人天下负心者,衔之十年⑱,今始获之,吾憾释矣。"又曰:"观李郎仪形器宇,真丈夫也。亦闻太原有异人乎?"曰:"尝识一人,愚谓之真人也⑲。其余,将帅而已。"曰:"何姓?"曰:"靖之同姓。""年几?"曰:"仅二十。"曰:"今何为?"曰:"州将之子⑳。"曰:"似矣。亦须见之。李郎能致吾一见乎?"曰:"靖之友刘文静者㉑,与之狎。因文静见之可也。然兄何为?"曰:"望气者言太原有奇气使访之㉒。李郎明发,何日到太原?"靖计之日。曰:"达之明日日方曙,候我于汾阳桥。"言讫,乘驴而去,其行若飞,回顾已失。公与张氏且惊且喜,久之,曰:"烈士不欺人。固无畏。"促鞭而行,及期,入太原,果复相见。大喜,偕诣刘氏,诈谓文静曰:"以善相者思见郎君㉓,请迎之。"文静素奇其人,一旦闻有客善相,遽致使迎之。使回而至,不衫不履,裼裘而来㉔,神气扬扬,貌与常异。虬髯默居末坐,见之心死,饮数杯,招靖曰:"真天子也!"公以告刘,刘益喜,自负。既出,而虬髯曰:"吾得十八九矣,然须道兄见。李郎宜与一妹复入京,某日午时,访我于马行东酒楼下。下有此驴及瘦驴,即我与道兄俱在其上矣。到即登焉。"又别而去。公与张复应之。及期访焉,宛见二乘。揽衣登楼,虬髯与一道士方对饮,见公惊喜,召坐。围饮十数巡,曰:"楼下柜中有钱十万,择一深隐处驻一妹,某日复会我于汾阳桥。"如期至,即道士与虬髯已到矣。俱谒文静。时方弈棋,揖而话心焉。文静飞书迎文皇看棋㉕。道士对弈,虬髯与公傍侍焉。俄而文皇到来,精彩惊人,长揖而坐。神气清朗,满坐风生,顾盼炜如也。道士一见惨然,下棋子曰:"此局全输矣!于此失却局哉!救无路矣!复奚言!"罢弈而请去。既出,谓虬髯曰:"此世界非公世界,他方可也。勉之,勿以为念。"因共入京。虬髯曰:"计李郎之程,某日方到。到之明日,可与一妹同诣某坊曲小宅相访。李郎相从一妹,悬然如磬㉖。欲令新妇祗谒,兼议从容,无前却也。"言毕,吁嗟而去。公策马而归。即到京,遂与张氏同往。乃一小版门子,叩之,有应者,拜曰:"三郎令候李郎一娘子久矣。"延入重门,门愈壮。婢四十人,罗列廷前。奴二十人,引公入东厅。厅之陈设,穷极珍异,箱中妆奁冠镜首饰之盛,非人间之物。巾栉妆饰毕㉗,请更衣,衣又珍异。既毕,传云:"三郎来!"乃虬髯纱帽裼裘而来,亦有龙虎之状㉘,欢然相见。催其妻出拜,盖亦天人耳。遂延中堂,陈设盘筵之盛,虽王公家不侔也。四人对馔讫,陈女乐二十人,列奏于前,似从天降,非人间之曲。食毕,行酒㉙。家人自东堂舁出二十床㉚,各以锦绣帕覆之。既陈,尽去其帕,乃文簿钥匙耳。虬髯曰:"此尽宝货泉贝之数㉛。吾之所有,悉以充赠。何者?欲于此世界求事,当龙战三二十载㉜,建少功业。今既有主,住亦何为?太原李氏,真英主也。三五年内,即当太平。李郎以奇特之才,辅清平之主,竭心尽善,必极人臣。一妹以天人之姿,蕴不世之艺,从夫之贵,以盛轩裳。非一妹不能识李郎,非李郎不能荣一妹。起陆之贵,际会如期,虎啸风生,龙吟云萃,因非偶然也。持余之赠,以佐真主,赞功业也,勉之哉!此后十年,当东南数千里外有异事,是吾得事之秋也。一妹与李郎可沥酒东南相贺㉝。"因命家童列拜,曰:"李郎一妹,是汝主也!"言讫,与其妻从一奴,乘马而去。数步,遂不复见。

公据其宅,乃为豪家,得以助文皇缔构之资,送匡天下。贞观十年㉞,公以左仆射平章事㉟。适南蛮入奏曰:"有海船千艘,甲兵十万,入扶余国㊱,杀其主自立。国已定矣。"公心知虬髯得事也。归告张氏,具衣拜贺,沥酒东南祝拜之。乃知真人之兴也,非英雄所冀。况非英雄乎?人臣之谬思乱者,乃螳臂之拒走轮耳。我皇家垂福万叶,岂虚然哉。或曰:"卫公之兵法,半乃虬髯所传耳。"

注释

①隋炀帝:即杨广,隋末代皇帝,604—618年在位。江都:隋郡名,大业初改扬州置,治所在江阳(今江苏扬州)。隋炀帝修建江都宫苑,定为行都。大业十四年(公元618年)在这里被禁军将领宇文化及所杀。

②杨素:隋大臣。生年不详,卒于公元606年。弘农华阴(今属陕西)人,士族出身。隋文帝时因功封越国公,后任尚书左仆射,执掌朝政。参与宫廷阴谋,废太子杨勇,拥立炀帝。后封楚国公,官至司空。西京:即长安,隋代都城。

③捧出:簇拥而出的意思。

④李靖:唐初著名将领,精熟兵法,屡建战功,后封卫国公。著有《李卫公兵法》。布衣:指平民身份。古时平民只能穿布衣。

⑤妓:古代以歌舞为业的女子。

⑥拂:即拂尘,拂拭的工具。有一手柄,柄端扎有马尾。

⑦轩:窗户。

⑧揭:挑举着。

⑨丝:即兔丝,蔓生植物,跟松萝一样多攀附在别的树上生长。

⑩屦(jù句):古代用麻葛等制成的一种鞋。无停屦,指不停住脚步。

⑪(闼tà踏):门。排闼,即推开门。

⑫灵石:县名,隋置,在今山西中部偏南,汾河中游。

⑬中形:中等身材。

⑭虬(qiú求):古代传说中一种带角的小龙。这里的意思是盘曲如虬龙。虬髯即蜷曲的胡须。

⑮胡饼:烧饼。

⑯主人:客店主人。这里作客店代称。

⑰斗:古代酒器。

⑱衔:怀着。这里是怀恨的意思。

⑲真人:即"真命天子"。

⑳州:这里指太原。"州将",指李渊。当时他为太原守将。"州将之子"即李

世民。

㉑刘文静:唐开国功臣之一,隋末任晋阳令,后协助李渊(高祖)、李世民(太宗)起兵反隋。高祖称帝后封鲁国公。

㉒望气者:能根据"云气"来预测人或事未来状况的人。

㉓郎君:指李世民。

㉔裼(xī 西):皮衣上加罩衫。

㉕文皇:即唐太宗李世民。太宗死后谥号为"文",后来的人就称呼他"文皇"。

㉖悬然如磬(qìng 庆):比喻贫穷。"磬"是古代一种玉式石制成的曲尺形乐器,悬在横木上,敲击发声。古代语"室如悬磬",意为家徒四壁,一无所有,只有屋梁像悬磬一样。

㉗栉(zhì 至):梳头。"巾栉",梳洗的意思。

㉘龙虎:比喻帝王。"龙虎之状",即"帝王之相"。

㉙行酒:敬酒,劝酒。

㉚舁(yú 余):抬东西。

㉛泉:古代钱币的名称。贝:古代用贝壳作的货币。

㉜龙战:指争夺皇位的战争。

㉝沥酒:洒酒。

㉞贞观:唐太宗年号(公元 627—649 年)。

㉟仆射:官名。唐代不设尚书令,仆射即为尚书省长官。左右仆射加上"平章事"的头衔就是宰相。

㊱扶余国:古国名,在今松花江中游平原上。但据上下文说的方向看,应是作者虚构,借用此国名。

【今译】

　　隋炀帝到江都去的时候,命司空杨素留守西京长安。杨素因显贵而骄横,又认为时局动荡不定,若论天下权重势大名声显赫的人,非他莫属,因此生活奢侈华贵,礼仪也超出了应有的而跟别的大臣不同。每逢公卿大臣来谈事情,或是宾客上门求见,他总被美女簇拥着出来,坐在床榻上相见。两旁还排列着侍妾婢女,很有点逾越了他的身份。到他晚年这种情况就更严重,他忘了应担负的责任,全无挽救危难防止颠覆的想法。

　　有一天,后来被封为卫国公的李靖以平民的身份求见他,说要贡献奇计良策。杨素仍然坐在床榻上接见他。李靖上前拱手行礼说:

"天下正动乱不止,英雄豪强纷纷起事。杨公是皇家重臣,应当留心收罗天下豪杰,不该这样坐着会见宾客。"杨素听了,收敛傲慢的样子站起身来,向李靖道歉,跟他谈话,谈得十分高兴,然后接受了他献的计策退回后堂。

当李靖施展辩才的时候,有一个非常美丽的歌女,手里拿着红色的拂尘,让在杨素面前,一直看着李靖。李靖出去后,她来到窗前对府吏说:"去问问刚走的那位处士排行第几?住在什么地方?"李靖都一一回答了府吏,歌女得知后默念着离去。

李靖返回旅店。这天夜里五更刚到,忽然听见有人小声敲门。李靖起来开门查问。原来是个穿紫衣戴帽子的人,用木杖挑着一只袋。李靖问来人是谁。那人回答说:"我是杨公家那个手拿红拂的歌女。"李靖连忙请她进来。她脱去衣服摘下帽子,原来是一位十八九岁的美丽女子。她不施脂粉,衣着华美,朝李靖行礼。李靖惊讶地连连还礼。女子说:"我伺候杨司空很久了,天下的人也见得多,没有一个比得上你的。兔丝和松萝不能独自生长,需要依托大树,因此我特来投奔你。"李靖说:"杨司空在京城里权势极大,怎么办?"女子说:"他只比死人多一口气了,没有什么好害怕的。众歌女知道他不会有多大能耐了,离开他的人不少。他也不大去追捕。我已经思量周全,望你不要多虑。"李靖问她姓什么,女子回答说:"姓张。"又问她的排行。回答说:"老大。"李靖看她的肌肤、仪态、言谈、性情,真好比天仙。李靖无意中得到她,又高兴又害怕,时时都在担心时时都感到不安,因此不停地到窗户那里窥望外边。几天过去了,也听到杨府追查逃亡者的消息,但情形似乎并不紧急。于是女子就换上男装骑上马,两人打开店门从容而去,准备回太原。

途中,他们在灵石的一家旅店休息。已经铺好了床,炉子上煮的肉也快熟了。张氏把头发拖在地上,站在床前梳头。李靖正在洗刷马匹时,忽然有一个人,中等身材,红色的胡须卷曲着好像虬龙的形状,骑一头跛足的驴子走来。那个人把一只皮囊扔在炉子前面,取过枕头斜躺在床上,看着张氏梳头。李靖非常恼怒,但还没有发作,仍然洗他的马。张氏仔细打量那人的相貌,一只手握着头发,一只手放在身后摇着向李靖示意,叫他不要发怒。张氏急急忙忙梳完头,整理衣衫上前询问那人的姓氏。斜躺着的人回答说:"姓张。"张氏说:"我也姓张,应该算是妹妹。"说着立即向那人行礼。张氏又问那人排行第几。那人答道:"第三。"并问张氏排行第几。张氏回答说:"老大。"那人于是高兴地说:"今天有幸遇上一妹。"张氏远远地朝李靖喊:"李郎快来见三哥!"李靖急忙过来拜见。接着三个人围坐在一起。那人问:"煮的是什么肉?"李靖说:"羊肉,想来已经熟了。"客人说:"饿了。"李靖出去买来烧饼,客人抽出腰间匕首,切了肉跟烧饼一起吃。吃完了,剩下的肉随便切碎送到驴子面前让它吃,动作很快。客人说:"看李郎的模样,是个贫穷的书生,怎么会得到这样不同一般的女子?"李靖回答说:"我虽然穷,但也是一个有志向的人。如果别的人问我这事,我一定不会说,可兄长问及就不该隐瞒什么了。"然后就把事情全都告诉了他。客人说:"那你们打算去哪里?"李靖说:"想到太原去避一避。"客人说:"这么说我本不是你要找的人了。"又问:"有酒吗?"李靖说:"客店的西边,就有家酒店。"李靖就去买回来一斗酒。斟了一遍酒以后,客人说:"我有一点下酒的东西,李郎能跟我一起吃吗?"李靖说:"不敢当。"客人于是打开皮囊取出一个人头以及心肝来,又把人头放回囊中去,用匕首切碎心肝,跟李靖一同吃了。客人说:"这是天下最背弃情谊的人,我对他怀恨十年,今天才要了他的命。我心头的遗憾总算解除。"又说:"我看李郎的仪容气度,真是个大丈夫。你可曾听说太原有什么不同凡响的人物吗?"李靖回答:"曾经认识一个人,我想他就是真命天子。其他的,不过是将帅之材而已。"客人问:"那人姓什么?"李靖说:"跟我同姓。"又问:"多大年纪?"李靖说:"才二十岁。"又问:"眼下他在做什么?"李靖说:"他是太原守将的儿子。"客人说:"好像是了。还要看见他才能确定。李郎能够让我见他一面吗?"李靖说:"我的好友刘文静,跟他来往密切。通过刘文静可以见到他。但兄长为什么要见他呢?"客人说:"有位能根据云气来预测人事的人说,太原有奇异的云气,叫我查访一下。李郎明日出发,哪天可以到太原?"李靖计算出到达的日期。客人说:"到太原的第二天,天刚亮的时候,在汾阳桥上等我。"说完,骑上驴子走了。那驴子行走如飞,转眼之间便消失不见。李靖跟张氏又惊又喜,过了好久,才说:"侠义之士不会欺骗人,用不着害怕。"

　　两人加鞭赶路,到了约定的日期,抵达太原。果然又跟那位客人相见了。李靖十分高兴,就陪他去找刘文静。李靖编了假话对刘文静说:"有个擅长看相的人想见公子,请你把公子接到这里来。"刘文静向来就认为公子与众不同,一听说有客人擅长相面,立即派人去请他。派去的人刚回来,公子跟着就到了。他穿着随便,皮袍上披着罩衫,但神采飞扬,相貌不同寻常。虬髯客一声不吭坐在末座,见到他后心如死灰,喝了几杯酒后,叫李靖过来说道:"这人真是天子啊!"李靖把他的话告诉刘文静,刘文静更加高兴,为自己有眼力而得意。两人告辞出来后,虬髯客说:"我已经猜到十之八九了,不过还须我的道兄亲眼看看他。李郎最好能跟一妹重返京城,某天中午,到马行东面的酒楼下找我。楼下如有这头驴和另一头瘦驴,我跟道兄就都在楼上。你到了那里便立刻上来。"说完后又告别而去。

  李靖跟张氏又依照他的话行事。到了约定的时间去寻找,果然看见酒楼下有两头驴。李靖提起衣摆登上酒楼时,虬髯客正跟一位道士对坐喝酒,看见他来了很惊喜,连忙招呼他坐下。大家围桌喝了十几杯酒后,虬髯客说:"楼下柜里有十万钱,可用它找一个幽静隐秘的地方安顿一妹,某天再到汾阳桥跟我相会。"

  李靖如期而至,道士和虬髯客已经到了。于是一起去拜访刘文静。当时刘文静正在下棋,互相行礼后就坐下谈心。刘文静派人送信请公子过来看棋。道士跟刘文静对弈,虬髯客和李靖站在一边观看。不久公子就到了,光彩照人,长长一辑后坐下,显得神清气朗,谈笑风生,目光炯炯有神。道士一见到公子立刻神情惨然,扔下棋子说:"这局棋全输了!就在这里失去了全局!无路可走了!还有什么话可说!"于是不再下棋而请求离去。出来以后,道士对虬髯客说:"这世界不是你的世界,到别的地方去施展宏图吧。好好努力,不要把这事放在心上。"他要大家一同进京。虬髯客对李靖说:"计算李郎的行程,某日才能到京城。到达后的第二天,可以跟一妹同到某坊曲巷我住的小宅来做客。李郎和一妹在一起,家徒四壁,一无所有。我想让我妻子拜见二位,顺带随便说说话,希望不要先就推辞。"说完,叹息着离去。李靖也骑马回去了。

  李靖刚到京城,就和张氏一同去拜访虬髯客。他家只是一道小小的木板门,敲了几下,有人答应了开门出来,行礼说:"三郎命令我们恭候李郎和一娘多时了。"两人被请入一道道的内门,越走门户越大。四十名婢女排列在庭院里迎接。二十名奴仆引导李靖他们进入东厅。厅内的陈设,极其珍稀奇异、巾箱、妆匣、衣帽镜以及首饰各种各样,似乎不是人间的东西。等他们梳洗打扮完毕,又请他们换衣服,换上的衣服也都是珍异之物。收拾好以后,有人传报说:"三郎来了!"只见虬髯客头戴纱帽身披皮衣走进来,也有些龙行虎步的帝王之相。大家高兴地相见。虬髯客催促他妻子出来拜见,他的妻子也像天仙一样。于是把二人请入中堂,摆设的宴席非常丰美,就是王公之家也比不上。四人对坐着吃完饭,又招来乐妓二十名,排列在堂前演奏,那些曲子好似是从天上飘下来的,而不是人间能有。接着又依次敬酒。这时家人从东堂抬出二十床架子,分别用锦帕绣巾覆盖着。陈列好后,把巾帕全部揭开,原来是些账簿和钥匙。虬髯客说:"这些是我全部宝物钱财的数目。我所有的东西,都赠送给你。为什么呢?我本想在这世界上干一番大事,也许龙争虎斗二三十年,才能建立一些功业。现在既然有了明主,我还留在这里干什么呢?太原李氏,是真正的英明君主。三五年内,就能让天下太平。李郎用自己非凡的才能,辅佐太平盛世的君主,竭心尽力,必定能位居众臣之上。一妹凭借天仙般的姿容,怀着世上少有的才艺,依靠丈夫的尊贵地位,必将享尽富贵荣华。除了一妹无人能赏识李郎,除了李郎没有人能让一妹得到荣耀。帝王开创基业,总值遇到辅佐他的人,好同虎啸风生,龙吟云集一样,本来就不是偶然的。李郎拿着我送的财物,用以辅助真命天子,帮他成就功业,努力吧!这以后十年,东南方数千里外会有奇异的事发生,那就是我的事业成功的时候,一妹和李郎可以洒酒朝东南方祝贺我。"于是命令童仆列队拜见,之后,便和他的妻子带着一名家奴,骑马离去。走出几步后,就看不见他们的踪影了。

  李靖据有了虬髯客的宅第,从此成为豪门大户,得到帮助文皇创建帝业的资财,终于平定天下。

  贞观十年,李靖以左仆射加平章事做了宰相。恰巧南方少数民族派人入朝奏报说:"有海船千艘,武士十万,攻入扶余国,杀死该国国君自立为王,国内已经安定了。"李靖心里知道是虬髯客的事情成功了。回家告诉张氏,两人换上礼服,向东南方洒酒拜贺。

  从这事可以知道真命天子的兴起,并非英雄凭愿望就能这样。何况不是英雄的人呢？臣民中那些妄想作乱的人，不过是螳臂阻挡飞奔的车轮罢了。我大唐皇朝传福万世，难道是凭空说说吗？有人说："李卫公的兵法，一半是虬髯客传授的。"

唐宋传奇集卷五

冥音录

缺　名

【题解】

本篇选自《太平广记》卷四百八十九。作者不详。创作年代应是太和以后。

本篇写的是崔氏的两个女儿，得到她们死去的姨母蒨奴传授琴艺的故事。在看过前面一些有关神灵的传奇以后，这篇短小的故事似乎未见多少新意。不过，尽管它的情节并不曲折，但叙述却生动流畅，人物也写得比较鲜活，而且入情入理，因此，读来也就不乏感人之处。

【原文】

庐江尉李侃者①，陇西人，家于洛之河南。太和初②，卒于官。有外妇崔氏，本广陵倡家。生二女，既孤且幼，孀母抚之以道，近于成人。因寓家庐江。侃既死，虽侃之宗亲，居显要者，绝不相闻。庐江之人，咸哀其孤藐而能自强。崔氏性酷嗜音，虽贫苦求活，常以弦歌自娱。有女弟蒨奴③，风容不下，善鼓筝④，为古今绝妙，知名于时。年十七，未嫁而卒，人多伤焉。二女幼传其艺。长女适邑人丁玄夫⑤，性识不甚聪慧。幼时，每教其艺，小有所未至，其母辄加鞭箠⑥，终莫究其妙。每心念姨,曰:"我,姨之甥也。今乃死生殊途,恩爱久绝。姨之生乃聪明,死何蔑然,而不能以力佑助,使我心开目明,粗及流辈哉?"每至节朔,辄举觞酹地,哀咽流涕。如此者八岁,母亦哀而悯焉。开成五年四月三日⑦,因夜寐,惊起号泣谓其母曰:"向者梦姨执手泣曰:'我自辞人世,在阴司簿属教坊⑧,授曲于博士李元凭⑨。元凭屡荐我于宪宗皇帝⑩,帝召居宫。一年,以我更直穆宗皇帝宫中⑪,以筝导诸妃,出入一年,上帝诛郑注⑫,天下大酺⑬。唐氏诸帝宫中互选妓乐,以进神尧太宗二宫,我复得侍宪宗。每一月之中,五日一直长秋殿。余日得肆游观,但不得出宫禁耳。汝之情恳,我乃知也,但无由得来。近日襄阳公主以我为女思念颇至,得出入主第,私许我归,成汝这愿。汝早图之!阴中法严,帝或闻之,当获大谴。亦上累于主。'"复与其母相持而泣。翼日,乃洒扫一室,列虚筵,设酒果,仿佛如有所见。因执筝就坐,闭目弹之,随指有得。初,授人间之曲,十日不得一曲,此一日获十曲。曲之名品,殆非生人之意。声调哀怨,幽幽然鸦啼鬼啸⑭,闻之者莫不歔欷。曲有《迎君乐》(正商调二十八叠)⑮,《槲林叹》(分丝调四十四叠),《秦王赏金歌》(小古调二十八叠),《广陵散》(正商调二十八叠),《行路难》(正商调二十八叠),《上江虹》(正商调二十八叠),《晋城仙》(小石调二十八叠),《丝竹赏金歌》(小石调二十八叠),《红窗影》(双柱调四十叠)。十曲毕,惨然谓女曰:"此皆宫闱中新翻曲,帝尤所爱重。《槲林叹》《红窗影》等,每宴饮,即飞球舞盏,为佐酒长夜之欢。穆宗敕修文舍人元稹撰,其词数十首,甚美。宴酣,令宫人递歌之。帝亲执玉如意⑯,击节而和之。帝秘其调极切,恐为诸国所得,故不敢泄。岁摄提⑰,地府当有大变,得以流传人世。幽明路异,人鬼道殊,今者人事相接,亦万代一时,非偶然也。会以吾之十曲,献阳地天子,不可使无闻于明代。"于是县白州⑱,州白府。刺史崔琦亲召试之,则丝桐之音⑲,铿钅訇可听⑳。其差琴调不类秦声。乃以众乐合之,则宫商调殊不同矣㉑。母令小女再拜求传十曲,亦备得之。至暮,诀去。数日复来,曰:"闻扬州连帅欲取汝㉒,恐有谬误,汝可一一弹之。"又留一曲曰《思归乐》。无何,州府果令送至扬州,一无差错。廉使故相李德裕议表其事。女寻卒。

注释

①庐江:县名,在安徽中部偏南,巢湖西南岸。尉:县尉,官名,掌一县的军事。

②太和:唐文宗年号,也作大和(公元827—835年)。

③女弟:妹妹。

④鼓:弹奏或敲击乐器。

⑤适:出嫁。邑人:本县的人。

⑥箠(chuí锤):鞭打。

⑦开成:唐文宗年号(公元836—840年)。

⑧阴司:迷信传说中阴间的官府。教坊:古代官署,管理宫廷内的音乐、歌唱、舞蹈及百戏的教习、排练、演出等事务。

⑨博士:古代专精一艺的职官名。

⑩宪宗:即李纯,唐代皇帝。公元806—820年在位。

⑪穆宗:即李恒,唐代皇帝,公元821—824年在位。

⑫上帝:天帝、天神。郑注:唐大臣,生年不详,卒于公元835年。因善医为宦官王守澄所荐,并得文宗信用,曾任翰林学士、工部尚书、凤翔节度使等。与李训支持文宗诛灭宦官,带兵入京时中途听说李训已败,退兵时被监军使张仲清所杀。

⑬醅(pú葡):聚会饮酒。

⑭鸮(xiāo消):类似猫头鹰的一种猛禽。

⑮正商调:燕乐二十八调调名中的一种。下文的几种调式都如此。叠:音乐的重复。非全段重复式重复与局部重复并用也称叠。

⑯如意:古代一种象征吉祥的器物,头呈灵芝形或云形,柄微曲。

⑰摄提:古代年名"摄提格"的简称。星岁纪年法进化为干支纪年法后,即称为"寅年"。

⑱白:说明,告诉。

⑲丝桐:指琴。琴多用桐木制成,上安丝弦,所以称为"丝桐"。

⑳铩:通"锵"。铩钠(cōng匆),金属碰击声。

㉑宫:五声之一,在我国传统音乐理论中被认为是音阶组织中最重要的一个音级。商:五声之一。

㉒连帅:古十国诸侯之长名连帅,后来泛称地方长官,唐代多指观察使、按察使。

【今译】

庐江县尉李侃,是陇西郡人,家住洛水之南。太和初年,死于任上。他娶有一个外室叫崔氏,原本是广陵的娼妓。崔氏生了两个女儿，丧父时她们还小，崔氏抚养女儿遵守妇道，直到她们长大。这样就安家在庐江。李侃死后，他宗族里的亲戚，即便是地位显要的人，崔氏也绝不跟他们来往。庐江的居民，都可怜她孤独无助而又称赞她能够自强。

　　崔氏生性非常喜欢音乐，虽然贫苦度日，但常常弹唱乐曲自娱自乐。她有个妹妹叫菂奴，风姿容貌都不在她之下，善于弹奏筝，称得上古今绝妙，闻名于当时。菂奴才十七岁，没有出嫁就死了。人们都为她哀伤。崔氏的两个女儿从小就跟她学艺。大女儿嫁给本县人丁玄夫。她天生不太聪明，小的时候，每当教她技艺，稍有点不行，她母亲就用鞭子打她，但还是弄不懂技艺的奥妙。大女儿心中常常想念她的姨母，说："我是姨母生的外甥女，如今死生不同道路，恩爱隔绝已久。姨母生前那么聪明，死后为什么就不再这样，不能用神力来扶助我，使我心窍开通眼睛明亮，大概比得上一般同行呢？"每到节日或初一，她都要举杯以酒洒地，悲伤地哭涕流泪。八年了都这样。她母亲为这事也很哀伤而且怜悯她。

　　开成五年四月三日，大女儿晚上睡觉时，受惊后起来哭号，对她母亲说："先前梦见姨母拉着我的手哭泣说：'我自从辞别人世，在阴间的官府里名册属教坊，由博士李元凭传授我乐曲。李元凭屡次将我推荐给宪宗皇帝，皇帝召我居住在宫中。一年以后，把我派到穆宗皇帝宫中侍奉，指导诸妃嫔弹筝，在那里出入有一年。天帝护佑大唐杀了郑注，天下同欢共庆。唐室诸皇帝的宫中互相挑选艺妓音乐，用以进献高祖神尧皇帝和太宗皇帝二宫，我又得到侍奉宪宗。每个月当中，五天轮到一次去长秋殿当值。其余的日子可以随意游览，但是不能出皇宫罢了。你恳切的情意，我是知道的，只是没有办法能来。近日襄阳公主认我为女儿，很思念我，我得以进出公主的宅第。她私下准许我回来，成全你的愿望。你要早些安排好！阴间的法律严格，皇帝要是知道了，我就要受到严惩，还会连累公主。'"大女儿说完，又跟她母亲抱头哭泣。

　　第二天，大女儿就打扫干净一间屋子，虚设了筵席，摆好酒菜果品，仿佛姨母已经来了。于是拿起筝坐下，闭上眼睛弹奏起来，随着手指拨动而有所感悟。从前，教她弹奏那些流传的曲子，十天还学不会一支，如今一天就学会了十支曲子。曲子的名称和格调，也几乎不是活着的人能创作出来的。声调哀怨,幽幽地像鸦啼鬼叫一样,听到的人没有不伤心流泪的。曲子有《迎君乐》(正商调二十八叠),《槲林叹》(分丝调四十四叠),《秦王赏金歌》(小石调二十八叠),《广陵散》(正商调二十八叠),《行路难》(正商调二十八叠),《丝竹赏金歌》(小石调二十八叠),《红窗影》(双柱调四十叠)。十曲奏完,做姨母的忧伤地对外甥女说:"这些都是宫中新作的曲子,皇帝特别喜欢。《槲林叹》《红窗影》等,每到宴饮时,都用来行传花飞球举杯舞蹈的酒令,在长夜饮酒助兴。穆宗命修文舍人元稹撰写歌词几十首,都写得很美。酒酣时,就叫宫女一首接一首地唱。皇帝亲自拿着玉石做的如意,伴着拍子敲击。皇帝对曲子的保密非常留心,唯恐传到别国去,所以我们都不敢泄露。进入寅年,地府当有重大变化,曲子得以流传到人世间。阴间跟阳世不同路,人与鬼不同道,现在居然能够有人事的接触,也是万世难遇的时机,绝非偶然。总得把我这十支曲子,献给人间的天子,不能让它埋没在圣明的时代。"

于是,这事就由县呈报给州,州呈报给府。刺史崔琦亲自召大女儿来试奏,果然琴声明亮悦耳,不同于一般的琴声以及秦地音乐的风格。用别的乐器来跟它合奏,则音律声调都很不相同。崔氏叫小女儿拜求姨母再传授她十支曲子,后来也全都学会了。到了日落时分,菼奴告辞离去。过了几天她又来了,对外甥女说:"听说扬州的连帅要召你去,恐怕那时会出差错,你可以把曲子逐一地弹奏。"又留下一支曲子,叫《思归乐》。过了不久,州府果然命令将大女儿送往扬州,演奏时没有一点差错。前宰相李德裕论述过这件事情。可是大女儿不久就死了。

东阳夜怪录

缺　名

【题解】

　　本篇选自《太平广记》卷第四百九十。作者不详。《唐人说荟》因篇中说王洙讲述他所听到的事,即题王洙作;而《渊鉴类函》则说是晚唐另一位传奇作者裴铏的专集《传奇》中的一篇,但都难以肯定。晚唐时期的传奇作品,总的倾向于搜奇猎异、言神志怪,与现实生活的距离拉大,六朝遗风复炽。本篇无疑也受到当时风气的影响。但是,它在"志怪"的同时,还曲折地反映了晚唐文人生活的一面。而篇中描写的几个形象都颇为生动,因此也就更多地给了读者一些"奇异"的感觉。

【原文】

　　前进士王洙,字学源,其先琅邪人①。元和十三年春擢第。尝居邹鲁间名山习业②,洙自云,前四年时,因随籍入贡,暮次荥阳逆旅。值彭城客秀才成自虚者③,以家事不得就举,言旋故里。遇洙,因话辛勤往复之意。自虚字致本,语及人间目睹之异。是岁,自虚十有一月八日东还(乃元和八年也)。翼日,到渭南县④,方属阴曀⑤,不知时之早晚。县宰黎谓留饮数巡⑥。自虚恃所乘壮,乃命僮仆辎重,悉令先于赤水店俟宿⑦,聊踟蹰焉。东出县郭门,则阴风刮地,飞雪雾天,行未数里,迨将昏黑。自虚僮仆,既悉令前去,道上又行人已绝,无可问程,至是不知所届矣。路出东阳驿南,寻赤水谷口道。去驿不三四里,有下坞⑧。林月依微,略辨佛庙,自虚启扉,投身突入。雪势愈甚,自虚窃意佛宇之居,有住僧,将求委焉,则策马入。其后才认北横数间空屋,寂无灯烛。久之倾听,微似有喘息声,遂系马于西面柱,连问:"院主和尚,今夜慈悲相救。"徐闻人应:"老病僧智高在此,适僮仆已出使村中教化,无从以致火烛。雪若是,复当深夜,客何为者?自何而来?四绝亲邻,何以取济?今夕脱不恶其病秽,且此相就,则免暴露。兼撒所籍刍藁分用⑨,委质可矣。"自虚他计既穷,闻此内亦颇喜。乃问:"高公生缘何乡?何故栖此?又俗姓云何?既接恩容,当还审其出处。"曰:"贫道俗姓安(以本身肉鞍之故也)⑩,生在碛西⑪。本因舍力,随缘来诣中国。到此未几,房院疏芜。秀才卒降,无以供待,不垂见怪为幸。"自虚如此问答,颇忘前倦。乃谓高公曰:"方知探宝化城⑫,如来非妄立喻。今高公是我导师矣。高公本宗,固有如是降伏其心之教。"俄则沓沓然若数人联步而至者。遂闻云:"极好雪,师丈在否?"高公未应间,闻一人云:"曹长先行⑬。"或曰:"朱八丈合先行。"又闻人曰:"路甚宽,曹长不合苦让,偕行可也。"自虚窃谓人多,私心益壮。有顷,即似悉造座隅矣。内谓一人曰:"师丈,此有宿客乎?"高公对曰:"适有客来诣宿耳。"自虚昏昏然,莫审其形质。唯最前一人俯簪映雪,仿佛若见着皂裘者,背及肋有搭白补处。其人先发问自虚云:"客何故瑀瑀(丘圭反)然犯雪昏夜至此⑭?"自虚则具以实告。其人因请自虚姓名。对曰:"进士成自虚。"自虚亦从而语曰:"暗中不可悉揖清扬,他日无以为子孙之旧,请各称其官及名氏。"便闻一人云:"前河阴转运巡官试左骁卫胄曹参军卢倚马⑮。"次一人云:"桃林客副轻车将军朱中正⑯。"次一人曰:"去文,姓敬⑰。"次一人曰:"锐金,姓奚⑱。"此时则似周坐矣。初,因成公应举,倚马旁及论文。倚马曰:"某儿童时,即闻人咏师丈《聚雪为山》诗,今犹记得。今夜景象宛在目中。师丈,有之乎?"高公曰:"其词谓何?试言之。"倚马曰:"所记云:谁家扫雪满庭前,万壑千峰在一拳。吾心不觉侵衣冷,曾向此中居几年。"自虚茫然如失,口呿眸眙⑲,尤所不测。高公乃曰:"雪山是吾家山。往年偶见小儿聚雪,屹有峰峦山状,西望故国,怅然因作是诗。曹长大聪明,如何记得。贫道旧时恶句,不因曹长诚念在口,实亦遗忘。"倚马曰:"师丈骋逸步于遐荒,脱尘机(机当为羁)于维縶⑳,巍巍道德,可谓首出侪流。如小子之徒,望尘奔走,曷(曷当为褐,用毛色而讥之)敢窥其高远哉㉑,倚马今春以公事到城,受性顽钝,阙下桂玉,煎迫不堪,旦夕羁(羁当为饥)旅,虽勤劳夙夜,料入况微,负荷非轻,常惧刑责。近蒙本院转一虚衔(谓空驱作替驴),意在苦求脱免。昨晚出长乐城下宿,自悲尘中劳役,慨然有山鹿野麋之志。因寄同侣,成两篇恶诗。对诸作者,辄欲口占,去就未敢。"自虚曰:"今夕何夕,得闻佳句。"倚马又谦曰:"不揆荒浅㉒。况师丈文宗在此,敢呈丑拙邪?"自虚苦请曰:"愿闻,愿闻!"倚马因朗吟其诗曰:"长安城东洛阳道,车轮不息尘浩浩。争利贪前竞着鞭,相逢尽是尘中老。(其一)日晚长川不计程,离群独步不能鸣。赖有青青河畔草,春来犹得慰(慰当作喂)羁(羁当作饥)情。"合座咸曰:"大高作!"倚马谦曰:"拙恶拙恶!"中正谓高公曰:"比闻朔漠之士,吟讽师丈佳句绝多。今此是颍川[23],况侧聆卢曹长所念,开洗昏鄙,意爽神清。新制的多,满座渴咏。岂不能见示三两首,以沃群瞩。"高公请俟他日。中正又曰:"眷彼名公悉至,何惜兔园[24]。雅论高谈,抑一时之盛事。今去市肆苦远,夜艾兴余,杯觞固不可求,炮炙无由而致[25]。宾主礼阙,惭恧空多[26]。吾辈方以观心朵颐(谓龅草之性与师丈同)[27],而诸公通宵无以充腹,赧然何补。"高公曰:"吾闻嘉话可以忘乎饥渴。秖如八郎,力济生人,动循轨辙,攻城犒士,为己所长。但以十二因缘[28],皆从触起[29]。茫茫苦海,烦恼随生。何地而可见菩提(提当为蹄),何门而得离火宅(亦用事讥之)[30]?"中正对曰:"以愚所谓:覆辙相寻,轮回恶道[31],先后报应,事甚分明。引领修行,义归于此。"高公大笑,乃曰:"释氏尚其清净[32],道成则为正觉(觉当为角)。觉则佛也。如八郎向来之谈,深得之矣。"倚马大笑。自虚又曰:"适来朱将军再三有请和尚新制。在小生下情,实愿观宝。和尚岂以自虚远客,非我法中而见鄙之乎?且和尚器识非凡,岸谷深峻,必当格韵才思,贯绝一时,妍妙清新,摆落俗态。岂终秘咳唾之余思[33],不吟一两篇以开耳目乎?"高公曰:"深荷秀才苦请,事则难于固违。况老僧残疾衰羸,习读久废,章句之道,本非所长。却是朱八无端挑抉吾短。然于病中,偶有两篇自述,匠石能听之乎[34]?"曰:"愿闻。"其诗曰:"拥褐藏名无定踪,流沙千里度衰容。传得南宗心法后[35],此身应便老双峰[36]。为有阎浮珍重因[37],远离西国越咸秦[38]。自从无力休行道,且作头陀不系身[39]。"又闻满座称好声,移时不定。去文忽于座内云:"昔王子猷访戴安道于山阴[40],雪夜皎然,及门而返。遂传'何必见戴'之论。当时皆重逸兴。今成君可谓以文会友,下视袁安蒋诩[41]。吾少年时颇负隽气,性好鹰鹯[42]。曾于此时,畋游驰骋,吾故林在长安之巽维[43],御宿川之东畴(此处地名苟家觜也)[44]。咏雪有献曹州房一篇,不觉诗狂所攻,辄污泥高鉴耻。"因吟诗曰:"爱此飘飖六出公[45],轻琼洽絮舞长空。当时正逐秦丞相[46],腾踯川原喜北风。献诗讫,曹州房颇甚赏仆此诗,因难云:'呼雪为公,得无检束乎?'余遂征古人尚有呼竹为君,后贤以为名论,用以证之。曹州房结舌莫知所对。然曹州房素非知诗者。乌大尝谓吾曰[47]:'难得臭味同。'斯言不妄。今涉彼远官,参东州军事(义见《古今注》)[48],相去数千。苗十(以五五之数故第十)气候哑吒[49],凭恃群亲,索人承事。鲁无君子者[50],斯焉取诸!"锐金曰:"安敢当。不见苗生几日?"曰:"涉旬矣。""然则苗子何在?"去文曰:"亦应非远。知吾辈会于此,计合解来。"居无几,苗生遽至。去文伪为喜意,拊背曰:"适我愿兮!"去文遂引苗生与自虚相揖。自虚先称名氏。苗生曰:"介立姓苗。"宾主相谕之词,颇甚稠沓。锐金居其侧,曰:"此时则苦吟之矣。诸公皆由老奚诗病又发,如何如何?"自虚曰:"向者承奚生眷与之分非浅,何为尚吝瑰宝,大失所望。"锐金退而逡巡曰:"敢不贻广席一噱乎?"辄念三篇近诗云:"舞镜争鸾采,临场定鹖拳[51]。正思仙仗日,翘首仰楼前。养斗形如木,迎春质似泥。信如风雨在,何惮迹卑栖。为脱田文难[52],常怀纪渻恩[53]。欲知疏野态,霜晓叫荒村。"锐金吟讫,暗中亦大闻称赏声。高公曰:"诸贤勿以武士,见待朱将军。此公甚精名理[54],又善属文。而乃犹无所言。皮里臧否吾辈,抑将不可。况成君远客,一夕之聚,空门所谓多生有缘,宿鸟同树者也。得不因此留异时之谈端哉!"中正起曰:"师丈此言,乃与中正树荆棘耳[55]。苟众情疑阻,敢不唯命是听。然虑探手作事,自贻伊戚[56],如何?"高公曰:"请诸贤静听。"中正诗曰:"乱鲁负虚名[57],游秦感宁生[58]。候惊丞相喘[59],用识葛卢鸣[60]。黍稷兹农兴,轩车乏道情。近来精力退,一志在归耕。"高公叹曰:"朱八文华若此,未离散秩。引驾者又何人哉!屈甚,屈甚!"倚马曰:"扶风二兄偶有所系(意属自虚所乘)[61],吾家龟兹[62],苍文毙甚,乐喧厌静,好事挥霍,兴在结束,勇于前驱(谓般轻货首队头驴)。此会不至,恨可知也。"去文谓介立曰:"胃家兄弟[63],居处匪遥,莫往莫来,安用尚志。《诗》云'朋友攸摄',而使尚有遐心。必须折简见招,鄙意颇成其美。"介立曰:"某本欲访胃大去,方以论文兴酣,不觉迟迟耳。敬君命予。今且请诸公不起,介立略到胃家即回。不然,便拉胃氏昆季同至,可乎?"皆曰:"诺。"介立乃去。无何,去文于众前窃是非介立曰:"蠡兹为人,有甚爪距,颇闻洁廉,善主仓库。其如蜡姑之丑[64],难以掩于物论何?"殊不知介立与胃氏相携而来。及门,瞥闻其说。介立攘袂大怒曰:"天生苗介立,斗伯比之直下[65]。得姓于楚远祖梦皇茹,分二十族,祀典配享,至于礼经(谓《郊特牲》八蜡迎虎迎猫也),奈何一敬去文,盘瓠之余[66],长细无别,非人伦所齿,只合驯狎稚子,犷守酒旗,谄同妖狐,窃脂媚灶,安敢言人之长短。我若不呈薄艺,敬子谓我咸秩无文,使诸人异日藐我。今对师丈念一篇恶诗,且看如何?"诗曰:"为惭食肉主恩深,日晏蟠蜿卧锦衾。且学志人知白黑,那将好爵动吾心[67]。"自虚颇甚佳叹。去文曰:"卿不详本末,厚加矫诬。我实春秋向戌之后[68]。卿以我为盘瓠裔,如辰阳比房[69],于吾殊所乖阔。"中正深以两家献酬未绝为病,乃曰:"吾愿作宜僚以释二忿[70],可乎?昔我逢丑父实与向家夯皇[71],春秋时屡同盟会。今座上有名客,二子何乃互毁祖宗,语中忽有绽露。是取笑于成公齿冷也。且尽吟咏,固请息喧。"于是介立即引胃氏昆仲与自虚相见。初襜襜然若白色[72]。二人来前,长曰胃藏瓠[73],次曰藏立[74]。自虚亦称姓名。藏瓠又巡座云:"令兄令弟。"介立乃于广众延誉胃氏昆弟:"潜迹草野,行著于名族,上参列宿[75],亲密内达肝胆。况秦之八水,实贯天府,故林二十族,多是咸京[76]。闻弟新有《题旧业》诗,时称甚美。如何,得闻乎?"藏瓠对曰:"小子谬厕宾筵[77],作者云集,欲出口吻,先增惭怍[78]。今不得已,尘污诸贤耳目。"诗曰:"鸟鼠是家川[79],周王昔猎贤[80]。一从离子卯(鼠兔皆变为蝐也)[81],应见海桑田。"介立称好。"弟他日必负重名,公道若存,斯文不朽。"藏瓠敛躬谢曰:"藏瓠幽蛰所宜,幸陪群彦[82]。兄揄扬太过。小子谬当重言,若负芒刺。"座客皆笑。时自虚方聆诸客嘉什,不暇自念己文。但曰:"诸公清才绮靡,皆是目牛游刃。"中正将谓有讥,潜然遁去。高公求之,不得,曰:"朱八不告而退,何也?"倚马对曰:"朱八世与炮氏为仇[83],恶闻发硎之说而去耳[84]。"自虚谢不敏。此时去文独与自虚论诘,语自虚曰:"凡人行藏卷舒,君子尚其达节,摇尾求食,猛虎所以见几。或为知己吠鸣,不可以主人无德而废斯义也。去文不才,亦有两篇言志奉呈。"诗曰:"事君同乐义同忧,那校糟糠满志休。不是守株空待兔,终当逐鹿出林邱。少年尝负饥鹰用,内愿曾无宠鹤心。秋草殿除思去字,平原毛血兴从禽。"自虚赏激无限,全忘一夕之苦。方欲自夸旧制,忽闻远寺撞钟,则比膊铿然声尽矣[85]。注目略无所睹。但觉风雪透窗,臊秽扑鼻。唯率飒如有动者,而厉声呼问,绝无由答。自虚心神恍惚,未敢遽前扪撄。退寻所系之马,宛在屋之西隅。鞍鞯被雪[86],马则龁柱而立。迟疑间,晓色已将辨物矣。乃于屋壁之北有橐驼一[87],呫腹跪足[88],儳耳龁口[89]。自虚觉夜来之异,得以遍求之。室外北轩下俄又见一瘁瘠乌驴,连脊有磨破三处,白毛茁然将满。举视屋之北拱,微若振迅有物,乃见一老鸡蹲焉。前及设像佛宇塌座之北,东西有隙地数十步。牖下皆有彩画处,土人曾以麦秸之长者⑨,积于其间。见一大驳猫儿眠于上。咫尺又有盛饲田浆破瓠一,次有牧童所弃破笠一。自虚因蹴之,果获二刺猬,蠕然而动。自虚周求四顾,悄未有人,又不胜一夕之冻乏,乃揽辔振雪,上马而去。周出村之北道,左经柴栏旧圃,睹一牛踏雪吃草⑪。次此不百余步,合村悉辇粪幸此蕴崇⑫。自虚过其下,群犬喧吠。中有一犬,毛悉齐膝,其状甚异,睥睨自虚。自虚驱马久之,值一叟,辟荆扉,晨兴开径雪。自虚驻马讯焉。对曰:"此故友右军彭特进庄也⑬。郎君昨宵何止?行李间有似迷途者。"自虚语及夜来之见。叟倚篲惊讶曰:"极差,极差!昨晚天气风雪,庄家先有一病橐驼,虑其为所毙,遂复之佛宇之北,念佛社屋下。有数日前,河阴官脚过,有乏驴一头,不任前去。某哀其残命未舍,以粟斛易留之,亦不羁绊。彼栏中瘠牛,皆庄家所畜。适闻此说,不知何缘如此作怪。"自虚曰:"昨夜已失鞍驮⑭,今馁冻且甚。事有不可率话者。大略如斯,难于悉述。"遂策马奔去。至赤水店,见僮仆方讶其主之相失,始忙于求访。自虚慨然,如丧魂者数日。

注释

①琅邪(láng 郎 yá 牙):郡名,辖境相当于今山东半岛东南部,治所在琅玡(今胶南琅玡台西北)。

②邹鲁:孟子生于邹国,孔子生于鲁国,因此古代用"邹鲁"作为文教兴盛之地的代称。

③彭城:郡名,辖境相当于今山东微山、江苏徐州、铜山、沛县等地,治所在今徐州。

④渭南:县名,在陕西渭河平原东路,秦岭北麓。

⑤曀(yì 意):阴暗。

⑥县宰:即县令。

⑦赤水店:地名,在渭南县东南。

⑧下坞:四面高中间低的谷地。

⑨刍藁:喂牲口的谷草。藁同"稿"。

⑩肉鞍:骆驼背上的峰俗称肉鞍。这里暗指和尚是骆驼。

⑪碛(qì 气):沙漠。

⑫化城:佛教语,一时幻化的城郭,比喻小乘所能达到的境界。后来也称佛寺为化城。

⑬曹长:唐代同级官员互相之间的称呼。

⑭瑀(yǔ 禹):像玉的石头。疑为"踽(jǔ 举)踽",独自行走孤零的样子。

⑮河阴:旧县名,唐置县以便利漕运,治所在今河南荥阳东北。卢倚马:"卢(盧)"倚"马"字旁为"驴(驢)"。这里暗指卢倚马是驴。

⑯朱中正:"朱"的正中为"牛"字。桃林:古地名,约相当于今河南灵宝以西、陕西潼关以东地区。相传周武王灭商后在此放牛。这里暗指朱中正是牛。

⑰敬去文:"敬"字去"文"为"苟",谐音"狗"。这里暗指敬去文是狗。

⑱奚锐金:"奚"字为"鸡(雞)"的一半。鸡爪锐利于斗,称为"金距"。这里暗指奚锐金是鸡。

⑲呿(qū 区):张口的样子。眙(chì 翅):直看。

⑳縶(zhí 执):拴,捆。

㉑曷(hé 河):怎么。曷音近"褐",暗指骆驼的毛色。

㉒揆(kuí 葵):估量,揣测。

㉓颍川:郡名,在今河南中部,治所为阳翟,即今禹县。前文说成自虚在渭南迷路,与此句所说的颍川不符。

㉔兔园:园名,汉梁孝王所筑。后称"梁苑"或"梁园"。故址在今河南商丘县东。

㉕炮(bāo 包):烹饪方法,在旺火上急炒。炙:烹饪方法,火烤。"炮炙",意指烧烤一类的菜肴。

㉖恧(nù 女去):惭愧。

㉗齕(hé 河):咬。

㉘十二因缘:佛教名词,也称"十二缘起",为佛教三世轮回最基本的理论。

㉙触:十二因缘之一,为出胎后开始接触事物。这里是讥讽牛用角触物。

㉚火宅:佛家比喻烦恼的俗界。

㉛轮回:佛教名词,梵文 samsāra 的意译。佛教认为众生各依所作善恶业因,一直在天道、地道、阿修罗道、鬼道、畜生道、地狱道六道之中生死相续,犹如车轮旋转不停,故称轮回。

㉜释氏:中国佛教用作释迦牟尼的简称,又用来泛指佛教。

㉝咳(kài 忾)唾:比喻谈吐,议论。这里指和尚的诗作。

㉞匠石:名叫石的匠人。《庄子·徐无鬼》:"郢人垩慢其鼻端,若蝇翼,使匠石斫之,匠石运斤成风,听而斫之。尽垩而鼻不伤。"后称擅长写文章的人为匠石。

㉟南宗:以慧能为代表的佛教禅宗的一派,主张顿悟。因初期流行于南方,故名。

㊱双峰:山名,位于湖北黄梅县。相传禅宗四祖道信、五祖弘忍在此山的冯墓山(也称东山)引接学人。

㊲阎浮:梵文中多指中华及东方诸国。

㊳咸秦:指秦国国都咸阳。

㊴头陀:梵文 Dhūta 的音译,意为"抖擞",即去掉尘垢烦恼的意思。

㊵王子猷:东晋著名书法家王羲之的第五个儿子。名徽之,字子猷。居会稽时,雪夜泛舟剡溪,访戴安道,至其门而返,人问其故,他说:"本乘兴而来,兴尽而返。何必见安道!"戴安道:东晋人,名逵,字安道。性高洁,工书画,善弹琴。孝武帝累次想任用他而不就。山阴:古县名,治所在今浙江绍兴。王子猷访戴是在剡溪。此处有误。

㊶袁安:东汉汝南汝阳(今河南商水西南)人,字邵公。明帝时,任楚郡太守、河南尹,以严明著称。蒋诩:西汉杜陵(今陕西西安东南)人,哀帝时为兖州刺史,以廉直著名。

㊷鹯(zhān 沾):古时传说的一种猛禽,似鹞鹰。

㊸巽维:东南方。

㊹御宿川:地名,在长安南面,有汉武帝离宫别馆。畤(zhì 治):古代祭天地和五帝的固定处所。

㊺六出:雪花的别名。因雪花有六角。

㊻秦丞相:指李斯。李斯喜游猎,临刑前还对其子说:"吾欲与若复牵黄犬,俱出上蔡东门逐狡兔,岂可得乎?"

㊼乌大:后文有"乌驴"一说。这里当指卢倚马。

㊽东州:虚构的州名。《古今注》:西晋崔豹作,三卷,分舆服、都邑、音乐、鸟兽、鱼虫、草木、杂注和问答释义八门,对各项名物和制度加以解释和考证。

㊾苗十:苗加"犭"旁为猫。这里暗指苗十是猫。因此叫声"呜呜(五五)"。哑咤:话语嘈杂。咤为"吒"的异体字。

㊿鲁:地区名。今山东泰山以南汶水、泗水、沂河、沭水流域,是春秋时鲁地。

㉛鹘(hú 狐):隼。

㉜田文:即孟尝君,战国时齐贵族。他被羁留在秦国,逃归时夜里到关而关门未开,有门客善学鸡鸣,关吏听见,以为天晓,就打开关门,才得以脱身。

㉝纪渻:即纪渻(shěng 省)子。战国时齐人,他为齐王养斗鸡,养成时看上去如同木鸡,而别的鸡没有一只敢跟它斗,看见它就反身逃跑。即前句"养斗形如木"。

㉞名理:魏晋清谈的一种思潮,为考核名实和辨名哲理之学。

㉟树:竖立,建立。"树荆棘"就是找麻烦的意思。

㊱贻:遗留。

(57)乱鲁:相传春秋时鲁国叔孙豹的家臣竖牛,是他的私生子,叔孙豹死后,他造成鲁国动乱。

(58)宁生:即宁戚。春秋时卫国人,家贫而为人挽车,饭牛于车下,扣牛角而歌。齐桓公感到惊异,命管仲迎归,先拜为上卿,后举为宰相。后来百里奚仿效他,游秦时听说秦穆公喜欢牛,也在穆公出游时饭牛于车下,穆公跟他谈话后十分高兴,便载他一同回来,拜为宰相。

(59)丞相喘:汉宣帝时丞相丙吉见牛喘吐气,担心是气候失调天热的缘故,恐有灾难发生,于是过问此事。

(60)葛卢鸣:春秋时的葛卢,懂得牛语,曾经听见牛鸣后知道祭祀用了牛、羊、猪三牲。

(61)扶风二兄:暗指马。"马"是扶风的大姓。

(62)龟兹:汉代西域古国名,唐置都督府,位于天山南麓,辖境以今新疆库车为中心的周围地区。龟兹产骡,后又称骡为龟兹。

(63)胃家兄弟:"胃"谐音"猬"。这里暗指胃家兄弟是刺猬。

(64)蜡姑:一作"蜡古",猫的别称。明胡侍《骂猫文》:"咄!汝猫!汝无他职,职在捕鼠,以兹大蜡古也。"

(65)斗伯比:春秋时楚国大夫。他将私生子弃于郊野,虎哺乳之。虎属猫科,所以苗介立(猫)自称是斗伯比的直系子孙。

(66)盘瓠(hù 户):古代传说中上古帝王高辛氏的犬,毛有五色。高辛氏悬赏有能得戎将首级的人,嫁给他少女。盘瓠衔头来献,得少女,结为夫妇,子孙繁衍。

(67)爵:古通"雀"。这里暗指猫喜欢食雀。"好爵",即高官。

(68)向戌:春秋时宋国大臣。十二干支中"戌"属相是狗,因此敬去文攀附说他是向戌之后。

(69)辰:这里指日、月、星三辰。"辰阳"即太阳。房:星名,二十八宿之一。

(70)宜僚:姓熊,春秋末年楚国勇士。相传善于弄丸(玩弹子),可以敌五百人。白公胜请他杀死令尹子西及司马子期,他坚决拒绝。

(71)逢丑父:春秋时齐国大臣。十二干支中"丑"属相为牛,因此朱正中自称逢丑父之后。

(72)襜(chān 搀):衣服飘动的样子。

(73)胃藏瓠:"瓠"即瓠瓜,老干后可做瓢。指后文藏在瓢下的刺猬。

(74)藏立:"立"与"笠"谐音。指后文藏在笠帽下的刺猬。

(75)列宿:星辰二十八宿中有胃星。下文的"秦之八水"(其中有渭水),意思与此相同。

(76)咸京:即咸阳,咸阳在渭河边上。

(77)厕:参与,混杂在其中。

⑦㤭(zuò 坐):惭愧。
⑦鸟鼠:山名,位于今甘肃渭源县西南。渭水即发源于此。
⑧猎贤:周文王游猎于渭水,访得辅佐周室的姜太公(吕尚)。
⑧子:地支的第一位,属相即鼠。卯:地支的第四位,属相即兔。獝:同"獝"。
⑧彦(yàn 雁):有才学的人。
⑧炮(bāo 包)氏:厨师。
⑧硎(xíng 刑):磨刀石。"发硎"就是磨刀的意思。这里指庖丁解牛的事。
⑧铿(hōng 轰):象声词。
⑧鞯(jiān 尖):垫马鞍的东西。
⑧橐(tuó 驮)驼:即骆驼。
⑧阽(diān 滇):下垂貌。
⑧儑(àn 岸):迟钝。䶞(chī 痴):动物反刍。
⑨麩(shú 赎):麦屑。
⑨踣(bó 泊):跌倒。
⑨蕴崇:积聚,堆积。
⑨特进:官名,唐为文散官的第二阶,相当于正二品。
⑨鞍驮(duò 惰):背负在马鞍上的东西。

【今译】

　　前进士王洙,字学源,祖上是琅玡人。元和十三年春天考上进士。曾经居住在邹鲁一带的名山中读书学习。王洙自己说,在之前四年,因随本州申报的名册入京考试,黄昏时停留在荥阳的一家旅店住宿。正值彭城的秀才成自虚客居此地,因家中有事不能去考试,打算回家乡去。遇见王洙,成自虚就说起赶考奔波的辛苦。自虚字致本,说话时谈到他亲眼所见的人间异事。

　　这一年,自虚在十一月八日从长安向东返家(指元和八年)。第二天,到了渭南县,遇上阴天,不知道时辰的早晚。县令黎谓留他喝了几杯酒。自虚仗着自己的坐骑强健,就让仆从带着行李,先到前面的赤水店住宿等候,他再逗留一阵。

　　当他后来出了县城东门时,只见阴风刮地,飞雪漫天,走了没有几里路,天色就昏黑下来。自虚的仆从,都被他先叫走了,路上又见不到一个行人,无法问路。到了这时他也不知道走到哪里了。他经过东阳驿往南,寻找赤水谷口的道路。离开驿站不到三四里路,有块低洼的谷地。成自虚借着林间微弱的月光,大致分辨出一座寺庙,就推开庙门,赶紧走进去。雪下得更大了。自虚心想既是庙宇,一定有住持的僧人,打算请求避风躲雪,就策马进入内院。这以后才看清北面横着几间空屋,静静的不见光亮。倾听了很久,好像隐约有喘息的声音。于是他把马拴在西面的柱子上,连声说:"院主和尚,今夜请大发慈悲救救我。"慢慢地听见有人应道:"老病僧智高在这里。寺里的僮仆刚才已经被派到村中化缘去了,无法找到火烛。雪这样大,又是深夜,客人是做什么的?从哪里来?四面都没有亲邻,从哪里得到帮助呢?今晚你如不嫌我生病龌龊,姑且就留在这里,以免在风雪中受苦。我可以把垫床的谷草分一些给你,能躺下歇息了。"自虚没有别的办法,听见这话心里也很高兴。进屋后问道:"高公的故乡在哪里?为什么住在此地?出家以前姓什么?既然蒙受接纳收容,应当多少知道一些高公的身世。"智高说:"贫僧俗姓安(因身体有'肉鞍'的缘故),生在沙漠的西面,因为发愿舍身为佛,随着机缘来到中国。到这里没有多久,寺院荒芜还未收拾。秀才突然到来,没有什么可以招待,希望不要见怪。"自虚跟他这样一问一答地说话,渐渐忘记了先前的疲倦,就对高公说:"现在才知道'探宝化城'的意思。如来不是随便用作比喻的。今天高公是我的导师了。高公是佛家正宗,所以才有如此让人心服的道理。"

不久,传来杂乱的脚步声,好像有几个人一起走过来。接着就听见有人说:"好一场大雪。师丈是否在家?"高公还没有来得及答应,又听见一个人说:"曹长先走。"有人说:"朱八丈应该先走。"又听见有人说:"路很宽,曹长不必苦苦相让,一同走都可以。"自虚心想来的人很多,胆子也就大起来。过了一阵,好像来人都在屋里坐下了。其中一个人说:"师丈,这里有住宿的客人吗?"高公回答说:"刚才有位客人来投宿。"自虚眼前昏黑一片,看不清那些人的模样。只有最前面的一个人俯身檐下被雪光映照着,仿佛看见他穿着黑色的皮袍,背部与肋下有白色补丁。那人先向自虚发问道:"客人为何独自冒雪深夜到这里来?"自虚就把实情详细告诉他们。那个人于是请问自虚的姓名。自虚回答:"进士成自虚。"自虚也跟着这话说道:"黑暗中不能拜识诸位的尊颜,将来无法告诉子孙我的旧友,请各位说说自己的官职及姓名。"话音刚落就听见一人说:"我是前河阴转运巡官,试左骁卫胄曹参军卢倚马。"又有一人说:"我是别号叫'桃林客'的副轻车将军朱中正。"又有一人说:"我名叫去文,姓敬。"又有一人说:"我名叫锐金,姓奚。"这时好像大家已经团团围坐下来了。

开始的时候,因为说到成自虚赶考的事,卢倚马转而又评论起诗文来。卢倚马说:"我小的时候,就听人吟咏师丈的《聚雪为山》诗,至今还记得。今夜的景象如同诗中所写的一样。师丈,有这回事吗?"高公说:"那诗写的是什么,你说说看。"倚马说:"我记得是这样:

谁家扫雪堆在庭院前,
如千山万壑只在脚下。
我心里不觉透衣寒冷,
曾在冰雪中住过几年。"

成自虚听后茫然若失,张着嘴眼睛发直,觉得诗意难测。高公就说:"雪山是我家乡的山。有一年偶然看见小孩堆雪玩耍,峰峦耸立如群山的形状,不禁向西遥望故乡,怅然之余写下这首诗。曹长真聪明,居然还记得。贫僧从前那些拙劣的诗句,要不是因为曹长果真念出来,我也要忘记了。"倚马说:"师长逍遥驰骋荒漠之中,摆脱了尘世的羁绊,道德高尚,可以说是高出我辈一头。像我们这班人,望尘莫及,怎么能看到你的高远?我今年春上因公事进城,天性愚蠢笨拙,城里生活费用昂贵,苦不堪言。暂时的羁(羁谐音'饥')旅异乡,虽然日夜勤劳,食料很少,负担却不轻,常常害怕受到处罚责备。近来承蒙所在的衙门转换了一个空头官衔(意为徒然改作替代劳役的驴子),是想以后请求免去羁绊和负担。昨晚出了长乐驿后在城墙下露宿,不由悲伤自己在尘世中奔波劳苦,感慨中就有了隐居山林与山鹿野麋为伍的想法。因此写了两首歪诗寄给同伴。对着诸位诗人,很想念一遍,又有些不敢。"自虚说:"今晚是什么夜晚,能有幸听到你的佳作!"倚马又谦让说:"是我不揣荒疏浅薄,何况师丈文坛大师在这里,怎敢献丑呢?"自虚苦苦请求说:"很想听听,很想听听。"倚马于是大声朗诵了他的诗:

> 长安城东面洛阳道上,
> 车轮不停息尘土飞扬,
> 为抢先争利竞相挥鞭,
> 相见时都是碌碌老者。
>
> 天晚路长不计算行程,
> 离群独自走不能鸣叫。
> 幸亏河边满是青青草,
> 春来时尚可慰(慰谐"喂")我羁(羁谐"饥")情。

在座的人听过诗后,都说:"真是好诗!"倚马谦虚地说:"低劣!低劣!"朱中正对高公说:"近来听到北方大漠一带的读书人,大都能吟诵师丈的佳句。今日聚会在颍川,刚才又聆听了卢曹长所念的诗句,一洗昏庸和鄙俗,神清意爽。师丈所作很多,满座的人都渴望吟咏,怎么不向大家展示两三首,以满足众人的愿望呢?"高公请求等以后再说。朱中正又说:"今天看见这么多名人都在场,又何必在乎当年的兔园大会。高谈阔论,也算是一时的盛事。只是这里离街市太远,夜半时分谈兴正浓,酒固然无处可求,菜肴也没有办法弄到。宾主的礼数不周,实在惭愧。我们正把探究学问代替食物来大嚼(意为驴和牛吃草的本性与骆驼一样),而诸位先生却通宵没有东西可以充饥,不好意思也于事无补。"高公说:"我听说有意义的谈话可以让人忘记饥渴。就拿朱八郎来说,尽力救助别人,举动循规蹈矩,攻城拔寨犒赏士兵,是他所长。可是佛家有十二因缘的说法,都从'触'开始。苦海茫茫,烦恼也由此而生,什么地方能够见到菩提(提谐音'蹄'),进入何门才能离开火宅(也用烹煮的事来讥讽它)?"中正回答说:"照我看来,如同前车翻了后车也跟着要翻一样,人总是在恶道中轮回,因果报应,道理十分清楚。伸长脖子来修道行,原因就在这里。"高公大笑,又说:"佛家崇尚清静,修道成功就是正觉(觉谐音'角')。正觉就是佛。像朱八郎刚才所说的,称得上是深深领悟其中的要义了。"倚马哈哈大笑起来。自虚又说:"刚才朱将军再三请求和尚出示所作,在下心里也实在想拜读大作。和尚难道因为我是远客,不是佛门弟子而有所鄙视吗?况且和尚气度非凡,胸怀高深,诗作的格调韵律才情思想,必定冠绝一时,美妙清新,不落俗套。难道真要把大作藏起来,不肯吟诵一两篇让大家开开眼界吗？"高公说："深蒙秀才苦苦请求,这事看来难以再拒绝了。但老僧身残体弱,学业荒废很久了,而吟诗作文,本来就不是我之所长。只怪朱八无端揭我的短。然而在病中,偶尔也写下两首诗自述生平,你这位擅作诗文的愿意听听吗？"自虚说："当然愿意。"高公的诗这样写道:

　　　　穿布衣藏姓名行踪不定,
　　　　涉流沙走千里久出衰容。
　　　　传得了南宗的心法之后,
　　　　这身躯便该终老双峰山。

　　　　只因珍重与中华的缘分,
　　　　远离西域越过秦都咸阳。
　　　　自从病弱无力不再行路,
　　　　姑且去作头陀免受羁绊。

　　诗念完后,又听见满座称好,经久不息。在座的敬去文忽然说:"昔日王子猷去山阴拜访戴安道,雪夜一遍洁白,到了戴家门口就返回了。于是就流传下来'何必见戴'的说法。当时的人都看重超逸豪放的意兴。今晚成君可以说是以文会友,看不上袁安蒋诩。我年轻时很有些豪气,生性喜好鹰隼一类的猛禽,曾经在这样的季节,游猎驰骋。我的老家在长安东南方,御宿川的东祭坛(那个地方名叫苟家嘴)。我当时作了一首咏雪诗献给曹州房,现在念出来就算不被诗狂们攻击,恐怕也会有辱尊听的。"于是吟诵了那首诗:

　　　　爱这飘飘洒洒的六出公,
　　　　好似玉片柳絮飞舞长空。
　　　　当时正追随秦国的丞相,
　　　　纵跃平川原野喜欢北风。

　　接着又说:"献诗以后,曹州房很欣赏我这首诗,故意为难我说:'称呼雪为公,不觉得不合适吗？'我就引征古人尚有称呼竹为君的,后人还当作著名言论,以此来证明我的正确。曹州房张口结舌不知怎样回答。然而曹州房从来就不是一个懂诗的人。乌大曾经对我说:'难得你跟他臭味相投。'这话不错。眼下他到远处做官去了,任东州的参军(意思见《古今注》),相隔数千里。苗十(因其叫声'五五'所以排行第十)总是弄出嘈杂的声音,依仗亲属众多,强要别人帮他做事。鲁地就没有君子了,不然他哪会这样!"奚锐金说:"怎敢自称鲁地的君子。不见苗生有好几天了吧?"去文说:"有十多天了。"锐金说:"那么苗生去了哪里呢?"去文说:"应该不会很远。要是他知道我们在这里聚会,估计也会想来的。"没过多久,苗生忽然来了。去文假装高兴,拍着苗生的背说:"这可合了我的心愿啦!"就领着苗生与自虚相互见礼。自虚先报了自己的姓名。苗生说:"我名叫介立,姓苗。"宾主间互相介绍的话语,一时间交错杂乱。锐金在一旁说:"我这时正在苦吟诗句。各位都任随我又发发诗病,怎么样?"自虚说:"先前承蒙奚生给我不少照顾,这阵怎么又吝惜起自己的瑰宝来了,真是大失所望。"锐金后退几步犹豫着说:"怎敢不让大家一笑呢?"于是当即念了三首近作:

对镜起舞彩羽可比鸾凤,
上斗场胜负决定于鹰爪。
正在回想天子到来之日,
昂起头仰望在御楼前面。

驯养打斗如同木头一般,
迎春时节体质柔弱如泥。
如果在风雨中仍能鸣叫,
何必害怕栖息之处低小。

曾经帮助田文脱难出城,
常常怀念纪渻养育之恩。
如想知道我的疏野状态,
就听霜天指晓啼叫荒村。

锐金念完诗,也听见黑暗中一片赞扬声。高公说:"诸位请不要把朱将军看成一个武夫,其实他精于名理之学,又擅长写文章。但他却一言不发,只在心中批评我们,这可是不太好吧?况且成君是远方来的客人,今晚跟我们相聚,正是佛家所说的三生有缘,才能让宿鸟同栖在一棵树上,怎么能不留下一些日后谈论的话头呢?"中正站起来说:"师丈说这些话,是存心给我找麻烦了。如果弄得大家为这事不愉快,我也只有从命了,但恐怕伸手做事,却给自己留下烦恼,怎么办?"高公说:"请诸位静听朱将军的诗。"中正的诗这样写道:

> 竖牛乱鲁让我空负虚名,
> 百里奚游秦得感谢宁生。
> 担心气候失常丙吉问喘,
> 祭用三牲葛卢能识牛鸣。
>
> 有了我庄稼好农事兴旺,
> 拉车行路辛苦哪有心绪。
> 近来感到精力日渐减退,
> 一心只想归去务农耕作。

　　高公听完诗后叹息说:"朱八有如此的文才,却未能摆脱闲散官职。能够引荐你的人又是谁呢?太委屈了,太委屈了!"倚马说:"扶风二哥不巧被绊住了(暗指自虚拴在树上的马),而我家龟兹,他青灰色的衣服很坏,喜欢热闹不爱宁静,又喜好迅速奔跑,兴趣只在装运行李,勇于在前面赶路(意为就跟运送轻泡货的驴队中的头驴一样)。这次聚会他没有到,其悔恨的样子是可想而知的。"去文对介立说:"胃家兄弟的住处离这里不远,不往不来,怎么能保持高尚的志趣呢?《诗经》上说'朋友间很久没有接触',而我们竟然使他们有疏远的想法,必须写请柬去邀请他们,我很想促成这件好事。"介立说:"我本来就想拜访胃大的,刚才因为谈论诗文兴致很高,不觉之间就耽误了。敬兄既然把这件事交给我,现在还请大家坐上一会,我到胃家去片刻就回来。要不,就拉胃氏兄弟一起到这里来,可以吗?"大家都说:"好!"介立就去了。

　　介立离开后不久,去文在众人面前非议他说:"这家伙为人愚蠢,没有什么本事,但听说很廉洁,善于主管仓库。只是他那蜡姑的丑相,能避免大家的议论吗?"不料这时介立正和胃氏兄弟一起来了。走到门口,听到了他说的话。介立不禁拉起衣襟发怒说:"天生我苗介立,是楚大夫斗伯比的直系子孙。我家的姓氏始于楚君的远祖梦皇茹,后来分成二十族,同在祀礼上享受祭祀,以至于《礼记》上也有记载(指《礼记·郊特牲》中关于腊月迎虎猫的记载)。没有想到一个敬去文,盘瓠的后代,族中没有长幼老少的区别,为人伦所不齿,只配驯服地跟小孩玩耍,或是面目狰狞地守在酒店的幌子下,谄媚的嘴脸如像狐狸精,想偷油吃就围着灶台转,怎么还敢议论他人的长短。我若不显示一下薄技,姓敬的不免要说我全无文采,让大家日后藐视我。今天当着师丈念一首歪诗,且看写得怎么样?"诗是这样写的:

> 为吃肉心中惭愧主人恩重,
> 天色不晚仍伏卧在棉被上。
> 且学有志向的人能辨黑白,
> 谁又能用高官动摇我的心。

自虚赞叹诗写得很好。去文对介立说:"你不知道本末,就信口诬蔑。我其实是春秋时向戌的后代。你说我是盘瓠的后裔,如同把太阳当成房星,跟我毫无关系。"中正深为两人不断地相互攻击担心,就说:"我愿意当宜僚来化解你们两人的怨气,可以吗?从前我家先祖逢丑父和向戌、梦皇两家春秋时屡次一同参加盟会。今日有贵客在座,二位何必相互诋毁祖先,要是话中显露出破绽,岂不是让成公讥笑吗?还是接着吟诗,恳请停止争吵。"于是介立就介绍胃氏兄弟跟自虚相见。开始自虚眼前似有白色在飘动,等二人来到面前,大的自称叫胃藏瓠,小的说叫胃藏立。自虚也报了自己的姓名。藏瓠巡视着在座的人说:"各位兄弟有礼。"介立于是在众人面前称赞胃氏兄弟说:"他们兄弟隐迹于草莽山野间,名声则远于名门大族,还列名于星宿,亲密无比肝胆相照。何况秦地的八条河流,贯通天府,家族二十支旁系,大多住在咸阳一带。听说老弟近来作了一首《题旧业》诗,评价很高。怎么样,能念来听听吗?"藏瓠回答说:"晚辈斗胆混迹在宾客中,这里名家云集。我刚想开口,先就添了些惭愧。现在不得已只好献丑,有污诸位的尊听了。"诗是这样写的:

> 鸟鼠山流淌家乡的河川，
> 周王曾在那里访得吕尚。
> 自从离开了子卯的属相(子鼠卯兔都会变成刺猬)，
> 就该看见沧海变为桑田。

听了诗后介立称好，说："老弟日后一定会获得盛名，这世上如果还有公道存在的话，他的诗文必定永远流传。"藏瓠躬身答谢说："我只该隐居在幽深的地方，今日有幸陪伴各位才学之士。只是兄长们夸奖太过分了。晚辈承受不起这样高的赞扬，如同芒刺在背一般。"在座的客人都笑起来。

当时自虚只是聆听各位客人的佳作，来不及念自己的诗文，只是说："各位先生才华绮丽，都像庖丁解牛一样游刃有余。"中正以为自虚在讥讽他，便悄然溜走了。高公找不到他，就说："朱八不辞而别，是什么缘故？"倚马回答说："朱八跟厨师世代有仇，不爱听疱丁解牛的事才走的。"自虚听了忙为自己的迟钝道歉。这时去文便单独跟自虚辩论，对自虚说："大凡人的行为的收敛或显露，君子崇尚有节制而恰到好处。摇尾乞求食物，猛虎也是可能的。或是为知己吠叫，不能因为主人没有德行而否定这种忠义的表现。我没有多少才学，也作了两首言忠诗奉上请教。"诗是这样写的：

> 侍奉主人同乐也应当同忧，
> 哪能计较食物粗劣而罢休。
> 做事并非守株空等着兔来，
> 终能将麋鹿逐出树林山岳。
>
> 少年自负跟饥鹰同样有用，
> 愿望里并无白鹤受宠之心。
> 秋草中狩猎捕兽总想离家，
> 平原上洒毛血豪兴同猎鹰。

自虚欣赏不已，完全忘记了一夜的困苦。正想夸耀自己的旧作，忽然听见远处的寺庙传来钟声，而跟他坐立在一起的那些人也没有了声响。注目看去什么也不见，只觉得风雪透过窗户，腥臭的气味刺鼻。

同时窸窸窣窣好像有什么响动，但大声呼唤，根本没有人回答。自虚心神恍惚，不敢上前摸索。退过来寻找系着的马匹，还在屋子的西边。马鞍上积着雪，马则啃着柱子站在那里。

就在自虚迟疑的时候，晨光渐明已经将能看清东西了。于是发现在屋子的北墙边，有一匹骆驼，垂着肚腹四足跪地，耷拉着耳朵的样子显得迟钝，嘴里反刍着东西。自虚觉得夜里的那些事情有些奇怪，就到处察看。不久又在屋外北窗下看见一匹又病又瘦的黑驴，脊背上有三处磨破的疤痕，长满了白毛。抬头看北边的房梁，那里似乎有东西在轻微地扑动，细看时才知道是一只老鸡蹲着。往前来到寺里已塌毁的佛像底座北面，有块东西长几十步的空地。窗下都绘有彩色壁画的地方，当地人把那些大片的麦屑堆放在那里，只见一只大花猫睡在上面。距离不到一尺的地方又有个给田地浇水的破瓢，旁边有顶牧童丢弃的破斗笠。自虚用脚踢开它们，发现有两只刺猬，在那里蠕动着。自虚四下观望，静悄悄地不见一人，又受不住一夜的寒冷困乏，就拉过缰绳，抖落积雪，上马离去。绕过村子北面的道路，经过一个有木栏的废弃的菜园，看见一头牛倒卧在雪地里嚼着枯草。离这里不到百步的地方，全村都把牲口的粪便只堆积在这里。自虚从旁边经过，一群狗朝着他吠叫，其中有一只狗，身上的毛都垂到脚边，样子很古怪，斜着眼看自虚。

自虚骑马走了好一阵，遇到一位老头，正打开柴门，早上起来打扫路上的积雪。自虚停下马打听这是什么地方。老头回答说："这是我的老友右军彭特进的庄园。郎君昨天夜里住在哪里？看上去像是在旅途中迷路的人。"自虚告诉他昨晚见到的那些事情。老头拄着扫帚惊讶地说："糟了，糟了！昨晚刮风下雪，庄主家原有一匹病骆驼，怕它在风雪中死掉，就让它在寺庙的北墙下避雪。又想起佛堂屋檐下，几天之前河阴县官家的运货人经过，有一头病弱的驴子，走不动了。我可怜它还未断气，就用一斛小米换下来留它在那里，也没有拴住它。那木栏中的瘦牛，也是庄主家养的。刚才听你这样一说，它们不知道什么原因竟会如此作怪。"自虚说："昨天夜里我已经丢失了负在马鞍上的一些东西，现在又冻又饿，很厉害。这事一言难尽，大致就是这样，难以一一叙说。"说完就打马奔去。到了赤水店，看到僮仆们正奇怪不见主人，开始忙着到处寻找。自虚感叹不已，这以后好几天都像丢了魂一样。

灵应传

缺 名

【题解】

　　本篇选自《太平广记》卷四百九十二。作者不详。《唐人说荟》认为是于逖所作,但证据并不充分。从文中提到的年代(乾符五年)来看,无疑是晚唐作品;并且,讲述的又是跟现实生活相去甚远的"灵异之事"。唐代传奇小说鼎盛时期的作品,有些虽写神鬼精怪,但如果内容是言情,大都表现的是现实中有血有肉的人的爱情;如果写方士仙术和妖魅怪异,抒发的却常常是人生一些深刻悲哀和对此的感叹。可是,晚唐的这类作品如本篇等,似乎就纯粹是一个供人消遣的故事了。当然,本篇构思精巧,富于想象,文字流畅而生动,表现出作者较高的写作技巧。可尽管如此,它的价值还是因为上面说到的欠缺而大大减损。

【原文】

　　泾州之东二十里[①],有故薛举城[②]。城之隅有善女湫,广袤数里,兼葭丛翠[③],古木萧疏。其水湛然而碧,莫有测其浅深者。水族灵怪,往往见焉。乡人立祠于旁,曰九娘子神。岁之水旱袯禳[④],皆得祈请焉,又州之西二百余里,朝那镇之北有湫神[⑤],因地而名,曰朝那神。其胚胎灵应[⑥],则居善女之右矣。乾符五年[⑦],节度使周宝在镇日,自仲夏之初,数数有云气,状如峰者,如美女者,如鼠,如虎者,由二湫而兴。至于激居家风,震雪电,发屋拔树,数刻而止。伤人害稼,其数甚多。宝责躬励己,谓为政之未敷,致阴灵之所谴也。至六月五日,府中视事之暇,昏然思寐,因解巾就枕。寝犹未熟,见一武士,冠鍪被铠[⑧],持钺而立于阶下[⑨],曰:"有女客在门,欲申参谒,故先听命。"宝曰:"尔为谁乎?"曰:"某即君之阍者,效役有年矣。"宝将诘其由,已见二青衣,历阶而升,长跪于前曰:"九娘子自郊野特来告谒,故先使下执事致命于明公。"宝曰:"九娘子非吾通家亲戚,安敢造次相面乎?"言犹未终,而见祥云细雨,异香袭人。俄有一妇人,年可十七八,衣裙素淡,容质窈窕,凭空而下,立庭庑之间。容仪绰约,有绝世之貌。侍者十余辈,皆服饰鲜洁,有如妃主之仪。顾步徊翔,渐及卧所。宝将少避之,以候其意。侍者趋进而言曰:"贵主以君之高义,可申诚信之托,故将冤抑之怀,诉诸明公。明公忍不救其急难乎?"宝遂命升阶相见。宾主之礼,颇甚肃恭。登榻而坐,祥烟四合,紫气充庭,敛态低鬟,若有忧戚之貌。宝命酌醴设馔,厚礼以待之。俄而敛袂离席,逡巡而言曰:"妾以寓止郊园,绵历多祀,醉酒饱德,蒙惠诚深。虽以孤枕寒床,甘心没齿。茕嫠有托,负荷逾多。但以显晦殊途,行止乖互。今乃迫于情礼,岂暇缄藏。倘鉴幽情,当敢披露。"宝曰:"愿闻其说,所冀识其宗系。苟可展分,安敢以幽显为辞。君子杀身以成仁,徇其毅烈⑩,蹈赴汤火,旁雪不平,乃宝之志也。"对曰:"妾家世会稽之鄮县⑪,卜筑于东海之潭⑫。桑榆坟陇,百有余代,其后遭世不造,瞰室贻灾。五百人皆庾氏焚炙之祸⑬,纂绍几绝⑭。不忍戴天,潜遁幽岩,沉冤莫雪。至梁天监中⑮,武帝好奇,召入通龙宫,入枯桑岛,以烧燕奇味,结好于洞庭君宝藏主第七女,以求异宝。寻闻家仇,庾毗罗自鄮县白水郎弃官解印,欲承命请行,阴怀不道,因使得入龙宫,假以求货,覆吾宗嗣。赖杰公敏鉴⑯,知渠挟私请行,欲肆无辜之害。虑其反贻伊戚,辱君之命,言于武帝,武帝遂止。乃令合浦郡落黎县欧越罗子春代行⑰。妾之先宗,羞其戴天,虑其后患,乃率其族,韬光灭迹,易姓变名,避仇于新平真宁县安村⑱。披榛凿穴,筑室于兹。先人弊庐,殆成胡越。今三世卜居,寻受封应圣侯。后以阴灵普济,功德及民,又封普济王。威德临人,为世所重。妾即王之第九女也。笄年配于象郡石龙之少子⑲。良人以世袭猛烈,血气方刚,宪法不拘,严父不禁,残虐视事,礼教蔑闻。未及耆年⑳,果贻天谴,覆宗绝嗣,削迹除名,唯妾一身,仅以获免。父母抑遣再行,妾终违命。王侯致聘,接轸交辕。诚愿既坚,遂欲自劓。父母怒其刚烈,遂遣屏居于兹土之别邑。音问不通,于今三纪㉑。虽慈颜未复,温靖久违,离群索居,甚为得志。近年为朝那小龙,以季弟未婚,潜行礼聘。甘言厚币,峻阻复来。灭性毁形,殆将不可。朝那遂通好于家君,欲成其事。遂使其季弟权徙于王畿之西,将货于我王,以成姻好。家君知妾之不可夺,乃令朝那纵兵相逼。妾亦率其家僮五十余人,付以兵仗,逆战郊原。众寡不敌，三战三北，师徒倦弊，犄角无怙。将欲收拾余烬，背城借一，而虑晋阳水急㉒，台城火炎㉓，一旦攻下，为顽童所辱。纵没于泉下，无面石氏之子。故《诗》云：'泛彼柏舟，在彼中河。髧彼两髦㉔，实维我仪。之死矢靡他。母也天只，不谅人只。'此卫世子孀妇自誓之词。又云：'谁谓鼠无牙？何以穿我墉㉕。谁谓女无家㉖？何以速我讼。虽速我讼，亦不女从。'此邵伯听讼㉗，衰乱之俗兴，贞信之教微，强暴之男，不能侵凌贞女也。今则公之教可以精通显，贻范古今。贞信之教，故不为姬姜之下者。幸以君之余力，少假兵锋，挫彼凶狂，存其鳏寡，成贱妾终天之誓，彰明公赴难之心。辄具志诚，幸无见阻。"宝心虽许之，讶其辨博，欲拒以他事，以观其词。乃曰："边徼事繁㉘，烟尘在望。朝廷以西陲陷虏，芜没者三十余州。将议举戈，复其土壤。晓夕恭命，不敢自安，匪夕伊朝，前茅即举。空多愤悱，未暇承命。"对曰："昔者楚昭王以方城为城㉙，汉水为池，尽有荆蛮之地。借父兄之资，强国外连，三良内助。而吴兵一举，鸟进云奔，不暇婴城㉚，迫于走兔。宝玉迁徙，宗社凌夷，万乘之灵，不能庇先生之朽骨。至申胥乞师于嬴氏㉛，血泪污于秦庭，七日长号，昼夜靡息。秦伯悯其祸败，竟为出师，复楚退吴，仅存亡国。况芈氏为春秋之强国㉜，申胥乃衰楚之大夫，而以矢尽兵穷，委身折节，肝脑涂地，感动于强秦。矧妾一女子㉝，父母斥其孤贞，狂童凌其寡弱，缀旒之急㉞，安得不少动仁人之心乎？"宝曰："九娘子灵宗异派，呼吸风云，蠢尔黎元㉟，固在掌握。又焉得示弱于世俗之人，而自困如是者哉？"对曰："妾家族望，海内咸知。只如彭蠡洞庭㊱，皆外祖也。陵水罗水，皆中表也。内外昆季，百有余人。散居吴越之间，各分地土，咸京八水，半是宗亲。若以遣一介之使，飞咫尺之书，告彭蠡洞庭，召陵水罗水，率维扬之轻锐㊲，征八水之鹰扬㊳。然后檄冯夷㊴，说巨灵㊵，鼓子胥之波涛㊶，混阳侯之鬼怪㊷，鞭驱列缺㊸，指挥丰隆㊹，扇疾风，翻暴浪，百道俱进，六师鼓行。一战而成功，则朝那一鳞，立为齑粉。泾城千里，坐变污潴㊺。言下可观，安敢谬矣。顷者，泾阳君与洞庭外祖世为姻戚，后以琴瑟不调，弃掷少妇，遭钱塘之一怒，伤生害稼，怀山襄陵。泾水穷鳞，寻毙外祖之牙齿。今泾上车轮马迹犹在，史传具存，固非谬也。妾又以夫族得罪于天，未蒙上帝昭雪，所以销声避影，而自困如是。君若不悉诚款，终以多事为词，则向者之言，不敢避上帝之责也。"宝遂许诺。卒爵撤馔，再拜而去。宝及晡方寤⁴⁶,耳闻目览,恍然如在。翼日,遂遣兵士一千五百人,戍于湫庙之侧。是月七日,鸡初鸣,宝将晨兴,疏牖尚暗。忽于帐前有一人,经行于帷幌之间,有若侍巾栉者。呼之命烛,竟无酬对,遂厉而叱之。乃言曰:"幽明有隔,幸不以灯烛见迫也。"宝潜知异,乃屏气息音,徐谓之曰:"得非九娘子乎?"对曰:"某即九娘子之执事者也。昨日蒙君假以师徒,救其危患。但以幽显事别,不能驱策。苟能存其始约,幸再思之。"俄而纱窗渐白,注目视之,悄无所见。宝良久思之,方达其义。遂呼吏,命按兵籍,选亡没者名,得马军五百人,步卒一千五百人,数内选押衙孟远,充行营都虞侯,牒送善女湫神。是月十一日,抽回戍庙之卒。见于厅事之前,转旋之际,有一甲士仆地,口动目瞬,问无所应,亦不似暴卒者,遂置于廊庑之间,天明方悟。遂使人诘之,对曰:"某初见一人,衣青袍,自东而来,相见甚有礼。谓某曰:'贵主蒙相公莫大之恩,拯其焚溺。然亦未尽诚款。假尔明敏,再通幽情。幸无辞,勉也。'某急以他词拒之。遂以袂相连,憆然颠仆。但觉与青衣者继踵偕行,俄至其庙,促呼连步,至于帷薄之前。见贵主谓某云:'昨蒙相公悯念孤危,俾尔戍于弊邑。往返途路,得无劳止?余蒙相公再借兵师,深惬诚愿。观其士马精强,衣甲铦利。然都虞侯孟远才轻位下,甚无机略。今月九日,有游军三千余,来掠我近郊。遂令孟远领新到将士,邀击于平原之上,设伏不密,反为彼军所败,甚思一权谋之将。俾尔速归,达我情素。'言讫,拜辞而出,昏然似醉。余无所知矣。"宝验其说,与梦相符。意欲质前事,遂差制胜关使郑承符以代孟远⁴⁷。是月十三日晚衙,于后毬场,沥酒焚香,牒请九娘子神收管。至十六日,制胜关申云:"今月十三日夜三更已来,关使暴卒。"宝惊叹息,使人驰视之。至则果卒,唯心背不冷,暑月停尸,亦不败坏。其家甚异之。忽一夜,阴风惨冽,吹砂走石,发屋拔树,禾苗尽偃,及晓而止。云雾四布,连夕不解。至暮,有迅雷一声,划如天裂。承符忽呻吟数息,其家剖棺视之,良久复苏。是夕,亲邻咸聚,悲喜相仍,信宿如故。家人诘其由,乃曰:"余初见一人,衣紫绶,乘骊驹,从者十余人。至门,下马,命吾相见。揖让周旋,手捧一牒授吾云:'贵主得吹尘之梦,知君负命世之才,欲尊南阳故事,思殄邦仇。使下臣持兹礼币,聊展敬于君子,而冀再康国步。幸不以三顾为劳也。'余不暇他辞,唯称不敢。酬酢之际,已见聘币罗于阶下,鞍马器甲锦采服玩橐鞬之属⁴⁸,咸布列于庭。吾辞不获免,遂再拜受之,即相促登车。所乘马异常骏伟,装饰鲜洁,仆御整肃。倏忽行百余里,有甲马三百骑已来,迎候驱殿,有大将军之行李,余亦颇以为得志。指顾间,望见一大城,其雉堞穹崇,沟洫深濬㊾。余惝恍不知所自。俄于郊外备帐乐,设享。宴罢入城,观者如堵。传呼小吏,交错其间。所经之门,不记重数。及至一处,如有公署,左右使余下马易衣,趋见贵主。贵主使人传命,请以宾主之礼见。余自谓既受公文器甲临戎之具,即是臣也。遂坚辞,具戎服入见。贵主使人复命,请去橐鞬,宾主之间,降杀可也。余遂舍器仗而趋入,见贵主坐于厅上。余拜谒,一如君臣之礼。拜讫,连呼登阶。余乃再拜,升自西阶。见红妆翠眉,蟠龙髻凤而侍立者,数十余辈。弹弦握管,浓花异服而执役者,又数十辈。腰金拖紫,曳组拈簪而趋隅者,又非止一人也。轻裘大带,白玉横腰,而森罗于阶下者,其数甚多。次命女客五六人,各有侍者十数辈,差肩接迹,累累而进。余亦低视长揖,不敢施拜。坐定,有大校数人㊿,皆令预坐。举乐进酒。酒至,贵主敛袂举觞,将欲兴词,叙向来征聘之意。俄闻烽燧四起㊿,叫噪喧呼云:'朝那贼步骑数万人,今日平明攻破堡塞,寻已入界,数道齐进,烟火不绝。请发兵救应。'侍坐者相顾失色。诸女不及叙别,狼狈而散。及诸校降阶拜谢,伫立听命。贵主临轩谓余曰:'吾受相公非常之惠,悯其孤恂,继发师徒,拯其患难。然以车甲不利,权略是思。今不弃弊陋,所以命将军者,正为此危急也。幸不以幽僻为辞,少匡不逮。'遂别赐战马二疋㊿,黄金甲一副,旌旗旄钺珍宝器用,充庭溢目,不可胜计。彩女二人,给以兵符㊿,锡赉甚丰,余拜捧而出,传呼诸将,指挥部伍,内外响应。是夜,出城,相次探报,皆云:'贼势渐雄。'余素谙其山川地里,形势孤虚,遂引军夜出,去城百余里,分布要害。明悬赏罚,号令三军,设三伏以待之。迟明,排布已毕。贼汰其前功,颇甚轻进,犹谓孟远之统众也。余自引轻骑,登高视之,见烟尘四合,行阵整肃。余先使轻兵搦战,示弱以诱之。接以短兵,且战且行。金革之声㊿,天裂地坼。余引兵诈北,彼亦尽锐前趋。鼓噪一声,伏兵尽起,十里转战,四面夹攻。彼军败绩,死者如麻。再战再奔,朝那狡童,漏刃而去。从亡之卒,不过十余人。余选健马三十骑追之,果生置于麾下。由是血肉染草木,脂膏润原野,腥秽荡空,戈甲山积。贼帅以轻车驰送于贵主,贵主登平朔楼受之。举国士民,咸来会集,引于楼前,以礼责问。唯称'死罪',竟绝他词。遂令押赴都市腰斩。临刑,有一使乘传㊺,来自王所,持急诏令,促赦之。曰:'朝那之罪,吾之罪也。汝可赦之,以轻吾过。'贵主以父母再通音问,喜不自胜,谓诸将曰:'朝那妄动,即父之命也。今使赦之,亦父之命也。昔吾违命,乃贞节也。今若又违,是不祥也。'遂命解缚,使单骑送归。未及朝那,包羞而卒于路。余以克敌之功,大被宠锡。寻备礼拜平难大将军,食朔方一万三千户㊻。别赐第宅,舆马,宝器,衣服,婢仆,园林,邸第,旌幢㊼,铠甲。次及诸将,赏赍有差。明日,大宴,预坐者不过五六人。前者六七女皆来侍坐,风姿艳态,愈更动人。竟夕酬饮,甚欢。酒至,贵主捧觞而言曰:'妾之不幸,少处空闺。天赋孤贞,不从严父之命,屏居于此三纪矣。蓬首灰心,未得其死。邻童迫胁几至颠危。若非相公之殊恩,将军之雄武,则息国不言之妇㊽,又为朝那之囚耳。永言斯惠,终天不忘。'遂以七宝钟酌酒,使人持送郑将军。余因避席再拜而饮。余自是颇动归心,词理恳切,遂许给假一月。宴罢,出。明日,辞谢讫,拥其麾下三十余人,返于来路。所经之处,但闻鸡犬,颇甚酸辛。俄顷到家,见家人聚泣,灵帐俨然。麾下一人,令余促入棺缝之中。余欲前,而为左右所耸。俄闻震雷一声,醒然而悟。"承符自此不事家产,唯以后事付妻孥。果经一月,无疾而终。其初欲暴卒时,告其所亲曰:"余本机钤入用,效节戎行。虽奇功蔑闻,而薄效粗立。洎遭衅累,谴谪于兹。平生志气,郁而未申。丈夫终当扇长风,摧巨浪,举太山以压卵㊾,决东海以沃萤。奋其鹰犬之心,为人雪不平之事。吾朝夕当有所受。与子分襟,固不久矣。"其月十三日,有人自薛举城晨发十余里,天初平晓,忽见前有车尘竞起,旌旗焕赫,甲马数百人。中拥一人,气概洋洋然,逼而视之,郑承符也。此人惊讶移时,因伫于路左,见瞥如风云,抵善女湫,俄顷,悄无所见。

注释

①泾州:唐代方镇泽原的治所,在今甘肃泾川县北。

②薛举:隋河东汾阴(今山西万荣西)人,后为金城(今甘肃兰州)府校尉。大业十三年(公元617年)起兵,自称西秦霸王,不久称帝。次年死后,其子兵败降唐。

③蒹(jiān兼):没有长穗的芦苇。葭(jiā家):初生的芦苇。

④祓(fú扶)禳(ráng瓤):古代求福除灾的祭祀。

⑤朝那镇:地名,在今甘肃泾川北。
⑥肸(xī 希)蠁(xiǎng 响):古时称神灵感应。
⑦乾符:唐僖宗年号(公元874—879年)。
⑧鍪(móu 谋):古代武士的头盔。
⑨钺(yuè 月):古代一种像大斧的兵器。
⑩狥:同"徇",古通"殉",为了一定的目的而牺牲自己的生命。
⑪鄮(mào 冒)县:唐代县名,在今浙江宁波南面,曾为明州治所。
⑫卜:选择。潯(xún 旬):水边。
⑬庾氏:古代传说中的人物,曾烧杀东海潭龙数百头。为后文庾毗罗的五世祖。
⑭纂绍:继承。
⑮天监:南朝梁武帝年号(公元502—519年)。
⑯杰公:即梁朝四公之一的䫏(wàn 万)杰。
⑰合浦:古代郡名,辖境约为今广西合浦周围地区。瓯越:海南岛地区的古称。
⑱新平:古代郡名,辖境相当于今陕西彬县、长武、永寿和甘肃泾川,灵台等县地。
⑲象郡:古郡名。辖境约当今广西西部、越南北部和中部地区,治所在象林(今越南维川南茶桥)。另有一说治所在临尘(今广西崇左境内),辖境约当今广西西部、广东西南部和贵州南部一带。
⑳朞年:一整年。朞为"期"的异体字。
㉑三纪:三十六年。古代以十二年为一纪。
㉒晋阳水急:春秋时晋国智伯伐赵,曾水淹晋阳。晋阳即今太原。
㉓台城火炎:六朝梁代时侯景谋反,曾火烧台城。台城在今江苏南京北。
㉔髧(dàn 淡):头发下垂貌。髦(máo 毛):下垂至眉的长发。
㉕墉(yōng 庸):高墙。
㉖女(rǔ 乳):古通"汝",你。
㉗邵伯:即周文王庶子姬奭,因食邑于邵,故称邵伯。
㉘边徼(jiào 叫):边界。
㉙方城:春秋时楚国所筑的长城。北起今河南方城县北,南至今泌阳县东北。楚据此守卫其北部边境。
㉚婴城:据守城池。
㉛申胥:即申包胥,春秋时楚国贵族,楚昭王十年(公元前506年)吴国攻楚,他到秦求救。嬴氏:指秦王。秦国君相传是伯益的后代,姓嬴。
㉜芈(mǐ 米)氏:芈为楚国国姓。这里指楚国。

㉝矧(shěn 审):何况,况且。

㉞缀旒(liú 流):缀,连缀附属;旒,旌旗上的飘带。比喻君主为大臣挟制,实权旁落。

㉟黎元:黎民百姓。

㊱彭蠡(lǐ 礼):古泽名,即今江西鄱阳湖。

㊲维扬:旧扬州府的别称。

㊳鹰扬:威武貌。

㊴冯夷:神话传说中的水神。

㊵巨灵:神话传说中的河神。

㊶皷:同"鼓"。子胥:即伍子胥,相传其死后为潮神。

㊷阳侯:神话传说中的水神。

㊸列缺:古时称天上的裂缝,也指闪电。

㊹丰隆:古代神话中的雷神。

㊺潴:同"潴",积水的地方。

㊻晡(bū 布):申时,即下午三点到五点。

㊼制胜关:关名。使:唐时特派负责某种军政事务的官员称使。

㊽囊:袋子,这里指弓袋。鞬(jiān 肩):古时马上盛弓箭的器具。

㊾洫(xù 序):田间的水道沟渠。濬:同"浚"。

㊿大校:偏将一类的中级军官。

㉛烽燧(suì 碎):古代边防上敌人来犯时点火报警的信号。夜里点的火叫烽,白天焚的烟叫燧。

㉜疋:"匹"的异体字。

㉝兵符:古时调兵用的凭证。

㉞金革:兵器甲铠的总称。

㉟传(zhuàn):驿站上所备的车马。

㊱朔方:唐代方镇名,又称灵盐、灵武、灵州,辖境约相当于今宁夏直辖各县旗(盐池除外)。

㊲旞:同"幢",古代作仪仗用的一种旗帜。

㊳息:古国名,西周分封的诸侯国,在今河南息县西南。"息国不言之妇"说的是楚文王灭息,将息侯夫人掳归后宫,生堵敖及成王,但她却一直不开口说话。贵主在这里以其自比。

㊴太山:即泰山。

【今译】

泾州城东面二十里,有从前的薛举城。城边有个善女湫,方圆数里。芦苇丛生一片青翠,还有稀疏的古树。那里的水清澈碧绿,没有人知道它的深浅。一些灵异奇怪的水族,常常在那里出现。当地人建了座祠堂在湫旁,供奉的神祇称为九娘子神。每年遇上水旱灾害时做除灾求福的祭祀,都到那里祈祷。另外在泾州西面二百多里的地方,朝那镇的北面还有一位湫神,因地名而叫它朝那神。它的神灵感应,则比善女神更强。

乾符五年,节度使周宝镇守泾州时,从仲夏开始,常常有各种各样的云气,形状有的好似山峰,有的如同美女,有的像老鼠,有的又像猛虎,从二湫中兴起。接着就是狂风大作,雷电轰鸣,毁坏房屋,拔起树木,数刻后才停止。伤害人员和庄稼,为数很多。周宝反省自责,认为是自己处理政务有什么没有做好,以致遭到阴间神灵的责备惩罚。到了六月五日,周宝办理公务空闲时,昏昏沉沉地想睡觉,便解了头巾睡下。还没有睡熟,就见一位武士,戴着头盔披着铠甲,持大斧站在台阶下,说:"有女客在门外,想要求见,所以先来报告。"周宝说:"你又是谁呢?"武士回答说:"我就是您的看门人,在这里服役已有好些年了。"周宝正想盘问他的根底,便看见两个婢女,沿着台阶走上来,跪在他面前说:"九娘子从郊野特地来拜见,所以先叫手下的人来向您报告。"周宝说:"九娘子并非我家亲戚,怎敢冒昧相见呢?"话还没有说完,只见祥云漫绕,细雨飘飞,奇异的香气阵阵袭来。不久就有一位妇人,年约十七八岁,衣裙朴素淡雅,体态窈窕,从天而降,站在庭院中。她仪容秀美,相貌举世无双。随从有十多个,都身着鲜亮洁净的衣服,场面有如王妃公主一样。妇人步履从容自如,慢慢走近卧房。周宝准备回避一下,看她来意如何。侍从赶上来对他说:"贵主因为您品德高尚,为人真诚值得信赖,所以想把心中的冤屈,向您倾诉。您能忍心看着她有急难而不相救吗?"周宝就请她上堂相见,以接见宾客的礼节相待,非常庄重恭敬。妇人在坐榻上坐下,四周祥烟环绕,紫气充盈庭院,只见她沉着脸垂着头,如像有满怀的忧伤。周宝叫人摆设酒食,以厚礼款待她。

过了一阵,妇人提起衣袖起身离席,犹豫着说:"我住在郊外的荒园中,好些年来靠当地人的祭祀,得以温饱,蒙受的恩惠实在很深。虽然孤枕寒床十分凄苦,但到老也心甘情愿。只是孤独无靠的寡妇寄身贵地,欠下您的恩情很多。但因为阴阳异路,一直没有交往。现在为情势所迫,再不能隐瞒行踪了。倘若能体察我的隐衷,我将把我的事情说出来。"周宝说:"愿意听听这些事,希望能知道你的家世。只要是我能够办到的,绝不会以阴阳异路为借口推脱。君子杀身成仁,舍命殉义,赴汤蹈火,为人雪不平之事,这就是我的志向。"

　　妇人于是对他说:"我家世代居住在会稽郡的鄮县,选择东海之滨安家。世代繁衍,已经传了一百多代。后来遭到不幸,满门招致灾祸,五百多口人都被庾氏焚烧遇害,后代几乎断绝了。幸存的人不愿跟庾氏共戴一天,隐居在深幽的山岩间,冤仇不能昭雪。到了南梁天监年间,梁武帝喜好珍奇的玩物,召人通过龙宫,进入枯桑岛,用烧烤燕肉的美味,交结讨好宝藏的主人洞庭君的第七个女儿,以求得到奇异的珍宝。不久听说仇家的后代庾毗罗由鄮县白水郎弃官解印,打算应募请求前往,暗中怀着歹心,想借此机会充当使者进入龙宫,假装求宝,灭绝我的家庭。亏得杰公明察秋毫,知道他是挟带私心请求前往,企图大肆加害无辜,担心他反而招来麻烦,不能担当天子的使命,就告诉梁武帝。武帝于是不让庾毗罗充当使者,任命合浦郡落黎县瓯越人罗子春代替他出使龙宫。我的祖先羞于跟仇人一起在世上生活,也怕仇人再来加害,就率领家族隐蔽起来,改换姓名,迁居新平郡真宁县安村避难。披荆斩棘挖洞造屋,在那里安下家来。跟祖先居住的地方如同胡地与越地那样相隔遥远。如今已有三代人客居在这里了,开始被封为灵应君,接着又受封应圣侯。后来因阴灵普济众生,功德惠及百姓,又被封为普济王。对待臣民恩威并重,受到世人敬重。我就是普济王的九女儿。成年后嫁给象郡石龙的小儿子。丈夫继承了前辈威猛暴烈的性情,血气方刚,法纪不能约束他,父亲也管教不了。处理事情残酷暴虐,从不把礼教当回事。不到一年,果然受到天帝的谴责,断绝了他家的宗嗣,将其清除出神灵,只有我一人得到了赦免。父母要我改嫁,我一直不肯。来送礼求亲的王侯络绎不绝,而我的决心坚定不移,于是竟想割掉鼻子来表明心志。父母被我的刚烈激怒,便将我送到这里的住宅隐居。从此断绝了音信,至今已有三十六年了。虽然父母的怒气还未平息,亲情的温暖很久没有得到,离开家人孤独地生活,但我仍然不改初衷。近几年来朝那湫的小龙王,因为他的小兄弟没有婚娶,暗地里来求亲。我不为他那些好听的话和丰厚的聘礼所动,严加拒绝,但他一再前来。我即便是残毁形体,牺牲生命,也绝不答应。朝那王于是就跟我父亲交好,想促成这桩亲事。就让他的小弟暂时迁居到王城的西面,打算收买我的父王,以便结成这桩亲事。我父亲知道我不会答应,就命令朝那王领兵相逼。我也率领家奴僮仆五十余人,发给他们兵器,迎战敌人于郊外的原野。但寡不敌众,三战三败,队伍疲惫不堪,左右无援兵相助。想收拾残兵,固守死战,又担心遭到智伯水淹晋阳,侯景火烧台城那样的结果,一旦被其攻破,受那个坏小子污辱,那样死后到了九泉之下,也无颜面对石龙的儿子。所以《诗经》里说:'泛着那柏木小船,漂荡在河中央。那位垂发的少年,跟我实在是好一对。我发誓到死也不想他人。我的娘啊我的天,怎么对我不体谅!'这是从前卫国公子遗孀自誓的话。又有诗这样说:'谁说老鼠没有牙,怎能穿过我家高墙?谁说你没有家室,为什么跟我把官司打?虽然跟我打官司,我也绝不把你嫁。'这是邵伯审理案子的事,尽管衰乱的风气兴起,贞信的教化渐渐没落,可是不论男子如何强悍残暴,也不能让贞烈女子屈服。而今您的教化可以打动天地鬼神,垂范古今,推行贞信的教化不在邵伯之下。希望能以您多余的力量帮帮我,借我一点军队,挫败朝那王凶狂的气焰,救我这孤独无靠的女子,成全我实现终生的誓言,也表明您救人危难的用心。我满怀诚意向您诉说这些,希望不要拒绝。"

周宝心里虽然已经答应了她,但惊讶她辩说清楚引证广博,想借别的事来推脱,以便看她所说的是否属实。就说:"边境上事务繁多,战事迫在眼前。朝廷因西部边地失于敌手,毁于战火的有三十多个州。将要商议出动军队,收复失地。我日夜都在等候朝廷的命令,不敢松懈。不是今晚就是明早,出征的前锋部队就要出发。因此对你的遭遇徒然愤慨悲伤,却没有时间去帮你御敌。"妇人回答说:"从前楚昭王以方城为城,以汉水为池。占有南方的广大土地,依仗父兄积累的钱财,对外联络强国,内部又有三个贤良的大臣辅佐,然而吴国一起兵,楚军便鸟散云飞般溃败,来不及御守城池,比兔子跑得还快。楚国的宝玉被敌人运走,祖庙被夷为平地,以万乘大国的威势,竟不能保全先王的遗骨。直到申包胥向秦王请求出兵,血泪交加弄脏了秦宫,哭号了整整七天,昼夜不停。秦王因此同情楚国的祸败,最终为此出兵,打败吴军收复楚地,才保存了一个将亡的国家。何况楚国本是春秋时的强国,申包胥是楚国衰落时的大夫,因武器和兵员都损失殆尽,不惜委屈自己向人低头,以致不顾生命,终于使强大的秦国感动。况且我一个女子,因守节受到父母斥责,又因孤独弱小而被坏人欺凌,情况如君主大权旁落一样危急,难道就不能打动您的心吗?"周宝说:"九娘子是神灵异人,呼吸可以变幻风云。愚笨的普通人,本在你的掌握之中,又怎么向世俗的人示弱,而使自己窘迫到这样的地步呢?"九娘子回答说:"我家族的名望,海内无人不知。比如彭蠡龙王和洞庭龙王,都是我的外祖父一辈。陵水龙王和罗水龙王,都是我的表兄弟。兄弟一辈的里外共有一百多人,分散居住于吴越之间,各自有分封的土地。咸阳一带八条河流的龙王,一半是我家亲戚。要是我派一名使者,传送一封短信,通告彭蠡洞庭,召集陵水罗水,率扬州一带的精锐,征集八河的军队,然后传告冯夷,说服巨灵,让伍子胥鼓起波涛,发动阳侯的鬼怪,驱使列缺,指挥丰隆,扇动疾风,翻卷巨浪,百支人马一起出发,六路大军并进,必定一战成功。朝那王那个小小的鳞虫,马上就会成为齑粉,方圆千里的泾州,立刻变作水潭。说话之间就可以做到,绝无假话。但前些时候,泾阳龙王原来与我外祖父洞庭君世代结为姻亲,却因后来夫妇不和,泾阳小龙抛弃了洞庭君的女儿,招致钱塘君一气之下,伤害生灵毁坏庄稼,围困山岭掀起洪水。泾水小龙,转眼间就死在我外祖父的口中。如今泾水两岸车痕马迹还留在那里,史书也详细记载了此事,并非是我乱说。然而因丈夫一家得罪了天帝,还没有得到昭雪,所以我只好销声匿迹,以致危困到这种地步。您若是不能体察我的一片诚心,始终以事务繁多为由来推脱,那么因为我刚才说了那些话,即便遭到天帝的责罚也不敢躲避了。"周宝于是答应了她。用过酒饭后,九娘子再三拜谢后离去。

周宝那天一直睡到下午才醒,而梦中所闻所见,仿佛像真的一样。第二天,他便派遣士兵一千五百人,驻守在善女湫神女庙旁。

这个月的初七那天,晨鸡刚刚报晓,周宝正要起床,窗外天光还很暗淡。忽然他见一人在帷帐外走动,像是伺候起居的仆人。周宝叫他点燃蜡烛,那人竟不回答,周宝就厉声斥责他,那人这才说:"人鬼相隔,希望不要用灯烛来逼迫我。"周宝心里知道事情异常,就屏声静气,小心问道:"莫非是九娘子吗?"来人回答:"我是九娘子派遣的人。昨日承蒙您借兵相助,援救危难,但阴间与阳间有所不同,派来的军队不能调遣。如果能遵守从前的约定,希望再想想有没有别的办法。"很快窗外就渐渐发白,周宝注目看去,静悄悄地已无人影。周宝思量了许久,才明白了来人的意思。于是叫来手下官员,命他按照士兵的名册,选出那些已经死去的人,得到骑兵五百人,步兵一千五百人。在这些人中又选出押衙孟远,充任行营都虞侯,让人把文书及名单送交善女湫神。

当月十一日,周宝调回驻守善女湫神庙的士兵。他在厅堂前接见他们,调整队形的时候,忽然有一个士兵倒地,口能动眼能转,就是不能讲话,又不像暴病要死的样子。于是把他安置在廊屋里,直到次日天亮后才醒过来。周宝叫人盘问他,他回答说:"我开始看见一个人,穿青色袍子,从东面走来,很有礼貌地跟我相见,对我说:'我家贵主蒙受相公莫大的恩惠,拯救她于水深火热之中。然而还没有完全实现愿望。现在借你的聪明机敏,再次转达贵主的心愿,望不要推辞,尽力相助。'我连忙找借口拒绝。穿青色袍子的人就拉着我的衣袖不放。我昏然倒地,只觉跟着穿青袍子的人一道前行,不久就到了九娘子庙。那人催我快走,来到帷帐前面。这时听见贵主对我说:'昨天承蒙相公怜悯孤弱危急,派你们到我这里守卫,往返于路途,很辛苦吧?我承蒙相公再次借兵,看到兵强马壮,衣甲整齐,对他的诚意深感满足。不过都虞侯孟远才疏位低,没有多少谋略。本月九日那天,有敌军三千多人,到我近郊抢掠。我便命令孟远率所到的官兵,在平原上迎击他们,但孟远布设埋伏不严密,反被敌军打败。我现在很想一个有谋略的将领,要你赶紧回去,转达我的心愿。'贵主说完后,我拜辞出来,昏昏糊糊好像喝醉一样。后来就什么也不知道了。"

周宝知道这种情形后,认为他说的跟自己做的梦相符,心中想证实这事,就派制胜关关使郑承符接替孟远。这月的十三日晚在官署的后球场设案,洒酒烧香,写了文书请九娘子神收管郑承符。到了十六日,制胜关来人报告:"本月十三日夜三更过后,关使突然死了。"周宝惊讶叹息,派人飞马前去验看,到那里看见郑承符果然已死。但是心口和后背没有冰凉,夏季停尸,尸体也不腐臭。郑承符的家人为此感到很奇怪。后来有一天晚上,阴风凛冽,飞沙走石,毁屋拔树,禾苗都被刮倒,直至天亮风才停止。接着天空云雾密布,整天不散。到了黄昏,突然迅雷炸响,闪电划破天空。这时郑承符忽然呻吟了几声,家人开棺验看,过了好一阵,他苏醒了。这天晚上,亲戚邻居都聚集在郑家,悲喜交集。过了一夜,郑承符就跟从前一样了。家人问他是怎么回事,郑承符说:"开始我看见一个人,穿着有紫色绶带的衣服,骑着黑色的马,有十多个人跟随着他,来到门前下马后召我相见。寒暄见礼后,手拿一纸文书交给我说:'贵主得到阳间一个梦,知道你有盖世之才,想效今南阳诸葛亮的故事,打算消灭仇敌。派小臣送来一些礼物,聊表对您的尊敬,期待邦国复兴。希望不要像三顾茅庐那些让我奔波。'我来不及说别的话,只是连称不敢当。正在应酬时,只见聘金已放在台阶下,鞍马器甲,锦绣彩服,以及玩物、箭袋等等,都陈列在庭院中,我推辞也不行,只得拜谢后接受了礼物。来人要我上车,驾车的马匹异常高大雄骏,装饰也华丽,侍者和马夫显得齐整肃然。不觉间走了一百多里地,这时有三百名骑兵前来迎候,前呼后拥,有如大将军出行,我也十分得意。指点环顾之间,望见远处有座大城,城墙高大,护城的沟堑深长。我恍恍惚惚不知到了哪里。接着在城郊搭起帷帐准备鼓乐,设宴招待我。宴会结束后进入城内,沿路挤满围观的人,在前面开道的士官,也混杂在人群中了。所经过的城门,已记不清有多少道。后来到了一处地方,好像是官署。陪同的人要我下马更衣,前去见贵主。贵主让人传话下来,要以宾主之礼接待我。我认为既然接受了公文和武器铠甲等作战的物件,就是下臣了,于是坚决推辞,还是披挂进见以表示敬意。贵主又让人传话说:'请解去弓箭,用比宾主之礼低一点的礼节相见好了。'我就解下武器快步进入,看见贵主坐在大厅里。我上前拜见,还是依照君臣之礼。拜完了,贵主连声叫我登上台阶,我便再次拜谢,从西阶走进大厅。见有红妆翠眉、蟠龙髻凤的女子站在贵主身边,共几十名。弹弦握管、浓妆异服的侍女,又有几十名。佩金饰系紫带、身垂丝巾头插玉簪的女子,角落处还有好几个。而轻裘大带、白玉横腰侍立在台阶下的为数更多。贵主接着又招来女客五六人,每人都带有十来个侍从,挨肩接踵,相随而来。我也只能低垂目光深深作揖,不敢多礼。坐定后,贵主又命几位偏将陪我同坐。然后奏响乐曲酒宴开始。"

"酒送上来后,贵主敛袖举杯,正要致辞,叙说当初聘请我的用意时,忽然听说烽烟四起。厅外这时传来一片叫闹喧哗,说:'朝那贼步兵骑兵数万人,今天早晨攻破边防要塞,现在已进入疆界,几路并进,告急的烟火不断,请发兵救援。'大厅中陪坐的人听见后相顾失色。众女子顾不得道别，便慌忙散去了，我跟各位将校走下台阶伫立听令。贵主扶着栏杆对我说：'我受到相公格外的恩惠，可怜我孤独无助，连着几次发兵，拯救我于危难。但因为武器不利，谋略不妥，没有成功。现在承蒙将军来帮助我，之所以委任将军，就是为了对付这种危急的情况。希望不要以人鬼有别为理由，在我有难处时稍加匡助。'于是又另赐战马两匹，黄金甲一副，以及旌旗旄钺和珍宝器用，堆放在庭院里，不计其数。命二位彩衣女，授给我兵符，赏赐极为丰厚。我拜谢后捧着兵符出来，传令各路将官，指挥部队，内外一致响应。这天夜里出城迎敌。探子数次来报告，都说：'敌人的声势越来越大。'我向来熟悉这一带的山川地形和险要，就领军连夜出发，离城百余里，把部队分布在要害之处。公布赏罚条例，号令三军，设下三处埋伏等待敌军。天将要亮时，布置完毕。敌军过分看重以前的胜利，很是轻敌冒进，还认为仍然是孟远统领部队。我亲自率轻骑，登高观察敌情，只见烟尘四起，敌军的阵容十分整齐。我先派小部队去挑战，故意示弱以便引诱敌人。两军短兵相接，我的人马且战且退。兵器甲铠的撞击声，如同天崩地裂。我率兵假装溃败，敌军就出动全部精锐向前追击。这时一阵呐喊，我军伏兵尽起。转战十里，四面夹攻，敌军溃败，死者如麻。边战边逃，朝那那个狡猾的小子漏网而去。随他逃亡的兵卒不过十几人。我挑选精壮骑兵三十名追击他，果然将其生擒回营。这一战杀得血肉染红草木，尸水浸润原野，腥秽的气味飘荡在空中，缴获的武器装备堆积如山。"

"我将敌军统帅用轻车飞快押交贵主，贵主登平朔楼受降。举国百姓，都来观看。带朝那小龙到楼前，以理责问，他只是称犯了死罪，没有别的话可说。于是贵主下令将他押往都市腰斩。正要行刑，有位使者乘传车，从贵主父王住的地方赶来，手持急诏，促使贵主赦免朝那。诏书上说：'朝那的罪过，其实是我的罪过。你可赦免他，以减轻我的罪过。'贵主因为跟父母又恢复联系，喜不自胜，对众将说：'朝那轻举妄动，是受了父亲的命令。现在叫我赦免他，也是我父亲的命令。以前我违抗父命，是为了保全贞节。如今要是又一次违抗，那是不祥的。'便命令给朝那松绑，派一人骑马送他回去。未能走到朝那镇，朝那就因羞愧而死在路上。我因击败敌人有功，大受恩宠赏赐。不久就被隆重拜为平难大将军，食邑朔方一万三千户。另外赏赐住宅、车马、宝器、衣服、婢仆、园林、府第、旌旗、铠甲等等。众将也依次有赏。"

"第二天,贵主大摆酒宴,得到邀请的不过五六人。上次那六七个女人都来陪坐,她们风姿艳态,更显得动人。通宵酣饮,非常高兴。侍者送酒时,贵主举杯对我说:'我的不幸,是因从小独守空闺,天性孤傲坚贞,不愿屈从父命,隐居在这里已有三十六年了。虽蓬头灰心,却不愿死去。遭朝那小龙欺凌,几乎陷入危险境地。要是没有相公的大恩,将军的威武,那么我像从前息国那位被掳后不再说话的女子,已经是朝那小龙的囚徒了。我将永远念着这种恩惠,终身不忘。'于是用七宝盅倒酒,命人说'送给郑将军'。我离席拜谢后饮了这盅酒。这时我生出返家之心,便恳切地请求回去,于是准许了一个月的假期。宴会结束后退出。第二天,辞谢贵主后,我带着手下三十余人,顺来路返回。一路经过之处,只要听见鸡鸣狗吠,就很是心酸。很快回到家里,见家人围在一起哭泣,还看见挂着灵帐。这时手下的一个人叫我赶紧钻进棺材缝里去。我想上前跟家人相见,却被左右的人将我推入棺材。然后听见一声震雷炸响,人就醒了过来。"

郑承符从此不理家事,只是把后事托付给妻儿。果然在一月之后,无疾而终。当初他将要暴死的时候,告诉亲近的人说:"我本以长于用兵之法而被任用,戎马征战,虽然未建奇功,但也尽了微薄之力。因为遭受陷害,被贬谪到这里,平生的志向,郁郁不能伸展。大丈夫终当扇长风,掀巨浪,举泰山压细卵,决东海灭萤火,奋发猎鹰猛犬那样的雄心,为人雪不平之事。我早晚当有所受命,跟你们分别,大概不远了。"

当月十三日,有人清晨从薛举城出发赶路,走了十多里,天色才刚刚亮,忽然看见前面车尘飞扬,旌旗耀眼,有骑马的士兵数百人,中间簇拥着一人,气概豪迈自得。走近细看,原来是郑承符。过路的人惊讶好久,伫立路旁。只见这支人马像过眼的风云一样快捷,到了善女湫,很快就悄然不见了。

唐宋传奇集卷六

隋遗录上

颜师古

【题解】

《隋遗录》分上、下卷。题唐代颜师古撰,篇末又有无名氏跋语,说是唐会昌年间僧人得之于瓦棺寺阁南面小屋中,题名《南部烟花录》,是颜真卿的遗稿。取《隋书》校之,增补重编为《大业拾遗记》,而最终名为《隋遗录》的原因,却未见跋文交代,可能是后之翻刻者所改。《四库全书总目提要》认为此篇乃后人伪托颜师古之名而作,是有道理的。

隋炀帝是历史上有名的暴君,他先是诬陷其兄杨勇夺得太子位,后又杀其父而自立。他为政暴虐,最终在兵变中被缢杀。本篇实录隋炀帝在位期间大兴土木,劳民伤财,沉湎声色,不顾性命,最终落得个多行不义必自毙的下场。作者用实录的笔法,不带个人褒贬色彩,但阅后仍使人触目惊心。

【原文】

大业十二年,炀帝将幸江都,命越王侑留守东都①。宫女半不随驾,争泣留帝。言辽东小国,不足以烦大驾,愿择将征之②。攀车留惜,指血染鞦。帝意不回,因戏以帛题二十字赐守宫女云:"我梦江南好,征辽亦偶然。但存颜色在,离别只今年。"车驾既行,师徒百万前驱。大桥未就,别命云屯将军麻叔谋,浚黄河入汴堤,使胜巨舰。叔谋衔命,甚酷,以铁脚木鹅试彼浅深,鹅止,谓浚河之夫不忠,队伍死水下。至今儿啼,闻人言"麻胡来",即止。其讹言畏人皆若是。帝离都旬日,幸宋何妥所进牛车③。车前只轮高广,疏钉为刃,后只轮庳下,以柔榆为之,使滑劲不滞,使牛御焉(车名见《何妥传》)。自都抵汴郡,日进御车女④。车幰垂鲛绡网⑤,杂缀片玉鸣铃,行摇玲珑,以混车中笑语,冀左右不闻也。长安贡御车女袁宝儿,年十五,腰肢纤堕,骇冶多态。帝宠爱之特厚。时洛阳进合蒂迎辇车,云得这嵩山坞中,人不知名。采者异而贡之。会帝驾适至,因以迎辇名之。花外殷紫,内素腻菲芬,粉蕊,心深红,跗争两花。枝干烘翠类通草⑥,无刺,叶圆长薄。其香浓芬馥,或惹襟袖,移日不散,嗅之令人多不睡。帝命宝儿持之,号曰司花女。时诏虞世南草《征辽指挥德音敕》于帝侧⑦,宝儿注视久之。帝谓世南曰:"昔传飞燕可掌上舞⑧,朕常谓儒生饰于文字,岂人能若是乎?及今得宝儿,方昭前事。然多憨态。今注目于卿,卿才人,可便嘲之。"世南应诏为绝句曰:"学画鸦黄半未成⑨,重肩掸袖太憨生⑩。缘憨却得君王惜,长把花枝傍辇行。"上大悦,至汴,上御龙舟,萧妃乘凤舸⑪,锦帆彩缆,穷极侈靡。舟前为舞台,台上垂蔽日帘。帝即蒲择国所进,以负山蚊睫纫莲根丝,贯小珠,间睫编成,虽晓日激射,而光不能透。每舟择妍丽长白女子千人,执雕板镂金楫,号为殿脚女。一日,帝将登凤舸,凭殿脚女吴绛仙肩。喜其柔丽,不与群辈齿,爱之甚,久不移步。绛仙善画长蛾眉。帝色不自禁,回辇召绛仙,将拜婕妤⑫。适值绛仙下嫁为玉工万群妻,故不克谐。帝寝兴罢,擢为龙舟首楫,号曰崆峒夫人。由是殿脚女争效为长蛾眉。司宫吏日给螺子黛五斛⑬,号为蛾绿。螺子黛出波斯国,每颗直十金。后征赋不足,杂以铜黛给之,独绛仙得赐螺黛不绝。帝每倚帘视绛仙,移时不去,顾内谒者云:"古人言'秀色若可餐'。如绛仙,真可疗饥矣。"因吟《持楫篇》赐之,曰:"旧曲歌桃叶⑭,新妆艳落梅。将身倚轻楫,知是渡江来。"诏殿脚女千辈唱之。时越溪进耀光绫,绫纹突起,时有光彩。越人乘樵风舟⑮,泛于石帆山下,收野茧缲之。缲丝女夜梦神人告之曰:"禹穴三千一开。汝所得茧,即江淹文集中蠹鱼所化也⑯。丝织为裳,必有奇文。"织成果符所梦,故进之。帝独赐司花女泪绛仙,他姬莫预。萧妃恚妒不怿,由是二姬稍稍不得亲幸。帝常醉游诸宫,偶戏宫婢罗罗者。罗罗畏萧妃,不敢迎帝,且辞以有程妃之疾,不可荐寝。帝乃嘲之曰:"个人无赖是横波⑰,黛染隆颅族小蛾⑱。幸好留侬伴成梦⑲,不留侬住意如何?"帝自达广陵,宫中多效吴言,因有侬语也。帝昏湎滋深,往往为妖祟所惑,尝游吴公宅鸡台,恍惚间与陈后主相遇⑳,尚唤帝为殿下。后主载轻纱皂帻,青绰袖,长裾,绿锦纯缘紫纹方平履。舞女数十许,罗侍左右。中一人迥美,帝屡目之。后主云:"殿下不识此人耶?即丽华也㉑。每忆桃叶山前乘战舰与此子北渡。尔时丽华最恨,方倚临春阁试东郭逡紫毫笔㉒,书小砑红绡作答江令'璧月'句㉓。诗词未终,见韩擒虎跃青骢驹㉔,拥万甲直来冲人,都不存去就,便至今日。"俄以绿文测海蠡㉕,酌红粱新醑劝帝。帝饮之甚欢,因请丽华舞《玉树后庭花》。丽华辞以抛掷岁久,自井中出来㉖,腰肢依拒,无复往时姿态。帝再三索之,乃徐起,终一曲。后主问帝:"萧妃何如此人?"帝曰:"春兰秋菊,各一时之秀也。"后主复诗十数篇,帝不记之,独爱《小窗》诗及《寄侍儿碧玉》诗。《小窗》云:"午睡醒来晚,无人梦自惊。夕阳如有意,偏傍小窗明。"《寄碧玉》云:"离别肠犹断,相思骨合销。愁云若飞散,凭仗一相招。"丽华扶起帝,求一章。帝辞以不能。丽华笑曰:"尝闻'此处不留侬,会有留侬处。'安可言不能?"帝强为之操觚曰㉗:"见面无多事,闻名亦许时㉘。坐来生百媚,实个好相知。"丽华捧诗,嚬然不怿。后主问帝:"龙舟之游乐乎?始谓殿下致治在尧舜之上,今日复此逸游。大抵人生各图快乐,曩时何见罪之深耶?三十六封书,至今使人怏怏不悦。"帝忽悟,叱之云:"何今日尚目我为殿下,复以往事讯我邪?"随叱声恍然不见。

注释

①侑:杨侑,隋炀帝长子杨昭的儿子。当时留守东都的应是杨昭的另一个儿子杨侗,封越王。

②隋炀帝征高丽应在此前的大业八年至十年。辽东小国,指高丽,其地在今朝鲜半岛。

③何妥:字栖凤,隋文帝时累官国子祭酒。

④御车女:在御车中服侍皇上的女子。

⑤幰(xiǎn 显):车幔。
⑥通草:又叫"通脱木"。五加科,小乔木。冬季开花,花瓣为黄白色,大型圆锥花序。
⑦虞世南:字伯施。至唐官至秘书监,其书法继承二王(羲之,献之)传统,与欧阳询、褚遂良、薛稷并称为唐初四大书家。
⑧飞燕:即赵飞燕,汉成帝皇后。善歌舞,以体轻,故称"飞燕"。成帝时入官,后立为皇后。平帝即位,她被废为庶人,自杀。
⑨鸦黄:古时妇女涂额的化妆黄粉。
⑩觯(duǒ 躲):垂。
⑪萧妃:隋炀帝后。
⑫婕妤:宫中女官名。
⑬螺子黛:古代妇女用来画眉的一种青黑色矿物颜料。斛:古代容量单位,十斗为一斛。
⑭桃叶:东晋书法家王献之妾。王献之曾经在临渡时作歌曲送她,后人遂把那个渡口称为桃叶渡。
⑮樵风舟:即顺风舟。据南朝宋孔灵符《会稽记》记载:汉太尉郑弘常乘船到若耶溪伐薪,因不得顺风而运载困难。后得神人帮助使他早上乘南风去,晚上乘北风归。后人就称这种风叫樵风。
⑯江淹:南朝梁文学家,字文通。早年即以文章知名,晚年所作诗文不如前期,人谓"江郎才尽"。后人辑有《江文通集》。壁鱼:衣服及书籍中的蠹虫,又名白鱼、衣鱼、蟫鱼、蛃鱼、蠹鱼。
⑰无赖:犹无奈,无可奈何。横波:比喻眼睛流转生姿。
⑱小蛾:喻细眉。
⑲侬:我。
⑳陈后主:即陈叔宝,南朝陈皇帝。在位时大建宫室,生活奢侈,日与妃嫔、文臣游宴,制作艳词,如《玉树后庭花》等。后隋兵入建康,被俘,病死于洛阳。后人辑有《陈后主集》。
㉑丽华:即张丽华,陈后主宠妃。性聪慧,容色端丽,尤才辩强记。隋军破陈时,被杀。
㉒东郭逡:兔名。《战国策·齐策三》:"东郭逡者,海内之狡兔也。"
㉓江令:即江总,字总持。陈后主时任仆射尚书令。不持政务,每日与后主游宴后庭,多写艳诗,号为狎客。君臣昏乱,以至灭亡。
㉔韩擒虎:字子通,隋文帝平陈时,以韩擒虎为先锋,攻破建康,生擒陈后主。
㉕蠃(luó 罗):通"螺",即螺。
㉖自井中出来:隋军破建康城时,张丽华与陈后主躲进景阳井中,被搜出后,

斩于青溪中。

㉗操觚：执简，谓写作。《文选·陆机〈文赋〉》："或操觚以率尔，或含毫而邈然。"李善注："觚，木之方者，古人用之以书，犹今之简也。"

㉘许时：不久前。

【今译】

　　大业十二年，隋炀帝要南巡江都，命令越王杨侗留守东都。有一半宫女不能随驾，哭着争相挽留炀帝。说辽东小国，不必烦劳圣驾亲征，希望能选择一个善战的将领去征讨它。她们攀住车驾想留住炀帝，以致指头流血染红了套马的皮带。炀帝不肯改变主意，就用绢帛写一首诗赠给留守的宫女们：

　　　　我梦见了江南的美景，
　　　　征讨辽东也只是出于偶然。
　　　　只要你们容颜不变，
　　　　离别的时间也仅限今年。

　　车驾出发，有百万的队伍作前驱。大桥尚未造好，就另外命令云屯将军麻叔谋，疏通黄河的水引入汴堤，使它能够航行大船。叔谋领命，所用手段很残酷，它用一种铁脚木鹅来试河水的深浅，鹅如果停止不动，就说是浚河的民工不尽力，成队的民工因此死在河水里。至今小孩子哭的时候，听人说"麻胡来"，就不敢哭了。有关他的那些骇人听闻的传言大都如此。

　　隋炀帝离开都城十天后，乘坐了南朝宋国人何妥进的牛车。车前面的一只轮子又高又大，轮子上有稀疏的钉子像刀刃一样，后面的一只轮子则很矮小，是用柔软的榆木制成的，使它滚动时不致打滑不前，车用牛拉(车名见《何妥传》)。从都城到汴郡，每天进献在车上服侍皇上的女子。车幔上垂挂着鲛绡网，上面杂缀着玉片和鸣铃，车子行走时，它们就被摇动而发出叮叮当当的声音，以此混淆车中的笑语声，使车旁的随从们听不清。

　　长安进献了一名御车女叫袁宝儿，十五岁腰肢苗条，娇憨艳丽而妩媚多态。炀帝特别宠爱她。当时，洛阳进献合蒂迎辇花，说是从嵩山的山谷中采到的,大家原先都不知道此花的名字。采摘者觉得奇异就把它进献上来。正赶上炀帝圣驾到达,就把它命名为"迎辇花"。花瓣的外面是紫红色,里面洁白芳香,花蕊上满是花粉,花心深红,花蒂上并开着两朵花,翠绿的枝干映衬着,样子就像通草,无刺,薄薄的叶片又圆又长。花的香味浓郁芬馥,有时碰到衣襟袖子上,几天香味不散,嗅到这种香味,让人不想睡觉。炀帝叫袁宝儿拿着它,号称"司花女"。当时,炀帝正命虞世南在身边草拟《征辽指挥德音敕》,宝儿盯着他看了好久。炀帝就对虞世南说:"过去传说赵飞燕可以在手掌上跳舞,朕常说那是儒生在行文中的夸饰。哪里有人能这样做呢?现在我得到宝儿,才明白前人所说的是怎么一回事了。但宝儿颇多憨态。现在她盯着你看,你是个才子,可以就此调笑她一下。"虞世南奉命,就写了一首绝句说:

> 学着打扮,鸦黄还不大画得成,
> 垂肩拖袖,真真憨态可掬。
> 正因那傻气,反得君王怜惜,
> 常常手捧花枝,陪伴圣驾而行。

炀帝阅诗,非常开心。

到达汴郡,皇上乘龙舟,萧妃乘凤舸,都用锦缎作风帆,彩丝作缆绳,奢侈浪费到了极点。龙舟的前面是舞台,台上垂挂着蔽日帘。这种帘子是蒲择国进贡的,用负山蚊睫缝合莲根丝,穿上小珠子编成,就是早晨的阳光强烈照射,那光线也透不进去。每条船上挑选妍丽白皙的高挑女子上千人,手拿金板雕镂而成的船桨,称之为殿脚女。

有一天,隋炀帝要上凤舸去,用手扶着殿脚女吴绛仙的肩头。他很喜欢吴绛仙的温柔美丽,与其他殿脚女不一样,喜爱得久久不肯移步。吴绛仙善画长蛾眉。炀帝见了她每每神色不能自制,回到车驾就召绛仙去,准备封她为婕妤。刚好绛仙下嫁给玉工万群为妻,所以未能办成。炀帝与绛仙睡觉的兴致过去后,就提拔她为龙舟桨手的头,号称崆峒夫人。从此,殿脚女们争相学绛仙画长蛾眉。主管宫中事务的官吏每天发给这些殿脚女五斛螺子黛,称之为蛾绿。那螺子黛产于波斯国,每颗值十金。后来征收不到那么多,就加进一些铜黛发给她们,只有绛仙受赐的螺子黛没有停止过。炀帝常靠着帘子看绛仙,好久都不肯离开,回头对到舟内来拜见的臣仆说:"古人说'秀色若可餐'。像绛仙,真是可以解除饥饿啊。"于是就吟成一首《持楫篇》赏赐给绛仙,那歌词说:

> 旧时的小曲歌唱过桃叶的美,
> 新妆的丽人比那落梅还要鲜艳。
> 她将身子轻轻靠着船桨,
> 便知道那是她渡江而来。

诏令殿脚女上千人来歌唱这首歌。

当时,越溪地方进贡了一种耀光绫,绫纹突起,时时闪发光彩。越人乘着樵风舟,划到石帆山下,收集野生蚕茧缫织,就可得到这种耀光绫。缫丝女子夜里梦见神人告诉她说:"禹穴三千年才开一次。你得到的这种野蚕茧,就是江淹文集中的衣鱼变化来的。把这种蚕丝织成衣裳,一定会有奇异的花纹。"织成后果然与梦中神人所说的相合,因此进上来。炀帝只把它赏赐给司花女宝儿以及绛仙二人,别的女子都不能分享。萧妃又恨又妒,很不高兴。因此,两位女子渐渐得不到亲幸炀帝的机会。

炀帝曾经醉游各个宫室,有一次偶然调戏宫婢罗罗。罗罗害怕萧妃,不敢接纳炀帝,并且推辞说自己有程妃生就的那种毛病,不可陪伴炀帝睡觉。炀帝就嘲弄她说:

> 个人无赖是横波,
> 黛染隆颅族小蛾。
> 幸好留侬伴成梦,
> 不留侬住意如何?

炀帝自从到了广陵,宫中人大多学说吴语,所以词中有"侬"这个词。

炀帝昏愦沉溺,往往被妖魅邪祟所迷惑,他曾经游览吴公宅鸡台,恍惚间与陈后主相遇,后主对炀帝还以"殿下"相称。陈后主戴青纱乌巾,黑色宽袖,长长的衣裙,绿锦滚边的紫纹方平履。舞女数十名,环侍左右。内中一名舞女特别漂亮,炀帝频频打量她。后主说:"殿下不认识这个人吗?她就是张丽华呀。我常常回忆起在桃叶山前乘战舰与此人北渡时的情景。那时丽华最遗憾了,正靠着临窗阁试用兔毛紫毫笔,在光滑的红绢上写诗来和答江令的'璧月'句。诗词尚未写完,就看见韩擒虎骑着青骢马,在万余铁甲的簇拥下直冲过来,逃奔的归顺的一概不放过,就这样到了今天。"随后便用绿色斑纹的测海螺壳,斟上用红高粱新酿就的酒劝炀帝饮用。炀帝喝了酒很高兴,于是请丽华舞一曲《玉树后庭花》。丽华推辞说自己许久不曾练习,打从井中出来后,腰肢不灵活,不再有昔日的舞姿。炀帝再三请求,丽华才缓缓起身,舞完一曲。后主问炀帝说:"萧妃比起这人来怎么样?"炀帝回答说"春兰秋菊,各自都是那个季节最出色的。"后主又写了十几首诗,炀帝都不记得了,只是喜欢《小窗》诗及《寄侍儿碧玉》诗。《小窗诗》说:

午睡醒来晚,无人梦自惊。
夕阳如有意,偏傍山窗明。

《寄碧玉》诗说:

离别肠犹新,相思骨合销。
愁云若飞散,凭仗一相招。

丽华向炀帝拜礼,求诗一首。炀帝推辞说写不出来,丽华笑着说:"我曾听说过'此处不留侬,会有留侬处'的话,怎能说不会写呢?"炀帝勉强提笔写了一首诗道:

见面无多事,闻名亦许时。
坐来生百媚,实个好相知。

丽华捧读此诗,皱着眉头很不高兴。

后主问炀帝:"乘龙舟游玩开心吗?起先我以为殿下治理国家在尧舜之上,今天却又如此安逸游乐,大略人生在世,都是各图快乐,过去为什么对我见罪之深呢?殿下发来的三十六封信,至今使我怏怏不乐。"炀帝忽然醒悟,便呵叱他说:"为什么今天还把我看成殿下,却又拿过去的事追问我呢?"随着这声呵叱,炀帝猛然惊醒,那些人也一下子都不见了。

隋遗录下

颜师古

【原文】

帝幸月观,烟景清朗。中夜,独与萧妃起临前轩。帘掩不开,左右方寝。帝凭妃肩,说东宫时事①适有小黄门映蔷薇丛调宫婢,衣带为蔷薇罥结,笑声吃吃不止,帝望见腰支纤弱,意为宝儿有私。帝披单衣亟行擒之,乃宫婢雅娘也,回入寝殿,萧妃诮笑不知止。帝问曰:"往年私幸妥娘时,情态正如此。此时虽有性命,不复惜矣。后得月宾,被伊作意态不彻②,是时侬怜心,不减今日对萧娘情态。曾效刘孝绰为《杂忆》诗,常念与妃,妃记之否?"萧妃承问,即念云:"忆睡时,待来刚不来。卸妆仍索伴,解佩更相催。博山思结梦③,沉水未成灰④。"又云:"忆起时,投簌初报晓,被惹香黛残,枕隐金钗袅,笑动上林中,除却司晨鸟。"帝听之,咨嗟云:"日月遄逝,今来已是几年事矣。"妃因言:"闻说外方群盗不少,幸帝图之。"帝曰:"侬家事,一切已托杨素了⑤,人生能几何?纵有他变,侬终不失作长城公⑥。汝无言外事也!"帝尝幸昭明文选楼⑦,车驾未至,先命宫娥数千人升楼迎侍。微风东来,宫娥衣被风绰,直拍肩项。帝睹之,色荒愈炽。因此乃建迷楼,择下俚稚女居之,使衣轻罗单裳,倚槛望之,势若飞举。又爇名香于四隅,烟气霏霏,常若朝雾未散,谓为神仙境不我多也。楼上张四宝帐,帐各异名:一名散春愁,二曰醉忘归,三曰夜酣香,四曰延秋月。妆奁寝衣,帐各异制。帝自达广陵,沉湎失度,每睡,须摇顿四体,或歌吹齐鼓,方就一梦。侍儿韩俊娥尤得帝意,每寝必召,命振耸支节,然后成寝,别赐名为"来梦儿"。萧妃尝密讯俊娥曰:"帝常不舒,汝能安之,岂有他媚?"俊娥畏威,进言:"妾从帝自都城来,见帝常在何妥车。车行高下不等,女态自摇,帝就摇怡悦。妾今幸承皇后恩德,侍寝帐下,私效车中之态以安帝耳,非他媚也。"他日,萧后诬罪去之,帝不能止。暇日登迷楼,忆之,题东南柱二篇云:"黯黯愁侵骨,绵绵病欲成。须知潘岳鬓⑧,强半为多情。"又云:"不信长相忆,丝从鬓里生。闲来倚楼立,相望几含情。"殿脚女自至广陵，悉命备月观行宫，由是绛仙等亦不得亲侍寝殿，有郎将自瓜州宣事回，进合欢水果一器。帝命小黄门以一双驰骑赐绛仙，遇马急摇解。绛仙拜赐私恩，附红笺小简上进曰："驿骑传双果，君王宠念深。宁知辞帝里，无复合欢心。"帝省章不悦，顾黄门曰："绛仙如何？何来辞怨之深也？"黄门惧，拜而言曰："适走马摇动，及月观，果已离解，不复连理。"帝意不解，因言曰："绛仙不独貌可观，诗意深切，乃女相如也。亦何谢左贵嫔乎⑨？"帝于宫中尝小会，为拆字令，取左右离合之意。时杳娘侍侧。帝曰："我取杏字为十八日。"杳娘复解罗字为四维。帝顾萧妃曰："尔能拆朕字乎？不能当醉一杯。"妃徐曰："移左画居右，岂非渊字乎？"时人望多归唐公⑩，帝闻之不怿，乃言："吾不知此事，岂为非圣人耶？"于是奸蠹起于内，盗贼生于外，值阁裴虔通，虎贲郎将司马德勘等，引左右屯卫将军宇文化及将谋乱⑪，因请放官奴分直上下。帝可奏，即宣诏云："门下⑫！寒暑迭用，所以成岁功也。日月代明，所以均劳逸也。故士子有游息之谈⑬，农夫有休劳之节。咨尔髦众⑭，服役甚勤，执劳无怠。埃塎溢于爪发⑮，虮虱结于兜鍪⑯。朕甚悯之，俾尔休番从便。噫戏！无烦方朔滑稽之请⑰，而从卫士递上之文。朕于侍从之间，可谓恩矣。可依前件事！"是有焚草之变⑱。

右《大业拾遗记》者，上元县南朝故都，梁建瓦棺寺阁。阁南隅有双阁，闭之，忘记岁月。会昌中⑲，诏拆浮图，因开之。得荀笔千余头，中藏书一帙，虽皆随手靡溃，而文字可纪者，乃《隋书》遗藁也。中有生白藤纸数幅，题为《南部烟花录》，僧志彻得之。及焚释氏群经，僧人惜其香轴，争取纸尾拆去。视轴，皆有鲁郡文忠颜公名⑳，题云手写。是录即前之荀笔，可不举而知也。志彻得录前事，及取《隋书》校之，多隐文，特有符会，而事颇简脱。岂不以国初将相，争以王道辅政，颜公不欲华靡前迹，因而削乎？今尧风已还，德车斯驾。独惜斯文湮没，不得为辞人才子谈柄，故编云《大业拾遗记》，本文缺落，凡十七八，悉从而补之矣。

注释

①东宫：太子所居之宫，也用以指太子。
②彻：明。不彻，即糊涂的意思。
③博山：博山炉的简称。南朝宋鲍照《拟行路难》诗之二："洛阳名工铸为金

博山,千斫复万镂,上刻秦女携于仙。"此处泛指香炉。

④沉水:晋嵇含《南方草木状·密香沉香》:"此八物同出于一树也……木心与节坚黑,沉水者为沉香,与水面平者为鸡骨香。"后因以"沉水"借指沉香。

⑤杨素:字处道,隋文帝时大臣,执掌朝政,极有权势。与杨广合谋,废黜太子杨勇,使杨广(隋文帝)登帝位。

⑥长城公:陈后主被俘入隋后,封长城县公。

⑦昭明文选:南朝梁昭明太子萧统编有《文选》一书,称《昭明文选》。

⑧潘岳:字安仁,晋文学家,曾任给事黄门侍郎。其人姿容俊美,相传他乘车行于洛阳道,城中妇人手拉手围车观看他的风采,向车中投送水果致意。

⑨左贵嫔:即晋代文学家左思之妹,后为晋武帝贵嫔。其人容貌不佳而才德出众。

⑩唐公:唐高祖李渊,为唐王朝的建立者。隋时曾袭封为唐国公。

⑪宇文化及:隋炀帝时任右屯卫将军。大业十四年在江都(今江苏扬州)发动兵变,杀死炀帝。后又杀杨浩,自立为帝。终被窦建德擒杀。

⑫门下:六客,指上文的"宫奴"。

⑬游息:游玩与休憩。

⑭髡(kūn 昆):古代剃发之刑。

⑮埃壒(ài 爱):尘埃。壒,同"壒"。

⑯兜鍪(móu 谋):古代武士的头盔,此指形似头盔的帽子。

⑰方朔:即东方朔,西汉文学家,字曼倩,武帝时为太中大夫,常以诙谐滑稽的方式劝谏皇上。

⑱焚草之变:据《隋书·宇文化及传》载,宇文化及等发动兵变时,司马德戡曾集兵城内举火与城外相应,隋炀帝闻声问是何事,裴虔通伪称:"草坊被焚,外人救火,故喧嚣耳。"炀帝信以为真,未加提防,遂被杀。史称此次兵变为"焚草之变"。

⑲会昌:唐武宗年号(公元841—846年)。

⑳鲁郡文忠颜公:唐代大书法家颜真卿因功封鲁郡公,人称"颜鲁公"。

【今译】

炀帝临幸月观行宫,但见月笼轻烟,清明净朗。半夜里,独自与萧妃起身,走近前窗。帘幕低垂不开,左右侍奉的人都已入睡。炀帝靠着萧妃的肩头,说起当太子时的事来。正碰上一个黄门小太监在蔷薇丛中调戏官婢,衣带被蔷薇勾住了,笑声吃吃不止。炀帝见那官婢腰肢纤弱,以为是宝儿与小太监有私情,就急忙披上单衣前往捉拿,原来是宫婢雅娘。回到寝殿,萧妃讥笑不止。炀帝问道:"往年我私幸妥娘时,那情形正是如此,当时虽有性命,也不再珍惜了。后来得到月宾,被她故作意态弄得糊涂了。当时我爱怜她的心情,不亚于今天对你萧娘的情意。我曾仿孝刘效绰写《杂忆》诗,常常念给你听。你还记得吗?"萧妃被问,就念道:

　　忆睡时,待来刚不来。卸妆仍索伴,解佩更相催。博山思结梦。沉水未成灰。

又念道:

　　忆起时,投籖初报晓。被惹香黛残,枕隐金钗袅。笑动上林中,除却司晨鸟。

　　炀帝听后,感叹道:"光阴飞逝,至今已是多少年的事了。"萧妃于是说:"听说外方群盗不少,希望皇上考虑考虑此事。"炀帝说:"我家的事,一切都托付给杨素了。人生能有几何?纵然有意外变故发生,我终究不失为做长城公。你不要谈宫外的事吧!"

　　炀帝曾到昭明文选楼,车驾未到时,先命宫娥数千人登楼迎侍。微风从东面吹来,宫娥们的衣裙被风掀起,拍打着肩膀头颈。炀帝见此情景,沉迷女色之心愈加炽烈。因了这个原因,就修建了迷楼,挑选平民百姓家的少女住在里面,让她们穿上轻罗单衣,靠着栏杆望去,样子像要飞起来似的。又在四周燃起名香,烟气霏霏,经常像朝霞未散一般,称之为神仙境界也不过分。楼上张设着四宝帐,各有异名:一名散春愁,二名醉忘归,三名夜酣香,四名延秋月。各个宝帐中的化妆用品、睡衣,也不相同。

　　炀帝自从到了广陵,沉湎声色失去控制,每次睡觉,必须摇顿四肢,或者歌吹齐鼓,方能入梦。侍儿韩俊娥尤其能得炀帝欢心,每次就寝,必定召来,命她捶打四肢关节,然后才能入睡,因此就给她另外赐名为"来梦儿"。萧妃悄悄问俊娥说:"皇帝经常身体不舒服,而你能使他安定,难道有别的什么取悦他的方法吗?"俊娥害怕萧妃威势,就回答道:"打从皇上自都城来,妾见皇上经常在何妥进献的车子中。这车运行时上下颠簸，车中女子也随之摇动。皇上对这种摇动很开心。妾今幸承皇后恩德，侍寝帐下，就暗中模仿车中女子摇动的样子来安定皇上，此外并无其他取悦皇上的方法。"过了些日子，萧妃给俊娥乱加了一个罪名，把她赶走了。炀帝也不能阻止。闲暇日，炀帝登上迷楼，想起俊娥，在东南边的柱子上题了两首诗，说：

黯黯愁侵骨，绵绵病欲成。
须知潘岳鬓，强半为多情。

又说：

不信长相忆，丝从鬓里生。
闲来倚楼立，相望几含情。

殿脚女自从到了广陵后，全都被安置在月观行宫以备侍奉之需，因此绛仙等人也不能亲自到寝殿陪侍了。有一位郎将从瓜州宣布诏令归来，进献了一篮合欢水果。炀帝命小黄门带上一对合欢果快骑送去给绛仙，因马跑得急，合欢果散开了。绛仙拜谢皇恩所赐，又附红笺一张上呈皇上说：

驿骑传双果，君王宠念深。
宁知辞帝里，无复合欢心。

炀帝看了诗，心中不快，回头对小黄门说："绛仙怎么样了？为什么诗句中的怨恨如此深重呢？"小黄门害怕，下拜说道："赶上跑马颠簸，到达月观时，水果已经散开，不再连在枝上。"炀帝的心情还是不能释然，于是说道："绛仙不独容貌可观，诗歌意境也深切，真是女子中的司马相如啊。比起左贵嫔来说有什么可逊色的呢？"

炀帝曾在宫中设小宴，大家玩拆字酒令，取字的左右笔画分解开来的意思。当时杏娘在旁边陪侍。炀帝说："我取'杏'字为'十八日'。"杏娘又分解"罗"字为"四维"。炀帝回顾萧妃说："你能拆我的字吗？不能就要罚酒一杯。"萧妃缓缓而言道："把左边的笔画移到右边,难道不是'渊'字吗?"当时唐公已是众望所归,炀帝听了此话心中不乐,就说:"我不知此事,难道我不是圣人吗?"

这个时候,朝廷内奸贼作乱,朝廷外盗贼横行,值阁裴虔通、虎贲郎将司马德勘等,勾结左右屯卫将军宇文化及准备叛乱,因此朝中大臣奏请释放官奴,让他们分成上下两班轮流值勤,炀帝准奏,于是宣布诏令说:"门下!寒暑交替,是为了保证一年的收成。日月出没,是为了调节一天的劳逸。所以士子有游玩与休憩的说法,农夫有休息与劳动的时节。可叹你们这些剃发奴众,服役十分勤苦,操劳没有懈怠。尘埃沾满爪发,虮虱生于帽盔。朕很怜悯你们,让你们根据自己方便轮流休息。啊!无须劳烦东方朔之流诙谐滑稽的请求,而批准了卫士递上的奏文。朕对于侍从之人,可说是有恩了。可依照前件事的样子办理!"于是就有了"焚草之变"。

以上是《大业拾遗记》,上元县是南朝故都,梁朝在那里修建了瓦棺寺阁。楼阁南边角落有两间屋子,是关着的,已记不清有多少日子了。会昌年间,诏命拆除寺塔,因此打开了那屋子。得刘茍笔一千余支,内中还藏有一套书,虽然那书页都是随手翻动就破碎的,但文字还可辨认记录下来,这就是《隋书》的遗稿。其中有几幅生白藤纸,题名为《南部烟花录》,僧人志彻得到了它。赶上焚烧佛教群经,僧人可惜书上的香轴,争相拿取纸尾拆开。看那香轴上,有鲁郡文忠颜公的名字,题为手写。这篇《南部烟花录》就是前面的茍笔,这点不同指出也是知道的。志彻因此得以记下前朝之事,等到用《隋书》进行校对,发现有许多隐秘的文字,特别是有一些文字与史实相符,而事情却写得很简略。难道不是因为开国将相们,争着以王道辅政,颜公不想渲染前朝劣迹,因而作了删削吗?当今尧舜之风已经回归,道德的车驾已走上正轨。我独可惜这篇文字的湮没,不能成为辞人才子的谈柄,所以编写了这篇《大业拾遗记》。原文缺落之处十有七八,都已把它们补齐了。

隋炀帝海山记上

缺　名

【题解】

本篇分上下卷，出《青琐高议》后集卷上，作者不详。

作品描写了隋炀帝一生中的种种劣迹。他从小就性格"偏忍，阴默疑忌"，靠结交权臣篡夺帝位后，对内实行暴虐统治，对外穷兵黩武，建西苑，开隋渠，游江南，过着穷奢极欲的生活，终于引起全国大乱，众叛亲离，被部下缢杀。

本篇以及本书中的《隋遗录》《迷楼记》等篇，均是描写隋炀帝罪恶的文言小说，后来的一些历史小说，如《醒世恒言·隋炀帝逸游遭谴》《隋唐志传》《隋炀帝艳史》《隋唐演义》等，均从它们取材，而加以敷衍生发。

【原文】

　　余家世好蓄古书器，惟炀帝事详备，皆他书不载之文。乃编以成记，传诸好事者，使闻其所未闻故也。

　　炀帝生于仁寿二年①，有红光竟天，宫中甚惊，是时牛马皆鸣。帝母先是梦龙出身中，飞高十余里，龙坠地，尾輒断。以其事奏于帝②，帝沉吟默塞不答。帝名勇③，三岁，戏于文帝前。文帝抱之临轩爱玩，亲之甚久，曰："是儿极贵，恐破吾家。"文帝自兹虽爱而不意于勇。帝十岁，好观书，古今书传，至于药文天文地理伎艺术数，无不通晓。然而性偏忍，阴默疑忌，好用钩赜人情深浅焉④。时杨素有战功，方贵用，帝倾意结之。文帝得疾，内外莫有知者。时后亦不安，旬余日不通两宫安否。帝坐便室，召素谋曰："君国之元老，能了吾家事者君也。"乃私执素手曰："使我得志，我亦终身报公。"素曰："待之，当自有谋。"素入问疾，文帝见素，起坐，谓素曰："吾常亲锋刃，冒矢石，出入死生，与子同之，方享今日之贵。吾自惟不免此疾，不能临天下。倘吾不讳，汝立吾儿勇为帝。妆背吾言，吾去世亦杀汝。此事吾不语人，汝立吾族中人，吾之死目不合⑤。"帝因愤懑，乃大呼左右曰："召吾儿勇来！"力气哽塞，回面向内不言。素乃出语帝曰："事未可，更待之。"有顷，左右出报素曰："帝呼不应，喉中呦呦有不足⑥。"帝拜素："愿以终身累公。"素急入，帝已崩已⑦，乃不发⑧。明日，素袖遗诏立帝。时百官犹未知，素执圭谓百官曰⑨："文帝遗诏立帝。有不从者，戮于此！"左右扶帝上殿，帝足弱，欲倒者数四，不能上。素下，去左右，以手扶接帝。帝执之，乃上，百官莫不嗟叹。素归，谓家人辈曰："小儿子吾已提起，教作大家⑩，即不知了当得否？"素恃有功，见帝多呼为郎君。侍宴内殿，宫人偶覆酒污素衣，素怒，叱左右引下殿，加挞焉。帝颇恶之，隐忍不发。一日，帝与素钓鱼于池，与素并坐，左右张伞以遮日色。帝起如厕，回见素坐赭伞下，风骨秀异，堂堂然。帝大疑忌。帝多欲，有所不谐，为素请而抑之，由是愈有害素意。会素死，帝曰："使素不死，夷其九族。"先，素欲入朝，出，见文帝执金钺，逐之曰："此贼！吾不欲立勇⑪，汝竟不从吾言。今必杀汝！"素惊呼入室，召子弟二人而语之曰："吾必死，以见文帝出语也。"不移时，素死。帝自素死，益无惮，乃辟地，周二百里，为西苑⑫，役民力常百万数。苑内为十六院，聚土石为山，凿池为五湖四海。诏天下境内所有鸟兽草木，驿至京师。

铜台进梨十六种：

  黄色梨 紫色梨 玉乳梨 脸色梨 甘棠梨

  轻消梨 密味梨 堕水梨 圆 梨 木唐梨

  坐国梨 天下梨 水全梨 玉沙梨 沙味梨

  火色梨

陈留进十色桃：

  金色桃 油光桃 银 桃 乌蜜桃 饼 桃

  粉红桃 胭脂桃 迎冬桃 昆仑桃 脱核锦纹桃

青州进十色枣：

  三心枣 紫纹枣 圆爱枣 三寸枣 金槌枣

  牙美枣 凤眼枣 酸味枣 蜜波枣 （缺）

南留进五色樱桃：

  粉樱桃 蜡樱桃 紫樱桃 朱樱桃 大小木樱桃

蔡州进三种栗：

  巨栗 紫栗 小栗

酸枣进十色李：
　　玉　李　横枝李　蜜甘李　牛心李　绿纹李　半斤李
　　红垂李　麦熟李　紫色李　不知熟李
扬州进：
　　杨梅　枇杷
江南进：
　　银杏　榧子
湖南进三色梅：
　　红纹梅　弄黄梅　二圆成梅
闽中进五色荔枝：
　　绿荔枝　紫纹荔枝　赭色荔枝　丁香荔枝　浅黄荔枝
广南进八般木：
　　龙眼木　梭木　榕木　橘木　胭脂木
　　桂　木　栈木　柑木
易州进二十四相牡丹：
　　赭　红　赭　木　鞓　红　坏　红　浅　红
　　飞来红　袁家红　起州红　醉妃红　起台红
　　云　红　天外黄　一拂黄　软条黄　冠子黄
　　延安黄　先春红　颤风娇

天下共进花卉草木鸟兽鱼虫，莫知其数，此不具载，诏起"西苑"十六院：
　　景明一　迎晖二　栖鸾三　晨光四　明霞五　翠华六
　　文安七　积珍八　影纹九　仪凤十　仁智十一
　　清修十二　宝林十三　和明十四　绮阴十五
　　绛阳十六

皆帝自制名。院有二十人，皆择宫中嫔丽谨厚有容色美人实之，每一院，选帝常幸御者为之首。每院有宦者，主出入市易。又凿五湖，每湖方四十里。
　　南曰迎阳湖　东曰翠光湖　西曰金明湖　北曰洁水湖
　　中曰广明湖

湖中积土石为山，构亭殿，曲屈盘旋广袤数千间，皆穷极人间华丽。又凿北海，周环四十里。中有三山，效蓬莱、方丈、瀛洲⑬，上皆台榭回廊。水深数丈，开沟通五湖四海，沟尽通行龙凤舸。帝常泛东湖。帝因制《湖上曲望江南》八阕：

　　湖上月，偏照列仙家。水浸寒光铺象簟⑭，浪摇晴影走金蛇，偏称泛灵槎⑮。　光景好，轻彩望中斜。清露冷侵银兔影⑯，西风吹落桂枝花。开宴思无涯。

　　湖上柳，烟里不胜垂。宿露洗开明媚眼⑰，东风摇弄好腰肢。烟雨更相宜。　环曲岸，阴覆画桥低。线拂行人春晚后，絮飞晴雪暖风时，幽意更依依。

　　湖上雪，风急堕还多。轻片有时敲竹户，素华无韵入澄波。烟水玉相磨。　湖水远，天地色相和。仰面莫思梁苑赋⑱，朝尊且听玉人歌⑲。不醉拟如何？

　　湖上草，碧翠浪通津。修带不为歌舞绶⑳，浓铺堪作醉人茵。无意衬香衾。　晴霁后，颜色一般新。游子不归生满地，佳人远意寄青春。留咏卒难伸。

　　湖上花，天水浸灵葩，浸蓓水边匀玉粉，浓苑天外剪明霞。只在列仙家。　开烂熳，插鬓若相遮。水殿春寒微冷艳，玉轩清照暖添华，清赏思何赊㉑。

　　湖上女，精选正宜身。轻恨昨离金殿侣，相将今是采莲人。清唱满频频。　轩内好，嬉戏下龙津。玉琯朱弦闻昼夜㉒，踏青斗草事青春。玉辇是群真㉓。

　　湖上酒，终日助清欢。檀板轻声银线暖㉔，醑浮春米玉蛆寒㉕。醉眼暗相看。　春殿晓，仙艳奉杯盘。湖上风烟光可爱，醉乡天地就中宽，帝主正清安。

　　湖上水，流绕禁园中，斜日暖摇清翠动㉖，落花香缓众纹红㉗。萍末起清风。　闲纵目，鱼跃小莲东。泛泛轻舟兰棹稳，沉沉寒影上仙宫，远意更重重。

　　炀帝游湖上，多令宫中美人歌此曲。

注释

①仁寿二年：隋文帝年号，为602年。按：隋炀帝实生于北周天和四年（569年）。

②"帝"：《说郛》、明抄本有"文"字。下句亦然。文帝名杨坚，原为北周大贵

族杨忠之子,后代周自立,统一中国,建立隋朝。604年被其子杨广所杀。

③据《校记》,隋炀帝名广,此处"名勇"二字疑衍。下文中"不意于勇"也应作"不意于广"。"勇"是其兄之名。

④钩赜(zé责):探求隐微。

⑤据《校记》说,此句下郭涵本有"素曰,国本不可屡易。臣不敢奉诏"十三字。下句"帝因愤懑",是闻杨素对语所致,所应有此十三字,文气方衔接。

⑥"不足"二字,郭涵本、郭抄本、董本作"声"。

⑦帝已崩已:第二个"已"字说郭作"矣"。

⑧乃不发:"发"下郭涵本有"丧"字。

⑨圭:古代帝王、诸侯举行仪式时所用的玉制礼器。

⑩大家:宫中近臣或后妃对皇帝的称呼。

⑪吾不欲立勇:"不",郭涵本、董本无,是。

⑫西苑:故址在今江苏扬州市西北。

⑬蓬莱、方丈、瀛洲:传说中的三座神山,位于渤海。

⑭象簟(diàn垫):象牙色的席子。

⑮灵槎:能乘往天河的船筏。典出晋张华《博物志》卷十:"近世有人居海渚者,年年八月有浮槎去来,不失期,人有奇志,立飞阁于槎上,多赍粮,乘槎而去。"此处指皇帝乘的船。

⑯银兔:即玉兔,代指月亮。

⑰明媚眼:指柳叶,其形状如媚眼。

⑱梁苑:也称梁园、兔园,汉梁孝王修筑,故址在今河南开封东南。枚乘曾作有《梁苑赋》。

⑲朝尊:面对酒杯。尊,亦作樽。

⑳修带:长长的带子,此处用以比拟草叶。

㉑赊:同"奢",多。

㉒玉琯:一种像笛子的吹奏乐器。

㉓群真:群仙,这里指宫女。

㉔檀板:歌唱奏乐时的拍板。

㉕醅(pēi胚):未过滤的酒。玉蛆:浮在酒面上的白色泡沫,亦以代酒。

㉖清翠:指绿色的水波。

㉗众纹:指落在水面的花瓣形成的波纹。

【今译】

我家世世代代喜欢收藏古书器玩,只有隋炀帝的事迹搜集详备,都是其他书没有记载的文字。我就将它编成此文,传给好事者,使他们知道一些他们没听说过的事。

隋炀帝生于仁寿二年,出生时满天红光,宫中的人都很惊讶,那时牛马都嘶叫起来。炀帝的母亲先是梦见有龙从身体内出来,飞腾高达十余里,然后掉到地上,尾巴随即断裂了。她把这事奏明文帝,文帝默默沉思,没有回答。

炀帝三岁时,在文帝身前游戏。文帝把他抱在窗前逗弄,亲热了好一阵,说:"这孩子长相尊贵,恐怕要败坏我的家业。"从这以后,文帝虽然还是喜爱他,却不想传位给他。炀帝十岁时,喜欢看书,古今书籍,甚至药方、天文、地理、伎艺、术数方面的书,无不通晓。但心术不正,性格残忍,阴险而多疑,喜欢探求别人内心的想法。

那时杨素有战功,正被重用,炀帝巴心巴意地与他接交。文帝生病,宫廷内外无人知道。当时皇后也身体不安,有十来天帝、后两宫没通音问,不知对方身体安否。炀帝坐在便室,召请杨素商议说:"您是国家的元老,能了却我家事的就是您了。"于是暗暗握着杨素的手说:"让我实现志愿,我也会终身报答您。"杨素说:"等着吧,我自有办法。"

杨素入宫探问文帝病情,文帝见了杨素,坐起身来,对杨素说:"我曾经亲手拿着兵器,冒着箭雨和石头,出生入死,与你同患难,才得享有今天的富贵。我自思这场病好不了,不能够君临天下了。如果我死了,你就立我的大儿子杨勇为帝。你如果违背了我的话,我死后也会杀掉你。这件事我不对别人说,你如果立我家族中其他人为帝,我到死也不闭眼。"杨素说:"立太子的事是国之根本,不能随便更换。臣不敢奉诏。"文帝于是十分气愤,就大声呼唤左右的人说:"召我儿杨勇来!"结果气接不上,哽塞住了,就把脸转向内侧不再说话。杨素于是出宫对炀帝说:"事情还不行,再等一下。"过了一会儿,左右的人出来报告杨素说:"我们呼唤皇上没有应答,只在喉咙中发出呦呦的声音。"炀帝朝杨素下拜说:"我愿把一生托付给您。"杨素急忙入宫,文帝已经驾崩,就先不发丧。

第二天,杨素将遗诏藏在袖中宣布立新君。当时百官还不知此事,杨手执玉圭对百官说:"文帝遗诏立太子为帝。有不从者,就地处决!"左右的人扶炀帝上殿,炀帝脚都软了,几次差点跌倒,上不了殿。杨素下殿,让左右的人离开,把手伸出去扶住炀帝。炀帝抓住杨素的手,才上了殿。百官无不叹息。杨素回到家,对家人说:"我已把那小子提起来,让他当了皇帝。只是不知他担当得起不?"

杨素自恃有功,见到炀帝时大多叫他为郎君。有次在内殿陪帝宴饮,官人不小心碰倒酒杯,弄脏了杨素的衣服,杨素发怒,喝令左右的人把官人拉下殿,用鞭子抽打。炀帝为此很怨恨杨素,隐忍着没有发作。一天,炀帝与杨素在池中钓鱼,他与杨素并肩而坐,左右的人张设黄罗伞为他们遮挡阳光。炀帝起身上厕所,回来时见杨素坐在黄罗伞下,风骨秀异,仪表堂堂。炀帝十分疑忌。炀帝喜欢寻欢作乐,有时不能遂意,被杨素的谏请给阻止了,因此愈加生出加害杨素的想法。正值杨素死了,炀帝就说:"假如杨素不死,我要灭他九族。"

此前,杨素打算入朝,看见文帝手拿金钺追赶他说:"你这贼人!我想立杨勇为君,你竟不听我的话。我今天一定要杀你!"杨素惊叫着跑进屋里,招来两位子侄对他们说:"我必死无疑,因为文帝已经说了这话。"不多久,杨素就死了。

自从杨素死后,炀帝更加肆无忌惮,开辟方圆二百里作为西苑,役使民力常达百万之数。苑内分为十六院,堆聚土石为山,开凿池子为五湖四海。诏令天下将各地的鸟兽草木运到京城来。

铜台进贡的梨有十六种:

  黄色梨　紫色梨　玉乳梨　脸色梨　甘棠梨　轻消梨
  密味梨　堕水梨　圆　梨　木唐梨　坐国梨　天下梨
  水全梨　玉沙梨　沙味梨　火色梨

陈留进贡有十种桃子:

  金色桃　油光桃　银　桃　乌蜜桃　饼　桃　粉红桃
  胭脂桃　迎冬桃　昆仑桃　脱核锦纹桃

青州进贡有十种枣子:

  三心枣　紫纹枣　圆爱枣　三寸枣　金槌枣　牙美枣
  凤眼枣　酸味枣　蜜波枣(此处缺一种)

南留进贡有五种樱桃:

  粉樱桃　蜡樱桃　紫樱桃　朱樱桃　大小木樱桃

蔡州进贡有三种栗子:

  巨　栗　紫　栗　小　栗

酸枣进贡有十种李子:

玉　李　　横枝李　　蜜甘李　　牛心李　　绿纹李　　半斤李
　　红垂李　　麦熟李　　紫色李　　不知熟李

扬州进贡有：

　　杨　梅　　枇　杷

江南进贡有：

　　银　杏　　榧　子

湖南进贡有三种梅：

　　红纹梅　　弄黄梅　　二圆成梅

闽中进贡有五种荔枝：

　　绿荔枝　　紫纹荔枝　　赭色荔枝　　丁香荔枝　　浅黄荔枝

广南进贡有八种树木：

　　龙眼木　　梭　木　　榕　木　　橘　木　　胭脂木　　桂　木
　　帐　木　　柑　木

易州进贡有二十四种花色的牡丹：

　　赭　红　　赭　木　　鞓　红　　坏　红　　浅　红　　飞来红
　　袁家红　　起州红　　醉妃红　　起台红　　云　红　　天外黄
　　一拂黄　　软条黄　　冠子黄　　延安黄　　先春红　　颤风娇

天下共进花卉草木鸟兽鱼虫，不计其数，这里不一一记载。又诏令修建"西苑"十六院：

　　景明　　迎晖　　栖鸾　　晨光　　明霞　　翠华　　文安　　积珍
　　影纹　　仪凤　　仁智　　清修　　宝林　　和明　　绮阴　　绛阳

以上名称都是炀帝自己制定的。每院有二十人，都是挑选宫中佳丽性格谨厚有姿色的美人在里面。每一院，挑选炀帝经常垂幸的美人为领头的。每院住有宦官，负责出入买卖等事。又挖掘了五个湖，每湖方圆四十里。

　　南为迎阳湖　　东为翠光湖　　西为金明湖　　北为洁水湖
　　中为广明湖

湖中堆积土石为山，修建亭殿，曲折盘旋，广达数千间，都是人间最华丽的。又挖掘了北海，周环四十里。中间有三座山，仿效东海中的蓬莱、方丈、瀛洲三座仙山，山上都有台榭回廊。水深数丈，开沟渠连通五湖四海，沟梁都可通行龙凤舸。炀帝常常在东湖泛舟。还为此填写了《湖上曲望江南》八首：

湖上月,偏照列仙家。水浸寒光铺象簟,浪摇晴影走金蛇,偏称泛灵性。　光景好,轻彩望中斜。青露冷侵银兔影,西风吹落桂枝花,开宴思无涯。

湖上柳,烟里不胜垂。宿露洗开明媚眼,东风摇弄好腰肢,烟雨更相宜。　环曲岸,阴覆画桥低。线拂行人春晚后,絮飞晴雪暖风时,幽意更依依。

湖上雪,风急堕还多。轻片有时敲竹户,素华无韵入澄波,烟外玉相磨。　湖水远,天地色相和。仰面莫思梁苑赋,朝尊且听玉人歌,不醉拟如何?

湖上草,碧翠浪通津。修带不为歌舞绶,浓铺堪作醉人茵,无意衬香裀。　晴雾后,颜色一般新。游子不归生满地,佳人远意寄青春,留咏卒难伸。

湖上花,天水浸灵葩。浸蓓水边匀玉粉,浓苞天外剪明霞,只在列仙家。　开烂熳,插鬓若相遮。水殿春寒微冷艳,玉轩清照暖添华,清赏思何赊。

湖上女,精选正宜身。轻恨昨离金殿侣,相将今是采莲人,清唱满频频。　轩内好,嬉戏下龙津。玉琯朱弦闻昼夜,踏青斗草事青春,玉辇是群真。

湖上酒,终日助清欢。檀板轻声银线缓,醑浮香米玉蛆寒。醉眼暗相看。　春殿晚,仙艳奉杯盘。湖上风烟光可爱,醉乡天地就中宽,帝主正清安。

湖上水,流绕禁园中。斜日暖摇清翠动,落花香缓众纹红,蘋末起清风。　闲纵目,鱼跃小莲东。泛泛轻摇兰棹稳,沉沉寒影上仙宫,远意更重重。

炀帝常在湖中游览,总是叫宫中美人歌唱这支曲子。

隋炀帝海山记下

缺　名

【原文】

　　大业六年,后苑草木鸟兽繁息茂盛。桃蹊李径,翠荫交合,金猿青鹿,动辄成群。自大内开为御道①,通西苑,夹道植长松高柳。帝多幸苑中,无时②,宿御多夹道而宿③,帝往往中夜即幸焉。一夕,帝泛舟游北海,惟宫人数十辈。帝升海山殿,是时月初朦胧④,晚风轻软,浮浪无声,万籁俱息。俄水上有一小舟⑤,只容两人。帝谓十六院中美人。泊至,有一人先登赞道⑥,唱:"陈后主谒帝。"帝意恍惚,亦忘其死。帝幼年于后主甚善⑦,乃起迎之。后主再拜,帝亦鞠躬劳谢。既坐,后主曰:"忆昔与帝同队戏,情爱甚于同气。今陛下富有四海,令人钦服。始者谓帝将致理于三王之上⑧,今乃甚取当时乐以快平生,亦甚美事。闻陛下已开隋渠⑨,引洪河之水⑩,东游维扬⑪,因作诗来奏。"乃探怀出诗,上帝。诗曰:"隋室开兹水,初心谋太奢。一千里力役,百万民呼嗟。水殿不复反,龙舟兴已遐。鹢流催白浪⑫,触浪喷黄沙。两人迎客遡⑬,三月柳飞花。日脚沉云外,榆梢噪螟鸦。如今投子欲,异日便无家。且乐人间景,休寻汉上槎⑭。东喧舟舣岸,风细锦帆斜。莫言无后利,千古壮京华。"

　　帝观书,拂然愠曰⑮:"死生,命也。兴亡,数也。尔安知吾开河为后人之利?"帝怒叱之。后主曰:"子之壮气,能得几日?其终始更不若吾。"帝乃起而逐之。后主走,曰:"且去!且去!后一年,吴公台下相见⑯。"乃投于水际。帝方悟其死⑰。帝兀坐不自知,惊悸移时。一日,明霞院美人杨夫人喜报帝曰:"酸枣邑所进玉李,一夕忽长,阴横数亩。"帝沉默甚久,曰:"何故而忽茂?"夫人云:"是夕,院中闻空中若有千百人,语言切切,云'李木当茂⑱'。洎晓看之,已茂盛如此。"帝欲伐去。左右或奏曰:"木德来助之应也⑲。"又一夕,晨光院周夫人来奏云:"杨梅一夕忽尔繁盛。"帝喜,问曰:"杨梅之茂,能如玉李乎?"或曰:"杨梅虽茂,终不敌玉李之盛。"帝自于两院观之,亦自见玉李至繁茂。后梅李同时结实,院妃来献。帝问二果孰胜,院妃曰:"杨梅虽好,味清酸,终不若玉李之甘。苑中人多好玉李。"帝叹曰:"恶杨好李,岂人情哉,天意乎!"后帝将崩扬州,一日,院妃报杨梅已枯死。帝果崩于扬州。异乎!一日,洛水渔者获生鲤一尾,金鳞赤尾,鲜明可爱。帝问渔者之姓。姓解⑳,未有名。帝以朱笔于鱼额书"解生"字以记之,乃放之北海中。后帝幸北海,其鲤已长丈余,浮水见帝,其鱼不没。帝时与萧院妃同看㉑,鱼之额朱字犹存,惟解字无半,尚隐隐角字存焉。萧后曰:"鲤有角,乃龙也。"帝曰:"朕为人主,岂不知此意?"遂引弓射之,鱼乃沉。大业四年,道州贡矮民王义㉒,眉目浓秀,应对甚敏。帝尤爱之。常从帝游,终不得入宫。帝曰:"尔非宫中物㉓。"义乃自宫㉔。帝由是愈加怜爱,得出入。帝卧内寝,义多卧榻下;帝游湖海回,义多宿十六院。一夕,帝中夜潜入栖鸾院。时夏气暄烦,院妃牛庆儿卧于帘下。初月照轩,颇明朗。庆儿睡中惊魇,若不救者。帝使义呼庆儿,帝自扶起,久方清醒。帝曰:"汝梦中何苦如此?"庆儿曰:"妾梦中如常时,帝握妾臂,游十六院。至第十院,帝入坐殿上。俄而火发,妾乃奔走,回视帝坐烈焰中。妾惊呼人救帝,久方睡觉。"帝性自强,解曰:"梦死得生。火有威烈之势,吾居其中,得威者也。"大业十年,隋乃亡㉕,入第十院,帝居火中,此其应也。龙舟为杨玄感所烧㉖。后敕扬州刺史再造,制度又华丽,仍长广于前舟。舟初来进,帝东幸维扬,后宫十六院皆随行。西苑令马守忠别帝曰:"愿陛下早还都辇㉗,臣整顿西苑以待乘舆之来。西苑风景台殿如此,陛下岂不思恋,舍之而远游也?"又泣下。帝亦怆然,谓守忠曰:"为吾好看西苑,无令后人笑吾不解装景趣也㉘!"左右亦疑讶。帝御龙舟,中道,夜半,闻歌者甚悲。其歌曰:"我兄征辽东㉙,饿死青山下。今我挽龙舟,又困隋堤道。方今天下饥,路粮无些少。前去三十程,此身安可保。寒骨惋荒沙㉚,幽魂泣烟草。悲损闺内妻,望断吾家老。安得义男儿,悯此无主尸。引其孤魂回,负其白骨归。"

帝闻其歌,遂遣人求其歌者,至晓不得其人,帝颇回徨,通夕不寝。扬州百官,天下朝贡使无一人至。有来者在路,乃兵夺其贡物。帝犹与群臣议,诏十三道起兵,诛不朝贡者㉛。帝知世祚已去㉜,意欲遂幸永嘉,群臣皆不愿从。帝未遇害前数日,帝亦微识玄象,多夜起观天。乃召太史令袁充,问曰:"天象如何?"充伏地泣涕曰:"星文太恶,贼星逼帝坐甚急。恐祸起旦夕,愿陛下遽修德灭之。"帝不乐,乃起,入便殿挽膝俯首不语。乃顾王义曰:"汝知天下将乱乎?汝何故省言而不告我也?"义泣对曰:"臣远方废民,得蒙上恩,自入深宫,久膺圣泽。又尝自宫,以近陛下。天下大乱,固非今日,履霜坚冰㉝,其来久矣。臣料大祸,事在不救。"帝曰:"子何不早教我也?"义曰:"臣不早言。言,即臣死久矣。"帝乃泣下,曰:"卿为我陈成败之理,朕贵知也。"翌日,义上书云:"臣本出南楚卑薄之地㉞,逢圣明为治之时,不爱此身,愿从入贡。臣本侏儒,性尤蒙滞。出入金马㉟,积有岁华,浓被圣私,皆逾素望,侍从乘舆,周肇台阁㊱。臣虽至鄙,酷好穷经,颇知善恶之本源,少识兴亡之所自。还往民间,颇知利害。深蒙顾问,方敢敷陈。自陛下嗣守元符㊲,体临大器㊳,圣神独断,谏诤莫从,独发睿谋,不容人献。大兴西苑,两至辽东,龙舟逾于万艘,宫阙遍于天下,兵甲常役百万,士民穷乎山谷。征辽者百不存十,没葬者十未有一。帑藏全虚,谷粟踊贵。乘舆竟往,行幸无时,兵士时从,常逾万人。遂令四方失望,天下为墟。方今百姓之赋,存者可计。子弟死于兵役,老弱困于蓬蒿,兵尸如岳,饿殍盈郊,狗彘厌人之肉,鸟鸢食人之余。闻臭千里,骨积高山,膏血野草,狐鼠尽肥,阴风无人之墟,鬼哭寒草之下。目断平野,千里无烟。残民削落,莫保朝昏,父遗幼子,妻号故夫。孤苦何多,饥荒尤甚。乱罹方始,生死孰知。人主爱人,一何如此?陛下情性毅然,孰敢上谏。或有鲠言,又令赐死,臣下相顾,钤结自全㊴。龙逢复生㊵,安敢议奏?上位近臣,阿谀顺旨,迎合帝意,造作拒谏。皆出此途,乃逢富贵。陛下过恶,从何得闻?方今又败辽师,再幸东土,社稷危于春雪,干戈遍于四方,生民方入涂炭,官吏犹未敢言。陛下自惟,若何为计?陛下欲幸永嘉,坐延岁月。神武威严,一何消烁?陛下欲兴师则兵吏不顺,欲行幸则侍卫莫从。帝当此时,如何自处?陛下虽欲发愤修德,特加爱民。圣慈虽切救时,天下不可复得。大势已去,时不再来。巨厦将颠,一木不能支,洪河已决,掬壤不能救。臣本远人,不知忌讳。事忽至此,安敢不言?臣今不死,后必死兵,敢献此书,延颈待尽。"帝省义奏,曰:"自古安有不亡之国,不死之主乎?"义曰:"陛下尚犹蔽饰己过。陛下平日常言吾当跨三皇,超五帝,下视商周,使万世不可及。今日其势如何?能自复回都辇乎?"帝乃泣下,再三加叹。义曰:"臣昔不言,诚爱生也。今既具奏,愿以死谢也。天下方乱,陛下自爱。"少选,报云:"乂已自刎矣。"帝不胜悲伤,特命厚葬焉。不数日,帝遇害。时中夜,闻外切切有声,帝急起,衣冠御内殿,坐未久,左右伏兵俱起,司马戠携刃向帝㊶。帝叱之曰:"吾终年重禄养汝。吾无负汝,汝何负我!"帝常所幸朱贵儿在帝旁,谓戠曰:"三日前,帝虑侍卫薄衣小寒,有诏:宫人悉絮袍裤。帝自临视之,数千袍两日毕工,前日赐公。第岂不知也?尔等何敢逼胁乘舆㊷?"乃大骂戠。戠曰:"臣实负陛下,但目今二京已为贼据㊸,陛下归亦无路,臣死亦无门。臣已萌逆节,虽欲复已,不可得也。愿得陛下首以谢天下。"乃携剑上殿,帝复叱曰:"汝岂不知诸侯之血入地尚大旱,况人主乎?"戠进帛,帝入内阁自绝。贵儿犹大骂不息,为乱兵所杀耳。

注释

①大内:皇宫。

②无时:"无"上郭涵本有"去来"二字。

③宿御:郭涵本作"侍御",指护卫人员。

④初:郭涵本作"色"。

⑤"俄"下董本有"见"字。

⑥有一人先登赞道:"有",说郭作"首"。赞道:辅佐,这里指为后主导引开路。

⑦于:说郭作"与"。

⑧三王:夏禹、商汤、周文王,是夏、商、周三国的开国之君。

⑨隋渠:即大运河,始凿于公元前五世纪,至隋代进行大规模扩展,北至涿郡(今北京),南径江都(今扬州)直达杭州。渠成后,隋炀帝乘龙舟沿河游乐。

⑩洪河:大河,这里指黄河。

⑪维扬:扬州的古称。

⑫鹢(yì 益)流:鹢是古籍上记载的一种像鸬鹚的水鸟,古人常画鹢于船首,故此处以鹢流代指船队。

⑬两人迎客邀:指陈后主与随从两人逆水而行迎接隋炀帝。

⑭休寻句:意思是不要空寻能上天河的船只。

⑮帝观书,拂然愠曰:"书",说郭作"诗","拂然愠"作"拂衣怒"。

⑯吴公台:在江苏扬州西北。始建于南朝宋,后南朝陈将领吴明彻又扩建,故称吴公台。隋炀帝死后葬于此。

⑰"其"下董本有"已"字。

⑱李木当茂:此句预示李唐王朝将要兴起。下文说杨梅枯死,也是预示隋朝

将亡。

⑲木:古人以金木水火土五行相生相胜,附会王朝的命运,以木胜者为木德。

⑳姓解:"姓"上董本有"曰"字。

㉑萧院妃:即下文的萧后,隋炀帝后。

㉒道州:唐代州名,治所在营道(今湖南道县)。

㉓物:人。

㉔宫:宫刑,即破坏生殖机能。

㉕隋朝实际灭亡时间为大业十四年(公元618年)。

㉖杨玄感:杨素之子,袭爵封楚国公,任礼部尚书。大业十一年起兵反隋,烧毁水殿和龙舟,后战败而死。

㉗都辇:指京城洛阳。

㉘此句"装"字下馆本有"点"字。

㉙隋炀帝于大业七年(公元611年)、九年(公元613年)、十年(公元614年)三次征伐高丽。

㉚"惋"说郛、馆本、董本作"枕"。

㉛扬州以下七句:隋朝逢正月,各郡长官到朝廷晋见皇帝。据《资治通鉴·隋纪》:"春,正月,朝。集使不至者二十余郡,始议分遣使者十二道,发兵讨捕盗贼。"

㉜祚(zuò 做):君位、国统。

㉝履霜坚冰:语出《易·坤》:"初六,履霜坚冰至。象曰:履霜坚冰,阴始凝也;驯致其道,至坚冰也。"后以"履霜坚冰"比喻事态逐渐发展,将有严重后果。

㉞南楚:指今湖南。

㉟金马:汉宫门名,此泛指宫廷。

㊱台阁:尚书。这里以台阁泛指朝廷各官署。

㊲元符:古代帝王用以传达命令的凭证,用铜、玉、竹等制成,各执一半,以验真假。符象征权力,故此处以元符代指皇位。

㊳大器:指国家。《荀子·王霸》:"国者,天下之大器也,重任也。"

㊴钤结:钳口结舌,即闭口吵言之意。

㊵龙逄:关龙逄,夏桀时大夫,因直言敢谏,被桀杀害。

㊶司马戡:《隋书》与《资治通鉴》均作"司马德戡",是隋炀帝时的禁卫军将领。大业十四年与宇文化及发动兵变缢杀隋炀帝,后亦被宇文化及所杀。

㊷乘舆:皇帝的车乘。此处代指皇帝。

㊸二京:指西京长安和东都洛阳。大业十三年十一月,李渊进占长安;同年,李密占领洛阳。

【今译】

大业六年,后苑草木茂盛,鸟兽繁衍,桃李树下,小径纵横,绿荫交合,金猿青鹿,成群结队。从皇宫内开辟一条御道,直通西苑,路两旁种上高大的松树和柳树。炀帝经常到苑中来,来到的时间都不一定,侍卫大多在御道两旁过夜,因为炀帝往往半夜光临。

有一天晚上,炀帝乘船游北海,跟随的只有几十名宫人。炀帝登上海山殿,这时月色朦胧,晚风轻拂,浮浪无声,万籁俱寂。突然,水上出现一条小船,只能容两人。炀帝以为是西苑十六院中的美人。等船到达,前面一人先上岸导引,并通报道:"陈后主晋见炀帝。"炀帝神志恍惚,也忘记陈后主已死去,炀帝小时候和后主很要好,就起身接他。后主拜了拜,炀帝也鞠躬答礼。坐下之后,陈后主说:"记得以前与陛下一同游戏,情爱胜过同胞兄弟。现在陛下富有四海,令人钦服。我起先认为陛下将励精图治,超越古代三王的业绩,现在才知道陛下很注重及时行乐以快慰平生,这也是一桩美事。听说陛下已经开通了隋渠,引来大河的水,东游扬州,因此写了一首诗来进献。"就从怀中掏出诗稿,呈送炀帝。诗是这样写的:

　　隋室开兹水,初心谋太奢。一千里力役,百万民吁嗟。
　　水殿不复返,龙舟兴已退。鹈流催白浪,触浪喷黄沙。
　　两人迎客遡,三月柳飞花。日脚沉云外,榆梢噪暝鸦。
　　如今投子欲,异日便无家。且乐人间景,休寻汉上槎。
　　东暄舟舣岸,风细锦帆斜。莫言无后利,千古壮京华。

炀帝看完诗,拂袖大怒说:"死和生,是天命。兴与亡,是定数。你怎么知道我开河是为了后人便利?"怒气冲冲地将陈后主骂了一通。后主说:"您的气很壮,但不知能维持几天?恐怕到头来还不如我。"炀帝就起身追赶他。后主一面跑,一面说:"去吧,去吧。再过一年,我俩在吴公台下相见。"说完就投身到水中。炀帝这才想起后主已死,就一动不动地坐着发呆,惊悸了很长时间。

有一天明霞院美人杨夫人高兴地报告炀帝说:"酸枣邑进贡的玉李,一个晚上突然长大,树荫相连好几亩地。"炀帝沉默了很久说:"为什么突然长得这样茂盛?"杨夫人说:"这天晚上,院中人听见空中好像有千百人在窃窃私语,说:'李木当茂。'到早上看到这李树时,已经茂盛如此了。"炀帝想把李树砍掉。左右有人劝奏说:"这应验着木德要帮助皇上了。"又一个晚上,晨光院的周夫人来报告说:"杨梅一晚上突然繁茂起来。"炀帝很高兴,问道:"杨梅的茂盛,能比得上玉李吗?"有人说:"杨梅虽然茂盛,终不及玉李。"炀帝亲自到两个庭院去看,也看见玉李特别繁茂。后来梅树李树同时结果,院妃前来进献。炀帝就问两种果子哪种好,院妃说:"杨梅虽然好,只是味道清酸,终不如玉李那样甘甜。苑中人大多喜欢玉李。"炀帝叹息说:"恶杨好李,哪里是人情呢,是天意啊!"后来炀帝在扬州临死时,一天,院妃来报告说杨梅已经枯死。炀帝果然在扬州去世。真奇怪啊!

有一天,洛水一个打鱼的捕获了一条活鲤鱼,金鳞赤尾,鲜活可爱。炀帝问那渔夫的姓名,回答说姓解,没有名字。炀帝就用朱笔在鱼额上写了"解生"二字作为标记,然后把鱼投放到北海中。后来炀帝游北海,这条鲤鱼长到一丈多长,浮出水面来与炀帝相会,也不往下沉。炀帝当时与萧妃一同观看,鱼额上朱红色的字还保存着,只是"解"字有一半已不见了,还隐隐可看见"角"字,萧后说:"鲤有角,就是龙。"炀帝说:"我为人主,难道不懂得它的含义?"就拉开弓箭射鱼,鱼就沉入水中。

大业四年,道州进贡一个矮人叫王义,长得浓眉秀目,应答很敏捷。炀帝特别喜欢他。王义曾经跟随炀帝巡游,但始终不能进入宫中。炀帝对他说:"你不是可以进入宫中的人。"王义就自动阉割了。炀帝因此更加怜爱他,王义于是得以出入宫廷。炀帝在寝殿睡觉时,王义常常就在炀帝榻下睡觉;炀帝游湖海回来,王义常常陪宿于十六院。

一天晚上,炀帝在半夜悄悄进入栖鸾院。当时暑气很盛,院妃牛庆儿在帘子下睡觉。初升的月亮照着窗子,很是明朗。庆儿在睡梦中惊叫,像没了魂似的。炀帝叫王义唤庆儿,炀帝亲自把她扶起来,很久才清醒。炀帝说:"你梦中受了什么苦到这个地步?"庆儿说:"我在梦中和平时一样。皇上握着我的手,游十六院。到第十院时,皇上进去坐在殿上,不一会儿失火了,我就奔跑。回头看见皇上坐在烈焰中,我惊呼叫人来救皇上。好久才转过来。"炀帝性格要强,解释说:"梦死得生。火有威烈之势,我在其中,说明我得到了它的威势。"大业十年,隋朝就灭亡了,炀帝进入第十院,居火中,就是这梦境的应验。

杨玄感起兵反隋烧掉了龙舟。后来诏令扬州刺史再造一艘,样式更加华丽,也更长更宽。龙舟刚进献来,炀帝就乘着它东游扬州,后宫十六院都一同随行。西苑令马守忠与炀帝告别说:"希望陛下早日回到都城,我将整顿西苑以待陛下车驾归来。西苑的风景台殿如此美好,陛下难道不思恋,为什么还要舍弃它而远游呢?"说完又流下泪来。炀帝也很伤心,对守忠说:"替我照管好西苑,不要让后人笑我不懂得装点景物雅趣!"连左右的人都为他这话感到疑惑惊讶。

炀帝乘着龙舟,途中,正值夜半,听见有人唱歌,音调很悲伤。那歌词说:

我兄征辽东,饿死青山下。今我挽龙舟,又困隋堤道。
方今天下饥,路粮无些少。前去三十程,此身安可保。
寒骨枕荒沙,幽魂泣烟草。悲损闺内妻,望断吾家老。
安得义男儿,悯此无主尸。引其孤魂回,负其白骨归。

炀帝听了这首歌后,就派人去找唱歌的人,直到早上也没有找到。炀帝很不安,整晚都睡不着。

炀帝在扬州接受百官朝见,全国各地的朝贡使没有一个来的。有的走在半路上,就被兵士抢走了贡物。炀帝仍然与群臣商议,要下诏让十三道起兵,诛杀不前来朝贡的人。炀帝知道隋朝大势已去,打算移驾永嘉,群臣都不愿跟随前往。

炀帝尚未遇害的前几天,他也稍微懂一点天象,经常半夜起来观察。他召来太史令袁充,问道:"天象怎么样?"袁充伏在地上哭着说:"星相太恶,贼星逼近帝座很急迫。恐怕马上会有祸事发生,希望陛下立即修养德行,消灭灾祸。"炀帝很不高兴,就站起身来,走进便殿中,手抱膝头低首不语。他看着王义说:"你知道天下将要大乱吗?你为什么沉默寡言不告诉我呢?"王义哭着回答道:"臣是僻远之地的一个残废人,承蒙陛下恩典,自从进入深宫,领受您的恩泽已经很久了,我又曾经自动去势,以求亲近陛下。天下大乱,本来就不是从今天才开始的。履霜坚冰,其寒已久。臣预料这场大祸,是无法挽救了。"炀帝说:"你为什么不早点开导我呢?"王义说:"臣是没有早说,如果说了,臣也早就死了。"炀帝于是流下泪来,说:"你为我陈说一下成败之理,我看重的是能了解这中间的原因。"

第二天,王义就上书说:

　　臣本出生于南楚低下贫瘠之地,赶上圣明治理国家之时,我不吝惜我的身体,愿遵从上命入贡朝廷。臣本是一个侏儒,天性特别愚钝。但我出入宫廷,算来也有年头了,深蒙圣恩,完全超过我生平所愿,又侍从车驾,与各处官署周旋。臣虽然见识太短,但特别喜欢研读经书,略知一点产生善恶的本源,也懂一点导致兴亡的原因。来往于民间,略知事物的利害关系,蒙皇上垂问,我才敢陈述所见。
　　自从陛下继承帝位,君临天下,凭着圣明独断专行,从不听从臣下的谏诤,只图施展一己智谋,不许别人献计献策。大兴土木建造西苑,两次发兵征讨辽东,龙舟超过万艘,宫殿遍布天下,征兵常是百万之数,以至山谷中也少有人迹。征伐辽东的士兵百名里面活下来的不超过十名,而死者能得到安葬的十个里面不到一个。国库空虚,谷价昂贵。陛下竟然还要乘车外出巡游,来来去去又没个准时,随从士兵经常超过万人。这就让四方官民失望,使天下成为一片废墟。如今老百姓手中的钱,存在手中的已屈指可数。他们的子弟死于兵役,他们中的老弱困守于荒草野地,士兵尸首堆积如山,饿死的人遍于郊野,野狗吃饱了人肉,老鹰又来啄食残余的肢体。臭气千里可闻,白骨堆积如山,死者的血肉滋养了野草,狐狸野鼠都被喂肥。阴风在无人的废墟中吹过,野鬼在枯草下面号哭。望断平野,千里没有人烟。活下来的人也都沦落破败,朝不保夕,父亲离开人世丢下幼子,妻子痛哭死去的丈夫。孤苦的人不知多少,饥荒尤其严重。祸乱刚刚开始,生死有谁知道。人主爱护子民,为何到了如此地步?
　　陛下性情刚毅,谁敢上谏。间或有人直言,又下令赐死,臣下互相观望,都闭口不言以图自保。就是关龙逢复生,又怎敢上议劝奏?身居上位的近臣,只知阿谀顺旨,迎合陛下之意,编造理由拒绝纳谏。大家都走这条路,就能得到荣华富贵。陛下的过错,又何从听到?
　　如今征辽大军又遭败北,陛下却再次游幸东土,国家危亡就如春雪,干戈遍于四方,生民惨遭涂炭,官吏们却还是不敢说话。陛下自己想想,还有什么办法?陛下想游幸永嘉,借以拖延岁月。昔日神武威严的气概,为什么就消失了呢?陛下想兴师则兵吏不听令,想巡游则侍卫不跟从。陛下当此时,又该如何自处?虽然陛下还想发愤修养品德,加倍爱护百姓,虽然陛下的圣明仁慈能切中救治时弊的关键,但天下已经不可复得。大势已去,时不再来。巨厦将倾,一棵木头不能支撑,洪河已决,一捧泥土无法挽救。

臣本僻远之人,不懂得忌讳。事情一下子到了这个地步,怎敢不直言?臣今日不死,以后也必定会死于乱兵之手,所以敢献此书,伸着脖子等候死刑。

炀帝看了王义的奏表,说:"自古哪有不亡之国,不死之君呢?"王义说:"陛下还要掩饰自己的过错。陛下平日常说,我要跨越三皇,超过五帝,俯视商周,使后代万世之君都不及我。今日的情形又如何呢?还能自己回车驾归返京都吗?"炀帝这才流下眼泪,再三叹息。王义说:"臣过去不说,确实是因为爱惜生命。现在既然已经全部奏明,愿以一死谢罪。天下正在大乱,陛下善自保重。"不一会儿,左右上报说:"王义已经自刎了。"炀帝不胜悲伤,特命给予厚葬。

没过几天,炀帝就遇害了。当时正是半夜,听到外面有窃窃低语声。炀帝急忙起身,穿戴好衣帽来到内殿。坐下不久,左右伏兵一齐冲出,司马戡拿着刀面对炀帝。炀帝呵叱他说:"我整年以丰厚的俸禄供养你,我没有什么对不起你,你为什么要背叛我!"炀帝平时宠幸的朱贵儿站在炀帝身边,对司马戡说:"三天前,陛下担心侍卫们衣服单薄会受风寒,下诏说:宫中之人都给缝制棉袍棉裤。陛下亲临现场看视,几千件衣袍两天就完工了。前天赏赐给您,您难道不知道吗?你们怎敢逼迫威胁圣上呢?"于是就大骂司马戡。司马戡说:"我确实有负陛下,但而今两京已被叛贼占据,陛下想回去也无路可走,臣想效死也无门可入。臣既然已经萌生了叛逆的念头,即使再恢复原先的样子,也不可能了。希望能得到陛下的头以谢天下。"于是提着剑赶上殿来。炀帝又呵叱说:"你难道不知道诸侯的血入地尚且引起大旱,何况是人主的血呢?"司马戡就献上一条绢帛,炀帝进入内阁后自缢了。贵儿仍旧大骂不止,被乱兵杀害。

迷楼记

缺　名

【题解】

本篇录自原本《说郛》卷三十二,撰者不详。

作品以迷楼为背景,揭露隋炀帝晚年沉溺女色的种种荒淫无耻的行径,其中如建迷楼,用御童女车,服春药等,其荒淫纵欲的程度均达到丧心病狂的程度,在历代封建帝王中也是罕见的。隋朝在他手里迅速灭亡,也是必然的。

【原文】

　　炀帝晚年,尤沉迷女色。他日,顾谓近侍曰:"人主享天地之富,亦欲极当年之乐,自快其意。今天下安富无外事,此吾得以遂其乐也,今宫殿虽壮丽显敞,苦无曲房小室,幽轩短槛。若得此,则吾期老于其中也。"近侍高昌奏曰:"臣有友项升,浙人也,自言能构宫室。"翌日,召而问之。升曰:"臣先乞奏图。"后数日,进图。帝披览,大悦,即日诏有司①,供其材木,凡役夫数万,经岁而成。楼阁高下,轩窗掩映。幽房曲室,玉栏朱楯②,互相连属,回环四合,曲屋自通。千门万户,上下金碧。金虬伏于栋下,玉兽蹲乎户旁,璧砌生光,琐窗射日③,工巧云极,自古无有也。费用金玉,帑库为之一虚,人误入者,虽终日不能出。帝幸之,大喜,顾左右曰:"使真仙游其中,亦当自迷也。可目之曰迷楼。"诏以五品官赐升,仍给内库帛千匹赏之。诏选后宫良家女数千,以居楼中,每一幸,有经月不出。是月,大夫何稠进御童女车④。车之制度绝小,只容一人,有机处于其中,以机碍女子手足,纤毫不能动,帝以处女试之,极喜。召何稠语之曰:"卿之巧思,一何神妙如此?"以千金赠之,旌其巧也。何稠出,为人言车之机巧。有识者曰:"此非盛德之器也。"稠又进转关车,用挽之,可以升楼阁如行平地。车中御女则自摇动,帝尤喜悦,帝语稠曰:"此车何名也?"稠曰:"臣任意造成,未有名也。愿帝赐佳名。"帝曰:"卿任其巧意以成车,朕得之,任其意以自乐,可名任意车也。"何稠再拜而去,帝令画工绘士女会合之图数十幅,悬于阁中。上官时自江外得替回⑤,铸乌铜扉八面,其高五尺而阔三尺,磨以成鉴,为屏,可环于寝所,诣阙投进。帝以屏内迷楼,而御女于其中,纤毫皆入于鉴中。帝大喜曰:"绘画得其象耳。此得人之真容也,胜绘画万倍矣。"又以千金赐上官时,帝日夕沉荒于迷楼,磬竭其力,亦多倦怠。顾谓近侍曰:"朕忆初登极日,多辛苦无睡,得妇人枕而藉之,方能合目。才似梦,则又觉。今睡则冥冥不知返,近女色则愈,何也?"它日,矮民王义上奏曰:"臣田野废民,作事皆不胜人。生于恩薄绝远之域,幸因人贡,得备后宫扫除之役。陛下特加爱遇,臣尝一自宫以侍陛下⑥,自兹出入卧内,周旋宫室,方今亲信,无如臣者。臣由是窃览殿中简编,反覆玩味,微有所得。臣闻精气为人之聪明。陛下当龙潜日⑦,先帝勤俭,陛下鲜亲声色,日近善人。陛下精实于内,神清于外,故日夕无寝。陛下自数年声色无数,盈满后宫,陛下日夕游宴于其中。非元日大辰,陛下何尝御前殿?其余多不受朝,设或引见远人,非时庆贺,亦日宴坐朝,曾未称刻,则圣躬起入后宫。夫以有限之体而投无尽之欲,臣固知其愈也。臣闻古者有野叟独歌舞于盘石之上。人询之曰:'子何独乐之多也!'叟曰:'吾有三乐,子知之乎?''何也?'叟曰:'人生难遇太平世。吾今不见兵革,此一乐也。人生难得支体全完⑧。吾今不残疾,此二乐也。人生难得老寿。吾今年八十矣,此三乐也。'其人叹赏而去。陛下享天下之富贵,圣貌轩逸,章龙姿凤⑨,而不自爱重,其思虑固出于野叟之外。臣蕞尔微躯⑩,难图报效,罔知忌讳,上逆天颜。"因俯伏泣涕。帝乃命引起。翌日,召义语之曰:"朕昨夜思汝言,极有深理,汝真爱我者也。"乃命义后宫择一静室,而帝居其中,宫女皆不得入。居二日,帝忿然而出曰:"安能悒悒居此乎?若此,虽寿千万岁,将安用也。"乃复入迷楼。宫女无数,后宫不得进御者亦极众。后宫女侯夫人有美色,一日,自经于栋下,臂悬锦囊,中有文。左右取以进帝,乃诗也。《自感》三首云:"庭绝玉辇迹,芳草渐成科⑪。隐隐闻箫鼓,群恩何处多?""欲泣不成泪,悲来翻强歌。庭花方烂漫,无计奈春何。""春阴正无际,独步意如何?不及闲花柳,翻承雨露多。"《看梅》二首云:"砌雪无消日,卷帘时自颦⑫。庭梅对我有怜意,先露枝头一点春。""香清寒艳好,谁识是天真。玉梅谢后阳和至,散与群芳自在春。"《妆成》云:"妆成多自惜,梦好却成悲。不及杨花意,春来到处飞。"《遣意》云:

"秘洞扃仙卉,雕窗锁玉人。毛君真可戮,不肯写昭君⑬。"《自伤》云:"初入承明日,深深报未央⑭。长门七八载⑮,无复见君王。春寒人骨清,独卧愁空房。飒履步庭下,幽怀空感伤,平日新爱惜,自待聊非常。色美反成弃,命薄何可量?君恩实疏远,妾意徒彷徨。家岂无骨肉,偏亲老北堂⑯。此身无羽翼,何计出高墙?性命诚所重,弃割良可伤。悬帛朱栋上,肝肠如沸汤。引颈又自惜,有若丝牵肠。毅然就死地,从此归冥乡!"帝见其诗,反覆伤感。帝往视其尸,曰:"此已死,颜色犹美如桃李。"乃急召中使许廷辅曰:"朕向遣汝入后宫择女人入迷楼,何故独弃此人也?"乃令廷辅就狱,赐自尽,厚礼葬侯夫人。帝日诵诗,酷好其文,乃令乐府歌之。帝又于后宫亲择女百人入迷楼。大业八年,方士□千进大丹,帝服之,荡思愈不可制,日夕御女数十人。入夏,帝烦躁,日引饮数百杯,而渴不止。医丞莫君锡上奏曰:"帝心脉烦盛,真元太虚⑰,多引饮,即大疾生焉。"因进剂治之。仍乞置冰盘于前,俾帝日夕朝望之,亦治烦躁之一术也。自兹诸院美人各市冰以为盘,望行幸,京师冰为之踊贵,藏冰之家,皆获千金。大业九年,帝将再幸江都,有迷楼宫人静夜抗歌云:"河南杨柳谢,河北李花荣⑱。杨花飞去去何处?李花结果自然成。"帝闻其歌,披衣起听,召宫女问之云:"孰使汝歌也?汝自歌之耶?"宫女曰:"臣有弟,民间得此歌,曰:'道途儿童多唱此歌。'"帝默然久之,曰:"天启之地,人启之也!"帝因索酒,自歌云:"宫木阴浓燕子飞,兴衰自古漫成悲。它日迷楼更好景,宫中吐艳变红辉。"歌竟,不胜其悲。近侍奏:"无故而悲,又歌,臣皆不晓。"帝曰:"休问。它日自知也。"后帝幸江都。唐帝提兵号令入京,见迷楼,大惊曰:"此皆民膏血所为也!"乃命焚之,经月火不灭,前谣前诗皆见矣。方知世代兴亡,非偶然也。

注释

①有司:古代设官分职,各有专司,因称官吏为"有司"。

②楯(shǔn吮):阑干。

③琐窗:以连环形花纹作装饰的窗户。

④何稠:字桂林,何妥(见《隋遗录上》注③)之子,仕隋曾任工部尚书。其人博览古籍,善制作机巧之物。后归唐,任少府监。御:与女子交合。

⑤此句"上"字上郭涵本有"其年"二字。江外:从中原人看来,江南地区在长

江之外,故称江南为"江外"。

⑥此句中"一"字郛涵本无。

⑦龙潜:指帝王尚未即位。

⑧支体:即肢体。支,通"肢"。

⑨章龙姿凤:具有龙的花纹和凤的风姿。这是对帝王的颂语。

⑩蕞(zuì 最)尔:形容很小的样子。

⑪科:通"窠",指草缠绕成团成簇。明汤显祖《牡丹亭·拾画》:"寒花绕砌,荒草成窠。"

⑫颦(pín 贫):皱眉。

⑬毛君二句:昭君,即王嫱,字昭君,汉元帝宫女。毛君,即毛延寿,汉元帝的画师。传说昭君因不肯贿赂毛延寿,毛便把她画得很丑,画像送上去后,未被元帝召幸。后匈奴单于来汉要求和亲,昭君自请嫁匈奴,元帝应允。及见面,方知昭君乃绝色美女。元帝一怒之下,杀掉毛延寿。

⑭未央:未央宫,汉宫名,遗址在今陕西省西安市北郊汉长安故城内西南隅。

⑮长门二句:长门,汉宫名,陈皇后失宠于汉武帝,在长门宫分居,令司马相如写《长门赋》,以悟皇上,陈皇后因此复得亲幸。

⑯偏亲:指寡母。

⑰真元:人的元气。

⑱河南二句:以"杨柳"喻隋炀帝杨广,以"李花"喻唐高祖李渊。暗示隋朝将衰亡,李唐王朝将兴起。

【今译】

隋炀帝晚年,特别沉迷于女色。有一天,他对身边的侍从说:"人主享有天地间的所有财富,也应该尽情享受年轻时能享受到的快乐,使自己称心如意。我的天下安定富庶,没有外患,使我能满足享乐的愿望。我的宫殿虽然壮丽宽敞,但遗憾的是没有曲房小室,幽轩短槛。如能得到这些,那么我就希望终老其中了。"

近侍高昌上奏说:"臣有一位朋友项升,是浙江人,自称能建造宫室。"第二天,召来项升询问。项升说:"臣请求先让我献上宫室的图纸。"过了几天,把图纸进献上来。炀帝披览之后,十分高兴。当天就诏令主管官员,要他们供应用料木材。总共役使民工数万,经过一年时间才建成。但见楼阁高低参差,门窗相互掩映。幽深曲折的房间,白玉的和朱红色的阑干,互相连接,回环四合,弯弯曲曲的房屋相互连通。千门万户,上下金碧。金龙伏于梁栋之下,玉兽蹲踞于门户两旁,墙壁和台阶映射光彩,镂花的窗户透过阳光,巧夺天工达到极点,是自古以来所没有的。耗费钱财金玉,使国库为之一空。如有人误入其中,即使转上一整天也不能出去。炀帝游幸之后,大喜,对身边的人说:"让真正的仙人游览其中,也会迷路的。可把它命名为'迷楼'。"诏令赏赐给项升五品官,还赐给他内库的绢帛一千匹。诏令挑选后宫中良家女子数千名,让她们在迷楼内居住。炀帝每去游幸一次,有时一个多月都不出来。

这个月,大夫何稠进献御童女车。车子的尺寸规格非常小,只能容纳一人,车中装有一种机关,用这机关锁住女子的手脚,丝毫不能动弹。炀帝以处女进行尝试,非常欢喜。召来何稠,对他说:"你的巧思,怎么会如此神妙?"就赐以千金,以表彰他的巧思。何稠出来后,对人谈起车子的机巧。有明白人就说:"这可不是合乎道德的东西。"何稠又进献一种转关车,用人来拉它,可以升楼阁如行平地。在车中与女子交合,女子会自动摇摆,炀帝更加高兴。他对何稠说:"这车叫什么名字?"何稠说:"我是任意造成的,没有名字,希望皇上赐给佳名。"炀帝说:"你任你的巧意造成此车,我得到后,任我的心意来取乐,可把它命名为'任意车'。"何稠再三拜谢而去。

隋炀帝又命令画工绘制了几十幅男女交合的图画,把它们悬挂在阁楼中。那一年,上官时从江南被替调回来。他用乌铜铸造了八面门扇,每面门扇高五尺、宽三尺,将它们打磨光滑,成为铜镜,作为屏风,可以环立在寝室里。他带了这些屏风到皇宫中进献。炀帝把这些屏风放进迷楼内,在屏风里与女子交合,人体的最细微处都显现在铜镜中。炀帝大喜说:"绘画只能得到人的大致相貌,这种屏风能得到人的真实面容,要超过绘画万倍哩。"又以千金赏赐上官时。

炀帝整天沉溺于迷楼里荒淫享乐,把自己的精力都耗尽了,感到十分疲惫。他望着近侍说:"我回忆初登帝位时,十分辛苦却不想睡觉,要得妇人枕着方能合眼。刚像是入梦,又马上醒过来。现在一睡下去就昏昏糊糊地醒不过来,一接近女色就感到疲惫,是为什么呢?"改天,矮人王义就上奏说:

   臣是乡野间一个残疾人,做什么事都赶不上别人。出生于偏僻辽远皇恩难及之地,有幸因为入贡,得以留在后宫做扫除的工作。陛下对臣特加宠爱厚遇,臣曾经自施宫刑以求侍奉陛下。从此出入陛下的卧房内室,来往于各宫室之间,方今陛下的亲信,没有比得上臣的。臣因此得以阅览宫中图籍,反复玩味,略有所得。臣听说人有精气便耳聪目明。陛下尚未登基之时,先帝勤俭,陛下也很少亲近声色,每天接近的都是有德之士。陛下精气充实于内,清朗的神貌便表现于外,所以白天晚上都不想入睡。陛下这几年来声色无数,充盈后宫,陛下日夜游宴于其中。不是吉庆节日,陛下何尝亲临前殿?其余时候也多不上朝。偶尔接见远方宾客,或接受不定时的庆贺,也很晚才坐朝,不到片刻,就圣驾起身进入后宫。把有限的精力投入到无尽的欲望中,臣早就料定陛下会疲惫的。臣听说古时候有位山野老叟在盘石上独自歌舞。有人问他说:"你为什么独自一人会如此快乐?"老叟说:"我有三乐,您知道吗?"人问:"哪三乐?"老叟说:"人生难遇太平盛世。我现在不见兵革,这是一乐。人生难得肢体完全。我现在不残疾,这是二乐。人生难老寿。我现在八十岁了,这是三乐。"这人听后,叹赏而去。陛下享有天下的富贵,圣貌轩昂飘逸,有龙凤之姿,却不自己珍重爱惜,陛下所想的确实赶不上那山野老叟。臣是微不足道的一介小民,难于报效圣上恩德,不知忌讳,实在冒犯龙颜。

于是俯伏在地,流泪哭泣。炀帝就命人将他搀扶起来。

第二天,炀帝召来王义对他说:"我昨晚思考你的话,极有深理。你是真正爱护我的人。"就命令王义在后宫选择了一间静室,炀帝住在里面,宫女都不得进入。呆了两天,炀帝很气愤地出来,说:"怎么能郁郁寡欢地居住在这里呢?如是这样,虽然寿命有千万岁,又有何用。"于是又再次进入迷楼。

迷楼中宫女无数,后宫不能侍寝于皇帝的也极多。后宫宫女侯夫人有美色,有一天,悬梁自尽了。她的手臂上挂着一个锦囊,里面装有文章,左右将它取出来进呈皇上,原来是一些诗。有《自感》三首说:

庭绝玉辇迹,芳草渐成科。
　　隐隐闻箫鼓,君恩何处多?

　　欲泣不成泪,悲来翻强歌。
　　庭花方烂熳,无计奈春何。
　　春阴正无际,独步意如何?
　　不及闲花柳,翻承雨露多。

《看梅》二首说:

　　砌雪无消日,卷帘时自颦。
　　庭梅对我有怜意,先露枝头一点春。

　　香清寒艳好,谁识是天真。
　　玉梅谢后阳和至,散与群芳自在春。

《妆成》说:

　　妆成多自惜,梦好却成悲。
　　不及杨花意,春来到处飞。

《遣意》说:

　　秘洞扃仙卉,雕窗锁玉人。
　　毛君真可戮,不肯写昭君。

《自伤》云:

　　初入承明日,深深报未央。
　　长门七八载,无复见君王。
　　春寒入骨清,独卧愁空房。
　　飒履步庭下,幽怀空感伤。
　　平日新爱惜,自待聊非常。

色美反成弃,命薄何可量?
君恩实疏远,妾意徒彷徨。
家岂无骨肉,偏亲老北堂。
此身无羽翼,何计出高墙?
性命诚所重,弃割良可伤。
悬帛朱栋上,肝肠如沸汤。
引颈又自惜,有若丝牵肠。
毅然就死地,从此归冥乡!

炀帝读了她的诗,止不住地伤感。他又前往看她的尸体,说:"她已死去,容颜还像桃李花那般美丽。"于是紧急召见中使许廷辅说:"我过去派你到后宫选择女子进入迷楼,为什么单单不要这个人?"就命令将许廷辅投进监狱,赐他自尽,用厚礼殡葬侯夫人。炀帝每天吟诵侯夫人的诗,酷爱其文,就命令乐府配乐歌唱。炀帝又到后宫亲自挑选百名女子进入迷楼。

大业八年,方士□千进献大丹,炀帝服用后,荡思愈发不可抑制,一昼夜与数十名女子交合。到了夏天,炀帝感到内心烦躁,每天要喝几百杯水,还不能解渴。医官莫君锡上奏说:"皇上心脉烦盛,真元太虚,多喝水,就会生大病。"于是进献方剂治疗。并请求放一个冰盘在皇帝面前,使皇帝能早晚都看见它,也算治疗烦躁的一种办法。从那以后,各院美人都去买冰来做冰盘,希望以此让皇帝光临,京城里的冰因此而价格飞涨,藏冰之家,都获利千金。

大业九年,炀帝再次游幸江都。有迷楼宫女静夜高声歌唱道:

河南杨柳谢,河北李花荣。
杨花飞去去何处?李花结果自然成。

炀帝听见这歌声,就披衣起身细听,召来宫女问她说:"是谁让你这样唱的?还是你自己这样唱的?"宫女说:"臣妾有个弟弟,他从民间听到了这首歌,说'道途儿童多唱此歌'。"炀帝沉默了很久,说:"是上天在启示他们,还是有人在启示他们!"炀帝于是要了一杯酒,自己唱道:

宫木阴浓燕子飞,兴衰自古漫成悲。

他日迷楼更好景,官中吐艳变红辉。

唱完后,不胜其悲。近侍奏道:"皇上无缘无故地悲伤,又歌唱,我们都不知道是什么意思。"炀帝说:"休问,它日自会知晓。"后来炀帝游幸江都。唐帝统兵号令进入京都,看到迷楼,大惊说:"这都是老百姓的膏血建造成的啊!"就下令将它烧毁。过了一个月火都未熄,前面的歌谣和诗歌中所说的都显验了。方知世代兴亡,并非偶然啊。

开河记

缺　名

【题解】

本篇选自原本《说郛》卷四十四。作者不详。作品通过隋朝末年开运河的事，反映了隋王朝的腐朽和当时风气的败坏。隋炀帝为了乘船游江南，竟不惜动用大量人力物力开掘运河，劳民伤财，损失巨大。而麻叔谋一类的官员，则乘机徇私舞弊，贪赃枉法，对国家和百姓造成了极大损害。正是由于这样一些破坏国家基础的事不断发生，最终导致了隋朝的灭亡。作者对真实事件的叙述和虚构情节的设置，无一不是为了表现这一点。

【原文】

睢阳有王气出①，占天耿纯臣奏后五百年当有天子兴。炀帝已昏淫，不以为信。时游木兰庭，命袁宝儿歌《柳枝词》。因观殿壁上有《广陵图》，帝瞪目视之，移时不能举步。时萧后在侧，谓帝曰："知他是甚图画，何消皇帝如此挂意。"帝曰："朕不爱此画，只为思旧游之处。"于是帝以左手凭后肩，右手指图上山水及人烟村落寺宇，历历皆如目前。谓后曰："朕为陈王时，守镇广陵，旦夕游赏。当此之时，以云烟为美景，视荣贵若深冤。岂期久有临轩②，万机在务，使不得豁于怀抱也。"言讫，圣容惨然。后曰："帝意欲在广陵，何如一幸？"帝闻，心中豁然，翌日与大臣议，欲泛巨舟自洛入河，自河达海入淮，方至广陵。群臣皆言似此程途，不啻万里，又孟津水紧③，沧海波深，若泛巨舟，事有不测。时有谏议大夫萧怀静（乃萧后弟）奏曰④："臣闻秦始皇时，金陵有王气，始皇使人凿断砥柱，王气遂绝。今睢阳有王气，又陛下意在东南，欲泛孟津，又虑危险。况大梁西北有故河道⑤，乃是秦将王离畎水灌大梁之处⑥，欲乞陛下广集兵夫，于大梁起首开掘，西自河阴⑦，引孟津水入，东至淮口，放孟津水出。此间地不过千里，况于睢阳境内过,一则路达广陵,二则凿穿王气。"帝闻奏大喜,群臣皆默。帝乃出敕,朝堂如有谏朕不开河者,斩之。诏以征北大总管麻叔谋为开河都护,以荡寇将军李渊为副使。渊称疾不赴,即以左屯卫将军令狐辛达代李渊为开渠副使都督。自大梁起首,于乐台之北建修渠新所署,命之为卞渠(古只有此卞字,开封城乃卞邑),因名其府署为卞渠上源传舍也。(传舍,驿名。因卞渠此处起首,故号卞渠上源也。)诏发天下丁夫,男年十五已上者至,如有隐匿者斩三族。帝以河水经于卞,乃赐卞字加水。丁夫计三百六十万人。乃更五家出一人,或老,或少,或妇人等供馈饮食。又令少年骁卒五万人,各执杖为督工吏,如节级队长之类⑧,共五百四十三万余人。叔谋乃令三分中取一分人,自上源而西至河阴,通连古河道(乃王离浸城处),迤逦趋愁思台而至北去。又令二分工夫,自上源驿而东去。其年乃隋大业五年,八月上旬建功。畚锸既集⑨,东西横布数千里。才开断未及丈余,得古堂室,可数间,莹然肃净。漆灯晶煌,照耀如昼。四壁皆有彩画花竹龙鬼之像,中有棺柩,如豪家之葬。其促工吏闻于叔谋。命启棺,一人容貌如生,肌肤洁白如玉而肥。其发自头而出,覆其面,过腹胸下裹其足,倒生而上,及其背下而方止,搜得一石铭,上有字如苍颉鸟迹之篆⑩,乃召夫中有识者免其役,有一下邳民⑪,读曰:"我是大金仙,死来一千年。数满一千年,背下有流泉。得逢麻叔谋,葬我在高原。长发至泥丸⑫,更候一千年,方登兜率天⑬。"叔谋乃自备棺椁⑭,葬于城西隅之地(今大佛寺是也)。次开掘陈留⑮。帝遣使持御署玉祝,并白璧一双,具少牢之奠⑯,祭于留侯庙以假道⑰。祭讫,忽有大风,出于殿内窗寝间,吹铄人面。使者退。自陈留果开掘东去,往来负担拖锹者,风驰电激。远近之人,蹂践如蜂屯蚁聚。数日,达雍邱⑱。时有一夫,乃中牟人⑲,偶患伛偻之疾,不能前进,堕于队后,伶仃而行,是夜月色澄静,闻呵殿声甚严,夫鞠躬俟道左,良久,见清道继至,仪卫莫述。一贵人戴侯冠,衣王者衣,乘白马。命左右呼夫至前,谓曰:"与吾言你十二郎,还白璧一双。尔当宾于天(炀帝有天下十二年)。"言毕,取璧以授,夫跪受讫,欲再拜,贵人跃马西去,届雍邱,以献于麻都护,熟视,乃帝献留侯物也。诘其夫,夫具道。叔谋性贪乃匿璧。又不晓其言,虑夫泄于外,乃斩以灭口。然后于雍邱起工。至大林,林中有小祠庙。叔谋访问村叟,曰:"古老相传,呼为隐士墓,其神甚灵。"叔谋不以为信,将茔域发掘。数尺,忽凿一窍嵌空,群夫下窥,有灯火荧荧。无人敢入者。乃指使将官武平郎将狄去邪者,请入探之。叔谋喜曰:"真荆聂之辈也㉑。"命系去邪腰,下钩,约数十丈,方及地。去邪解其索,行约百步,入一石室。东北各有四石柱,铁索二条系一兽,大如牛。熟视之,一巨鼠也。须臾,石室之西有一石门洞开。一童子出,曰:"子非狄去邪乎?"曰:"然也。"童子曰:"皇甫君坐来已久。"乃引入。见一人朱衣,顶云冠,居高堂之上。去邪再拜。其人不言,亦不答拜。绿衣吏引去邪立于堂之西阶下。良久,堂上呼力士牵取阿麼来(阿麼,炀帝小字)。武夫数人,形貌丑异魁奇,控所见大鼠至。去邪本乃廷臣,知帝小字,莫究其事,但屏气而立。堂上人责鼠曰:"吾遣尔暂脱毛皮,为国中主。何虐民害物,不遵天道?"鼠但点头摇尾而已。堂上人益怒,令武士以大棒挝脑㉑。一击,捽然有声如墙崩,其鼠大叫若雷吼。方欲举杖再击,俄一童子捧天符而下。堂上惊跃,降阶俯伏听命。童子乃宣言曰:"阿麼数本一纪,今已七年。更候五年,当以练巾系颈死。"童子去,堂上人复令系鼠于旧室中。堂上人谓去邪曰:"与吾语麻叔谋:'谢你不伐吾域,来岁奉尔二金刀,勿谓轻酬也。'"言讫,绿衣吏引去邪于他门出。约行十数里,入一林,蹑石攀藤而行。回顾,已失使者。又行三里余,见草舍,一老父坐土塌上。去邪访其处。老父曰:"此乃嵩阳少室山下也㉒。"老父问去邪所至之处,去邪一一具言。老父遂细解去邪,去邪知炀帝不永之事。且曰:"子能免官,即脱身于虎口也。"去邪东行,回视茅屋,已失所在。时麻都护已至宁阳县㉓。去邪见叔谋,具言其事。元来去邪入墓后,其墓自崩。将谓去邪已死,今日却来。叔谋不信,将谓狂人。去邪乃托狂疾,隐终南山。时炀帝以患脑痛,月余不视朝。访其因,皆言帝梦中为人挝其脑,遂发痛数日。乃是去邪见鼠之日也。叔谋既至宁陵县㉔,患风痒,起坐不得。帝令太医令巢元方往治之。曰:"风入腠理㉕,病在胸臆。须用嫩羊肥者蒸熟,糁药食之,则瘥㉖。"叔谋取半年羊羔,杀而取腔,以和药,药未尽而病已痊。自后每令杀羊羔,日数枚,同杏酪五味蒸之,置其腔盘中,自以手臠擘而食之,谓曰含酥脔。乡村献羊羔者日数千人,皆厚酬其直。宁陵下马村民陶郎儿,家中巨富,兄弟皆凶狠。以祖父茔域傍河道二丈余,虑其发掘。乃盗他人孩儿年三四岁者,杀之,去头足,蒸熟,献叔谋。咀嚼香美,迥异于羊羔,爱慕不已。召诘郎儿,郎儿乘醉泄其事。及醒,叔谋乃以金十两与郎儿,又令役夫置一河曲以护茔域,郎儿兄弟自后每盗以献,所获甚厚。贫民有知者,竞窃人家子以献,求赐。襄邑宁陵睢阳所失孩儿数百[27],冤痛哀声,且夕不辍。虎贲郎将段达为中门使[28],掌四方表奏事,叔谋令家奴黄金窟将金一埒赠与。凡有上表及讼食子者,不讯其词理,并令笞背四十,押出洛阳。道中死者,十有七八。时令狐辛达知之,潜令人收孩骨,未及数日,已盈车。于是城市村坊之民有孩儿者,家做木柜,铁裹其缝。每夜,置母子于柜中,锁之,全家秉烛围守。至天明,开柜见子,即长幼皆贺。既达睢阳界,有濠寨使陈伯恭言此河道若取直路[29],径穿透睢阳城,如要回护,即取令旨。叔谋怒其言回护,令推出腰斩。令狐辛达救之。时睢阳坊市豪民一百八十户,皆恐掘穿其宅并茔域,乃以醵金三千两[30],将献叔谋,未有梯媒可达。忽穿至一大林,中有墓,故老相传云宋司马华元墓。掘透一石室,室中漆灯棺枢帐幕之类,遇风皆化成灰烬。得一石铭,曰:"睢阳土地高,汴水可为濠。若也不回避,奉赠二金刀。"叔谋曰:"此乃诈也,不足信。"是日,叔谋梦使者召至一宫殿上,一人衣绛绡,戴进贤冠[31]。叔谋再拜,王亦答拜。拜毕,曰:"寡人宋襄公也。上帝命镇此方,二千年矣。倘将军借其方便,回护此城,即一城老幼皆荷恩德也。"叔谋不允。又曰:"适来护城之事,盖非寡人之意。况奉上帝之命,言此地候五百年间,当有王者建万世之基。岂可偶为逸游,致使掘穿王气。"叔谋亦不允。良久,有使者入奏云:"大司马华元至矣。"左右引一人,紫衣,戴进贤冠,拜觐于王前。王乃叙护城这事。其人勃然大怒曰:"上帝有命,臣等无心。叔谋愚昧之夫,不晓天命。"大呼左右,令置拷讯之物。王曰:"考讯之事,何法最苦?"紫衣人曰:"铜汁灌之口,烂其肠胃,此为第一。"王许之。乃有数武夫拽叔谋,脱去其衣,惟留犊鼻[32],缚铁柱上,欲以铜汁灌之。叔谋魂胆俱丧。殿上人连止之曰:"护城之事如何?"叔谋连声言:"谨依上命。"遂令解缚,与本衣冠。王令引去,将行,紫衣人曰:"上帝赐叔谋金三千两,取于民间。"叔谋性贪,谓使者曰:"上帝赐金,此何言也?"使者曰:"有睢阳百姓献与将军,此阴注阳受也。"忽如梦觉,但觉神不住体。睢阳民果赂黄金窟而献金三千两,叔谋思梦中事,乃收之。立召陈伯恭,令自睢阳西穿渠,南北回屈,东行过刘赵村,连延而去。令狐辛达知之,累上表,亦为段达抑而不献。至彭城[33],路经大林中,有偃王墓,掘数尺,不可掘,乃铜铁也。四面掘去其土,唯见铁,墓旁安石门,肩锁甚严。用鄌阳民计㉞,撞开墓门。叔谋自入墓中,行百余步,二童子当前云:"偃王颛候久矣。"乃随而入。见宫殿,一人戴通天冠㉟,衣绛绡衣,坐殿上。叔谋拜,王亦拜,曰:"寡人茔域,当于河道。今奉与将军玉宝,遣君当有天下。倘然护之,丘山之幸也。"叔谋许之,王乃令使者持一玉印与叔谋。又视之,印文乃"百代帝王受命玉印"也。叔谋大喜。王又曰:"再三保惜,乃刀刀之兆也。"(刀刀者,隐语,亦二金刀之意也。)叔谋出,令兵夫日护其墓。时炀帝在洛阳,忽失国宝,搜访宫闱,莫知所在,隐而不宣。帝督功甚急。叔谋乃自徐州,朝夕无暇,所役之夫已少一百五十余万,下寨之处,死尸满野。帝在观文殿读书,因览《史记》,见秦始皇筑长城之事,谓宰相宇文述曰:"始皇时至此已及千年,料长城已应摧毁。"宇文述顺帝意,奏曰:"陛下偶然续秦皇之事,建万世之业,莫若修其城,坚其壁。"帝大喜,乃诏以舒国公贺若弼为修城都护㊱,以谏议大夫高颎为副使,以江淮吴楚襄邓陈蔡并开拓诸州丁夫一百二十万修长城㊲。诏下,弼谏曰:"臣闻始皇筑长城于绝塞,连延一万里,男死女旷,妇寡子孤,其城未就,父子俱死。陛下欲听狂夫之言,学亡秦之事,但恐社稷崩离,有同秦世。"帝大怒,未发其言。宇文述在侧,乃掇曰:"尔武夫狂卒,有何知,而乱其大谋?"弼怒,以象简击宇文述。帝怒,令囚若弼于家,是夜饮酖死㊳。高颎亦不行。宇文述乃举司农卿宇文弼为修城都护㊴,以民部侍郎宇文恺为副使㊵。时叔谋开卞渠盈灌口㊶,点检丁夫,约折二百五十万人。其部役兵士旧五万人,折二万三千人。工既毕,上言于帝。遣决汴口,注水入汴渠。帝自洛阳适驾大梁,诏江淮诸州造大船五百只。使命至,急如星火。民间有配盖造船一只者,家产破用皆尽,犹有不足,枷项笞背,然后鬻货男女,以供官用。龙舟既成,泛江沿淮而下。至大梁,又别加修饰,砌以七宝金玉之类。于吴越间取民间女年十六岁者五百人,谓之殿脚女。至于龙舟御臘㊷,即每船用采缆十条,每条用殿脚女十人,嫩羊十口,令殿脚女与羊相间而行,牵之。时恐盛暑,翰林学士虞世基献计,请用垂柳栽于汴渠两堤上。一则树根四散,鞠护河堤;二乃牵船之人,护其阴凉;三则牵舟之羊食其叶。上大喜,诏民间有柳一株,赏一缣。百姓竞献之,又令亲种,帝自种一株,群臣次第种,方及百姓。时有谣言曰:"天子先栽,然后万姓栽。"栽毕,帝御笔写赐垂杨柳姓杨,曰杨柳也。时舳舻相继,连接千里,自大梁至淮口,联绵不绝,锦帆过处,香闻百里。既过雍邱,渐达宁陵界。水势渐紧,龙舟阻碍,牵驾之人,费力转甚。时有虎贲郎将鲜于俱罗为护缆使,上言水浅河窄,行舟甚难。上以问虞世基。曰:"请为铁脚木鹅,长一丈二尺,上流放下,如木鹅住,即是浅。"帝依其言,乃令右翊将军刘岑验其水浅之处。自雍邱至灌口,得一百二十九处。帝大怒,令根究本处人吏姓名。应是木鹅住处,两岸地分之人皆缚之,倒埋于岸下,曰:"令教生为开河夫,死作抱沙鬼。"又埋却五万余人。既达睢阳,帝问叔谋曰:"坊市人烟,所掘几何?"叔谋曰:"睢阳地灵,不可干犯。若掘之,必有不祥。臣已回护其城。"帝怒,令刘岑乘小舟根访屈曲之处,比直路较二十里。帝益怒,乃令擒出叔谋,囚于后狱。急使宣令狐辛达询问其由,辛达奏:自宁陵便为不法,初食羊脔,后啗婴儿⑬,养贼陶郎儿,盗人之子;受金三千两,于睢阳擅易河道。乃取小儿骨进呈。帝曰:"何不达奏?"辛达曰:"表章数上,为段达扼而不进。"帝令人搜叔谋囊橐间,得睢阳民所献金,又得留侯所还白璧及受命宝玉印。上惊异,谓宇文述曰:"金与璧皆微物。寡人之宝,何自而得乎?"文述曰:"必是遣贼窃取之矣。"帝瞠目而言曰:"叔谋今日窃吾宝,明日盗吾首矣。"辛达在侧,奏曰:"叔谋常遣陶郎儿盗人之子,恐国宝郎儿所盗也。"上益怒,遣荣国公来护儿、内使李百药⑭、太仆卿杨义臣推鞫叔谋⑮,置台署于睢阳。并收陶郎儿全家,令郎儿具招入内盗宝事。郎儿不胜其苦,乃具事招款。又责段达所收令狐达奏章即不奏之罪。案成进上,帝问丞相宇文述。述曰:"叔谋有大罪四条:食人之子,受人之金,遣贼盗宝,擅移开河道。请用峻法诛之。其子孙取圣旨。"帝曰:"叔谋有大罪。为开河有功,免其子孙。"只令腰斩叔谋于河侧,时来护儿受敕未至间,叔谋梦一童子自天而降,谓曰:"宋襄公与大司马华元遣我来,感将军护城之惠意,往年所许二金刀,今日奉还。"叔谋觉,曰:"据此先兆,不祥。我腰领难存矣。"言未毕,护儿至,驱于河之北岸,斩为三段。郎儿兄弟五人,并家奴黄金窟并鞭死。中门使段达免死,降官为洛阳监门令。

注释

①睢(suī虽)阳:古县名,在睢水之阳而得名,治所在今河南商丘县南。

②临轩:古时皇帝不坐正殿而在殿前平台上接见臣属,称为"临轩"。这里意指当上皇帝。

③孟津:古代黄河渡口名,在今河南孟津县东北、孟县西南。
④谏议大夫:古代官名,隋唐时掌侍从规谏。
⑤大梁:古城名,在今河南开封西北。隋唐以后,又通称今开封为大梁。
⑥畎(quǎn 犬):田间的沟。这里指开沟引水。
⑦河阴:古县名,治所在今河南孟津东北。
⑧节级:唐宋时低级武官。
⑨锸(chā 插):铁锹一类挖土的工具。
⑩苍颉(jié 节):也作仓颉,相传为古代始创汉字的人。
⑪下邳(pī 披):古代郡名,治所在今江苏睢宁西北。
⑫泥丸:即道家所说的上丹田,在头部两眉之间。
⑬兜率:梵文 Tusita 的音译,佛教所说欲界六天中的第四天,意思是受乐知足而生欢喜之心。
⑭榇(chèn 趁):棺材。
⑮陈留:古县名,治所在今河南开封东南陈留城。
⑯少牢:古代祭祀用的猪和羊。
⑰留侯:即刘邦的重要谋士张良,汉朝建立后封留侯。
⑱雍邱:古县名,治所在今河南杞县。
⑲中牟:县名,在河南中部,黄河南岸。
⑳荆:即荆轲,战国末年卫国人,被燕国太子丹拜为上卿,让他去刺杀秦王嬴政。后来刺杀不中,被杀死。聂:即聂政,战国时韩国人,韩烈侯时,严遂与相国侠累争权结怨,求其代为报仇。聂政入相府刺死侠累,然后自杀。
㉑挝(zhuā 抓):敲,打。
㉒嵩阳:即嵩阳寺,应在嵩山东峰太室山,北魏始建,后改为书院。少室山:嵩山的西峰。
㉓宁阳:县名,在今山东中部偏南、大汶河两岸。
㉔宁陵:县名,在今河南东部。
㉕腠(còu 凑)理:皮肤的纹理。
㉖瘥(chài 柴去):病好了。
㉗襄邑:古县名,治所在今河南睢县。
㉘虎贲郎将:古代官名,皇宫中卫戍部队的将领。
㉙壕(háo 毫):护城河。"濠寨"即为有沟堑围护的营寨。其长官称"濠寨使"。
㉚醵(jù 巨):凑钱喝酒。这里指凑钱。
㉛进贤冠:古代一种帽子的名称,通常是文官戴。
㉜犊鼻:短裤。

㉝彭城:古县名,治所在今河苏徐州。

㉞酂(cuó 矬)阳:地名,在今河南永城县。

㉟通天冠:古代皇帝戴的一种帽子,也称"卷云冠"。

㊱都护:古代官名,即总监。

㊲楚州:州名,辖境相当于今安徽淮河以南,瓦埠湖以东,女山湖以西和池河以北地区。襄州:州名,唐辖境相当于今湖北襄阳、谷城、光化、南漳、宜城等县地。邓州:州名,唐辖境相当于今河南牛伏山以南的丹江、湍河、白河流域。陈州:州名,唐辖境相当于今河南太康、西华、项城、商水、淮阳、沈丘等县地。蔡州:州名,唐辖境相当于今河南淮河以北,洪河上游以南,桐柏山以东地区。并州:汉武帝所置"十三刺史部"之一,约相当于今山西大部和内蒙古、河北的一部;后逐渐缩小,唐代相当于今山西阳曲以南、文水以北的汾水中游地区。

㊳酖:"鸩(zhèn 振)"的异体字,毒酒。

㊴司农卿:古代掌管粮食积储及京城官员禄米供应的官署司农寺的长官。

㊵民部:官署名,即户部的前身,唐代因避太宗李世民名而改。

㊶灉口:地名,在今江苏涟水东北。

㊷艥(jí 及):船。

㊸啗:同"啖(dàn 淡)",吃。

㊹内使:古代官名,掌管民政事务。

㊺太仆卿:古代官名,掌管皇帝的车马。推鞫(jū 居):审问。

【今译】

睢阳有王气出现,观占天象的耿纯臣上奏说,今后五百年里会有天子兴起。隋炀帝已经昏聩荒淫,并不相信。这时他去木兰庭游玩,叫袁宝儿唱《柳枝词》。他见殿壁上有一幅《广陵图》,就瞪着眼睛看,好久迈不出步子。当时萧后在旁边,对炀帝说:"不知它是什么图画,怎么会让皇帝这样留心呢?"炀帝说:"我不是喜爱这幅画,只是因为思念从前游玩过的地方。"于是炀帝把左手放在萧后肩上,右手指着图画上的山水及人家、村落、庙宇,清楚得如同在眼前。他对萧后说:"我当陈王时,镇守广陵,从早到晚游赏这些地方。那个时候,将云雾烟霭当成美景,看荣华富贵如同冤家。怎能料到长期做皇帝,无数的事情要管,使我不能舒展胸怀。"说完,满面愁容。萧后说:"如果皇上心里想着广陵,何不前去游玩一回呢?"炀帝听了,心中豁然开朗。

第二天,他跟大臣们商议,想乘大船从洛水入黄河,再从黄河入海进淮河,然后去广陵。大臣们都说,若是这样走,路程不止万里,而且孟津一带水急，海里浪大水深，要是乘坐大船，恐怕会出意外。当时，谏议大夫萧怀静（萧后的弟弟）奏道："臣听说秦始皇时，金陵出现过王气，始皇派人去凿断砥柱，王气就消失了。现在睢阳出现王气，陛下又想去东南，打算乘船经过孟津，又担心有危险。况且大梁西北有古河道，是秦朝将领王离引水淹大梁的地方，望陛下大量调集士兵民夫，以大梁作为起点开掘河道，西到河阴，引孟津水进入河道，东到淮河口，放孟津之水出去。其间相距不过千里，何况从睢阳境内经过，一则水路直达广陵，二则因此凿穿王气。"炀帝听了上奏非常高兴，而群臣都默不作声。炀帝就下达敕令：朝廷内如有劝谏我不开河的，就斩了他。诏令征北大总管麻叔谋为开河都护，任命荡寇将军李渊为副使。李渊以生病为由不赴任，就以左屯卫将军令狐辛达代替李渊为开渠副使都督。从大梁开始到乐台北面，建立修渠官署，将渠命名为卞渠（古时只称这地方叫"卞"，开封城就叫卞邑），因此就将这时的官署称叫上源传舍（"传舍"也是驿站的称呼，因卞渠以这里开始，所以叫做"卞渠上源"）。诏令征集天下壮丁民夫，男子凡是十五岁已上的都要报到，如有隐瞒藏匿的要斩三族。因为河水流经卞，就赐"卞"字加水字旁。壮丁民夫共计三百六十万人。另外五户人家又出一个人，或老人，或儿童，或妇女，用以供送饮食。又命令年轻骁勇的士兵五万人，各执棍棒任督工吏，如队长一类的低级武官。这样，总共有五百四十三万多人。麻叔谋命其中三分之一的人，从上源向西到河阴，将古河道（即王离淹城的地方）连通，曲折绵延至愁思台而向北去。又命三分之二的壮丁民夫，从上源驿向东开掘渠道。

那一年是隋大业五年。八月上旬开工。畚箕铁锹都集中起来，人员从东到西横布数千里。才开挖不到一丈多深，就掘到了古老的堂屋，约有好几间，干净肃穆。涂漆的灯盏明亮地点着，照耀得屋里如同白昼。四面墙壁上都有彩色的花竹龙鬼图画。室内有一具棺材，像是豪门富家的墓葬。那些监工报告了麻叔谋。麻叔谋命令把棺材打开，见里面那个人容貌如像活着一样，肌肤洁白如玉而且肥胖，头发从头上下来，把面孔覆盖了，又经过胸腹往下，裹住脚，然后倒上来，到背的下部才算完。棺里找到一块石铭，上面的字好像苍颉所创的鸟迹篆字。于是召集民夫宣布说，有认识这些字人的可免除他的劳役。有一个下邳人，读道："我是大金仙，死来一千年。满了一千年，背下有流泉,得逢麻叔谋,葬我在高原。发长至泥丸。再等一千年,方登兜率天。"麻叔谋于是亲自准备了棺材,将其葬在城的西面(即现在大佛寺那个地方)。

接着开掘到陈留。炀帝派遣使者带着亲署祝告书及一对白璧,备下祭祀用的猪和羊,到留侯庙祭奠以便从这里过路。祭奠完了,忽然有一阵大风从殿内窗户里刮出来,吹得人的脸受不了,使者赶紧退走。后来就从陈留开掘而去,来来往往挑着担子和拿着铁锹的壮丁飞快地奔走。远远近近的人,踩着泥土犹如蜜蜂成群蚂蚁聚集。

几天以后,到达雍邱。当时有个民夫,是中牟人,偶然得了腰背弯曲的病,不能前进,落到队伍后面,独自慢行。这天夜里月光澄静,听到差人喝道的声音很威严。民夫躬着身等在路旁,好久才见清道的差人相继到来,仪仗卫队就不用说了。有一贵人头戴王侯的帽子,穿王侯的衣服,骑白马,他命令左右把民夫叫到面前来,对民夫说:"替我把话带给你的十二郎,还他的白璧一双,他就要到天上作客去了(炀帝在位十二年)。"说完,拿出白璧交给民夫。民夫跪着接受了,还想再拜,贵人已纵马西去。民夫到雍邱后,把白璧献给麻都护。麻叔谋仔细一看,却是炀帝献给留侯的祭物。诘问民夫,民夫一一说明由来。麻叔谋生性贪婪,就隐藏了白璧。又不明白贵人对民夫所说的话,怕民夫泄露出去,就杀了他灭口。

然后在雍邱开工。开挖时遇到大片的树林,林中有座小祠庙。麻叔谋访问村中老人。老人说:"古老相传,称这祠为隐士墓,庙里的神很灵验。"麻叔谋不相信这话,将墓地一起挖了。才挖了几尺,忽然凿出一个空洞来,民夫们向下窥望,见有灯火荧荧发亮,没有人敢进入。麻叔谋就指使手下的将官去,有个叫狄去邪的武平郎将,愿意入洞探察。麻叔谋高兴地说:"真是荆轲、聂政一类的勇士。"于是命人用绳子系住狄去邪的腰,向下垂放,大约放了几十丈才到底。狄去邪解开绳索,走了百来步,进入一间石屋。东北各有四根石柱,有两根铁索系着一头怪兽,体大如牛。仔细一看,原来是只大老鼠。片刻之后,石屋的西面有一扇石门打开了。一个童子走出来,问道:"先生不是狄去邪吗?"狄去邪说:"是的。"童子说:"皇甫君坐等你已经好久了。"于是带他进去。看见一个人穿着朱红色衣服,戴云状的高帽子,高坐在堂上。狄去邪拜了几拜,那人不说话,也不还礼。一名绿衣吏引狄去邪站在大堂的西阶下。过了好久,堂上有人喊力士去把阿麼牵上来(阿麼,隋炀帝的小名)。几名武夫,相貌丑异体形魁梧,拉着早先见到的大老鼠来了。狄去邪本是朝廷里的官员,知道炀帝的小名,不明白这究竟是怎么回事,只得屏住气站着。堂上的人责骂老鼠说:"我让你暂时脱去皮毛,当国中君主,你为何虐待百姓残害生灵,不遵守天道?"老鼠只是点点头摇摇尾巴。堂上的人更愤怒了,命令武士用大棒敲打它的脑袋。打了一下,撞击的声音如同墙倒一般。那老鼠大叫起来,声如响雷。正打算举棒再打,这时一个童子手捧天符降临。堂上的人吃惊地跳起来,下了台阶伏首听命。童子就宣布说:"阿麼当君主命中注定是十二年,到现在已经七年,再等五年,就该用白绢巾帕系住脖颈让它死掉。"童子去了,堂上的人又命令把大鼠带回石屋去拴起来。堂上的人对狄去邪说:"替我带话给麻叔谋,就说:'谢谢你没有毁坏我的墓地,来年赠送你两把金刀,不要说我的报酬轻了。'"说完,绿衣吏带狄去邪从别的门出去。大约走了十几里路,进了一片树林,踩着石头攀着藤蔓行走。狄去邪回头看时,使者已经不见了。又走了三里多路,看见一座草房,一个老头坐在土床上。狄去邪去问这是什么地方,老头说:"这里是嵩阳少室山下。"老头问狄去邪所到之处。狄去邪把经过一一告诉了他,老头就详细解释了狄去邪所见所闻之事。于是狄去邪知道炀帝在世不会很久了。老头又说:"你如能不做官,便可以虎口脱身了。"狄去邪朝东走,回头再看茅屋,已经不知所在了。当时麻都护已经到了宁阳县。狄去邪去见麻叔谋,细说了这件事。原来狄去邪进入墓室后,那墓就自动崩塌了。众人认为狄去邪已死,不料今日却回来了。麻叔谋不相信他说的那些事,以为他疯了。狄去邪便假托得了疯病,到终南山隐居去了。那时炀帝因为患头痛病,一个多月不临朝了。问是什么原因,都说皇上梦中被人敲打脑袋,就痛了好些天。这正是狄去邪见到大老鼠的日子。

麻叔谋到宁陵县之后,患了风痒症,不能起坐。炀帝命太医令巢元方前去给他治疗。巢元方说:"风邪侵入了皮肤的纹理,病是在胸臆之中。须用嫩肥羊肉蒸熟,掺着药吃,病就好了。"麻叔谋就拿半岁的羊羔,杀后留腔,和药服用,药还未吃完病就好了。这以后便常常叫人杀羊羔,每天杀几只,将杏酪及各种调味品放在羊羔腔内蒸熟,用手撕着吃,称叫含酥脔,四面乡村里来献羊羔的人每天有好几千,都以高价付钱。宁陵下马村村民陶郎儿,家中极其富有,兄弟都很凶狠。因为祖上的墓地靠要开挖的河道仅二丈多远,担心祖坟被发掘,就偷了别人三四岁的小孩杀了,去掉头足,蒸熟后献给麻叔谋。麻叔谋吃起来味道香美,完全不同于羊羔,喜爱得不得了,把陶郎儿叫来问,陶郎儿喝醉酒将事情泄露了,等到醒来,麻叔谋拿了十两金子给他,又叫开河的人将河转一个弯,以保护陶家的墓地。陶郎儿兄弟从此常去偷小孩来献给麻叔谋,得到了很丰厚的报酬。贫民中有知道这件事的,都争着盗窃别人家的孩子献给麻叔谋,以求赏赐。襄邑、宁陵、睢阳等地丢失的孩子有几百个,喊冤呼痛的哀恸之声,从早到晚不绝于耳。虎贲郎将段达任中门使,掌管各地呈送的表书奏章,麻叔谋命家奴黄金窟带黄金去赠送他。凡有上表诉讼儿子被吃掉的,不问说的是什么,一律命令鞭打背脊四十下,押送出洛阳。在路上死去的人,十有七八。当时令狐辛达知道这事,背地里叫人收集孩子的遗骨,没过几天,已经装满了车。于是城市村坊的百姓家凡有小孩的,都做了木柜,接缝用铁包裹起来。每到夜晚,就把孩子放置在柜中,锁好,全家人燃起烛火围着守护。到了天亮,打开木柜看到孩子,一家老幼都为此庆贺。

到了睢阳地界,有位叫陈伯恭的濠寨使说,这条河道如果取直路开掘,就要穿过睢阳城,如要回护这座城,就给予指示。麻叔谋听到说回护就发怒,命令把陈伯恭推出去腰斩。令狐辛达前来救了他。当时睢阳城中有富豪人家一百八十户,都怕开河掘穿他们的住宅和坟地,于是就凑了三千两金子,准备献给麻叔谋,未能找到中间人送去。忽然河道开挖到一大片树林中,有一座坟墓,据从前的传说是古代宋国司马华元的墓。开下去就掘通一座石室,室中的漆灯、棺柩、帐幕之类的东西,遇见风都化成灰烬。里面有一块石铭,刻着的文字说:"睢阳土地高,汴水可为濠。若也不回避,奉赠二金刀。"

麻叔谋说:"这是骗人的东西,不值得相信。"那一天,麻叔谋梦见被一位使者召到一座宫殿上,有个人穿红色绸衣,戴着进贤冠。麻叔谋拜了几拜,殿上的王也回拜,拜毕,说:"我是宋襄公,上帝命我镇守此地,已经两千年了。倘若将军能借个方便,回护这城,那么全城老幼皆会感谢将军的恩德。"麻叔谋不允许。宋王又说:"刚才说的护城之事,其实不是我的意思,而是奉了上帝之命,说此地以后五百年间,会有王者出现建立万世的基业。岂能为了一时的游玩,致使王气被掘断呢?"麻叔谋还是不允许。过了好一阵,有使者进来报告说:"大司马华元到了。"左右领进一人,穿紫衣,戴进贤冠,拜见于宋王面前。宋王就讲了护城的事。那人听了勃然大怒说:"上帝有命令,我等要听从。麻叔谋这愚昧之人,竟不知道天命!"接着就大呼左右,命令置备拷问的刑具。宋王说:"拷问的事,哪种方法最痛苦?"穿紫衣的人说:"用铜汁灌进嘴中,烧烂他的肠胃,这是第一。"宋王表示同意。于是几名武士拖走麻叔谋,脱去他的衣服,只留一条短裤,把他捆在铁柱上,准备用铜汁灌他,麻叔谋吓得失魂丧胆。殿上的人连忙阻止说:"那么护城的事情如何?"麻叔谋连声说:"遵照上帝的命令!"宋王便命令给他松绑,还他的衣帽。又叫领他出去。临走前,紫衣人说:"上帝赏赐麻叔谋三千两金子,是从民间取得的。"麻叔谋生性贪财,就问使者说:"上帝赐金,这话怎么讲?"使者说:"有睢阳的百姓会献给将军的,这就是阴间决定的事由阳间来接纳。"恍恍惚惚的像是梦醒了,只觉得神魂不在身体内。后来睢阳的百姓贿赂了家奴黄金窟,通过他献上黄金三千两。麻叔谋回想梦中的事,就收下了。立刻召来陈伯恭,叫他把河道改从睢阳西面经过,自北向南转弯,向东过刘赵村,绵延而去。令狐辛达知道后,几次上表,都被段达扣压不报。

到了彭城,河道经过一片森林,林中有座偃王墓。掘了几尺,就掘不下去了,原来是铜铁铸成的。把四面的土挖去,只见铁露出来。墓旁装有铁门,闭锁得十分严密。后来采用酂阳百姓的办法,撞开了墓门。麻叔谋自己进入墓中,走了百来步,有两个童子站在他面前说:"偃王敬候多时了。"麻叔谋便随童子进去,见到一座宫殿,有一人戴着通天冠,穿红色绸衣,坐在殿上。麻叔谋下拜,王也回拜,说:"我的墓地,正在河道上,现在奉送将军玉宝,让将军得到天下。倘若能得到保护,就是墓地幸运了。"麻叔谋答应了。王便令使者拿来一玉印交给麻叔谋。麻叔谋细看,印章上的字是"百代帝王受命玉印"。麻叔谋十分高兴。王又说:"要多多保护爱惜,这是刀刀的兆头('刀刀'是隐语,也就是'二金刀'的意思)。"麻叔谋出来,就命令士兵民夫保护好这座墓。

当时炀帝在洛阳,忽然丢失了国宝,在宫闱中四处搜寻查访,也不知它的下落,就隐瞒着不透露这事。炀帝督促开河很急切。麻叔谋从徐州开始,命令从早到晚不停地开河,所征集的民夫已经少了一百五十多万,驻扎营寨的地方,死尸遍野。

炀帝在文观殿读书,因阅览《史记》,看到秦始皇修筑长城的事,便对宰相宇文述说:"秦始皇的时代到如今有一千年了,料想长城已该塌毁了吧。"宇文述顺着炀帝的意思奏道:"陛下突然有了继续秦皇之事的想法,要建立万世的功业,不如把长城修复起来,将城墙加固。"炀帝听后大喜,就诏命以舒国公贺若弼为修城都护,以谏议大夫高颎为副使,从江淮一带的吴州、楚州、襄州、邓州、陈州、蔡州以及并州等地,征集壮丁民夫一百二十万人修长城。诏书下达后,贺若弼奏谏说:"臣听说秦始皇在边塞修筑长城,连绵一万里,百姓中男的死了很多,女的不能婚嫁,妻子当了寡妇,子女成了孤儿。长城未能筑好,他跟他的儿子便都死了。陛下轻信狂夫的话,做让秦国灭亡的事情,只怕国家分崩离析,就跟秦朝一样。"炀帝听了大怒,还没来得及开口,宇文述一旁抢过话头说:"你这个狂妄的武夫懂得什么,却来扰乱皇上的重大谋略?"贺若弼发怒,用象牙手板击打宇文述。炀帝很生气,命令把贺若弼关在家中,当晚就让他喝毒酒死了。高颎也不去。宇文述就举荐司农卿宇文弼为修城都护,以民部侍郎宇文恺为副使。

那时麻叔谋开汴渠到了灌口,查点民夫,大约损失了二百五十万人。他部下的士兵原有五万人,损失了二万三千人。工程完毕以后,上奏炀帝。派人打开汴口的河堤,让黄河水入汴渠。炀帝从洛阳迁移到大梁,诏令江淮各州造大船五百只。使命传来,急如星火。民间百姓被分配造一条船的,家产就全部花光用尽,还是不够,就被套上枷锁遭到鞭打,然后卖男卖女,以供官家之用。龙舟造成后,在长江下水,沿淮河航行。到了大梁,又另外加工装饰,镶上各种宝石金玉。在吴、越一带选来民间十五六岁的女子五百人,称之为殿脚女。让她们去拉龙舟,即每条船用彩绸编织成缆绳十条,每条用殿脚女十名,嫩羊十只,让殿脚女跟羊相隔着走,牵引龙舟。当时恐怕盛夏暑气重,翰林学士虞世基献计,请用垂柳栽种在汴渠两边的河堤上,一来树根四面散开后可加固河堤;二来牵船的人可得到阴凉;三来牵船的羊可吃柳叶。炀帝大喜,向民间宣布交柳树一株,赏一匹细绢。老百姓竞相献柳。又令大家亲自栽种,炀帝自种一株,群臣依次再种,然后才轮到百姓。当地民间流传的话说:"天子先栽,然后百姓栽。"种完柳树,炀帝御笔题写赐垂柳姓杨,名叫杨柳。当时船头挨着船尾,连接千里,从大梁到淮口,连绵不绝。锦帆经过之处,香气百里可闻。

过了雍邱,船队渐渐到达宁陵地界。水势也渐渐急起来,龙舟受到阻碍,牵船的人越来越费力。这时虎贲郎将鲜于俱罗为护缆使,上奏说水浅河窄,行船很困难。炀帝为这事询问虞世基。虞世基说:"请制作铁脚木鹅,长一丈二尺,从河的上流放往下流,如果木鹅停住了,便是水浅的地方。"炀帝听了他的话,令右翊将军刘岑去查验水浅之处。从雍邱到灌口,查出一百二十九处。炀帝大怒,命令查究每一水浅处督工吏的姓名。只要是木鹅停住的地方,把两岸的人都捆起来,倒埋在堤岸下,说:"让你们活着当开河夫,死了做抱沙鬼。"于是又埋掉了五万多人。

到达睢阳后,炀帝问麻叔谋说:"这里的街市人家挖去了多少?"麻叔谋说:"睢阳地灵,不可冒犯。如果挖掉它,必定会有不祥的事。臣已经回护了这个城市。"炀帝发怒,令刘岑乘小船查访河道弯曲的地方,比直路多出二十里。炀帝越发愤怒,就下令逮捕麻叔谋,囚禁在后牢里,急派人叫来令狐辛达查询此事根由,令狐辛达奏道:"麻叔谋从宁陵起就在干不法之事,开初吃羊肉,后来就吃婴儿;养了窃贼陶郎儿,偷盗人家的孩子;接受了三千两金的贿赂,在睢阳擅自改弯河道。"便取来小孩的残骨进呈为证。炀帝问:"为什么不奏报?"令狐辛达说:"多次上过表章,被段达扣压住不上报。"

炀帝令人搜查麻叔谋的行李时,发现了睢阳百姓所献的金子,又查到了留侯所还的白璧和受天命的宝玉印玺。炀帝很吃惊,对宇文述说:"金子跟白璧都是微不足道的东西,只是我的宝印他是从何处得到的呢?"宇文述说:"必定是派窃贼来偷去的。"炀帝瞪着眼睛说:"麻叔谋今天偷我的宝印,明天要偷我的脑袋啦!"令狐辛达在旁边,他奏道:"麻叔谋常常派陶郎儿偷人家的小孩,恐怕国宝就是陶郎儿偷的。"炀帝更为动怒,派荣国公来护儿、内使李百药,太仆卿杨义臣审问麻叔谋,在睢阳设置处理此案的官署。同时拘捕了陶郎儿全家,令陶郎儿招供入宫盗窃宝印的事。陶郎儿受不了拷打之苦,就一样样认罪。又追究段达收了令狐辛达的奏章而不上奏的罪过。罪案成立送呈炀帝,炀帝问丞相宇文述如何处理。宇文述说:"麻叔谋有大罪四条:吃人家的孩子,受人家的贿金,派贼人盗宝,擅自移改河道。请用严厉的刑法杀掉他。至于他的子孙,则等待圣旨来裁决。"炀帝说:"麻叔谋有大罪。为了他开河有功,就赦免他的子孙。"只命令将麻叔谋腰斩在河边。

那时来护儿领了敕命还未到麻叔谋那里。麻叔谋梦见有一位童子自天而降,对他说:"宋襄公和大司马华元派我来,感谢将军护城的好意,往年许诺的二金刀,今天就奉还你。"麻叔谋醒来,说:"据这一先兆看,不好,我的腰和头颈怕是难保了。"话没有说完,来护儿就到了,押着他去河的北岸,然后斩为三段。陶郎儿兄弟五人,以及家奴黄金窟一起用鞭子打死。中门使段达免于死罪,降职为洛阳监门令。

唐宋传奇集卷七

绿珠传

乐 史

【题解】

据《稗边小缀》,《绿珠传》一卷,从《琳琅秘室丛书》中录出,并以明钞本《说郛》及他本相校,旧本无撰人名氏,元人马端临《文献通考·经籍考》题"宋史官乐史撰",后人便据以为定。乐史,宋太宗时人,授著作郎直史馆,后转太常博士,精地理之学,曾撰《太平寰宇记》二百卷。

《绿珠传》以晋石崇爱妾绿珠为中心,演述了绿珠感激主恩,坠楼身亡,不污名节的故事;同时篇中还辅以晋愍怀太子妃王进贤及其婢女投河殉节及唐代女子窈娘投井殉情的故事片段。作品正通过这一连串下层女子以身殉义的行为,歌颂了崇尚节义的道德情操,谴责了社会上层人士无仁义之性、朝三暮四唯利是图的卑劣行径。篇末则又借此渲染辜恩背义必遭报应的思想,典型地反映出宋人小说重劝世训戒的特点。

【原文】

绿珠者,姓梁,白州博白县人也①。州则南昌郡,古越地,秦象郡②,汉合浦县地③。唐武德初,削平萧铣④,于此置南,寻改为白州,取白江为名。州境有博白山,博白江,盘龙洞,房山,双角山,大荒山。山上有池,池中有婢妾鱼。绿珠生双角山下,美而艳。越俗以珠为上宝,生女为珠娘,生男为珠儿,绿珠之字,由此而称。晋石崇为交趾采访使⑤,以真珠三斛致之。崇有别庐在河南金谷涧⑥,涧中有金水,自太白源来。崇即川阜置园馆,绿珠能吹笛,又善舞《明君》(明君,昭君也。避晋文帝讳,改昭为明)。明君者,汉妃也,汉元帝时,匈奴单于入朝⑦,诏王墙配之,即昭君也。及将去,入辞,光彩射人,天子悔焉,重难改更,汉人怜其远嫁,为作此歌,崇以此曲教之,而自制新歌曰:"我本良家子,将适单于庭。辞别未及终,前驱已抗旌。仆御流涕别,辕马悲且鸣。哀郁伤五内,涕泣沾珠缨。行行日已远,遂造匈奴城。延伫于穹庐⑧,加我阏氏名⑨。殊类非所安,虽贵非所荣。父子见陵辱,对之惭且惊。杀身良不易,默默以苟生。苟生亦何聊,积思常愤盈。愿假飞鸿翼,乘之以遐征。飞鸿不我顾,伫立以屏营⑩。昔为匣中玉,今为粪上英⑪。朝华不足欢,甘与秋草并。传语后世人:远嫁难为情。"崇又制《懊恼曲》以赠绿珠。崇之美艳者千余人,择数十人,妆饰一等,使忽视之⑫,不相分别。刻玉为倒龙佩,紫金为凤凰钗⑬,结袖绕楹而舞,欲有所召者,不呼姓名,悉听佩声,视钗色。佩声轻者居前,钗色艳者居后,以为行次而进。赵王伦乱常⑭,贼类孙秀使人求绿珠⑮,崇方登凉观,临清水,妇人侍侧,使者以告,崇出侍婢数百人以示之⑯,皆蕴兰麝而披罗縠。曰:"任所择。"使者曰:"君侯服御,丽矣,然受命指索绿珠。不知孰是?"崇勃然曰:"吾所爱,不可得也⑰。"秀因是潜谮伦族之。收兵忽至,崇谓绿珠曰:"我今为你获罪。"绿珠泣曰:"愿效死于君前。"崇因止之,于是坠楼而死。崇弃东市,时人名其楼曰绿珠楼。楼在步庚里,近狄泉。狄泉在王城之东⑱,绿珠有弟子宋伟,有国色,善吹笛。后入晋明帝宫中⑲,今白州有一派水,自双角山出,合容州江,呼为绿珠江。亦犹归州有昭君滩⑳,昭君村,昭君场;吴有西施谷,脂粉塘,盖取美人出处为名。又有绿珠井,在双角山下,耆老传云㉑:"汲此井饮者,诞女必多美丽,里闾有识者以美色无益于时,因以巨石镇之。尔后虽有产女端妍者,而七窍四肢多不完具。"异哉!山水之使然。昭君村生女皆炙破其面,故白居易诗曰:"不取往者戒,恐贻来者冤。至今村女面,烧灼成瘢痕。"又以不完具而惜焉。牛僧孺《周秦行记》云㉒:

"夜宿薄太后庙,见戚夫人,王嫱,太真妃,潘淑妃,各赋诗言志。别有善笛女子,短鬓窄衫具带㉓,貌甚美,与潘氏偕来,太后以接坐居之,令吹笛,往往亦及酒。太后顾而谓曰:'识此否㉔?石家绿珠也。潘妃养作妹。'太后曰:'绿珠岂能无诗乎?'绿珠拜谢,作曰:'此日人非昔日人,笛声空怨赵王伦。红残钿碎花楼下,金谷千年更不春。'太后曰:'牛秀才远来,今日谁人与伴?'绿珠曰:'石卫尉性严忌。今有死,不可及乱㉕'。"然事虽诡怪,聊以解颐㉖。噫,石崇之败,虽自绿珠始,亦其来有渐矣。崇常刺荆州,劫夺远使,沉杀客商,以致巨富。又遗王恺鸩鸟㉗,共为鸩毒之事。有此阴谋,加以每邀客宴集,令美人行酒,客饮不尽者,使黄门斩美人㉘。王丞相与大将军尝共访崇,丞相素不能饮,辄自勉强,至于沉醉。至大将军,故不饮以观其变,已斩三人。君子曰:"祸福无门,惟人所召。"崇心不义,举动杀人,乌得无报也。非绿珠无以速石崇之诛,非石崇无以显绿珠之名。绿珠之坠楼,侍儿之有贞节者也。比之于古,则有曰六出。六出者,王进贤侍儿也。进贤,晋愍太子妃㉙。洛阳乱,石勒掠进贤渡孟津㉚,欲妻之,进贤骂曰:"我皇太子妇,司徒公女。胡羌小子,敢干我呼?"言毕投河。六出曰:"大既有之,小亦宜然。"复投河中。又有窈娘者,武周时乔知之宠婢也。盛有姿色,特善歌舞。知之教读书,善属文,深所爱幸。时武承嗣骄贵㉛,内宴酒酣,迫知之将金玉赌窈娘,知之不胜,便使人就家强载以归。知之怨悔,作《绿珠篇》以叙其怨。词曰:"石家金谷重新声,明珠十斛买娉婷。此日可怜无复比,此时可爱得人情。君家闺阁未曾难,尝持歌舞使人看。富贵雄豪非分理,骄矜势力横相干。辞君去君终不忍,徒劳掩面伤红粉。百年离别在高楼,一旦红颜为君尽。"知之私属承嗣家阉奴传诗于窈娘。窈娘得诗悲泣,投井而死。承嗣令汲出,于衣中得诗,鞭杀阉奴。讽吏罗织知之,以至杀焉。悲夫,二子以爱姬示人,掇丧身之祸。所谓倒持太阿㉜,授人以柄。《易》曰:"慢藏诲盗,冶容诲淫㉝",其此之谓乎。其后诗人题歌舞伎者,皆以绿珠为名。庾肩吾曰㉞:"兰堂上客至,绮席清弦抚。自作《明君辞》,还教绿珠舞。"李元操云㉟:"绛树摇歌扇,金谷舞筵开。罗袖拂归客,留欢醉玉杯。"江总云㊱:"绿珠含泪舞㊲,孙秀强相邀。"绿珠之没已数百年矣,诗人尚咏之不已,其故何哉?盖一婢子,不知书,而能感主恩,愤不顾身,其志烈懔懔㊳,诚足使后人仰慕歌咏也。至有享厚禄,盗高位,亡仁义之性㊴,怀反覆之情,暮四朝三,惟利是务,节操反不若一妇人,岂不愧哉。今为此传,非徒述美丽,窒祸源,且欲惩戒辜恩背义之类也。季伦死后十日,赵王伦败。左卫将军赵泉斩孙秀于中书,军士赵骏剖秀心食之。伦囚金墉城⑩,赐金屑酒。伦惭,以巾覆面曰:"孙秀误我也。"饮金屑而卒,皆夷家族。南阳生曰:"此乃假天之报怨。不然,何枭夷之立见乎!㊶"

注释

①白州:州名,唐武德四年(公元621年)置。其地秦时为象郡所辖,汉时属合浦县,宋废。其址即今广西博白县。

②象郡:秦始皇所建三十六郡之一,秦始皇三十三年(公元前214年)置,治所在今广西崇左县境,汉昭帝元凤五年(公元前76年)废。

③合浦县:县名,汉置,原属合浦郡,旧址在今广西合浦县东北七十余公里。

④削平萧铣:萧铣,后梁宣帝萧詧之后,仕隋,为罗川(今湖南湘阴东北)令。隋大业十三年(公元617年),与巴陵校尉董景珍、雷世猛等起兵反隋,自称梁王,次年称帝,迁都江陵,成为长江中下游地区的一股割据势力。唐武德四年,李靖奉令率军讨击,萧铣兵败降唐,被押送至长安,后被斩。

⑤晋石崇为交趾采访使:石崇(公元249—300年),西晋南皮人,字季伦。曾任修武令、散骑常侍、荆州刺史等职。以劫掠客商而成巨富,与贵戚王恺、羊琇等争尚奢靡,并党附贾后、贾谧,为所谓的"二十四友"之一。后八王作乱,石崇依附齐王司马冏,被赵王伦手下孙秀潜毁,被杀。《晋书》有传。交趾:原指五岭以南一带地区,汉置交趾郡,其址在今广西苍梧县。

⑥金谷涧:地名,在河南洛阳西北面,金水流经此地。石崇在此建造了有名的金谷园。

⑦匈奴单于入朝:匈奴,公元三世纪至四世纪游牧在中国北方的少数民族。单(chán 蝉)于,匈奴君长的称号。汉元帝竟宁元年(公元前33年),匈奴单于呼韩邪入长安朝见汉元帝,表示修好之意,汉元帝将宫妃王嫱赐与呼韩邪。详见《汉书·元帝纪》。

⑧延伫(zhù 住):久立,引颈而望。

⑨阏氏(yān zhī 烟支):汉时匈奴皇后称号。

⑩屏营:惶恐不安貌。《文选·李陵〈与苏武诗〉》:"屏营衢路侧,执手野踟蹰。"

⑪今为粪上英:《校记》云:"'英',《说郛》作'蝇'。"译文依此。

⑫使忽视之:《校记》云:"'忽',胡本作'同'。"

⑬紫金为凤凰钗:《校记》云:"'紫',《说郛》作'镕'。"

⑭赵王伦乱常:赵王伦,即晋惠帝时赵王司马伦,在八王之乱中,他先依附贾后、贾谧,以巩固在朝中的地位。晋惠帝永康元年(公元300年),他与齐王司马冏、梁王司马肜合谋,起兵废贾后,诛贾谧,尽除后党而自专权柄。惠帝永宁元年(公元301年),又废惠帝而自立。齐王司马冏与成都王司马颖等又联后讨伐,赵王伦兵败被杀。

⑮孙秀:晋惠帝时人,早年曾为小吏,事奉黄门郎潘岳,后依附赵王伦,深得伦宠幸,为其重要谋士,参与了废贾后、废惠帝、拥立赵王伦等重大事件。赵王伦篡位,任中书令,权倾朝野。后赵王伦兵败,孙秀被杀于宫中。

⑯崇出侍婢数百人以示之:《校记》云:"'百',胡本作'十'。"

⑰吾所爱,不可得也:《校记》云:"《说郛》作:'他无所爱,绿珠不可得也。'"

⑱狄泉在王城之东:狄泉,水名,在古洛阳城中。王城,即指周代东都洛邑。周公摄政五年,成王令召公营建洛邑,谓之王城,旧址在今河南洛阳市西。《校记》云:"'狄',《说郛》无。'王'原作'正',据胡本、郭涵本改。按:王城即故洛邑,似作'王'是。"

⑲晋明帝:即东晋皇帝司马绍,在位四年(公元323—326年),年号太宁。

⑳归州:唐时所建,治所秭归,即今湖北省秭归县,据说王昭君出生于此。

㉑耆(qí 其)老:古称六十岁者为耆。《礼记·曲礼上》:"五十曰艾……六十曰耆。"此概指老年人。

㉒牛僧孺《周秦行记》:参阅本书卷四。

㉓短鬓窄衫具带:《校记》云:"《说郛》作'短鬓衫具带',胡本作'短鬓窄袖长带'。"

㉔识此否:《校记》:"'识'、'否',郭抄本无。"

㉕不可及乱:《校记》云:"'可',郭抄本无。"

㉖解颐(yí 夷):颐,下巴。解颐,开颜欢笑。

㉗王恺:西晋东海郯县(今山东郯城)人,字君夫。其父王肃,曹魏时,官至中领军,加散骑常侍,又为其时有名学者;其姊嫁司马昭,为晋武帝司马炎之母。王恺因讨太傅杨骏之功,封山都县公,官至龙骧将军、骁骑将军、散骑常侍。王恺身为世族国戚、朝廷大臣,奢豪无度,尝与石崇斗富。详见《世说新语·汰侈》《晋书》本传。

㉘使黄门斩美人:黄门,汉时所置专供内廷服务的官署。东汉时,黄门官多为宦官担任,故又称宦官为黄门。此指近侍之人。"使黄门斩美人"事,详见《世说新语·汰侈篇》。

㉙晋愍太子:即晋惠帝之子司马遹。幼时聪颖,受其祖晋武帝司马炎喜爱,惠帝即位,立为太子。后受贾后谋害,被废。赵王伦欲除贾后,听用孙秀之言,用离间计使贾后毒杀司马遹于许昌,赵王伦又以此为借口,起兵诛杀贾后,事件平息,

赵王伦执掌朝政,追谥司马通为愍怀,葬于显平陵。

㉚石勒掠进贤渡孟津:石勒(公元274—333年),上党武乡人,字世龙,羯族。十六国时期后赵的创建者,幼年随人行贩洛阳,曾为人力耕,又被掠卖到山东与人为奴。后投奔匈奴主刘渊,骁勇善战,深得刘渊重用,为其重要的军事将领。后任用汉人张宾为幕僚占据襄国(今河北邢台),逐渐发展为割据势力。东晋太兴二年(公元319年),自称赵王,建立政权,329年灭前赵,330年称帝,改元建平,史称后赵。详见《晋书·石勒载记》。孟津:在河南孟县南十八里,相传周武王曾在此与天下八百诸侯会盟,故亦称盟津。

㉛武承嗣:(?—705年)唐并州文水(今山西文水东)人,武则天侄子,深受武则天宠爱。光宅元年(公元684年),由礼部尚书擢升为太常卿,同中书门下三品,后任文昌左相,封魏王,曾权倾朝野,骄贵一时。后未能立为皇太子,忧愤而卒。

㉜太阿:古宝剑名,相传为春秋楚国欧冶子所铸,后用作宝剑通名。

㉝慢藏诲盗,冶容诲淫:语出《易·系辞上》。孔颖达《正义》云:"慢藏财物,守掌不谨,则教诲于盗者,使来盗取此物。女子妖冶其容,身不精悫,是教诲淫者使来淫己也。"意谓对财物守持不谨,是教诲强盗来盗取财物。女子持身不谨,妖冶容颜,是教人淫荡。

㉞庾肩吾:南朝梁文学家,南阳新野人,字子慎,庾信的父亲,在梁简文帝萧纲朝,曾任度支尚书。其诗风以华艳著称,与徐摛同为宫体诗的代表作家。明人辑有《庾度支集》。

㉟李元操:名孝贞,南北朝人,仕北齐,官至黄门侍郎,入隋,任蒙州刺史、内史等职,有文集行于世。

㊱江总:南朝陈文学家,济阳考城(今河南兰考东)人,字总持,历仕梁、陈、隋三朝,陈后主即位,授为尚书令,进封中权将军。但其不持政务,日与后主宴游后庭,荒嬉无度,时人号为狎客。擅长五、七言诗,其诗风华艳浮荡。

㊲绿珠含泪舞:《校记》云:"'含',《说郛》作'衔'。"

㊳志烈懔懔(lǐn 凛):懔懔,严正貌。

㊴亡仁义之性:《校记》云:"'性',《说郛》、胡本作'行'。"

㊵金墉城:地名,在河南洛阳市东,三国魏时所筑。西晋时,作为被废帝、后的囚禁之处。杨后、贾后、惠帝等被废,均被迁徙至此。赵王伦兵败,亦被押送至此囚禁,后在此被杀。唐初,此城被废。

㊶何枭夷之立见乎:枭夷,杀戮诛灭。《校记》云:"'何'下胡本有'以'字。"

【今译】

有位名叫绿珠的女子,姓梁,是白州博白县人,白州属南昌郡,古时候为越地,秦时为象郡所辖,汉代为合浦县属地。唐武德初年,平定萧铣之后,在此地置南州,不久改名为白州,乃是选取境内的白江而为其州名。在白州境内,有博白山、博白江、盘龙洞、房山、双角山、大荒山。山上有水池,池中有一种鱼名叫婢妾鱼。绿珠便生于双角山下,美丽而娇艳。越地风俗以珍珠为最宝贵的东西,因此,生女便名为珠娘,生男便呼为珠儿。绿珠的称呼,便由此而来。晋人石崇任交趾采访使时,以三斛珍珠换取了绿珠。

石崇有别墅一座,在河南金谷涧中,涧中有金水一条,它从太白山发源而来。石崇依据这山川之势建置园馆。绿珠善于吹笛,又善舞《明君》之曲(明君,便是昭君,因避晋文帝的名讳,改昭为明)。所谓明君,即是汉元帝的妃子。汉元帝时,匈奴单于入朝拜见汉元帝,汉元帝诏令将王嫱许配给他为妻,这王嫱,便是昭君。到昭君将离去而入朝向汉元帝告辞时,但见她光彩照人,汉元帝遂生后悔之心,但事情已难于变更。汉人怜惜昭君远嫁,为此写下了《明君》之歌。石崇将这首歌曲教给了明珠,而自己又创作了一首新歌词,说:

  我本是良家女子,
  却将远嫁单于边庭。
  辞别还未终结,
  前行的队伍已经举起了旗旌。
  仆人、御夫流泪相别,
  辕马悲伤哀鸣。
  哀情积郁摧伤了五脏,
  泪水涟涟沾湿了珠缨。
  不停地走呀,一天远似一天,
  最终到了匈奴的邦城。
  单于在穹庐边引颈而望,
  给我加上皇后之名。
  同异族相处不是我企盼的平安,
  虽是尊贵却非我需要的殊荣。
  父兄受到他人凌辱,
  让我既惭愧而又惊怒。
  想了此残生却又不那么容易,

只好默默隐忍苟且偷生。
苟且偷生又有何意义？
郁积的思念令我怨愤充盈。
我愿借上飞鸿的翼翅，
乘便飞向遥远的他方。
飞鸿不顾念我的苦情，
我只有呆呆伫立心神不宁。
从前我是那匣中的宝玉，
现今却是那粪土上的苍蝇。
朝花已不足给我欢乐，
只愿与秋草相并。
我把心里的话留给后世之人：
远嫁他方令人不胜悲情。

石崇还另写了一首《懊恼曲》赠送给绿珠。

石崇有艳丽的姬妾千余人，他选择数十人，让她们妆饰得一模一样，使人忽然一见，简直不能分别出来。她们腰佩玉刻的倒龙佩，头插黄金绕成的凤凰钗，系结长袖，绕柱而舞。如果要呼唤谁，并不叫她的姓名，完全听她玉佩的声音，观视金钗的色泽。玉佩声音轻的站立在前，金钗颜色浓艳的站立于后，她们总以这样的秩序依次而进。

赵王司马伦扰乱纲常，贼党孙秀派人去索取绿珠。这时，石崇刚好登上凉台，身临清水之畔，姬妾侍候左右。使者将目的告知，石崇叫出侍婢数百人给他看，这些妇人浑身蕴含着兰麝的香气，身披轻盈的罗纱。石崇对使者说："这些人任随你选择。"使者说："侍候君侯的这些人，都艳丽极了，但我受命索取绿珠，不知是其中的哪一位？"石崇勃然而怒，说："绿珠是我最心爱之人，你们不可能得到她。"孙秀便因此事在司马伦面前数进谗言，要对石崇满门抄斩。拘捕石崇的军队忽然来到石崇的府第，石崇对绿珠说："我现今为了你而获此罪。"绿珠哭泣道："我愿效死在您的面前。"石崇阻止她，绿珠还是坠楼而死。石崇被斩杀于东市，当时人便将这座楼称为绿珠楼。这座楼在步庚里，靠近狄泉。狄泉在洛阳城的东面。

绿珠有位弟子叫宋伟，有倾国之貌，善于吹笛，后来被选入晋明帝官中。现在白州还有一条河，从双角山流出，与容州江汇合，被人们称之为绿珠江，这就像归州有昭君滩、昭君村、昭君场，吴地有西施谷、脂粉塘一样，都是选取美人的典故来命名的。另外还有绿珠井，井在双角山下，老人们都相传说："汲饮这井水的女人，生下的女儿必有许多美丽者。当地有见识的人认为美色对时世没有益处，便用巨石将井镇盖。自此之后，生下的女儿有容貌端正、漂亮的，七窍及四肢又多不完整。"多么奇怪啊，山水竟能造成这种情况！昭君村生下的女儿们皆被大人们用火灼烧脸面，因此，白居易有诗说：

> 如不鉴取往昔的训戒，
> 只怕给后人遗下屈冤；
> 不见现今村女的娇面，
> 烧灼的瘢痕历历可见。

这又是对村女五官、四肢残缺不全表示怜惜之情。

牛僧孺在《周秦行记》中记载道："夜宿薄太后祀庙，看见戚夫人、王嫱、太真妃、潘淑妃这些人，各自赋诗表明心志。另有一位善吹笛子的女子，短的鬓发，窄的衣衫，长的腰带，容貌特别美丽，同潘氏一道前来。太后让她坐在陪坐的位置上，令她吹笛，不时叫人给她酌酒。太后顾视左右说：'认识此人吗？她是石家的绿珠，潘妃把她收养，当成妹妹。'太后又说：'绿珠哪能没有诗呢？'绿珠拜谢太后，作诗道：

> 此时之人已不是那往昔之人，
> 笛声传出对那赵王伦的怨恨；
> 红花凋残宝钿破碎在花楼下，
> 金谷园里千年不再出现阳春。

太后接着说：'牛秀才远道而来，今日谁人与他作伴？'绿珠说：'石卫尉性情严酷妒忌，现今唯有死，不可做那乱行之事。'"此事虽然诡异奇怪，但可聊以让人开颜一笑。唉，石崇的败亡，虽是从绿珠开始，但其由来已久。石崇曾经任荆州刺史，他抢劫远来使者的货物，沉杀客商，使自己成为巨富；他又送鸩鸟给王恺，共同干下以鸩酒毒人之事。有这样一些阴谋,加上他每次邀客宴集,令美人酙酒,客人饮酒有不干完之人,便令手下人将酙酒的美人斩杀。王导丞相与王敦大将军曾同访石崇,丞相平素就不能饮酒,只好勉强自己喝,竟至于大醉。到大将军,大将军故意不饮来观看其中的变化,石崇连斩杀了三位美人。君子说:"祸与福没有专门的门径,只是自己招致。"石崇心怀不义,动辄便随意杀人,哪能不遭到报应!不是绿珠,就不会使石崇遭到较快的诛灭;不是石崇,就难以显出绿珠的声名。绿珠的坠楼,是侍女中的贞节之人。同古人相比,则与一位叫六出的侍女相同。六出,是王进贤的侍女,进贤,是晋愍太子的妃子。洛阳遭乱,石勒抢掠王进贤渡孟津时,想对她强行施暴。进贤大骂道:"我身为皇太子妻子、司徒公的女儿,你们这些胡羌小儿,敢冲犯我吗?"话说完,便投河自尽,六出在旁边说:"既有这样的主人,奴婢也应该如此。"也投身河中。又有一位叫窈娘的人,是武则天朝乔知之的宠婢,姿色特美,犹善歌舞。乔知之教她读书,便也写得一手好文章,乔知之对她是宠爱有加。当时武承嗣骄横显贵,在内庭宴会酒酣之时,强迫乔知之以金玉来赌窈娘。乔知之没有赌胜,武承嗣便令人到乔知之家将窈娘强抢上车,送归自己的府第。乔知之非常怨恨、懊悔,便写下《绿珠篇》来抒发他的怨愤。诗中写道:

> 石家金谷园最爱那新词新声,
> 十斛明珠买来女子玉立娉婷。
> 这日的女子娇艳得无人可比,
> 这时的女子可爱得让人钟情。
> 夫君家的闺阁未曾历经灾难,
> 曾是欢歌曼舞让人昼夜观看。
> 富贵雄豪不守本分伤天害理,
> 仗恃骄矜势力强横将人侵犯。
> 辞别夫君离开夫君心终不忍,
> 只白白地掩面哭泣损伤红粉。
> 人生的死别呀总爱在那高楼,
> 总有一天红颜为君奉献生命。

乔知之私下托武承嗣家阉奴将诗送给窈娘,窈娘得诗后悲痛哭泣,投井而死。武承嗣令人将窈娘从井中拉出,在窈娘的衣中得到乔知之所写的诗,武承嗣便鞭杀了送诗的阉奴,并授意官吏罗织乔知之的罪名,最终将知之杀掉。

悲哀呀,这二人将自己的爱姬示人,招致丧身之祸,这真是倒持太阿宝剑,将剑柄授予他人。《易经》说:"收藏财物不谨慎,这是教人来行盗,女子妖冶容颜,是教人以淫荡。"大概说的就是这种情况吧。

这之后,诗人们题咏歌女舞伎,都以绿珠为名。庾肩吾有诗说:

> 兰桂堂上佳客到,
> 绮罗席前清弦抚。
> 自作一曲《明君辞》,
> 还教绿珠轻盈舞。

李元操有诗说:

> 红树之下摇歌扇,
> 金谷园里舞筵开;
> 绮罗摆袖拂归客,
> 留人欢醉翠玉杯。

江总有诗说:

> 绿珠含泪舞,孙秀强相邀。

绿珠死去已百年了,诗人们还咏吟不已,这是什么原因呢?一位侍婢,没有多少学问,却能感激主人的恩德,愤激而不顾惜自己的生命,其情志刚烈严正,确实足以让后人仰慕不已,歌咏不止。至于有那种享受厚禄、盗居高位、失去了仁义的本性、心怀反复之情,朝三暮四、惟利是图之人,其节操反而不及一妇人,难道就不觉得愧疚吗?

现今为此事写下这篇传说,并非仅仅是叙说一个美人的故事,要堵塞祸乱的根源,还希望能惩罚训戒那些负恩背义之人。石崇死后十天,赵王司马伦便失败了,左卫将军赵泉将孙秀斩杀于中书省,军士赵骏剜剖孙秀,把他的心肝取出吃掉。赵王司马伦被囚禁于金墉城,朝廷赐他金屑酒,司马伦惭愧不已,以头巾遮面说:"这都是孙秀害了我呀!"便饮金屑酒而死。他的整个家族都被诛杀。南阳生说:"这是借上天来报仇怨,不然的话,哪里能立刻就见到仇敌被斩杀、家族被夷灭呢!"

杨太真外传卷上

乐 史

【题解】

据《稗边小缀》所称,此篇原见颜氏《文房小说》及《说郛》卷三十八,据《文房小说》录出。

《杨太真外传》分为上下两篇,作者从各史传中采摘出有关唐玄宗与杨贵妃的载记,连缀而成为这篇史传体小说。上篇从杨贵妃的出生谈起,讲到她的入宫,唐玄宗对她的特殊宠爱,并由此加恩杨氏一门及杨氏诸人恃宠骄横跋扈的诸般情事。下篇则写因杨氏诸人的骄奢淫逸,专横跋扈而最终引发安史之乱,杨贵妃死于马嵬坡,杨氏诸人被诛杀以及玄宗对杨贵妃的无穷思念及凄凉晚景。文中以时间顺序为线索,完整地叙述了杨贵妃入宫、受宠、身亡的故事,并由此而完成了作者对唐玄宗贪色误国的批判,以及希望后人引以为戒的讽喻之义。全文以记叙为主,文字晓畅,表现出极强的史笔特点。在记叙中,作者还穿插一些细节描写,如写玄宗对杨贵妃惩处之后的懊悔,对贵妃思之不得的烦躁以及杨贵妃死后的悲伤及无穷的思念;写杨贵妃的剪发明志,与玄宗的调笑,临死之时的别辞等等,生动地表现了李、杨之间的情爱;而结末附以方士入仙山寻找贵妃一事,使本传记又蒙上一层神秘的色彩,从而表现出传奇的特点。

【原文】

杨贵妃小字玉环,弘农华阴人也①。后徙居蒲州永乐之独头村②。高祖令本,金州刺史③,父玄琰,蜀司户④。贵妃生于蜀,尝误坠池中,后人呼为落妃池。池在导江县前⑤(亦如王昭君生于峡州,今有昭君村;绿珠生于白州,今有绿珠江)。妃早孤,养于父河南府士曹玄璬家⑥。开元二十二年十一月,归于寿邸⑦。二十八年十月,玄宗幸温泉宫(自天宝六载十月,复改为华清宫)。使高力士取杨氏女于寿邸,度为女道士，号太真，住内太真宫。天宝四载七月，册左卫中郎将韦昭训女配寿邸。是月，于凤凰园册太真宫女道士杨氏为贵妃，半后服用⑧。进见之日，奏《霓裳羽衣曲》⑨（《霓裳羽衣曲》者，是玄宗登三乡驿⑩，望女几山所作也⑪，故刘禹锡诗有云⑫："伏睹玄宗皇帝望《女几山诗》，小臣斐然有感：开元天子万事足，惟惜当时光景促。三乡驿上望仙山，归作《霓裳羽衣曲》。仙心从此在瑶池，三清八景相追随。天上忽乘白云去，世间空有秋风词。"又《逸史》云："罗公远天宝初侍玄宗，八月十五日夜，宫中玩月，曰：'陛下能从臣月中游乎？'乃取一枝桂，向空掷之，化为一桥，其色如银，请上同登，约行数十里，遂至大城阙。公远曰：'此月宫也。'有仙女数百，素练宽衣，舞于广庭。上前问曰：'此何曲也？'曰：'《霓裳羽衣》也。'上密记其声调，遂回桥，却顾，随步而灭。旦谕伶官，象其声调，作《霓裳羽衣曲》。"以二说不同，乃备录于此）。是夕，授金钗钿合。上又自执丽水镇库紫磨金琢成步摇⑬，至妆阁，亲与插鬓。上喜甚，谓后宫人曰："朕得杨贵妃，如得至宝也。"乃制曲子曰《得宝子》，又曰《得鞊子》⑭。先是，开元初，玄宗有武惠妃、王皇后⑮。后无子。妃生子，又美丽，宠倾后宫。至十三年，皇后废，妃嫔无得与惠妃比。二十一年十一月，惠妃即世。后庭虽有良家子，无悦上目者，上心凄然。至是得贵妃，又宠甚于惠妃⑯。有姊三人，皆丰硕修整，工于谑浪⑰，巧会旨趣，每入宫中，移暑方出。宫中呼贵妃为娘子，礼数同于皇后。册妃日赠其父玄琰济阴太守，母李氏陇西郡夫人。又赠玄琰兵部尚书，李氏凉国夫人⑱，叔玄珪为光禄卿银青光禄大夫。再从兄钊拜为侍郎，兼数使⑲，兄铦又居朝列。堂弟锜尚太华公主。是武惠妃生，以母，见遇过于诸女，赐第连于宫禁。自此杨氏权倾天下，每有嘱请，台省府县，若奉诏敕。四方奇货，僮仆，驼马，日输其门。时安禄山为范阳节度⑳，恩遇最深，上呼之为儿。尝于便殿与贵妃同宴乐，禄山每就坐，不拜上而拜贵妃。上顾而问之："胡不拜我而拜妃子，意者何也？"禄山奏云："胡家不知其父，只知其母㉑。"上笑而赦之。又命杨铦以下，约禄山为兄弟姊妹，往来必相宴饯，初虽结义颇深，后亦权敌，不叶。五载七月，妃子以妒悍忤旨。乘单车，令高力士送还杨铦宅。及亭午㉒，上思之不食，举动发怒。力士探旨，奏请载还，送院中宫人衣物及司农米面酒馔百余车㉓。诸姊及铦初则惧祸聚哭，及恩赐浸广，御馔兼至，乃稍宽慰。妃初出，上无聊，中宫趋过者，或笞挞之，至有惊怖而亡者。力士因请就召,既夜,遂开安兴坊,从太华宅以入。及晓,玄宗见之内殿,大悦。贵妃拜泣谢过,因召两市杂戏以娱贵妃,贵妃诸姊进食作乐。自兹恩遇日深,后宫无得进幸矣。七载,加钊御史大夫,权京兆尹,赐名国忠。封大姨为韩国夫人,三姨为虢国夫人,八姨为秦国夫人。同日拜命,皆月约钱十万,为脂粉之资。然虢国不施妆粉,自炫美艳,常素面朝天㉔。当时杜甫有诗云:"虢国夫人承主恩,平明上马入宫门,却嫌脂粉涴颜色,淡扫蛾眉朝至尊。"又赐虢国照夜玑,秦国七叶冠,国忠锁子帐,盖希代之珍,其恩宠如此。铦授银青光禄大夫鸿胪卿,列榮载㉕,特授上柱国,一日三诏。与国忠五家于宣阳里,甲第洞开,僭拟宫掖㉖,车马仆从,照耀京邑。递相夸尚,每造一堂,费逾千万计,见制度壮于己者,则毁之复造,土木之工,不舍昼夜。上赐御食,及外方进献㉗,皆颁赐五宅。开元已来,豪贵荣盛,未之比也。上起动必与贵妃同行,将乘马,则力士执辔授鞭。宫中掌贵妃刺绣织锦七百人,雕镂器物又数百人,供生日及时节庆。续命杨益往岭南。长吏日求新奇以奉。岭南节度张九章,广陵长史王翼,以端午进贵妃珍玩衣服,异于他郡,九章加银青光禄大夫,翼擢为户部侍郎。九载二月,上旧置五王帐,长枕大被,与兄弟共处其间。妃子无何窃宁王紫玉笛吹。故诗人张祜诗云㉘:"梨花静院无人见,闲把宁王玉笛吹。"因此又忤旨,放出。时吉温多与中贵人善㉙,国忠惧,请计于温。遂入奏曰:"妃,妇人,无智识。有忤圣颜,罪当死。既尝蒙恩宠,只合死于宫中。陛下何惜一席之地,使其就戮?安忍取辱于外乎?"上曰:"朕用卿,盖不缘妃也。"初,令中使张韬光送妃至宅,妃泣谓韬光曰:"请奏:妾罪合万死。衣服之外,皆圣恩所赐,唯发肤是父母所生。今当即死,无以谢上。"乃引刀剪其发一缭㉚,附韬光以献。妃既出,上忧然。至是,韬光以发搭于肩上以奏。上大惊惋,遽使力士就召以归,自后益嬖焉。又加国忠遥领剑南节度使。十载上元节,杨氏五宅夜游,遂与广宁公主骑从争西市门。杨氏奴挥鞭误及公主衣,公主堕马。驸马程昌裔扶公主,因及数挞㉛。公主泣奏之,上令决杀杨家奴一人,昌裔停官,不许朝谒。于是杨家转横,出入禁门不问,京师长吏,为之侧目。故当时谣曰:"生女勿悲酸,生男勿喜欢。"又曰:"男不封侯女作妃,君看女却是门楣。"其天下人心羡慕如此。上一旦御勤政楼,大张声乐。时教坊有王大娘,善戴百尺竿㉜,上施木山,状瀛州方丈㉝,令小儿持绛节,出入其间,而舞不辍。时刘晏以神童为秘书省正字㉞,十岁,惠悟过人。上召于楼中,贵妃坐于膝上,为施粉黛,与之巾栉。贵妃令咏王大娘戴竿,晏应声曰:"楼前百戏竞争新,唯有长竿妙入神。谁谓绮罗翻有力,犹自嫌轻更著人。"上与妃及嫔御皆笑移时,声闻于外,因命牙笏黄纹袍赐之㉟。上又宴诸王木兰殿,时木兰花发,皇情不悦。妃醉中舞《霓裳羽衣》一曲,天颜大悦,方知回雪流风,可以回天转地。上尝梦十仙子,乃制《紫云回》㊱(玄宗尝梦仙子十余辈,御卿云而下,各执乐器,悬奏之,曲度清越,真仙府之音。有一仙人曰:"此神仙《紫云回》。今传授陛下,为正始之音。"上喜而传受。寤后,余响犹在。旦,命玉笛习之,尽得其节奏也。)并《梦龙女》,又制《凌波曲》(玄宗在东都,梦一女,容貌艳异,梳交心髻,大袖宽衣,拜于床前。上问:"汝何人?"曰:"妾是陛下凌波池中龙女。卫宫护驾,妾实有功,今陛下洞晓钧天之音,乞赐一曲以光族类。"上于梦中为鼓胡琴,拾新旧之曲声,为《凌波曲》。龙女再拜而去。及觉,尽记之。会禁乐,自御琵琶,习而翻之。与文武臣僚,于凌波宫临池奏新曲,池中波涛涌起。复有神女出池心,乃所梦之女也。上大悦,语于宰相,因于池上置庙,每岁命祀之)。二曲既成,遂赐宜春院及梨园弟子并诸王㊲。时新丰初进女伶谢阿蛮㊳,善舞。上与妃子钟念,因而受焉。就按于清元小殿,宁王吹玉笛,上羯鼓,妃琵琶,马仙期方响㊴,李龟年觱篥㊵,张野狐箜篌,贺怀智拍㊶。自旦至午,欢洽异常。时唯妃女弟秦国夫人端坐观之。曲罢,上戏曰:"阿瞒(上在禁中,多自称也。)乐籍,今日幸得供养夫人。请一缠头!"㊷秦国曰:"岂有大唐天子阿姨,无钱用耶?"遂出三百万为一局焉。乐器皆非世有者,才奏而清风习习,声出天表。妃子琵到逻迤檀㊸,寺人白季贞使蜀还献㊹。其木温润如玉,光耀可鉴㊺,有金镂红文,蹙成双凤。弦乃未诃弥罗国永泰元年所贡者㊻,渌水蚕丝也,光莹如贯珠瑟瑟。紫玉笛乃姮娥所得也。禄山进三百事管色,俱用媚玉为之。诸王、郡主,妃之姊妹,皆师妃,为琵琶弟子。每一曲彻,广有献遗。妃子是日问阿蛮曰:"尔贫㊼,无可献师长,待我与尔为。"命侍儿红桃娘取红粟玉臂支赐阿蛮㊽。妃善击磬,拊搏之音泠泠然㊾,多新声,虽太常梨园之妓,莫能及之。上命采蓝田绿玉,琢成磬;上方造簨㊿,流苏之属,以金钿珠翠饰之,铸金为二狮子,以为跌,彩缋缛丽,一时无比。先,开元中,禁中重木芍药,即今牡丹[51](《开元天宝花木记》

云:"禁中呼木芍药为牡丹"也)。得数本红紫浅红通白者,上因移植于兴庆池东沉香亭前。会花繁开,上乘照夜白[52],妃以步辇从。诏选梨园弟子中尤者,得乐十六色。李龟年以歌擅一时之名。手捧檀板,押众乐前,将欲歌之。上曰:"赏名花,对妃子,焉用旧乐词为。"遽命龟年持金花笺,宣赐翰林学士李白立进《清平乐词》三篇[53]。承旨,犹苦宿酲[54],因援笔赋之。第一首:"云想衣裳花想容,春风拂槛露华浓。若非群玉山头见,会向瑶台月下逢。"第二首:"一枝红艳露凝香,云雨巫山枉断肠。借问汉宫谁得似?可怜飞燕倚新妆。"第三首:"名花倾国两相欢,长得君王带笑看。解释春风无限恨,沉香亭北倚栏干。"龟年捧词进,上命梨园弟子略约词调,抚丝竹,遂促龟年以歌。妃持玻璃七宝杯,酌西凉州葡萄酒,笑领歌,意甚厚。上因调玉笛以倚曲。每曲遍将换,则迟其声以媚之。妃饮罢,敛绣巾再拜。上自是顾李翰林尤异于他学士。会力士终以脱靴为耻[55],异日,妃重吟前词,力士戏曰:"始为妃子怨李白深入骨髓,何翻拳拳如是耶!"妃子惊曰:"何学士能辱人如斯?"力士曰:"以飞燕指妃子,贱之甚矣。"妃深然之。上尝三欲命李白官,卒为宫中所捍而止。上在百花院便殿,因览《汉成帝内传》,时妃子后至,以手整上衣领,曰:"看何文书?"上笑曰:"莫问。"知则又殢人[56]。觅去,乃是"汉成帝获飞燕,身轻欲不胜风,恐其飘翥[57],帝为造水晶盘,令宫人掌之而歌舞。又制七宝避风台,间以诸香,安于上,恐其四肢不禁"也。上又曰:"尔则任吹多少[58]。"盖妃微有肌也,故上有此语戏妃。妃曰:"《霓裳羽衣》一曲,可掩前古。"上曰:"我才弄,尔便欲哢乎?忆有一屏风,合在,待访得,以赐尔。"屏风乃虹霓为名,雕刻前代美人之形,可长三寸许,其间服玩之器、衣服,皆用众宝杂厕而成。水精为地,外以玳瑁水犀为押,络以珍珠瑟瑟。间缀精妙,迨非人力所制。此乃隋文帝所造,赐义成公主[59],随在北胡。贞观初,灭胡,与萧后同归中国[60]。因而赐焉[61]。(妃归卫公家[62],遂持去。安于高楼上,未及将归。国忠日午偃息楼上,至床,睹屏风在焉。才就枕,而屏风诸风女悉皆下床前,各能所号,曰:"裂缯人也。""定陶人也。""穹庐人也。""当垆人也。""亡吴人也。""步莲人也。""桃源人也。""斑竹人也[63]。""奉五官人也。""温肌人也。""曹氏投波人也。""吴宫无双返香人也。""拾翠人也。""窃香人也。""金屋人也。""解佩人也。""为云人也。""董双成也。""为烟人也。""画眉人也。""吹箫人也。""笑躄人也。"

"垓中人也。""许飞琼也。""赵飞燕也。""金谷人也。""小鬟人也。""发光人也。""薛夜来也。""结绮人也。""临春阁人也。""扶风女也。"国忠虽开目,历历见之,而身体不能动,口不能发声。诸女各以物列坐。俄有纤腰妓人近十余辈,曰:"楚章华踏谣娘也。"乃连臂而歌之,曰:"三朵芙蓉是我流,大杨造得小杨收。"复有二三妓,又曰:"楚宫弓腰也㉞。何不见《楚辞别序》云:'绰约花态,弓身玉肌?'"俄而递为本艺。将呈讫,一一复归屏上,国忠方醒,惶惧甚,遽走下楼,急令封锁之。贵妃知之,亦不欲见焉。禄山乱后,其物犹存。在宰相元载家㉟,自后不知所在。)

注释

①弘农华阴:弘农,地名,汉置弘农郡,治所在今河南灵宝县南四十里,所辖为今河南内乡、宜阳县以西,黄河、华山以南,陕西柞水县以东等地。华阴:县名,战国时为魏地,后归秦,改名宁秦,汉高祖八年(公元前199年)改名华阴,因其在华山之北,故名。现属陕西省,旧址在今华阴县东南。

②蒲州永乐:蒲州,府名,北周时置,隋为河东郡,唐时复称蒲州,旧址在今山西省永济县。永乐,县名,唐时属蒲州所辖,故城在今山西永济县东南一百二十里。

③金州:唐时置,治所在今陕西省安康市。

④蜀司户:《校记》云:"'蜀'字下《说郛》、顾本有'州'字,是。"

⑤导江县:唐置,属彭州所辖,旧址在今四川灌县东二十里。

⑥养于父河南府士曹玄璬家:《校记》云:"'父'上《说郛》、顾本有'叔'字,是。'璬',《说郛》作'珪',是。"译文依此。

⑦归于寿邸:寿邸,寿王李瑁的官邸。寿王李瑁,唐玄宗的儿子。《校记》云:"'邸',《说郛》作'王'。"

⑧半后服用:意谓服饰、器用的待遇等于皇后的一半。

⑨霓裳羽衣曲:唐乐曲名,属商调曲。以西凉传入,初名《婆罗门》,唐玄宗开元年间由河西节度使杨进述献,唐玄宗曾对其有所修改,天宝十三载(公元754年),改名为"霓裳羽衣曲",当时唐宫中宴会时多奏此曲,杨贵妃善随曲而舞。安史之乱后,此曲散佚,谱调已不完整。此文言《霓裳羽衣曲》为唐玄宗创制,乃小说家附会之言。

⑩三乡驿:驿,驿站。古时朝廷所设,为过往官员及传递公文之人提供歇息、马匹的处所。三乡驿在今河南宜阳县西南八十里。

⑪女几山:山名,在河南宜阳县西九十里,俗称石鸡山。

⑫故刘禹锡诗有云:《校记》云:"'诗有',顾本作'有诗'。"

⑬上又自执丽水镇库紫磨金琢成步摇:丽水镇,地名,唐设丽水县,其址在今浙江丽水县西三十五里。紫磨金,一种精美的金子。步摇,金子制作的一种首饰,插于头上,随脚步而摇动,故称步摇。

⑭又曰《得鞊子》:《校记》云:"'鞊'原作'鞋',据《乐府杂录》《乐府诗集》改。又,《左传·桓公二年音义》:'鞊,布孔反',方布隔纽双声,音切相同,应作'鞊'。"

⑮武惠妃、王皇后:武惠妃,恒安王武攸止之女,父死,随例入宫,为唐玄宗妃子。王皇后废,深得玄宗宠幸,赐号惠妃,并欲立为后,遭大臣反对,未果,薨于开元二十五年(公元737年)。王皇后,王仁皎之女,则天长寿二年(公元693年),玄宗为临淄王时,纳为妃子,先天元年(公元712年)8月,玄宗为帝,立为皇后。王皇后无子,为巩固自己地位,信用方术以求子,事发,于开元十三年(公元725年),废为庶人,并薨于当年。

⑯又宠甚于惠妃:"校记"云:"'又',《说郛》作'有'。"

⑰工于谑浪:谑浪,戏谑调笑,不讲礼数。《诗·邶风·终风》:"谑浪笑敖。"毛传:"言戏谑不敬。"

⑱李氏凉国夫人:《校记》云:"'凉',《说郛》作'梁'。"

⑲兼数使:杨国忠原名杨钊,为杨贵妃从兄,因杨贵妃而大受玄宗宠爱,玄宗为其改名"国忠",官职屡升,李林甫死后,为右相,执掌权柄。自其从侍御史至右相,曾任四十余使职。详见《资治通鉴》卷二一六。《校记》云:"'数',《说郛》作'制'。"制使,皇帝委任的官员。

⑳时安禄山为范阳节度:安禄山,唐玄宗时营州柳城(今辽宁朝阳南)胡人。本姓康,初名轧荦山。后其母嫁突厥人安延偃,便改姓安,名禄山。谄事杨贵妃姊妹,深得玄宗宠爱,曾任平卢、范阳、河东三镇节度使。天宝十四载(公元755年),在范阳起兵反叛,攻下洛阳、长安,唐玄宗逃避西蜀,安禄山自称雄武皇帝,国号为燕。唐肃宗至德二年(公元757年),为其子安庆诸所杀。新、旧《唐书》有传。范阳节度,即范阳节度使,为唐玄宗时所置十边防节度使之一,治所幽州(今北京西南),统经略、横海等九军。

㉑胡家不知其父,只知其母:《校记》云:"二'其'字郭钞本作'有'。"

㉒亭午:正午。

㉓司农:官名,汉时所置,为九卿之一。唐置司农寺,为九寺之一,主管全国仓储委积之事。

㉔常素面朝天:素面,谓不施脂粉,不着妆扮。朝天,朝见皇帝。

㉕列荣载:荣载,有缯衣或油漆的木载,作为官员出行时的仪仗。《校记》云:"'列'上《说郛》、顾本有'将'字,似应有'将'字。"

㉖僭(jiàn荐)拟宫掖:僭,僭越,谓超越了本分或规定的范围。宫掖,宫廷。
㉗及外方进献:《校记》云:"'外方',《说郛》作'方外'。"
㉘张祜:中唐诗人,字承吉,清河(今河北清河县西)人,以宫词著名于当世。但仁仕途不顺,后隐居丹阳曲阿而终,有文集十卷行世。
㉙中贵人:皇帝宠幸的宦官。
㉚乃引刀剪其发一缭:一缭,一束。《旧唐书·杨贵妃传》:"(贵妃)乃引刀剪发一缭附献。"
㉛因及数挝:挝,击打。
㉜善戴百尺竿:唐时的一种杂剧。艺人头顶长竿作舞,而竿及竿上之物不倒。
㉝瀛州、方丈:传说中仙人所居之处。在大海之中。《史记·秦始皇本纪》:"齐人徐芾等上书,言海中有三神山,名曰蓬莱、方丈、瀛洲,仙人居之。""州",通常作"洲"。
㉞刘晏:唐曹州南华(今山东定陶县西)人,字子安,仕玄宗、肃宗、代宗三朝,肃宗、代宗朝历任京兆尹、户部侍郎、吏部尚书同中书门下平章事及度支、盐铁、转远、铸钱等使,管理中央财政二十余年,实行一系列的财赋改革,为《安史之乱》后唐王朝经济复苏及财政管理做出了有益的贡献。唐德宗时,因与杨炎不和,受其诬陷被杀。新、旧《唐书》有传。
㉟因命牙笏黄纹袍赐之:《校记》云:"'黄',《说郛》作'锦'。"
㊱紫云回:亦作"紫云曲",乐曲名。唐人张读《宣室志·一》中载有唐玄宗梦中受仙人传授此曲的故事。
㊲遂赐宜春院及梨园弟子并诸王:宜春院,唐代长安宫城内歌妓居住的地方,在宫城东面的东宫内,与承恩殿、宜秋院并列。梨园弟子:梨园,唐玄宗时教授伶人伎艺的处所,在其时禁苑之中,梨园中习艺的伶工,称为梨园弟子。
㊳时新丰初进女伶谢阿蛮:新丰,县名,汉高祖时置,唐时新丰,即今陕西省临潼新丰镇。谢阿蛮:唐玄宗时女伶人。据唐崔令钦《教坊记》称,谢阿蛮"善舞《凌波曲》"。
㊴方响:古时的一种打击乐器,以十六枚铁片组成,大小相同,厚薄不一,分为两排悬挂于木架之上,以小铜锤敲击,声音清浊不等。为隋唐时期燕乐常用的乐器。白居易《偶饮》诗:"千声方响敲相续,一曲云和戞未终。"
㊵觱篥(bì lì必栗):古时一种吹奏乐器,以竹为管,连接一喇叭口,本出龟兹,后传入中国。又名悲篥,笳管。
㊶贺怀智拍:拍,即拍板,一种击打乐器,以牛皮连接两块厚寸余、如手大的木块,击打以应节奏。《旧唐书·音乐志》:"拍板,长阔如手,厚寸余,以韦连之,击以代抃(拍掌)。"《校记》云:"拍下《说郛》有'板'字。"
㊷缠头:古时艺人演出,常以锦缎缠于头上,演出完毕,观客常以锦缎为赠,故

称缠头。后用为赠送女伎财物的通称。

㊸逻逤檀:出产于西藏的檀木,古时蜀地制作琵琶,常以此木为槽,音色均为上乘。逻逤,亦作“罗娑”,唐时吐蕃都城,即今西藏拉萨。

㊹寺人:宫廷内的近侍,多以宦官充任。

㊺光耀可鉴:《校记》云:“‘耀’,《说郛》作‘辉’。”

㊻弦乃末诃弥罗国永泰元年所贡者:末诃弥罗国,未详,疑指唐时西域、印度之国。永泰元年,永泰,为唐代宗年号,永泰元年,即765年,此时杨贵妃已死,所记有误。

㊼尔贫:《校记》云:“‘尔’,《说郛》作‘你’。”

㊽命侍儿红桃娘取红栗玉臂支赐阿蛮:《校记》云:“‘娘’,《说郛》无。”

㊾拊搏之音泠泠然:拊搏,敲击。泠泠,形容声音清越。

㊿上方造簴(jù 据):簴,悬挂钟、磬的木架,两侧立柱叫簴。横木称为簨。

(51)即今牡丹:《校记》云:“‘丹’下,《说郛》、顾本有‘也’字。”

(52)照夜白:骏马名,出自西域大宛。

(53)宣赐翰林学士李白立进《清平乐词》三篇:《校记》云:“‘篇’,《说郛》作‘阕’。”

(54)犹苦宿酲(chéng 呈):酲,酒醉醒来后的困乏病态。

(55)会力士终以脱靴为耻:李白令高力士脱靴一事,世间所传细节不一。《旧唐书·李白传》所载较简略,录如下:“尝沉醉殿上,引足令高力士脱靴,由是斥去。”

(56)知则又殢(tì 替)人:殢,纠缠不清。

(57)恐其飘翥(zhù 铸):翥,飞举。飘翥,飘然飞去。

(58)尔则任吹多少:《校记》云:“‘任’下郛涵本有‘风’字。”

(59)义成公主:原为隋皇室宗女,隋文帝开皇十九年(公元599年),突厥实利可汗内附,隋文帝将其嫁与突利可汗。在突厥的十余年间,她力主与隋修好,为隋与突厥的正常交往及边庭的安宁做了许多有益之事。唐贞观四年(公元630年),突厥反叛,李靖率军进击,大破突厥,义成公主被杀。

(60)萧后:即隋炀帝后,原为梁明帝萧岿之女,后为晋王杨广之妃,隋大业元年(公元605年),杨广(炀帝)即位,立为皇后。隋末战乱,义成公主将其接往突厥。唐贞观四年,李靖破突厥,将其送回长安。

(61)因而赐焉:《校记》云:“‘因’上,《说郛》有‘上’字。”

(62)妃归卫公家:卫公,即指杨国忠,杨国忠于唐玄宗天宝十二载(公元753年)封为卫国公。

(63)斑竹人也:《校记》云:“‘斑’,原作‘班’,据《说郛》改。”

(64)楚宫弓腰:《校记》云:“‘腰’下《说郛》有‘娘’字。”

㊺元载:唐凤翔岐山(今陕西岐山县)人,字公辅,肃宗朝历任度支使、诸道转运使、同中书门下平章事等职,代宗时亦任宰相,后获罪被诛。

【今译】

　　杨贵妃小名叫玉环,祖上本是弘农华阴人,后移居蒲州永乐的独头村。她的高祖叫杨令本,曾任金州刺史;父亲杨玄琰,为蜀州司户。杨贵妃生于蜀州,曾不小心掉入水池中,后人便将这池称为落妃池,池在导江县前(就像王昭君生在峡州,现今便有昭君村之名;绿珠生于白州,现今有绿珠江之名一样)。杨贵妃年幼时,父亲便死去,她寄养在叔父河南府士曹杨玄珪家。开元二十二年十一月,嫁给寿王李瑁。二十八年十月,唐玄宗驾幸温泉宫(从天宝六年十月开始,又改名为华清宫)。令高力士将杨贵妃从寿王宫邸收取宫中,先度为女道士,道号太真,住在大内太真宫中。天宝四年七月,册封左卫中郎将韦昭训的女儿,并将她许配寿王。就在这一月,在凤凰园册封太真宫女道士杨氏为贵妃,衣饰器物的待遇同于皇后的一半。杨贵妃进宫朝见玄宗之日,宫中演奏《霓裳羽衣曲》。(《霓裳羽衣曲》,是唐玄宗登上三乡驿,观望女几山而作。因此刘禹锡有诗道:恭读玄宗皇帝望《女几山诗》,小臣有感:

　　　　开元天子万事足,
　　　　惟惜当时光景促。
　　　　三乡驿上望仙山,
　　　　归作《霓裳羽衣曲》。
　　　　仙心从此在瑶池,
　　　　三清八景相追随。
　　　　天上忽乘白云去,
　　　　世间空有秋风词。

　　再有《逸史》载:"罗公远天宝初年侍奉玄宗,八月十五日夜晚,在宫中赏月,说:'陛下能跟从臣下到月中一游吗?'他便摘取一支桂枝,向空中抛去,桂枝化为一桥,颜色如同白银般洁白。公远请玄宗一同登桥,走了约数十里,便到了有大城阙之处,公远说:'这就是月宫。'但见数百名仙女,白带宽衣,在广庭中飘然而舞。玄宗上前问道:'这是何乐曲?'有人回答说:'这是《霓裳羽衣曲》。'玄宗把此曲的声调暗记在心,便转回桥上,回头一看,身后的桥随之而消失。次日清晨,诏令伶官,模仿在月宫中听到的声调,创作了《霓裳羽衣曲》。"这两种有关《霓裳羽衣曲》的说法不同,因而备录于此)。这一晚,玄宗授予杨妃金钗钿合,又手拿丽水镇库藏的紫磨金琢成的金步摇,来到贵妃的妆阁,亲手插在贵妃的鬓上。玄宗欢喜异常,对后官人说:"朕得杨贵妃,如获至宝。"便又创作一支曲子叫《得宝子》,又称做《得鞊子》。

先前,在开元初年,玄宗后宫有武惠妃、王皇后。王皇后没有生育子女。武惠妃生有一子,人又长得漂亮,玄宗对她的宠爱超过后宫诸妃。到开元十三年,王皇后被废,后官嫔妃没有谁能同惠妃相比。开元二十一年十一月,惠妃去世,后宫中虽有良家女子,但玄宗都瞧不上眼,内心常感凄凉。到他获得了杨贵妃,对他的宠爱又超过惠妃。杨贵妃有姐妹三人,都长得丰满、修长、端正,善于戏谑调笑,不拘礼数,往往能巧妙应会皇上的旨趣。每次入官,总是到很晚的时候方才出来,官中称贵妃为娘子,礼数与皇后相同。在册封杨贵妃这一天,赠贵妃的父亲杨玄琰为济阴太守,母亲李氏为陇西郡夫人,又赠杨玄琰为兵部尚书,李氏为凉国夫人,叔父杨玄珪为光禄卿银青光禄大夫。再又是她的堂兄杨钊拜为侍郎,身兼数使,兄长杨铦位列朝班,堂弟杨锜又娶了太华公主。太华公主为武惠妃所生,因为母亲受到玄宗的特别宠爱,玄宗对她的念顾又超过其他的女儿,所以,赐予他们的府第与皇官相连。从此,杨氏一门权倾天下,只要他们有所嘱托,从中央的台、省到地方的府县,就如同奉行圣旨一般,四方珍奇宝货、僮仆、驼马,每天都送进他们的府第之中。当时安禄山为范阳节度使,皇上对他恩宠极深,称他为儿子,玄宗曾同贵妃在便殿宴乐,禄山每次入座,不拜皇上而跪拜贵妃。玄宗看着他问道:"你为什么不拜朕而拜妃子?这是什么意思?"禄山回奏玄宗说:"胡人不知晓父亲,只知母亲。"玄宗大笑,赦免了他。玄宗又命杨铦以下杨氏诸人,与安禄山结拜为兄弟,往来之间,必以酒宴相迎送。当初,他们结义的情分很深,但后来权势相当,关系就不和谐了。

天宝五年七月,贵妃因妒忌发横,冒犯玄宗,玄宗让她乘坐单车,令高力士送还杨铦的宅第。才到中午,玄宗便想念贵妃不已,竟至食不下咽，动不动便发怒。高力士探明了玄宗的心意，奏请将贵妃接回来，并先行送去宫、衣物以及司农寺所辖的米面、酒肴百余车。贵妃被遣回家之初，贵妃诸姐妹及杨铦惧怕灾祸来临而全家聚集哭泣，及到帝恩降临，又送来御馔酒食，大家才稍感宽慰。贵妃被遣出宫之初，玄宗无聊，从他身边走过的太监，有些竟遭到鞭打，以至于有因惊恐而死亡者。高力士见此情状，便请奏召还贵妃。到了夜禁之时，便打开安兴坊门，让贵妃从太华公主的宅第进入宫中。到了清晨，玄宗便于内殿召见贵妃，满心喜悦，贵妃跪拜，哭泣谢过。玄宗诏令召来京西两市的杂戏班子进宫演戏，让贵妃欢快，贵妃的姐妹们也进献了食物，与她一同作乐。从此之后，玄宗对她的宠幸一日深似一日，后宫之中再没有人能得到玄宗的宠爱。

天宝七年，加封杨钊为御史大夫、京兆府尹，赐名国忠。封大姨为韩国夫人，三姨为虢国夫人，八姨为秦国夫人，她们同一天接受封命，每人给月钱约十万，作为她们扮妆脂粉之用。但，虢国夫人不施脂粉，为炫耀自己的美艳，常常不施脂粉便去朝见玄宗。当时杜甫就有诗写道：

> 虢国夫人秉承皇上宠恩，
> 清晨上马进入皇宫大门。
> 却嫌脂粉玷污娇美容颜，
> 随意梳妆便去朝见至尊。

玄宗又赐给虢国夫人照夜明珠，秦国夫人七叶冠，国忠锁子帐，这些都是稀世之宝，玄宗对他们的恩宠竟是如此之深。玄宗又授杨铦银青光禄大夫鸿胪卿，出行时前列荣戟仪仗，又特授上柱国，一日之内，接连三次下诏令。她们与国忠五家府第建造在宣阳里，大门洞开，超过臣下建造府第的规定，隐然与皇宫相似，车马仆从，照耀京城。他们每每互相炫夸奢华，每建造一堂，费用超过数千万；看见别人府第的建置比自己的雄壮宏伟，便将自己的毁掉而重新建造，大兴土木工程，简直不分昼夜。玄宗赏赐御食以及外方进献之物，都要颁赐五家。自从开元以来，豪贵们的荣盛，没有谁可以与之相比。

玄宗不论去哪里，必与贵妃同行，如果乘马，则是高力士为她执辔授鞭。官中掌管贵妃所用刺绣织锦的有七百人，雕镂器物又有数百人，供贵妃生日及各时节庆典使用。玄宗又接连派杨益出使岭南，当地官吏每日搜求新奇物品进奉。岭南节度张九章、广陵长史王翼，因为端午节进贡给贵妃的珍玩衣服，同其他各郡不一样，张九章便加封银青光禄大夫，王翼提拔为户部侍郎。

天宝九年二月，玄宗原置有五王帐，长枕大被，与他的兄弟们共处帐内。不久，贵妃便悄悄地将宁王的玉笛拿来吹奏。于此，诗人张祜有诗道："静寂的梨花院落无人观见，闲来只把宁王玉笛横吹。"因为此事，贵妃又违忤圣旨，被放逐出宫。当时吉温与宫中太监头目很友善，国忠害怕，向吉温求计，然后进宫面奏玄宗，说："贵妃，只是一位妇人，没有智慧识见，现今她违忤圣上，罪该当死。但她既曾蒙受过圣上的恩宠，只该死于宫中。陛下何必爱惜一席之地，使她就戮于官内呢？难道忍心见她在外受到凌辱吗？"玄宗说："朕任用爱卿，并不是因为贵妃的缘故。"当初，玄宗令中使张韬光遣送贵妃回去，贵妃哭泣着对韬光说："请奏圣上：贱妾罪该万死，衣服之外所有的东西，都是圣恩所赐，只有头发、肌肤是父母所生。现今我就要死了，没有东西向皇上表示感谢。"说完，便拿起剪刀剪下一束头发，交给张韬光，让他献给皇上。贵妃被放逐出宫后，玄宗内心怅然若失。到这时候，张韬光便将贵妃铰下的头发搭在肩上，向玄宗奏明。玄宗非常惊叹惋惜，立刻派遣高力士召贵妃回宫，从此之后，对贵妃更加宠爱，并又加封杨国忠遥领剑南节度使。

天宝十年上元节，杨氏五府之人夜游街市，与广宁公主的随从争从西市门出入，杨家的奴仆挥鞭打人，不注意碰上了公主的衣服，广宁公主堕马，驸马程昌裔急忙去搀扶公主，也被鞭击。广宁公主哭泣着向玄宗奏明此事，玄宗诏令斩杀杨家奴仆一人，令程昌裔停职在家，不许上朝。于是，杨家更加骄横，出入宫门，无人敢问，京城长吏，对他们只有侧目而视。因此当时民谣说道："生女不要悲伤，生男不要喜欢。"又说："男儿不封侯女子可作皇妃，你看那女子却可光大家庭门楣。"当时天下的人对贵妃受到的宠爱是如此的羡慕。

一天早晨，玄宗御驾勤政楼，安排了盛大的乐舞。当时有位叫王大娘的艺人，善于头顶百尺竿，这百尺竿上安放木山，形状像瀛州、方丈仙山，王大娘叫小孩手持红色竹节，在木山中进出来往，而自己舞蹈不停。当时刘晏因中神童举而任秘书省正字的官职,方才十岁,聪慧颖悟超过常人。玄宗召他来到楼中,贵妃抱他坐在自己的膝上,给他施粉画眉,戴巾梳头,然后,令刘晏作诗歌咏王大娘顶竿,刘晏应声吟道:

> 楼前百戏竞争奇新,
> 只有长竿奇妙入神。
> 谁想女子反而有力,
> 还嫌竿轻上面站人。

玄宗与嫔妃们都欢笑不已,笑声远扬于外。玄宗于是命令将象牙笏、黄纹袍赏赐给他。

玄宗又宴请诸王于木兰殿,当时木兰花盛开,那天玄宗心中不很愉快。贵妃酒醉中欢舞《霓裳羽衣》一曲,玄宗龙颜大悦,方知如回雪流风般的舞姿,可以回天转地。玄宗曾梦遇见十仙子,便制作了《紫云回》乐曲,(玄宗曾经梦见仙子十余人,驾青云从天而下,她们各自手执乐器,在半空中弹奏,乐曲音律清越,真是仙府的音乐。有一位仙人说:"这是神仙音乐《紫云回》,现今传授给陛下,作为正始之音。"玄宗满心喜悦,接受了这支仙曲。醒来,仙曲的余响犹在耳边。清晨,玄宗便令伶人以玉笛练习,完全与梦中乐曲的节奏相合。)以及《梦龙女》,又制作了《凌波曲》(玄宗在东都,曾梦见一女,容貌惊艳,梳着交心髻,大袖宽衣,在玄宗的床前礼拜。玄宗问:"你是何人?"这女子回答道:"妾是陛下凌波池中的龙女,卫官护驾,小妾确实有功。当今陛下洞晓天界之音,乞请赐予一曲,使我的族类也感到荣耀。"玄宗便在梦中为她弹奏胡琴,并选取新旧曲调,制作新曲,名为《凌波曲》。龙女再拜离去。玄宗醒来,梦中一切完全都在记忆之中。玄宗便会聚官中乐工,自弹琵琶,演习梦中新曲,写成曲谱。玄宗召来文武臣僚,在凌波官临池演奏新曲,池中波涛涌起,有神女出现在池心,这神女便是玄宗梦中所见之女。玄宗龙颜大悦,将事情原委告诉宰相,便在池上建立一座寺庙,诏令每年进行祭祀)。这两支乐曲制作完毕,玄宗便将曲子赐予宜春院及梨园弟子以及诸王。

当时,新丰献进一位女伶,名叫谢阿蛮,善于舞蹈。玄宗与贵妃钟爱新制的乐曲，便接受了谢阿蛮。玄宗令她在清元小殿进行表演，并让宁王吹玉笛，玄宗亲自击羯鼓，贵妃弹琵琶，马仙期敲方响，李龟年吹觱篥，张野狐弹箜篌，贺怀智击打拍板，从清晨至中午，君臣欢乐融洽无比。当时唯有贵妃妹妹秦国夫人在旁端坐观赏。乐曲演奏完毕，玄宗开玩笑说："阿瞒（玄宗在宫禁中多自称阿瞒。）为梨园弟子，今日有幸为夫人演奏，请一缠头作为赏钱。"秦国夫人说："岂有大唐天子的阿姨没有钱用？"便出三百万作为一局的赏钱。他们演奏的乐器都非世间所有，刚一吹奏，只如清风习习而来，乐声远荡天际之外。贵妃琵琶用逻逤檀木制成，是寺人白季贞出使蜀地还归时所献，木质温润如玉，光彩耀人，犹如镜子可鉴人影，琵琶上还有如金缕般的红色纹彩，攒聚成双凤之形。琵琶弦是末诃弥罗国永泰元年进贡的渌水蚕丝，其光洁晶莹，犹如一串玉珠。紫玉笛是嫦娥旧物。安禄山曾进献三百种各式管乐，都用美玉制成。诸王、郡主、贵妃的姐妹们都以贵妃为师，作为她的琵琶弟子，每一乐曲演奏完毕，都有众多的献赠。这日，贵妃对阿蛮说："你很贫穷，没有东西可以献给师长，让我给你办此事。"便命侍儿红桃娘取来红粟玉臂支赐给阿蛮。贵妃善于击磬，敲击出的声音如山泉般的清越，并且大多是新的乐曲，虽是那朝廷太常署的梨园乐妓，也无人能赶得上。玄宗曾命采集蓝田绿玉，雕琢成磬，再制作挂磬的木架，配以流苏，用金钿珠翠来装饰，又铸造两尊金狮子，作为架座，但见纹彩绚丽，一时无比。

　　先前，在开元年中，宫中看重木芍药，即现今的牡丹。（《开元天宝花木记》说："宫中称呼木芍药为牡丹。"）宫中得数株红紫的、浅红的、纯白的，玄宗命移植在兴庆池东面的沉香亭前，正值牡丹花盛开之时，玄宗乘坐照夜白宝马，贵妃以步辇相从于后。玄宗诏令挑选梨园弟子中艺技最精之人，得乐工十六人。李龟年以善歌名盛一时，他手捧檀板，率领众乐工来到，正要歌唱，玄宗说："赏名花，对爱妃，哪能用旧的乐词？"急命李龟年手持金花笺，宣翰林学士李白马上进献《清平乐词》三篇。李白承旨，苦于昨晚的酒醉未醒，便提笔写下三首歌词。第一首道：

　　　　云想衣裳花想容,
　　　　春风拂槛露华浓,
　　　　若非群玉山头见,
　　　　会向瑶台月下逢。

第二首道:

　　　　一枝红艳露凝香,
　　　　云雨巫山枉断肠,
　　　　借问汉宫谁得似?
　　　　可怜飞燕倚新妆。

第三首道:

　　　　名花倾国两相欢,
　　　　长得君王带笑看。
　　　　解释春风无限恨,
　　　　沉香亭北倚栏干。

　　李龟年手捧词章进上,玄宗命梨园弟子略调词调,手抚丝竹,便催促李龟年歌唱,贵妃手持玻璃七宝杯,酌上西凉州的葡萄酒,微笑着领受乐歌,觉得很是惬意。玄宗调弄玉笛来倚和乐曲,每当一曲快完而将换阕之时,玄宗则放慢节拍,以取悦贵妃。贵妃饮完酒,整理好绣巾,向玄宗再次拜谢。从此之后,玄宗眷顾李白超过其他翰林学士。

　　恰恰高力士始终把为李白脱靴当作耻辱,他日,贵妃重吟李白所作之词,高力士假意说道:"臣下开始以为贵妃怨恨李白,深入骨髓,为什么反而对他如此顾念不舍?"贵妃一惊,说:"李学士哪会这样来侮辱人?"高力士说:"李白的歌词中将赵飞燕来暗指贵妃,把贵妃您看得极为低贱。"贵妃听罢,深以为意。玄宗曾多次想命李白为官,最终因遭到后宫阻拦而作罢。

　　玄宗在百花院便殿阅览《汉武帝内传》,当时贵妃后到,用手给玄宗整理一下衣领,说:"看什么文书?"玄宗笑着说:"别问,你知道了,则又纠缠不清。"贵妃把书找去一看,见书上写着"汉成帝获得赵飞燕,飞燕身体轻盈,几乎经受不住风吹,成帝害怕她飘扬飞去,特地造了个水晶盘,令宫人以手托着,让飞燕在上面歌舞。成帝又制作七宝避风台,间隔着将各种品贵香料放在上面,担心飞燕的四肢经受不住风吹"。玄宗对贵妃说:"你呀,任随风吹多少都不怕。"因为贵妃体态丰满,所以玄宗便以这话来戏弄贵妃。贵妃说:"《霓裳羽衣》一曲,可以掩盖前人。"玄宗说:"我才开开玩笑,你就要生气?朕记得宫中有一座屏风,应该还在,等查访到,将它赐给你。"这座屏风以虹霓为名,上面雕刻着前代美人的形状,每人长约三寸左右,房间中的玩赏之器、美人的衣服,都用众多的珠宝拼聚而成,用水精作为地板,外面以玳瑁水犀作为帘轴,帘子以珍珠编连而成,连接精妙,恐非人力所能制作。这座屏风为隋文帝所造,赏赐给义成公主,又随义成公主嫁往胡地。贞观初年,消灭北胡,这座屏风便同萧后一道押归中国,玄宗便将它赐给了贵妃。(贵妃回卫国公杨国忠家,将此屏风带去,安放在高楼之上,没有来得及将它带回宫中。杨国忠中午在楼上休息,走到床前,看见屏风在床的旁边,头刚着枕,便见屏风上的女子全都从屏风而下,来到床前,各自通报名号,说:"我是裂缯人。""我是定陶人。""我是穿庐人。""我是当垆人。""我是亡吴人。""我是步莲人。""我是桃源人。""我是斑竹人。""我是奉五官人。""我是温肌人。""我是曹氏投波人。""我是吴宫无双返香人。""我是拾翠人。""我是窃香人。""我是金屋人。""我是解佩人。""我是为云人。""我是董双成。""我是为烟人。""我是画眉人。""我是吹箫人。""我是笑躄人。""我是垓中人。""我是许飞琼。""我是赵飞燕。""我是金谷人。""我是小鬟人。""我是光发人。""我是薛夜来。""我是结绮人。""我是扶风女。"杨国忠虽然圆睁双目,清清楚楚地目睹这一切,但是身体不能动弹,口不能发声。诸位女子各用座具列次而坐,接着,便有细腰乐妓十余人前来,说:"我们是楚国章华宫里的踏谣娘。"说完,就手挽手唱起歌来,歌词说:"三朵芙蓉是我流,大杨造得小杨收。"又有两三个乐伎前来,说:"我们是楚宫里的弓腰娘。你们难道不见《楚辞别序》说:'绰约花态,弓身玉肌?'接着,便依次表演她们最擅长的艺技,表演完毕,又一一回归屏风之上。杨国忠刚醒来,便觉得非常惶恐,赶快跑下楼,急忙令人把楼门封锁。贵妃知道后,也不想再见。安禄山叛乱平定后,此物还存在,在当时宰相元载家,从这以后就不知它在哪里了。")

杨太真外传卷下

乐 史

【原文】

初,开元末,江陵进乳柑橘,上以十枚种于蓬莱宫①。至天宝十载九月秋,结实。宣赐宰臣,曰:"朕近于宫内种柑子树数株,今秋结实一百五十余颗,乃与江南及蜀道所进无别,亦可谓稍异者。"宰臣表贺曰:"伏以自天所育者不能改有常之性,旷古所无者乃可谓非常之感。是知圣人御物,以元气布和,大道乘时,则殊方叶致②;且橘柚所植,南北异名,实造化之有初,匪阴阳之有革。陛下玄风真纪,六合一家,雨露所均,混天区而齐被,草木有性,凭地气以潜通。故兹江外之珍果,为禁中之佳实,绿蒂含霜,芳流绮殿,金衣烂日,色丽彤庭。云云。"乃颁赐大臣,外有一合欢实,上与妃子互相持玩。上曰:"此果似知人意,朕与卿固同一体,所以合欢。"于是促坐,同食焉。因令画图,传之于后。妃子既生于蜀,嗜荔枝。南海荔枝,胜于蜀者,故每岁驰驿以进。然方暑热而熟,经宿则无味。后人不能知也。上与妃采戏,将北③,唯重四转败为胜。连叱之,骰子宛转而成重四,遂命高力士赐绯,风俗因而不易。广南进白鹦鹉,洞晓言词,呼为雪衣女。一朝飞上妃镜台上,自语:"雪衣女昨夜梦为鸷鸟所搏。"上令妃授以《多心经》④,记诵精熟。后上与妃游别殿,置雪衣女于步辇竿上同去。瞥有鹰至,搏之而毙。上与妃叹息久之,遂瘗于苑中⑤,呼为鹦鹉冢。交趾贡龙脑香,有蝉蚕之状,五十枚。波斯言老龙脑树节方有⑥。禁中呼为瑞龙脑,上赐妃十枚。妃私发明驼使,(明驼使腹下有毛,夜能明,日驼五百里)。持三枚遗禄山。妃又常遗禄山金平脱装具,玉合,金平脱铁面椀。十一载,李林甫死,又以国忠为相,带四十余使。十二载,加国忠司空。长男暄,先尚延和郡主,又拜银青光禄大夫、太常卿,兼户部侍郎。小男朏⑦,尚万春公主。贵妃堂弟秘书少监鉴,尚承荣郡主。一门一贵妃,二公主,三郡主,三夫人。十二载,重赠玄琰太尉、齐国公。母重封梁国夫人。

官为造庙,御制碑及书。叔玄珪又拜工部尚书。韩国婿秘书少监崔珣女为代宗妃;虢国男裴徽尚代宗宗女延光公主,女为让帝男妻⑧,秦国婿柳澄男钧尚长清县主,澄弟潭尚肃宗女和政公主。上每年冬十月,幸华清宫,常经冬还宫阙,去即与妃同辇。华清宫有端正楼,即贵妃梳洗之所;有莲花汤,即贵妃澡沐之室。国忠赐第在宫东门之南,虢国相对。韩国秦国,甍栋相接⑨,天子幸其第,必过五家,赏赐燕乐。扈从之时⑩,每家为一队,队著一色衣。五家合队相映,如百花之焕发。遗钿坠舄瑟瑟⑪,珠翠灿于路岐,可掬。曾有人俯身一窥其车,香气数日不绝。驼马千余头疋,以剑南旌节器仗前驱。出有钱饮,还有软脚⑫。远近饷遗珍玩狗马、阉侍歌儿,相望于道。及秦国先死,独虢国韩国国忠转盛。虢国又与国忠乱焉,略无仪检,每入朝谒,国忠与韩虢连辔,挥鞭骤马,以为谐谑。从官媼妪百余骑⑬。秉烛如昼,鲜装袨服而行,亦无蒙蔽。衢路观者如堵,无不骇叹。十宅诸王男女婚嫁,皆资韩虢绍介;每一人约一千贯⑭,上乃许之。十四载六月一日,上幸华清宫,乃贵妃生日。上命小部音声⑮,(小部者,梨园法部所置,凡三十人,皆十五已下。)于长生殿奏新曲,未有名,会南海进荔枝,因以曲名《荔枝香》。左右欢呼,声动山谷。其年十一月,禄山反幽陵⑯,(禄山本名轧荦山,杂种胡人也。母本巫师。禄山晚年益肥,垂肚过膝,自秤得三百五十斤。于上前胡旋舞,疾如风焉。上尝于勤政楼东间设大金鸡障,施一大榻,卷去帘,令禄山坐。其下设百戏,与禄山看焉。肃宗谏曰:"历观今古,未闻臣下与君上同坐阅戏。"上私曰:"渠有异相,我禳之故耳。"又尝与夜燕,禄山醉卧,化为一猪而龙首。左右遽造帝。帝曰:"此猪龙,无能为。"终不杀。卒乱中国。)以诛国忠为名,咸言国忠虢国贵妃三罪,莫敢上闻。上欲以皇太子监国,盖欲传位,自亲征,谋于国忠,国忠大惧,归谓姊妹曰:"我等死在旦夕。今东宫监国,当与娘子等并命矣。"姊妹哭诉于贵妃。妃衔土请命⑰,事乃寝。十五载六月,潼关失守,上幸巴蜀,贵妃从。至马嵬⑱,右龙武将军陈玄礼惧兵乱⑲,乃谓军士曰:"今天下崩离,万乘震荡。岂不由杨国忠割剥甿庶⑳,以至于此。若不诛之,何以谢天下!"众曰:"念之久矣。"会吐蕃和好使在驿门遮国忠诉事。军士呼曰:"杨国忠与蕃人谋叛!"诸军乃围驿四合,杀国忠,并男暄等。(国忠旧名钊,本张易之子也㉑。天授中㉒,易之恩幸莫比。每归私第,诏令居楼,仍去其梯,围以束棘,无复女奴侍立。母恐张氏绝嗣,乃置女奴嫔媵于楼复壁中,遂有娠,而生国忠。后嫁于杨氏。)上乃出驿门劳六军。六军不解围,上顾左右责其故。高力士对曰:"国忠负罪,诸将讨之。贵妃即国忠之妹,犹在陛下左右,群臣能无忧怖?伏乞圣虑裁断。"(一本云:"贼根犹在,何敢散乎?"盖斥贵妃也。)上回入驿,驿门内旁有小巷,上不忍归行宫,于巷中倚杖欹首而立。圣情昏默㉓,久而不进。京兆司录韦锷(见素男也)进曰:"乞陛下割恩忍断,以宁国家。"逡巡㉔,上入行宫。抚妃子出于厅门,至马道北墙口而别之,使力士赐死。妃泣涕呜咽,语不胜情,乃曰:"愿大家好住㉕。妾诚负国恩,死无恨矣,乞容礼佛。"帝曰:"愿妃子善地受生。"力士遂缢于佛堂前之梨树下。才绝,而南方进荔枝至。上睹之,长号数息,使力士曰:"与我祭之。"祭后,六军尚未解围。以绣衾覆床,置驿庭中,勅玄礼等入驿视之。玄礼抬其首,知其死,曰:"是矣。"而围解。瘗于西郭之外一里许道北坎下。妃时年三十八。上持荔枝于马上谓张野狐曰:"此去剑门,鸟啼花落,水绿山青,无非助朕悲悼妃子之由也。"初,上在华清宫日,乘马出宫门,欲幸虢国夫人之宅。玄礼曰:"未宣勅报臣,天子不可轻去就。"上为之回辔。他年,在华清宫,逼上元,欲夜游。玄礼奏曰:"宫外即是旷野,须有预备,若欲夜游,愿归城阙。"上又不能违谏。及此马嵬之诛,皆是敢言之有便也。先是,术士李遐周有诗曰:"燕市人皆去,函关马不归。若逢山下鬼,环上系罗衣。"燕市人皆去,禄山即蓟门之士而来。函关马不归,哥舒翰之败潼关也。若逢山下鬼,嵬字,即马嵬驿也。环上系罗衣,贵妃小字玉环,及其死也,力士以罗巾缢焉。又妃常以假髻为首饰,而好服黄裙。天宝末,京师童谣曰:"义髻抛河里,黄裙逐水流。"至此应矣。初,禄山尝于上前应对,杂以谐谑。妃常在座,禄山心动。及闻马嵬之死,数日叹惋。虽林甫养育之,国忠激怒之,然其有所自也。是时虢国夫人先至陈仓之官店㉖,国忠诛问至㉗,县令薛景仙率吏人追之。走入竹林下,以为贼军至,虢国先杀其男徽,次杀其女。国忠妻裴柔曰:"娘子何不借我方便乎?"遂并其女杀之。已而自刎,不死,载于狱中,犹问人曰:"国家乎?贼乎?"狱吏曰:"互有之。"血凝其喉而死。遂并坎于东郭十余步道北杨树下㉘。上发马嵬,行至扶风道㉙。道旁有花,寺畔见石楠树团圆,爱玩之,因呼为端正树,盖有所思也。又至斜谷口㉚,属霖雨涉旬㉛,于栈道雨中闻铃声隔山相应。上既悼念贵妃,因采其声为《雨霖铃曲》,以寄恨焉。至德二年㉜,既收复西京。十一月,上自成都还,使祭之。后欲改葬,李辅国等不从㉝。时礼部侍郎李揆奏曰:"龙武将士以杨国忠反,故诛之。今改葬故妃,恐龙武将士疑惧。"肃宗遂止之。上皇密令中官潜移葬之于他所。妃之初瘗,以紫褥裹之。及移葬,肌肤已消释矣,胸前犹有归香囊在焉。中官葬毕以献,上皇置之怀袖。又令画工写妃形于别殿,朝夕视之而欷歔焉。上皇既居南内㉞,夜阑登勤政楼,凭栏南望,烟月满目。上因自歌曰:"庭前琪树已堪攀,塞外征人殊未还。"歌歇,闻里中隐隐如有歌声者。顾力士曰:"得非梨园旧人乎?迟明,为我访来。"翌日,力士潜求于里中,因召与同去,果梨园弟子也。其后,上复与妃侍者红桃在焉。歌《凉州》之词㉟,贵妃所制也。上亲御玉笛,为之倚曲。曲罢相视,无不掩泣。上因广其曲,今《凉州》留传者益加焉。至德中,复幸华清宫。从官嫔御,多非旧人。上于望京楼下命张野狐奏《雨霖铃》曲。曲半,上四顾凄凉,不觉流涕,左右亦为感伤。新丰有女伶谢阿蛮,善舞《凌波曲》,旧出入宫禁,贵妃厚焉。是日,诏令舞。舞罢,阿蛮因进金粟装臂环,曰:"此贵妃所赐。"上持之,凄然垂涕曰:"此我祖大帝破高丽㊱,获二宝:一紫金带,一红玉支。朕以岐王所进《龙池篇》,赐之金带。红玉支赐妃子。后高丽知此宝归我,乃上言:'本国因失此宝,风雨愆时㊲,民离兵弱。'朕寻以为得此不足为贵,乃命还其紫金带,唯此不还。汝既得之于妃子,朕今再睹之,但兴悲念矣。"言讫,又涕零。至乾元元年㊳,贺怀智又上言,曰:"昔上夏日与亲王棋,令臣独弹琵琶,(其琵琶以石为槽,鹍鸡筋为弦,用铁拨弹之,)贵妃立于局前观之。上数枰子将输,贵妃放康国猧子上局乱之㊴,上大悦。时风吹贵妃领巾于臣巾上,良久,回身方落。及归,觉满身香气。乃卸头帻,贮于锦囊中。今辄进所贮幞头㊵。"上皇发囊,且曰:"此瑞龙脑香也。吾曾施于暖池玉莲朵,再幸尚有香气宛然。况乎丝缕润腻之物哉。"遂凄怆不已。自是圣怀耿耿,但吟:"刻木牵丝作老翁,鸡皮鹤发与真同。须臾舞罢寂无事,还似人生一世中。"有道士杨通幽自蜀来,知上皇念杨贵妃,自云:"有李少君之术㊶。"上皇大喜,命致其神。方士乃竭其术以索之,不至。又能游神驭气,出天界,入地府求之,竟不见,旁求四虚上下,东极,绝大海,跨蓬壶㊷。忽见最高山,上多楼阁,洎至,西厢下有洞户,东向,阖其门,额署曰:"玉妃太真院。"方士抽簪叩扉,有双鬟童女出应门。方士造次未及言,双鬟复入。俄有碧衣侍女至,诘其所从来。方士因称天子使者,且致其命。碧衣云:“玉妃方寝,请少待之。”逾时,碧衣延入,且引曰:“玉妃出。”冠金莲,帔紫绡㊸,佩红玉,拽凤舄。左右侍女七八人。揖方士,问皇帝安否,次问天宝十四载以还。言讫悯然,指碧衣女取金钗钿合,折其半授使者曰:“为我谢太上皇,谨献是物,寻旧好也。”方士将行,色有不足,玉妃因征其意,乃复前跪致词:“请当时一事,不闻于他人者,验于太上皇。不然,恐金钩钿合,负新垣平之诈也㊹。”玉妃茫然退立㊺,若有所思,徐而言曰:“昔天宝十载,侍辇避暑骊山宫。秋七月,牵牛织女相见之夕,上凭肩而望。因仰天感牛女事,密相誓心。‘愿世世为夫妇。’言毕,执手各呜咽。此独君王知之耳。”因悲曰:“由此一念,又不得居此,复堕下界,且结后缘。或为天,或为人,决再相见,好合如旧。”因言:“太上皇亦不久人间,幸唯自爱,无自苦耳。”使者还,具奏太上皇。皇心震悼。乃至移入大内甘露殿㊻,悲悼妃子,无日无之。遂辟谷服气㊼,张皇后进樱桃蔗浆㊽,圣皇并不食。常玩一紫玉笛,因吹数声,有双鹤下于庭,徘徊而去。圣皇语侍儿宫爱曰:“吾奉上帝所命,为元始孔升真人,此期可再会妃子耳,笛非尔所宝,可送大收。”(大收,代宗小字。)即令具汤沐。“我若就枕,慎勿惊我。”宫爱闻睡中有声,骇而视之,已崩矣。妃子死日㊾,马嵬媪得锦拗袜一只㊿。相传过客一玩百钱,前后获钱无数。悲夫,玄宗在位久,倦于万机,常以大臣接对拘检,难徇私欲。自得李林甫,一以委成。故绝逆耳之言,恣行燕乐。衽席无别,不以为耻,由林甫之赞成矣。乘舆迁播,朝廷陷没,百僚系颈,妃王被戮(51),兵满天下,毒流四海(52),皆国忠之召祸也。

史臣曰:夫礼者,定尊卑,理家国。君不君,何以享国?父不父,何以正家?有一于此,未或不亡。唐明皇之一误,贻天下之羞,所以禄山叛乱,指罪三人(53)。今为外传,非徒拾杨妃之故事,且惩祸阶而已。

注释

①上以十枚种于蓬莱宫:《校记》云:“‘枚’,《说郛》作‘株’。”

②则殊方叶(xié 协)致:叶,通“协”。叶致,协调一致。

③将北:将败;北,败。

④《多心经》:即《般若波罗密多心经》,简称《心经》,演说佛教所称大智慧精要诸法皆空之理。一卷,唐玄奘译。

⑤遂瘗(yì 意)于苑中:瘗:埋葬。
⑥波斯言老龙脑树节方有:波斯,即今之伊朗。《校记》云:"'树'下,《说郛》有'生'字;'有',郢钞本作'直香'。"
⑦胐(fěi 匪):天刚发亮称之为胐。
⑧女为让帝男妻:让帝,即宁王李宪。李宪为唐睿宗长子,生性沉静宽柔,其先让皇位于玄宗,后又能恭谦以守臣礼,所以玄宗待其甚厚,特加信重,曾任太尉、扬州大都督、岐州、泽州、泾州刺史,封宁王,开府仪同三司。开元二十九年(公元741年)薨,时年六十三,追谥曰:"让皇帝。"
⑨甍(méng 蒙)栋相接:甍,屋脊。甍栋相接,言其房舍广大。
⑩扈从之时:扈从,随从护驾。从,音 zòng 纵。
⑪遗钿坠舄(xì 戏):舄,原为古时的一种复底鞋,以木置履下,以避泥湿。崔豹《古今注·舆服》:"舄,以木置履下,干腊不畏泥湿。"后用为鞋的通称。
⑫软脚:为出行归来而举行的慰劳酒宴。
⑬媵妪(làn yù 滥育):侍女。
⑭每人约一千贯:《校记》云:"'约',《说郛》作'纳'。"
⑮小部音声:唐玄宗时,在梨园设置训练及演奏法曲的部门,称之为法部。小部音声,属法部所辖、演奏乐曲的乐队。
⑯幽陵:即幽州。
⑰衔土请命:旧时风俗,人死,口中必含一物;所含之物,依死者身份不同而异。请罪之人口衔土块,示已已有死罪。"衔土"又作"衔块"。《新唐书·杨贵妃传》:"帝欲以皇太子抚军,因禅位,诸杨大惧,哭于庭。国忠入白妃,妃衔块请死,帝意沮,乃止。"
⑱马嵬:地名,唐时没有驿站,称马嵬驿,在今陕西兴平县内。756年,安禄山反叛,唐玄宗西逃避难,军行至此,军队发生哗变,杨国忠被杀,唐玄宗无奈,只好将杨贵妃赐死,葬于马嵬坡。
⑲陈玄礼:唐玄宗朝将领,曾从玄宗起兵讨击韦后,玄宗即位,封为右龙武将军,掌管禁卫军,为马嵬事变的指挥者,后封蔡国公。
⑳甿庶:即指天下黎民百姓。
㉑张易之:唐武则天时定州义丰(今河北安国)人,容貌美俊,通晓音律,其弟张昌宗荐之于武则天,大受武则天宠爱,曾官控鹤监内供奉、奉宸令、麟台监,封恒国公,武则天晚年,与张昌宗把持朝政。后中宗复位时,张柬之以谋反之名将其诛杀。
㉒天授:唐武则天年号,即 690—692 年。
㉓圣情昏默:《校记》云:"'情',《说郛》作'性';'默',《说郛》顾本作'嘿'。"
㉔逡巡:欲进不进貌。

㉕愿大家好住:大家,宫中嫔妃及近侍对皇帝的称呼。

㉖是时虢国夫人先至陈仓之官店:陈仓,地名,秦时置县,后朝大都因之,为古时兵家所重之要地,其址即今之陕西宝鸡市。

㉗国忠诛问至:问,讯息。

㉘遂并坎于东郭十余步道北杨树下:坎,原指墓穴,此用作动词,意谓埋葬。

㉙行至扶风道:扶风,地名,唐时属岐州所辖,即今陕西省扶风县。《校记》云:"'道',郭涵本无。"

㉚又至斜谷口:斜谷口,即褒斜谷的北口。褒斜谷,在今陕西省西南眉县及勉县褒城镇之间,由斜水及褒水冲刷而形成的大河谷,全长470余里,北口在眉县西南三十里,称为斜谷,南口在今勉县褒城镇北十里,称褒谷。褒斜谷为川陕间的交通要道,谷中通道山势险峻,古时多靠修凿于绝壁上的栈道通行。《校记》云:"'又',《说郛》作'及';'斜谷'作'剑阁'。"

㉛属霖雨涉旬:霖雨,连绵不止的大雨。旬,十天曰旬。

㉜至德二年:至德,唐肃宗年号,即756—758年,至德二年,即757年,是年击败安史叛军,收复长安。

㉝李辅国等不从:李辅国,唐肃宗朝宦官,唐玄宗避难西蜀,他劝唐肃宗在灵武即位,任太子家令,判元帅府行军司马事,肃宗委以心腹之任。肃宗还长安,任其为殿中监,并身兼数使之职,至德二年,加开府仪同三司,封郕国公,拜兵部尚书,典掌禁军,开始专权用事,骄恣日甚。肃宗死后因拥立代宗李豫之功,加封司空、中书令,代宗尊称"尚父"。后对代宗不逊,被削去官职,在家中被人刺死。《校记》云:"'不'上郭涵本、顾本有'皆'字。"

㉞上皇既居南内:南内,即唐兴庆宫,因其在东内之南,故称南内。原为玄宗为藩王时故宅,玄宗从蜀返长安,被安置在此。

㉟歌《凉州》之词:《凉州》,乐曲名,据宋人郭茂倩《乐府诗集》引《乐苑》云:"《凉州》,宫调曲。开元中,西凉府都督郭知运进。"其用西凉乐,以清乐为主,并参合胡乐之声;歌词大都是七言四句。

㊱此我祖大帝破高丽:我祖大帝,指唐高宗李治,其死后群臣上谥号曰"天皇大帝",故玄宗有此称呼。破高丽事,在唐高宗总章元年(公元668年)。详见新、旧《唐书·高宗本纪》及《资治通鉴》卷二〇一。

㊲风雨愆(qiān 迁)时:愆,同'愆',超过。风雨愆时,意谓风雨不按正常的时节来到。

㊳乾元元年:乾元,唐肃宗年号(公元758—760年),乾元元年,即公元758年。

㊴贵妃放康国猧(wō 蜗)子上局乱之:康国,隋唐时期西域国名,为昭武九姓之一,其地在今中亚撒马尔罕北。猧子,一种供人玩的小狗,俗称巴儿狗。

㊵今辄进所贮幞(pú 仆)头:幞头,一种头巾。

㊶有李少君之术:李少君,汉武帝时方士,以祠灶致福、辟谷不食、却老长生之术见信于汉武帝。他向汉武帝说他曾到过蓬莱仙山,见过仙人安期生。汉武帝信其说,派遣方士入海寻找仙山、仙人。详见《汉书·郊祀志》。

㊷跨蓬壶:蓬壶,即蓬莱仙山。

㊸帨(shuì 税)紫绡:帨,原为佩巾,此用为动词,意佩戴。

㊹负新垣平之诈也:新垣平,汉文帝时赵人,先以望气之术附会人事,得到文帝信任,拜为上大夫,赏赐千金。后望气之事败露,被人弹劾,言其所言皆为欺诈,遂被下狱治罪,诛灭其家室宗族。详见《史记·封禅书》《汉书·郊祀志》。

㊺玉妃茫然退立:《校记》云:"'茫',原作'忙',据《说郛》改。"

㊻及至移入大内甘露殿:甘露殿,唐时宫殿,在大内西面。唐玄宗从蜀返长安,始居兴庆宫,其旧臣及百姓知玄宗寓居于此,多在宫门外聚集,意欲朝见瞻拜。唐肃宗受李辅国谗言所惑,遂将玄宗徙于西内甘露殿。

㊼辟谷服气:道家的一种修身方法,谓不吃五谷粮食,吐纳空气,即可延年长寿。

㊽张皇后:原为肃宗妃子,称张良娣,肃宗继位后,先册封为淑妃,于乾元元年(公元758年)立为皇后,其先与李辅国相连接持权禁中,干预政事,后为争继皇位之事,与李辅国有隙,李辅国趁拥立代宗之机,将其诛杀。

㊾妃子死日:《校记》云:"'子',《说郛》、顾本作'之'。"

㊿马嵬媪得锦袎(yào 要)袜一只:袎,同"靿",袜颈。

(51)妃王被戮:《校记》云:"'王',《说郛》作'主'。"

(52)毒流四海:《校记》云:"'毒流',《说郛》作'荼毒'。"

(53)指罪三人:《校记》云:"'指',《说郛》作'止'。"

【今译】

当初,在开元末年,江陵进献乳柑桔,玄宗把十枚种在蓬莱宫,到天宝十年九月秋,结出了果实。玄宗宣旨将它们赏赐给宰臣,说:"朕近年来在宫内种柑子树数株,今秋结下果实一百五十多颗,与江南及蜀地所进献的没有区别,这也可算是有些奇异了。"宰臣们上表祝贺道:"臣下以为上天所培育的东西,不能改变它们正常的本性,出现旷古未有的东西,便可称之为有异常的感应。由此而知圣人统御万物,以天地元气遍布祥和,大道乘时运行,那么各方都会协调一致。那桔柚的栽种,南北方有不同的名称,这实在是造化初始的本意,不是阴阳有所改变。陛下崇尚天道,纲纪真淳,使天地四方合于一家,雨露均洒,混成天宇而遍受滋润,草木有性,凭借地气而默默相通,因此这江南的珍果,成了宫禁中的佳品。它绿色的果蒂含着晨霜,它的芬芳流播在绮丽的殿堂,它金色的外衣,像日光一样地灿烂,绚丽的色彩比过了红色的院庭。等等。"玄宗将此果颁赐给大臣。另有一枚合欢果,玄宗与贵妃互相把玩不已。玄宗说:"这果好像知晓人的心意,朕与爱卿确是形同一体,所以称之为合欢。"于是两人促膝而坐,共同进食,并诏令宫人画成图画,意欲传之后世。

贵妃生长于蜀地,非常喜爱吃荔枝。南海所产荔枝,超过蜀地所产,因此,每年都要由驿站的快马从南海飞驰传送至京城,进献给贵妃。但荔枝正好是在暑热的时候成熟,经过一夜,便失去它的鲜味,这一点,后人多不知道。

玄宗曾与贵妃以博采为戏,玄宗将要败北,只有骰子掷出一对四点才能转败为胜,玄宗连连叱喝,骰子不停地转,居然转出一对四点,玄宗异常高兴,便命高力士赐给骰子的四点为红色,民间风俗便承袭至今,不作改变。

广南进贡了一只白鹦鹉,能听懂人的言词,人们称它为雪衣女。一天早上,它飞上贵妃的妆镜台,自言自语地说:"雪衣女昨夜梦见被恶鹰追杀。"玄宗便令贵妃将《心经》教给鹦鹉,鹦鹉竟能记诵精熟。之后,玄宗与贵妃在别殿游玩,把雪衣女放在车的竿上一同前往。忽然见有一只鹰直冲下来,将鹦鹉啄杀而死。玄宗与贵妃叹息了许久,把它埋葬在宫苑中,称呼为鹦鹉塚。

交趾进贡的龙脑香,形状就像蝉蚕一样,共有五十枚。波斯人说老龙脑树长出枝节才有这种香,宫中称呼为瑞龙脑。玄宗赐给贵妃十枚,贵妃私自派遣明驼使(明驼使胸腹下有毛,夜晚能发出光亮,白天能跑五百里)带去三枚赠送给安禄山。贵妃又常常送给安禄山金平脱装具、玉合、金平脱铁面碗等物品。

天宝十一年,李林甫死,以杨国忠为相,身兼四十多个官职;天宝十二年,又加封杨国忠为司空。杨国忠长男杨暄,先娶延和郡主为妻,后又拜为银青光禄大夫、太常卿,兼户部侍郎。小儿杨朏,娶万春公主为妻。贵妃堂弟秘书少监杨鉴娶承荣郡主为妻。杨氏一门出贵妃一人,娶二位公主、三位郡主,并有三位诰封夫人。天宝十三年,重新赠封杨玄琰为太尉、齐国公;贵妃母亲重封梁国夫人,朝廷为他们建造祠庙,皇上御制庙碑并亲自书写碑文。贵妃的叔父杨玄珪又拜工部尚书;韩国夫人的女婿秘书少监崔峋之女被选为代宗妃子;虢国夫人的儿子裴徽娶代宗之女延光公主,女儿嫁给让皇帝李宪的儿子。秦国夫人女婿柳澄的儿子柳钧娶长清县主,柳澄的弟弟柳潭娶肃宗的女儿和政公主。玄宗每年冬十月,都要驾幸华清宫,经常要过完冬天才还归宫阙,去时即与贵妃同车而行。华清宫内有端正楼,是贵妃梳洗之所;有莲花汤,是贵妃沐浴之处。皇上赐给杨国忠的府第在皇宫东门的南面,与虢国夫人的府第相对;韩国、秦国两夫人的府第又是屋脊栋梁相连,玄宗驾幸他们的府第,必定是经过五家,都要赏赐宴乐。他们随从护驾之时,每家之人编为一队,每队穿着一色的衣服,五家之队聚合在一处,相互映照,犹如百花争艳。妇女们丢遗的金钿、鞋子、珠翠,在路边灿然发光,可以捡拾一捧。曾有人俯身窥视他们乘坐之车,满身的香气竟然数日不绝。每当他们出行,有驼马千余头,以剑南节度使的旌节器仗为前驱,外出有饯别的饮宴,归来有慰劳的酒席。远近各处赠送的珍玩狗马、侍者歌女,在道上一望皆是。待到秦国夫人去世后,虢国、韩国夫人及杨国忠更加豪盛。虢国夫人又与杨国忠乱伦,毫不顾及礼仪,不加检点。每次入朝谒见,杨国忠与韩、虢两夫人连辔而行,挥鞭跑马,一路任情嬉戏,随从官员、侍女百余骑,手持蜡烛,光耀如同白昼,他们身着艳丽的服装在道上行走,不用一点遮蔽,路上观看的人群,排成人墙,无不为之惊骇、叹息。皇室十宅诸王的男女婚嫁,都要借助韩国、虢国两夫人的介绍,每人交一千贯钱,玄宗方才准允婚事。

天宝十四年六月一日,玄宗驾幸华清宫,这天是贵妃的生日,玄宗诏令召来小部乐舞队,(小部,是梨园法部所设置的乐舞队,共有三十人,都是十五岁以下)在长生殿演奏新曲,这新曲还未命名,此时正逢南海来进献荔枝,便将此曲命名为《荔枝香》,左右之人欢呼,声音震动了山谷。

这年十一月,安禄山在幽陵反叛(安禄山本名轧荦山,是杂种胡人,母亲本是一名巫师。安禄山晚年更加肥胖,肚子下垂,竟超过膝,体重有三百五十斤。他曾在玄宗面前跳胡旋舞,快得如风一般。玄宗曾于勤政楼东间设置一架大金鸡屏障,安放一间大床,把帘子卷上,令安禄山坐在一旁,下面摆设百戏,玄宗与安禄山共同观看。肃宗劝谏道:"历观今古,从未听说过臣下能与君主同坐观戏。"玄宗私下说:"他长有异相,我只是借此消灾而已。"玄宗又曾同安禄山夜宴,安禄山醉后睡去,身体化为猪形而头为龙首。左右急忙向玄宗禀告,玄宗说:"这是猪龙,不会有什么作为。"终究不杀安禄山,结果导致中国的混乱)。以诛杀杨国忠为反叛之名。朝廷官员们都认为杨国忠、虢国夫人、贵妃是三位罪魁,但没有人敢把这种话讲给玄宗听。玄宗想让皇太子监国,想传位给皇太子,自己亲自领兵出征。玄宗同杨国忠谋划此事,杨国忠大为恐惧,归家对他的姐妹们说:"我们死在旦夕,现今东宫皇太子监国,我们与娘子都没命了。"杨氏姐妹们便去向贵妃哭诉。贵妃口衔土块,请求赦免死罪,事情才就此作罢。

　　天宝十五年六月,潼关失守,玄宗驾幸巴蜀,贵妃跟从。来到马嵬坡,右龙武将军陈玄礼害怕发生兵乱,就对军士们说:"当今天下崩离,万乘震荡,难道不是那杨国忠欺害天下百姓,才落到这样的地步?如若不将他诛杀,拿什么向天下百姓谢罪?"众军士说:"我们早就有这样的念头了。"当时,正值吐蕃和好使在驿站门外拦住杨国忠诉说事情,军士们齐声呼喊:"杨国忠与蕃人谋叛!"军队就把驿站四面包围起来,将杨国忠及其儿子杨暄等人一并诛杀。(杨国忠旧名杨钊,本来是张易之的儿子。武则天天授年间,张易之受到武后无比的宠幸,他每次回归家中,武则天都要诏令他居住在楼中,并把楼梯撤去,用一束束的荆棘将楼四面围住,他身边不再有女奴侍立。张易之的母亲害怕张氏断绝了子嗣,把女奴嫔姝暗藏在楼上墙壁的夹层中,于是此女有了身孕,生下杨国忠。之后,此女嫁给杨家。)

　　玄宗走出驿门来慰劳六军,六军并不解围,玄宗顾视左右责问是什么原因还不撤兵。高力士回答说:"国忠身负大罪,诸将惩罚了他,贵妃是国忠之妹,还在陛下的身边,群臣们哪能没有忧虑恐惧?乞请皇上圣虑裁断。"(另有一种版本上说:"贼根还在,兵士哪敢解散?"这是在指斥贵妃。)玄宗回身走进驿站,驿门内旁有一条小巷,玄宗不忍心回到行宫,便在小巷中倚杖斜首站立,神情黯然,默默无语,久久不动。京兆司录韦锷(韦见素的儿子)进言道:"乞请陛下割舍恩爱,忍下决断,以保国家的安宁。"迟疑良久,玄宗才进入行宫,手抚着贵妃走出厅门,到马道北墙口与贵妃诀别,令高力士赐死。贵妃流涕呜咽,语言不能表达她内心之情,就说:"愿皇上万岁,臣妾确实辜负了皇恩,死而无憾,只乞请允许臣妾拜拜佛。"玄宗说:"愿贵妃在佛门善地转生。"高力士便将贵妃缢死在佛堂前的梨树下。贵妃刚刚绝命,而南方进献的荔枝便送到,玄宗看见荔枝,长声号哭,多次叹息,对高力士说:"给我祭奠贵妃。"祭奠之后,六军还没有解围,玄宗令以绣被覆盖在停尸床上,放在驿站的庭院中,诏令陈玄礼等人进入驿站审视。陈玄礼用手抬了贵妃的头,知其已死,说:"对了。"于是众军才解围。贵妃葬在向西一里多远路北面的坡坎之下,时年三十八岁。玄宗手持荔枝,在马上对张野狐说:"此去剑门,一路鸟啼花落,水绿山青,无一不是引起朕悲悼妃子之缘由。"

当初,玄宗在华清宫时,乘马出宫门,意欲驾幸虢国夫人的府第。陈玄礼说:"没有向臣下发布命令,天子不可随意出门。"玄宗只好回转马头。第二年,又在华清宫,接近上元日,玄宗意欲夜游。陈玄礼奏道:"宫外就是旷野,必须有所戒备,如若要夜游,请回到城里。"玄宗又不能违背这样的进谏。到这次马嵬坡诛杀贵妃,都是平素敢于进言带来的便利。先前,术士李遐周曾作有一首诗,诗中道:

燕市人皆去,
函关马不归。
若逢山下鬼,
环上系罗衣。

"燕市人皆去",是说安禄山即来自蓟门之士;"函关马不归",是说哥舒翰兵败潼关;"若逢山下鬼",山下鬼,即"嵬"字,即指马嵬驿;"环上系罗衣",贵妃小字玉环,她的死,是高力士用罗巾勒死的。另外,贵妃常常用假髻作为首饰,而又喜欢穿黄色的衣服。天宝末年,京师有童谣说:"义髻抛河里,黄裙逐水流。"到这时候,都一一应验了。

当初,安禄山曾经在玄宗面前应答对话,常夹杂嬉戏调笑之话。贵妃常常在座,安禄山对她动了心。待听见贵妃在马嵬的死讯,安禄山多日叹惋不止。安禄山之反,虽说是李林甫培育了他,杨国忠激怒了他,但或许另有他内在的动机。

玄宗入蜀避难之时,虢国夫人已先到了陈仓的官店。杨国忠被诛杀的讯息传到此地,县令薛景仙率领属下去追寻虢国夫人等人。虢国夫人一行正走进一座竹林中,见追兵到,以为是安禄山的叛军,虢国夫人先把儿子裴徽杀掉,又把女儿也杀掉。杨国忠的妻子裴柔说:"娘子何不也给我行个方便?"于是将裴柔及其女儿一并杀了,之后,虢国夫人便自刎,但没有立刻死去。她被押送至监狱中,还问人说:"是朝廷的军队,还是叛军?"狱吏回答说:"两者都有。"虢国夫人因血凝在咽喉而死。于是将她们都埋在东城外十几步远的路北杨树底下。

玄宗从马嵬驿出发,走到扶风,道路旁边花开着,又见寺院旁的石楠树长得团圆,喜爱地赏玩之后,把它称为"端正树",这是玄宗心中有所思念。走到褒斜谷口,正值连绵不断的秋雨下了十来天,在雨中的栈道上,听见铃声隔山相应,玄宗思念贵妃不已,便采其声为《雨霖铃》曲,以表达自己内心的怨恨。

唐肃宗至德二年,收复西京。十一月,玄宗从成都归还长安,经过马嵬,让人祭奠贵妃,之后,又想将贵妃改葬别处,李辅国等人都不听从。当时,礼部侍郎李揆上奏道:"龙武军的将士因为杨国忠谋反,所以将其诛杀。现在要改葬已故的贵妃,恐怕龙武军将士会疑惧不安。"唐肃宗便制止了这件事。已为太上皇的玄宗却密令宦官暗地将贵妃迁葬在其他地方。当初贵妃下葬时,曾用紫色被褥裹着尸身,等到迁葬时,肌肤已经腐坏殆尽,只有胸前的锦香囊还完好存在。宦官将贵妃安葬完毕后,把锦香囊带回献给玄宗,玄宗将它置于怀袖之中,又令画工画了贵妃的肖像放在别殿,早晚观看,歔欷叹息不止。

玄宗被安在兴庆宫中,一天深夜他登上勤政楼,依凭着栏杆向南眺望,但见满目烟月笼罩在夜色之中,玄宗不由自主歌唱道:"庭前琪树已堪攀,塞外征人殊未还。"歌声停歇时,听见外面街坊中隐隐有人在唱歌。玄宗看着高力士说:"该不会是旧时梨园中的人吧?待到天明,为我把他寻来。"第二日,高力士私下在街坊中访寻,召其同去见玄宗,果真是原来的梨园弟子。这之后,玄宗又同贵妃的女侍红桃在一起。红桃歌唱《凉州》之词,这是贵妃所制作的,玄宗亲自吹笛,给她伴奏。乐曲演唱完毕,相视之下,无不掩泣。玄宗因此把此曲扩展,所以现今流传于世的《凉州》曲,比原先的又有所增加。唐肃宗至德年间,玄宗再次驾幸华清宫,跟从的官员、嫔妃,大多不是原来的人,玄宗在望京楼下命张野狐演奏《雨霖铃》曲,才演奏一半,玄宗四望,只觉满怀凄凉,不觉流下泪来,左右之人也为之感到哀伤。

新丰有位女伶人，名叫谢阿蛮，善舞《凌波曲》，先前曾出入官禁，贵妃待她很厚。这天，玄宗令她作舞，舞蹈完毕，阿蛮献上一只金粟装臂环，说："这是贵妃赏赐给臣妾的。"玄宗手拿着环，满心凄然，流下泪来，说："这是我祖天皇大帝击破高丽国时所获得的两件宝贝：一是紫金带，一是红玉支。岐王进献了《龙池篇》，朕便将紫金带赐给了他，红玉支赐给了贵妃。后来，高丽国知道这两件宝贝归我，便上言说：'本国因失去此宝，风雨不时，百姓流离，兵力软弱。'朕当下认为得此宝不足为贵，便命将紫金带归还他们，唯此环不还。你既从贵妃那里得到，朕今天再看见它，只令朕兴起悲哀之念。"说完，又泪流不止。

到了乾元元年，贺怀智又上奏说："从前，上皇与亲王下棋，令臣下独自弹奏琵琶，（这琵琶以石为槽，以鹍鸡筋为弦，用铁拨来弹奏。）贵妃站在棋盘前观看，上皇数棋子，看来将输，贵妃放开康国进贡的巴儿狗，跳下棋盘把棋局搅乱，上皇满心喜悦。当时风吹贵妃的领巾搭在臣下的头巾上，过了很久，她回转身，领巾方才落下，等到归家，只觉满身香气。臣下便卸下头巾，贮藏在锦囊之中。今天则进献上臣下所藏的头巾。"玄宗打开锦囊，说道："这是瑞龙脑香，朕曾经把它放在暖池的玉莲花朵上，再来观赏时，尚觉香气宛然犹存，何况把这香施放在丝缕这一类温润细腻的东西上。"说完，更觉凄怆不已。自此之后，玄宗一直耿耿于怀，只是吟唱道：

> 刻木牵丝作老翁，
> 鸡皮鹤发与真同。
> 须臾舞罢寂无事，
> 还似人生一世中。

有位道士叫杨通幽，从蜀地而来，知道玄宗思念贵妃，便自荐说："有李少君的法术。"玄宗大喜，诏令他招来贵妃的精魂。这位道士用尽他的法术去招寻，贵妃的精魂竟然不至。这道士又能神魂游荡，驾驭云气，便越出天界，深入地府探求，竟然也不见贵妃的精魂。道士又旁求四方上下，到最东边，渡过大海，跨越蓬莱仙山，忽见最高山峰上，有许多楼阁。来到它们的面前，只见西厢下有一洞门，朝东，门关着，门额上写着"玉妃太真院"几个字。

方士抽下发簪敲门，有双鬟童女出来开门，方士觉着冒昧，还未及说话，双鬟童女便转身回去。一会儿，有位碧衣侍女出来，问方士从何处来。方士便称自己是天子使者，并告诉碧衣侍女自己前来的使命。碧衣侍女说："玉妃刚刚睡下，请稍待片刻。"过了一个时辰，碧衣侍女请方士进入，并指点说："玉妃出来了。"但见玉妃头戴金莲冠，披着紫绡佩巾，佩着红玉佩，踏着凤鞋，左右侍女七八人。玉妃向方士拜揖过后，便问讯皇帝是否平安，又问天宝十四年以来之事。说完，现出满心的忧郁，指着碧衣侍女，叫她取来金钗钿合，折成两半，将一半交给使者，说："为我感谢太上皇，谨献上这些东西，望它能寻回往日相爱的情意。"方士将告辞离去，脸上现出并未满足的神色，玉妃便征询他的心意，方士便又上前跪下说："请求告诉一件当时与太上皇相关之事，这事别人不知道，回去好让太上皇验察。不然，恐怕金钩钿合，反会使我担上新垣平那样欺诈的罪名。"玉妃茫然退步而立，若有所思，然后慢慢地说道："在天宝十载的那一年，我侍奉太上皇在骊山宫里避暑，正值七月之秋，是牛郎织女相会的那天晚上，太上皇依靠着我的肩膀远望，因仰天感叹牛郎织女之事，我俩遂相互吐露心中誓言：'愿世世为夫妇。'说完，我俩拉着手各自呜咽不已。这件事只有君王自己知道。"接着，玉妃又悲伤地说："由于有此念头，我又不得在此居住，又将堕入下界，并要再结后缘。或升入上天，或再世为人，我都决意要同太上皇相见，像从前一样地相依相爱。"又说："太上皇也将不久人世，唯愿他自己珍重，不要自己苦自己。"

使者回来，将事情一一向太上皇奏明。太上皇内心受到极大的震动，感到非常悲伤。等到被迁移到大内中的甘露殿，没有一天不在悲悼贵妃，于是便拒食谷物，以吸气养生。张皇后进上樱桃蔗浆，太上皇也不吃。他常常玩弄一支紫玉笛，只要吹奏几声，便有双鹤从天而下，立于庭院之中，徘徊而后飞去。太上皇曾对侍女官爱说："我奉上帝之命，为元始孔升真人，在此期间，可以同贵妃再次相会。这笛不是你所看重的，可将它送给大收。"（大收，代宗的小字。）说完，即令人准备热水沐浴，并说："我若就枕而卧，慎勿惊动我。"后来官爱听见太上皇在床上有响动，惊骇间去观视，太上皇已经驾崩。

杨贵妃死的那天，马嵬坡一位老妇曾拾得锦筒袜一只，相传过往客人赏玩一次，要付百钱，这老妇人因此前后获钱无数。

可悲啊，玄宗在位太久，对日理万机感到厌倦，又常要同大臣们讨论国事，检查他们的政绩，很难满足个人的私欲。自从得到李林甫，便将政事全部委托给他。故而断绝了逆耳的忠言，肆意恣行饮宴作乐，衽席之间，没有尊卑之别，不以为耻，这都是由李林甫促成的。到玄宗避难西蜀，朝廷陷没，百官被俘，妃王被戮，兵祸满天下，叛毒流四海，这都是杨国忠招来的祸患。

史臣说："礼，是用来定尊卑，治家国的。国君不像国君，那怎么能享国久远？父亲不像父亲，那怎样能端正家风？只要有此一事，没有不败亡的。唐明皇有此一误，便给天下留下了他的羞耻。所以安禄山叛乱，天下指认有罪魁三人。现今作这篇外传，并非仅仅只是拾取杨贵妃的故事，而且是要借此来惩治祸乱的阶源罢了。"

唐宋传奇集卷八

流红记

魏陵张实子京

【题解】

据《稗边小缀》,此篇出自宋人刘斧所作《青琐高议》前集卷五。题下原有小注云:"红叶题诗取韩氏",此删去。作者题名张实,其生平未详。

红叶题诗的故事,最早见于唐人孟棨《本事诗》及范摅的《云溪友议》。《本事诗·情感》中所言得宫中红叶并复题诗者为中唐诗人顾况;《云溪友议》所记娶题诗宫女者,为晚唐诗人韩偓。此篇《流红记》则将上述两则趣闻相并为一事,将其附会在于祐一人之身,敷衍成一篇情节完整的爱情传奇小说。全篇由获叶题诗、喜结良缘、美好归宿、作者议论四部分组成。前两部分为全篇重笔,写出了于祐对宫女哀怨的同情及他的痴情,表现了作者的歌颂态度,是为全篇最为精彩之处。于祐同宫女的结缘,既将故事情节推向高潮,又在巧合中为篇末作者的议论张本,起到承上启下的作用。

【原文】

唐僖宗时①,有儒士于祐,晚步禁衢间②,于时万物摇落,悲风素秋③，颓阳西倾，羁怀增感。视御沟，浮叶续续而下。祐临流浣手。久之，有一脱叶，差大于他叶④，远视之，若有墨迹载于其上。浮红泛泛，远意绵绵。祐取而视之，果有四句题于其上。其诗曰："流水何太急，深宫尽日闲。殷勤谢红叶，好去到人间。"祐得之，蓄于书笥⑤，终日咏味，喜其句意新美⑥，然莫知何人作而书于叶也。因念御沟水出禁掖⑦，此必宫中美人所作也。祐但宝之，以为念耳，亦时时对好事者说之。祐自此思念，精神俱耗。一日，友人见之，曰："子何清削如此？必有故，为吾言之。"祐曰："吾数月来，眠食俱废。"因以红叶句言之。友人大笑曰："子何愚如是也，彼书之者，无意于子。子偶得之，何置念如此。子虽思爱之勤⑧，帝禁深宫，子虽有羽翼，莫敢往也。子之愚，又可笑也。"祐曰："天虽高而听卑，人苟有志，天必从人愿耳。吾闻牛仙客遇无双之事⑨，卒得古生之奇计⑩。但患无志耳，事固未可知也。"祐终不废思虑，复题二句，书于红叶上云："曾闻叶上题红怨，叶上题诗寄阿谁⑪？"置御沟上流水中，俾其流入宫中。人为笑之⑫，亦为好事者称道。有赠之诗者，曰："君恩不禁东流水，流出宫情是此沟。"祐后累举不捷，迹颇羁倦，乃依河中贵人韩泳门馆⑬，得钱帛稍稍自给，亦无意进取。久之，韩泳召祐谓之曰："帝禁宫人三十余得罪⑭，使各适人。有韩夫人者，吾同姓，久在宫。今出禁庭，来居吾舍。子今未娶，年又逾壮，困苦一身，无所成就，孤生独处，吾甚怜汝。今韩夫人箧中不下千缗⑮，本良家女，年才三十，姿色甚丽。吾言之，使聘子，何如？"祐避席伏地曰："穷困书生，寄食门下，昼饱夜温，受赐甚久。恨无一长⑯，不能图报，早暮愧惧，莫知所为。安敢复望如此。"泳令人通媒妁⑰，助祐进羔雁⑱，尽六礼之数⑲，交二姓之欢。祐就吉之夕，乐甚。明日，见韩氏装橐甚厚⑳，姿色绝艳。祐本不敢有此望，自以为误入仙源，神魂飞越。既而韩氏于祐书笥中见红叶，大惊曰："此吾所作之句，君何故得之？"祐以实告。韩氏复曰："吾于水中亦得红叶，不知何人作也。"乃开笥取之，乃祐所题之诗。相对惊叹感泣久之。曰："事岂偶然哉？莫非前定也。"韩氏曰："吾得叶之初，尝有诗，今尚藏箧中。"取以示祐。诗云："独步天沟岸，临流得叶时。此情谁会得，肠断一联诗。"闻者莫不叹异惊骇。一日，韩泳开宴召祐洎韩氏。泳曰："子二人今日可谢媒人也。"韩氏笑答曰："吾为祐之合，乃天也，非媒氏之力也。"泳曰："何以言之？"韩氏索笔为诗，曰："一联佳句题流水，十载幽思满素怀。今日却成鸾凤友,方知红叶是良媒。"泳曰㉑:"吾今知天下事无偶然者也。"僖宗之幸蜀㉒,韩泳令祐将家僮百人前导。韩以宫人得见帝,具言适祐事。帝曰:"吾亦微闻之。"召祐,笑曰:"卿乃朕门下旧客也。"祐伏地拜,谢罪。帝还西都㉓,以从驾得官,为神策军虞候㉔。韩氏生五子三女。子以力学俱有官,女配名家。韩氏治家有法度,终身为命妇㉕。宰相张濬作诗曰㉖:"长安百万户,御水日东注。水上有红叶,子独得佳句。子复题脱叶,流入宫中去。深宫千万人,叶归韩氏处。出宫三十人,韩氏籍中数。回首谢君恩,泪洒胭脂雨。寓居贵人家,方与子相遇。通媒六礼具,百岁为夫妇。儿女满眼前,青紫盈门户。兹事自古无,可以传千古。"议曰:流水,无情也。红叶,无情也。以无情寓无情而求有情,终为有情者得之,复与有情者合,信前世所未闻也。夫在天理可合,虽胡越之远㉗,亦可合也。天理不可,则虽比屋邻居,不可得。悦于得,好于求者,观此,可以为诫也。

注释

①唐僖宗:晚唐皇帝,名儇,为唐懿宗第五子,十二岁时继承皇位,在位十五年(公元874—888年)。继位之初,年少不更事,喜欢斗鹅走马,嬉戏游玩,至荒淫无度。及长成,又不理朝政,政使大权旁落,朝纪败坏,以致民怨沸腾,引发了王仙芝、黄巢的农民起义,加之边庭战争不断,如此内外交困,使唐王朝迅速走向败落。因其过失甚多,故死后谥为"僖"。

②晚步禁衢间:衢,四通八达的街道。禁衢,谓皇城中的街道。

③万物摇落,悲风素秋:摇落,谓草木凋零。素秋,谓秋季。按中国古代五行学说,以金配秋,其色为白,故称素秋。宋玉《九辨》:"悲哉,秋之为气也。萧瑟兮,草木摇落而变衰。"

④差大于他叶:差大,稍大。

⑤蓄于书笥:笥,盛饭食或衣物的方形竹器。书笥,即书箱。

⑥喜其句意新美:《校记》云:"'喜'明钞本作'虽爱',惠本作'虽'。"

⑦因念沟水出禁掖:禁掖,即宫中掖庭,嫔妃所居之处。

⑧子虽恩爱之勤:《校记》云:"'思',明钞本作'私';'勤',明钞本、惠本作'勤勤'。"

⑨牛仙客遇无双之事:见本书《无双传》。牛仙客,《无双传》作"王仙客"。

⑩卒得古生之奇计:古生,《无双传》中的人物,他用道家起死回生之法,从宫中将无双带出与仙客相见,后自刎。详见《无双传》。

⑪叶上题诗寄阿谁:《校记》云:"'阿',明钞本作'与'。"
⑫人为笑之:《校记》云:"'为',明钞本作'或'。"
⑬乃依河中贵人韩泳门馆:门馆,门客所居之馆舍,此谓门客。
⑭帝禁宫人三十余得罪:《校记》云:"'十'原作'千',据明钞本改,下同。"
⑮今韩夫人箧中不下千缗(mín 民):缗,原指穿钱的绳子,后亦指成串的钱,一千文为一缗。
⑯恨无一长:《校记》云:"明钞本作'寒贱无地'。"
⑰泳令人通媒妁:《校记》云:"'泳'下明钞本、惠本、董本有'乃'字。"
⑱助祐进羔雁:羔雁,小羊和雁,古时为卿大夫相见所执的礼品,后亦用作征聘及订婚的礼物。《仪礼·士昏礼》:"下达纳采,用雁。"
⑲尽六礼之数:六礼,旧时结婚的礼制,即纳采、问名、纳吉、纳征、请期、亲迎。
⑳见韩氏装橐甚厚:《校记》云:"'装',明钞本作'桩'。"
㉑泳曰:《校记》云:"明钞本作'泳笑喜曰'。"
㉒僖宗之幸蜀:唐僖宗乾符二年(公元875年),黄巢率数千人起兵反唐,响应王仙芝起义。数年间转战南北,攻下许多州县,兵势大盛。僖宗广明元年(公元880年)十一月攻克东都洛阳,黄巢率军西进,不久,攻破潼关,大军直指长安。僖宗见形势危急,只带五百卫兵及诸王、嫔妃仓皇逃出长安,881年年初至成都。
㉓帝还西都:僖宗中和四年(公元884年)六月,黄巢兵败自刎,885年正月,僖宗离开成都返回长安,三月间抵达。
㉔为神策军虞候:神策军,唐代禁军之一,始置于唐玄宗时。虞候,禁卫军军官。
㉕终身为命妇:命妇,有朝廷封号的妇人。《校记》云:"'命',明钞本作'令'。"
㉖张濬:即张浚,"濬",为"浚"的异体字。张浚,宋汉州绵竹人,宋徽宗时进士,宋高宗建炎三年(公元1129年),任知枢密院司,绍兴四年(公元1134年),再任枢密,次年(公元1135年),任为宰相。
㉗虽胡越之远:胡越,古时将北方地区称为胡地,东南方称为越地,胡越连用,即言相隔南北万里之遥。

【今译】

在唐僖宗年间,有位叫于祐的儒士,晚间在皇城道中散步。此时正是万物凋零、悲风萧瑟的深秋季节,夕阳西下,这使得他羁旅飘泊的情怀又增添了几分感慨。于祐看看从宫中沟渠流淌而出的水,水面飘浮的落叶接连不断,随流而下。他便到沟渠边洗手。过了很久,飘来一片落叶,比其他的落叶稍大,远远看去,像有墨迹留在上面。这片红叶飘浮而来,似乎带有绵绵无尽的情意。于祐从水中捞起,一看,果然有四句诗题写在上面,诗这样写道:

> 流水啊你是如此的匆急,
> 深宫的日子却终日烦闲。
> 我深情地告诉这片红叶,
> 你好好去到欢乐的人间。

于祐得到这片红叶,把它藏在书籍中,终日咏赏玩味,非常欣赏诗句新颖优美的意境,可不知道这首诗是何人所作,又是谁把它写在叶上的。随之想到御沟之水从官廷中流出,这首诗必定是宫中美人所作。于祐非常珍惜它,把它作为一种思念之物,也常常对那些好事者说起。自此之后,于祐思念不已,精力神气都受到损耗。一天,有位友人看见他说:"你为何如此消瘦?其中必有原因,请给我说说。"于祐说:"数月以来,我是吃不好,睡不安。"便把红叶诗句之事告诉了这位朋友。朋友大笑说:"你怎么如此愚蠢。那位题诗之人,并非对你有意,你只不过偶尔得之,又何必对她如此思念。虽然你如此思爱之深,但皇廷禁地、后掖深宫,你纵长有翅膀,也不敢去。你真是又愚蠢,又可笑。"于祐说:"天虽高却听得见地下之事,人如有志,上天必定会顺从人愿。吾听说过牛仙客遇见无双之事,最终得到古生所献的奇计而遂愿。就怕人无志,事情确是难以预知的。"于祐始终没有放弃思念,他又题了两句诗,书写在红叶上,诗句云:

> 听说叶上题有红颜的哀怨,
> 这题诗的红叶又将寄给谁?

于祐把这片红叶放置在御沟的上流,让它流入宫中。有人为此笑话他,也有那些好事之人称道他。有人赠送他两句诗,说:

> 皇恩不禁那东去的流水,
> 流出宫中怨情是这御沟。

于祐后来累次参加科举考试，都未能获得成功，仕途羁迹，心存厌倦，便投依河中府权势之人韩泳府上作一门客，得些钱物勉强自给，也就不再有进取之心了。过了很长一段时间，韩泳召来于祐对他说："皇宫中有三十多名宫女获罪，圣上让她们各自嫁人。其中有位叫韩夫人的，与我同姓，久在宫中。现今被放出禁宫，来到我的府中居住。你到现在还未娶亲，年龄又超过了壮年，困苦一身，仕途上无所成就，又孤生独处，我非常怜悯你。现今韩夫人箱中钱财不下千贯，原本是良家妇女，年龄才三十，姿色非常艳丽。我去给她说，让她嫁给你，怎么样？"于祐下席拜伏于地，说："我一介穷困书生，寄食您的门下，昼饱夜温，受到您的恩赐很久。只恨我身无长技，不能图报，这让我早晚都感到惭愧不安，不知自己该怎么办。哪里还敢有如此的奢望？"韩泳便令人去通知媒人，帮助于祐进献了羔羊与雁等定婚礼物，并完成了婚娶的"纳采、问名、纳吉、纳征、请亲、亲迎"六礼之数，使二人结成婚姻。婚礼的那个夜晚，于祐非常欢乐。第二日，见韩氏包囊中财物甚为丰厚，而姿色又非常艳丽，于祐原本不敢有这样的奢望，自此以为误入仙源，神魂飞越。不久，韩氏从于祐书箱中看见红叶，大为惊讶，说："这叶上是我作的诗句，夫君怎么得到它的？"于祐便把实情告诉了她，韩氏又说："我从水中也得到一片红叶，不知是何人题写诗句在上面。"韩氏打开书箱将红叶取出，那就是于祐所题的诗句。于、韩二人相对惊叹，又因感动而流泪。于祐说："这事哪里是偶然发生的？莫非是前世就注定了？"韩氏说："我得到这片红叶时，也曾写下一首诗，现在还藏在书箱中。"韩氏把它取出来给于祐看。诗写道：

独自漫步天沟岸，
临流拾得红叶时。
此中情意谁会得，
令人肠断一联诗。

听说此事的人无不叹息惊异。一天，韩泳召开宴会，召来于祐及韩氏。韩泳说："你们二人今天可要感谢媒人了。"韩氏笑着回答说："我同于祐的结合，是天作之合，并非是媒人的功劳。"韩泳说："为什

么这样说呢?"韩氏索取纸笔,写下一首诗,说:

> 一联佳句题流水,
> 十载幽思满素怀。
> 今日却成鸾凤友,
> 方知红叶是良媒。

韩泳说:"我今天才知道天下事没有偶然发生的。"

后来唐僖宗因祸乱逃往巴蜀,韩泳令于祐率领家中僮仆百余人作为前导。韩氏因为曾经是宫女的缘故得以去朝见皇帝,她向僖宗诉说了嫁给于祐之事。僖宗说:"我也大概听说了一些。"僖宗便召见于祐,笑着对他说:"爱卿是朕门下的旧客。"于祐拜伏于地,再三谢罪。僖宗回归西都长安,于祐因为护从皇帝车驾而得官,封为神策军虞候。韩氏生有五子三女,儿子们均因努力学习而得到官职,女儿都许配给有名之家。韩氏治理家务极有法度,终身被封为命妇。宰相张濬曾作诗说道:

> 长安人家百万户,
> 御水终日往东注。
> 水面飘浮有红叶,
> 惟君独自得佳句。
> 君又题诗落叶上,
> 放它流入宫中去。
> 深宫佳丽千万人,
> 红叶独归韩氏处。
> 遣放出宫三十人,
> 韩氏名在其中数。
> 回首拜谢君王恩,
> 泪水洒如胭脂雨。
> 寓居来到贵人家,
> 恰好与君来相遇。
> 媒人通达六礼具,
> 百年好合为夫妇。

儿女成行满眼前，
子服青紫盈门户。
此事自古从未有，
自此可以传千古。

　　有人议论说：流水是无情之物，红叶也是无情之物，将无情的东西寄托给无情而又寻求有情，最终却又为有情者得到，并且又与有情者结合，这确实是前世都未曾听说过的事。如果在天数中两者可合，虽地处胡越万里之遥，也是可以结合的；如天数中本不可合，那虽是比邻而居，也是不可能得到的。喜欢获得，爱好寻求者，看到这件事，可以作为训诫了。

赵飞燕别传

谯郡秦醇子复

【题解】

据《稗边小缀》所言,此篇见宋人《青琐高议》前集卷七及原本《说郛》卷三十二,原以二本参校录出。作者宋人秦醇,其生平未详。明胡应麟在《少室山房笔丛》二十九中认为,此篇原形为六朝人所作之《赵飞燕别集》,后此书散佚,秦醇据残稿补缀而成此篇。

赵飞燕、昭仪两姊妹以美色得到汉成帝的专宠,然二人性妒,为以争宠来巩固自己在宫中的地位而明争暗斗。此篇便是通过二人竞相争斗的故事,一方面表现出飞燕及昭仪两人不同的性格特点:飞燕近乎愚蠢的天真,与昭仪外似贤淑明理而内实冷酷凶残形成了鲜明的对比;另一方面,在此对比中,让人看见宫廷生活富贵、奢华外表之下的残酷无情及变态的人性。以此而论,小说家言亦可补正史之不足也。

【原文】

余里有李生,世业儒术①。一日,家事零替②,余往见之。墙角破筐中有古文数册,其间有《赵后别传》③,虽编次脱落,尚可观览。余就李生乞其文以归,补正编次以成传,传诸好事者。

赵后腰骨尤纤细④,善踽步行⑤,若人手执花枝,颤颤然,他人莫可学也。生在主家时⑥,号为飞燕。入宫复引援其妹,得幸,为昭仪⑦。昭仪尤善笑语,肌骨秀滑。二人皆天下第一,色倾后宫。自昭仪入宫,帝亦希幸东宫。昭仪居西宫,太后居中宫。后日夜欲求子,为自固久远计,多用小犊车载年少子与通。帝一日惟从三四人往后宫,后方与人乱,不知。左右急报,后遽惊出迎帝。后冠发散乱,言语失度,帝固亦疑焉⑧。帝坐未久,复闻壁衣中有人嗽声,帝乃出。由是帝有害后意,以昭仪隐忍未发⑨。一日,帝与昭仪方饮,帝忽攘袖瞋目,直视昭仪,怒气怫然不可犯。昭仪遽起,避席伏地,谢曰:"臣妾族孤寒下,无强近之爱。⑩一旦得备后庭驱使之列,不意独承幸御⑪,浓被圣私⑫,立于众人之上。恃宠邀爱,众谤来集。加以不识忌讳,冒触威怒。臣妾愿赐速死以宽圣抱。"因泪交下⑬。帝自引昭仪曰⑭:"汝复坐,吾语汝。"帝曰⑮:"汝无罪。汝之姊,吾欲枭其首,断其手足,置于溷中⑯,乃快吾意。"昭仪曰:"何缘而得罪?"帝言壁衣中事。昭仪曰:"臣妾缘后得备后宫。后死,则妾安能独生?陛下无故而杀一后,天下有以窥陛下也。愿得身实鼎镬,体膏斧钺。"因大恸,以身投地。帝惊,遽起持昭仪曰:"吾以汝之故,固不害后,第言之耳。汝何自恨若是。"久之,昭仪方就坐。问壁衣中人,帝阴穷其迹,乃宿卫陈崇子也。帝使人就其家杀之,而废陈崇。昭仪往见后,言帝所言,且曰:"姊曾忆家贫饥寒无聊,姊使我与邻家女为草履,入市货履市米。一日得米归,遇风雨无火可炊。饥寒甚,不能寐,使我拥姊背,同泣。此事姊岂不忆也?今日幸富贵,无他人次我,而自毁如此。脱或再有过,帝复怒,事不可救,身首异地,为天下笑。今日,妾能拯救也。存没无定,或尔,妾死,姊尚谁攀乎⑰?"乃涕泣不已,后亦泣焉。自是帝不复往后宫,承幸御者,昭仪一人而已。昭仪方浴,帝私视。侍者报昭仪,昭仪急趋烛后避。帝瞥见之,心愈眩惑。他日昭仪浴,帝默赐侍者,特令不言。帝自屏罅觇⑱,兰汤滟滟,昭仪坐其中,若三尺寒泉浸明玉。帝意思飞荡⑲,若无所主。帝语近侍曰:"自古人主无二后,若有,则吾立昭仪为后矣。"赵后知帝见昭仪浴,益加宠幸,乃具汤浴,请帝以观。既往,后入浴⑳。后裸体㉑,以水沃帝,愈亲近而帝愈不乐,不终幸而去。后泣曰:"爱在一身,无可奈何。"后生日,昭仪为贺,帝亦同往。酒半酣,后欲感动帝意,乃泣数行,帝曰:"他人对酒而乐,子独悲,岂不足耶?"后曰:"妾昔在后宫时㉒,帝幸其第。妾立主后,帝时视妾不移目,甚久。主知帝意,遗妾侍帝㉓,竟承更衣之幸。下体尝污御服㉔,妾欲为帝浣去。帝曰:'留以为忆。'不数日,备后宫。时帝齿痕犹在妾颈㉕。今日思之,不觉感泣。"帝恻然怀旧,有爱后意,顾视嗟叹。昭仪知帝欲留,昭仪先辞去。帝逼暮方离后宫。后因帝幸,心为奸利,上器主受㉖,经三月,乃诈托有孕,上笺奏去:"臣妾久备掖庭,先承幸御,遭赐大号㉗,积有岁时。近因始生之日,复加善祝之私,特屈乘舆,俯临东掖,久侍宴私,再承幸御。臣妾数月来,内宫盈实,月脉不流,饮食甘美,不异常日。知圣躬之在体,辨天日之入怀。虹初贯日,应是珍符,龙据妾胸,兹为佳瑞。

更期蕃育神嗣，抱日趋庭㉘，瞻望圣明，踊跃临贺。谨此以闻。"帝时在西宫，得奏，喜动颜色，答云："因阅来奏，喜庆交集。夫妇之私，义均一体，社稷之重，嗣续其先，妊体方初，保绥宜厚。药有性者勿举，食无毒者可亲。有恳来上，无烦笺奏，口授宫使可矣。"两宫候问。宫使交至，后虑帝幸，见其诈，乃与宫使王盛谋自为之计。盛谓后曰："莫若辞以有妊者不可近人，近人则有所触焉，触则孕或败。"后乃遣王盛奏帝。帝不复见后，第遣使问安否。而甫及诞月，帝具浴子之仪，后召王盛及宫中人曰㉙："汝自黄衣郎出入禁掖，吾引汝父子俱富贵。吾欲为自利长久计，托孕乃吾之私意，实非也。言已及期，子能为我谋焉？若事成，子万世有后利。"盛曰："臣为后取民间才生子，携入宫为后子。但事密不泄，亦无害。"后曰："可。"盛于都城外有生子者，才数日，以百金售之。以物囊之，入宫见后，既发器，则子死。后惊曰："子死，安用也？"盛曰："臣今知矣。载子之器气不泄㉚，此子所以死也。臣今求子㉛，载之器，穴其上，使气可出入，则子不死。"盛得子，趋宫门欲入，则子惊啼尤甚，盛不敢入。少选，复携之趋门，子复如此，盛终不敢入宫。（后宫守门吏严密。因向壁衣事，故帝令加严之甚。）盛来见后，具言惊啼事。后泣曰："为之奈何？"时已逾十二月矣，帝颇疑讶。或奏帝曰："尧之母十四月而生尧，后所妊当是圣人。"后终无计，乃遣人奏帝云："臣妾昨梦龙卧，不幸圣嗣不育。"帝但叹惋而已。昭仪知其诈，乃遣人谢后曰㉜："圣嗣不育，岂日月不满也㉝？三尺童子尚不可欺，况人主乎？一日手足俱见，妾不知姊之死所也。"时后庭掌茶宫女朱氏生子，宦者李守光奏帝。帝方与昭仪共食，昭仪怒，言于帝曰："前者帝言自中宫来。今朱氏生子，从何而得也？"乃以身投地，大恸。帝自持昭仪起坐。昭仪呼宫吏祭规曰："急为取子来㉞！"规取子上。昭仪语规曰："为我杀之。"规疑虑，昭仪怒骂曰："吾重禄养汝，将安用也？不然，吾并录汝㉟！"规以子击殿础死，投之后宫㊱。宫人孕子者尽杀之。后帝行步迟涩，颇气急㊲，不能御昭仪。有方士献大丹，其丹养于火百日，乃成。先以瓮贮水，满，即置丹于水中，即沸，又易去，复以新水。如是十日，不沸，方可服。帝日服一粒，颇能幸昭仪。一夕，在大庆殿，昭仪醉进十粒，初夜，绛帐中拥昭仪，帝笑声吃吃不止。及中夜，帝昏昏，知不可，将起坐，夜或仆卧。昭仪急起，秉烛自视帝，精出如泉溢。有顷，帝崩㊳。太后遣人理昭仪且急，穷帝得疾之端，昭仪乃自绝㊴。

后居东宫,久失御。一夕后寝,惊啼甚久,侍者呼问,方觉。乃言曰:"适吾梦不见帝。帝自云中赐吾坐,帝命进茶,左右奏帝:'后向日侍帝不谨,不合啜此茶。'吾意既不足。吾又问:'昭仪安在?'帝曰:'以数杀吾子,今罚为巨鼋,居北海之阴水穴间,受千岁冰寒之苦。'"乃大恸。后北鄙大月王猎于海⑩,见一巨鼋出于穴上,首犹贯玉钗,颙望波上⑪,倦倦有恋人之意。大月王遣使问梁武帝⑫,武帝以昭仪事答之。

注释

①世业儒术:《校记》云:"'术',馆本、董本无。"

②家事零替:零替,零落,衰微。"零",亦作"陵"。

③《赵后别传》:赵后,即汉成帝皇后赵飞燕,原为成阳侯赵临之女,善舞,以体轻号为"飞燕"。先为婕妤,汉成帝永始元年(公元前16年),立为皇后。后将其妹引援入宫,为昭仪。二人以美貌深得成帝宠幸,十余年间,后宫无人与之争项。哀帝立,尊为皇太后,平帝即位后,废为庶人,后自杀。《汉书》有传。

④赵后腰骨尤纤细:《校记》云:"'尤',馆本、董本无。"

⑤善踽(jǔ举)步行:踽,独行貌。

⑥生在主家时:《校记》云:"'生',各本无;'主',《青琐》作'王'。"

⑦昭仪:古代宫中女官名,汉元帝时所置,汉魏时地位较高,仅次于王后、夫人,为嫔妃的第一级。魏晋之后,地位已有所下降。

⑧帝固亦疑焉:《校记》云:"'固',郑涵本作'因'。"

⑨以昭仪隐忍未发:《校记》云:"'仪'下郑涵本有'故'字。"

⑩无强近之爱:《校记》云:"'爱',《青琐》作'亲'。"

⑪不意独承幸御:《校记》云:"'御',《青琐》作'遇'。"

⑫浓被圣私:《校记》云:"'浓',馆本、董本作'渥'。"

⑬因泪交下:《校记》云:"'因'下《说郛》有'涕'字。"

⑭帝自引昭仪曰:《校记》云:"'仪'下《青琐》有'臂'字。"

⑮帝曰:《校记》云:"郑涵本无。"

⑯置于溷(hùn混)中:溷,厕所。

⑰姊尚谁攀乎:《校记》云:"'攀',董本作'援'。"

⑱帝自屏罅觇(chān掺):觇,偷看。

⑲帝意思飞荡:《校记》云:"'荡',馆本、惠本作'扬'。"

⑳后入浴:《校记》云:"'后',《青琐》作'后宫'。"

㉑后裸体:《校记》云:"'体'下郑涵本有'而立'二字。"

㉒妾昔在后宫时:《校记》云:"'后',郑涵本作'主'。按,下文云'妾立主

后',似作'主'是。"

㉓遗妾侍帝:《校记》云:"'遗',馆本、董本、郭涵本、郭钞本作'遣',惠本作'待'。"

㉔下体尝污御服:《校记》云:"'尝',原作'常',据惠本改。"

㉕时帝齿痕犹在妾颈:《校记》云:"'齿',《青琐》作'啮'。"

㉖上器主受:《校记》云:"'受',惠本作'爱',似作'爱'是。"

㉗遗赐大号:大号,谓皇后的尊号。

㉘抱日趋庭:趋庭,犹谓接受父亲的教诲。《论语·季氏》:"(孔子)尝独立,鲤趋而过庭。"曰:"学诗乎?"鲤,孔子的儿子孔鲤。

㉙后召王盛及宫中人曰:《校记》云:"'及宫中人',郭涵本作'入谓'。按:下文止与王一人语,似不应有'及宫中人'四字,当从郭涵本。"

㉚载子之器气不泄:《校记》云:"馆本、董本作不泄气。"

㉛臣今求子:《校记》云:"'求'上,《青琐》有'再'字。"

㉜乃遣人谢后曰:谢,告诉。

㉝岂日月不满也:《校记》云:"'不',馆本、董本作'未'。"

㉞急为取子来:《校记》云:"'为'下,《青琐》、郭涵本有'吾'字;'取'下,董本有'此'字。"

㉟吾并录汝:《校记》云:"'吾',《青琐》无;郭涵本作'戮'。"译文依此。

㊱投之后宫:《校记》云:"'之'下,郭涵本有'井'字。'后宫'连下句读。"

㊲颇气惫(bèi 备):惫,疲乏。《校记》云:"'颇气',《青琐》作'气颇'。"

㊳帝崩:崩,古时称皇帝死曰崩。汉成帝崩于绥和二年(公元前 7 年)三月,时年四十五。

㊴昭仪乃自绝:《校记》云:"'绝',《青琐》作'缢'。"

㊵后北鄙大月王猎于海:北鄙,意谓北边。大月王,即大月氏国国王。大月氏国,古时西域国名。其族原居住在今甘肃敦煌与青海祁连之间。汉文帝时,被匈奴击破,部分迁居于今伊犁河上流,称月氏;部分进入祁连山区,称小月氏。氏,音 zhī 支。《校记》云:"'月'下,郭涵本有'支'字;馆本、董本有'氏'字,下同。当有,应作'氏'。'海'下,《青琐》有'上'字,是。"

㊶颙(yōng 庸)望波上:颙望,仰望。

㊷梁武帝:即萧衍,字叔达,南兰陵(今江苏常州西北)人,南朝梁的创立者,仕齐,曾为雍州刺史,镇守襄阳。后为兄报仇,起兵进入建康,废齐王,立南康王萧宝融为帝,自为大司马,专朝政。次年,废萧宝融,称帝,国号梁,后死于侯景之乱,在位 47 年(公元 503—549 年)。其子萧纲立,追尊为武皇帝。

【今译】

我家乡有位姓李的书生,世世代代都以读书为业。眼下已是家道衰微。有一天,我前去探望他,见墙角破筐中有古书数册,其中有《赵后别传》这本书,虽然编次已经脱落,还是可以大致观览。我便向李生要了这部书带回家中,补正讹误,编好顺序,成为此篇传记,以传给那些爱好故事之人。

赵后腰骨特别纤细,善于独步行走,就像人手中所执的花枝一样,颤动不已,其他人没有谁能仿效,因而在家里,号称为"飞燕"。她入宫后,又把妹妹引荐给汉成帝,得到汉成帝的宠幸,封为昭仪。昭仪特别善于说笑话,生得肌骨秀滑。二人姿色皆天下第一,倾倒后宫。自从昭仪入宫后,汉成帝便很少驾幸东宫了。昭仪居住在西宫,太后在中宫。皇后每日每夜都在企求生个儿子,为了巩固自己的地位并为长久打算,就多次用牛车载着一些青年进宫与自己私通。一天,成帝只带了三四位侍从往皇后宫中,皇后正在与人淫乱,不知成帝驾到。左右之人急忙禀报,皇后窘急惊慌出来迎接成帝。她冠发散乱,言语失度,成帝很是疑惑。成帝坐下不久,又听见墙壁间的帷幕中有人咳嗽的声音,成帝便离开了。自此之后,成帝便萌发了加害皇后之意,只是因为赵昭仪的缘故,隐忍而未发作。一天,成帝与赵昭仪正饮酒时,成帝忽然捋起袖子,圆睁双目,直视昭仪,怒气勃然,不可侵犯。昭仪急忙站起,离席跪伏于地,禀告成帝:"臣妾生在家族孤少、门第寒微之家,得不到有强势的亲人爱护。一旦得以充备后宫服侍君王,没有想到能独自得到君王的宠幸,身受圣人的浓恩,立于众人之上。因为自恃君王的宠爱,致使召来众人的诽谤。再加上不识忌讳,冒犯了君王的威怒。臣妾愿圣上赐予速死,以宽慰圣上的心怀。"说着便泪如雨下。成帝亲自扶起昭仪,说:"你坐下,我告诉你。"成帝说:"你无罪,你的姐姐,我将要斩下她的头,砍掉她的手足,把她丢在厕所中,来使我的心情舒快。"赵昭仪说:"皇后因何缘故而得罪圣上?"成帝告诉了昭仪墙壁帷幕中的事。昭仪说:"臣妾因为皇后的缘故才得以充备后宫。如皇后死,那臣妾哪里能够独自生存下去?陛下无故而杀皇后,天下之人便有机会来非议陛下了。臣妾愿意投身鼎镬,血溅斧钺。"说完便放声大哭,倒在地上。成帝大惊,急忙扶起昭仪说:"朕因为你的缘故,确实不加害皇后,只是说说罢了。你何必自己哀怨如此。"过了很久,昭仪才在席间就座。成帝询查壁中之人,暗地查到他的踪迹,却是宿卫官陈崇之子。成帝派人到陈崇家把他杀掉,又废除了陈崇的官职。

昭仪去拜见皇后,对她说起成帝的话,并说:"姐姐还记得我们家贫饥寒无所依靠,姐姐让我与邻家女共织草鞋,然后到集市上卖鞋买米。一天买得米归来,遇上风雨,没有火可以煮饭,饥寒交迫,夜不能寐,姐姐让我抱着你的背,我们两人一同哭泣。这件事姐姐难道不记得了吗?现今我们有幸得以富贵,其他人不能超过我们,而我们却自己要毁掉这些东西。如若我们再有过错,君王再次发怒,那事情就不可挽救了,我们将身首异地,被天下所笑。今日之事,妾还能挽救。但生死无常,如果那样,妾死了,姐姐还能依靠谁呢?"说着哭泣不已,皇后亦跟着流泪。自此之后,成帝不再去皇后宫中,陪侍成帝就寝者,仅只昭仪一人。

一次,昭仪正在沐浴,成帝在暗中偷看,侍者报告昭仪,昭仪急忙跑到烛光后躲避。成帝一见之下,心神更加迷荡。另一天昭仪沐浴时,成帝暗暗赏赐侍者,特令其不准出声。成帝从屏风罅缝中窥视,但见香艳的池水泛着波光,昭仪坐在池中,宛如三尺寒泉浸润着白玉一般。成帝神情飞荡,好像六神无主。成帝对左右侍者说:"自古以来君主没有二位皇后,如果有,那朕就立昭仪为皇后了。"赵皇后知道成帝看昭仪沐浴,对她更加宠爱,也准备了热水就浴,并请成帝前往观看。成帝去后,赵皇后开始入浴,皇后裸着身体,用水浇洒成帝,她越表示亲近,成帝越是不高兴,最终不欢而去。皇后哭着说:"君王的宠爱只在一人身上,没有办法呀!"

在赵皇后生日这一天,昭仪前往祝贺,成帝亦随往。酒喝到半酣的时候,皇后意欲感动成帝,便流下数行眼泪。成帝说:"他人对酒而乐,而你独悲,难道是你还有不满足的事吗?"皇后说:"臣妾从前在后宫时,皇上驾幸臣妾主人的府第。臣妾立于主人之后,皇上不时地看我,目不转睛,很久。我主人知道皇上的意思,就留下我,让我侍奉皇上,竟然让我能够承受与皇上亲近的宠幸,臣妾下体污秽之物曾经玷污了御服,臣妾想为皇上洗去。皇上说:'留下它作为纪念。'没过几天,臣妾便被选入后宫。当时皇上的齿痕印犹在臣妾的颈上。今天想到这些事,不觉感动泣下。"成帝怀念旧事,内心怜悯,而生爱怜皇后之意,看着她,感叹不已。昭仪知道成帝想留在皇后身边,便先告辞离去。成帝至日暮才离开皇后的寝宫。皇后因为成帝与她共寝，便怀着奸心，想重新得到皇上的器重与宠爱，过了三月，便假称有了身孕，给成帝上了篇奏章，说："臣妾长期服侍后宫，早先有幸陪侍皇上，承蒙赐予皇后的尊号，已有多年的时间了。近来适逢臣妾的生日，再加上臣妾虔心祷告，特屈皇上车驾驾临东宫，使臣妾能够久侍私宴，再次得到皇帝的亲爱。臣妾数月以来，腹中充实，月经不流，饮食甘美，同往常一样。臣妾已知皇上的骨血已在臣妾的体内，能辨析皇嗣已入臣妾之怀。彩虹贯日，应是最为珍奇的瑞符；龙种占据臣妾之胸，此为佳庆吉祥。臣妾更期望能生育陛下的神嗣，抱着他接受皇上的教诲，瞻望圣明，接受群臣的踊跃朝贺。臣妾谨将此事奏上。"成帝当时在西宫，得到奏章，满面喜悦，回复说："因览奏章，喜庆交集。夫妇之亲，情义同为一体，社稷之重，以子嗣为先。皇后刚刚怀孕，需要多加保养。有毒性的药不要服用，无毒的食物可以接近。有需要奏报的，不用烦劳书写奏章，口授给宫中使女就行了。"这之后，两宫都派人来问候。

宫中使者不断前来，皇后担忧成帝驾幸，发现她的欺诈行为，便与宫使王盛商议保全自己的方法。王盛对皇后说："不如推辞说有妊之人不可接近他人，接近他人，则会对胎儿有所触动，触动了胎儿，怀孕便失败了。"皇后便派遣王盛奏明成帝，成帝便不再召见皇后，只是派人去问讯是否平安。到了快要诞生的这一月，成帝准备好了沐浴皇子的仪式。皇后召来王盛及宫中使女说："自你穿上黄衣出入宫廷中开始，我便使你们父子二人都富贵。我为自己长久的利益打算，假托有孕，实是我的私意，实际上没有这回事。眼下已经到了该生产的时期了，你们能为我想想办法吗？如若事情成功，你们万世都有好处。"王盛说："臣下为皇后去寻找民间一个才生下来的儿子，携带入宫，作为皇后的儿子。只要事情机密，不泄露出去，也不会有什么大的害处。"皇后说："可以。"

王盛在都城外找到刚生产婴孩的一户人家，婴孩生下才几天。王盛用百金买了小孩，把他装在器物中，带入皇宫，去见皇后。打开器物，那婴孩已经死了。皇后惊问道："这婴孩已死，还有什么用？"王盛说："臣下如今知道了，装着婴孩的器物不透气，所以这个婴孩死了。臣下现在再去寻找一个婴孩，把他装在器物中，再在上面钻些孔洞，使空气可以出入，则婴孩便不会死了。"王盛又找得一个婴孩，奔到宫门想进去,不想那婴孩惊恐大哭不止,王盛不敢进宫。过了一会儿,王盛又带着他走向宫门,那婴孩又是如此。王盛最终还是不敢入宫(后宫守门的人特别严密。因为原先的壁中帷幕藏人之事,所以成帝特令严密防备)。王盛来见皇后,详细告诉她婴孩啼哭之事。皇后哭着说:"这怎么办?"这时候,怀孕的时间已经超过了十二月,成帝非常怀疑、惊讶。有人向成帝上奏说:"尧的母亲怀孕十四个月才生下尧,皇后所怀,当是圣人。"

皇后最终还是没有办法,便派人上奏成帝说:"臣妾昨晚梦见龙卧于地下,不幸圣上的子嗣未能养育下来。"成帝只是叹惜不已。昭仪知道这是欺瞒,令人告诉皇后说:"圣上的子嗣未能养育下来,难道是怀孕的日子没有满吗?这连三尺小孩都不能欺骗,何况是人主?一旦真相暴露,妾不知姐姐要死于何处!"

这时后庭中掌管上茶的宫女朱氏生了一个儿子。宦官李守光便奏报给了成帝。成帝正在与昭仪一起进餐,昭仪听后非常愤怒,对成帝说:"前些日子皇上说从中宫来,现今,朱氏便生了个儿子,这儿子是从哪里得来的?"说完,昭仪便栽倒在地,放声大哭。成帝亲自将昭仪扶起来坐下。昭仪呼叫官吏祭规,说:"赶快把朱氏的儿子抱来。"祭规抱来朱氏的儿子,昭仪对祭规说:"给我把他杀掉。"祭规犹豫不决。昭仪怒骂道:"我花很多钱养了你,是用来干什么的?你不干,我连你一同杀了。"祭规便将小孩在大殿的石基上摔死,投之于后宫。凡是宫女有怀孕的,都全部把她们杀掉。

之后,成帝行动步履迟缓,颇感疲惫,不能再同昭仪做爱了。有方士献上大丹。这丹药要放在火中烧炼百日才成。炼丹之时,要先用土瓮贮水,待水满,便将丹置于水中,水沸腾后,将水倒掉,再换上新水。如此过了十天,水不再沸腾,丹药方可服用。成帝每天服一粒,又能与昭仪做爱了。一天晚上,在大庆殿,昭仪喝醉了,给成帝吃了十粒,上半夜,在绛帐中,成帝拥抱着昭仪,笑声吃吃不止。到了下半夜,成帝昏昏沉沉,知道有些不行了,想坐起来,却又扑倒在床上。昭仪急忙起来,持着烛蜡去看成帝,只见他的精液像泉水一样地溢出。过了一会儿,成帝便驾崩了。

太后派人紧急地追查昭仪,要追问成帝得病的缘由,昭仪只好自杀了。皇后居住在东宫,很久没有得到成帝的爱幸。一天晚上,皇后睡着了,梦中惊啼很久,侍者呼唤问询,皇后方才醒来,告诉侍者说:"刚才我做梦不见了皇上,皇上从云端中赐我坐,并命人上茶。左右之人向皇上禀报说:'皇后原先侍奉圣上不恭谨,不该饮此茶。'我心中不快。又问:'昭仪现在在什么地方?'圣上说:'昭仪因多次杀害我的子女,现今罚为巨鼋,居住在北海的阴水洞穴里,受千年冰寒之苦。'"说完,皇后放声悲哭不已。

后来北边的大月氏国国王在海上渔猎,看见一只巨鼋从洞穴中爬出来,头上还戴着玉钗,抬头仰望海波之上,似乎在恋恋不舍地怀想什么。大月氏王派人向梁武帝请教,武帝以昭仪的故事回答了他。

谭意歌传

谯郡秦醇子复

【题解】

据《稗边小缀》,此篇见《青琐高议》别集卷二,原从董刻士礼居本录出。原无"传"字,鲁迅所加;原有注云:"记英奴才华秀色",鲁迅删削。

此篇演述的是歌妓谭意歌与书生张正字的恋爱故事。这类题材,在唐人小说中就已出现,如《莺莺传》《李娃传》《霍小玉传》等。《谭意歌》直接沿袭了这一传统题材,它以谭意歌的生平经历为结构线索,通过谭意歌的为娼、从良、被抛弃、再团圆等情节,展示了谭意歌的才艺及贤德,表现了风尘女子对正常生活的追求及对纯真爱情的渴望。对张正字,作者给予他的,是同情多于指斥,理解胜过批判,他不像《莺莺传》中的张生那样,背负着"始乱终弃"的千载骂名;也不像《霍小玉传》中的李益受着报应不爽的煎熬。张正字的负约及娶妻,作者认为是出于父母的严命,他与谭意歌的重圆,作者特地安排了他妻子的过世以及对谭意歌的明媒正娶。这一经受过礼教洗礼过的大团圆结局,典型地反映出作者的伦理道德观点,曲终而奏雅,其情味已不及唐人小说远矣。

【原文】

谭意歌小字英奴,随亲生于英州①。丧亲,流落长沙,今潭州也。年八岁,母又死,寄养小工张文家。文造竹器自给。一日,官妓丁婉卿过之,私念苟得之,必丰吾屋。乃召文饮,不言而去。异日复以财帛贶文②,遗颇稠叠③。文告婉卿曰:"文廛市贱工④,深荷厚意。家贫,无以为报。不识子欲何图也?子必有告,幸请言之,愿尽愚图报,少答厚意⑤。"婉卿曰:"吾久不言,诚恐激君子之怒。今君恳言,吾方敢发。窃知意歌非君之子,我爱其容色。子能以此售我,不惟今日重酬子,异日亦获厚利。无使其居子家，徒受寒饥。子意若何。"文曰："文揣知君意久矣，方欲先白。如是，敢不从命。"是时方十岁，知文与婉卿之意⑥，怒诘文曰："我非君之子，安忍弃于娼家乎？子能嫁我，虽贫穷家，所愿也。"文竟以意归婉卿。过门，意哥大号泣曰："我孤苦一身，流落万里，势力微弱，年龄幼小。无人怜救，不得从良人⑦。"闻者莫不嗟恻，婉卿日以百计诱之。以珠翠饰其首，轻煖披其体，甘鲜足其口，既久益勤，若慈母之待婴儿。辰夕浸没⑧，则心自爱夺⑨，情由利迁。意哥忘其初志，未及笄⑩，为择佳配。肌清骨秀，发绀眸长⑪，荑手纤纤⑫，宫腰搦搦⑬，独步于一时。车马骈溢，门馆如市。加之性明敏慧，解音律，尤工诗笔。年少千金买笑，春风惟恐居后，郡官宴聚，控骑迎之。时运使周公权府会客，意先至府，医博士及有故至府，升厅拜公。及美髯可爱，公因笑曰："有句，子能对乎？"及曰："愿闻之。"公曰："医士拜时须拂地。"及未暇对答，意从旁曰："愿代博士对。"公曰："可。"意曰："郡侯宴处幕侵天。"公大喜。意疾既愈，庭见府官，多自称诗酒于刺⑭。蒋田见其言，颇笑之。因令其对句，指其面曰："冬瓜霜后频添粉。"意乃执其公裳袂，对曰："木枣秋来也著绯。"公且惭且喜，众口噉然称赏。魏谏议之镇长沙，游岳麓时，意随轩。公知意能诗，呼意曰："子可对吾句否？"公曰："朱衣吏，引登青障。"意对曰："红袖人，扶下白云。"公喜，因为之立名文婉，字才姬。意再拜曰："某，微品也。而公为之名字，荣逾万金之赐。"刘相之镇长沙，云一日登碧湘门纳凉，幕官从焉。公呼意对。意曰："某，贱品也，安敢敌公之才。公有命，不敢拒。"尔时迤逦望江外湘渚间，竹屋茅舍，有渔者携双鱼入修巷。公相曰："双鱼入深巷。"意对曰："尺素寄谁家⑮。"公喜，赞美久之。他日，又从公轩游岳麓，历抱黄洞望山亭吟诗⑯，坐客毕和。意为诗以献曰："真仙去后已千载，此构危亭四望赊⑰。灵迹几迷三岛路⑱，凭高空想五云车⑲。清猿啸月千岩晓，古木吟风一径斜。鹤驾何时还古里，江城应少旧人家。"

公见诗愈惊叹，坐客传观，莫不心服。公曰："此诗之妖也。"公问所从来，意哥以实对。公怆然悯之。意乃告曰："意入籍驱使迎候之列有年矣⑳，不敢告劳。今幸遇公，倘得脱籍为良人箕帚之役，虽死必谢。"公许其脱。异日，诣投牒，公诺其请。意乃求良匹，久而未遇。会汝州民张正字为潭茶官，意一见谓人曰："吾得婿矣。"询之，意曰："彼风调才学,皆中吾意。"张闻之,亦有意。一日,张约意会于江亭。于时亭高风怪,江空月明。陡帐垂丝,清风射牖,疏帘透月,银鸭喷香。玉枕相连,绣衾低覆,密语调簧,春心飞絮。如仙葩之并蒂,若双鱼之同泉,相得之欢,虽死未已。翌日,意尽挈其装囊归张。有情者赠之以诗曰:"才识相逢方得意②,风流机遇事尤佳。牡丹移入仙都去,从此湘东无好花。"

后二年,张调官,复来见。意乃治行,饯之郊外,张登途,意把臂嘱曰:"子本名家,我乃娼类,以贱偶贵,诚非佳婚。况室无主祭之妇,堂有垂白之亲。今之分袂,决无后期。"张曰:"盟誓之言,皎如日月,苟或背此,神明非欺。"意曰:"我腹有君之息数月矣。此君之体也,君宜念之。"相与极恸,乃舍去。意闭户不出,虽比屋莫见意面②。既久,意为书与张云:"阴老春回,坐移岁月,羽伏鳞潜,音问两绝。首春气候寒热,切宜保爱。逆旅都辇③,所见甚多。但幽远之人,摇心左右,企望回辕,度日如岁。因成小诗,裁寄所思,兹外千万珍重。"

其诗曰:"潇湘江上探春回,消尽寒冰落尽梅。愿得儿夫似春色,一年一度一归来。"

逾岁,张尚未回,亦不闻张娶妻。意复有书曰:"相别入此新岁,湘东地暖,得春尤多。溪梅堕玉,槛杏吐红,旧燕初归,暖莺已啭。对物如旧,感事自伤。或勉为笑语,不觉泪冷。数月来颇不喜食,似病非病,不能自愈。孺子无恙(意子年二岁),无烦流念。向尝面告,固匪自欺。君不能违亲之言,又不能废己之好,仰结高援,其无口焉㉔,或俯就微下,曲为始终,百岁之恩,没齿何报。虽亡若存,摩顶至足,犹不足答君意。反覆其心,虽秃十兔毫,磬三江楮㉕,亦不能口兹稠叠㉖,上浼君听㉗。执笔不觉堕泪几砚中。郁郁之意,不能自己。千万对时善育,无或以此为至念也。短唱二阕,固非君子齿牙间可吟,盖欲摅情耳。"

曲名《极相思令》一首:"湘东最是得春先,和气暖如绵。清明过了,残花巷陌,犹见鞦韆。对景感时情绪乱,这密意,翠羽空传。风前月下,花时永昼,洒泪何言。"

又作《长相思令》一首:"旧燕初归,梨花满院,迤逦天气融和。新晴巷陌,是处轻车轿马,禊饮笙歌㉘。旧赏人非,对佳时,一向乐少愁多。远意沉沉,幽闺独自颦蛾㉙。正消黯无言㉚,自感凭高远意,空寄烟波。从来美事,因甚天教两处多磨?开怀强笑,向新来宽却衣罗。

似恁地人怀憔悴,甘心总为伊呵。"

张得意书辞,情惊久不快㉛,亦私以意书示其所亲,有情者莫不嗟叹。张内逼慈亲之教,外为物议之非,更期月,亲已约孙贯殿丞女为姻。定问已行,媒妁素定,促其吉期,不日佳赴。张回肠危结,感泪自零。好天美景,对乐成悲,凭高怅望,默然自己。终不敢为记报意,逾岁,意方知,为书云:"妾之鄙陋,自知甚明。事由君子,安敢深扣。一入闺帏,克勤妇道,晨昏恭顺,岂敢告劳。自执箕帚,三改岁口㉜。敬有未至,固当垂诲。遽此见弃,致我失图。求之人情,似伤薄恶,揆之天理,亦所不容。业已许君,不可贻咎。有义则企㉝,常风服于前书,无故见离,深自伤于微弱。盟顾可欺,则不复道。稚子今已三岁,方能移步。期于成人,此犹可待。妾囊中尚有数百缗,当售附郭之田亩,日与老农耕耨别穰,卧漏复甍㉞,凿井灌园。教其子知诗书之训,礼义之重。愿其有成,终身休庇妾之此身,如此而已。其他清风馆宇,明月亭轩,赏心乐事,不致如此久矣。今有此言,君固未信,俟在他日,乃知所怀。燕尔方初㉟,宜君子之多喜,拔葵在地,徒向日之有心。自兹弃废,莫敢凭高。思入白云,魂游天末。幽怀蕴积,不能穷极。得官何地,因风寄声。固无他意,贵知动止。饮泣为书,意绪无极。千万自爱。"

张得意书,日夕叹怅。后三年,张之妻孙氏谢世,湖外莫通信耗。会有客自长沙替归,遇于南省书理间㊱。张询客意哥行没。客抚掌大骂曰:"张生乃木人石心也。使有情者见之,罪不容诛。"张曰:"何以言之?"客曰:"意自张之去,则掩户不出,虽比屋莫见其面,闻张已别娶,意之心愈坚,方买郭外田百亩以自给。治家清肃,异议纤毫不可入,亲教其子。吾谓古之李住满女,不能远过此。吾或见张,当唾其面而非。"张惭忸久之㊲,召客饮于肆,云:"吾乃张生,子责我皆是。但子不知吾家有亲,势不得已。"客曰:"吾不知子乃张君也。"久乃散。张生乃如长沙。数日,既至,则微服游于肆,询意之所为,言意之美者不容刺口。默询其邻,莫有见者。门户潇洒,庭宇清肃,张固已恻然。意见张,急闭户不出。张曰:"吾无故涉重河,跨大岭,行数千里之地,心固在子。子何见拒之深也,岂昔相待之薄欤?"意云:"子已有室,我方端洁以全其素志。君宜去,无浼我。"张云:"吾妻已亡矣。"意云:"我向慕君,忽遽入君之门,则弃之也容易。君若不弃焉,君当通媒妁,为行吉礼,然后妾敢闻命㊳。不然,无相见之期。"竟不出。张乃如其请,纳彩问名,一如秦晋之礼焉。事已,乃挈意归京师。意治闺门,深有礼法,处亲族皆有恩意,内外和睦,家道已成。意后又生一子,以进士登科,终身为命妇。夫妇偕老,子孙繁茂。呜呼,贤哉!

注释

①随亲生于英州:英州,地名,北宋时属广南东路,州治在今广东英德。
②异日复以财帛贶(kuàng 况)文:贶,赠送。
③遗(wèi 畏)颇稠叠:遗,赠送。稠叠,原意为稠密重叠,此指频繁而多。
④文廛(chán 蝉)市贱工:廛,古称市内平民百姓所居之地。廛市,犹言市井。
⑤少答厚意:《校记》云:"'意',惠本作'赐'。"
⑥知文与婉卿之意:《校记》云:"'意',惠本作'议'。"
⑦不得从良人:良人,身家清白无玷之人。
⑧辰夕浸没:《校记》云:"'辰',惠本作'晨'。"
⑨心自爱夺:《校记》云:"'自',惠本作'为'。"
⑩未及笄(jī 鸡):笄,原指插发髻的簪子,古时女子十五岁即可盘发插笄,示其成人,故笄便成为女子成年的象征,到时须举行仪式。《礼记·内则》:"女子……十有五年而笄。"
⑪发绀(gàn 甘去)眸长:绀,一种深青透红之色。
⑫荑手纤纤:荑,原指茅草的嫩芽。后用以形容女子双手的白嫩。《诗经·卫风·硕人》:"手如柔荑,肤如凝脂。"
⑬宫腰搦搦:搦,原指以手把捉,此形容腰肢纤细。
⑭多自称诗酒于刺:刺,名帖。
⑮尺素寄谁家:尺素,谓书信。蔡邕《饮马长城窟行》:"客从远方来,遗我双鲤鱼。呼儿烹鲤鱼,中有尺素书。"谭意歌以"尺素寄谁家"对刘相的"双鱼入深巷",暗用蔡邕诗意,故大受赞赏。
⑯历抱黄洞望山亭吟诗:抱黄洞,在长沙岳麓山中,相传晋陶侃在此射杀大蛟;宋人黎白在此遇道士张抱黄,授其八卦,黎修之成道。
⑰此构危亭四望赊(shā 沙):赊,远。
⑱灵迹几迷三岛路:三岛,谓传说中的蓬莱、瀛洲、方丈三神山,因其在大海之中,故称三岛。
⑲凭高空想五云车:五云车,神仙所乘之车。庾信《道士步虚词》之六:"东明九芝盖,北烛五云车。"
⑳意入籍驱使迎候之列有年矣:入籍,谓妓女在官府登记注册,有正式名籍。下文所言"脱籍",谓除去她的名籍,不再以妓女为营生。

㉑才识相逢方得意:《校记》云:"'识',惠本作'色',似作'色'是。"
㉒虽比屋莫见意面:比,并;比屋,谓邻居。
㉓逆旅都辇:逆旅,客舍。都辇,代指都城。
㉔其无□焉:"无"字下缺一字,寻绎文意,似补以"奈"字于文意无损,故译文以"奈"字译出。
㉕磬三江楮(chǔ 楚):楮,一种树名,皮可制纸,故用以为纸的代称。《校记》云:"'磬',董本作'罄',是。"
㉖亦不能□兹稠叠:"能"字下缺一字,译文以"表达"一词译出,似于文意无害。
㉗上浼(měi 每)君听:浼,污染。
㉘禊(xì 系)饮笙歌:禊,古时一种祭祀仪式,每年三月上巳日在水滨洗濯,以祓除不祥,清去宿垢,称之为禊。于其时携带酒食在郊外宴饮,称为禊饮。
㉙颦(pín 贫)蛾:皱眉。
㉚正消黯无言:消黯,心神沮丧悲伤。江淹《别赋》:"黯然销魂者,唯别而已。"
㉛情悰(cóng 从)久不快:情悰,心情。
㉜三改岁□:《校记》云:"'□',惠本作'垂','垂'疑是'华'之讹文。"译文依此。
㉝有义则企:《校记》云:"'企',惠本作'合',似作'合'是。"译文依此。
㉞卧漏复毳(cuì 脆):毳,鸟兽的细毛。
㉟燕尔方初:燕尔,新婚。《诗经·邶风·谷风》:"燕尔新婚,如兄如弟。"
㊱遇于南省书理间:南省,唐代尚书省在大明宫之南,因称尚书省为南省。南省书理,即尚书省的官署。
㊲张惭忸(niǔ 纽)久之:忸,羞愧。
㊳然后妾敢闻命:《校记》云:"'妾',原作'□',据惠本改。"

【今译】

谭意歌小名英奴,跟随父母亲生于英州。父亲死后,流落在长沙,就是现今的潭州。八岁的时候,母亲又过世了,她便被寄养在小工张文家。张文靠制作竹器维持生活。

一天,官妓丁婉卿经过张文家,心想如果能够得到谭意歌,必定能够让我的家产更加丰厚。于是便邀请张文饮酒,没有说什么就离去了。之后,又多次送财物给张文,馈赠非常丰厚。张文对婉卿说:"张文乃是市井中一名低贱的工人,深受您的厚意。我家中贫苦,无以为报。我不知道您有什么打算？您如果有要告诉我的话，请一定给我说，我愿尽一份愚诚来稍稍回报您对我的厚意。"婉卿说："我之所以很久不向你说明，实是怕会激怒您。现在您言情恳切，我才敢开口。我私下知道意歌并不是您亲生。我很赏爱她的姿色，如果您能把她卖给我，不仅现在就能得到我的重重酬谢，他日更能获得更多的利益。不要让她居住在您家，白白受到饥寒的煎熬。您的意思怎么样？"张文回答说："我揣摸您的意思已经很久了，正想先问问您。既然这样，敢不从命。"

这时，意歌才十岁，知道了张文与婉卿的意思，愤怒地责问张文说："我并非是您的子女，难道您能忍心将我抛弃到娼家吗？您能把我嫁出去，虽是那贫苦人家，我也心甘情愿。"张文不听，最终还是将意歌卖给了婉卿。过门时，意歌号啕大哭说："我孤苦一身，流落万里，弱小无助，年龄幼小，无人怜惜救援，不能去好人家。"闻者无不嗟叹悲恸。

婉卿每天都施用百般计谋去诱惑她。用珠翠首饰给她戴在头上，华丽温暖的衣服穿在身上，甘甜鲜美的食物满足于她的口腹，时间愈久，更加殷勤，就像慈母对待婴儿一般。清早夜晚这样地对待她，意歌早先的怨恨之心便被这种宠爱所打消，她内心的感情也随着这些而发生了改变。意歌忘记了最初的志向，还未到成年之时，婉卿便为她选择佳偶了。这时的意歌，出落得肌肤清丽，体态秀美，乌发明眸，嫩手纤纤，细腰盈盈，简直没有谁能赶得上她。来求见的人车马充塞，门馆如市。加上意歌性情聪敏慧颖，善解音律，特别擅长作诗为文。年少的富家子弟千金买笑，领略意歌风情惟恐在他人之后，甚至于官家的宴饮聚会，都要骑着马来迎接她。

当时，朝廷委派的转运使、权理府事的周公在府中会客，意歌先到府中，有位叫及的医学博士有事也来到府中，登上厅堂，拜见周公。及博士有着很漂亮的髭须。周公因之笑着说："我有一句对子，您能对得上不？"及博士说："我愿听您一说。"周公说道："医士拜时须拂地。"及博士没有来得及立马对答。意歌在旁边说："我愿代博士一对。"周公说："可以。"意歌便对道："郡侯宴处幕侵天。"周公大喜。

谭意歌生病痊愈后，在庭中会见府官，在自己的名帖上多自称善于诗酒。有位叫蒋田的，见意歌所言，很有些讥笑于她，便令她对对子。蒋田指着意歌的脸说："冬瓜霜后频添粉。"意歌拉着他的衣袖，对道:"木枣秋来也著绯。"此公既感惭愧,又感高兴,众人异口同声称赞不已。

魏谏议镇守长沙,游岳麓山时,意歌随车前往。魏公知道意歌善作诗,叫来意歌说:"你能够对上我的对子吗?"然后便说:"朱衣吏,引登青障。"意歌对道:"红袖人,扶下白云。"魏公非常高兴,便替意歌起了个名字叫文婉,字才姬。意歌再次拜谢道:"我,品位很低微,而大人为我取名,这种荣耀,超过赏赐千金。"

刘相镇守长沙,说一天登上碧湘门乘凉,幕僚都跟从而往。刘公叫来意歌作对。意歌说:"我是一位品位低贱之人,怎敢与大人的才能相比。刘大人有命,我不敢拒绝。"这时,刘公不断向江外湘渚间眺望,但见江边竹屋茅舍,有渔翁提着两条鱼进入一条长巷之中。刘公说道:"双鱼入深巷。"意歌对道:"尺素寄谁家。"刘公满心喜悦,长久赞美不止。另一天,意歌又跟从刘公车骑去游赏岳麓山,经过抱黄洞望山亭,刘公吟诗一首,坐中之客都有和诗。意歌也写诗一首献给刘公。诗道:

真仙去后已千载,此构危亭四望赊。
灵迹几迷三岛路,凭高空想五云车。
清猿啸月千岩晓,古木吟风一径斜。
鹤驾何时还古里,江城应少旧人家。

刘公见诗更加惊叹,坐中客人传观,莫不心服。刘公说:"这真是诗妖呀!"刘公问意歌的经历,意歌以实相告。刘公内心伤悲,很是同情她。意歌便对刘公说:"我编为官妓之籍,进入驱使迎候之列已经有多年了,不敢诉说自己的劳苦。今天有幸遇见明公,倘若能脱离妓籍,做良家妇女那些家务事,就是死了也感谢您的大恩。"刘公允许她脱离妓籍。另外一天,意歌便去官府投上请求脱籍的牒子,刘公同意了她的请求。意歌便求取佳偶,很久,都未遇上中意之人。

此时,正值汝州人张正字到潭州为茶官,意歌一见,便对人说:"我寻找到夫婿了。"有人问她,意歌说:"他的风度才学,都合我意。"张正字听说这些话,内心也有意。一天,张正字约意歌在江亭会面。这时,亭高风大,江面空阔,月色净明。室中帷帐垂下涤丝,清风穿过窗户,月色透过疏帘,银鸭香炉喷出幽香,床上玉枕相连,绣被低覆,两人切切爱语,犹如那美妙的音乐;春心荡漾,就像那飘扬的飞絮。这二人,好比那并蒂的仙葩,同泉的双鱼,相爱之乐,虽死未已。第二天,意歌带上自己全部的行装箱囊到了张正字处。有情者赠之以诗,诗说:

　　　　才识相逢方得意,风流相遇事尤佳。
　　　　牡丹移入仙都去,从此湘东无好花。

　　过了两年,张正字调任他方为官,又来与意歌相见。意歌为他准备好行装,在郊外给他饯行。张正字登途告别时,意歌握住他的手臂叮嘱说:"您本是名家出身,我却是娼类,以我卑贱的身份与你高贵的身份结成配偶,确实不是最佳的婚姻。况且家中没有主持祭礼的主妇,堂上却有两鬓斑白的双亲。现今的分别,绝不再有后会之期。"张正字说:"我俩盟誓的话语,如日月般皎洁,如果背叛盟誓,神明是不可欺骗的。"意歌说:"我腹中怀有您的孩子已有数月了,这是你的骨血,您要顾念他啊。"两人相互悲伤欲绝,便分手而去。从此,意歌闭门不出,虽是那隔壁邻居,也不见意歌的面。过了很久,意歌给张正字写了一封信,信中说:

　　　　冬尽春回,岁月更替。像飞鸟隐伏,鱼儿深潜,我们之间音讯与问候都已断绝。早春气候寒热不定,切望保重。你寓居都城,所见甚多,但我等僻远之人,只关心身边之事,唯盼你的车驾早日归来,我在此度日如年。因写成小诗一首,寄给我所思念之人,望千万珍重。

　　诗写道:
　　　　潇湘江上探春回,消尽寒冰落尽梅。
　　　　愿得儿夫似春色,一年一度一归来。

　　一年过去了,张正字还是没有回来,也没有听说他又娶了妻子。意歌又给他写了一封信:

自离别以来,又到新的一年,湘东地气温暖,得到春色特多。溪边梅花已然落下,槛边红杏吐蕊,旧燕刚刚归来,暖日的黄莺正婉啭鸣叫。面对的景物如同旧日,感慨人事却独自悲伤。有时强为笑颜,暗地里却泪水淋漓。这数月来颇不喜食,似病非病,不能自愈。孩子无恙(意歌所生的儿子已经二岁),无须烦你挂念。从前我曾当面向你诉说的,确实不是自欺。你不能违背父母之言,又不能丢弃自己的相好,攀一门高亲,这该是多么无奈呀。倘或你能俯就我这卑微之人,委屈你能与我有始有终,百年厮守之恩,没齿难以报答万一,虽然死去,犹如活着一般,从头至足,都不足以报答你的情意。心中反复思虑,虽是写秃了十只兔毫毛笔,用尽三江之纸,也不能表达我心中郁积之情,这或许会打搅你的清听。执笔之时不觉堕泪于几案及墨砚之中。抑郁之意,不能自已。望千万在不同的时节善自保重,不要为以上之事而深深地挂念。献上小曲两阕,固然不是君子口中可以吟唱的,只不过是想借以抒发我的感情罢了。"

这首曲子名为《极相思令》:

湘东最是得春先,和气暖如绵。清明过了,残花巷陌,犹见鞦韆。　　对景感时情绪乱,这密意,翠羽空传。风前月下,花时永昼,洒泪何言。

意歌又作《长相思令》一首,说:

旧燕初归,梨花满院,迤逦天气融和。新晴巷陌,是处轻车轿马,禊饮笙歌。旧赏人非,对佳时,一向乐少愁多。远意沉沉,幽闺独自颦蛾。

正消黯无言,自感凭高远意,空寄烟波。从来美事,因甚天教两处多磨?开怀强笑,向新来宽却衣罗。似恁地人怀憔悴,甘心意为伊呵。

张正字得到意歌的书信，心情久久不快，他暗地里将意歌的书信拿给所亲近的人看，重情之人无不嗟叹。张正字在家受到父母亲的逼迫，在外又受到旁人的非议。过了一个多月，父母亲给他与殿丞孙贯的女儿订下婚约，定亲的聘问之礼已经举行，媒人早已约定，催促选定吉期，过不了几天便要迎娶。张正字愁肠百结，伤心的泪水不由自主地如雨般淌下。虽是良辰美景，他却对乐成悲，凭高怅望，默默无语地压抑内心的伤悲，始终不敢写信给意歌，告诉她这件事。

　　过了一年，意歌才知道了这件事，写了一封信给张正字说：

　　　　我的出身卑贱，自己知道得非常清楚。我俩的事都由您所定，我哪敢追问？自从嫁与您作妻，进入闺帏，恪尽妇道，晨昏恭敬温顺，哪里敢自言辛劳？自从手执箕帚、操持家务以来，已有三个年头了，如果有不当之处，你固然应当对我加以教诲。现今一下就抛弃我，使我失去今后的打算，从人情上说，似乎也太轻薄不善了。求之天理，也有所不容。我既已许身于您，不可再遗留下错处。有情义则合，我常常手捧前次书信诵读，而今却无故被离弃，深深感伤自己太弱小了。盟誓之言可以违背，也就不再说什么了。孩子今已三岁，刚学会走路。期望他长大成人，这正是我所期待的。我囊中还有数百贯钱，当买下城边的田土，每天与老农一道耕作庄稼蔬果，卧于漏房之下，覆盖着鸟兽之毛，凿井灌园。教育孩子知晓诗书的训诫，礼义的重要，希望他将来有所成就，使我终身有所依托，如此而已。至于其他清风馆阁，明月亭轩，诸般赏心乐事，早就不再往心中去。今天我有此言，你本可不信，等待他日，方知我心怀。你们新婚燕尔，诚然有许多高兴之事，我如拔倒在地的葵花，空有一腔向日之心。自从被废弃以来，不敢登高望远，任思绪跟随白云，让魂魄遨游天际。幽思蕴积于胸怀，未能把它完全抒发出来。你在何处做官？愿顺风寄来你的声讯。我确实没有其他的意思，只是想知道你的行止。饮下泪水写了此信，心绪如麻。望千万自爱。

　　张正字得到意歌的书信，早晚叹息惆怅。之后三年，他的妻子孙氏逝世，洞庭湖以南一点讯息也不通。正好有官员从长沙被替换回京，与张正字相遇于尚书省官署中。张正字向这人问起意歌的情况。此人拍掌大骂道："张生简直是木头人，石头心。倘若让有情者见了他，罪不容诛。"张正字说："您为什么这样说？"此人回答道："意歌自从张生离去，便闭门不出，虽是隔壁邻居也不见她的面。听说张生已另外娶妻，意歌之心更加坚定，买了城边百亩田地来维持生计。她治家清正严肃，没有听说过对她有一丝一毫的非议。她还亲自教诲儿子。依我看来，即是古代李住满的女儿，也不能远远超过她。如果我遇见张生，定当向他脸上吐口水，严厉地责备他。"张正字愧疚很久，便邀此人在酒肆中饮酒，说："我便是张生，您责备我的都对。但，您不知我家有父母，情势实不得已。"此人说："我不知您就是张君。"谈了很久，他们才散去。

过后，张生便去了长沙。到长沙后几天来，他都微服在市肆中漫游，访问意歌的所作所为。凡谈到意歌美德的人，都不容别人插嘴，张生又暗暗地询问意歌的邻居，都说没有谁看见过意歌。又看见意歌居住的庭院干净整洁。张生内心已确有几分伤感。意歌看见张生，赶快把门关上，不再出来。张生在门外说："我跋涉条条大河，跨越崇山峻岭，行走数千里，心中确是为了来见你。你为什么把我拒之于家门外，难道是因为从前待你太薄了吗？"意歌说："你已有家室，我行为端正，处世清白，希望这样来保全我一贯的名节。您还是离开吧，不要败坏我的名声。"张生说："我妻子现已经过世，从前之事，望你不要再挂在心中，这些事，用人情道理来推论，就可以理解了。如果不能得到你，我发誓死在这里。"意歌说："我从前钦慕你，很快进你的门，那被你抛弃也很容易。现在你若还不嫌弃我，应当请来媒妁之人，举行结婚吉礼，然后，我可以听从你。不这样，我二人再无相见之期。"说完，意歌竟然不再出来。张生听从了意歌的要求，通过纳彩、问名等仪式，一切都符合正规婚娶的礼节。

婚事完毕，张生便携带着意歌回到京城。意歌管家理事，很有礼法尺度，同亲族相处，都施恩惠，整个家族内外和睦，家道已成。意歌后来又生有一子，以进士登科，意歌便终身为朝廷命妇。后来夫妇二人白头偕老，子孙繁茂。唉，真真有贤德的意歌！

王幼玉记

淇上柳师尹

【题解】

据《稗边小缀》，此篇出于《青琐高议》前集卷十，原据董刻士礼居本录出，用明人张梦锡本及旧钞本相校。题下原有注云："幼玉思柳富而死"，鲁迅将其删去。作者柳师尹，其生平未详。

此篇演述的，亦是妓女与书生的恋爱故事。同《谭意歌传》相较，它主要从重情义的角度，去描写王幼玉与柳富的恋爱与离别。在作者笔下，王幼玉色艺双全，但她绝不会纯粹为了获取金钱而委屈自己，所以同她交往的，都是所谓的士大夫一流人物，"虽巨商富贾而不能动其意"。她对柳富一见钟情，以身相许，自离别至死，不渝初衷，表现了这一位风尘女子真情深义的品质。对于柳富，作者较多地表现了他对幼玉的爱慕、离别之后的思念及悲伤，对他的失约，作者亦给予了同情的理解，淡化了对他的指责。全篇因重在情义的展现，也就少了些许说教的意味；篇末幼玉灵魂的现身，加重了情感的浓度，也有了传奇的韵味。

【原文】

王生名真姬，小字幼玉，一字仙才，本京师人。随父流落于湖外，与衡州女弟女兄三人皆为名娼①，而其颜色歌舞，甲于伦辈之上。群妓亦不敢与之争高下。幼玉更出于二人之上，所与往还皆衣冠士大夫。舍此，虽巨商富贾，不能动其意。夏公酉（夏贤良名噩字公酉）游衡阳，郡侯开宴召之，公酉曰："闻衡阳有歌妓名王幼玉，妙歌舞，美颜色，孰是也？"郡侯张郎中公起乃命幼玉出拜。公酉见之，嗟吁曰："使汝居东西二京，未必在名妓之下。今居于此，其名不得闻于天下。"顾左右取笺，为诗赠幼玉。其诗曰："真宰无私心，万物逞殊形。嗟尔兰蕙质，远离幽谷青。清风暗助秀，雨露濡其泠。一朝居上苑②，桃李让芳馨。"

由是益有光，但幼玉暇日，常幽艳愁寂，寒芳未吐。人或询之，则曰："此道非吾志也。"又询其故，曰："今之或工或商或农或贾或道或僧，皆足以自养。惟我侪涂脂抹粉③，巧言令色，以取其财，我思之愧赧无限。逼于父母姊弟，莫得脱此。倘从良人，留事舅姑，主祭祀，俾人回指曰：'彼人妇也。'死有埋骨之地。"会东都人柳富字润卿，豪俊之士。幼玉一见曰："兹吾夫也。"富亦有意室之。富方倦游，凡于风前月下，执手恋恋，两不相舍。既久，其妹窃知之。一日，诟富以语曰："子若复为向时事，吾不舍子，即讼子于官府。"富从是不复往。一日，遇幼玉于江上。幼玉泣曰："过非我造也，君宜以理推之。异时幸有终身之约，无为今日之恨。"相与饮于江上，幼玉云："吾之骨，异日当附子之先陇。"又谓富曰："我平生所知，离而复合者甚众。虽言爱勤勤④，不过取其财帛，未尝以身许之也。我发委地，宝之若金玉，他人无敢窥觊，于子无所惜。"乃自解鬟，剪一缕以遗富。富感悦深至，去又羁思不得会为恨，因而忧枕。幼玉日夜怀思，遣人侍病。既愈，富为长歌赠之云："紫府楼阁高相倚，金碧户牖红晖起。其间燕息皆仙子，绝世妖姿妙难比。偶然思念起尘心，几年谪向衡阳市。阳娇飞下九天来⑤，长在娼家偶然耳。天姿才色拟绝伦，压到花衢众罗绮。绀发浓堆巫峡云，翠眸横剪秋江水。素手纤长细细圆，春笋脱向青云里。纹履鲜花窄窄弓，凤头翘起红裙底。有时笑倚小栏杆，桃花无言乱红委。王孙逆目似劳魂，东邻一见还羞死。自此城中豪富儿，呼僮控马相追随。千金买得歌一曲，暮雨朝云镇相续⑥。皇都年少是柳君，体段风流万事足。幼玉一见苦留心，殷勤厚遣行人祝。青羽飞来洞户前⑦，惟郎苦恨多拘束。偷身不使父母知，江亭暗共才郎宿。犹恐恩情未甚坚，解开鬟髻对郎前。一缕云随金剪断，两心浓更密如绵。自古美事多磨隔，无时两意空悬悬。清宵长叹明月下，花时洒泪东风前。怨入朱弦危更断，泪如珠颗自相连。危楼独倚无人会，新书写恨托谁传。奈何幼玉家有母，知此端倪蓄嗔怒。千金买醉嘱佣人，密约幽欢镇相误。将刃欲加连理枝，引弓欲弹鹣鹣羽⑧。仙山只在海中心，风逆波紧无船渡。桃源去路隔烟霞，咫尺尘埃无觅处。郎心玉意共殷勤，同指松筠情愈固⑨。愿郎誓死莫改移，人事有时自相遇。他日得郎归来时，携手同上烟霞路。"

富因久游，亲促其归。幼玉潜往别，共饮野店中。玉曰："子有清才，我有丽质。才色相得，誓不相舍，自然之理。我之心，子之意，质诸神明,结之松筠久矣。子必异日有潇湘之游,我亦待君之来。"于是二人共盟,焚香,致其灰于酒中,共饮之。是夕同宿江上。翌日,富作词别幼玉,名《醉高楼》,词曰:"人间最苦,最苦是分离。伊爱我,我怜伊。青草岸头人独立,画船东去橹声迟。楚天低,回望处,两依依。后会也知俱有愿,未知何日是佳期。心下事,乱如丝。好天良夜还虚过,辜负我,两心知。愿伊家,衷肠在,一双飞。"

富唱其曲以沽酒,音调辞意悲惋,不能终曲。乃饮酒,相与大恸。富乃登舟。富至辇下⑩,以亲年老,家又多故,不得如约,但对镜洒涕。会有客自衡阳来,出幼玉书,但言幼玉近多病卧。富遽开其书疾读,尾有二句云:"春蚕到死丝方尽,蜡烛成灰泪始干。"

富大伤感,遗书以见其意,云:"忆昔潇湘之逢,令人怆然。尝欲拿舟,泛江一往。复其前盟,叙其旧契,以副子念切之心,适我生平之乐。奈因亲老族重,心为事夺,倾风结想,徒自潇然,风月佳时,文酒胜处,他人怡怡,我独惚惚如有所失。凭酒自释,酒醒,情思愈彷徨。几无生理⑪。古之两有情者,或一如意,一不如意,则求合也易。今子与吾,两不如意,则求偶也难。君更待焉,事不易知,当如所愿。不然,天理人事,果不谐,则天外神姬,海中仙客,犹能相遇,吾二人独不得遂,岂非命也。子宜勉强饮食,无使真元耗散,自残其体,则子不吾见,吾何望焉。子书尾有二句,吾为子终其篇。云:'临流对月暗悲酸,瘦立东风自怯寒。湘水佳人方告疾,帝都才子亦非安。春蚕到死丝方尽,蜡烛成灰泪始干。万里云山无路去,虚劳魂梦过湘滩。'"

一日,残阳沉西,疏帘不卷。富独立庭帏,见有半面出于屏间。富视之,乃幼玉也。玉曰:"吾以思君得疾,今已化去。欲得一见,故有是行。我以平生无恶,不陷幽狱。后日当生兖州西门张遂家,复为女子。彼家卖饼,君子不忘昔日之旧,可过见我焉。我虽不省前世事,然君之情当如是。我有遗物在侍儿处,君求之以为验。千万珍重。"忽不见。富惊愕,但终叹惋。异日有过客自衡阳来,言幼玉已死,闻未死前嘱侍儿曰:"我不得见郎,死为恨。郎平日爱我手发眉眼。他皆不可寄附,吾今剪发一缕,手指甲数个,郎来访我,子与之。"后数日,幼玉果死。

议曰:今之娼,去就狥利,其他不能动其心。求潇女霍生事⑫,未尝闻也。今幼玉爱柳郎,一何厚耶? 有情者观之,莫不怆然。善谐音律者广以为曲,俾行于世⑬,使系于牙齿之间,则幼玉虽死不死也。吾故叙述之。

注释

①与衡州女弟女兄三人皆为名娼：女弟女兄，即妹妹与姐姐。《校记》云："'与'，惠本作'家于'，是。"

②上苑：即指上林苑，原为秦皇家林园。汉武帝时扩建，周围三百余里，离宫七十所。苑中栽有奇花异木，饲养禽兽，供皇帝春秋打猎，游玩。后亦将皇家林园称为上苑。

③惟我俦（chóu仇）涂脂抹粉：俦，同辈。

④虽言爱勤勤：勤勤，言词恳切貌。

⑤阳娇飞下九天来：《校记》云："'阳'，馆本、董本作'阿'。"阿娇，汉武帝姑母长公主之女，汉武帝幼时，长公主曾问他："欲得阿娇否？"汉武帝回答说："若得阿娇作妇，当作金屋贮之。"汉武帝即位后，立为皇后，后失宠，谪居长门宫。译文依此。

⑥暮雨朝云镇相续：镇，经常，长久之意。

⑦青羽飞来洞户前：青羽，即青鸟，传说中西王母的使者，后用指传递信息之人或物。

⑧引弓欲弹鹔鸘鸟：鹔鸘鸟，一种似凫之鸟，青赤色，常双双飞起，所以称之为比翼鸟，常喻夫妻合好恩爱。

⑨同指松筠（yún匀）情愈固：筠，原指竹皮，后用为竹子的代称。

⑩富至辇下：辇下，即指京城。

⑪几无生理：《校记》云："'理'，惠本作'意'。"

⑫求潇女霍生事：潇女霍生，疑指潇湘神女及唐传奇《霍小玉传》中的妓女霍小玉。潇湘神女，即舜的妃子娥皇、女英。相传二人追随舜巡狩南方，得知舜死于苍梧之野，二人投湘水而死，后为湘水之神。霍小玉事，详见本书《霍小玉传》。

⑬俾行于世：《校记》云："'行于'，馆本作：'欲后'，惠本作'以后'。"

【今译】

王生名叫真姬，小字幼玉，一字仙才，原本是京师人，随父亲流落在洞庭湖以南地区，安家在衡州。她与妹妹、姐姐三人都是当时有名的歌妓，她们的姿色与歌舞，远远超过同辈的妓女，别的妓女都不敢与她们一争高下。幼玉的才貌又超出她姐妹二人，同她来往的都是风流儒雅的士大夫们。除此而外，虽是那巨商富贾，也不能打动她的心。

夏公酉（夏为贤良科进士，名噩，字公酉）旅游衡阳，衡阳郡侯举行宴会邀请他参加。公酉说:"听说衡阳有位歌妓叫王幼玉,歌舞美妙,容颜极美,她是哪一位?"郡侯郎中张公起便命幼玉出列参拜。公酉看见,叹息说:"如果让你居住在东西二京,未必会在二京名妓之下。现今你居住此地,你恐怕就不能名扬天下了。"公酉叫左右侍候之人取来纸笺,写了一首诗赠送给幼玉。诗中写道:

> 造物主并无偏袒谁的私心,
> 万物展现各自不同的美形。
> 可叹你有兰花蕙草的美质,
> 远离幽谷还是那么的郁青。
> 朗朗清风暗助你容颜艳秀,
> 丝丝雨露滋润你体态轻盈。
> 一旦住在宽广的皇家林苑,
> 红桃艳李难超过你的芳馨。

从此之后,她的名声更具有光彩。但是在空闲的日子里,幼玉常常像幽谷中的鲜花那般生出一份愁苦、寂寞,或如寒冷中的香蕊,含苞未吐。有人询问她为何如此?她回答说:"操持这种行道不是我的志向。"再问她原因何在?她说:"现在的人,或者做工,或者经商,或者务农,或者贩物,或为道士,或为僧人,都能足以养活自己。唯有我们这些人涂脂抹粉,巧言令色,以此来获取财物。思考之下,我感到无比的羞愧。只是迫于父母姐弟的压力,不能脱离这种营生。倘若能嫁给一位良人,留心侍奉公公婆婆,主持祭祀之礼,让人能在背后指着说:'那是某人家的媳妇。'这样,死了之后,也好有埋骨之地。"

正好有一位东都人,姓柳名富,字润卿,是一位豪俊之士。幼玉刚一看见他,就说:"这人是我的丈夫。"柳富也有意娶幼玉为妻。这时,柳富对游历生活已经感到厌倦了,便在风前月下,与幼玉握手相依,相互难舍难别,时间一长,幼玉的妹妹暗地知道了这件事,责骂柳富说:"你如果再这样做下去,我不会放过你,我立即到官府告你。"从此,柳富不敢再去幼玉那里了。

一天,柳富在江边遇见幼玉。幼玉哭着说:"过错不是我造下的,你应该从情理上推想一下。希望他日我俩有终身之约,不要有今天这样的怨恨。"两人便在江边对饮,幼玉说:"我的尸骨,将来定当附葬在你柳氏祖先的坟地里。"又对柳富说:"就我所知,世间离别之后而又相聚的人很多。有些人在谈情说爱时言词动听,只不过是为了获有对方的钱财,根本没有以身相许之意。我有一头垂地的长发,我珍惜它如金玉一般宝贵,其他人不敢窥视它,对于你,我无所顾惜。"说完,自己解开发鬟,剪下一缕送给柳富。柳富非常感动,又十分喜悦。

分手之后,柳富因一心思念幼玉但又不能相会,心中生出无限恼恨,便一病倒床。幼玉得知后,日夜怀念,派人去照料他。痊愈后,柳富写了一首长长的诗歌赠送给幼玉,诗歌说:

> 高高的紫府楼阁相连相依,
> 金碧的户窗阵阵红光泛起。
> 居住其中的皆是绰约仙子,
> 绝世妖艳的美姿无与伦比。
> 偶然思凡生起尘世之心,
> 几年间被贬谪到衡阳市里。
> 就像皇家阿娇从宫阙飞来,
> 长在娼家纯粹是偶然罢了。
> 天生的美姿艳色超绝同伦,
> 压倒花街中众多罗绮美女。
> 乌发高高堆起像巫山云彩,
> 明目流盼似能剪断秋江水。
> 洁白的双手细长而又浑圆,
> 有如脱壳的春笋伸向青天。
> 鞋上绣着鲜花衬着如弓小脚,
> 凤凰之头翘起在红裙边底。
> 有时微笑依凭着小栏杆,
> 逗得无言桃树将红花坠落。
> 王孙迎目而视便丢了神魂,
> 东邻一见之下羞愧难言。
> 从此城中那些豪富子弟,
> 呼僮备马相互紧紧去追随。

千金买得她清歌一曲,
在暮雨朝云中欢笑长久不断。
都城有位少年叫柳君,
体态风流多情而万般丰足。
幼玉一见苦苦留心,
厚赠行人再三把心意嘱托。
青鸟捎信飞来窗户前,
原是柳郎深恨自己多有拘束。
她便私自相会不使父母知道,
在江亭暗与柳郎相共宿。
还担心恩爱之情不更坚,
解开鬟髻在柳郎之前。
一缕乌发随金剪铰断,
两心相爱情意深厚密如绵。
自古来好事总是多磨难,
时刻让两颗爱心相挂念。
清寂的夜晚长叹在明月下,
花开时洒泪在那东风之前。
怨恨入琴只怕琴弦弹断,
眼泪像珍珠一串串相连。
独倚高楼心意无人知会,
写着怨恨的书信谁递传?
无奈幼玉家中有老母,
知道此事心中便有怒,
她只好千金买酒托佣人,
谁知密约幽会常被耽误。
想要用刀砍断连理枝,
想要拉弓弹害比翼鸟。
世外仙山只在海中心,
风逆浪恶更无船只渡。
归去桃源的路隔着烟霞,
左近都是尘埃无寻觅处。

> 柳心幼意两情笃切深厚,
> 同指松竹发誓爱情更固。
> 愿郎呀誓死莫将爱心移,
> 世事难料有缘自会相遇。
> 他日盼得我郎归来时,
> 两人携手共上那烟霞路。

柳富因在外游历太久,父母亲催促他回去。幼玉偷偷前去告别,两人共饮在郊外的酒店中。幼玉说:"你有清才,我有丽质。我二人才貌相配,誓死不相抛舍,这是自然之理。我的心,你的意,在神明前求问,在松竹间相盟,已经很久了。你必定以后还会来潇湘游历,我在这里等待着你的归来。"于是二人共同盟誓,焚香,把香灰放在酒中,一起喝下。这一夜,二人同宿在江上。第二天,柳富作词一首,与幼玉告别,词名《醉高楼》,说:

> 人间最苦,最苦是分离。伊爱我,我怜伊,青草岸头人独立,画船东去橹声迟。楚天低,回望处,两依依。　后会也知俱有愿,未知何日是佳期。心下事,乱如丝,好天良夜还虚过,辜负我,两心知。愿伊家,衷赐在,一双飞。

柳富唱着这支曲子,买来好酒,曲子音调悲伤,辞意悽惋,他竟不能唱完。二人便饮酒,都放声大哭。之后,柳富便登舟而去。

柳富回到京城,因为父母都已年老,家中事情又多,未能赴与幼玉之约,只能对镜洒泪。正逢有客从衡阳来,拿出幼玉的信,又说幼玉近来多因病卧床不起。柳富急忙打开信很快读完,信的末尾有两句诗说:

> 春蚕到死丝方尽,蜡烛成灰泪始干。

柳富大为伤感,写了回信来表达他的心意,信中说:

> 回忆从前我俩潇湘的相逢,令人悲伤不已。我尝想乘

舟,泛江一往旧地,复践与你从前的盟会,叙叙我二人往日的情谊,以满足你思念切盼之心,也给我平生的快乐。无奈因父母年老,族中事多,心愿为琐事夺去,临风怀想,徒自伤心不已。在那清风明月的良辰佳时,做文章饮美酒的美景胜地,他人满怀喜悦,而我却恍恍惚惚,如有所失。只好借酒以解愁怀,酒醒,情思更加彷徨,几乎不想再活下去。古时候两位有情人,有时一位如意,一位不如意,那求得聚合也较容易。现今你与我,两人都不如意,那要求得耦合也就很难了。你还是再等待一下吧,天下事不容易知晓,但当有如我俩之愿的一天。不然,天理与人事,果真不和谐了。那天外神女,海中仙客都还能相遇,我二人独独不得实现我们的心愿,难道不是命中注定么!你应该尽量多吃点东西,不要让真气耗散,自己伤害自己的身体,倘若你不能再与我相见,我还指望什么呢?你信尾有两句诗,我为你把它写成一首完整的诗。诗说:

临流对月暗悲酸,瘦立东风自怯寒。
湘水佳人方告疾,帝都才子亦非安。
春蚕到死丝方尽,蜡烛成灰泪始干。
万里云山无路去,虚劳魂梦过湘滩。

一天,残阳已经向西沉下,房中疏帘未曾卷上。柳富独自站立在庭中帷幕之下,忽然屏风间出现一位露着半脸的人,柳富一看,原来是幼玉。幼玉说:"我因思念你而得病,现今已经死去。我想同你一见,因此到你这里。我因为平生没有做过恶事,所以不陷地狱。后天该转生在兖州西门张遂家,又是一位女子,他家是卖饼的。如你不忘昔日的旧情,可来与我相见。我虽然已不知道前世之事,但你的情意应该是这样。我留下遗物在侍女之处,你可去要来作为验证之物。望千万珍重。"说完,人忽然不见了。柳富大为吃惊,最终又叹息、悲伤不已。

有一天,有过客从衡阳来,说幼玉已经死去,说她未死之前,嘱咐侍女说:"我不能见柳郎,死了都感到遗恨。柳郎平日很喜爱我的双手、头发、眉毛、眼睛,其他东西都不能寄赠给他。现在我剪下头发一缕,手指甲数个,柳郎来访我,你把它给他。"数日之后,幼玉果然死去。

有人议论道：现今的娼妓，抛弃某人或亲近某人只是为了获利，其他的，都不能打动她的心。要想寻求潇湘神女与霍生的恋爱故事，就难以听说了。今天幼玉爱柳郎，他们的爱情是多么的深挚啊！有情之人听说这件事，无不感到悲伤。善于调谐音律的人把这件事谱写成词曲，使它流行于世，广传在人们的口头中，那么，幼玉虽死，也就等于不死了。我也因此叙述了这个故事。

王榭传

缺　名

【题解】

据《稗边小缀》,此篇见《青琐高议》别集卷四,原据董刻士礼居本录出。原题下有注云:"风涛飘入乌衣国",鲁迅删,另加"传"字。作者缺名。

这是一篇极具传奇意味的传记。主人公王榭在一次航海中遭遇暴风,狂涛击毁了舟船,他凭借一块木板,漂流至后来才知晓的乌衣国。在那里,他受到自称下人的老人的周到款待,受到国王的礼遇,并娶到一位容貌娇艳的女子;之后,他从乌衣国乘飞毡回家,并用那女子赠送的丹丸救活了他死去近半月的孩子,这一切均使本篇充满了离奇的味道。在敷陈这离奇情节的同时,作者又精心地安排了一些生动的细节描写,如王榭在海中的遇难,飘泊中对女子的渴求,分离后对女子的忆念以及女子帘间窥人,临别痛苦,深情赠物等等,都渲染出浓郁的情感氛围,在离奇中透出现世生活的气息,确不失为一篇以资谈助之作。

【原文】

唐王榭,金陵人,家巨富,祖以航海为业。一日,榭具大舶,欲之大食国①。行逾月,海风大作,惊涛际天,阴云如墨,巨浪走山。鲸龟出没,鱼龙隐现,吹波鼓浪,莫知其数。然风势益壮,巨浪一来,身若上于九天,大浪既回,舟如堕于海底。举舟之人,兴而复颠,颠而又仆。不久,舟破。独榭一板之附②,又为风涛飘荡。开目则鱼怪出其左,海兽浮其右,张目呀口,欲相吞噬。榭闭目待死而已。三日,抵一洲,舍板登岸。行及百步,见一翁媪,皆皂衣服,年七十余,喜曰:"此吾主人郎也。何由至此?"榭以实对,乃引到其家。坐未久,曰:"主人远来,必甚馁。"进食勇③,肴皆水族。月余,榭方平复,饮食如故。翁曰:"□吾国者④,必先见君。向以郎□倦⑤,未可往,今可矣。"榭诺。翁乃引行三里,过阛阓民居⑥,亦甚烦会⑦。又过一长桥,方见宫室、台榭,连延相接,若王公大人之居。至大殿门,阍者入报⑧。不久,一妇人出,服颇美丽,传言曰:"王召君入见。"王坐大殿,左右皆女人立。王衣皂袍,鸟冠。榭即殿阶。王曰:"君北渡人也,礼无统制,无拜也。"榭曰:"既至其国,岂有不拜乎?"王亦折躬劳谢。王喜,召榭上殿,赐坐,曰:"卑远之国,贤者何由及此?"榭以风涛破舟,不意及此,惟祈王见矜。曰:"君舍何处?"榭曰:"见居翁家。"王令急召来。翁至,□曰:"此本乡主人也,凡百无令其不如意。"王曰:"有所须,但论⑨。"乃引去,复寓翁家。翁有一女甚美色,或进茶饵,帘牖间偷视私顾,亦无避忌。翁一日召榭饮,半酣,白翁曰:"某身居异地,赖翁母存活,旅况如不失家,为德甚厚。然万里一身,怜悯孤苦,寝不成寐,食不成甘,使人郁郁。但恐成疾伏枕,以累翁也。"翁曰:"方欲发言,又恐轻冒。家有小女,年十七,此主人家所生也。欲以结好,少适旅怀,如何?"榭答:"甚善。"翁乃择日备礼,王亦遗酒肴采礼,助结姻好。成亲,榭细视女,俊目狭腰,杏脸绀鬓,体轻欲飞,妖姿多态。榭询其国名,曰:"乌衣国也。"榭曰:"翁常目我主人郎,我亦不识者,所不役使,何主人云也?"女曰:"君久即自知也。"后常饮燕,任席之间,女多泪眼畏人⑩,愁眉蹙黛。榭曰:"何故?"女曰:"恐不久瞬别。"榭曰:"吾虽萍寄⑪,得子亦忘归。子何言离意?⑫"女曰:"事由阴数⑬,不由人也。"王召榭宴于宝墨殿,器皿陈设俱黑,亭下之乐亦然。杯行乐作,亦甚清婉,但不晓其曲耳。王命玄玉杯劝酒⑭,曰:"至吾国者,古今止两人,汉有梅成,今有足下。愿得一篇,为异日佳话。"给笺。榭为诗曰:"基业祖来兴大舶,万里梯航惯为客。今年岁运顿衰零,中道偶然罹此厄。飓风迅急若追兵,千叠云阴如墨色。鱼龙吹浪洒面腥,全舟尽葬鱼龙宅。阴火连空紫焰飞,直疑浪与天相拍。鲸目光连半海红,龟头波涌掀天白。桅樯倒折海底开,声若雷霆以分别。随我神助不沉沦,一板漂来此岩侧。君恩虽重赐宴频,无奈旅人自凄恻。引领乡原涕泪零,恨不此身生羽翼。"

王览诗欣然,曰:"君诗甚好。无苦怀家,不久令归。虽不能羽翼,亦令君跨烟雾。"宴回,各人作□诗。女曰:"末句何相讥也?"榭亦不晓。不久,海上风和日暖。女泣曰:"君归有日矣。"王遣人谓曰:"君某日当回,宜与家人叙别。"女置酒,但悲泣不能发言,雨洗娇花,露沾弱柳，绿惨红愁，香消腻瘦，榭亦悲感。女作别诗曰："从来欢会惟忧少，自古恩情到底稀。此夕孤帏千载恨，梦魂应逐北风飞。"

又曰："我自此不复北渡矣。使君见我非今形容，且将憎恶之，何暇怜爱。我见君亦有疾妒之情。今不复北渡，愿老死于故乡。此中所有之物，郎俱不可持去。非所惜也。"令侍中取丸灵丹来，曰："此丹可以召人之神魂，死未逾月者，皆可使之更生。其法用一明镜致死者胸上，以丹安于项，以东南艾枝作柱灸之，立活。此丹海神秘惜，若不以昆仑玉盒盛之，即不可逾海。"适有玉盒，并付以系榭左臂，大恸而别。王曰："吾国无以为赠。"取笺，诗曰："昔向南冥浮大舶，漂流偶作吾乡客。从兹相见不复期，万里风烟云水隔。"

榭辞拜。王命取飞云轩来。既至，乃一鸟毡兜子耳。命榭入其中，复命取化羽池水，洒之其毡乘。又召翁姬，扶持榭回。王戒榭曰："当闭目，少息即至君家。不尔，即堕大海矣。"榭合目，但闻风声怒涛。既久，开目，已至其家，坐堂上。四顾无人，惟梁上有双燕呢喃。榭仰视，乃知所止之国，燕子国也。须臾，家人出相劳问，俱曰："闻为风涛破舟，死矣。何故遽归⑮？"谢曰："独我附板而生。"亦不告所居之国。榭惟一子，去时方三岁。不见，问家人，曰："死已半月矣。"榭感泣，因思灵丹之言，命开棺取尸，如法灸之，果生。至秋，二燕将去，悲鸣庭户之间。榭招之，飞集于臂，乃取纸细书一绝，系于尾，云："误到华胥国里来⑯，玉人终日重怜才。云轩飘去无消息，泪洒临风几百回。"

来春燕来，径泊榭臂，尾有小束。取视，乃诗也。□有一绝，云："昔日相逢真数合，而今暌隔是生离⑰。来春纵有相思字，三月天南无燕飞。"

榭深自恨。明年，亦不来。其事流传众人口，因目榭所居处为乌衣巷。刘禹锡《金陵五咏》有《乌衣巷》诗云："朱雀桥边野草花，乌衣巷口夕阳斜。旧时王榭堂前燕⑱，飞入寻常百姓家。"

即知王榭之事非虚矣。

注释

①大食国：即伊斯兰教创立者穆罕默德所建立的阿拉伯帝国，古据波斯语称为大食国。其在唐高宗永徽二年（公元651年）便遣使来朝，后多与我国进行经济贸易及文化交流。

②独榭一板之附:《校记》云:"惠本作'独榭附一板'。"
③进食勇:《校记》云:"'勇',原作'□',据惠本改。"
④□吾国者:□处缺字,寻译文意,似以"至"为妥,故译文依此译出。
⑤向以郎□倦:《校记》云:"'□',惠本作'正业'。"
⑥过阛阓(huán huì 环会)民居:阛,原指市区的墙,阓,市区的门。阛阓即指市区。
⑦亦甚烦会:烦会,聚集,意为热闹。
⑧阍(hūn 昏)者入报:阍者,守门之人。
⑨但论:《校记》云:"'论',惠本作'谕'。"
⑩女多泪眼畏人:《校记》云:"'眼畏',惠本作'脸偎'。"译文依此。
⑪吾虽萍寄:萍寄,萍生水中,漂泊无定,随处寄生。后用以比喻流落寄居异乡。
⑫子何言离意:《校记》云:"'意',惠本作'异'。"
⑬事由阴数:阴数,命中注定之数。
⑭王命玄玉杯劝酒:《校记》云:"'命'下惠本有'取'字。"
⑮何故遽(jù 据)归:遽,骤然。
⑯误到华胥国里来:华胥国,据《列子·黄帝篇》载,华胥国远离中国几千万里,非人能及,只可想望而已,传说此国没有君长,百姓没有嗜欲,一切纯任自然,人们称之为神仙国。此用以指燕子国。
⑰而今暌隔是生离:《校记》云:"'隔',惠本作'远'。"
⑱旧时王榭堂前燕:"榭",刘禹锡原诗作"谢"。王谢,指六朝时两大高门望族,此言"王榭",指为人名,是小说家附会之言。

【今译】

唐代人王榭,为金陵人氏,家业巨富,祖辈以航海为业。一天,王榭准备好了一艘大船,准备航海到大食国。航行了一个多月,忽然间海风大作,惊涛齐天,阴云如泼墨,巨浪像奔山,鲸龟出没不定,鱼龙时隐时现,吹动波涛,鼓起海浪,不知道到底有多少。风势越来越大,巨浪推来,船上人就像飞上九天之高,大浪退回,船只犹如堕于海底。全船的人被抛起而又落下,落下而又跌倒。不久,船被毁坏了,独独王榭附在一块木板上,随着风涛飘荡。睁开眼,只见鱼怪在他左边出没,海兽在他右边浮动,它们瞠目张口,像要把他一口吞吃下去。王榭只有闭目等死而已。

三天之后,王榭漂流到一块陆地边。他舍板登岸,才走一百多步,便看见一对老公公和老婆婆,他们都穿着黑色的衣服,年龄有七十多岁。看见王榭,他们高兴地说:"这是我们的小主人呀,为什么会来到这里?"王榭以实相告,两位老人便引他到他们家。坐下没有多久,说:"主人远道而来,必定饿坏了。"便给王榭进上食物,菜肴全都是海鲜。一个多月过去了,王榭体力方才恢复,饮食如同往常一样。老公公说:"凡是来到我们国家的人,一定要先去拜见我们的国君。前些日子因你身体疲困,不可能前往,现在可以了。"王榭答应了。老公公在前带着他,走了三里多路,经过的市区百姓居处,也非常热闹。又走过一座长桥,才看见了宫室、亭台连续相接,就像是王公贵族的居处。来到大殿门口,守门人进去通报。不一会儿,一位妇人出来,服饰很漂亮,传话说:"国王召君入见。"国王坐在大殿上,左右站立的都是女人。国王穿着黑色的袍子,头戴一顶鸟形的王冠。王榭来到殿阶前,国王说:"你是从北边海上来的人,不受我的统制,不用叩拜了。"王榭说:"既然来到您的国家,岂有不拜之理?"国王也弯腰答谢。国王很高兴,召王榭上殿,赐坐,说:"这里是僻远的小国,您因为什么到的这里?"王榭便将风大涛怒,船只毁坏,无意中到了这里的事说了一遍,恳求国王怜惜。国王说:"您住在何处?"王榭说:"现在居住在一位老公公家。"国王命令赶快把这老公公召来。老公公到了后,对国王说:"他是我家乡的主人,凡事我都不会不让他如意的。"国王说:"有所需要的,尽管奏来。"于是老公公将王榭带走,还是居住在这老公公家。

老公公有一女儿,非常美丽。有时进茶进饭,常在帘帷窗户间偷看顾视,没有什么避忌之意。老公公一天请王榭饮酒,喝到一半时,王榭对老公公说:"我现身居异乡,赖你二老存活下来,使我虽在旅次中而又不失有家庭的温暖,你老的德行确是非常的深厚。但我离乡万里,孤独一身,自怜孤苦,寝不成寐,食不成甘,让人觉得郁闷不乐。只怕染成疾病,卧床不起,给你老招来负累。"老公公说:"我正想给你说一件事,又怕轻率而冒犯了你。我有一小女,年方十七,是在主人家时出生的。我想把她许配于你,以结秦晋之好,多少能宽解你羁旅异乡的愁怀,不知你认为怎么样?"王榭回答说:"这好极了。"老公公便选择了吉日,备办好婚礼之物,国王也送了酒肴彩礼祝贺他们结成百年之好。成亲之日,王榭仔细地打量这女子,只见她有双美丽的眼睛,细细的腰,杏脸青发,体态轻盈,飘然欲飞,姿色艳妖,情态万种。王榭询问她们的国名,女子回答说:"这是乌衣国。"王榭道:"老公公常把我看作是他的小主人,我却不认得他,也不曾差遣他办事,为何称呼为主人呢?"女子说:"时间久了,你自然知道。"之后,他们常在一起宴饮欢乐,但在枕席间,这女子却常常眼含泪水,依偎着王榭,愁眉紧锁。王榭问道:"你这是为什么?"女子说:"恐怕不久我们就要分别了。"王榭说:"我虽飘泊寄居此地,但得到你后,也已忘了归去。你为何说我们将要离别?"女子说:"凡事总有由命数所定,半点由不得人啊。"

  一天,国王在宝墨殿宴请王榭,各种器皿、摆设都是黑色的,安置在亭下的乐工也是如此。酒过数巡,音乐声起,乐音非常清丽委婉,只是不知是何曲子。国王命取来玄玉杯劝酒,说:"到过我们国家的,古今只有两人,一是汉代的梅成,再就是现今的足下。希望能得到你的一篇诗,成为以后的一段佳话。"国王令人拿出诗笺,王榭作诗道:

> 兴建船泊是祖辈基业,
> 万里航行已惯常为客。
> 今年不知时运见衰微,
> 途中偶然遭遇此险厄。
> 巨大风浪急急如追兵,
> 千重乌云沉沉像墨色。
> 鱼龙吹浪洒来满面腥,
> 全舟之人尽葬鱼龙宅。
> 地狱阴火连天紫焰飞,
> 让人疑是浪天相打拍。
> 长鲸目光连映半海红,
> 大龟巨头抛浪同天白。
> 桅樯倒折迅刻沉海底,
> 声音如雷霆把天地别。
> 我随神力相助不沉沦,
> 一块木板漂来此岸侧。
> 虽是君王恩重频赐宴,
> 无奈漂泊之人自凄恻。
> 抬头望乡原涕泪如雨,
> 恨不得此身长出羽翼。

国王看完诗,心中很是欣喜,说:"您的诗写得很好,只是不要苦苦怀念家乡,不久,当让你归去。虽然我不能让你身上长出羽翼,但我可以让你乘着烟雾回去。"宴罢回来,各人都作了诗歌相和。这女子说:"你在诗歌中的末句为什么要讥嘲我呢?"王榭也不明白其中道理。

不久,海上风和日暖。女子哭着说:"你归去的日子快到了。"此时国王派人对王榭说:"您某日就可以回去,现在可以同家人道道别情了。"女子安排下酒宴,但却只是悲泣,说不出话来,那神态就像雨水冲洗后的娇花,露水沾湿的弱柳,真个是绿惨红愁,香消体瘦。王榭也觉得非常地悲伤。女子作了首告别诗,说:

　　　　从来欢乐聚会只怕少,
　　　　自古男女恩爱最终稀。
　　　　今夜孤帐留下千年恨,
　　　　梦魂牵绕应逐北风飞。

女子又说:"我从此不再渡海到北边去了。如果使你看见我不再是今天的样子,你将会憎恶我,哪有时间来怜爱我。我见你也会生出嫉妒之情。现今我不再北渡,愿老死在我的故乡。这里所有的东西,你都不能拿走,这不是我舍不得。"女子令侍女取来一丸灵丹,说:"这灵丹可以召还人的神魂,死去还未超过一个月的人,都可以使他复活。方法是用一块明镜放在死者胸上,把灵丹安放在颈项上,再用东南方的艾枝作柱来灸烧,死者立刻活过来。这灵丹是海神秘藏而珍惜之物,若是不用昆仑玉盒装上,就不能渡越大海。"刚好女子有玉盒,女子交给王榭并把它拴在王榭的左臂上。然后两人大哭而别。国王说:"我国没有什么东西可赠送你的。"便取来纸笺,作诗道:

　　　　当初乘大船向南海航来,
　　　　漂流至此偶然作我乡客。
　　　　从此你我相见不再有期,
　　　　万里风烟迷漫云水相隔。

王榭告辞拜谢。国王命人取来飞云轩。飞云轩送到,原来是一鸟形的毡兜子。让王榭进入毡兜后,国王又命取来化羽池中的水,洒在王榭乘坐的毡兜上。又召来老公公、老婆婆两人,让他们扶助王榭归去。国王告诫王榭说:"你应当紧闭双目,很快就到了你家。不这样,即会堕入大海。"王榭闭上了眼睛,只听得风声、怒涛声在耳边掠过。过了一段时间,王榭睁开眼睛,已然回到了自己的家,坐在家中堂上,王榭向四周看去,不见一人,只见屋梁上有双燕子在呢喃私语。王榭向上看去,才知自己曾经居住过的国家是那燕子国。不一会儿,家人出来慰问,都说:"听说你的船被大风狂涛毁坏,已经死了。为什么又突然归来了呢?"王榭说:"只有我一人抓住一块木板而活下来。"王榭也不告诉他们自己曾居住过的那一国家。

　　王榭只有一个儿子,他离家时才三岁。此时不见儿子,问家人,家人说:"死去已经半个月了。"王榭伤感哭泣不已,忽然想到女子所说的有关灵丹的话,命人打开棺材,取出尸体,按照女子所授的方法烧灸,儿子果然又活了过来。

　　到了秋天,二只燕子即将离去,它们悲鸣在庭户之间。王榭用手一招,它们飞来停站在王榭的手臂上。王榭取来纸笔,用小字写了一首绝句,系在燕子尾巴上,诗中说:

　　　　误到华胥神奇国里来,
　　　　娇美的人终日特怜才。
　　　　飞毡飘去从此无消息,
　　　　临风洒泪不知几百回。

　　来春燕子归来,直接落在王榭的手臂上,燕子尾巴上有一小纸束。取来一看,上面写有一首诗,是一首绝句。诗说:

　　　　从前的相逢真是命数相合,
　　　　而今的两地隔绝却是生离。
　　　　来年春天你纵寄来相思字,
　　　　阳春三月天南已无燕子飞。

　　王榭深自感到怨恨不已。第二年,燕子果真不再飞来,这件事也

便流传在众人的口中,因之把王榭居住的地方称为乌衣巷。刘禹锡《金陵五咏》中有一首《乌衣巷》诗说:

　　　　朱雀桥边野草花,乌衣巷口夕阳斜。
　　　　旧时王榭堂前燕,飞入寻常百姓家。

从此便可知道王榭的故事确实不是虚假的。

梅妃传

缺 名

【题解】

据《稗边小缀》,此篇见原本《说郛》卷三十八及顾氏《文房小说》,原据明钞本《说郛》录出,以《文房小说》相校。作者缺名。(《唐人说荟》亦收录此篇,题名"曹邺"撰,鲁迅已指其为妄。)

此篇传述的是唐玄宗时期梅妃的事迹。作者精心选取了梅妃与唐玄宗、杨贵妃三人间的一些生活情事,突现了梅妃的素雅、贤淑、聪颖、机敏等品性,这适与杨贵妃的恃宠骄横形成了较强烈的对比,诵读之下,使读者对梅妃的不幸遭遇生发出一份深切的同情。处于二者间的唐玄宗,作者既表现了他作为君主专事声色、荒淫的一面;同时,又显示了他具有常人心理及行为的一面,因而使唐玄宗的形象显得较为丰满。当然,作者通过梅妃的遭遇,展示出宫妃的凄惨命运,批判封建君主贪色误国的行为,自是题中应有之意。

【原文】

梅妃,姓江氏,莆田人①。父仲逊,世为医。妃年九岁,能诵《二南》②,语父曰:"我虽女子,期以此为志。"父奇之,名曰之采蘋。开元中,高力士使闽粤,妃笄矣。见其少丽,选归,侍明皇,大见宠幸。长安大内大明兴庆三宫,东都大内上阳两宫,几四万人,自得妃,视如尘土。宫中亦自以为不及。妃善属文,自比谢女③。淡妆雅服,而姿态明秀,笔不可描画。性喜梅,所居阑槛,悉植数株,上榜曰梅亭。梅开赋赏,至夜分尚顾恋花下不能去。上以其所好,戏名曰梅妃。妃有《萧兰》《梨园》《梅花》《凤笛》《玻杯》《剪刀》《绮窗》七赋。是时承平岁久,海内无事,上于兄弟间极友爱,日从燕间,必妃侍侧。上命破橙往赐诸王,至汉邸,潜以足蹴妃履,妃登时退阁④。上命连宣,报言:"适履珠脱缀,缀竟当来。"久之,上亲往命妃。妃拽衣迓上,言胸腹疾作,不果前也。卒不至,其恃宠如此。后上与妃斗茶,顾诸王戏曰:"此梅精也。吹白玉笛,作惊鸿舞,一座光辉。斗茶今又胜我矣。"妃应声曰:"草木之戏,误胜陛下。设使调和四海,烹饪行鼎鼐,万乘自有宪法⑤,贱妾何能较胜负也。"上大喜,会太真杨氏入侍,宠爱日夺,上无疏意。而二人相嫉,避路而行。上方之英皇⑥,议者谓广狭不类,窃笑之。太真忌而智,妃性柔缓,亡有胜。后竟为杨氏迁于上阳东宫⑦。后上忆妃,夜遣小黄门灭烛,密以戏马召妃至翠华西阁,叙旧爱,悲不自胜。继而上失寤,侍御惊报曰:"妃子已届阁前,当奈何?"上披衣,抱妃藏夹幂间。太真既至,问:"梅精安在?"上曰:"在东宫。"太真曰:"乞宣至,今日同浴温泉。"上曰:"此女已放屏⑧,无并往也。"太真语益坚,上顾左右不答。太真大怒曰:"肴核狼藉,御榻下有妇人遗舄,夜来何人侍陛下寝,欢醉至于日出不视朝? 陛下可出见群臣。妾止此阁俟驾回⑨。"上愧甚,拽衾向屏假寐曰:"今日有疾,不可临朝。"太真怒甚,径归私第。上顷觅妃所在,已为小黄门送令步归东宫,上怒斩之。遗舄并翠钿命封赐妃,妃谓使者曰:"上弃我之深乎?"使曰:"上非弃妃,诚恐太真恶情耳。"妃笑曰:"恐怜我则动肥婢情,岂非弃也?"妃以千金寿高力士,求词人拟司马相如为《长门赋》⑩,欲邀上意。力士方奉太真,且畏其势,报曰:"无人解赋。"妃乃自作《楼东赋》,略曰:"玉鉴尘生,凤奁香殄,懒蝉鬓之巧梳,闲缕衣之轻练。苦寂寞于蕙宫,但凝思乎兰殿。信摽落之梅花⑪,隔长门而不见⑫。况乃花心飐恨,柳眼弄愁,暖风习习,春鸟啾啾。楼上黄昏兮听风吹而回首⑬,碧云日暮兮对素月而凝眸。温泉不到,忆拾翠之旧游⑭,长门深闭,嗟青鸾之信修。忆昔太液清波⑮,水光荡浮,笙歌赏燕,陪从宸旒⑯。奏舞鸾之妙曲,乘画鹢之仙舟。君情缱绻,深叙绸缪⑰。誓山海而常在,似日月而无休。奈何嫉色庸庸,妒气冲冲,夺我之爱幸,斥我乎幽宫。思旧欢之莫得,想梦著乎朦胧。度花朝与月夕,羞懒对乎春风。欲相如之奏赋,奈世才之不工。属愁吟之未尽,已响动乎疏钟。空长叹而掩袂,踟躇步于楼东。"

太真闻之,谓明皇曰⑱:"江妃庸贱,以廋词宣言怨望⑲,愿赐死。"上默然。会岭表使归,妃问左右:"何处驿起使来,非梅使耶?"对曰:"庶邦贡杨妃荔实使来。"妃悲咽泣下。上在花萼楼⑳,会夷使至㉑,命封珍珠一斛密赐妃。妃不受,以诗付使者,曰:"为我进御前也。"曰:"柳叶双眉久不描,残妆和泪湿红绡㉒。长门自是无梳洗,何必珍珠慰寂寥。"

上览诗，怅然不乐。令乐府以新声度之，号《一斛珠》，曲名始此也。后禄山犯阙，上西幸，太真死，及东归，寻妃所在，不可得。上悲谓兵火之后，流落他处。诏有得之，官二秩，钱百万。搜访不知所在。上又命方士飞神御气，潜经天地，亦不可得。有宦者进其画真，上言似甚，但不活耳。诗题于上，曰："忆昔娇妃在紫宸，铅华不御得天真。霜绡虽似当时态，争奈娇波不顾人。"

读之泣下，命模像刊石。后上暑月昼寝，仿佛见妃隔竹间泣，含涕障袂，如花朦雾露状。妃曰："昔陛下蒙尘，妾死乱兵之手，哀妾者埋骨池东梅株傍。"上骇然流汗而寤。登时令往太液池发视之，不获。上益不乐，忽悟温泉池侧有梅十余株，岂在是乎？上自命驾，令发视。才数株，得尸，裹以锦裀[23]，盛以酒槽，附土三尺许。上大恸，左右莫能仰视。视其所伤，胁下有刀痕[24]。上自制文诔之，以妃礼易葬焉。

赞曰："明皇自为潞州别驾[25]，以豪伟闻，驰骋犬马鄠杜之间[26]，与侠少游。用此起支庶[27]，践尊位，五十余年，在下之奉，穷极奢侈，子孙百数，其阅万方美色众矣，晚得杨氏，变易三纲，浊乱四海，身废国辱，思之不少悔。是固有以中其心，满其欲矣。江妃者，后先其间，以色为所深嫉，则其当人主者，又可知矣。议者谓或覆宗，或非命，均其媢忌自取[28]，殊不知明皇耄而忮忍[29]，至一日杀三子[30]，如轻断蝼蚁之命。奔窜而归，受制昏逆，四顾嫔嫱，斩亡俱尽，穷独苟活，天下哀之，《传》曰：'以其所不爱及其所爱。'盖天所以酬之也。报复之理，毫发不差[31]，是岂特两女子之罪哉？"

汉兴，尊《春秋》，诸儒持《公》《穀》角胜负[32]，《左传》独隐而不宣，最后乃出。盖古书历久始传者极众。今世图画美人把梅者，号《梅妃》，泛言唐明皇时人，而莫详所自也。盖明皇失邦，咎归杨氏，故词人喜传之。梅妃特嫔御擅美，显晦不同，理应尔也。此传得自万卷朱遵度家[33]，大中二年七月所书[34]，字亦媚好。其言时有涉俗者，惜乎史逸其说。略加修润而曲循旧语，惧没其实也。惟叶少蕴与余得之[35]，后世之传，或在此本。又记其所从来如此。

注释

①莆田：地名。隋时置县，不久废，唐复置，旧址在今福建莆田县东南。

②能诵《二南》：《二南》，即《诗经》中的《周南》《召南》。旧注以为这两部分诗歌，其意旨在于宣讲圣王的教化，故《诗大序》言："周南，召南，正始之道，王化之基。"下文梅妃之父为其取名"采蘋"，即取《召南·采蘋》一诗中的寓意，即毛《传》所言的："《采蘋》，大夫妻能循法度也。"

③自比谢女：谢女，即东晋时人谢安的侄女谢道蕴，聪颖达识，文才超群，有名声于当世，其夫王凝之被孙恩所杀，谢道蕴便嫠居会稽终老。《晋书》有传。

④妃登时退阁：《校记》云："'阁'，《说郛》候'閤'。"

⑤万乘自有宪法：《校记》云："'宪'，郭涵本作'心'。"

⑥上方之英皇：英皇，即指舜之两妃女英、娥皇。《校记》云："'方'上《说郛》有'以'字，顾本有'尝'字。"

⑦后竟为杨氏迁于上阳东宫：《校记》云："'东'，《说郛》无。"

⑧此女已放屏：放屏，放逐。

⑨妾止此阁俟驾回：《校记》云："'俟'上《说郛》、顾本有'以'字；'俟'，《说郛》作'侯'。"

⑩求词人拟司马相如为《长门赋》：汉武帝时，陈皇后失宠，幽居长门宫，她派人于司马相如黄金百斤，请其为作《长门赋》，以悟武帝，武帝读后，果又亲幸陈皇后。详见《长门赋·序》。

⑪信摽（biào 标去）落之梅花：摽落，坠落。《诗经·召南·摽有梅》："摽有梅，其实七兮。"毛《传》："摽，落也。"

⑫隔长门而不见：长门，即指长门宫，汉武帝时陈皇后失宠，被幽居于此。

⑬楼上黄昏兮听凤吹而回首：凤吹，指笙箫等器乐的吹奏。刘向《列仙传》载："王子乔，周宣王太子晋也。好吹笙作凤鸣，游伊洛之间。"吹，音 chuì 吹去。

⑭忆拾翠之旧游：拾翠，指女子春游的嬉戏活动。曹植《洛神赋》："或采明珠，或拾翠羽。"

⑮忆昔太液清波：太液，即太液池，唐太液池，在长安大明宫内，唐玄宗暇时多与嫔妃在此游乐。

⑯陪从宸旒（liú 流）：宸，原指北辰所居，后代指帝王。旒，古代帝王冕冠前后悬垂的玉串，天子有十二旒。宸旒，即代指帝王。

⑰深叙绸缪（chóu móu 稠谋）：绸缪，谓情意缠绵、深厚。

⑱谓明皇曰：《校记》云："'谓'，郭涵本、顾本作'诉'。"

⑲以廋（sōu 搜）词宣言怨望：廋词，隐语，谓言语中隐藏的一些言外之意。《国语·晋》："有秦客廋辞于朝，大夫莫之能对也。"《注》云："廋，隐也，谓以隐伏谲诡之言问于朝也。"

⑳上在花萼楼:花萼楼,唐玄宗在旧邸兴庆宫之西所建之楼,登楼可以望见诸王宫邸,唐玄宗多次在此与诸王宴乐。花萼之义,取《诗经·小雅·常棣》中兄弟相亲之义。

㉑会夷使至:夷使,南方少数民族地区的使者。夷,古时对东南方少数民族地区的称呼。

㉒残妆和泪湿红绡:《校记》云:"'湿'顾本作'污'。"

㉓裹以锦裀:锦裀,锦缎床褥。

㉔胁下有刀痕:《校记》云:"'胁',《说郛》作'股'。"

㉕明皇自为潞州别驾:潞州,地名,唐时潞州,旧址在今山西长治市。别驾,官名,刺史的佐吏,汉时置。刺史巡视辖境,别驾驾车跟随,故名。魏晋以来,别驾总理州内诸务,职权较重,唐中期以后,职任有所削弱。唐玄宗于唐中宗景龙二年(公元 708 年)四月,兼任潞州别驾。

㉖驰骋犬马鄠(hù 户)杜之间:鄠,鄠县,即今陕西户县;杜,杜曲,在今西安东南。鄠杜,即泛指从户县到西安这一带地区。

㉗用此起支庶:唐玄宗为唐睿宗第三子,其母窦氏,原为唐睿宗妃子,睿宗景云元年(公元 710 年),追立为昭成皇后,因之称玄宗为"支庶"。

㉘均其媢(mào 冒)忌自取:媢忌,妒忌。

㉙殊不知明皇耄而忮(zhì 至)忍:忮忍,忌刻残忍。

㉚至一日杀三子:唐玄宗开元二十五年(公元 737 年),太子瑛、鄂王瑶、光王琚受到武惠妃及驸马都尉杨洄的谗毁,诬其三人潜构异谋,玄宗大怒,先将三人贬为庶人,然后赐死城东驿。详见新、旧《唐书》本传、《资治通鉴》卷二一四。

㉛毫发不差:《校记》云:"'发',郭涵本、顾本作'忽'。"

㉜诸儒持《公》《穀》角胜负:《公》,指《公羊传》,亦称《春秋公羊传》,相传为战国齐人公羊高所著。《穀》,指《穀梁传》,战国穀梁赤撰。二书均阐释《春秋》,加上《左传》,世称"《春秋》三传"。

㉝此传得自万卷朱遵度家:朱遵度,晚唐人,喜读书,被人号之为"朱万卷"。见《宋史·文苑传·朱昂传》。

㉞大中二年七月所书:大中,唐宣宗年号,大中二年,即 848 年。

㉟惟叶少蕴与余得之:叶少蕴,即叶梦得,宋苏州吴县人,字少蕴,号石林,嗜学早成,多识前言往行。宋哲宗绍圣四年(公元 1097 年)进士,后迁翰林学士、龙图阁直学士、观文殿学士,曾官户部尚书、尚书左丞、江东安抚制置大使等职。死后,赠检校少保。善诗词,风格雄迈,有《石林词》《石林诗话》《石林燕语》等著作行世,入《宋史·文苑传》。

【今译】

梅妃,姓江,莆田人。父亲名仲逊,家中世代为医。梅妃九岁时,便能背诵《诗经》中的《周南》《召南》。她对父亲说:"我虽是女子,但希望能把诗歌中所称颂的作为我的志向。"父亲认为她很奇特,给她起个名字叫采蘋。

唐玄宗开元年间,高力士出使闽、粤等地,这时梅妃已经到了成年的时期。高力士见她年轻艳丽,选为嫔妃,带回皇宫,侍候唐明皇,受到唐明皇极大的宠幸。长安大内、大明、兴庆等三宫,东都洛阳大内、上阳等两宫,宫妃近四万人,唐明皇自从得到梅妃,将她们全都视如尘土,这些嫔妃们也自以为赶不上梅妃。

梅妃擅长诗文,常将自己比作才女谢道蕴。平常总是施淡妆,穿着素雅的衣服,而姿态却又显得脱俗秀丽,笔墨简直不可描绘。她性喜梅花,所居的亭栏之处,全都种上几株,唐明皇替她题写了匾额,叫做"梅亭"。当梅花绽开的时候,常常赋诗吟赏,到了深夜,还顾恋在梅花之下,舍不得离去。唐明皇因为她有这样的喜好,便戏称她为梅妃。梅妃曾写有《萧兰》《梨园》《梅花》《凤笛》《玻杯》《剪刀》《绮窗》等七篇赋。

这时天下承平日久,海内无事,明皇对于兄弟间极为友爱,每天都同皇兄弟们饮宴作乐,其时必定是梅妃在旁侍候。有一次,明皇让剥开橙子分赐诸王,到了汉王官邸,汉王偷偷踩了一下梅妃的鞋,梅妃登时从阁中退下。明皇连着数次宣召,梅妃让人回报说:"刚才鞋上的珠子脱线,等缝好后即来。"很久,明皇亲自去叫她,她才提着衣服迎接明皇,并说刚才胸腹作疼,不能前往。结果她还是没有回去。她仗恃着明皇的宠爱竟有如此的任性。后来,明皇又与梅妃斗茶作乐,明皇看着诸王,开玩笑说:"她是梅花精,吹白玉笛,如惊鸿般起舞,使满座洒满光辉。而今斗茶又胜了我。"梅妃应声而答,说:"这种草木的游戏,是臣妾误胜陛下。如若说到镇抚天下,处理大事,皇上自有宪法,贱妾哪能同皇上比较胜负。"明皇听了,心中大喜。

到了杨太真入宫侍候明皇的时候,对梅妃的宠爱渐渐被夺走,可明皇并没有疏远梅妃之意。但杨、梅二人相互嫉妒,连走路都要避开。明皇把二人比作舜的妃子:女英、娥皇。有人认为娥皇、女英二妃气度宽广,杨、梅二妃不能与之相比,都暗地里讥笑明皇。杨太真生性嫉妒而狡黠,梅妃却生性柔顺和缓,因而斗不过杨太真。后来,梅妃竟被杨太真遣放到上阳东宫。

后来,唐明皇思念梅妃,夜晚派小太监灭掉蜡烛,秘密地以戏马之名将梅妃召至翠华西阁,两人共叙旧日情爱,内心伤悲不已。第二天早上,明皇竟不能如常醒来。这时,侍候的太监惊惊慌慌跑来禀报,说:"贵妃已经到了阁前,该怎么办?"皇上披起衣服,抱着梅妃藏在夹幕之间。杨太真来到,问:"梅精在哪里?"明皇说:"在东宫。"太真说:"乞请把她宣召来,今天我们一同去温泉洗浴。"明皇说:"这女子已经被放逐,不用让她同去。"太真听后,语气更加坚定,明皇却只看视左右而不答话。太真大怒,说:"酒肴果品散乱,御榻之下又有妇人留下的鞋子,昨夜是何人侍奉陛下安寝,欢醉不醒,到了日出还不去临朝?陛下可以去接见群臣,臣妾留在此阁,等陛下归来。"明皇非常愧疚,拉上被子,面向屏风,闭着眼睛说:"今天朕有病,不可临朝。"太真非常愤怒,径直回到了自己的宫邸去了。明皇马上去寻找梅妃,她已经被小太监送出,并令她步行回东宫。明皇很生气,将小太监杀掉,并把留下的鞋子及翠钿等宝器封赐给梅妃。梅妃对使者说:"皇上就这样深深地把我抛弃了吗?"使者说:"皇上并非抛弃皇妃,只是怕太真发怒罢了。"梅妃笑着说:"皇上担心爱怜我而惹发太真那肥胖婢女的怒情,难道不是抛弃我吗?"梅妃用千金为高力士作寿,并请词人模拟司马相如写作《长门赋》之事,希求重新得到明皇的宠幸。高力士此时正奉承巴结杨太真,也畏惧她的威势,回报梅妃说:"没有人能解得赋。"梅妃便自己作了首《楼东赋》,大略这样说:

　　宝镜生满灰尘,妆奁已然香消,懒得再去巧梳鬓发,把金缕衣空闲搁置。在蕙宫我苦苦守着寂寞,只是把心思凝聚在兰殿。傲雪梅花已然飘零,隔着长门宫哪能看见。何况花心扬起怨恨,柳眼播弄哀愁,暖风习习,春鸟啾啾。黄昏中登上层楼啊,听凤箫声起而回首,碧云飘逝日色暮啊,对皎皎明月而凝眸。温泉不再游,让人忆起往昔春日拾翠的嬉戏;长门宫紧锁,嗟叹青鸟不再送来传情的信笺。想从前太液池水清波绿,水光荡浮,笙歌饮宴,陪从圣人出游。奏起让鸾凤起舞的妙曲,乘坐画着鹢鸟的仙舟。君王情意缱绻,同我深叙两情绸缪。誓指山海而恩爱长在,似日月一般而无止无休。无奈有人嫉恨美色,妒气冲冲,夺走君王对我的爱境,排斥我到那幽深之宫。思念旧日欢爱而不可再得,积想成梦却又是朦朦胧胧。朝花月夕已成虚度,懒散羞对明媚春风。想模仿相如奏上辞赋一篇,无奈世上庸才作赋不工。愁怨的吟唱还未吐尽,远处已传来几声疏钟。徒然长叹而掩袂拭泪,我独自徘徊在楼阁之东。

杨太真听说后,对明皇说:"江妃庸俗下贱,用隐语来宣泄对皇上的怨恨,愿皇上赐她一死。"明皇默然无语。

时逢出使岭南的人归来,梅妃问左右之人:"是何处驿使归来?莫不是那进梅花的使者?"回答说:"是外地进贡杨妃荔枝的使者归来。"梅妃悲咽下泪。

有一天,明皇在花萼楼,正好有边地使臣来到。明皇命人封一斛珍珠,暗地赐给梅妃。梅妃不接受,把一首诗交给使者,说:"请为我进献给皇上。"诗说:

> 柳叶双眉久久不再细描,
> 残妆和着泪水打湿红绡。
> 长门宫女自然不用梳洗,
> 何必送来珍珠安慰寂寥。

明皇看完诗,心中怅然不乐,令乐府乐工给它谱上新的曲调,称之为《一斛珠》。《一斛珠》的曲名便从此而来。

后来安禄山反叛,明皇驾幸西蜀,杨太真死于马嵬坡。等到东归长安时,明皇去寻找梅妃,已不知她的下落。明皇悲伤地认为是战争之后,流落他方,便下诏令,有找到梅妃者,官升二级,赐钱百万。当时搜访已遍,还是不知梅妃在哪里。明皇又令术士使出神魂,驾驭空气,升天入地搜访,还是不见她的踪影。有位宦官进献了一幅梅妃的画像,明皇认为很像,只可惜不是活人。明皇在上面题了一首诗,说:

想起往昔娇妃在宫廷,
粉黛不施而天然纯真;
画像虽也似当时模样,
却无奈那秋波不盼人。

明皇读后不觉泪下,命工匠把梅妃画描摹下来,刻于石上。

后来,明皇在一个暑日的白天睡觉,仿佛看见梅妃隔着竹林哭泣,满眼含泪,用衣袖遮面,好像雾露中的花那样朦朦胧胧。梅妃说:"昔日陛下蒙难,臣妾死于乱兵之手,哀悼臣妾的人,把我的尸骨埋在池东梅树旁边。"明皇惊骇中流着汗醒来,立刻令人往太液池边发掘观看,没有发现。明皇更加不乐,忽然想起温泉池边有梅树十多株,难道是在那里吗?明皇亲自下令摆驾前往,令人掘土察看。才掘了几株,便发现了梅妃的尸体,用锦缎床褥裹着,装在酒槽里,上面盖着三尺来深的土。明皇大感悲痛,左右之人都不忍看视。察看梅妃所伤,胁下有被刀砍伤的痕迹。明皇亲自写文祭奠她,并用皇妃的礼仪重新安葬。

作者论道:明皇自从兼任潞州别驾以来,就以豪雄奇伟闻名于世,在鄠县、杜曲一带,驰骋犬马狩猎,与少年侠客们一道交游。从支庶的地位崛起,登上了皇帝的尊位,五十余年来,享尽天下的进奉,穷极奢侈,子孙百数,观赏过各方众多美女,晚年得到杨贵妃,改变三纲伦常,搅乱天下,自己丢失了皇位,使国家蒙受了耻辱,回想起来,他并无多少悔恨之意。这其中一定有符合他的心意、满足他的欲望的东西。梅妃处在她们中间,因为美色受到杨贵妃深深嫉恨,作为当皇帝的明皇,其心中所想,即可知道了。有人认为杨氏或被灭族,或死于非命,都是他们因嫉妒而自取灾祸。殊不知明皇到了晚年忌恨而残忍,以至于一天之内杀掉三个儿子,就像轻而易举地捏死几只蚂蚁。到他逃窜西蜀而归,受制于手下那些昏庸背逆之辈,看看原先宫中的嫔妃,都被斩杀殆尽了,只有他一人在穷途中孤独地苟且偷生,天下之人都哀悯他,《传》上说:"把对待自己所不喜爱的人的方法,加在自己所喜爱的人身上。"这是上天对他的报应。看来报应的定数,丝毫不会发生差错。这难道只是两位女子的罪过吗?

汉代兴起,尊奉《春秋》,诸位儒学之士都拿《公羊传》《穀梁传》来一争胜负。《左传》独独被埋藏起来,未能在世上宣扬,最后才流传于世。古书历经了很久的岁月,才开始传播于世的情况非常之多。当今世上画美女手拿梅花,称之为《梅妃》,都泛称她是唐明皇时代的人,但都没人能详细地指出她的来由。明皇失去了国家,人们把罪过归之于杨氏,所以文人们喜欢渲染他们的故事。梅妃只是一位嫔妃,以美色得到明皇的宠爱,她与杨贵妃,一位名声显赫,一位事迹隐晦,各不相同,世人对她们的态度就理所当然地不同了。这篇传记得自号称藏书万卷的朱遵度家,写于唐宣宗大中二年七月,字迹非常秀丽。其中的一些言语涉及当时的风俗,很可惜史书上没有这些记载。我对它略加修改润色,而尽量遵照原先的语句,生怕改变它原有的样子。这篇传记只是叶梦得与我得到,后世所流传的,或许从此本而出。所以,我又记录下这个本子的来由。

李师师外传

缺　名

【题解】

　　据《稗边小缀》，此篇出于《琳琅秘室丛书》，所据为旧钞本，作者缺名。

　　宋徽宗晚年，任用蔡京、童贯一干奸人，不理朝政，极尽享乐、奢侈之能事，大肆挥霍财物，最终导致国破家亡，身死异地的悲剧。《李师师外传》即通过徽宗与李师师的一段交往，从一个侧面反映了这一历史的真实。从作品来看，最值得称道的，乃是作者并未沿袭"女人便是祸水"的传统观点，让李师师去作一个千古罪人。相反，作品对李师师这位处于贱流的妓女，给予的却是肯定与赞颂。作者肯定了李师师的色艺双全，肯定了她的机敏与明智，赞颂了她在国难当前，慷慨赴死、凛然大义的烈士之风。与此相反，作为君主的徽宗的奢侈无度，任意胡为，作为大臣的张邦昌诸人在金人面前的卑躬屈节及李姥的昏庸无能，均与师师形成了强烈的对比。在此对比中，作品完成了对下层人物的赞颂与对上层人物的批判，表现出作品褒扬正气的主题，这也正是本篇最有价值之处。

【原文】

　　李师师者，汴京东二厢永庆坊染局匠王寅之女也。寅妻既产女而卒，寅以菽浆代乳乳之，得不死，在襁褓未尝啼。汴俗，凡男女生，父母爱之，必为舍身佛寺。寅怜其女，乃为舍身宝光寺，女时方知孩笑。一老僧目之曰："此何地，尔乃来耶？"女至是忽啼。僧为摩其顶，啼乃止。寅窃喜，曰："是女真佛弟子。"为佛弟子者，俗呼为师，故名之曰师师。师师方四岁，寅犯罪系狱死。师师无所归，有娼籍李姥者收养之。比长，色艺绝伦，遂名冠诸坊曲①。徽宗帝即位，好事奢华，而蔡京、章惇、王黼之徒②，遂假绍述为名③，劝帝复行青苗诸法④。长安中粉饰为饶乐气象。市肆酒税，日计万缗，金玉缯帛，充溢府库。于是童贯朱勔辈复导以声色狗马宫室苑囿之乐⑤。凡海内奇花异石,搜采殆遍。筑离宫于汴城之北,名曰艮岳⑥。帝般乐其中,久而厌之,更思微行,为狎邪游。内押班张迪者,帝所亲幸之寺人也。未宫时为长安狎客,往来诸坊曲,故与李姥善。为帝言陇西氏色艺双绝,帝艳心焉。翼日,命迪出内府紫茸二匹,霞毡二端,瑟瑟珠二颗,白金廿镒,诡云大贾赵乙,愿过庐一顾。姥利金币,喜诺。暮夜,帝易服杂内寺四十余人中,出东华门,二里许,至镇安坊。镇安坊者,李姥所居之里也。帝麾止余人,独与迪翔步而入。堂户卑庳⑦。姥出迎,分庭抗礼,慰问周至。进以时果数种,中有香雪藕,水晶萍婆,而鲜枣大如卵,皆大官所未供者。帝为各尝一枚。姥复款洽良久,独未见师出拜,帝延伫以待。时迪已辞退,姥乃引帝至一小轩。棐几临窗,缥缃数帙⑧,窗外新篁⑨,参差弄影。帝悠然兀坐,意兴闲适,独未见师师出侍。少顷,姥引帝到后堂。陈列鹿炙、鸡酢、鱼脍、羊签等肴,饭以香子稻米,帝为进一餐。姥侍旁,款语移时,而师师终未出见。帝方疑异,而姥忽复请浴,帝辞之。姥至帝前,耳语曰:"儿性好洁,勿忤。"帝不得已,随姥至一小楼下湢室中浴竟⑩。姥复引帝坐后堂,肴核水陆,杯盏新洁,劝帝欢饮,而师师终未一见。良久,姥才执烛引帝至房,帝褰帷而入,一灯荧然,亦绝无师师在。帝益异之,为倚徙几榻间。又良久,见姥拥一姬姗姗而来。淡妆不施脂粉,衣绢素,无艳服。新浴方罢,娇艳如出水芙蓉。见帝意似不屑,貌殊倨,不为礼。姥与帝耳语曰:"儿性颇愎,勿怪。"帝于灯下凝睇物色之,幽姿逸韵,闪烁惊眸。问其年,不答,复强之,乃迁坐于他所。姥复附帝耳曰:"儿性好静坐,唐突勿罪。"遂为下帷而出。师师乃起,解玄绢褐袄,衣轻绨⑪,卷石袂,援壁间琴,隐几端坐而鼓《平沙落雁》之曲。轻拢慢撚⑫,流韵淡远。帝不觉为之倾耳,遂忘倦。比曲三终,鸡唱矣。帝亟披帷出。姥闻,亦起,为进杏酥饮,枣糕,怀饦诸点品⑬。帝饮杏酥杯许,旋起去。内侍从行者皆潜候于外,即拥卫还宫。时大观三年八月十七日事也。姥私语师师曰:"赵人礼意不薄,汝何落落乃尔⑭?"师师怒曰:"彼贾奴耳,我何为者?"姥笑曰:"儿强项⑮,可令御史里行也。⑯"而长安人言籍籍⑰,皆知驾幸陇西氏。姥闻大恐,日夕惟涕泣,泣语师师曰:"洵是,夷吾族矣。"师师曰:"无恐,上肯顾我。岂忍杀我?且畴昔这夜,幸不见逼,上意必怜我。惟是我所窃自悼者,实命不犹⑱,流落下贱,使不洁之名,上累至尊,此则死有余辜者。若夫天威震怒,横被诛戮,事起佚游,上所深讳,必不至此,可无虑也。"次年正月,帝遣迪赐师师蛇跗琴⑲。蛇跗琴者,琴古而漆皸⑳,则有纹如蛇之跗,盖大内珍藏宝器也。又赐白金五十两。三月帝复微行如陇西氏。师师仍淡妆素服,俯伏门阶迎驾。帝喜,为执其手令起。帝见其堂户忽华敞,前所御处,皆以蟠龙锦绣覆其上。又小轩改造杰阁,画栋朱阑,都无幽趣。而李姥见帝至,亦匿避,宣至,则体颤不能起,无复向时调寒送暖情态。帝意不悦,为霁颜,以老娘呼之,谕以一家子无拘畏。姥拜谢,乃引帝至大楼。楼初成,师师伏地叩帝赐额。时楼前杏花盛放,帝为书"醉杏楼"三字赐之。少顷置酒,师师侍侧,姥匍匐传樽为帝寿。帝赐师师隅坐,命鼓所赐蛇跗琴,为弄《梅花三叠》。帝衔杯饮听,称善者再。然帝见所供肴馔皆龙凤形,或镂或绘,悉如宫中式。因问之,知出自尚食房厨夫手,姥出金钱倩制者。帝亦不怪,谕姥今后悉如前,无矜张显著。遂不终席,驾返。帝尝御画院,出诗句试诸画工,中式者岁间得一二。是年九月,以"金勒马嘶芳草地,玉楼人醉杏花天"名画一幅赐陇西氏。又赐藕丝灯、暖雪灯、芳苡灯、火凤衔珠灯各十盏;鸬鹚杯、琥珀杯、琉璃盏、镂金偏提各十事㉑;月团、凤团、蒙顶等茶百斤;怀饦、寒具、银馓饼数盒。又赐黄白金各千两。时宫中已盛传其事,郑后闻而谏曰:"妓流下贱,不宜上接圣躬。且暮夜微行,亦恐事生叵测。愿陛下自爱。"帝颔之。阅岁者再,不复出。然通问赏赐,未尝绝也。宣和二年,帝复幸陇西氏。见悬所赐画于醉杏楼,观玩久之。忽回顾见师师,戏语曰:"画中人乃呼之竟出耶?"即日赐师师辟寒金钿,映月珠环,舞鸾青镜,金虬香鼎。次日,又赐师师端溪凤咮砚㉒,李廷珪墨㉓,玉管宣毫笔,剡溪绫纹纸,又赐李姥钱百千缗。迪私言于上曰:"帝幸陇西,必易服夜行,故不能常继。今艮岳离宫东偏有官地袤延二三里,直接镇安坊。若于此处为潜道,帝驾往还殊便。"帝曰:"妆图之。"于是迪等疏言:"离宫宿卫人向多露处。臣等愿捐赀若干,于官地营室数百楹,广筑围墙,以便宿卫。"帝可其奏。于是羽林巡军等,布列至镇安坊止,而行人为之屏迹矣。四年三月,帝始从潜道幸陇西,赐藏阄双陆等具㉔。又赐片玉棋盘,碧白二色玉棋子,画院宫扇,九折五花之簟,鳞文蓐叶之席,湘竹绮帘,五采珊瑚钩。是日,帝与师师双陆不胜,围棋又不胜,赐白金二千两。嗣后师师生辰,又赐珠钿金条脱各二事㉕,玑琲一箧,毳锦数端,鹭毛缯翠羽缎百匹,白金千两。后又以灭辽庆贺，大赉州郡，加恩宫府。乃赐师师紫绡绢幕，五采流苏，冰蚕神锦被，却尘锦褥，麸金千两，良酝则有桂露流霞香蜜等名。又赐李姥大府钱万缗。计前后赐金银钱、缯帛、器用、食物等，不下十万。帝尝于宫中集宫眷等宴坐，韦妃私问曰："何物李家儿，陛下悦之如此？"帝曰："无他，但令尔等百人，改艳妆，服玄素，令此娃杂处其中，迥然自别。其一种幽姿逸韵，要在色容之外耳。"无何，帝禅位，自号为道君教主，退处太乙宫。佚游之兴，于是衰矣。师师语姥曰："吾母子嘻嘻，不知祸之将及。"姥曰："然则奈何？"师师曰："汝第勿与知，唯我所欲。"时金人方启舆㉖，河北告急。师师乃集前后所赐金钱，呈牒开封尹，愿入官，助河北饷。复赂迪等代请于上皇，愿弃家为女冠。上皇许之，赐北郭慈云观居之，未几，金人破汴㉗。主帅闼懒索师师，云："金主知其名，必欲生得之。"乃索之累日不得。张邦昌等为踪迹之㉘，以献金营。师师骂曰："吾以贱妓，蒙皇帝眷，宁一死无他志。若辈高爵厚禄，朝廷何负于汝，乃事事为斩灭宗社计？今又北面事丑虏，冀得一当，为呈身之地。吾岂作若辈羔雁贽耶？"乃脱金簪自刺其喉，不死；折而吞之，乃死。道君帝在五国城㉙，知师师死状，犹不自禁其涕泣之泛澜也。

论曰：李师师以娼妓下流，猥蒙异数，所谓处非其据矣。然观其晚节，烈烈有侠士风，不可谓非庸中佼佼者也。道君奢侈无度，卒召北辕之祸㉚，宜哉。

注释

①遂名冠诸坊曲：坊曲，原指街市中的小街曲巷，此代指妓院。

②而蔡京、章惇、王黼之徒：蔡京，北宋兴化仙游（今属福建）人，字元长，宋神宗熙宁三年（公元1070年）进士，曾任开封府知府、户部尚书等职。政治上惯于看风使舵，被目为奸人。徽宗继位后，曾一度遭贬。后与童贯相勾结，任为尚书右仆射、太师，以专权柄。在其执政期间，以恢复王安石新法为名，排斥异己，苛政重税，并倡导奢侈，挥霍财物，来迎合帝意，借此巩固自己的权位，被时人目为"六贼"之首。金兵南下时，携家南逃，被钦宗贬斥，死于潭州（今湖南长沙）。入《宋史·奸臣传》。章惇，字子厚，北宋建州蒲城（今属福建）人，少时博学善文，举进士，受到王安石重用，为编修三司条例官，参与变法，后司马光废弃新法，他极力反对，被贬知汝州。哲宗亲政，起用章惇为尚书左仆射兼门下侍郎，全面恢复新法。徽宗即位，封申国公，不久被贬，死于睦州。入《宋史·奸臣传》。王黼，字将明，宋开封祥符人，徽宗崇宁（公元1102—1106年）间进士，为人多智善佞，依附蔡京，

二年间便除左谏议大夫、给事中、御史中丞，进翰林学士。不久，拜尚书左丞、中书侍郎，宣和元年（公元1119年），拜特进、少宰。次年，代蔡京执政，初假顺民心，一反蔡京所为，四方称为"贤相"。之后则大肆搜刮，中饱私囊，并置应奉局，自为提领，任意挥霍天下财物。在处理边务中，竟以巨款买下空城一座，而谎报大捷，徽宗不悟，特优进太傅，封楚国公。为巩固自己的权位，不惜手段，竟至亲为俳优，取悦徽宗。钦宗即位，金人南下，王黼携家南逃，被贬为崇信军节度副使，没籍其家，下开封府推问，后被府尹聂山遣武士杀于雍丘南辅固村。入《宋史·佞幸传》。

③遂假绍述为名：绍述，谓继承前人的事业、法度等。宋神宗熙宁、元丰间推行王安石新法，哲宗继位，因年幼，由高太后主政，尽废新法，高太后死，哲宗宋政，任用章惇执政，又全面推行新法。哲宗死，向太后临朝听政，章惇遭贬，新法又废。徽宗即位，以蔡京为相，又行新法，并对旧党人物大行贬斥，史称此为"绍述之政"。

④劝帝复行青苗诸法：青苗法，王安石新法内容之一。谓春夏青黄不接之季，由官府贷钱给农民，度过此段时期，秋收后，加利归还。此法从一开始，就遭到苏辙等人的坚决反对。

⑤"于是童贯、朱勔辈"句：童贯，字道夫，宋时开封人，为徽宗朝宦官。性巧媚，善于观察人主旨意，投其所好。徽宗立，置明金局于杭州，童贯任供奉官，为徽宗搜寻书画奇玩，与蔡京相识，回京后力荐蔡京。此后二人朋比为党，相与成奸。徽宗政和元年（公元1111年），进检校太尉，遂执掌兵权近二十年。后以镇压方腊起义军，进封太师，宣和七年（公元1125年）封广阳郡王。是年金兵南侵，时童贯为河北宣抚使，在太原不战而逃，回到京城，钦宗嗣位，童贯以十大罪状被弹劾，连贬昭化军节度副使，后被诛杀。详见《宋史·宦者传》。朱勔，北宋苏州人，出身微贱而狡狯有智计，少壮时曾为佣工，梗悍不驯，受鞭笞而逃往地方，以乞贷度日。后得异人传授医方，回乡设店卖药，遂富。后因依附蔡京、童贯，冒充军籍，得以为官。徽宗喜玩奇花异石，朱勔不遗余力，不计手段搜刮以献，运送船只相衔于淮、汴之间，号称"花石纲"，朱勔因之被擢拔为防御使、东南部刺史等职。当地吏民凡有反对者，轻则倾家荡产，重则以大不恭罪处死，吴、越之民深受其害达二十年之久。钦宗即位，削其官爵，放归田里，籍其家财，田至三十万亩，后将其诛杀于贬所。详见《宋史·佞幸传》。

⑥艮岳：宋徽宗政和七年（公元1117年），在东京汴梁（今河南开封）东北景龙山侧构筑的一座人工土山。山周围十余里，分东西二峰，最高峰有九十尺，以像余杭的凤凰山。其中广植朱勔等人从吴越搜求而来的奇花异木，养育许多珍禽异兽。因其在京城的艮方（东北方称为艮），故名艮岳。其旧址约在今开封铁塔上方寺附近。

⑦堂户卑庳（bì比）：卑庳，小而低下。

⑧缥缃数帙(zhì 至):缥,淡青色的帛;缃,浅黄色的帛。古人以之作为书衣或书囊,后用为书卷的代称。帙,包书的套子,因指一套书为一帙。

⑨窗外新篁:篁,泛指竹子。

⑩随姥至一小楼下湢室中浴竟:湢室,浴室。湢,音 bì 必。

⑪衣轻绨(tí 题):绨,古时的一种丝织品,质地较厚而柔软。《急就篇》卷三颜师古注:"绨,厚缯之滑泽者也。"

⑫轻拢慢撚(niǎn):拢、撚,均为弹奏琵琶的指法。

⑬怀饦(bó tuō 博拖)诸点品:怀饦,一种水煮的面食。

⑭汝何落落乃尔:落落,清高的样子。

⑮儿强项:强项,倔强,不低头。

⑯可令御史里行也:御史里行,即监察御史里行,官职名,同监察御史。《旧唐书·职官志》:"贞观初,马周以布衣进用,太宗令于监察御史里行。自此因置里行之名。"主要职责是分察百僚,巡按郡县,纠视刑狱,肃整朝仪。品秩虽不高,为正八品,但职权甚重,故要求任此职之人正直无私,秉公办事,且自视甚高。

⑰而长安人言籍籍:长安,即代指汴京。籍籍,形容议论蜂起。

⑱实命不犹:犹,相若之意。《诗·召南·小星》:"抱衾与裯,实命不犹。"毛《传》:"犹,若也。"句意谓自己的命低贱,与别人不一样。

⑲蛇蚹琴:有着蛇腹横鳞断纹的古琴,"蚹",亦作"蚹"。宋人姚宽《西溪丛话》载:"伊南田户店觅笃谷隐士赵彦安获一琴,断文奇古,真蛇蚹也。"

⑳琴古而漆黦(yuè 月):黦,黄黑色。

㉑镂金偏提各十事:偏提,酒壶。

㉒又赐师师端溪凤咮(zhòu 咒)砚:端溪,地名,在今广东德庆县,县东有水名端溪,中有三洞,出砚石,著称于世的端砚即产于此。咮,乌嘴。

㉓李廷珪墨:李廷珪,五代南唐人,世为朝廷墨官,其所制之墨,坚如玉,纹如犀,被书家推为至宝。

㉔赐藏阄、双陆等具:藏阄、双陆,均为古时赌博游戏。藏阄,饮宴时,将阄藏于器物之中,探得者饮酒。双陆,相传为曹植所创,其法今已失传。

㉕又赐珠钿金条脱二事:条脱,手镯一类的装饰品,亦作"跳脱"、"条达"。

㉖时金人方启舆:启舆,原指启动车辆,此谓金兵开始南侵,时在 1125 年。

㉗金人破汴:金兵于靖康元年(公元 1126 年)11 月攻陷北宋都城汴京。

㉘张邦昌等为踪迹之:张邦昌,字子能,北宋末年永静军东光(今属河北)人,举进士,宋徽宗宣和元年(公元 1119 年)以来,历官尚书右丞、尚书左丞、中书侍郎等职;钦宗即位,拜少宰,不久进太宰兼门下侍郎。金兵攻陷汴京,张邦昌为河北路割地使,为主割地求和,向金人投降。1127 年三月,在金军支持下,张邦昌即帝位,建立傀儡政权,号称"大楚",拟建都金陵。高宗即位,以僭逆之罪贬为昭化军

节度副使,潭州安置,不久,赐死潭州。入《宋史·叛臣传》。

㉙道君帝在五国城:道君帝,即指宋徽宗,其晚年禅位后,自号道君教主,故有是称。五国城,亦称五国头城。1127年2月,宋徽宗被金兵北掳,死于此地。其旧址说法不一,有认为在今吉林扶余市,有认为在黑龙江依兰县一带,《嘉庆一统志》指认为在黑龙江宁古塔东北,即今黑龙江宁安县。

㉚卒召北辕之祸:北辕之祸,即指金兵1126年冬攻陷汴京后,次年二月,徽宗、钦宗被押送至北方五国城一事。

【今译】

　　李师师是汴京东二厢永庆坊染房工匠王寅的女儿。王寅的妻子刚生下这女儿不久便死去,王寅用豆浆代替乳汁来喂养她,她才得以不死。李师师在襁褓中没有啼哭过。汴京的风俗,凡生下男女,父母爱怜,必将他们舍到佛寺。王寅怜惜这个女儿,便把她舍身到宝光寺。这时,李师师刚刚会笑。一位老僧看着她说:"这是什么地方,你怎么来了?"这女孩此时才突然啼哭起来。老僧抚摩着她的头顶,啼哭才停止下来。王寅暗暗高兴,说:"这女孩真是佛的弟子。"作为佛的弟子,俗称为"师",因此给这女孩取名为"师师"。

　　师师刚四岁的时候,王寅因犯罪拘押在狱中而死。师师无家可归,一位在籍的妓女李姥收养了她。等到师师长大成人,姿色技艺超越同辈,她的声名遂在各妓院中冠绝一时。

　　徽宗皇帝即位,喜爱追寻奢华生活,而蔡京、章惇、王黼这些人,便假借继承神宗的名义,劝徽宗重新实行青苗等法。汴京城中被粉饰成一派富饶欢乐的气象,街市征收的酒税,每天以万贯钱计数,金玉丝帛,充溢府库。于是童贯、朱勔等人又用声色犬马、宫室苑囿之乐去引诱徽宗。凡是天下奇花异石,都被搜尽找遍。又在汴京城北面修筑一所离宫,名字叫做"艮岳"。徽宗在里面诸般寻欢作乐,时间一长,就感到厌倦,便想微服私行,去妓院狎游。大内押班张迪,是徽宗亲信的太监。没有入宫时,他便是汴京城中的嫖客,在各个妓院往来,因此与李姥很熟悉。他给徽宗说李师师色艺双绝,徽宗便产生了艳羡之心。第二天,命张迪拿出内府所贮的紫茸二匹,霞毡二端,瑟瑟珍珠二颗,白金二十镒,假称是大商人赵乙,愿到李姥的府上拜望。李姥为金币所动,高高兴兴地答应了。

夜晚，徽宗换了衣服，杂在四十余名太监之中，出东华门，步行二里多路，到了镇安坊。镇安坊正是李姥所居之地。徽宗令众人停下来，独自与张迪快步而入。只见厅堂门户都不宽大。李姥出来迎接，在庭中相互致礼，又周到地一一问好。李姥向徽宗进献了几种时鲜果品，其中有香雪藕、水晶苹果，而那鲜枣亮大如鸟蛋，这些东西，连那些大官都未尝向皇上进贡过，徽宗因而尝了一枚。李姥很殷勤地款待他们很久，独独不见李师师出来拜见，徽宗只急切地等待着她的到来。这时张迪也已退下，李姥领徽宗到了另一小轩，屋中茶几临靠着窗户，上面堆放着几套书卷，窗外一丛新竹，竹影随风摇动。徽宗悠闲地随意坐下，兴趣极为闲适。这时，还是不见师师出来侍奉。不一会儿，李姥又领徽宗到了后堂，摆出烧烤鹿肉、鸡酢、鱼脍、羊签等佳肴，饭用香稻做成，徽宗就着吃了一餐。李姥在旁陪侍，亲切地交谈了许久，而师师终究没有出来相见。徽宗正感到有些疑异，李姥忽然请徽宗去洗浴，徽宗推辞不去。李姥走到徽宗跟前，对他小声说："这女子生性爱好干净，请不要违背。"徽宗不得已，只得随着李姥到一小楼下浴室洗浴，洗完，李姥又引着徽宗到后堂坐下，摆出酒肴果品，杯盏都是新的，非常干净，李姥劝徽宗欢饮，而师师始终没有出来相见。

　　过了许久，李姥才手拿蜡烛，引着徽宗进了内房，徽宗掀开帷幕进去，只见亮着一盏灯，绝无师师的踪影。徽宗更加惊异，只好依凭在几案、床榻间等着。又过了许久，只见李姥拥着一位女子姗姗而来，她淡淡地化了妆，不施脂粉，穿一身很素雅的绢衣，没有鲜艳的服饰。她刚刚洗完澡，娇艳得像一朵出水芙蓉。看见徽宗，似乎不屑一顾，样子很是傲慢，不给徽宗施礼。李姥在徽宗的耳边悄声说："这女子性情倔强，请不要怪罪。"徽宗在灯下专注地看着她。但见她姿态幽雅，意韵闲逸，闪烁着一双惊奇的眼睛。问她的年龄，她不回答，又勉强再问，她干脆到别的地方坐下。李姥又附着徽宗的耳边说："这女子性好静坐，有唐突之处，请不要怪罪。"说完掀起帷幕走出房去。这时，师师站了起来，解下黑色绢子的夹袄，穿一件轻柔的绸衣，卷起右袖，取下壁上的琴，在几案边坐下，弹奏起《平沙落雁》的曲子。轻拢慢撚，乐声如流水那样闲淡、悠远。徽宗不觉为之所动，专注倾听，而忘记了疲倦。等到几支曲子弹奏完毕，已是鸡叫天明的时分。徽宗急忙掀开帷幕出来。李姥听说后，也赶紧起来，进上杏酥茶、枣糕、汤饼等各式点心。

徽宗喝了一杯杏酥茶,急忙起身离去。跟随的侍从人员,都暗藏等候在外,见徽宗出来,立即簇拥着护卫他还宫。这是大观三年八月十七日发生的事。

　　李姥私下对师师说:"来的这位赵姓客人,礼物、情意都不薄,你为何那样清高?"师师生气地说:"他只是个商人罢了,我是何许样的人?"李姥笑着说:"你这样倔强,可以担任御史里行的官职。"

　　这时,汴京城中之人已在议论纷纷,都知当今皇上曾驾幸李师师。李姥听说后,非常害怕,整日整夜都只是哭泣。她哭着对师师说:"如确是这样的话,我们家族就都要被诛灭了。"师师说:"不要害怕,皇上肯来看我,他哪里肯杀掉我?况且那天夜晚,皇上并未强逼我,皇上的心中必定爱怜我。只是我私下伤感,实在是自己命运低贱,流落到这下贱之地,使不贞洁之名,连累到了皇上,这才是死有余辜。至于说皇上震怒,把我们横加诛戮,而这事的起因却是为了冶游妓院,这正是皇上要严加避讳的,所以,必定不会发生这样的事,你也就不用忧虑。"

　　第二年正月,徽宗派张迪赐给师师一张蛇跗琴。这蛇跗琴,年代非常古老,琴身显黄黑色,斑纹像蛇腹的花纹,这是大内珍藏的宝器。另又赐白金五十两。

　　三月,徽宗又微服私行到了李师师家。师师仍然着淡妆,穿素服,俯伏在门阶前迎接徽宗驾到。徽宗大喜,拉着她的手,令她起来。徽宗发现她们的堂院门户忽然间变得华丽宽敞,前次所到过的那些地方,都用绣着蟠龙的锦缎覆盖在上面。又将小轩改造成大阁,栋梁上描着图画,栏杆用红色漆过,再也没有从前那种幽雅的趣味。李姥见徽宗驾到,躲避起来,宣召她来进见时,她全身颤抖,不能站立,再没有从前那种嘘寒问暖的情态。徽宗心中不高兴,但还是露出笑容,称呼李姥为"老娘",下谕让一家子人都不要拘束害怕。李姥拜谢,便引徽宗到一幢大楼前。大楼刚刚建成,师师俯伏在地,叩请徽宗题赐匾额。这时楼前杏花怒放,徽宗便写了"醉杏楼"三字赐给她。过一会,摆上酒席,师师在旁侍候,李姥则匍匐传递酒杯,为徽宗祝寿。徽宗赐师师在一边坐下,命她弹奏所赐的那张蛇跗琴,师师弹奏一曲《梅花三叠》,徽宗口衔酒杯,边饮边听,多次称好。但是,徽宗看见进供上来的菜肴,都做成龙凤之形,或镂刻花样,或描绘图画,完全同宫中样式一样。徽宗询问,知是出自皇宫御膳房厨师之手,是李姥出钱请人制作的。

徽宗心里更加不高兴,告谕李姥今后一切像从前一样,不要过于炫耀、张扬。于是半途退席回宫。

徽宗曾驾幸画院,出诗句来测试那些画工,能够合符要求的,一年间只有一二个人。这年九月,徽宗以题写着"金勒马嘶芳草地,玉楼人醉杏花天"的名画一幅,赏赐给李师师,又赐给她藕丝灯、暖雪灯、芳似灯、火凤衔珠灯各十盏;鸬鹚杯、琥珀杯、琉璃盏、镂金酒壶各十件;月团、凤团、蒙顶等茶叶百余斤;汤饼、油炸饼、乳酪馅饼数盒,又赐黄白金各千两。

这时宫中已经传开了这件事。郑皇后听说后,规劝徽宗说:"妓女之流身处下贱,不配接待皇上,并且皇上夜晚微服私行,也怕有不测之事发生。愿陛下自爱。"徽宗点了点头。之后两年,没有再出去,但派人询问、赏赐从未断绝过。

宣和二年,徽宗又驾幸李师师,看见醉杏楼上悬挂着赏赐给师师的那幅名画,徽宗赏玩很久。忽然回头看见师师,开玩笑说:"呼唤画中美人,她竟然就出来了?"这天,赏赐给师师的有避寒金钿、映月珠环、舞鸾青镜、金虬香鼎。第二天,又赐给师师端溪所产的凤咮砚、李廷珪的墨、玉管宣毫笔、剡溪绫纹纸,又赐给李姥百千余贯钱。

张迪私下对徽宗说:"皇上驾幸李师师,必定要换了衣服,夜晚才去,所以不能常来常往。现在的艮岳离宫偏东方向有官地,绵延有二三里长,可直通镇安坊,如若从此处修一条暗道,皇上来去就非常方便了。"徽宗说:"你来筹划这件事。"于是,张迪等人上疏说:"护卫离宫的人一向露宿在外,臣等愿捐资若干,在官地修建数百间房舍,广筑围墙,以便于护卫。"徽宗同意了他们的上奏。于是羽林、巡军等一直布列到镇安坊而止。

宣和四年三月,徽宗便开始从暗道驾幸李师师家,赐给她藏阁、双陆等游戏的器具。又赐片玉棋盘,绿白二色的美玉棋子,画院官扇,九折五花的竹席,蓐叶所做成的有鱼鳞花纹的席子,湘竹编制的有图形的帘子,五彩珊瑚钩。这天,徽宗与师师赌赛双陆不胜,下围棋又不胜,便赐白金二千两给师师。之后,师师的生日,又赐给她珠钿、金手镯各二个,串珠一小箱,氍锦数端,鹭毛缯、翠羽缎百匹,白金千两。后来又以打败辽国而举行庆贺,大赏各州郡官员,加恩封赐各官府。便赐师师紫绡绢幕,五彩流苏,冰蚕神锦被,却尘锦褥,麸金千两。美酒则有桂露、流霞、香蜜等名品。又赐李姥大府钱万余贯。前后所赏赐的金银钱、缯帛、器用、食物等，不下十万。

徽宗曾在官中召集嫔妃欢宴，韦妃私下问道："李家那女子到底是什么东西？陛下竟如此宠爱她？"徽宗说："没有其他原因，如果让你们百余人，换去艳妆，穿上素净的衣服，令这女娃混杂在其中，她与你们迥然有别。她那一种幽雅的姿态，飘逸的神韵，主要展现在姿色容貌之外罢了。"

没多久，徽宗禅位于太子，自称道君教主，退处太乙宫。冶游之兴趣，从此衰退。师师对李姥说："我母子俩嬉戏快乐，不知祸事将到。"李姥说："那么怎么办？"师师说："你不要多问，只听我的就是了。"

这时金人刚开始南侵，河北告急。师师便将徽宗前后所赐的金钱汇集一起，给开封府尹呈上一份书牒，表示愿将金银捐献给官府，资助河北等地的军饷。她又贿赂张迪等人，请他代她向徽宗请求，愿弃家做女道士。徽宗准许了她的请求，赐城北外的慈云观给她居住。

没有多久，金人攻破汴京，主帅闼懒找寻师师，说："金国国君知晓师师的名声，必定要得到活着的她。"搜寻了几日都没有找到。张邦昌等人搜寻踪迹找到了师师，要把她献给金人。师师怒骂道："我作为一个低贱的妓女，曾蒙受皇上的眷爱，宁愿一死，别无其他意愿。你们这些人蒙受过皇帝的高爵厚禄，朝廷哪点亏待了你们，你们事事都是为了颠覆亡朝廷而筹划，而今又事奉丑恶的金人，希望得到适当的机会，作为进身之地。我哪里会去当你们作为进见礼的羔雁？"说完，便脱下金簪，自刺咽喉，没有死，又将金簪折断吞下，才死去。徽宗皇帝这时在五国城，知道了师师死的情状，情不自禁地痛哭流涕，泪水涟涟。

有人议论道，李师师以一个低贱的娼妓，却遇上奇异的命数，这就是说她得到了与她所据有的地位不相称的待遇。但观其晚年的节操，很有侠士豪烈之风，不能不说是平庸之辈中的佼佼者。徽宗奢侈无度，最终遭到被掳掠到北方的灾祸，他确实应该遭到这样的报应啊。

附录

稗边小缀

鲁　迅

《古镜记》见《太平广记》卷二百三十，改题《王度》，注云：出《异闻集》。《太平御览》(九百十二)引其程雄家婢一事，作隋王度《古镜记》，盖缘所记皆隋时事而误。《文苑英华》(七百三十七)顾况《戴氏广异记》序云"国朝燕公《梁四公记》，唐临《冥报记》，王度《古镜记》，孔慎言《神怪志》，赵自勤《定命录》，至如李庚成张孝举之徒，互相传说"。则度实已入唐，故当为唐人。惟《唐书》及《新唐书》皆无度名。其事迹之可借本文考见者，如下：

> 大业七年五月，自御史罢归河东；六月，归长安。八年四月，在台；冬，兼著作郎，奉诏撰国史。九年秋，出兼芮城令；冬，以御史带芮城令，持节河北道，开仓赈给陕东。十年，弟勣自六合丞弃官归，复出游。十三年六月，勣归长安。

由隋入唐者有王绩，绛州龙门人，《新唐书》(一九六)《隐逸传》云："大业中，举孝悌廉洁……不乐在朝，求为六合丞。以嗜酒不任事，时天下亦乱，因劾，遂解去。叹曰：'罗网在天下，吾且安之！'乃还乡里……初，兄凝为隋著作郎，撰《隋书》，未成，死。绩续余功，亦不能成。'则《新唐书》之绩及凝，即此文之勣及度，或度一名凝，或《唐书》字误，未能详也。"《唐书》(一九二)亦有绩传，云："贞观十八年卒。"时度已先殁，然不知在何年。宋晁公武《郡斋读书志》(十四)类书类有《古镜记》一卷，云："右未详撰人，纂古镜故事。"或即此。《御览》所引一节，文字小有不同。如"为下邽陈思恭义女"下有"思恭妻郑氏"五字，"遂将鹦鹉"之"将"作"劫"，皆较《广记》为胜。

《补江总白猿传》据明长洲《顾氏文房小说》覆刊宋本录，校以《太平广记》四百四十四所引改正数字。《广记》题曰《欧阳纥》，注云：出《续江氏传》，是亦据宋初单行本也。此传在唐宋时盖颇流行，故史志屡见著录：

　　《新唐书》《艺文志》子部小说家类：《补江总白猿传》一卷。

　　《郡斋读书志》史部传记类：《补江总白猿传》一卷。右不详何人撰。述梁大同末欧阳纥妻为猿所窃，后生子询。《崇文目》以为唐人恶询者为之。

　　《直斋书录解题》子部小说家类：《补江总白猿传》一卷。无名氏。欧阳纥者，询之父也。询貌猕猿，盖常与长孙无忌互相嘲谑矣。此传遂因其嘲广之，以实其事。托言江总，必无名子所为也。

　　《宋史》《艺文志》子部小说类：《集补江总白猿传》一卷。

　　长孙无忌嘲欧阳询事，见刘𫗧《隋唐嘉话》（中）。其诗云："耸膊成山字，埋肩不出头。谁家麟阁上，画此一猕猴！"盖询耸肩缩颈，状类猕猴。而老玃窃人妇生子，本旧来传说。汉焦延寿《易林》（坤之剥）已云："南山大玃，盗我媚妾。"晋张华作《博物志》，说之甚详（见卷三《异兽》）。唐人或妒询名重，遂牵合以成此传。其曰"补江总"者，谓总为欧阳纥之友，又尝留养询，具知其本末，而未为作传，因补之也。

　　《离魂记》见《广记》三百五十八，原题《王宙》，注云出《离魂记》，即据以改题。"二男并孝廉擢第，至丞尉"句下，原有"事出陈玄祐《离魂记》云"九字，当是羡文，今删。玄祐，大历时人，余未知其审。

　　《枕中记》今所传有两本，一在《广记》八十二，题作《吕翁》，注云出《异闻集》；一见于《文苑英华》八百三十三，篇名撰人名毕具。而《唐人说荟》竟改称李泌作，莫喻其故也。沈既济，苏州吴人（《元和姓纂》云吴兴武康人），经学该博，以杨炎荐，召拜左拾遗史馆修撰。贞元时，炎得罪，既济亦贬处州司户参军。后入朝，位礼部员外郎，卒。撰《建中实录》十卷，人称其能。《新唐书》（百三十二）有传。既济为史家，笔殊简质，又多规诲，故当时虽薄传奇文者，仍极推许。如李肇，即拟以庄生寓言，与韩愈之《毛颖传》并举（《国史补》下）。《文苑英华》

不收传奇文,而独录此篇及陈鸿《长恨传》,殆亦以意主箴规,足为世戒矣。

在梦寐中忽历一世,亦本旧传。晋干宝《搜神记》中即有相类之事,云:"焦湖庙有一玉枕,枕有小坼。时单父县人杨林为贾客,至庙祈求。庙巫谓曰:君欲好婚否?林曰:幸甚。巫即遣林近枕边,因入坼中。遂见朱楼琼室,有赵太尉在其中,即嫁女与林,生六子,皆为秘书郎。历数十年,并无思归之志。忽如梦觉,犹在枕旁,林怆然久之。"(见宋乐史《太平寰宇记》百二十六引。现行本《搜神记》乃后人钞合,失收此条。)盖即《枕中记》所本。明汤显祖又本《枕中记》以作《邯郸记》传奇,其事遂大显于世。原文吕翁无名,《邯郸记》实以吕洞宾,殊误。洞宾以开成年下第入山,在开元后,不应先已得神仙术,且称翁也。然宋时固已溷为一谈,吴曾《能改斋漫录》、赵与时《宾退录》皆尝辨之。明胡应麟亦有考正,见《少室山房笔丛》中之《玉壶遐览》。

《太平广记》所收唐人传奇文,多本《异闻集》。其书十卷,唐末屯田员外郎陈翰撰,见《新唐书》《艺文志》,今已不传。据《郡斋读书志》(十三)云,"以传记所载唐朝奇怪事,类为一书",及见收于《广记》者察之,则为撰集前人旧文而成。然照以他书所引,乃同是一文,而字句又颇有违异。或所据乃别本,或翰所改定,未能详也。此集之《枕中记》,即据《文苑英华》录,与《广记》之采自《异闻集》者多不同。尤甚者如首七句《广记》作"开元十九年,道者吕翁经邯郸道上,邸舍中设榻,施担囊而坐"。"主人方蒸黍"作"主人蒸黄粱为馔"。后来凡言"黄粱梦"者,皆本《广记》也。此外尚多,今不悉举。

《任氏传》见《广记》四百五十二,题曰《任氏》,不著所出,盖尝单行。"天宝九年"上原有"唐"字。案《广记》取前代书,凡年号上著国号者,大抵编录时所加,非本有,今删。他篇皆仿此。

右第一分

李吉甫《编次郑钦说辨大同古铭论》,清赵钺及劳格撰之《唐御史台精舍题名考》(三)云,见于《文苑英华》。先未写出,适又无《文苑英华》可借,因据《广记》三百九十一录其文,本题《郑钦说》,则复依赵钺劳格说改也。文亦原非传奇,而《广记》注云出《异闻记》,盖其事奥异,唐宋人固已以小说视之,因编于集。李吉甫字弘宪,赵人,贞元初,为太常博士;累仕至翰林学士中书舍人。元和二年,以中书侍郎同中书门下平章事,出为淮南节度使,旋复入相。九年十月,暴疾卒,年五十七。赠司空,谥忠懿。两《唐书》(旧一四八新一四六)皆有传。郑钦说则《新唐书》(二百)附见《儒学》《赵冬曦传》中。云开元初繇新津丞请试五经擢第,授巩县尉,集贤院校理,右补阙,内供奉。雅为李林甫所恶。韦坚死,钦说时位殿中侍御史,尝为坚判官,贬夜郎尉,卒。

《柳氏传》出《广记》四百八十五,题下注云许尧佐撰。《新唐书》(二百)《儒学》《许康佐传》云:"贞元中,举进士宏辞,连中之……其诸弟皆擢进士第,而尧佐最先进;又举宏辞,为太子校书郎。八年,康佐继之。尧佐位谏议大夫。"柳氏事亦见于孟棨《本事诗》(《情感》第一),自云开成中在梧州闻之大梁夙将赵唯,乃其目击。所记与尧佐传并同,盖事实也。而述翃复得柳氏后事较详审,录之:

> 后罢府闲居,将十年。李相勉镇夷门,又署为幕吏。时韩已迟暮,同列皆新进后生,不能知韩。举目为"恶诗"。韩邑邑不得意,多辞疾在家。唯末职韦巡官者,亦知名士,与韩独善。一日,夜将半,韦叩门急。韩出见之,贺曰:"员外除驾部郎中,知制诰。"韩大愕然曰:"必无此事,定误矣。"韦就座曰:"留邸状报制诰阙人。中书两进名,御笔不点出。又请之,且求圣旨所与。德宗批曰:'与韩翃。'时有与翃同姓名者,为江淮刺史。又具二人同进。御笔复批曰:'春城无处不飞花,寒食东风御柳斜。日暮汉宫传蜡烛,轻烟散入五侯家。'又批曰:'与此韩翃。'"韦又贺曰:"此非员外诗耶?"韩曰:"是也。是知不误矣。"质明,而李与僚属皆至。时建中初也。

后来取其事以作剧曲者,明有吴长孺《练囊记》,清有张国寿《章台柳》。

《柳毅传》见《广记》四百十九卷,注云出《异闻集》。原题无传字,今增。据本文,知为陇西李朝威作,然作者之生平不可考。柳毅事则颇为后人采用,金人已撷以作杂剧(语见董解元《弦索西厢》);元尚仲贤有《柳毅传书》,翻案而为《张生煮海》;李好古亦有《张生煮海》;明黄说仲有《龙箫记》。用于诗篇,亦复时有。而胡应麟深恶之,曾云:

"唐人小说如柳毅传书洞庭事,极鄙诞不根,文士亟当唾去,而诗人往往好用之。夫诗中用事,本不论虚实,然此事特诳而不情。造言者至此,亦横议可诛者也。何仲默每戒人用唐宋事,而有'旧井潮深柳毅祠'之句,亦大卤莽。今特拈出,为学诗之鉴。"(《笔丛》三十六)申绎此意,则为凡汉晋人语,倘或近情,虽诳可用。古人欺以其方,即明知而乐受,亦未得为笃论也。

《李章武传》出《广记》卷三百四十。原题无传字,篇末注云出李景亮为作传,今据以加。景亮,贞元十年详明政术可以理人科擢第,见《唐会要》,余未详。

《霍小玉传》出《广记》四百八十七,题下注云蒋防撰。防字子徵(《全唐文》作微),义兴人,澄之后。年十八,父诫令作《秋河赋》,援笔即成。于简遂妻以子。李绅即席命赋《鞲上鹰》诗。绅荐之。后历翰林学士中书舍人(明凌迪知《古今万姓统谱》八十六)。长庆中,绅得罪,防亦自尚书司封员外郎知制诰贬汀州刺史(《旧唐书》《敬宗纪》),寻改连州。李益者,字君虞,系出陇西,累官右散骑常侍。太和中,以礼部尚书致仕。时又有一李益,官太子庶子,世因称君虞为"文章李益"以别之,见《新唐书》(二百三)《李华传》。益当时大有诗名,而今遗集零落,清张澍曾裒集为一卷,刻《二酉堂丛书》中,前有事辑,收罗李事甚备。《霍小玉传》虽小说,而所记盖殊有因,杜甫《少年行》有句云:"黄衫年少宜来数,不见堂前东逝波。"即指此事。时甫在蜀,殆亦从传闻得之。益之友韦夏卿,字云客,京兆万年人,亦两《唐书》(旧一六五新一六二)皆有传。李肇(《国史补》中)云:"散骑常侍李益少有疑病",而传谓小玉死后,李益乃大猜忌,则或出于附会,以成异闻者也。明汤海若尝取其事作《紫箫记》。

右第二分

李公佐所作小说,今有四篇在《太平广记》中,其影响于后来者甚巨,而作者之生平顾不易详。从文中所自述,得以考见者如次:

> 贞元十三年,泛潇湘苍梧。(《古岳渎经》)十八年秋,自吴之洛,暂泊淮浦。(《南柯太守传》)

> 元和六年五月,以江淮从事受使至京,回次汉南。(《冯媪传》)八年春,罢江西从事,扁舟东下,淹泊建业。(《谢小

娥传》）冬，在常州。（《经》）九年春，访古东吴，泛洞庭，登包山。（《经》）十三年夏月，始归长安，经泗滨。（《谢传》）

《全唐诗》末卷有李公佐仆诗。其本事略谓公佐举进士后，为钟陵从事。有仆夫执役勤瘁，迨三十年。一旦，留诗一章，距跃凌空而去。诗有"颛蒙事可亲"之语，注云："公佐字颛蒙"，疑即此公佐也。然未知《全唐诗》采自何书，度必出唐人杂说，而寻检未获。《唐书》（七十）《宗室世系表》有千牛备身公佐，为河东节度使说子，灵盐朔方节度使公度弟，则别一人也。《唐书》《宣宗纪》载有李公佐，会昌初，为杨府录事，大中二年，坐累削两任官，却似颛蒙。然则此李公佐盖生于代宗时，至宣宗初犹在，年几八十矣。惟所见仅孤证单文，亦未可遽定。

《古岳渎经》出《广记》四百六十七，题为《李汤》，注云出《戎幕闲谈》，《戎幕闲谈》乃韦绚作，而此篇是公佐之笔甚明。元陶宗仪《辍耕录》（二十九）云："东坡《濠州涂山》诗'川锁支祁水尚浑'注，'程演曰：《异闻集》载《古岳渎经》：禹治水，至桐柏山，获淮涡水神，名曰巫支祁。'"其出处及篇名皆具，今即据以改题，且正《广记》所注之误。《经》盖公佐拟作，而当时已被其淆惑。李肇《国史补》（上）即云："楚州有渔人，忽于淮中钓得古铁锁，挽之不绝。以告官。刺史李汤大集人力，引之。锁穷，有青猕猴跃出水，复没而逝。后有验《山海经》云，水兽好为害，禹锁于军山之下，其名曰无支祁。"验今本《山海经》无此语，亦不似逸文。肇始为公佐此作所误，又误记书名耳。且亦非公佐据《山海经》逸文，以造《岳渎经》也。至明，遂有人径收之《古逸书》中。胡应麟（《笔丛》三十二）亦有说，以为"盖即六朝人踵《山海经》体而赝作者。或唐人滑稽玩世之文，命名《岳渎》可见。以其说颇诡异，故后世或喜道之。宋太史景濂亦稍隐括集中，总之以文为戏耳。罗泌《路史》辩有无支祁；世又讹禹事为泗州大圣，皆可笑"。所引文亦与《广记》殊有异同：禹理水作禹治淮水；走雷作迅雷；石号作水号；五伯作土伯；搜命作授命；千作等山；白首作白面；奔轻二字无；闻字无；章律作童律，下重有童律二字；鸟木由作乌木由，下亦重有三字；庚辰下亦重有庚辰字；桓下有胡字；聚作丛；以数千载作以千数；大索作大械；末四字无。颇较顺利可诵识。然未审元瑞所据者为善本，抑但以意更定也，故不据改。

朱熹《楚辞辩证》(下)云:"《天问》,鲧窃帝之息壤以堙洪水,特战国时俚俗相传之语,如今世俗僧伽降无之祁,许逊斩蛟蜃精之类。本无依据,而好事者遂假托撰造以实之。"是宋时先讹禹为僧伽。王象之《舆地纪胜》(四十四淮南东路盱眙军)云:"水母洞在龟山寺,俗传泗州僧伽降水母于此。"则复讹无支祁为水母。褚人获《坚瓠续集》(二)云:"《水经》载禹治水至淮,淮神出见。形一猕猴,爪地成水。禹命庚辰执之。遂锁于龟山之下,淮水乃平。至明,高皇帝过龟山,令力士起而视之。因拽铁索盈两舟,而千人拔之起。仅一老猿,毛长盖体,大吼一声,突入水底。高皇帝急令羊豕祭之,亦无他患。"是又讹此文为《水经》,且坚嫁李汤事于明太祖矣。

《南柯太守传》出《广记》四百七十五,题《淳于棼》,注云出《异闻录》。《传》是贞元十八年作,李肇为之赞,即缀篇末。而元和中肇作《国史补》,乃云:"近代有造谤而著者,《鸡眼》《苗登》二文;有传蚁穴而称者,李公佐《南柯太守》;有乐伎而工篇什者,成都薛涛,有家僮而善章句者,郭氏奴(不记名)。皆文之妖也。"(卷下)约越十年,遂诋之至此,亦可异矣。棼事亦颇流传,宋时,扬州已有南柯太守墓,见《舆地纪胜》(三十七淮南东路)引《广陵行录》。明汤显祖据以作《南柯记》,遂益广传至今。

《庐江冯媪传》出《广记》三百四十三,注云出《异闻传》。事极简略,与公佐他文不类。然以其可考见作者踪迹,聊复存之。《广记》旧题无传字,今加。

《谢小娥传》出《广记》四百九十一,题李公佐撰。不著所从出,或尝单行欤,然史志皆不载。唐李复言作《续玄怪录》,亦详载此事,盖当时已为人所艳称。至宋,遂稍讹异,《舆地纪胜》(三十四江南西路)记临江军人物,有谢小娥,云:"父自广州部金银纲,携家入京,舟过霸滩,遇盗,全家遇害。小娥溺水,不死,行乞于市。后佣于盐商李氏家,见其所用酒器,皆其父物,始悟向盗乃李也。心衔之,乃置刀藏之,一夕,李生置酒,举室酣醉。娥尽杀其家人,而闻于官。事闻诸朝,特命以官。娥不愿,曰:'已报父仇,他无所事,求小庵修道。'朝廷乃建尼寺,使居之,今金池坊尼寺是也。"事迹与此传似是而非,且列之李邈与傅雱之间,殆已以小娥为北宋末人矣。明凌濛初作通俗小说(《拍案惊奇》十九),则据《广记》。

贞元十一年，太原白行简作《李娃传》，亦应李公佐之命也。是公佐不特自制传奇，且亦促侪辈作之矣。《传》今在《广记》卷四百八十四，注云出《异闻集》。元石君宝作《李亚仙花酒曲江池》，明薛近兖作《绣襦记》，皆本此。胡应麟（《笔丛》四十一）论之曰："娃晚收李子，仅足赎其弃背之罪，传者亟称其贤，大可哂也。"以《春秋》决传奇狱，失之。行简字知退（《新唐书》《宰相世系表》云，字退之），居易弟也。贞元末，登进士第。元和十五年，授左拾遗，累迁司门员外郎主客郎中。宝历二年冬，病卒。两《唐书》皆附见《居易传》（旧一六六新一一九）。有集二十卷，今不存。传奇则尚有《三梦记》一篇，见原本《说郛》卷四。其刘幽求一事尤广传，胡应麟（《笔丛》三十六）又云："《太平广记》梦类数事皆类此。此盖实录，余悉祖此假托也。"案清蒲松龄《聊斋志异》中之《凤阳士人》，盖亦本此。

《说郛》于《三梦记》后，尚缀《纪梦》一篇，亦称行简作。而所记年月为会昌二年六月，时行简卒已十七年矣。疑伪造，或题名误也。附存以备检：

行简云：长安西市帛肆有贩粥求利而为之平者，姓张，不得名。家富于财，居光德里。其女，国色也。尝因昼寝，梦至一处，朱门大户，檗节森然。由门而入，望其中堂，若设燕张乐之为，左右廊皆施帏幄。有紫衣吏引张氏于西廊幕次，见少女如张等辈十许人，花容绰约，花钿照耀。既至，吏促张妆饰，诸女迭助之理泽傅粉。有顷，自外传呼"侍郎来！"自隙间窥之，见一紫绶大官。张氏之兄尝为其小吏，识之，乃言曰："吏部沈公也。"俄又呼曰："尚书来！"又有识者，并帅王公也。逡巡复连呼曰："某来！某来！"皆郎官以上，六七箇坐厅前。紫衣吏曰："可出矣。"群女旋进，金石丝竹铿锵，震响中署。酒酣，并州见张氏而视之，尤属意。谓之曰："汝习何艺能？"对曰："未尝学声音。"使与之琴，辞不能。曰："第操之！"乃抚之而成曲。予之筝，亦然；琵琶，亦然。皆平生所不习也。王公曰："恐汝或遗。"乃令口受诗："鬟梳闹扫学官妆，独立闲庭纳夜凉。手把玉簪敲砌竹，清歌一曲月如霜。"张曰："且归辞父母，异日复来。"忽惊啼，寤，手扪衣带，谓母曰："尚书诗遗矣！"索笔录之。问其故，泣对以所梦，且曰："殆将死乎？"母怒曰："汝作魇耳，何以为辞？乃出不祥言如是。"因卧病累日。外亲有持酒肴者，又有将食味者。女曰："且须膏沐澡渝。"母听，良久，艳妆盛色而至。食毕，乃遍拜父母及坐客，曰："时不留，某今往矣。"自授衾而寝。父母环伺之，俄尔遂卒。会昌二年六月十五日也。

二十年前，读书人家之稍豁达者，偶亦教稚子诵白居易《长恨歌》。陈鸿所作传因连类而显，忆《唐诗三百首》中似即有之。而鸿之事迹颇晦，惟《新唐书》《艺文志》小说类有陈鸿《开元升平源》一卷，注云："字大亮，贞元主客郎中。"又《唐文粹》（九十五）有陈鸿《大统纪序》云："少学乎史氏，志在编年。贞元丁（案当作乙）酉岁，登太常第，始闲居遂志，廼修《大统纪》三十卷……七年，书始成，故绝笔于元和六年辛卯。"《文苑英华》（三九二）有元稹撰《授丘纡陈鸿员外郎制》，云："朝议郎行太常博士上柱国陈鸿，坚于讨论，可以事举，可虞部员外郎。"可略知其仕历。《长恨传》则有三本。一见于《文苑英华》七百九十四；明人又附刊一篇于后，云出《丽情集》及《京本大曲》，文句甚异，疑经张君房辈增改以便观览，不足据。一在《广记》四百八十六卷中，明人掇以实丛刊者皆此本，最为广传。而与《文苑》本亦颇有异同，尤甚者如"其年夏四月"至篇末一百七十二字，《广记》止作"至宪宗元和元年，盩厔尉白居易为歌以言其事。并前秀才陈鸿作传，冠于歌之前，目为《长恨歌传》"而已。自称前秀才陈鸿，为《文苑》本所无，后人亦决难臆造，岂当时固有详略两本欤，所未详也。今以《文苑英华》较不易见，故据以入录。然无诗，则以载于《白氏长庆集》者足之。

《五色线》（下）引陈鸿《长恨传》云："贵妃赐浴华清池，清澜三尺，中洗明玉，既出水，力微不胜罗绮。"今三本中均无第二三语。惟《青琐高议》（七）中《赵飞燕别传》有云："兰汤滟滟，昭仪坐其中，若三尺寒泉浸明玉。"宋秦醇之所作也。盖引者偶误，非此传逸文。

本此传以作传奇者，有清洪昉思之《长生殿》，今尚广行。蜗寄居士有杂剧曰《长生殿补阙》，未见。

《东城老父传》出《广记》四百八十五。《宋史》《艺文志》史部传记类著录陈鸿《东城老父传》一卷，则曾单行。传末贾昌述开元理乱，谓：

"当时取士，孝悌理人而已，不闻进士宏词拔萃之为其得人也。"亦大有叙"开元升平源"意。又记时人语云："生儿不用识文字，斗鸡走马胜读书。贾家小儿年十三，富贵荣华代不如。"同出于陈鸿所作传，而远不如《长恨传》中'生女勿悲酸，生男勿喜欢'之为世传诵，则以无白居易为作歌之为之也。

《资治通鉴考异》卷十二所引有《升平源》，云世以为吴兢所撰，记姚元崇藉骑射邀恩，献纳十事，始奉诏作相事。司马光驳之曰："果如所言，则元崇进不以正。又当时天下之事，止此十条，须因事启沃，岂一旦可邀。似好事者为之，依托兢名，难以尽信。"案兢，汴州浚仪人，少励志，贯知经史。魏元忠荐其才堪论撰，诏直史馆，修国史。私撰《唐书》《唐春秋》，叙事简核，人以董狐目之。有传在《唐书》（旧一百二新一三二）。《开元升平源》，《唐志》本云陈鸿作，《宋史》《艺文志》史部故事类始著吴兢《贞观政要》十卷，又《开元升平源》一卷。疑此书本不著撰人名氏，陈鸿吴兢，并后来所题。二人于史皆有名，欲假以增重耳。今姑置之《东城老父传》之后，以从《通鉴考异》写出，故仍题兢名。

右第三分

元稹字微之，河南河内人，以校书郎累仕至中书舍人，承旨学士。由工部侍郎入相，旋出为同州刺史，改越州，兼浙东观察使。太和初，入为尚书左丞，检校户部尚书，兼鄂州刺史武昌军节度使。五年七月，卒于镇，年五十三。两《唐书》（旧一六六新一七四）皆有传。于文章亦负重名，自少与白居易唱和。当时言诗者称"元白"，号为"元和体"。有《元氏长庆集》一百卷，《小集》十卷，今惟《长庆集》六十卷存。《莺莺传》见《广记》四百八十八。其事之震撼文林，为力甚大。当时已有杨巨源李绅辈作诗以张之；至宋，则赵令畤拈以制《商调蝶恋花》（在《侯鲭录》中）；金有董解元作《弦索西厢》；元有王实甫《西厢记》，关汉卿《续西厢记》；明有李日华《南西厢记》，陆采亦有《南西厢记》，周公鲁有《翻西厢记》；至清，查继佐尚有《续西厢》杂剧云。

因《莺莺传》而作之杂剧及传奇，曩惟王关本易得。今则刘氏暖红室已刊《弦索西厢》，又聚赵令畤《商调蝶恋花》等较著之作十种为《西厢记十则》。市肆中往往而有，不难致矣。

《莺莺传》中已有红娘及欢郎等名，而张生独无名字。王楙《野客丛书》(二十九)云:"唐有张君瑞,遇崔氏女于蒲。崔小名莺莺。元稹与李绅语其事,作《莺莺歌》。"客中无赵令畤《侯鲭录》,无从知《商调蝶恋花》中张生是否已具名字。否则宋时当尚有小说或曲子,字张为君瑞者。漫识于此,俟有书时考之。

《周秦行纪》余所见凡三本。一在《广记》卷四百八十九;一在顾氏《文房小说》中,末一行云"宋本校行";一附于《李卫公外集》内,是明刊本。后二本较佳,即据以互校转写,并从《广记》补正数字。三本皆题牛僧孺撰。僧孺,字思黯,本陇西狄道人,居宛叶间。元和初,以贤良方正对策第一,条指失政,鲠讦不避权贵,因不得意。后渐仕至御史中丞,以户部侍郎同中书门下平章事。又累贬为循州长史。宣宗立,乃召还,为太子少师。大中二年,年六十九卒,赠太尉,谥文简。两《唐书》(旧一七二新一七四)皆有传。僧孺性坚僻,与李德裕交恶,各立门户,终生不解。又好作志怪,有《玄怪录》十卷,今已佚,惟辑本一卷存。而《周秦行纪》则非真出僧孺手。晁公武(《郡斋读书志》十三)云:"贾黄中以为韦瓘所撰。瓘,李德裕门人,以此诬僧孺"者也。案是时有两韦瓘,皆尝为中书舍人。一年十九入关,应进士举,二十一进士状头,榜下除左拾遗,大中初任廉察桂林,寻除主客分司。见莫休符《桂林风土记》。一字茂宏,京兆万年人,韦夏卿弟正卿之子也。"及进士第,仕累中书舍人。与李德裕善……李宗闵恶之,德裕罢,贬为明州长史。"见《新唐书》(一六二)《夏卿传》,则为作《周秦行纪》者。胡应麟(《笔丛》三十二)云:"中有'沈婆儿作天子'等语,所为根蒂者不浅。独怪思黯罹此巨谤,不亟自明,何也?牛李二党曲直,大都鲁卫间。牛撰《玄怪》等录,亡只词构李,李之徒顾作此以危之。于戏,二子者,用心睹矣!牛迄功名终,而子孙累叶贵盛。李挟高世之才,振代之绩,卒沦海岛,非忌刻忮害之报耶?辄因是书,播告夫世之工谮愬者。"乞灵于果报,殊未足以餍心。然观李德裕所作《周秦行纪论》,至欲持此一文,致僧孺于族灭,则其阴谲险狠,可畏实甚。弃之者众,固其宜矣。论犹在集(外集四)中,迻录于后:

言发于中,情见乎辞。则言辞者,志气之来也。故察其言而知其内,觇其辞而见其意矣。余尝闻太牢氏(凉国李公尝呼牛僧孺为太牢。凉公名不便,故不书。)好奇怪其身,险易其行。以其姓应国家受命之谶，曰："首尾三麟六十年，两角犊子恣狂颠，龙蛇相斗血成川。"及见著《玄怪录》，多造隐语，人不可解。其或能晓一二者，必附会焉。纵司马取魏之渐，用田常有齐之由。故自卑秩，至于宰相，而朋党若山，不可动摇。欲有意摆撼者，皆遭诬坐，莫不侧目结舌，事具史官刘轲《日历》。余得太牢《周秦行纪》，反复睹其太牢以身与帝王后妃冥遇，欲证其身非人臣相也，将有意于"狂颠"。及至戏德宗为"沈婆儿"，以代宗皇后为"沈婆"，令人骨战。可谓无礼于其君甚矣！怀异志于图谶明矣！余少服臧文仲之言曰："见无礼于其君者，如鹰鹯之逐鸟雀也。"故贮太牢已久。前知政事，欲正刑书，力未胜而罢。余读国史，见开元中，御史汝南子谅弹奏牛仙客，以其姓符图谶。虽似是，而未合"三麟六十"之数。自裴晋国与余凉国（名不便）彭原（程）赵郡（绅）诸从兄，嫉太牢如仇，颇类余志。非怀私忿，盖恶其应谶也。太牢作镇襄州日，判复州刺史乐坤《贺武宗监国状》曰："闲事不足为贺。"则恃姓敢如此耶！会余复知政事，将欲发觉，未有由。值平昭义，得与刘从谏交结书，因窜逐之。嗟乎，为人臣阴怀逆节，不独人得诛之，鬼得诛矣。凡与太牢胶固，未尝不是薄流无赖辈，以相表里。意太牢有望，而就佐命焉，斯亦信符命之致。或以中外罪余于太牢爱憎，故明此论，庶乎知余志。所恨未暇族之，而余又罢。岂非王者不死乎？遗祸胎于国，亦余大罪也。倘同余志，继而为政，宜为君除患。历既有数，意非偶然，若不在当代，必在于子孙。须以太牢少长，咸置于法，则刑罚中而社稷安，无患于二百四十年后。嘻！余致君之道，分隔于明时。嫉恶之心，敢辜于早岁？因援毫而摅宿愤。亦书《行纪》之迹于后。

论中所举刘轲，亦李德裕党。《日历》具称《牛羊日历》，牛羊，谓牛僧孺、杨虞卿也，甚毁此二人。书久佚，今有辑本，缪荃荪刻之《藕香零拾》中。又有皇甫松，著《续牛羊日历》，亦久佚。《资治通鉴考异》（卷二十）引一则，于《周秦行纪》外，且痛诋其家世，今节录之：

太牢早孤。母周氏,冶荡无检。乡里云:"兄弟羞赧,乃令改醮。"既与前夫义绝矣,及贵,请以出母追赠。《礼》云:"庶氏之母死,何为哭于孔氏之庙乎?"又曰:"不为伋也妻者,是不为白也母。"而李清心妻配牛幼简,是夏侯铭所谓"魂而有知,前夫不纳于幽壤,殁而可作,后夫必诉于玄穹"。使其母为失行无适从之鬼,上罔圣朝,下欺先父,得曰忠孝智识者乎?作《周秦行纪》,呼德宗为"沈婆儿",谓睿真皇太后为"沈婆"。此乃无君甚矣!

盖李之攻牛,要领在姓应图谶,心非人臣,而《周秦行纪》之称德宗为"沈婆儿",尤所以证成其罪。故李德裕既附之论后,皇甫松《续历》亦严斥之。今李氏《穷愁志》虽尚存(《李文饶外集》卷一至四,即此),读者盖寡;牛氏《玄怪录》亦早佚,仅得后人为之辑存。独此篇乃屡刻于丛书中,使世间由是更知僧孺名氏。时世既迁,怨亲俱泯,后之结果,盖往往非当时所及料也。

李贺《歌诗编》(一)有《送沈亚之歌》,序言元和七年送其下第归吴江,故诗谓:"吴兴才人怨春风,桃花满陌千里红,紫丝竹断骢马小,家住钱塘东复东。"中复云"春卿拾才白日下,掷置黄金解龙马,携笈归江重入门,劳劳谁是怜君者"也。然《唐书》已不详亚之行事,仅于《文苑传序》一举其名。幸《沈下贤集》迄今尚存,并考宋计有功《唐诗纪事》,元辛文房《唐才子传》,犹能知其概略。亚之字下贤,吴兴人。元和十年,进士及第,历殿中侍御史内供奉。太和初,为德州行营使者柏耆判官。耆贬,亚之亦谪南康尉;终郢州掾。其集本九卷,今有十二卷,盖后人所加。中有传奇三篇。亦并见《太平广记》,皆注云出《异闻集》,字句往往与集不同。今者据本集录之。

《湘中怨辞》出《沈下贤集》卷二。《广记》在二百九十八,题曰《太学郑生》,无序及篇末"元和十三年"以下三十六字。文句亦大有异,殆陈翰编《异闻集》时之所删改欤。然大抵本集为胜。其"随我"作"遂我",则似《广记》佳。惟亚之好作涩体,今亦无以决之。故异同虽多,悉不复道。

《异梦录》见集卷四,唐谷神子已取以入《博异志》。《广记》则在二百八十二,题曰《邢凤》,较集本少二十余字,王炎作王生。炎为王播弟,亦能诗,不测《异闻集》何为没其名也。《沈下贤集》今有长沙叶氏观古堂刻本,及上海涵芬楼影印本。二十年前则甚希觏。余所见者为影钞小草斋本,既录其传奇三篇,又以丁氏八千卷楼钞本校改数字。同是十二卷本《沈集》,而字句复颇有异同,莫知孰是。如王炎诗"择水葬金钗",惟小草斋本如此,他本皆作"择土"。顾亦难遽定"择水"为误。此类甚多,今亦不备举。印本已渐广行,易于入手,求详者自可就原书比勘耳。

梦中见舞弓弯,亦见于唐时他种小说。段成式《酉阳杂俎》(十四)云:"元和初,有一士人,失姓字,因醉卧厅中。及醒,见古屏上妇人等悉于床前踏歌。歌曰:'长安女儿踏春阳,无处春阳不断肠。舞袖弓腰浑忘却,蛾眉空带九秋霜。'其中双鬟者问曰:'如何是弓腰?'歌者笑曰:'汝不见我作弓腰乎?'乃反首,髻及地,腰势如规焉。士人惊惧,因叱之。忽然上屏,亦无其他。"其歌与《异梦录》者略同,盖即由此曼衍。宋乐史撰《杨太真外传》,卷上注中记杨国忠卧睹屏上诸女下床自称名,且歌舞。其中有"楚宫弓腰",则又由《酉阳杂俎》所记而传讹。凡小说流传,大率渐广渐变,而推究本始,其实一也。

《秦梦记》见集卷二,及《广记》二百八十二,题曰《沈亚之》,异同不多。"击体舞"当作"击髆舞","追酒"当作"置酒",各本俱误。"如今日"之"今"字,疑衍,小草斋本有,他本俱无。

《无双传》出《广记》四百八十六,注云薛调撰。调,河中宝鼎人,美姿貌,人号为"生菩萨"。咸通十一年,以户部员外郎加驾部郎中,充翰林承旨学士,次年,加知制诰。郭妃悦其貌,谓懿宗曰:"驸马盍若薛调乎。"顷之,暴卒,年四十三,时咸通十三年二月二十六日也。世以为中鸩云(见《新唐书》《宰相世系表》,《翰苑群书》及《唐语林》四)。胡应麟(《笔丛》四十一)云:"王仙客……事大奇而不情,盖润饰之过。或乌有无是类,不可知。"案范摅《云溪友议》(上)载:"有崔郊秀才者,寓居于汉上,蕴精文艺,而物产罄悬。亡何,与姑婢通,每有阮咸之从。其婢端丽,饶彼音律之能,汉南之最也。姑鬻婢于连帅。帅爱之,以类无双,给钱四十万,宠盻弥深。郊思慕不已,即强亲府署,愿一见焉。其婢因寒食来从事冢,值郊立于柳阴,马上连泣,誓若山河。崔生赠以诗曰:'公子王孙逐后尘,绿珠垂泪滴罗巾。侯门一入深如海,从此萧郎是路人。'"诗闻于帅,遂以归崔。无双下原有注云:"即薛太保之爱妾，至今图画观之。"然则无双不但实有，且当时已极艳传。疑其事之前半，或与崔郊姑婢相类；调特改薛太尉家为禁中，以隐约其辞。后半则颇有增饰，稍乖事理矣。明陆采尝拈以作《明珠记》。

柳珵《上清传》见《资治通鉴考异》卷十九。司马光驳之云："信如此说，则参为人所劫，德宗岂得反云'蓄养侠刺'。况陆贽贤相，安肯为此。就使欲陷参，其术固多，岂肯为此儿戏。全不近人情。"亦见于《太平广记》卷二百七十五，题曰《上清》，注云出《异闻集》。"相国窦公"作"丞相窦参"，后凡"窦公"皆只作一"窦"字；"隶名掖庭"下有"且久"二字；"怒陆贽"上有"至是大悟因"五字；"老"作"这"；"恣行媒孽"下有"乘间攻之"四字；"特赦"下有"削"字。余尚有小小异同，今不备举。此篇本与《刘幽求传》同附《常侍言旨》之后。《言旨》亦珵作，《郡斋读书志》（三）云，记其世父柳芳所谈。芳，蒲州河东人；子登、冕；登子璟，见《新唐书》（一三二）。珵盖璟之从兄弟行矣。

《杨娼传》出《广记》四百九十一，原题房千里撰。千里字鹄举，河南人，见《新唐书》《宰相世系表》。《艺文志》有房千里《南方异物志》一卷，《投荒杂录》一卷，注云："太和初进士第，高州刺史"，是其所终官也。此篇记叙简率，殊不似作意为传奇。《云溪友议》（上）又有《南海非》一篇，谓房千里博士初上第，游岭徼，有进士韦滂自南海致赵氏为千里妾。千里倦游归京，暂为南北之别。过襄州遇许浑，托以赵氏。浑至，拟给以薪粟，则赵已从韦秀才矣。因以诗报房，云："春风白马紫丝缰，正值蚕眠未采桑。五夜有心随暮雨，百年无节待秋霜。重寻绣带朱藤合，却认罗裙碧草长。为报西游减离恨，阮郎才去嫁刘郎。"房闻，哀恸几绝云云。此传或即作于得报之后，聊以寄慨者欤。然韦縠《才调集》（十）又以浑诗为无名氏作，题云："客有新丰馆题怨别之词，因诘传吏，尽得其实，偶作四韵嘲之。"

《飞烟传》出《说郛》卷三十三所录之《三水小牍》，皇甫枚撰。亦见于《广记》四百九十一，飞烟作非烟。《三水小牍》本三卷，见《宋史》《艺文志》及《直斋书录解题》。今止存二卷，刻于卢氏《抱经堂丛书》及缪氏《云自在龛丛书》中。就书中可考见者，枚字遵美，安定人。三水，安定属邑也。咸通末，为汝州鲁山令；光启中，僖宗在梁州，赴调行在。明姚咨跋云："天祐庚午岁，旅食汾晋，为此书。"今书中不言及此，殆出于枚之自序，而今失之。缪氏刻本有逸文一卷，收《非烟传》，然仅据《广记》所引,与《说郛》本小有异同,且无篇末一百余字。《广记》不云出于何书,盖尝单行也,故仍录之。

《虬髯客传》据明顾氏《文房小说》录,校以《广记》百九十三所引《虬髯传》,互有详略,异同,今补正二十余字。杜光庭字宾至,处州缙云人。先学道于天台山,仕唐为内供奉。避乱入蜀,事王建,为金紫光禄大夫,谏议大夫,赐号广成先生。后主立,以为传真天师,崇真馆大学士。后解官,隐青城山,号东瀛子。年八十五卒。著书甚多,有《谏书》一百卷,《历代忠谏书》五卷,《道德经广圣义疏》三十卷,《录异记》十卷,《广成集》一百卷,《壶中集》三卷。此外言道教仪则、应验,及仙人、灵境者尚二十余种,八十余卷。今惟《录异记》流传。光庭尝作《王氏神仙传》一卷,以悦蜀主。而此篇则以窥觊神器为大戒,殆尚是仕唐时所为。《宋史》《艺文志》小说类著录作"《虬髯客传》一卷"。宋程大昌《考古编》(九)亦有题《虬须传》者一则,云:"李靖在隋,常言高祖终不为人臣。故高祖入京师,收靖,欲杀之。太宗救解,得不死。高祖收靖,史不言所以,盖讳之也。《虬须传》言靖得虬须客资助,遂以家力佐太宗起事。此文士滑稽,而人不察耳。又杜诗言'虬须似太宗'。小说亦辨人言太宗虬须,须可挂角弓。是虬须乃太宗矣。而谓虬须授靖以资,使佐太宗,可见其为戏语也。"髯皆作须。今为虬髯者,盖后来所改。惟高祖之所以收靖,则当时史实未尝讳言。《通鉴考异》(八)云:"柳芳《唐历》及《唐书》《靖传》云:'高祖击突厥于塞外。靖察高祖,知有四方之志。因自锁上变,将诣江都,至长安,道塞不通而止。'案太宗谋起兵,高祖尚未知;知之,犹不从。当击突厥之时,未有异志,靖何从察知之?又上变当乘驿取疾,何为自锁也?今依《靖行状》云:'昔在隋朝,曾经忤旨。及兹城陷,高祖追责旧言,公忼慨直论,特蒙宥释。"柳芳唐人,记上变之嫌,即知城陷见收之故矣。然史实常晦,小说辄传,《虬髯客传》亦同此例,仍为人所乐道,至绘为图,称曰"三侠"。取以作曲者,则明张凤翼张太和皆有《红拂记》,凌初成有《虬髯翁》。

右第四分

《冥音录》出《广记》四百八十九。中称李德裕为"故相",则大中或咸通后作也。《唐人说荟》题朱庆馀撰,非。

《东阳夜怪录》出《广记》四百九十。叙王洙述其所闻于成自虚,夜中遇精魅,以隐语相酬答事。《唐人说荟》即题洙作,非也。郑振铎

(《中国短篇小说集》）云："所叙情节，类似牛僧孺的《元无有》，也许这两篇是同出一源的。"案《元无有》本在《玄怪录》中，全书已佚。此条《广记》三百六十九引之：

> 宝应中，有元无有，常以仲春末独行维扬郊野。值日晚，风雨大至。时兵荒后，人户多逃。遂入路旁空庄。须臾霁止，斜月方出。无有坐北窗，忽闻西廊有行人声。未几，见月中有四人，衣冠皆异，相与诙谐吟咏甚畅。乃云："今夕如秋，风月若此，吾辈岂不为一言以展平生之事也？"其一人即曰云云。吟咏既朗，无有听之具悉。其一衣冠长人，即先吟曰："齐纨鲁缟如霜雪，寥亮高声予所发。"其二黑衣冠短陋人，诗曰："嘉宾良会清夜时，煌煌灯烛我能持。"其三故敝黄衣冠人，亦短陋，诗曰："清泠之泉候朝汲，桑绠相牵常出入。"其四故黑衣冠人，诗曰："爨薪贮泉相煎熬，充他口腹我为劳。"无有亦不以四人为异，四人亦不虞无有之在堂隍也，递相褒赏。观其自负，则虽阮嗣宗《咏怀》，亦若不能加矣。四人迟明方归旧所。无有就寻之，堂中惟有故杵、灯台、水桶、破铛。乃知四人即此物所为也。

《灵应传》出《广记》四百九十二，无撰人名氏。《唐人说荟》以为于逖作，亦非。《传》在记龙女之贞淑，郑承符之智勇，而亦取李朝威《柳毅传》中事，盖受其影响，又稍变易之。泾原节度使周宝字上珪，平州卢龙人。在镇务耕力，聚粮二十万石，号良将。黄巢据宣歙，乃徙宝镇海军节度使，兼南面招讨使。后为钱镠所杀。《新唐书》（一八六）有传。

右第五分

《隋遗录》上下卷，据原本《说郛》七十八录出，以《百川学海》校之。前题唐颜师古撰，末有无名氏跋，谓会昌中，僧志彻得于瓦棺寺阁南双阁之荀笔中。题《南部烟花录》，为颜公遗稿。取《隋书》校之，多隐文。后乃重编为《大业拾遗记》。原本缺落，凡十七八，悉从而补之矣云云。是此书本名《南部烟花录》，既重编，乃称《大业拾遗记》。今又作《隋遗录》，跋所未言，殆复由后来传刻者所改欤。书在宋元时颇已流行,《郡斋读书志》及《通考》并著《南部烟花录》;《通志》著《大业拾遗录》;《宋史》《艺文志》史部传记类亦有颜师古《大业拾遗》一卷,子部小说类又有颜师古《隋遗录》一卷,盖同书而异名,所据凡两本也。本文与跋,词意荒率,似一手所为。而托之师古,其术与葛洪之《西京杂记》,谓钞自刘歆之《汉书》遗稿者正等。然才识远逊,故罅漏殊多,不待吹求,已知其伪。清《四库全书总目》(一四三)云:"王得臣《麈史》称'极恶可疑'。姚宽《西溪丛语》亦曰:'《南部烟花录》文极俚俗。又载陈后主诗云:夕阳如有意,偏傍小窗明。此乃唐人方域诗,六朝语不如此。唐《艺文志》所载《烟花录》,记幸广陵事,此本已亡,故流俗伪作此书云云。'然则此亦伪本矣。今观下卷记幸月观时与萧后夜话,有'侬家事一切已托杨素了'之语,是时素死久矣。师古岂疏谬至此乎?其中所载炀帝诸作,及虞世南赠袁宝儿作,明代辑六朝诗者,往往采掇,皆不考之过也。"

《炀帝海山记》上下卷,出《青琐高议》后集卷五,先据明张梦锡刻本录,而校以董氏所刻士礼居本。明钞原本《说郛》三十二卷中亦有节本一卷,并取参校。篇题下原有小注,上卷云"说炀帝宫中花木",下卷云"记炀帝后苑鸟兽",皆编者所加,今削。其书盖欲侈陈炀帝奢靡之迹,如郭氏《洞冥》,苏鹗《杜阳》之类,而力不逮。中有《望江南》调八阕,清《四库目》云,乃李德裕所创,段安节《乐府杂录》述其缘起甚详,亦不得先于大业中有之。

《炀帝迷楼记》录自原本《说郛》三十二。明焦竑作《国史》《经籍志》,并《海山记》皆著录,盖尝单行。清《四库目》(一四三)谓:"亦见《青琐高议》……竟以迷楼为在长安,乖谬殊甚。"然《青琐高议》中实无有,殆纪昀等之误也。周中孚(《郑堂读书记》)更推阐其评语,以为"后称'大业九年,帝再幸江都,有迷楼'。末又称'帝幸江都,唐帝提兵号令入京,见迷楼,太宗曰:"此皆民膏血所为!"乃命焚之。经月,火不灭。'则竟以迷楼为在长安,等诸项羽之焚阿房,何乖谬至于此极"云。

《炀帝开河记》从原本《说郛》卷四十四录出。《宋史》《艺文志》史部地理类著录一卷,注云不知作者。清《四库目》以为"词尤鄙俚,皆近于委巷之传奇,同出依托,不足道"。按唐李匡文《资暇集》(下)云:"俗怖婴儿曰'麻胡来!'不知其源者,以为多髯之神而验刺者,非也。

隋将军麻祜，性酷虐。炀帝令开汴河，威棱既盛，至稚童望风而畏，互相恐嚇曰'麻祜来！'稚童语不正，转祜为胡。"末有自注云："麻祜庙在睢阳。鄘方节度使李丕即其后。丕为重建碑。"然则叔谋虐焰，且有其实，此篇所记，固亦得之口耳之传，非尽臆造矣。惜李丕所立碑文，今未能见，否则当亦有足资参证者。至冢中诸异，乃颇似本《西京杂记》所叙广陵王刘去疾发冢事，附会曼衍作之。

右四篇皆为《古今逸史》所收。后三篇亦见于《古今说海》，不题撰人。至《唐人说荟》，乃并云韩偓撰。致尧生唐末，先则颠沛危朝，后乃流离南裔，虽赋艳诗，未为稗史。所作惟《金銮密记》一卷，诗二卷，《香奁集》一卷而已。且于史事，亦不至荒陋如是。此盖特里巷稍知文字者所为，真所谓街谈巷议，然得冯犹龙掇以入《隋炀艳史》，遂弥复纷传于世。至今世俗心目中之隋炀，殆犹是昼游西苑，夜止迷楼者也。

明钞原本《说郛》一百卷，虽多脱误，而《迷楼记》实佳。以其尚存俗字，如"你"之类，刻本则大率改为"尔"或"汝"矣。世之雅人，憎恶口语，每当纂录校刊，虽故书雅记，间亦施以改定，俾弥益雅正。宋修《唐书》，于当时恒言，亦力求简古，往往大减神情，甚或莫明本意。然此犹撰述也。重刊旧文，辄亦不赦，即就本集所收文字而言，宋本《资治通鉴考异》所引《上清传》中之"这獠奴"，明清刻本《太平广记》引则俱作"老獠奴"矣；顾氏校宋本《周秦行纪》中之"屈两筒娘子"及"不宜负他"，《广记》引则作"屈二娘子"及"不宜负也"矣。无端自定为古人决不作俗书，拼命复古，而古意乃寝失也。

右第六分

《绿珠传》一卷出《琳琅秘室丛书》。其所据为旧钞本，又以别本校之。末有胡珽跋，云："旧本无撰人名氏。案马氏《经籍考》题'宋史官乐史撰'。宋人《续谈助》亦载此传，而删节其半。后有西楼北斋跋云：'直史馆乐史，尤精地理学，故此传推考山水为详，又皆出于地志杂书者。'余谓绿珠一婢子耳，能感主恩而奋不顾身，是宜刊以风世云。咸丰三年八月，仁和胡珽识。"今再勘以《说郛》三十八所录，亦无甚异同。疑所谓旧钞本或别本者，即并从《说郛》出尔。旧校稍烦，其必改"越"为"粤"之类，尤近自扰，今悉不取。

《杨太真外传》二卷，取自顾氏《文房小说》，署史官乐史撰，《唐人说荟》收之，诬谬甚矣。然其误则始于陶宗仪《说郛》之题乐史为唐人。此两本外，又尝见京师图书馆所藏丁氏八千卷楼旧钞本，称为"善本"，然实凡本而已，殊无佳处也。《宋史》《艺文志》史部传记类著录"曾致尧《广中台记》八十卷，又《绿珠传》一卷"，颇似《传》亦曾致尧作；又有"《杨妃外传》一卷"，注云："不知作者"；又有"乐史《滕王外传》一卷，又《李白外传》一卷，《洞仙集》一卷，《许迈传》一卷，《杨贵妃遗事》二卷"。注云："题岷山叟上。"书法函胡，殆不可以理析。然《续谈助》一跋而外，尚有《郡斋读书志》（九，传记类）云："《绿珠传》一卷，右皇朝乐史撰。"又"《杨贵妃外传》二卷，右皇朝乐史撰。叙唐杨妃事迹，讫孝明之崩。"而《直斋书录解题》（七，传记类）亦云："《杨妃外传》一卷，直史馆临川乐史子正撰。"则绿珠杨妃二传，皆乐史之作甚明。《杨妃传》卷数，宋时已分合不同，今所传者盖晁氏所见二卷本也。但书名又小变耳。

乐史，抚州宜黄人，自南唐入宋，为著作佐郎，出知陵州。以献赋召为三馆编修，迁著作郎，直史馆。观绿珠太真二传结衔，则皆此时作。后转太常博士，出知舒黄商三州，再入文馆，掌西京勘磨司，赐金紫。景德四年卒，年七十八。事详《宋史》（三百六）《乐黄目传》首。史多所著作，在三馆时，曾献书至四百二十余卷，皆叙科第孝悌神仙之事。又有《太平寰宇记》二百卷，征引群书至百余种，今尚存。盖史既博览，复长地理，故其辑述地志，即缘滥于采录，转成繁芜。而撰传奇如《绿珠》《太真传》，又不免专拾旧文，如《语林》，《世说新语》，《晋书》，《明皇杂录》，《开天传信记》，《长恨传》，《酉阳杂俎》，《安禄山事迹》等，稍加排比，且常拳拳于山水也。

右第七分

宋刘斧秀才作《翰府名谈》二十五卷，又《摭遗》二十卷，《青琐高议》十八卷，见《宋史》《艺文志》子部小说类。今惟存《青琐高议》。有明张梦锡刊本，前后集各十卷，颇难得。近董康校刊士礼居写本，亦二十卷，又有别集七卷，《宋志》所无。然宋人即时有引《青琐摭遗》者，疑即今所谓别集。《宋志》以为《翰府名谈》之《摭遗》，盖亦误尔。其书杂集当代人志怪及传奇，漫无条贯，间有议，亦殊浅率。前有孙副枢序，不称名而称官，甚怪；今亦莫知为何人。此但选录其较整饬曲折者五篇。作者三人：曰魏陵张实子京，曰谯川秦醇子复（或作子履），曰淇上柳师尹。皆未考始末。一篇无撰人名。

《流红记》出前集卷五，题下原有注云"红叶题诗取韩氏"，今删。唐孟棨《本事诗》(《情感》第一)有顾况于洛乘门苑水中得大梧叶，上有题诗，况与酬答事。"帝城不禁东流水，叶上题诗欲寄谁"者，况和诗也。范摅《云溪友议》(下)又有《题红怨》，言卢渥应举之岁，于御沟得红叶，上有绝句，置于巾箱。及宣宗放宫人，渥获其一。"睹红叶而吁嗟久之，曰：'当时偶题随流，不谓郎君收藏巾箧。'验其书，无不讶焉。诗曰：'水流何太急，深宫尽日闲。殷勤谢红叶，好去到人间。'"宋人作传奇，始回避时事，拾旧闻附会牵合以成篇，而文意并瘁。如《流红记》，即其一也。

《赵飞燕别传》出前集卷七，亦见于原本《说郛》三十二，今参校录之。胡应麟(《笔丛》二十九)云："戊辰之岁，余偶过燕中书肆，得残刻十数纸，题《赵飞燕别集》。阅之，乃知即《说郛》中陶氏删本。其文颇类东京，而未载梁武答昭仪化鼋事。盖六朝人作，而宋秦醇子复补缀以传者也。第端临《通考》渔仲《通志》并无此目。而文非宋所能。其间叙才数事，多俊语，出伶玄右，而淳质古健弗如。惜全帙不可见也。"又特赏其"兰汤滟滟"等三语，以为"百世之下读之，犹勃然兴"。然今所见本皆作别传，不作集；《说郛》本亦无删节，但较《高议》少五十余字，则或写生所遗耳。《高议》中录秦醇作特多，此篇及《谭意歌传》外，尚有《骊山记》及《温泉记》。其文芜杂，亦间有俊语。倘精心作之，如此篇者，尚亦能为。元瑞虽精鉴，能作《四部正讹》，而时伤嗜奇，爱其动魄，使勃然兴，则辄冀其为真古书以增声价。犹今人闻伶玄《飞燕外传》及《汉杂事秘辛》为伪书，亦尚有怫然不悦者。

《谭意歌传》出别集卷二，本无"传"字，今加。有注云："记英奴才华秀色"，今削。意歌，文中作意哥，未知孰是。唐有谭意哥，盖薛涛李冶之流，辛文房《唐才子传》曾举其名，然无事迹。秦醇此传，亦不似别有所本，殆窃取《莺莺传》《霍小玉传》等为前半，而以团圆结之尔。

《王幼玉记》出前集卷十，题下有注云："幼玉思柳富而死"，今删。

《王榭》出别集卷四，有注云："风涛飘入乌衣国"，今删；而于题下加"传"字。刘禹锡《乌衣巷》诗，本云："朱雀桥边野草花，乌衣巷口夕阳斜。旧来王谢堂前燕，飞入寻常百姓家。"此篇改"谢"成"榭"，指为人名，且以乌衣为燕子国号，殊乏意趣。而宋张敦颐《六朝事迹编类》乃已引为典据，此真所谓"俗语不实流为丹青"者矣。因录之，以资谈助。

《梅妃传》出《说郛》三十八，亦见于顾氏《文房小说》，取以相校，《说郛》为长。二本皆不云何人作，《唐人说荟》取之，题曹邺者，妄也。唐宋史志亦未见著录。后有无名氏跋，言"得于万卷朱遵度家，大中二年七月所书。"又云"惟叶少蕴与予得之"。案朱遵度好读书，人目为"朱万卷"。子昂，称"小万卷"，由周入宋，为衡州录事参军，累仕至水部郎中。景德四年卒，年八十三。《宋史》（四三九）《文苑》有传。少蕴则叶梦得之字，梦得为绍圣四年进士，高宗时终于知福州，是南北宋间人。年代远不相及，何从同得朱遵度家书。盖并跋亦伪，非真识石林者之所作也。今即次之宋人著作中。

《李师师外传》出《琳琅秘室丛书》，云所据为旧钞本。后有黄廷鉴跋云："《读书敏求记》云，吴郡钱功甫秘册藏有《李师师小传》，牧翁曾言悬百金购之而不获见者。偶闻邑中萧氏有此书，急假录一册。文殊雅洁，不类小说家言。师师不第色艺冠当时，观其后慷慨捐生一节，饶有烈丈夫概。亦不幸陷身倡贱，不得与坠崖断臂之俦，争辉彤史也。张端义《贵耳集》载有师师佚事二则，传文列举其大，故不载，今并附录于后。又《宣和遗事》载有师师事，亦与此传不尽合，可并参观之。琴六居士书。"《贵耳集》二则，今仍迻录于后，然此篇未必即端义所见本也。

道君北狩，在五国城或在韩州，凡有小小凶吉丧祭节序，北人必有赐赉。一赐必要一谢表。北人集成一帙，刊在榷场中。传写四五十年，士大夫皆有之，余曾见一本。更有《李师师小传》，同行于时。

道君幸李师师家，偶周邦彦先在焉。道君至，遂匿于床下。道君自携新橙一颗，云"江南初进来"。遂与师师谑语。邦彦悉闻之，隐括成《少年游》云："并刀如水，吴盐胜雪，纤手破新橙。"后云："城上已三更，马滑霜浓，不如休去，直是少人行。"李师师因歌此词。道君问谁作。李师师奏云："周邦彦词。"道君大怒，坐朝宣谕蔡京云："开封府有监税周邦彦者，闻课额不登，如何京尹不案发来？"蔡京罔知所以，奏云："容臣退朝呼京尹叩问，续得复奏。"京尹至，蔡以御前圣旨谕之。京尹云:"惟周邦彦课额增羡。"蔡云:"上意如此,只得迁就。"将上,得旨:"周邦彦职事废弛,可日下押出国门!"隔一二日,道君复幸李师师家,不见李师师。问其家,知送周监税。道君方以邦彦出国门为喜,既至,不遇。坐久至更初,李始归,愁眉泪睫,憔悴可掬。道君大怒云:"尔往哪里去?"李奏:"臣妾万死,知周邦彦得罪,押出国门,略致一杯相别。不知官家来。"道君问:"曾有词否?"李奏云:"有《兰陵王》词。"今"柳阴直"者是也。道君云:"唱一遍看。"李奏云:"容臣妾奉一杯,歌此词为官家寿。"曲终,道君大喜,复召为大晟乐正。后官至大晟乐乐府待制。邦彦以词行,当时皆称美成词;殊不知美成文笔,大有可观,作《汴都赋》。如笺奏杂著,皆是杰作,可惜以词掩其他文也。当时李师师家有二邦彦,一周美成,一李士美,皆为道君狎客。士美因而为宰相。吁,君臣遇合于倡优下贱之家,国之安危治乱,可想而知矣。

右第八分终

后　记

　　本书的后记，按理该由程小铭自己来写的。可是，他在1997年因病不起，最后竟离我们而去。这样的事对作为妻子的我和我们的家人打击甚大，其创痛至今未能平复。小铭为人做事都很严谨，对待学问也一样。作为中国唐宋文学专业的研究生，毕业后他虽然从事编辑工作，但对这一领域的研究始终兴趣不减，因此也就有了《论〈玄怪录〉的版本源流》等论文问世。小铭对鲁迅先生所编《唐宋传奇集》十分珍爱，这样，在他译注的《颜氏家训全译》作为贵州人民出版社"中国历代名著全译丛书"中的一本出版后，就开始了列入这套丛书计划的《唐宋传奇集全译》的准备工作。他搜集资料，比较版本，研究鲁迅先生有关论述和别的一些文献，接着就开始了译注《唐宋传奇集》的工作。然而，工作进行一段后，他的身体每况愈下，最后竟卧床不起，译注的工作只得放下来。这本书的完成得益于友人袁政谦和邱瑞祥两位先生的热心，邱瑞祥先生还在百忙中撰写了前言并进行了本书的统稿工作。他们都有跟我一样的心愿，即完成这件有意义的工作，以告慰亡者。在此，我对他们表示由衷的谢意。虽然由于一些原因，《唐宋传奇集全译》在完成几年后才得以出版，但这终究是一件值得高兴的事情。我想，小铭也会如是想。

王文静
2006年12月

图书在版编目(CIP)数据

唐宋传奇集全译/鲁迅辑录;程小铭,袁政谦,邱瑞祥译注.—贵阳:贵州人民出版社,2008.12(2017.2 重印)

(中国历代名著全译丛书)

ISBN 978-7-221-08380-7

Ⅰ.唐… Ⅱ.①鲁…②程…③袁…④邱… Ⅲ.①传奇小说-作品集-中国-唐代②传奇小说-作品集-中国-宋代③唐宋传奇集-译文 Ⅳ.I242.1

中国版本图书馆 CIP 数据核字(2008)第 180216 号

书　　名	唐宋传奇全译
著　　者	鲁迅　辑录
译　　注	程小铭、袁政谦、邱瑞祥
责任编辑	孟筑敏
装帧设计	余强
出版发行	贵州人民出版社
地　　址	贵阳市中华北路 289 号
印　　刷	三河市明华印务有限公司
版　　次	2009 年 3 月第 1 版
印　　次	2017 年 2 月第 2 次印刷
开　　本	787×1092mm　　1/16
字　　数	453 千字
印　　张	32.25
定　　价	80.00 元